KB197955

장미의 기적

장미의 기적

장 주네 | 박형섭 옮김 | 장정일 해제

문예출판사

Miracle de la rose

by Jean Genet

차례

장미의 기적 • 7

프랑스의 모든 중앙 형무소 가운데 가장 관심을 끄는 곳이 있다. 바로 퐁트브로 형무소다. 그곳은 내게 매우 참혹하고 슬픈 기억으로 남아 있다. 여러 형무소를 전전해 사정을 잘 알고 있는 죄수라면 퐁트브로라는 이름만 들어도 나처럼 마음에 동요를 일으키고 고통스러워할 것이다. 죄수들을 지배하는 그 강력한 힘의 본질이 무엇인지 나로서는 도저히 밝혀낼 수가 없다. 그 힘이 형무소의 역사에서 비롯한 것이든, 과거 그 자리에 있던 수녀원의 수녀들 때문이든, 아니면 그 형무소의 외관이나 담벽, 담쟁이덩굴 때문이든, 기아나* 로 떠나는 도형수들이 머물던 곳이기 때문이든, 다른 곳보다 더 흉

---

* 남아메리카 북동쪽에 있는 프랑스 영토

악한 죄수들을 수감하고 있기 때문이든, 혹은 퐁트브로라는 이름 때문이든 아무래도 좋다. 내게는 이 모든 이유 외에 또 하나의 이유가 있다. 퐁트브로 형무소는 내가 메트레 감화원에 있었을 때, 즉 소년 시절의 꿈을 키워주는 일종의 성역이었다. 퐁트브로의 담벽은 마치 성합(聖盒)이 빵을 보존하듯이 내 미래의 모습 그 자체를 간직하고 있는 것처럼 보였다. 당시 내 나이는 열다섯 살이었다. 그 시절 나는 한 친구의 그물 침대 속에 파묻혀 살았다. (혹독한 삶이 우리들 서로에게 친구의 존재를 더욱 간절히 원하도록 하듯이 당시 혹독한 형무소 생활이 그러한 사랑 없이 살 수 없도록 서로서로 열광적인 사랑에 빠지도록 했다. 불행한 삶은 오히려 달콤한 음료수가 되었다.) 내 최후의 모습은 퐁트브로 담장 뒤에 있다는 걸 깨달았다. 서른 살 징역수의 모습으로, 즉 최후의 자기 실현으로, 다시 말해 죽음으로 결정될 마지막 모습으로 말이다. 퐁트브로 형무소는 여전히 아주 부드러운 순백의 섬광 같은 빛으로 반짝거리고 있다. 매우 캄캄한 감방 속에서 나오는 그 빛은 사형수 아르카몽의 마음에서 발하는 광채 덕분이다.

나는 퐁트브로 형무소에 수감되기 위해 상테 형무소를 떠날 즈음 이미 아르카몽이 사형 집행을 기다리고 있다는 걸 알고 있었다. 그래서 나는 도착하자마자 메트레 감화원의 옛 동료 중 하나인 아르카몽의 신비에 사로잡히고 말았다. 그는 우리 감화원 동료들의 모험을 가장 격조 높은 지점으로까지 밀고 갈 수 있는 자였다. 바로 모두가 영광스럽게 생각하는 단두대 위의 죽음 말이다. 아르카몽은 '성공한' 자였다. 그 성공은 재산이나 명예와 같은 지상의 것이 아니다. 단순하고도 신비스러운 것이었다. 나는 그 앞에서 놀라움과 감탄을 금치 못했으며, 심지어 마법의 작동을 본 후 생겨날 법한 두려움을 느꼈다. 내가 아르카몬과 가까이 지내지 않았다면 그가 저지른 범죄들은 내 마음에 별로 감동을 주지 못했을 것이다. 그리고 나는 아름다움에 대한 열정이 너무 강한 나머지 삶이 격렬한 죽음으로, 더구나 피로 물든 죽음으로 마무리되는 것에 이끌렸다. 보통 사람들로서는 결코 영웅적인 것으로 간주되지 않는 죽음, 이 신성한 죽음에 대한 열망이 나를 은근히 참수형으로 이끌리도록 했던 것이다. 참수형은 비난받을 죽음이기에 누구도 그런 식의 죽음을 원치 않음은 당연하다. 그러나 그 죽음은 위대한 장례식에서 가볍게 춤추듯이 타오르는 불길의 부드러움보다 더 부드럽고 더 어두운 영광으로 그 형을 받는 자를 빛내준다. 아르카몬의 죽음과 범죄는 그를 해체함으로써 결국 상처 입은 영광의 메커니즘으로 내게 다시 나타났다. 이런 종류의 영광은 인간적이지 않다. 우리가 알고 있는 교회의 성자들이나 역사 속의 위대한 자들처럼 단순히 참수형을 받았다는 이유로 후광을 얻는 사형수는 아직 없었다. 그러나 그러한 죽음을 받아들이는 자 가운데 몇몇 순수한 자들은 잘린 그들의 머리 위에 놀라운 내면의 왕관이 놓여 있음을 볼 것이고, 마음속의 암흑에서 벗어난 기쁨을 느낄 수 있을 것이다. 사형수의 머리가 톱밥 바구니에 떨어지는 순간, 머리의 양쪽 귀는 참으로 묘한 역할을 하는 조수의 손에 잡히고, 심장은 장갑 긴 손에 의해 조심스럽게 들려 봄의 축제처럼 장식된 사춘기 소년의 가슴 속으로 옮겨진다는 것을 우리는 알고 있다. 중요한 것은 바로 내가 열망하는 하늘의 영광이다. 아르카몬은 어린 소녀를 죽이고, 십오 년 후 당시 퐁트브로 형무소의 간수를 살해해 나보다 먼저 유유히 그 영광을 성취했다.

나는 손발이 쇠사슬로 묶인 채 범죄인 호송 열차에 실려 고통스러운 긴 여행을 한 끝에 중앙 형무소에 도착했다. 열차의 의자에는 구멍이 뻥뻥 뚫려 있었다. 차가 흔들리는 바람에 급하게 설사가 날 경우 바지 단추만 풀면 해결되었다. 날씨가 추웠다. 열차는 황량한 겨울의 들판을 지나고 있었다. 나는 얼어붙은 굳은 땅과 하얀 눈으로 덮인 밭, 결코 맑은 적이 없는 날씨를 상상해보았다.

나는 한여름에 체포되었다. 그래서 내가 간직하고 있는 파리의 모습, 끊임없이 나를 따라다니는 기억 속의 파리는 적의 침략을 앞에 두고 시민 모두가 떠난 텅 빈 도시의 모습이었다. 마치 폼페이와도 같았다. 사거리에 경찰이 보이지만 않았다면 강도가 어떤 묘수를 쓰지 않고도 과감하게 약탈을 꿈꿀 수 있는 그런 모습이었다.

네 명의 열차 경비원이 열차 안에서 카드 게임을 즐기고 있었다. 오를레앙…… 블루아…… 투르…… 소뮈르……. 소뮈르에서 호송 열차가 분리되어 다른 길로 끌려갔다. 퐁트브로로 가는 길이었다. 우리는 모두 서른 명이었다. 호송 열차의 칸막이가 서른 개뿐이었기 때문이다. 호송된 녀석들의 반은 삼십 대 남자였고, 나머지는 열여덟에서 예순까지 다양했다.

여행객들이 보는 앞에서 우리는 쇠사슬로 손발이 묶인 채 두 사람씩 역 앞에 설치된 샐러드 통*으로 올라갔다. 삭발한 젊은이들이 애처로운 눈초리로 지나가는 아가씨들을 쳐다보고 있었다. 나는 사슬로 묶인 짝과 함께 수직으로 세워 놓은 관 모양의 좁은 통으로 들어갔다. 그런데 이 샐러드 통이 고상한 불행의 매력을 뿜어내고 있음을 알았다. 처음 그 위에 올라갔을 때 샐러드 통은 추방의 마차였고, 존경심으로 허리를 굽히고 있는 사람들의 행렬 사이로 나를 태우고 천천히 사라지는 위대한 마차로 보였다. 이제 더는 거기에서 위엄 있는 불행을 찾아볼 수 없었다. 나는 호송차를 통해 행복과 불행 저편의 어떤 장엄한 것으로부터 명석한 비전을 얻을 수 있었다. 즉 죄수 호송차에 오르는 순간 내가 혼미한 상태에서 깨어나 정확한 투시력을 가진 자로 변해 있음을 알았던 것이다.

몇 대의 호송차가 퐁트브로로 떠났다. 나는 그 형무소가 어떤 모습인지 말할 수 없다. 겉모습만 보고 그곳의 상황이 어떤지 알 수는 없기 때문이다. 그러니 형무소의 사정을 얘기한다는 건 터무니없는 일이다. 알고 있는 형무소들도 다만 내부에 관한 일부 사항일 뿐이다. 호송차의 칸막이들은 닫혀 있었다. 그러나 차가 좀 가파른 언덕을 오르면서 심하게 흔들리는 통에 내가 어느새 건너편 아르카몽의 자리에 와 있음을 알았다. 형무소는 골짜기 안에 있었다. 신비스러운 샘이 솟는 지옥의 협곡과도 같은 곳이었다. 그 무엇도 그곳이 높은 산꼭대기에 놓여 있다는 느낌을 방해하지 않았다. 지금 이 순간에도 때때로 형무소가 담으로 둘러싸인 바위 꼭대기에 있다는 생각

---

* 죄수들을 역에서 형무소로 이동시키는 쇠창살이 달린 칸막이 호송차

이 들 때가 있다. 그 높이는 생각에 그칠 뿐이지만 여전히 현실감 있게 다가온다. 그 높이가 주는 고립감이 결코 사라지지 않기 때문이다. 오로지 성벽이나 고요함 때문만은 아니다. 고립감은 중앙 형무소가 높다고 느끼는 만큼 메트레 감화원이 먼 곳에 있다는 느낌에서도 알 수 있다.

밤이었다. 우리는 암흑 같은 어둠 속에 도착했다. 모두 차에서 내렸다. 여덟 명의 간수가 하인처럼 불빛이 비치는 계단 위에 열 지어 서서 우리를 기다렸다. 두 계단 높은 현관 앞 층계에는 아치형의 커다란 문이 있었다. 사방은 온통 시커먼 벽이었으나 그 문에서 불빛이 새어 나왔다. 축제가 열리고 있는 듯했다. 아마도 크리스마스 축제였을 것이다. 나는 담쟁이덩굴로 뒤덮인 음산한 검은 벽으로 둘러싸인 뜰을 잠시 바라보았다. 우리는 쇠창살 문을 통과했다. 그 문 뒤로 또 하나의 작은 뜰이 있었다. 네 개의 전등이 켜져 있었다. 그 전등은 베트남 모자 모양의 갓을 씌운 것으로 프랑스 감옥 어디에나 설치되어 있었다. 어둠 속에서 그 뜰 끝자락에 익숙하지 않은 건물이 보이는 듯했다. 또 하나의 쇠창살 문을 통과한 뒤, 우리는 똑같은 등불이 켜진 몇 개의 계단을 내려갔다. 그러자 갑자기 몇 그루의 소관목과 연못으로 장식된 정방형의 매혹적인 정원이 나타났다. 그 정원 주위로 작고 우아한 돌기둥 회랑이 이어졌다. 벽에 붙여 만든 계단을 올라가자 하얀 복도가 나왔고 끝에 기록 보관실이 보였다. 우리는 그곳에서 쇠사슬이 풀릴 때까지 오랫동안 흐트러져 있었다.

"야! 손목 내밀어봐!"

나는 손을 쳐들었다. 그러자 나와 수갑으로 연결되어 있던 녀석의 애처로운 손이 사로잡힌 짐승처럼 따라 올라왔다. 간수가 잠시 수갑의 열쇠 구멍을 찾았다. 구멍을 찾아 열쇠를 넣자마자 그 미묘한 덫이 풀리며 나를 자유롭게 해주는 소리가 철커덕하고 들렸다. 우리에게는 감금되기 전에 주어진 이 해방의 시간이 첫 고통이었다. 숨 막힐 정도로 뜨거웠다. 하지만 누구도 그 공동의 잠자리가 그토록 따듯하리라고 생각지 못했다. 사무실 문은 잔혹할 정도로 밝은 복도를 향해 있었다. 문은 잠겨 있지 않았다. 잡역 근무로 청소하는 죄수가 문을 조금 열더니 미소를 띠며 속삭였다.

"이봐, 친구들! 담배 가진 사람 있나? 내게 넘기는 게 좋을걸⋯⋯. 그렇지 않으면⋯⋯."

그는 말을 하던 중 사라졌다. 간수가 지나갔기 때문일 것이다. 누군가 밖에서 문을 닫았다. 혹시 비명이 나는가 하고 귀를 기울였다. 아무 소리도 나지 않았다. 고문당하는 사람은 없는 것 같았다. 나는 함께 온 동료의 얼굴을 쳐다보았다. 우리는 서로를 보고 웃었다. 둘다 조금 전의 속삭임을 들은 것이다. 앞으로 우리는 언제든 그런 속삭임으로 말을 주고받을 것이다. 벽 뒤쪽에서 고요한 가운데 강렬하고 어렴풋한 움직임이 있음을 느낄 수 있었다. 왜 이렇게 주변이 어둡지? 겨울이라서? 물론 겨울에는 해가 빨리 진다. 아직 오후 5시밖에 되지 않았다.

잠시 후 멀리서 질식하는 듯한 비명이 들려왔다. 방금 전 그 죄수의 목소리 같았다.

"나의 기둥이 당신의 달에게 인사 올립니다!*"

사무실의 간수들도 이 소리를 들었지만 미동도 하지 않았다. 그래서 나는 도착하자마자 죄수의 목소리는 어느 것이나 명확하지 않다는 것을 알았다. 그것은 간수들이 알아듣지 못하게 하기 위한 속삭임이거나 아니면 두꺼운 벽과 고뇌가 삼켜버린 고함일 것이다.

우리는 한 사람씩 차례로 성, 이름, 나이, 직업을 말하고 서명했다. 그리고 인상착의가 기록됐고 지문을 찍었다. 끝난 사람은 간수가 탈의실로 데려갔다. 내 차례가 되었다.

"성은?"

"주네요."

"플랑타주네인가?"

"그냥 주네요."

"내가 플랑타주네라고 부른다면? 기분 나쁜가?"

"……."

"이름은?"

"장입니다."

"나이는?"

"서른 살입니다."

"직업은?"

"없습니다."

---

* 기둥은 남근, 달은 엉덩이를 의미

간수는 심술궂은 눈초리로 바라봤다. 그는 플랑타주네 왕가 사람들이 이곳 퐁트브로에 매장되어 있다는 사실도, 표범과 몰타 십자[*]가 뒤섞인 왕가의 문장(紋章)이 이곳 교회 유리창에 남아 있다는 사실도 모른다고 나를 멸시하고 있었던 것이다.

나는 함께 호송되어 온 친구 중 유난히 눈에 띄는 한 젊은이에게 넌지시 작별 인사를 건넸다. 나와 그 아이가 헤어진 지는 채 오십 일도 지나지 않았다. 그러나 내가 그에 대한 추억으로 외로움을 달래려고 하거나, 느리게나마 그의 모습을 떠올리고자 하면 이내 사라져버렸다. 그는 역에서 형무소로 이동하는 호송차 안에서도 기둥서방처럼 잘생긴 죄수와 같은 칸에 들어가려고 농간을 부렸다. 경비원은 한 칸에 두 명씩 짝지어 밀어 넣었다. 그는 기둥서방 같은 녀석과 같은 쇠사슬에 묶이고 싶어서 술책을 부렸다. 나는 그와 기둥서방 같은 죄수에게 질투를 느끼며 갈등했다. 그의 술책은 아직도 나를 불안에 떨게 만들고, 내 통찰력으로 베일을 벗기고 엿볼수록 깊은 신비감에 빠지게 한다. 그 이후 우울할 때마다 형무소에서의 추억을 수없이 되살려보지만 그에 대해서는 아직 아무것도 알지 못한다. 당시 그 두 사람이 나눈 말이나 행위, 나중에 두 사람이 공모한 일들, 장시간의 애정행각을 상상할 수는 있었지만 곧 진력이 났다. 그 젊은이의 농간과 호송차의 칸막이로 들어가는 모습 등 그 순간

---

[*] 십자가 끝이 갈라져 여덟 개의 꼭짓점으로 되어 있고 아래, 위, 옆의 길이가 같고 끝이 굵은 몰타 공화국의 십자가

의 일을 아무리 확대해도 그에 대한 앎은 조금도 늘어나지 않았다. 오히려 번쩍이는 술책의 매력만 파괴할 뿐이다. 아르카몬의 아름다운 얼굴도 매우 빨리 지나갈 때는 내 마음을 밝게 하지만, 오랫동안 세부적으로 관찰하면 그 얼굴은 지워지고 만다. 우리가 빠른 속도로 볼 수 있는 눈을 가지고 있다면, 몇몇 행위는 우리를 눈부시게 밝게 해주고, 불명료한 것들도 명확해질 것이다. 왜냐하면 살아 있는 것의 아름다움이란 오직 짧은 순간만 포착할 수 있기 때문이다. 그 변화무쌍한 아름다움을 끊임없이 추구한다고 해도 그 아름다움은 살아 있는 동안 지속될 수 없으며, 불가피하게 우리를 종말의 순간으로 데리고 갈 것이다. 또 그 아름다움을 분석한다면, 다시 말해서 그 아름다움을 시각과 상상력에 의지해 시간 속에서 추구한다면 우리는 아름다움이 감소되는 과정을 포착할 수 있을 것이다. 아름다움이란 최초에 나타난 그 경이로운 순간에서부터 점점 강도가 약해지는 법이다. 나는 결국 그 젊은이의 얼굴을 기억해낼 수 없었다.

나는 옷 꾸러미를 챙겼다. 속옷 둘, 손수건 둘, 빵 반쪽, 노래책 그리고 이미 무거워진 발걸음. 나는 여행을 함께해온 동료들과 말 한마디 없이 헤어졌다. 그들은 삼 년, 오 년, 십 년의 징역형을 받은 도둑, 강도, 부랑자, 폭행자였다. 일종의 유형수들이다. 나는 밝은 조명에 리폴린* 냄새가 진동하는 흰색의 매우 깔끔한 복도 위를 걸으며 간수 앞을 통과했다. 1,150명이나 되는 범죄자 이름이 기록된 여

---

* 에나멜 도료의 일종

덟 권의 두꺼운 기록부를 들것으로 운반하는 두 명의 죄수와 뒤따라가는 젊은 간수 그리고 서기와 마주쳤다. 작은 학생 노트 크기로 축소할 수 있는 큼직한 기록부의 무게 때문에 죄수들은 힘겹게 팔을 지탱하며 말없이 걸었다. 이 죄수들은 수많은 슬픔으로 나뉜 모든 무게를 간직한 채, 다 떨어진 신발을 끌고 미끄러지듯 고무장화 소리를 내며 걸어갔다. 두 명의 감시인도 똑같이 침묵을 지키며 엄숙히 걸어갔다. 나는 하마터면 인사할 뻔했다. 간수들이 아니라 명성이 자자한 아르카몬의 이름이 적힌 그 기록부에 대고 말이다.

"어이, 자네 인사 안 하나?"

나를 데려가던 간수가 말했다. 그는 덧붙였다.

"계속 독방 맛을 볼 생각이야?"

죄수라면 누구든 간수에게 군대식으로 경례를 붙여야 한다. 나는 간수 곁을 지나면서 굽이 없는 실내화를 신고 무기력하게 미끄러지듯 걷는 우리의 거동과 어울리지 않는 우스꽝스러운 경례를 했다. 우리는 또 다른 간수들과 마주쳤는데 그들은 우리를 쳐다보지도 않았다. 이 중앙 형무소는 성당의 크리스마스 전야처럼 생기가 돌았다. 우리는 밤에도 묵묵히 활동하는 수도사들의 전통을 이어 나갔다. 마치 중세에 살고 있는 것 같았다. 왼쪽 문이 열려 있었다. 그 문을 통해 탈의실로 갔다. 옷을 벗었을 때, 갈색의 모직 죄수복은 순결의 법의처럼 보였다. 나는 살인자와 한 지붕 아래 살기 위해, 즉 그의 곁에 머물기 위해 그 옷을 입었다. 가장 기본적인 일상의 관심사인 변소, 식사, 노동, 무질서한 성욕 등 그 어떤 것도 쉽게 무너지지 않는 것에 놀라워하면서 나는 긴 나날을 강도처럼 떨면서 살아야 했다.

　나는 공동 침실의 제5반에 배속되었는데 간수들은 나를 프랑스를 점령하고 있던 독일군이 사용할 위장용 그물 작업장으로 보냈다. 나는 이 형무소에 있는 동안 창녀의 정부(두목)들, 강도나 살인죄로 복역하는 녀석들의 농간에서 벗어나 생활하겠다고 굳게 마음먹었다. 탈의실에서 받은 바지는 지난날 망나니 혹은 그런 부류의 녀석이 입던 것이었다. 그 녀석은 바지에 두 개의 가짜 호주머니를, 이를테면 아랫배 높이쯤 되는 곳에 수병(水兵)의 호주머니처럼 비스듬히 호주머니를 만들어놓았다. 금지된 일이었다. 걸을 때나 멍하니 있을 때 나도 모르게 두 손을 그 주머니에 처박고는 했다. 덕분에 내 걸음걸이는 바라지도 않던 두목 같은 걸음걸이가 되었다. 죄수복은 갈색의 거친 천으로 만들어졌다. 상의는 깃도 호주머니도 없었지만 앞서 이 옷을 입은 죄수가 안감을 뜯어서 만든 속주머니가 하나 있었다. 단춧구멍은 그대로 있었다. 그런데 단추는 하나도 남아 있지 않았다. 상의는 매우 낡았지만 그래도 바지보다는 덜했다. 바지는 아홉 개의 천 조각을 짜깁기한 것으로 훼손된 정도로 세월을 보여주었다. 바지는 서로 다른 아홉 가지 갈색을 띠었다. 두 개의 가짜 주머니는 배 높이에 비스듬히 있었는데 구두 작업장의 가죽 베는 칼로 멋대로 만든 것 같았다. 바지는 멜빵이나 혁대 없이 단추만으로 지탱하게 되어 있었는데 그 버팀목인 단추가 모두 떨어져나간 것이다. 그 덕에 죄수복은 약탈당한 집처럼 처량한 느낌을 주었다. 이곳에 온 지 두 시간이 지나서 나는 작업장에서 라피아 섬유*를 끈 모양으로 만들어 혁대로 사용했다. 간수가 매일 밤 그 혁대를 압수했다. 그래서 재차 만들어야 했다…… . 그 혁대를 매일 아침 만드는 녀석들도 있었으니 십 년이면 적어도 3천 개는 만들었을 것이다. 내 바지는 너무 짧았다. 길이가 겨우 장딴지까지 내려왔기 때문에 긴 팬티 아래 누런 종아리가 그대로 드러나 보였다. 바지에는 굵은 활자로 A.P.라고 쓰여 있었다. 형무소를 뜻했다. 갈색 직물로 만든 죄수복 상의 오른쪽에는 조그만 호주머니가 있었다. 내의는 매우 깔깔한 목면으로 만들어졌는데 역시 깃이 없었다. 소매는 소맷부리도 없었다. 물론 단추도 없었다. 녹이 묻은 흔적이 있어서 혹시 똥이 아닌가 하는 불쾌감이 들었다. 거기에도 A.P.라고 쓰여 있었다. 우리는 보름에 한 번씩 옷을 갈아입었다. 실내화도 두꺼운 갈색 천으로 만든 것이었는데 땀에 절어 뻣뻣했다. 납작한 모자도 갈색 천이었고 손수건에는 희고 푸른 줄무늬가 있었다.

다른 형무소에서 만났던 라스뇌르가 나를 알아보았다. 그는 내게 알리지 않고 나를 한 오두막집에 드나들 수 있게 해줬다. 그를 제외하고 상테 형무소 또는 다른 형무소에서 온 죄수 중 얼굴을 알 만한 사람은 없었다. 유일하게 아르카몬이 나와 함께 메트레 감화원에 있었지만 그는 사형수 독방에 갇혀 있었기 때문에 모습을 볼 수 없었다.

---

* 라피아야자 잎에서 뽑은 섬유

이제 나는 아르카몬이 내게 어떤 존재였는지, 그리고 그를 통해서 디베르와 뷜캉이 어떤 존재였는지 말하고자 한다. 나는 지금도 뷜캉을 사랑한다. 그는 내 운명을 지시하고 있다. 뷜캉은 신의 손가락이고, 아르카몬은 하늘에 살고 있기 때문에 신이다. 나는 지금 나스스로 창조하고, 내 몸과 영혼을 바치는 하늘에 대해 말하고 있다. 나에 대한 그들의 사랑, 그들에 대한 내 사랑이 아직도 마음속 깊은 곳에서 꿈틀거린다. 특히 아르카몬에게 품었던 내 사랑은 신비스럽기도 하고, 격렬하기도 했다. 그렇게 잘생긴 부랑자들에게 매혹된 것은 그들이 발하는 빛과 어둠 때문이다. 나는 가능한 한 최선을 다해 그 점을 말해볼 생각이다. 그러나 내가 할 수 있는 일은 "그들은 암흑 같은 광명 혹은 눈부신 밤이다"라는 하나의 문장으로 말하는 것뿐이다. 사실 이 표현은 내가 느끼고 있는 감정에 비하면 아무것도 아니다. 그 감정은 매우 뛰어난 소설가들이 아름다움과 악의 명백한 대립을 짧은 시 안에서 통합하려고 애쓰며 "어두운 빛…… 열정적인 그림자……"라고 표현할 때 드러나는 감정과 같다. 나는 아르카몬, 디베르, 뷜캉을 통해 내가 소년 시절을 보낸 메트레 감화원의 삶을 되씹어볼 생각이다. 지금은 폐쇄된 감화원, 파괴되어 사라진 소년 형무소를 추억하는 것이다.

아름답기로 유명한 투렌 지방에서도 가장 아름다운 곳에 사랑과 증오의 리듬으로 뒤엉켜 있던 소년 3백여 명의 존재를 세상은 모르고 있었고, 또 의심조차 하지 않았다는 사실이 가능한 일일까? 감화원은 꽃과 희귀한 나무 사이에서 은밀한 삶을 영위하고 있었다. 그 이후 꽃이라고 하면 정원의 꽃도, 전사한 군인의 무덤에 바쳐진 꽃도 내게는 지옥의 부속물처럼 보였다. 감화원에서 20킬로미터 안쪽에 사는 농부들은 열대여섯 살 정도의 원생이 탈주하여 농가에 불을 지르지나 않을까 하는 두려움과 불안에 사로잡혀 있었다. 더구나 각각의 농부가 탈주한 원생을 붙잡아 오면 50프랑의 상금을 받을 수 있었기 때문에 갈퀴나 총, 사냥개까지 동원한 진정한 탈주범 사냥이 밤낮없이 메트레 벌판에서 벌어졌다. 한 소년이 밤에 감화원을 빠져나가면 그 일대에 공포 분위기가 조성되었다. 부드러운 소녀처럼 언제나 내게 감동을 주던 리오가 도망가려고 했을 때, 그의 나이는 열여덟이었다. 그는 과감하게 어느 곡식 창고에 불을 질렀다. 밤에 잠자던 농부들이 공포에 질려 잠옷 바람으로 문단속하는 일도 잊은 채 불난 곳으로 달려가도록 할 속셈이었다. 그는 몰래 집 안에 들어가 바지와 상의를 훔쳤다. 사람들 눈에 띄기 쉬운 감화원 제복인 희고 깔깔한 짧은 바지와 푸른색의 목면 블라우스를 벗어버리기 위해서였다. 그는 옷을 갈아입었다. 농가는 화염에 휩싸였다. 들리는 말에 따르면 아이 몇 명이 타 죽고 암소도 몇 마리 죽었다고 하지만, 대담하고 후회를 모르는 소년은 멀리 오를레앙까지 도망갔다. 마을의 젊은 여자들은 빨랫줄에 상의와 바지를 걸어놓아 탈주 원생이 훔치려고 줄을 건드리면 벨이 울리도록 해놓고 그들이 걸려들기를 기다렸다. 여자들이 꾸민 이러한 덫은 눈에 보이지 않는 위협으로 감화원을 포위했고, 당황한 소년들 사이에서는 그 책임을 두고 공방이 벌어졌다. 유일한 추억인 이 일을 떠올리면 나는 가슴속에 어떤 절망과 슬픔이 일어나고, 어린 시절이 사라졌다는 끔찍한 우울증에 빠진다. 이 감정을 표현할 수 있는 문장은 오로지 하나뿐이다. 그 문장은 어느 왕자가 옛사랑과 영광이 머물던 장소를 방문했을 때, 언제나 끝부분에 등장하는 "…… 왕자는 마침내 울음을 터뜨렸다"라는 식의 표현이다.

메트레 감화원에서처럼 퐁트브로 중앙 형무소에도 징역수들의 이름순으로 둘씩 짝지은 긴 목록이 작성돼 있을 것이다.

봇차코와 빌캉.

실라르와 방튀르.

로키와 빌캉.

들로프르와 토스카노.

물린과 모노.

루 뒤 푸앵 뒤 주르와 조.

디베르와 나.

빌캉과 나.

로키와 나.

나는 일주일 동안 중앙 형무소에 처음 온 느낌으로 규칙과 제도에 익숙해지려고 노력했다. 간단한 일이었다. 즉 한 번쯤 경험해봤다면 쉽게 적응할 수 있는 생활이었다. 6시 기상. 간수가 문을 열고, 우리는 포석이 깔린 복도로 가서 전날 취침 전에 벗어놓은 옷을 찾는다. 옷을 입는다. 오 분간 세수. 구내식당에서 수프를 먹고 작업장으로 간다. 정오까지 작업. 1시 반까지 식당에 왔다가 다시 작업장으로 간다. 저녁 6시에 수프를 먹는다. 7시에는 공동 침실에 들어간다. 메트레의 시간표와 같다. 일요일에는 노역이 없었다. 때때로 지난날 퐁트브로를 지배한 왕의 칙령으로 임명된 수녀원장들의 명부를 읽기도 했다. 그리고 정오에 식당으로 가기 위해 우리는 매우 황량해 보이는 뜰을 통과했는데, 그 적막감은 경탄할 만한 르네상스 양식의 건물 전면이 무너진 채 방치되어 있다는 사실에서 비롯했다. 예배당 근처 구석에는 검은 장작더미가 쌓여 있었다. 도랑에는 더러운 물이 흘렀다. 새롭게 창조된 건축술의 아름다움이 때로는 상처를 입었다. 나는 작업, 식사, 주먹싸움, 동료들과의 빠른 교제 등 일상생활에 전념하려 했으나 사랑 문제가 복잡하게 얽혔다. 징역수는 본디 교활한 행동을 통해 공적으로 보이는 삶과 음흉한 사적인 삶의 이중적 삶을 살아간다. 나는 아르카몽의 존재에 거의 고통스러울 정도로 부담을 느꼈다. 어느 날 식사하던 중 참지 못하고 라스뇌르에게 귓속말로 물었다.

"그는 어디 있어?"

그가 짧게 말했다.

"제7호실. 특별 감호실에!"

"거기서 죽나?"

"물론이지."

식탁 왼쪽에 있던 소년이 우리가 사형수의 죽음에 대해 얘기하는 것을 눈치채고 입을 손으로 가리며 중얼댔다.

"아름다운 죽음, 그건 멋진 거야!"

나는 그가 있는 곳을 알게 되었다. 그의 모습을 다시 볼 수 있는 행운을 얻었을 때 내 가슴은 희망과 두려움으로 가득 찼다. 우리는 매주 그랬듯이 사형수들이 산책 나간 시간에 그들의 감방 근처에서 한 죄수가 해주는 면도를 받기 위해 열 지어 서 있었다. 형무소장이 아르카몬의 방문을 열었다. 간수 한 명이 그를 뒤따랐는데, 간수는 벽에 의자를 고정할 때 쓰는 쇠사슬과 유사한 두께의 쇠사슬을 만지작거렸다. 형무소장이 안으로 들어갔다. 금지된 행동인 줄 알면서도 벽 쪽으로 고개를 돌리지 않을 수 없었다. 우리는 미사를 올릴 때 성체강복 중 사제가 성궤(聖櫃)를 열려고 하면 고개 숙이고 있던 아이들이 눈을 살짝 뜨는 모습으로 있었다. 내가 메트레 감화원을 떠난 이후 처음으로 아르카몬을 다시 만나게 된 것이다. 그는 온통 아름다움에 휩싸인 채 감방 한가운데에 서 있었다. 그는 메트레에 있을 때처럼 모자를 귀 근처까지 푹 내려 쓰고 있었다. 한때 부랑자들이 쓰던 모자의 챙과 비슷한 부리 모양의 모자가 그의 눈을 덮었다. 나는 충격받았다. 그의 아름다움이 변했기 때문인지, 아니면 내 눈동자 속에 행적을 소중히 간직해온 특별한 위인 앞에 내가 서 있기 때문인지 알 수 없었다. 어쨌든 나는 오랫동안 기적을 구하면서 기대 속에서 살던 무당이 기적의 전조를 느끼고, 갑자기 기적이 눈앞에 나타나는 것을 보고 자신의 예언과 맞아떨어졌을 때 생기는 충격과 같은 상태에 있었다. 아니 그보다 더 감동적인 상태였다. 그 자신이 곧 그의 권위와 은총의 증거물이었다. 몸이야말로 가장 확실한 증거물이기 때문이다. 아르카몬이 '내 앞에 나타났다'. 그는 산책 시간을 알고 있는 듯했다. 쇠사슬을 채우도록 자기의 손목을 간수에게 내밀고 있었기 때문이다. 아르카몬이 두 팔을 내리자 쇠사슬 끝자락이 혁대 아래로 늘어졌다. 그는 감방에서 나왔다. 우리의 얼굴은 태양을 향하는 해바라기처럼 그를 향해 움직였다. 부동으로 있던 몸이 흐트러져서 축처럼 돌았다. 그리고 치맛자락이 좁아 불편하게 걷던 1910년경의 여자들처럼 아르카몬이 잰걸음으로 또는 이전에 자바 춤을 출 때와 같은 걸음으로 우리 쪽으로 다가왔을 때, 우리는 경의를 표하기 위해 무릎을 꿇고 싶을 정도였다. 적어도 수줍어서 손으로 눈을 가리고 싶었다. 그는 혁대를 매지 않았다. 양말도 신지 않았다. 그의 머리에서(혹은 내 머리에서) 비행기 엔진 소리가 들려왔다. 온몸의 혈관에서 기적이 일어나고 있다는 느낌을 받았다. 그러자 그의 손목을 묶은 쇠사슬에 깃들어 있는 어떤 신성성과 우리의 열정적인 감탄이 그 쇠사슬을 하얀 장미 레이스로 변화시킬 정도로 눈앞이 어리벙벙했다. 고슬고슬한 그의 머리카락은 가시관에 장식된 술처럼 이마에 흩어져 있었다. 이 변화는 왼쪽 손목에서 시작해 그곳에 꽃팔찌를 두르고, 쇠사슬을 따라서 고리마다 하나씩 장미로 바뀌며 오른쪽 손목에 이르고 있었다. 아르카몬은 이 기적에 아랑곳하지 않는 듯 걸어갔다. 간수들은 어떤 이상한 변화도 알아채지 못했다. 나는 그때 가위를 들고 있었는데 한 달에 한번 죄수들끼리 번갈아 손톱, 발톱을 깎아주는 일을 하던 중이었다.

그래서 신발은 벗고 있었다. 광신도들이 사제의 옷자락을 잡고 입 맞추는 듯한 몸짓으로 그에게 키스했다. 나는 두 걸음 앞으로 갔다. 몸을 앞으로 숙이고 가위 든 손을 내밀었다. 그리고 그의 왼쪽 손목 아주 가까이 가느다란 가지에 붙어 있던 가장 아름다운 장미를 잘 랐다. 장미의 목이 내 맨발 위에 떨어졌다. 장미는 잘려서 바닥에 떨어져 있는 더러운 머리털 사이로 다시 굴렀다. 나는 그것을 주웠다. 그리고 넋이 나간 얼굴을 쳐들어 아르카몬의 얼굴에 그려진 공포를 보았다. 그의 날카로운 신경은 자신의 사형을 그대로 예견하는 이 죽음을 참을 수 없었던 것이다. 하마터면 그는 졸도할 뻔했다. 나는 아주 짧은 순간 우상 앞에 무릎을 꿇었다. 그는 공포 때문인지, 부끄 러움 때문인지, 사랑 때문인지 떨고 있었다. 그는 나를 아는 듯한 시 선으로 바라보았는데, 내가 주네라는 걸 알아본 것인지 아니면 그 가 받은 끔찍한 동요의 원인이 나 때문이란 걸 안 것인지 지금도 알 수 없다. 그는 죽은 사람처럼 창백했다. 이 장면을 멀리서 본 사람은 장미를 보거나 그 꽃의 냄새를 맡기만 해도 기절해서 쓰러졌다고 알려진 기즈 공작 또는 로렌의 기사 이야기에서 볼 수 있는 연약함 이 이 살인범에게도 있다고 믿었을지 모른다. 그러나 그는 정신을 차렸다. 가벼운 미소를 띤 그의 얼굴에 침착함이 되살아났다. 그는 발목에 걸려 있는 족쇄 때문에 절뚝거리며 걸어갔다. 이 절뚝거리 는 모양에 대해서는 나중에 다시 말할 것이다. 그러나 그의 손을 묶 은 쇠사슬은 꽃 장식의 모습을 잃었기 때문에 단순한 쇠사슬로 남 아 있었다. 그는 복도 모퉁이와 그림자에 가려 시야에서 멀어져갔다. 나는 그 장미를 바지 호주머니에 넣었다.

　나는 이런 식으로 메트레 감화원과 아르카몽, 중앙 형무소에 대해 이야기할 생각이다. 어떤 방해물도 없이, 즉 어떤 엄격한 주의나 정확하게 기술하겠다는 강박감 없이 노래하듯 얘기할 것이다. 뷜캉을 떠올리면, 내 경험담이 매우 적나라하게 드러날 것이다. 하지만 그를 환기하는 일이 끝나자마자 그 역작용으로 내 노래는 더욱 고양될 것이다. 그렇지만 꾸며댄 말로 문장을 만들어 있음직하지 않은 일을 말하고 싶지는 않다. 조금 전의 장면은 마음속에서 일어난 것이다. 나는 그 자리에 있었다. 그 장면을 글자로 쓸 때 비로소 내가 저 살인범에게 품은 숭배의 일면을 비교적 서투르지 않게 표현할 수 있을 것이다. 기적이 일어난 바로 다음 날 나는 뷜캉에 매혹되어 기적을 잊어버렸다.

　뷜캉은 짧게 자른 금발에 정확하게 기억나지는 않지만 눈동자는 아마 푸른색이었던 것 같고, 매우 날카로운 눈매를 지니고 있던 듯하다. 몸은 유연하고 마른 편이었다. 그를 두고 "꽃잎 속에 들어 있는 은총이며, 사랑이 쉬어가는 곳*"이라고 말한다면 가장 그럴듯한 표현일 것이다. 스무 살 정도의 나이에 그런 모습을 한 것이 바로 뷜캉이다. 퐁트브로 형무소에 온 지 일주일쯤 되었을 때, 건강검진을 받으러 가던 중 계단 모퉁이에서 옷을 갈아입는 그를 보았다. 그가 거친 죄수복을 벗자 황금빛의 넓은 가슴에 커다란 두 날개를 펼치

---

*　16세기의 프랑스 시인 피에르 드 롱사르의 시

고 있는 푸른 독수리 문장(紋章)이 돋보였다. 문신(文身)은 채 마르지도 않은 것 같았다. 표면이 부각되어 있어서 마치 끌로 조각을 해놓은 것이 아닌가 하는 느낌이 들었다. 뭔가 성스러운 경외감이 엄습했다. 그가 고개를 들었을 때, 나를 보며 미소 짓는 소년의 얼굴은 청명한 밤하늘의 무수한 별로 반짝거렸다. 그가 옷을 바꿔 입은 친구에게 말했다.

"난 태형을 십 년이나 받았어!"

그는 상의를 어깨에 걸치고 있었다. 나는 한쪽 손에 담배 몇 개비를 쥐고 있었는데, 계단 중간에 서 있었기 때문에 담배가 마침 그의 눈높이에 있었다. 그는 내 손에 있는 담배를 물끄러미 바라보더니 이윽고 말했다.

"담배 피울까?"

나는 좋다고 답하고 내려왔다. 골루아즈*를 피우는 것이 좀 부끄러웠다. 담배는 죄수에게 달콤한 반려자다. 죄수들은 떨어져 있는 자기 부인보다 담배를 더 사랑한다. 담배의 형태가 지닌 우아함, 담배가 손가락과 몸에 부여하는 모습, 이 모든 것들은 죄수들이 담배에 대해 갖는 매력적인 우정의 이유다. 그때 나는 무례하게도 이 하얀 아가씨 중 하나를 뷜캉에게 넘기기를 거절했다. 우리의 첫 만남은 이렇게 시작되었다. 나는 그 외모가 발산하는 아름다움의 광채에 감동하여 감히 아무런 말도 할 수 없었다. 나는 누구에게도 그에

---

* 필터가 없는 프랑스의 가장 싼 담배

28

관해 말하지 않았다. 그러나 눈부신 얼굴과 육체의 모습을 추억으로 마음속에 간직했다. 그가 나를 사랑해주기를 간절히 원하면서. 나는 그가 나를 죽음으로 이끌고 갈 것이라는 것도 이미 알고 있었다. 나는 지금도 이 죽음이 아름다울 것이라고 믿는다. 내가 그를 위해서 죽거나 그에게 죽어도 좋을 만큼 그는 충분히 가치 있는 자라는 뜻이다. 그래서 나는 가능하면 빨리 죽음으로 이끌려 가고 싶었다. 어쨌든 나는 조만간에 그 때문에 죽을 것이다. 나는 파괴되고 닳아서 죽을 것이다. 이 책의 끝부분에서 빌캉을 그의 어리석음이나 허영심 혹은 다른 추한 면들 때문에 경멸의 대상으로 그려놓는다 해도, 나는 내 삶을 그가 가리키는 별의 방향으로 끈질기게 이끌고 갈 생각이다. 나는 그의 추악한 면들을 의식하고 그렇게 썼다. (나는 본의 아니게 그가 자주 사용하는 단어를 쓰고 있다. 그는 가끔 편지에서 "나는 나의 별을 갖고 있다"라는 표현을 사용했다.) 그가 제시하는 이 새로운 방향을 내가 고집하는 것은 그 방향이 그의 악마로서의 역할의 일부이기 때문이다. 그는 자신도 이해할 수 없는 사명감으로 그 방향을 실행하고 있었다. 무엇보다도 그에 대한 내 애정은 숙명적인 것이다. 그렇지만 지금, 내 애정도 빌캉도 사라져버렸다. 이제 남은 것은 무엇일까?

좀 뻔뻔스러운 생각이 들지만 이 책은 오로지 빌캉의 존재 때문에 쓰였다. 그는 죄 없는 사람들의 창백한 얼굴에 뺨을 날리며, 대담하고 건방진 자가 아니라면 상상할 수 없는 삶을 살아야 했다. 그는 장렬한 죽음을 택할 것이고, 나 역시 그의 뒤를 따를 것이다. 나는 우리 두 사람이 산산이 부서져 바람에 휘날리는 종말로 나아가고 있으며, 그 조각난 파편들이 재구성되고 있음을 느낀다.

바로 다음 날 형무소 뜰을 산책하고 있는데 몇몇 녀석이 잘생기지도 젊지도 몸매가 좋지도 않은 남색자를 놀리고 있었다. 그때 라스뇌르가 우리 두 사람을 서로 소개해주었다. 가장 악랄한 녀석, 특별한 이유도 없이 잔혹하게 행동하는 녀석이 있었다. 바로 봇차코였다. 그는 퐁트브로에서 가장 난폭한 자로 평판이 자자했다. 그는 성질이 거칠어서 보통 때에는 부랑자들과 말도 하지 않았고, 남색자라면 무시하고 상대도 하지 않았다. 그래서 그가 왜 갑자기 남색자에게 미친 듯이 달려들었는지 알 수 없었다. 아무튼 그는 오랫동안 참은 욕설을 한꺼번에 쏟아내는 것 같았다. 고르지는 않지만 단단해 보이는 이빨들이 입술을 들어 올리고 있었다. 얼굴에는 적갈색 얼룩이 있었다. 머리카락은 없었지만 붉은 머리털이었음을 짐작할 수 있었다. 수염은 없었다. 그는 다른 녀석들처럼 조롱하면서 웃지도 않았다. 그리고 심하게 욕설을 해댔다. 그런 행동을 즐기는 게 아니라 누군가에게 복수하는 것처럼 보였다. 세상에 분노하는 표정이었다. 그는 형무소에서 최고의 두목으로 통했다. 추함은 휴식을 위한 아름다움이다. 목소리가 쉬었는지 말이 탁하게 들렸다. 그런데도 균열이 생기고 금이 간 것처럼 쩌렁쩌렁하고 날카로웠다. 나는 그가 노래할 때의 아름다운 목소리를 생각하며 더욱 집중해서 소리에 귀를 기울였다. 그 결과 다음과 같은 사실을 발견했다. 신경에 거슬리는 쉰 목소리가 노래를 부를 때는 부드러운 비로드* 같은 음색으로 변하고 울림이 더욱 투명하게 변한다는 것을. 휴식 중에 실타래를 풀면 아름다운 소리가 들리는 것과 같은 현상이다. 물리 학자라면 이러한 현상을 잘 설명하겠지만, 나로서는 아름다움이란 추함의 투사이며 또 어떤 괴물 같은 것을 '확대함'으로써 가장 순수 한 장식품을 얻을 수 있음을 잘 설명하지 못해 당혹스러울 뿐이다. 나는 그의 말에 휩쓸려 그가 남색자를 때리기만 기다렸다. 남색자 는 공포에 질려 감히 움직이지 못했다. 그는 본능적으로 겁에 질린 동물처럼 음흉하고 조심스러운 부동자세를 취했다. 만일 봇차코가 조금이라도 때릴 몸짓을 취했다면, 그의 분노는 억제할 수 없는 것 이라서 아마 상대를 죽였을지 모른다. 그 스스로 힘이 소진되지 않 는 한 이 형무소에서 누구도 그의 광기를 막을 수 없었다. 나는 그의 들창코 얼굴이 보여주는 온갖 특징을 통해 땅딸막하지만 견고한 불 굴의 육체에서 강한 힘이 솟아나는 것을 보았다. 그의 얼굴은 권투 선수처럼 수없이 맞아 쇠처럼 단련되었다는 인상을 주었다. 조금이 라도 늘어진 부분은 찾아볼 수 없었다. 피부는 탄력적인 근육과 뼈 에 딱 붙어 있었다. 그의 이마는 너무 좁아 심한 분노를 통제할 이성 을 지닐 수 없었다. 두 눈은 둥근 눈썹 아래 깊숙이 잠겨 있었다. 속 옷과 죄수복 상의 사이로 엿보이는 가슴은 매끈했고 건강이 넘쳐 푸르게 보일 정도로 흰빛을 뿜고 있었다.

간수 랑동이 평지보다 약간 높게 만들어진 순회용 통로로 중앙의

---

* 곱고 짧은 털이 촘촘하게 돋도록 짠 비단

뜰을 향해 걸어가고 있었다. 그는 때로 눈을 내리깔아 우리 쪽을 보았다. 그자는 간수 중 가장 음흉했다. 그는 단순히 정의감으로 나쁘다고 생각하면 벌을 주었다. 그에게 이 잔혹한 장면을 들키지 않으려고 기둥서방들은 말할 것도 없고 박해받고 있는 녀석까지도 자기들의 태도와 몸짓을 악의가 없는 우정 어린 것으로 가장해 보이고 간수가 알아들을 수 없는 소리로 저주의 말을 퍼부었다. 당황한 남색자는 아주 비굴한 태도로 봇차코와 동료들의 화를 진정시키고 간수를 속이기 위해 최대한 미소를 짓고 있었다.

"더러운 놈! 개거품을 물고 있군!"

봇차코는 아무도 따라 할 수 없을 정도로 잽싸게 허리를 틀어 흘러내리는 바지를 추켜올렸다.

"어서 꺼져! 창녀 자식아!"

뷜캉은 팔꿈치를 벽에 대고 팔 사이로 얼굴을 내밀었다. 마치 왕관을 쓴 모습처럼 보였다. 왕관 모양의 팔은 맨살이었다. 그는 언제나 옷을 입지 않고 어깨에 걸치고 있었다. 이 북쪽에서 온 소년의 순진한 머리 위에 놓인 거대하게 꼬인 근육은 남작관(男爵冠)*처럼 보였다. 십 년 징역의 상징물이었다. 그의 섬세한 머리에 놓인 십 년이나 묵은 굵은 몽둥이! 그의 베레모는 아르카몬의 모자와 같은 모양이었다. 그와 동시에 얼룩으로 검어진 그의 목 언저리와 둥근 속옷 칼라 사이에서 퍼렇게 문신된 독수리의 날개 끝이 드러났다. 그

---

* 무어인의 머리에 매는 밧줄 모양으로 꼰 수건

의 오른쪽 발목은 왼발 위에 가로놓여 메르쿠리우스*의 모습을 하고 있었다. 무거운 죄수복 바지도 그에게는 우아해 보였다. 입가에는 미소를 띠고 있었다. 입에서 나오는 입김은 오직 향기로운 냄새만 풍겼다. 왼손은 단검의 손잡이를 쥐고 있는 것처럼 허리춤에 얹혀 있었다. 이러한 그의 태도는 내가 꾸며낸 것이 아니다. 있는 그대로의 모습이다. 한 가지 덧붙이면, 그는 날씬한 허리와 넓은 어깨, 자신의 어찌할 수 없는 아름다움을 의식하고 있는 듯 확신에 찬 강한 목소리를 지니고 있었다. 그는 봇차코가 점점 더 고약하게 욕하는 장면을 바라보았다.

루 뒤 푸앵 뒤 주르**, 이 이름에 의해 우리와 가장 멀리 떨어져 있는 그는 특이한 몸짓을 하고 있었다. '루'라는 이름은 그 사람 전체를 감싸는 안개 같은 것이었다. 다만 이 부드러운 안개를 헤치고 그에게 접근하거나 그의 이름을 통해 지나가는 자는 그에게서 자라고 있는 날카롭고 음흉한 가시와 나뭇가지에 찢기고 말 것이다. 그는 금발이었고, 눈썹은 평평한 이마에 달라붙어 있는 밀 이삭처럼 보였다. 그는 기둥서방이었다. 지금 그는 그들 사이에서 헌병으로 불린다. 깡패들은 그를 좋아하지 않았다. 그는 다른 기둥서방들과 한패로 있었다. 우리는 그들을 보스 혹은 두목이라고 불렀다. 패거리들 사이에 가끔 격한 싸움이 벌어지기도 했다.

---

* 목동, 상인, 전령, 도둑의 신으로 그리스신화의 헤르메스
** 새벽이라는 뜻

우리는 그가 봇차코의 어깨 위에 손을 올려놓은 것이 화해를 모색하기 위한 행동이라고 생각했다. 그는 웃으면서 말했다.

"결혼하지 그래. 넌 이 녀석을 좋아하잖아? 다 알고 있어!"

"뭐라고? 저런 남창하고 결혼하라고?"

봇차코의 얼굴에 혐오감이 두드러지게 나타났다. 루가 그러한 말투로 말한 것은 옳지 않았다. 왜냐하면 기둥서방과 깡패는 두 패로 나뉘어 있었지만 작업이나 공동생활에 필요한 일은 서로 의논하며 지내기 때문에 거친 말은 결코 사용하지 않았기 때문이다. 나는 봇차코가 루에게 화를 내지 않을까 걱정했다. 그런데 그는 침을 뱉으며 등을 돌렸을 뿐이었다. 루가 웃었다. 그 순간 패거리 사이에서 서로 적대적인 움직임이 일어났다. 나는 뷜캉을 바라보았다. 그는 봇차코와 남색자를 차례로 보면서 웃었다. 혹시 재미있다고 생각한 걸까? 그러나 나는 감히 뷜캉과 남색자라는 두 종류의 인간이 본질적으로 같다고 생각하지 않았다. 나는 뷜캉이 남색자의 몸짓에 어떻게 반응할지 슬며시 살폈다. 둘 사이에 어떤 상응하는 태도가 있는지 간파하려고 말이다. 그런데 뷜캉에게서 어떠한 기교적인 면도 찾아볼 수 없었다. 넘쳐나는 혈기 때문에 그가 다소 난폭하게 보였을 뿐이다. 그는 세상이 멸시하는 천박한 존재로 수치스러운 줄 알면서도 어쩔 수 없이 부랑자의 기질을 내면에 지니고 있는 것일까?

과연 그는 나를 사랑할까? 내 마음은 벌써 행복을 찾아 비상하고 있었다. 그가 사랑을 통해 로키와 연결된 것처럼 뭔가 예기치 않은 사건이나 서투름이 기적적으로 우리 두 사람을 이어주지는 않을까? 나중에 그는 자기가 로키와 만났을 때의 축제 분위기를 말한 적이 있다. 요약하면 이렇다. 로키와 그는 클레르보 중앙 형무소에 있을 때 서로 알았다. 둘은 똑같은 날 형기를 마치고 출감한 뒤 함께 작업하기로 결심했다. 사흘 만에 한 첫 강도질에서 큰돈을 거머쥐었다. 뷜캉은 6만 프랑 정도였다고 상세히 말했다. 그들은 몰래 들어간 아파트를 빠져나와 거리로 나갔다. 한밤중이었다. 두 사람은 들떠 있었다. 한 건 해서 번 돈을 밝은 거리에서 셈하고 나눌 수는 없었다. 그들은 인적이 드문 앙베르 공원으로 갔다. 로키가 돈뭉치를 끄집어냈다. 그는 돈을 세고 나서 3만 프랑을 뷜캉에게 건넸다. 자유의 몸으로 부자가 되었기 때문에 두 사람은 기분이 좋았다. 그들의 영혼은 무거운 자신들의 육체를 천국으로 이끌고 간 듯했다. 정말 기뻤다. 두 사람은 성공과 행복의 미소를 지었다. 그들은 자신들의 솜씨보다 운이 좋았다는 데 만족하며, 유산이라도 받은 사람들처럼 서로를 축하하기 위해 자주 만나는 사이가 되었다. 이윽고 그 행복한 상태가 두 사람을 포옹하도록 만들었다. 그들은 너무 기뻐서 환희의 본질이 무엇인지 몰랐다. 환희의 원천은 성공한 도둑질에 있었지만, 포옹이나 뺨을 비비는 작은 행동이 기쁨의 속삭임 사이에 끼어들면서 어느덧 그 행동이 자신들 행복의 원천이라고 믿게 되었고, 그것을 사랑으로 부르게 되었다. 뷜캉과 로키는 서로 포옹했다. 그들은 이미 떨어질 수 없는 사이였다. 행복이라는 것은 결코 뒤로 물러나는 일을 허용하지 않기 때문이다. 행복할수록 두 사람의 관계는 깊어졌다. 그들은 돈이 있었고 자유가 있었다. 두 사람은 만족했다. 그들은 서로 껴안았을 때 행복의 절정을 맛보았다. 서로 사랑했던 것이다. 은연중에 붙잡힐지 모른다는 공포에 더해 외로움의 피난처로서 서로가 동료를 원했기 때문에 그러한 혼동은 점점 심해져서 마침내 둘은 결혼하기에 이르렀다.

빌캉은 내게 고통을 준 그 장면에서 벗어나 우리 두 사람을 소개해준 친구 라스뇌르를 바라보았다. 그런데 얼굴을 15도 정도 돌려야 했기 때문에 그의 시선은 라스뇌르에게 향하던 중 내 눈과 마주쳤다. 순간 그는 전날 밤 계단에서 만난 사람이 바로 나라는 사실을 알아차린 듯했다. 나는 태연했고 무관심한 표정을 지었다. 지금 생각해보니 그는 어딘지 모르게 악의를 품고 있던 것 같았다. 그가 대화에 끼어들었다. 약 십 분간의 산책을 끝냈을 때, 나는 바라볼 필요도 없이 가까운 사이인 것처럼 그의 손을 덥석 잡았다. 우연히 친구를 만난 듯한 기쁨을 감추기 위해 더욱 무심한 표정을 지었으나 속으로는 빌캉을 꼭 껴안고 있었던 것이다. 나는 감방으로 돌아왔다. 그러자 사라져버린 내 소년 시절의 습관이 되살아났다. 그날 반나절과 밤사이 빌캉에 대한 온갖 상상이 머릿속을 맴돌았다. 그런데 그토록 마음을 뒤흔들어놓았던 것은 스무 번이나 바뀐 가공할 만한 삶이 본의 아니게 내가 꾸민 사건들에 의해 살인, 교수형, 참수형과 같은 잔혹한 최후를 맞았다는 점이다.

우리는 나중에 다시 만났다. 그는 만날 때마다 알 수 없는 처참한 영광에 휩싸여 있는 것처럼 보였다. 나는 강력한 사랑의 힘으로 그에게 이끌렸다. 어떤 초자연적인 피조물의 힘이었는데 나는 그 힘에 대항하면서 끌려가지 않으려고 몸부림쳤다. 마치 폭풍우 치는 밤에 닻으로 고정해놓은 배처럼 발목과 팔목, 허리가 사슬에 묶여 꼼짝도 못 했던 것이다. 뷜캉은 언제나 미소를 짓고 있었다. 결국 나는 그를 통해 어린 시절의 몽상하는 습관을 되찾았다.

내 어린 시절은 끝났다. 더불어 내면의 시적인 힘도 사라졌다. 나는 더 이상 형무소를 전설 속의 공간으로 여기지 않게 되었다. 어느 날 갑자기 몇 가지 사실 때문에 형무소의 매력이 상실되었음을 깨달은 것이다. 나 자신이 변했다는 의미다. 말하자면 세상을 있는 그대로 보게 되었다는 뜻이다. 나는 지금 형무소를 부랑자들의 눈에 비친 모습으로 본다. 형무소는 내가 갇혀 있다는 이유로 분노하는 감옥에 지나지 않았다. 오늘날 나는 형무소 독방의 벽에 흐릿하게 새겨져 있는 문구 "문신을 한 장(Jean)"을 "고문받는 장"으로 달리 해석해 읽는다. 내가 한 달 전부터 독방에 갇힌 건 아르카몬 탓이지 뷜캉 탓이 아니다. 나는 살인범 아르카몬의 감방 앞을 빈번히 어슬렁거렸다. 그 이유로 어느 날 벌을 받은 것이다. 여기에 약간의 설명을 덧붙이겠다. 위장용 그물과 철 침대를 만드는 작업장인 목공소는 옛 수도원의 북쪽 지역에 있는 뜰을 차지하고 있다. 일 층 건물이었다. 그런데 공동 침실은 옛 회당 벽에 딸린 건물 이 층과 삼 층의 좌측에 날개처럼 붙어 있다. 의무실은 일 층에 있다. 그곳으로 가려면 사형수 독방이 있는 제6반이나 제7반을 지나가야 하는데 나는 언제나 제7반 쪽을 택했다. 아르카몬의 방은 오른쪽에 있었다. 의자에 앉은 간수는 감방 쪽으로 몸을 돌려 그와 이야기를 나누거나 신문을 읽거나 차가운 식사를 했다. 나는 아무것도 쳐다보지 않았다. 그냥 앞만 보고 걸었다. 이처럼 형무소 안을 혼자 돌아다니는 것이 이상하게 보일지 모른다. 그러나 그건 내가 전에 간호사였던 로키에게서, 또 그가 이 중앙 형무소를 떠난 뒤 그 후임자에게서 동의를 받아놓았기 때문이다. 나는 작업 중 흔히 제멋대로 병명을 말하고는 했다. 그러면 간호사는 무엇인가 치료를 구실로 나를 불러냈다. 작업장의 간수는 그의 동료에게 전화로 나의 도착을 알릴 뿐 따라오지 않았다.

내 정확한 관점은 나라는 존재를 한 남성으로 만들었다. 즉 나를 지상에서 유일하게 살아 있는 존재로 만들어주었다. 그 관점은 내 여성적인 기질 혹은 수컷으로서 애매모호하고 흐릿한 욕망을 몰아내는 듯했다. 사실 순수한 공기의 당초문(唐草紋)에 나를 매달아놓은 이 경이로움과 경쾌함은 감옥에서 특히 그러한 기분을 늘 간직하고 있는 잘생긴 부랑자들과 나를 동일시하는 데서 생겨났다. 내가 남자로서 총체적 능력을 획득하자마자, 좀 더 정확히 말해 내가 수컷으로서 완벽한 기능을 지니게 되자 그 부랑자들의 위력은 사라지고 말았다. 그리고 뷜캉을 만난 것이 잠들어 있던 매력에 다시 생명을 부여한다고 해도 나는 남성을 향해 나아가는 이 걸음의 특권을 지킬 것이다. 왜냐하면 뷜캉의 아름다움은 무엇보다도 여성적인 섬세함에 있었기 때문이다. 나는 더 이상 깡패들을 닮고 싶지 않았다. 나는 완전히 나 자신을 실현한다는 느낌이 들었다. 내가 쓰고 있는 모험담이 과거의 것이라는 점에서 지금은 좀 덜할지 모르지만 당시 나는 강하며 독립적이며 자유로운 존재, 어디에도 구속되지 않는 존재감을 느꼈다. 내가 닮고 싶은 어떤 경이로운 모델도 이제 는 없었다. 나는 무게와 확실성, 분명한 시선으로 당당하고 힘차게 앞으로 나아갔다. 그 모든 것이 남성적 힘의 증거가 되었다. 나는 더 이상 깡패들에게 매력을 느끼지 않았다. 그들은 나의 짝패였을 뿐 이다. 유혹은 오직 완전하게 자기 자신이 되지 못할 때만 가능하다 는 생각이 들었던 것일까?

　나라는 존재가 다양한 모습의 여성적 특질을 지니고 산 세월 동 안, 어떤 남자든 자기 몸을 내 옆구리에 밀착하여 나를 껴안을 수 있 었다. 내 정신적 실체는 어떤 외형도 어떤 순수함도 지니고 있지 않 았다. 육체적 실체도 마찬가지다. 즉 하얀 피부, 연약한 골격, 물렁 한 근육, 느릿한 몸짓과 우유부단한 태도로 일관한 모양이었다. 당 시 내 육체는 아마도 어떤 단단하고 억센 남성적 육체와 얽혀 있을 때만 비로소 존재감을 느낄 수 있을 정도로 마음속으로는 잘 다듬 어진 바위 같은 남자의 멋지고도 따뜻한 몸에 안기고 싶었는지 모 른다. 그리고 나는 내가 완전히 그 남자의 자리를 차지하고 그의 장 점과 미덕을 취하여 내 것으로 만들거나, 나를 그 남자로 상상하 고, 그의 몸짓을 하고, 그의 말을 하며, 즉 내가 그가 되지 않으면 결 코 안정을 찾을 수 없었다. 사람들은 내가 사물의 이중적 특성을 볼 줄 안다고 말했다. 그러나 나로서는 사물의 복제품을 보는 데 지나 지 않았다. 나는 오랫동안 나 자신이 되고 싶었다. 그런데 강도가 되 기로 마음먹었을 때 비로소 나 자신이 될 수 있었다. 강도라면 누구나 내가 펜치를 쥐는 순간 얻는 위엄이 어떤 것인지 이해할 것이다. 펜치의 무게, 재질, 형태, 기능에서 나를 남자로 만들어주는 권위가 발산되었던 것이다. 나는 흙과 같은 기질, 비천한 태도에서 완전히 벗어나고 단순하고 명확한 남성적 활기를 얻기 위해 무쇠로 만든 음경이 필요했다. 이제 나는 깡패 녀석들이 펜치를 사용하는 거친 방식에 더는 놀라지 않는다. 당신들은 의외라는 듯 어깨를 으쓱하고 올릴 것이다. 그런 녀석들은 보잘것없는 건방진 풋내기에 지나지 않는다고 말할 것이다. 하지만 그 무엇도 그들 마음속에 남아 있는 펜치의 미덕을 방해할 수 없을 것이다. 펜치의 미덕이 경우에 따라 그들의 청소년다운 부드러움을 전복시키는 냉혹함을 부여하고는 했다. 펜치를 사용한 적이 있는 사람들에게는 어떤 표시가 있다. 뷜캉은 펜치를 쓸 줄 알았다. 나는 대번에 그 사실을 알아차렸다. 이 소년들은 이미 강도다. 즉 사나이다. 펜치가 그들에게 부여하는 일종의 즉위식 또한 그들을 위험에 빠뜨리는 커다란 모험 때문에 그렇다. 그러나 펜치를 사용하는 데 특별한 용기가 필요한 것은 아니다. 이 경우 용기라는 말 대신 대범함이라는 표현이 더 정확할 것이다. 그들은 귀족이다. 강도에게 야비한 감정은 없다. (나는 지금부터 일반화하여 말하고자 한다. 독자들은 나중에 강도들의 야비한 짓을 좀 더 잘 알게 될 것이다.) 강도는 목숨을 걸고 위험하게 살아가기 때문이다. 육체는 위험에 처할지라도 영혼은 아무것도 두려워하지 않는다. 당신들은 당신들의 명예나 평판에 신경을 쓰며 그것들을 지키려고 애쓴다. 강도는 작업을 하면서 그런 계산을 하지 않는다. 그의 책략은 전사의 책략이지 사기꾼의 책략이 아니다. 1940년의 전쟁 동안 진짜 강도들이 당시 부르주아나 노동자들의 생활 수단이던 '암거래'를 하지 않은 것은 주목할 만한 일이다. 그들은 암거래에 대해 아무것도 모르고 지냈다. 배고픔 때문에 숲을 빠져나온 정직한 자들로 형무소가 꽉 찼을 때, 형무소는 지난날의 귀족적인 품격을 잃었지만 강도들은 건방진 귀족층으로 그대로 남았다. 이번 전쟁이 남긴 큰 오류는 프랑스 형무소들이 엄정함을 상실했다는 점이다. 죄 없는 많은 사람을 처넣은 형무소는 비탄의 장소로 변했다. 죄 없는 자를 감옥살이시키는 것만큼 혐오스러운 일은 없을 것이다. 그들은 이곳에 들어올 만한 어떤 짓도 하지 않았다. 운명에 의해 길을 잘못 들어섰을 뿐이다.

내가 처음 손에 쥔 펜치는 망나니에게서 물려받은 게 아니라 만물상에서 산 것이다. 작았지만 매우 단단하던 그 펜치를 강도질할 때 처음 사용한 후, 나는 전사가 자기 무기에 느끼는 것과 같은 애정을, 일종의 신비스럽기까지 한 존경심을 지니게 되었다. 마치 야만인인 전사가 소총이라는 무기를 보고 취하는 태도처럼. 방구석에 놓인 펜치와 두 개의 쐐기가 방 전체를 최면에 걸린 분위기로 만들었다. 이를테면 쐐기가 펜치의 투박한 모양을 부드럽게 해주었고, 날개 달린 음경의 모습으로 나를 유혹했던 것이다. 나는 펜치 옆에서 자는 습관이 들었다. 전사는 무장한 채로 자기 때문이다.

나는 처음 시도한 강도질에 성공하기 위해 돈 많은 자들이 사는 오퇴유 지역의 집을 골랐다. 그곳 거주자들의 이름을 사업가 인명

록에서 찾아냈다. 나는 단도직입적으로 작업에 들어갈 참이었다. 집 안에 사람이 있건 없건 덮치는 것이다. 나는 목표로 한 첫 번째 건물의 수위실 앞을 태연히 지나갔다. 넓적다리에 닿는 바지 안쪽 호주머니에 펜치와 쐐기를 감추고 있었다. 나는 가능하면 방해받지 않기 위해 우선 제일 위층인 육 층부터 시작했다. 벨을 눌렀는데 아무런 대답이 없었다. 두 번째로 벨을 울렸으나 마찬가지였다. 최종적으로 잠시 차임벨을 울려보았다. 아파트에 사람이 없는 게 분명했다.

만약 내가 지금 소설을 쓰고 있다면, 당시의 행동을 길게 늘여 쓰는 것이 효과적일 것이다. 하지만 나는 이 책을 통해 힘들고 무기력한 상태에서 해방감을 찾는 경험을, 매음과 구걸의 수치스럽고 천한 생활에서 벗어나는 경험을, 범죄 세계의 매력에 현혹되고 그 위엄에 굴복한 경험 등을 위주로 쓸 생각이다. 나는 그 경험이 더욱 자랑스럽고 또 그러한 태도 덕에 자유를 되찾았다고 말할 것이다.

나는 안심하고 천천히 사전에 실습할 수 있는 장소인 친구들 방이나 내 방에서 다양한 종류의 문고리 따는 기술을 연마해두었다. 그래서 당시에 아주 단시간에 일을 해치울 수 있었다. 삼 분이면 족할 정도였다. 한쪽 발로 문 아래쪽을 눌러 쐐기 하나를 처박고, 펜치로 잡아당겨서 두 번째 쐐기를 문틈 사이에 처박는다. 그리고 첫 번째 쐐기를 올렸다가 밑으로 내린다. 이번에는 펜치를 자물쇠 옆에 박고 누른다. 그것으로 끝이다. 자물쇠가 부서지는 소리가 건물 전체에 울려 퍼지는 듯했다. 나는 문을 열고 안으로 들어갔다. 자물쇠가 부서지는 소리, 이어지는 침묵, 엄습하는 적막함 등이 앞으로도 내 범행을 지배할 것이다. 이것은 피할 수 없는 일인 만큼 중요한 의식이다. 어쨌든 이 의식은 내게 그 본질이 아직도 신비스러운 것으로 남아 있는 절도라는 행동의 단순한 장식에 불과한 것은 아니다. 나는 안으로 들어갔다. 그때 내 모습은 새로운 왕국을 정복한 젊은 군주와도 같았다. 그 군주에게는 모든 것이 새로웠다. 그러나 그가 지나가는 길의 바위나 나무 뒤, 융단 밑, 사람들이 던지는 꽃다발, 너무 숫자가 많아 눈에 띄지 않는 백성들이 바치는 선물들 속에 암살이나 음모가 감추어져 있을지 모른다. 현관은 거대했다. 내가 지금껏 보지 못한 화려한 내부를 예고하고 있었다. 이상하게도 이 큰 집에 하인이 한 사람도 없었다. 또 다른 문을 열어보았다. 넓은 응접실이었다. 물건들이 나를 기다리고 있었다. 물건들은 마치 훔쳐 가기라도 하라는 듯 방치되어 있었다. 약탈과 노획품에 대한 내 취향이 한꺼번에 폭발했다. 이때의 감동을 정확히 표현하려면 뷜캉에 대한 사랑이라는 새로운 보물 앞에서 내가 얼마나 놀랐던가를 표현하는 데 사용한 말을 다시 끄집어내야 할 것이다. 또한 그가 나를 사랑할지도 모른다는 가능성의 보물 앞에서 초조함에 떨던 심정을 표현하는 데 사용한 말들을 상기할 필요가 있다. 또 신부로 선택될 날을 기다리는 시골의 약혼녀, 숫처녀의 가슴 떨리는 희망을 환기할 필요가 있다. 더구나 이 가볍고도 긴박한 순간은 피스톨의 어둡고 무자비한 위협 아래 있었다. 나는 이틀 동안 뷜캉의 이미지 앞에서 종이 레이스가 달린 장식깃을 달고 처음으로 하얀 꽃다발을 안은 젊은이처럼 공포에 질린 채 수줍어하고 있었다. 나를 받아줄 것인가? 아니면 거절할 것인가? 나는 이처럼 귀중한 상황을 짜낸 운명의 거미들에게 탄식하고 있다. 제발 그 실들이 끊어지지 않기를!

나는 장식장 속에 있는 모든 상아와 보석을 긁어모았다. 아마 강도로서 처음 있는 일인지 모르지만 현금은 그대로 두고 나왔다. 세 번째 강도질을 할 때, 호주머니에 있는 대로 쑤셔 넣은 돈다발에서 강력하고 자유로운 기분을 맛볼 수 있었다. 나는 문을 잠그고 내려왔다. 그때 노예라는 천박한 상황에서 해방된 느낌을 받았다. 육체적으로 대담한 행동을 한 덕분이었다. 계단을 내려오면서 가슴을 폈다. 바지 호주머니 안에서 넓적다리에 닿는 펜치의 차가움이 느껴졌다. 그리고 딱딱하게 발기되는 이 힘을 써먹기 위해 아파트에 사는 여자가 나타나기를 은근히 바랐다. 나는 오른손으로 은 펜치를 꽉 쥐고 있었다.

"여자가 보이면 이 펜치로 한 방 쳐서 쓰러뜨려야지."

나는 느긋하게 거리를 활보했다. 그런데 어떤 불안한 생각이 떠나지 않고 따라다녔다. 정직한 자들이란 가장 숙련되고 가장 신중한 도둑질 방법을 택한 강도가 아닐까 하는 두려움이었다. 이 두려움이 내 고독한 마음을 어지럽혔다. 내가 어떻게 이 잡념을 몰아낼 수 있었는지는 나중에 말할 참이다.

나는 이제 한 사람의 남자가 되었다. 자유인인 것이다. 미소년들, 떡 벌어진 어깨의 기둥서방들, 험한 입과 심술궂은 눈의 불쌍한 아이들 등 모두가 더는 쓸모없게 되었다. 나는 혼자 남았다. 형무소의 모든 것이 공허했다. 고독조차 없었다. 그래서 진지하게 나를 주인공으로 혹은 주인공과 같은 상황에 놓인 존재로 상상할 수 없게 되자 모험소설에 대한 흥미도 점차 줄어들었다. 주인공의 별 볼 일 없는 행위조차도 내가 삶에서 재현하고 모방하도록 함으로써 부와 영광을 거머쥐게 했던 그 복잡한 사건들 속에 더는 빠져들지 않게 된 것이다. 그 결과 고독 속에서 한탄스러운 놀이를 통해 가공된 몽상에 빠지는 일이 어렵게 되었다. 하지만 나는 옛 생활의 추억, 새롭게 과거로 잠수하는 일이기는 하지만 그 추억 속에서 진정한 즐거움을 발견할 수 있었다. 내 어린 시절은 이미 죽었기 때문에 그 시절을 이야기하는 것은 죽은 자에 대해 말하는 것이다. 또한 죽은 자의 세계, 암흑의 왕국 혹은 투명의 왕국을 이야기하는 것이다. "형무소의 문이 나를 지켜주듯, 내 마음은 그대의 추억을 간직하고 있다"라는 글이 벽에 새겨져 있었다. 나도 내 소년 시절이 사라지는 것을 내버려 두지 않을 것이다. 나의 하늘에는 아무도 살고 있지 않다. 현재의 나, 성장한 나의 시대가 도래한 것인지 모른다. 나는 내가 예상하지도 욕망하지도 않은 인물로 변해갈 것이다. 그러나 선원도, 탐험가도, 깡패도, 댄서도, 복서도 되지 않을 것이다. 이제 그들 가운데 그 누구도, 가령 가장 탁월한 존재라 할지라도 나를 매혹할 수 없을 것이다. 나는 더는 칠레의 계곡을 달리고 싶지 않다. 앞으로도 결코 원치 않을 것이다. 소년 시절에 그림책에서 본, 바위산을 오르던 건장하고 노련한 라이플 왕은 이미 내 관심에서 멀어졌다. 열광은 끝났다. 나는 이제 사물들을 실용적으로 인식하기 시작했다. 눈에 익숙한 이곳의 물건들은 모두 나약하고 창백해 보였다. 그 물건들은 더는 형무소를 상징하지 못했다. 왜냐하면 형무소는 내 마음속에 있으며 나와 같은 유전자로 만들어져 있기 때문이다. 나는 형무소로 돌아온 지 한참 지나서 사물의 실용적인 특성을 눈과 손으로 제대로 인식할 수 있었다. 그래서 사물에서 다른 의미를 갖는 다른 특질을 발견하고 도리어 더는 실용성을 인정하지 않게 되었다. 모든 것이 신비감을 상실하고 말았다. 이 적나라함 속에 꼭 아름다움이 결여된 것도 아니다. 내가 과거와 현재의 관점에 차이를 두었기 때문이다. 그리고 거기에서 볼 수 있는 차이가 나를 사로잡았다. 여기에 간단한 이미지가 있다. 그 이미지는 천사들, 가령 얼굴에 다양한 색을 칠한 천사들이 경이로운 사람들이 살고 있는 동굴에서 나와, 사물이 있는 그대로의 모습으로밖에는 존재하지 않는 빛의 공간에 들어갔을 때와 같은 느낌이었다. 있는 그대로란 유용하다는 뜻이다. 내게 새롭게 보이는 세계는 희망도 심취도 없는 황량한 곳이다. 신성한 장식을 벗은 형무소가 내 눈앞에 적나라한 모습으로 있다. 그 모습은 참으로 처참하다. 징역수들은 괴혈병으로 이가 썩어가고, 병으로 허리가 휘어지고, 기침과 가래와 담으로 신음하는 불쌍한 자들이다. 그들은 무겁고 시끄러운 소음을 내는 큰 나막신을 끌고 공동 침실에서 작업장으로 나간다. 그들은 땀과 먼지가 뒤섞여 굳은 때로 얼룩지고 딱딱해진 구멍 난 신을 끌고 다닌다. 그들은 악취를 풍겼다. 그들은 자기들만큼 비굴한 간수들 앞에 비굴한 모습으로 있다. 그들은 이미 내가 스무 살 때 본 멋진 범죄자들이 아니라 그저 우스꽝스럽고 무례한 모방자에 불과했다. 그들이 내게 행한 악 그리고 비할 바 없는 어리석음과 이웃해 살아감으로써 내게 생긴 권태에 복수하기 위해, 그들의 변화된 모습의 결점이나 추악함을 전부 드러낸다고 해도 부족할 것이다.

그러나 나는 형무소가 폐쇄된 장소, 오로지 제한적이고 격리된 장소이며 내가 평생 살아야 할 장소임을 알았을 때, 비로소 세상과 형무소에 대한 모습을 새롭게 재발견하고 비통해한 것이다. 형무소는 나를 만들어준 우주다. 형무소는 나를 위해 존재한다.

내가 살아야 할 세계는 바로 그곳이다. 왜냐하면 내게는 형무소에서 살기 위해 필요한 기관들이 있기 때문이다. 형무소는 벽에 새겨진 "M.A.V."*라는 글자를 통해 내 운명의 곡선이 내게 보여주는 거대한 숙명이 이끄는 세계인 것이다. 이 기분이 얼마나 절망적인지 라스뇌르에게 고백했을 때 그는 고함치듯 말했다. "오, 장!" 하고. 그의 목소리는 슬펐다. 난 그의 폐부를 찌르는 듯한 슬픈 어조에 우정을 느꼈다. 어디 방문할 때나 산책할 때 옛 친구들, 새 친구들, 나를 "멋진 넥타이를 맨 자노"라고 알고 있는 자들, 수리시에르 형무소·상테 형무소·프렌 형무소의 복도 또는 형무소 밖의 세계에서 나를 본 자들을 만날 때마다 그런 기분이 들었다. 그들 모두는 아주 자연스럽게 형무소의 주민이 되었다. 나는 그들과 더불어 이해와 우정, 증오와 같은 깊은 관계로 맺어져 있음을 알고도, 또한 내가

---

* 'Mort aux Vaches'의 약어로 '간수들을 죽여라'라는 뜻

그 세계에 매우 가깝게 참여하고 있으며 그 세계의 특질을 나름대로 잘 극복하고 있을 때조차 또 다른 세계에서 내가 제외되어 있다는 생각이 들면 증오심이 일어났다. 그러므로 난 죽은 자와 같다. 나는 거울 속에서 내 해골을 보는 죽은 자다. 혹은 꿈에서 깨어나면 그 존재의 얼굴조차 기억하지 못할, 어떤 존재의 가장 어두운 곳에서만 살고 있는 꿈속의 인물이다. 나는 감옥을 위해서만 행동하고 사고할 뿐이다. 내 활동은 형무소에 국한되어 있다. 나는 한 죄인에 불과하다. 이번에는 보편적인 형무소의 비참함에 굶주림을 덧붙여야 한다. 그런데 이 굶주림은 소년 시절에 경험한 굶주림이 아니다. 메트레 감화원에 있는 동안 우리가 맛본 굶주림은 아무리 먹어도 충족되지 않는, 어린 소년이라면 누구나 가지고 있는 아주 자연스러운 식욕에 따른 것이었다. 그러나 여기서는 어른의 굶주림이다. 그 굶주림은 좀 둔해도 건장한 남자들의 몸을 모든 부분에서 부패하게 만들었다. (그들의 정신까지도 굶주림이 침식할 것이다.) 우리에게 신비하게 보이지만, 형무소의 벽 뒤에서 벌어지는 전쟁이 빵의 크기와 식량을 감소시켰다. 그 덕에 창녀 정부들의 자랑스러운 근육도 힘이 약해지고 말았다. 밤이 되면 굶주림이 중앙 형무소를 이리 떼가 짖어대는 북극의 황야로 만들었다. 우리는 북극권 가까이에 살고 있었다. 우리는 배고픔과 싸우며 서로 경쟁이라도 하듯 점점 말라가고 있었다. 무엇보다도 배고픔은 형무소의 삶에 환멸을 주었다. 허기는 점점 커져서 어느새 중앙 형무소를 거칠고 괴상한 주제로, 어떠한 노래보다도 더 미친 소리의 노래로 장식해 비극적인 요소로 변했다. 그것이 내게 현기증이 나게 했고, 결국 뷜캉이 발산하는 매력에 빠지도록 했다. 이러한 절망감에도 나는 전에 메트레에서 보낸 시간들을 다시 살고 싶었다. 왜냐하면 내가 남자다움을 택한다면, 경이로울 정도로 풍요롭고 난폭한 초창기의 세계를 떠나야 한다는 사실을 알고 있었기 때문이다. 이 중앙 형무소의 분위기가 메트레를 상기시켜 내게 이전의 습관을 되찾도록 강요한 것이다. 그 이후 나는 죄수로서 살아가는 동시에 나만의 비밀 영역에서 살아가지 않은 때가 한순간도 없었다. 징계실 안에서 고개를 숙이고 앞만 바라보며 생활하는 죄수들이 사는 영토가 아마 이러한 것이 아닐까. 어느 날 작업장에서 내가 그의 농담에 대꾸하지 않았거나 잘못 대꾸했다는 이유로 샤를로가 내 어깨를 흔들면서 "이봐, 꿈의 정원에서 나오지 그래?"라고 말했을 때, 나는 대수롭지 않은 얼굴로 응수했지만 내심 화가 났다. 그때 그에 대한 증오심이 일어났다. 사람이 가장 소중히 여기는 비밀, 자신의 약점에 대한 비밀을 폭로한 자에게 품는 증오였다.

때때로 우리 각자는 현실적인 사랑, 싸움과 질투, 실제보다 더 난폭한 몽상적인 모험이 뒤섞인 탈주 계획 등 다양한 요소로 이루어진 드라마의 현장에 놓인다. 그런데 그 드라마에 흥분한 녀석들은 갑자기 거칠게 행동하거나 아무 말 없이 뻣뻣한 자세를 취한다. 그들은 난폭하고 고집 세며 참을성이 없다. 그들은 눈에 보이지 않는 병사와 싸우는 것처럼 때린다. 그러다 갑자기 멍해지더니 얼굴까지 꿈의 진흙 속에 빠진 모양을 하고 있다. 소장은 죄수들이 얼빠진 멍청이라고 말할지 모르나 눈치 빠른 간수들은 우리가 몽상의 정원을 방황하고 있다는 걸 잘 알고 있다. 중국인들이 아편 피우는 사람을 방해하지 않는 것처럼 간수들은 넋이 나가 있는 죄수들을 이유 없이 방해하지 않는다.

샤를로는 절대적인 망나니는 아니었다. 그래서 그는 내 머릿속을 꿰뚫을 수 없었다. 그는 언젠가 빈털터리가 되었을 때 어떤 녀석에게서 마누라에게 길거리에서 손님을 끌어오도록 스스로 검은 비단 치마를 만들어준 녀석이라고 비난받은 적도 있었다. 나는 이러한 그의 결점과 통찰력 때문에 그를 증오했다. 사실 내 예민한 성격은 떠돌이나 겁쟁이의 가벼운 장난도 참지 못했다. 그래서 대수롭지 않은 일에도 때리고는 했다. 그러나 망나니를 때린 적은 없었다. 그 녀석이 무섭기도 했지만 나를 화나도록 하지 않았기 때문이다. 내가 망나니라고 부르는 자들은 압도하는 힘을 발산했고, 그 힘이 나를 얌전하게 만들었다. 메트레 감화원에 있었을 때 손바닥으로 유리를 비벼 깨는 소리를 내던 멍청한 녀석을 피가 날 정도로 때린 적이 있었다. 며칠 후 디베르가 똑같은 짓을 했지만 신경에 거슬리기는커녕 오히려 사랑스러운 마음이 솟아 그를 포용하고 말았다. 감화원에 대한 내 추억이 특히 뷜캉과 그의 존재감, 나에 대한 그의 행동으로 떠올려진다면 위험은 배로 증가할 것이다. 왜냐하면 예전에 감옥에서 느낀 매력 때문에 내가 그에 대한 사랑에 끊임없이 빠져들어갈 위험이 있었기 때문이다. 이 위험에는 메트레와 퐁트브로 형무소에 사용하는 언어도 덧붙여질 것이다. 그 언어는 내 마음 깊은 곳에서 흘러나온다. 그곳은 아이러니가 미칠 수 없는 곳이다. 심층의 모든 욕망이 담긴 이 말들을 종이 위에 적는다면, 그 말들은 내가 벗어나고 싶어 하는 세계, 증오하는 동시에 찬양하는 그 세계를 되찾아줄 것이다. 게다가 평범한 사물을 꿰뚫어 보는 내 명석함이 마음속에 어떤 유희들을 허용할 것이고, 그 결과 내 마음은 베일에 싸인 채 연인의 술책 앞에서 아무런 반응도 할 수 없을 것이다. 매혹의 힘이 나를 압도하여 꼼짝 못 하게 만드는 것이다. 나는 대천사, 태양의 아들, 에스파냐에서의 밤 등 아름다운 이름, 아름다운 제목을 이미 수많은 소년에게 부여했기 때문에 지금은 뷜캉을 찬미할 단어가 더는 남아 있지 않다. 그래도 나는 행복하다. 도리어 말의 아름다움이라는 잡된 것이 섞이지 않는 편이 창백한 얼굴을 한 힘찬 방탕아로서 뷜캉의 모습을 내 눈앞에 더욱 선명하게 나타나도록 할 것이다. 또는 이름 붙일 수도 없고, 이름도 없는 그를 홀로 내버려 두지 않으면 그에게 더욱 위험한 능력을 맡기는 일일 것이다.

이 세상 모든 페스트 환자의 시퍼런 얼굴, 문둥병 환자들의 세계, 어둠 속에서 들려오는 수다꾼들의 소리, 바람 속으로 사라지는 고함, 묘지의 분위기, 천장에서 나는 쿵쿵거리는 소리 등은 죄수와 도형수 또는 감화원의 악인을 만드는 몇 가지 사실들만큼 두려움 속에서 멀어지지도 물러나지도 않는다. 다행히도 형무소 안에는 교도실과 징계실이 있었다. 우리는 그곳을 통해 정화되어 돌아온다.

거대한 사회적 흐름이 인간의 선의에 기원을 두고 있다거나 훤한 대낮에 고백할 수 있는 이유들을 구실로 내세울 수 있다고 생각하는 것은 불가능하다. 여러 종교, 프랑스의 여러 왕위, 프리메이슨 결사, 신성로마제국, 교회, 국가사회주의 등은 모두 지구상에 넓게 세력을 펼쳤으나 그 뿌리는 깊이 썩어들어갔다. 그리고 그 어느 치하에서도 여전히 인간의 목은 도끼로 잘려 나갔고, 목 자르는 자는 힘이 센 사내였다. 위대하게 행동하려면 오랫동안 몽상을 해야 한다. 그 몽상은 어둠 속에서 배양될 것이다. 어떤 인간은 저변에 천상의 쾌락을 두고 있지 않는 몽상을 즐긴다. 그 몽상은 본질적으로 악을 지니고 있어서 빛을 결여한 기쁨이다. 이러한 몽상은 탐닉인 동시에 도피에 불과하다. 사람들은 악 속에서만, 더 정확히 말해서 죄악 속에서만 숨을 수 있다. 따라서 우리가 지구상에서 보는 정직하고 놀라운 제도들은 다 필연적인 변화를 거친 고독하고 은밀한 쾌락의 투영에 지나지 않는다. 감옥은 이러한 몽상들이 형성되는 장소다. 감옥과 거기에 머무는 손님들은 너무 현실적인 삶을 살고 있기 때문에 자유롭게 살아가는 사람들에게 깊은 영향을 끼치지 않을 수 없다. 사람들에게 죄수는 하나의 극(極)이고, 감옥에서는 징계실이 하나의 극(極)이다. 이제 난 불과 얼마 전부터 사랑하게 된 뷜캉을 내가 왜 형무소의 징계실로 데리고 가려 했는지 말할 것이다.

그러나 뷜캉보다 내가 먼저 징계실로 들어가게 되었다. 이 글을 쓰기 시작한 바로 그 징계실 말이다. 당신이 누군가와 함께 걸어가고 있다. 그런데 그 사람의 팔꿈치나 어깨가 똑바로 걸어가고자 하는 당신을 오른쪽이나 왼쪽으로 밀어 결국 벽에 부딪히도록 하는 경우가 있다. 마찬가지로 어떤 힘이 나를 아르카몬의 감방 쪽으로 밀고 갔다. 나는 여러 번 그의 감방 근처를 기웃거렸다. 공동 침실이나 작업장에서 아주 멀리 떨어진 곳이었다. 하지만 난 언제나 뚜렷한 목적을 가지고 있었다. 예를 들면 동료에게 빵을 전해준다든가, 내 작업장이 아닌 작업장으로 꽁초를 찾으러 간다든가 하는 경우다. 혹은 또 다른 실제적인 이유도 있었다. 다만 대개 사형수의 감방이 있는 제7반에서 아주 먼 장소로 향했지만 앞에서 말한 강한 힘이 언제나 방향을 바꾸거나 돌아서게 했다. 거기서 나는 정당한 결심의 가면 뒤에 숨겨진 그 비밀의 목표에 접근하면 걸음걸이가 갑자기 느려지고, 거동이 더 부드러워지고 몸이 가벼워진다는 것을 알았다. 점점 앞으로 나아가는 것이 망설여졌다. 스스로 떠밀리거나 저지당한 것이다. 마침내 나는 신경을 조절할 수 없는 상태에 이르러 간수가 도착해도 신속하게 몸을 숨길 생각조차 못 했다. 간수가 가까이 다가왔을 때, 내가 할 일 없이 제7반에 와 있는 사실을 정당화하는 설명도 할 수 없었다. 주위에서 서성대는 나를 보고 간수들이 무슨 생각을 했을까. 어느 날 브뢸라르라는 간수가 날 불렀다.

"이봐, 여기서 뭐 하고 있는 거야?"

"보시다시피, 이곳을 지나가고 있잖아요!"

"지나가다니? 어딜 지나가……? 게다가 말투가 그게 뭐야? 이 자식아, 혁대에서 손 떼!"

나는 말을 타고 있는 기분이었다. 아주 조용히 있을 때도 갑자기 어떤 폭풍우에 휩싸이는 느낌을 받을 때가 있다. 그러한 감정은 아마 어떤 사건과 충돌하는 생각의 빠른 리듬, 그리고 거의 언제나 억압받아왔기 때문에 더 격렬해진 욕망 때문일 것이다. 나는 내면의 삶을 살고 있을 때 언제나 여유 있게 말을 타고 다니는 듯한 기분에 젖어 있다. 그 말은 제멋대로 질주하거나 뒷발로 일어서거나 했다. 나는 기사였던 것이다. 내가 말 위에서 살게 된 것은 뷜캉을 알고 난 후부터다. 나는 세비야의 대사원으로 유유히 말을 타고 달리는 에스파냐의 대공처럼 타인의 생활 속으로 말을 타고 간다. 허벅지가 말의 옆구리를 꽉 조인다. 나는 말 등에 올라타 박차를 가한다. 손은 고삐를 잡아당기느라 주먹을 움켜쥐고 있다.

사실 모든 일이 이런 식으로 일어나는 건 아니다. 즉 내가 정말 말을 탈 줄 아는 게 아니라 그러한 몸짓을 그럴듯하게 한다는 뜻이다. 또한 내가 말을 탄 사람의 심정으로 살아간다는 뜻이다. 내 손은 긴장하고 있고, 머리는 곧추서고 목소리는 오만해진다……. 게다가 고상하게 말의 울음소리를 내는 동물을 끌고 다닌다는 느낌이 내 일상적 삶에 넘쳐 이른바 기사처럼 의기양양한 태도와 어조를 지니게 했다.

간수가 보고를 했다. 나는 조사실로 불려가 형무소장 앞에 섰다. 소장은 힐끗 나를 바라보더니 보고서를 읽었다. 그러더니 코안경 위에 검은 안경을 올려놓고 말했다.

"독방 감금 이십 일."

나는 조사실을 나왔다. 조사가 진행되는 동안 손목을 잡고 누르던 간수가 그대로 나를 독방으로 데리고 갔다. 자유롭게 사는 친구들을 어떻게든 타락시키려는 젊은이가 형무소 안에 있을 때, 그가 의도대로 행했다면 그는 사악한 자라 불려 마땅하다. 하지만 이 경우 사악함이 애정으로 이루어져 있음을 인정해야 한다. 왜냐하면 그가 감옥을 신성한 장소로 만들기 위해 친구들을 부르는 것이기 때문이다. 나는 뷜캉이 벌을 받도록 하고, 징계실로 불려가도록 시도했다. 그와 가까이 있고 싶어서가 아니다. 그를 내가 그랬듯이 하늘과 인간 세상에서 버림받은 존재로 만들고 싶었다. 인간이 서로 동일한 정신 상태에 있지 않다면 서로 사랑할 수 없기 때문이다. 이를테면 연애의 아주 평범한 술책 하나가 나를 비열한 인간으로 만든 것이다.

뷜캉은 한 번도 징계실로 내려온 적이 없었다. 그전에 총살당했기 때문이다. 중앙 형무소의 수감자라면 누구나 사랑한 그 스무 살의 강도범에 대한 내 뜨거운 사랑을 언젠가 다시 말할 것이다. 우리가 소년 시절을 함께 보낸 메트레 감화원이 서로를 열광케 만들었다. 우리를 결합해주었고, 우리를 악마적인 달콤한 시간의 추억과 같은 안개 속에 잠기게 만들었다. 약속하지도 않았는데, 우리는 감화원 시절의 습관과 원생들에게 익숙한 몸짓이나 어투도 되찾을 수 있었다. 또한 우리 두 사람 주위에는 이곳 퐁트브로 형무소 내에서 전에 메트레 동료였느냐 아니었느냐와 상관없이 좋은 것이든 나쁜 것이든 취향에 따라 결합된 창녀의 정부 그룹이 형성되었다. 그러나 그에게는 아무리 중요한 일이라 할지라도 모든 것이 놀이에 지나지 않았다. 어느 날 계단에서 그가 내게 속삭였다.

"때때로 탈출을 계획했어. 쓸데없이 기둥서방 레지와 함께 말이야······. 우린 사과가 먹고 싶어서 도망치고 싶었지! 포도가 나는 계절에는 포도밭으로 갔어. 어떤 땐 여자와 자고 싶어서 뛰쳐나간 적도 있었지. 때로는 아무 이유 없이 도망치기도 했고. 가끔 진짜 탈출을, 그러니까 지속적인 탈출을 준비한 적도 있었어. 하지만 그 모든 계획은 실패로 끝나도록 되어 있었어. 오히려 형무소가 지내기 좋았기 때문이야!"

　일반적인 감옥의 규칙을 보면 부정행위나 불법을 저지른 죄수는 그 범행을 저지른 형무소에서 벌을 받도록 되어 있다. 내가 퐁트브로 형무소에 도착했을 때, 아르카몽은 열흘 전부터 쇠사슬에 묶여 있었다. 그는 거의 기진맥진해 있었다. 그러나 그의 죽음은 삶 이상으로 아름다웠다. 어떤 위인들의 고통은 그들의 영광된 시기 이상으로 의의가 있다. 사라지기 전에 그들은 번쩍이는 빛을 뿜는다. 그는 철창에 갇혀 있었다. 형무소에는 죄수를 탄압하는 다양한 징벌이 있음을 기억해야 한다. 가장 가벼운 것은 식권을 박탈하는 일이다. 그다음으로 아무것도 바르지 않은 빵을 먹는 것, 독방 그리고 중앙 형무소로 말하자면 징계실이 있다. 징계실은 왁스를 발라 경탄할 정도로 반짝이는 마룻바닥을 가진 넓은 방이다. 그 광택은 브러시로 문질러서인지 아니면 밀랍 때문이지 혹은 죄수들이 수 세대에 걸쳐 헝겊으로 만든 신발을 신고 다녀서인지 알 수 없다. 그들은 누가 앞이고 누가 뒤인지 모를 원을 그리며 그 방에서 수도 없이 빙빙 돌았다. 메트레 감화원에서도 처벌받는 원생들이 징벌 본부의 뜰에서 같은 방법으로 돌았다. (다만 이곳에서는 메트레에서보다 더욱 빠른 걸음으로 방 안의 기둥 사이를 돈다. 마치 힘든 게임을 하듯이 비틀거리는 걸음으로 무수히 걷기를 반복한다.) 나는 이렇게 퐁트브로의 징계실을 원을 그리며 걸으면서 몸도 마음도 크지 않았을까 생각해본다. 내 주위로 메트레 징벌 본부의 벽이 무너지고, 그 대신 퐁트브로의 벽이 밀고 들어온 것이다. 그 벽 위에서 나는 처벌당한 죄수들이 여기저기 새겨놓은 사랑의 언어들을 본다. 뷜캉이 써놓은 이상한 말들과 호소문도 있었다. 나는 그것이 그의 필적이라는 사실을 강렬한 연필 자국을 통해 금방 알 수 있었다. 그가 쓴 단어 하나하나가 엄숙한 결심을 새겨둔 목표물로 보였다. 거기서 보낸 십 년 동안 천장이 투렌의 하늘을 덮었다. 그사이에 나는 방을 돌면서 늙어갔고, 나도 모르게 무대가 변해버린 것이다. 아직도 내게는 이곳의 죄수들이 걷는 모습이 십 년 혹은 십오 년 전 메트레의 원생들이 걷던 걸음걸이와 다를 바 없다. 그 걸음이 오늘날까지 지속되고 있는 것이다. 다시 말하자면 지금은 파괴되어 없어져버린 메트레 감화원이 시간을 넘어 현존하고 있으며, 퐁트브로 중앙 형무소도 과거 우리와 같은 청소년 형무소의 그 식물적인 세계에 깊이 뿌리박고 있다.

벽과 2미터쯤 떨어진 곳에 석공 일을 하는 작업대처럼 꼭대기가 둥그런 받침대가 늘어서 있었다. 그 모양은 마치 선창의 밧줄 매는 계주 같았다. 죄수는 그 위에서 시간당 오 분씩 앉아 쉬는 것이 허용되었다. 그 일을 지휘하는 감방장 역시 벌을 받는 죄수지만 건장한 녀석이었다. 그는 방을 돌라고 소리를 지르거나 지켜보았다. 간수는 한쪽 구석에서 격자 모양의 좁은 자리를 차지하고 신문을 읽고 있었다. 원 한가운데에 변기통이 있었고, 거기에다 용변을 보았다. 윗부분이 잘린 1미터 정도 높이의 원뿔형 용기였다. 양쪽에 귀가 하나씩 달려 있고, 아랍 스타일의 안장처럼 작지만 기댈 수 있도록 만들어져서 위에 앉은 사람이 거기에 발을 놓을 수 있었다. 이 귀가 용변을 보는 자에게 금속제의 왕좌 위에 앉아 있는 야만스러운 왕과 같은 위엄을 주었다. 죄수는 필요할 때 말없이 한쪽 손을 들기만 하면 되었다. 그러면 감방장이 신호를 한다. 죄수는 대열을 떠나서 혁대도 없이 허리에 걸친 바지 단추를 푼다. 원뿔형 용기 위에 쭈그리고 앉으면 용기 귀에 두 발을 얹은 다리 사이로 축 늘어진 불알이 보였다. 다른 죄수들은 그에게 별 관심이 없다. 그저 묵묵히 돌고 있을 뿐이다. 얼마 후 똥이 떨어지는 소리가 들린다. 벌거벗은 엉덩이까지 똥물이 튄다. 용변을 마치고 내려오면 냄새가 솟구친다. 내가 여기에 처음 왔을 때 제일 놀란 것은 서른 명이나 되는 죄수들의 침묵이었다. 그다음의 놀라움은 원을 그리며 움직이는 사람들 한가운데 혼자 당당히 앉아 있는 변기통이었다.

감방장이 원을 돌라고 명령하고 나서 휴식을 취했다면 나는 그의 얼굴을 알아보지 못했을 것이다. 변기통에 앉은 그는 마치 옥좌에 앉아 있는 듯했다. 인상을 쓴 얼굴에 주름이 잡혀 있었다. 그는 걱정거리 때문인지 어떤 생각에 빠져 힘들어하는 것 같았다. 분노 혹은 짜증이 뒤섞여 양쪽 눈썹 끝이 맞닿을 정도로 긴장한 모습이었다. 그를 보자마자 디베르라는 것을 알았다. 뷜캉에 대한 사랑보다는 덜했지만, 메트레 감화원 시절 그래도 내가 애정을 가졌던 그가 십오 년이 지난 지금 저런 모습으로 있는 것을 보니 서글픈 느낌이 들었다. 어쩌면 정반대로 생각할 수도 있었다. 왜냐하면 그의 동작 하나하나가 고귀해 보였던 것이다. 그가 자신의 모습을 조금도 창피하다고 생각하지 않았기 때문이다. 그는 밑도 닦지 않고 내려왔다. 냄새, 그 구린내가 방 전체에 진동했다. 그는 단추를 채우고 다시 지휘자의 근엄한 모습으로 돌아갔다.

"하나…… 둘! 하나…… 둘!"

가래가 가득 찬 목구멍에서 울려 나오는 소리, 기둥서방들의 공통된 목소리였다. 겁쟁이의 아가리에 잔인하게 침을 뱉을 때 내는 캑캑 소리였다. 그가 메트레에서 내지른 바로 그 고함이었다. 지금 여기 내 감방에서도 그 소리가 들려온다. 보폭의 리듬은 언제나 일분에 120보를 유지해야 한다.

내가 독방에서 나와 이곳으로 옮겨 온 것은 아침이었다. 나는 독방에 있는 동안 뷜캉에 대한 추억을 말로 즐기기로 했다. 단어들을 떠올리며 마치 그를 애무하는 듯한 기분을 만끽한 것이다. 봉지를 만들라고 준 하얀 종이 위에 이 책의 초안이 될 이야기를 정리하기 시작했다. 나는 눈부신 아침 햇살에 공포에 사로잡혔고, 간밤의 꿈 때문에 상처를 입었다. 누군가가 아르카몬에게 문을 열어주는 꿈이었다. 나는 문 뒤에 숨어 있었다. 아르카몬에게 나오라고 손짓했다. 그는 망설였다. 그런 그의 행동이 마음에 들지 않았다. 한참 몽상에 젖어 있을 때, 간수가 독방에서 징계실로 가라고 깨웠다. 8시가 다 되어 일렬로 원을 그리며 도는 일에 참가했을 때도 여전히 그 꿈속에 빠져 있었다. 알 수 없이 마음이 아팠다.

　징계실에서 벌을 받은 후에도 더 혹독한 형벌의 사슬로 묶어두는 일이 남아 있다. 형무소장의 요청으로 내무장관이 명령한 수감자에 대한 징벌 말이다. 죄수의 양다리를 무거운 쇠사슬로 묶은 다음 못 박힌 굴레 속으로 발목을 매어두는 형벌이다. 두 손은 더욱 길고 가느다란 쇠사슬로 묶인다. 이 형벌은 가장 무거운 벌로 사형에 앞서 행해진다. 사형수의 발은 형이 선고된 날부터 처형되는 날까지 쇠사슬로 묶여 있다. 감방에서 나올 경우 수갑이 채워진다. 이 형벌은 사형의 전 단계에서 행해진다.

　빌캉과 디베르는 지금 이 책의 주인공들이다. 그들에 앞서 이 책의 숭고한 목적이라고 할 수 있는 아르카몬에 대해 말하고자 한다. 나 역시 그처럼 '종신형 제도'의 규정이 주는 충격과 그 단어의 음울한 소리를 들어 겪은 바 있다. 절도로 삼 개월 이상의 처벌을 네 번 받으면 '종신형'에 해당한다는 규정이다. 유형 제도가 사라진 지금에 와서도 어느 중앙 형무소에서든 평생을 복역해야만 하는 것이다. 아르카몬은 종신형을 받았다. 나는 지금부터 그의 사형에 대해 말할 것이다. 나중에 적당한 시기에 언급하겠지만 비밀로 가득 찬 그의 생활은 놀랄 만한 사건이라고 할 수 있다. 난 그의 생활을 보고 그를 살아 있는 신으로 숭배하기에 이르렀다. 그 점에 대해 그에게 감사할 따름이다. 신이 성자들에게 보여주는 관심으로 우리에게 보답하는 이 살아 있는 신으로부터 내가 그의 모험 속에서 구하는 것은 바로 성스러움이다. 나는 신을, 나의 신을 찾아 나아가야만 한다.

나는 도형장 그림만 보아도 불현듯 지도나 책에서 알게 된 곳, 즉 마음 깊은 곳에서 발견한 나라에 대한 향수로 마쳐질 지경이기 때문이다. 특히 기아나에서 어떤 죄수의 사형이 집행되는 장면의 그림은 "이 친구가 내 죽음을 훔쳐 갔어!"라는 탄식의 말을 튀어나오게 만들었다. 나는 그때 내 목소리의 억양을 잘 기억하고 있다. 비극적이었다. 다시 말해서 그 말은 당시 함께 있던 친구들에게 한 것이지만, 내면에서 올라오는 깊은 울림이었기에 음성은 알아듣기 힘들었고 먼 곳에서 오는 회한의 감정이 배어 있었다.

종신 유형에 대해 신성성을 말한다는 것은 신 음식에 익숙하지 않은 이를 시리게 할 것이다. 그러나 내가 이끄는 삶 역시 모든 교회와 사원이 그들의 성자에게 요구하는 것처럼 지상의 모든 사물에 대한 체념의 조건을 요구하고 있다. 게다가 이 생활은 경이로움으로 통하는 문을 열어주기까지 한다. 그리고 그 생활로 성스러움이 새롭게 인식된다. 즉 그 생활은 범죄의 길을 통해 천국으로 인도하는 문이다.

유형수, 즉 사형을 선고받은 죄수들이 공포에서 벗어날 수 있는 유일한 방법은 우정뿐이다. 그들은 우정에 빠져듦으로써 당신들의 세계, 즉 세상을 잊을 수 있다. 그들은 우정이란 가장 순수한 것이기에 최고의 덕목으로 간주한다. 또한 우정은 그러한 감정을 불러일으키는 상대에게서도 벗어나 홀로 존재하며, 더할 수 없이 이상적이며 순수한 상태다. 우정 덕분에 종신형의 죄수라 해도 절망에 사로잡히지 않을 수 있다. 마치 급속도로 악화하는 폐결핵에 걸린 사람이 공포에서 벗어나듯이. 순수한 우정이란 특이한 운명을 타고난 자들의 깊은 내면에서 우러나오는 섬세하면서도 위대한 사랑의 감정인 것이다. 그들은 형무소라는 아주 제한된 우주 속에서 살고 있지만 건방지게도 이전에 당신들의 자유로운 세계에서 생활하던 당시와 똑같은 정열을 지니고 있다. 그들은 매우 비좁은 틀 속에서 살아가기 때문에 그럴수록 더 강해지고 견고해진다. 그래서 신문기자, 형무소장, 감찰관 등 누구라도 그들의 삶을 살펴보려는 자가 있을 때 그 강렬한 빛이 그들의 눈을 멀게 만든다. 특히 강인한 젊은이들은 죽음 이외에 출구가 없는 이 세계 내에서 눈부실 정도의 명성을 이루어낸다. 그들의 과거만큼 부서지기 쉽고 또한 넘을 수 없는 감옥 안에서 자신들에게 잃어버린 낙원과도 같은 당신들의 세상이 가까이 있음을 느끼면서, 징벌받은 커플에 분노한 신의 위협과도 같은 엄청나게 끔찍한 장면을 체험한 자들이 살려고, 그것도 전력을 다해 살려고 애쓰고 있는 것이다. 여기에 거대한 저주의 아름다움이 있다. 천국의 문 앞에 선 인류가 과거 모든 시대를 거쳐오며 이룩해낸 것과 비견될 만한 가치를 지니고 있기 때문이다. 그리고 신의 뜻을 거역하고 하늘의 뜻에 따라 사는 것이야말로 신성성 그 자체다.

내가 이런 식으로 이끌려온 것, 즉 내가 말한 이 변화의 순간에 겉모습들을 넘어 다른 세계에 도달한 것은 아르카몽 때문이다. 그에 대한 신뢰감, 그에 대한 숭배, 그의 행동에 바치는 내 경의가 범죄라는 의식을 집행하게 함으로써, 저 신비스러운 방으로 옮겨 가기를 감히 바랄 수 있었던 것이다. 내게 이런 변화를 용인한 것은 의심할 것 없이 무한에 대한 두려움에서일 터다. 자유롭고 제멋대로이며 신앙을 갖지 않은 우리의 갈망은 햇빛처럼 우리에게서 발산된다. 그리고 빛처럼 무한에까지 달아날 수 있다. 물질적인 하늘 혹은 형이상학적인 하늘도 천장은 아니기 때문이다. 종교가 말하는 천국은 천장이다. 이 세계의 끝이다. 천장이고 스크린이다. 왜냐하면 마음에서 멀어져도 우리의 갈망은 사라지지 않고 하늘을 향해 모습을 드러낼 것이기 때문이다. 또 나 스스로를 상실했다고 믿는 순간에, 그 갈망 속에서 또는 갈망이 천장에 투영하는 이미지 속에서 나를 되찾을 수 있기 때문이다. 무한에 대한 공포 때문에 종교라는 것들은 인간을 형무소와 같은 제한된 우주에 가두어놓는다. 이 우주는 또한 무제한의 우주이기도 하다. 우리의 욕망은 형무소 내에서 뜻하지 않은 상대를, 신선한 정원을, 괴물 같은 인간을, 사막을, 샘을 발견하도록 하기 때문이다. 욕망은 마음속의 모든 능력을 자극하여 그때까지 알지 못한 강렬한 사랑을 느끼도록 하거나 두꺼운 감옥의 벽에 투사시키기도 한다. 어떤 경우 마음속을 자세히 탐색함으로써 지금까지 몰랐던 은밀한 영역이 폭로되고 광선이 감방 문의 틈새로 들어와 신을 계시할 때도 있다. 아르카몬의 범죄는 과거의 어린 소녀 살인, 최근의 간수 살인 등 모두 어리석은 짓으로 보인다. 우리의 입에서 나온 그릇된 말이 타인에 의해 다른 말로 교체될 때 갑자기 우리 자신의 모습을 뚜렷하게 부각하는 경우가 있다. 그 공교로운 말은 하나의 수단으로써 시(詩)를 사라지게 하는 대신 문장을 향기롭게 만든다. 그러한 말들은 실제로 담론의 이해를 저해하는 위험물이다. 때로는 과오가 시를 낳게 한다. 행위의 오류도 마찬가지다. 아름답다고 해도 분명 위험물이다. 지금 여기서 아르카몬의 정신을 추적하는 일은 어렵고도 무례한 일이다. 나는 다만 그의 범죄 앞에서 시인이 되고 싶을 뿐이다. 따라서 나는 한 가지 사실을 말하고자 한다. 즉 그의 범죄는 아직도 향기를 피워내는 장미꽃과 같으며 그와 그의 형무소 생활에 대한 추억은 우리의 최후의 순간까지 향기로운 것으로 남으리라는 사실이다.

아르카몬이 독방으로 끌려온 것은 간수를 죽인 직후였다. 그는 그곳에서 중죄 재판 날까지 머물렀다. 그는 선고를 받은 바로 그날 밤 사십오 일의 상고 기간을 보내기 위해 사형수 독방으로 옮겨졌다. 눈에 보이지는 않았으나 당시 그가 현존하는 강력한 달라이라마와 같은 존재로서 슬픔과 환희가 뒤섞인 물결을 형무소 전체에 퍼뜨리고 있다는 생각이 들었다. 그는 자기의 양어깨 위에 위대한 작품이라는 짐을 지고 있는 배우와 같았다. 근육의 섬유질이 파열되었다. 일종의 전파와도 같은 가벼운 진동이 일어나 나를 황홀경으로 몰아갔다. 공포와 경탄이 동시에 교차는 듯한 느낌이었다.

그는 매일 한 시간씩 특별히 형무소 안마당으로 운동하러 나갔다. 쇠사슬에 묶인 채로. 안마당은 내가 이 책을 쓰고 있는 징계실에서 멀지 않은 곳에 있다. 벽 너머로 아주 희미한, 마치 장례식에서 나는 소리인 양 사형수의 쇠사슬이 끌리는 소리가 민감하게 들려왔다. 그 소리는 처음에 내 펜이 잉크병에 부딪히는 소리처럼 들렸다.

이 소리를 들으려면 미리 준비된 조심스럽고도 경건한 귀가 필요했다. 그 소리는 간헐적이었다. 마치 아르카몬이 자신이 안뜰에 있음을 알리지 않으려고 걷는 것을 억제하고 있는 듯했다. 그는 겨울의 태양 빛이 내리쬐는 곳으로 한 발짝 옮기더니 멈췄다. 그는 죄수복 상의의 소매 안에 두 손을 감추고 있었다.

그를 주인공으로 내세워 이야기를 꾸며낼 필요는 없을 것이다. 실화만으로도 족하다. 형무소 내에서 아주 예외적인 사실이지만 그에게는 가공의 이야기보다 진실이 더 어울린다. 형무소는 거짓말하는 인간들로 가득하다. 각기 자기가 영웅적인 역할을 하는, 제멋대로의 모험담을 퍼뜨린다. 그러나 이러한 꾸민 이야기가 끝까지 그 광채를 지니는 경우는 거의 없다. 주인공은 반드시 자기모순에 빠진다. 그 역시 자기 자신에게 말할 때는 성실한 자세가 요구되기 때문이다. 게다가 누구나 아는 것처럼 상상력이 너무 지나치면 죄수라는 신분에 가능한 실제 생활의 한계를 상실하게 만드는 위험이 있다. 상상력은 현실에 가면을 입힌다. 그래서 상상력의 막다른 골목에 이르러 자기 자신까지 가공의 인물이 되는 것을 두려워하거나, 아니면 현실과의 충돌을 두려워할지 모른다. 따라서 상상이 너무 지나쳐서 자신이 침식당하고 있다고 느낄 때, 그가 겪고 있는 실제 위험을 하나하나 검토해보고 안심하기 위해 상상을 큰 소리로 떠들어보는 것이다. 빌캉도 거짓말을 했다. 그가 만들어낸 여러 가지 모험은 레이스로 짠 것처럼 가볍고 환상적인 구조와 조직으로 짜여 있었지만 언제나 입과 눈을 통해서 주요 부분을 드러냈다. 그러나 뷜캉은 자기에게 이로운 거짓말은 하지 않았다. 그는 타산적이지 못했다. 타산적이 되려고 해도 언제나 실패했다.

디베르에 대한 내 사랑과 아르카몬에게 헌신적으로 바친 숭배가 여전히 마음을 흔들어놓는다. 뷜캉에게서 경박한 행동을 발견하기도 했지만, 그는 항상 현존하는 존재였다. 그는 언제나 거기에 있었다. 그의 모습을 상상할 필요가 없었다. 그를 볼 수도 만질 수도 있었다. 또 그의 존재 덕분에 몸과 근육을 통해 삶을 즐길 수 있었다. 그가 어떤 호모 녀석과 함께 있는 것을 본 지 얼마 지나지 않아 그를 계단에서 만났다. 계단은 작업장이나 식당이 있는 이 층에서 일 층의 사무실, 의무실, 집회실 쪽으로 내려오는 통로이자 중요한 만남의 장소였다. 또한 벽에 붙어 있는 어두운 장소로 죄수들은 그곳에서 온갖 얘기들을 주고받는다. 나는 대부분 그곳에서 뷜캉을 만났다. 그곳은 모든 사랑의 만남, 특히 우리 두 사람이 사랑을 나누는 장소다. 그곳에는 아직도 연인들끼리 주고받던 달콤한 키스의 여운이 진동하고 있을 것이다. 뷜캉은 계단을 네 개씩 건너뛰며 내려오고 있었다. 그의 속옷은 더럽혀져 있었고 군데군데 핏자국이 있었다. 등에는 칼에 찔린 상처가 있었다. 그는 계단을 도는 곳에서 멈췄다. 뒤를 돌아봤다. 나를 보았을까? 내가 누군지 알아차렸을까? 그는 속옷을 입지 않은 맨몸에 상의만 걸치고 있었다. 또 다른 죄수 하나가 소리도 없이 내 곁을 지나 공중을 나는 듯 신속하게 뷜캉을 스쳐 갔다. 그는 뷜캉과 나 사이에 끼어 짧은 순간이었지만 내가 평소 뷜캉에게서 얻고자 한 그 감정, 마치 연극의 마지막 장면에서와 같은 감정을 불현듯 느끼게 했다. 뷜캉은 돌아보며 웃었다.

두 가지 이유로 나는 그를 모르는 척했다. 우선 그에 대한 사랑을 드러내고 싶지 않았다. 그렇게 되면 나로서는 그를 대하는 입장이 언제나 불리할 것이기 때문이다. 하지만 헛수고였다. 나중에 알았지만 그는 나를 처음 보았을 때부터 눈빛을 통해 모든 걸 알아차렸다고 말했다. "나는 곧바로 간파했어. 그때 내 곁에 있고 싶다는 네 욕망을 봤으니까." 그가 창녀의 정부들 사이에서 특히 기둥서방 녀석들과 함께 있는 것을 보았는데, 그들이 새로운 자라는 이유로 나를 동료로 취급하기를 꺼렸다는 게 또 하나의 이유다. 나로서도 그들 중 누군가와 공공연하게 접촉해 그들 패거리에 끼고 싶다는 인상을 주기 싫었다. 게다가 그들 패의 한 사람을 그들과 다르다고 생각할 필요도 없었다. 한편 나는 강도들이 기둥서방들을 좋아하지 않는다는 걸 알고 있었다. 그런데 내게 다가와 손을 내민 것은 오히려 그쪽이었다.

"어이, 자노! 잘 있었어?"

아직도 난 그가 어떻게 내 이름을 알았는지 모른다.

"안녕?"

나는 작은 목소리로 무심하게 대답하면서 멈춰 섰다. 그러자 그가 말했다.

"어때?"

그는 속삭이듯 입을 반쯤 연 채로 말했다. 그가 무엇을 묻고 있는지 알 수 없었다. 그의 몸은 거의 들떠 있는 것 같았다. 온몸으로 물었기 때문이다. 그의 "어때?"라는 말은 "잘 지냈어?"라는 의미도, "무슨 변화가 있어?"라는 의미도, 그리고 "일은 잘 돼가?"라는 의미도 또는 이 모든 의미를 포함할 수도 있었다. 나는 아무 대답도 하지 않았다.

"넌 언제나 혈색이 좋구나. 어떻게 지내는지 모르지만 항상 좋아 보여!"

나는 가볍게 어깨를 으쓱 올렸다. 어떤 죄수 하나가 내려와 우리가 서 있는 계단에 멈추어 섰다. 뷜캉이 그의 눈을 뚫어지게 쳐다보자 그 죄수는 아무 말도 못 하고 도망가 버렸다. 그의 냉혹한 눈초리가 나를 두려움에 떨게 만들었다. 언제고 내가 그 눈초리에 사로잡히면 어떻게 될까 상상하니 다시 전율이 일었다. 계속 이어지는 일들이 나를 점점 공포로 몰고 갔다. 뷜캉의 눈이 나를 주시하고 있었다. 그런데 그 시선이 나뭇잎에 내리는 부드러운 달빛처럼 변하더니 그의 입가에 미소를 짓게 했다. 주위의 벽은 무너지고 시간은 산산조각이 났다. 나와 뷜캉은 우리를 언제나 높은 곳으로 밀어 올리는 원주 위에 서 있었다. 나는 심지어 발기조차 하지 않았던 것 같다. 죄수들은 하나둘씩 드문드문, 우리의 고독한 만남을 보지 못한 채 묵묵히 계단을 내려가고 있었다. 나뭇잎이 크게 흔들렸다. 뷜캉이 소리치듯 말했다.

"어떻게 지내? 잘 처먹고 살지?"

나는 여전히 아무 대답도 하지 않았다. 그는 입가에 미소를 지으며 작은 소리로 속삭였다. 소리를 죽여 말하는 것은 계단 모퉁이 뒤로 운동하러 내려오는 죄수의 머릿수를 세는 간수가 서 있거나 벽 뒤로 경리과나 사무실이 있음을 알고 있었기 때문이다. 그래서 눈에 띄지 않으려면 목소리를 죽여 말해야 했다. 비록 우리가 그들에게서 멀리 떨어져 있다는 느낌이 들었지만, 벽 뒤로 형무소장, 밭, 자유로운 사람들, 도시, 세계, 태양, 별 등이 가까이 있었던 것이다. 그들은 귀를 기울이고 있었다. 그들은 우리를 살피고 있었고, 우리를 갑자기 덮칠 수도 있었다. 뷜캉의 미소가 그 자신에게 어떤 변화를 주고자 했다. 그가 빠르게 속삭였다.

"너 항상 담배 가지고 다니지!"

그는 마침내 하고 싶은 말을 꺼냈다. 이런 식으로 자기 생각을 드러낸 것이다.

"담배가 없으면 우울해. 어디 있건 따분하지. 꽁초라도 있어야지 없으면 아무것도 할 수 없거든!"

이 마지막 말을 하면서 그의 미소는 점차 사라져갔다. 그는 빠르게 또한 부드럽게 말할 필요가 있었다. 우리는 시간이 없었다. 반에 있던 수감자 거의 모두가 이미 내려가 있었기 때문이다. 만일 간수가 올라오기라도 하면 영락없이 들키고 말 것이다. 이 두 가지 이유에 굴복한 나머지 그의 목소리도, 그가 말하는 내용도 무언가 어떤 비극을, 어떤 범죄적 이야기를 말하는 것처럼 보였다.

"이 상태가 지속되면 질식해버리겠어……."

내 태도가 그에게 용기를 주지는 못했다. 나는 냉담으로 일관했다. 이따금 그의 속삭임이 이해되지 않을 때도 있었다. 나는 주의를 기울였다. 벽 너머로 우리의 과거를, 형무소에서 보낸 세월을, 불행했던 소년 시절을 느낄 수 있었다. 그가 말했다.

"자노, 꽁초 가진 것 없어?"

나는 화가 났지만 아무런 내색하지 않고 저고리 호주머니에 손을 집어넣었다. 그리고 꽁초 한 줌을 그 앞에 내놨다. 꽁초 전부를 자기에게 주는 것으로 생각하지는 않았지만 그의 얼굴은 빛났다. 나는 여전히 말없이 거만한 태도로 어깨를 으쓱거리며 내려왔다. 그가 도착할 즈음에 난 이미 밖으로 내려와 있었다. 우리는 조그만 뜰에 함께 있게 되었다. 그는 곧장 내게로 와서 고마움을 표시했다. 동시에 거지 근성을 합리화하려는 듯 열두 살 때부터 형무소에 있었다고 말했다.

"열두 살부터 열여덟 살까지 형무소에서 지냈지."

"어느 형무소에?"

"메트레."

나는 평정심을 잃지 않으려고 다시 물었다.

"어떤 그룹에? 잔 다르크 그룹?"

그는 그렇다고 대답했다. 우리는 한동안 메트레 시절에 대한 얘기를 나눴다. 그는 때때로 중요하다고 생각하는 게 있으면 왼손을 넓게 벌리고는 했는데, 그 모양은 기타의 다섯 줄을 덮을 듯이 보였다. 기타리스트가 현의 진동을 죽일 때 사용하는 남성다운 몸짓과 유사했다. 일종의 소유의 몸짓으로 상대를 침묵시키는 힘을 지니고 있는 몸짓이었다. 나는 마음 내키는 대로 행동했다. 메트레 감화원의 동료 한 사람을 발견한 기쁨으로, 며칠 전부터 눌러온 사랑의 감정이 벽을 허물고 한꺼번에 넘쳐흘렀다. 사실 여기서 기쁨이라는 말은 적합하지 않다. 그 감정은 즐거움이나 행복, 만족, 쾌락 등 그와 비슷한 어떤 것도 아니었다. 내가 이십 년간 원해온 것이 성취된 데 대한 어떤 특별한 감정이었다. 그 소망은 막연한 것이었다. 그를 만날 때까지 내 속에 어렴풋한 형태로 남아 있던 어떤 것. 이를테면 그 소망은 메트레의 추억을 나 자신의 내부와 다른 사람의 내부에서 발견하고, 다시 메트레를 되찾아 사나이가 된 지금의 삶에 당시의 관습을 회복함으로써 언제든 메트레의 추억을 간직하고 싶은 염원이었다. 이 행복한 상태에 두려움이 덧붙여졌다. 즉 가벼운 바람, 조그만 쇼크가 이 만남의 성과를 헛되게 하지나 않을까 하는 두려움이었다. 그때까지 나는 여러 차례 매우 고귀한 몽상이 산산이 부서지는 것을 보아왔기 때문에 뷜캉처럼 젊고 신선한 미모에 충성심 강하고 매서운 눈초리를 가진 소년이 나를 사랑해주리라는 몽상은 도저히 할 수 없었다. 도둑을 사랑하기 위해 어느 정도 도둑질을 좋아하고, 부랑자를 사랑하기 위해 어느 정도 여자들을 경멸하며, 메트레가 낙원이라고 회상할 정도로 어느 정도 정직한 젊은이, 이것이 내 이상이었다. 그런데 나는 몽상가로서의 끈기와 재능에도 불구하고 아직 최상의 꿈을 꾸지 못했다는 사실을 불현듯 깨달았다. 동시에 그 몽상의 생생한 실현이 눈앞에서 나타나고 있었다.

어떻게 태어났는지 알 수 없으나 속세를 떠나 멀리 위험한 세계에서 성장하여 악을 배운 뷜캉이 메트레 구석에서 이곳으로 온 것이다. 그는 나를 위해 감화원의 비밀스러운 냄새를 가져왔다. 우리 둘은 서로의 고유한 냄새를 되찾은 것 같았다. 내가 우리의 사랑의 옷감을 짜는 동안 눈에 보이지 않는 손이 하나하나 그것을 풀어가고 있음을 알아차렸다. 하지만 나는 감방 안에서 계속 짜고 있었다. 그러면 운명의 손이 다가와 그것을 풀었다. 로키가 그 파괴자였다. 앞서 두 번 만날 때까지 뷜캉이 사랑한 적이 있는지 어떤지 몰랐으나 그가 로키에게서 사랑받은 경험이 있음을 알게 되었다. 나는 짐작할 수 있었다. 그의 생활이 로키와 관련이 있다는 것을 아는 데는 그다지 오랜 시간이 필요치 않았다. 한번은 뷜캉과 같은 작업장에서 일하는 어떤 녀석에게 뷜캉이 벌써 내려갔느냐고 물으면서 당시 뷜캉의 이름을 몰랐기 때문에 그의 인상을 설명했다. 그러자 그 젊은이는 이렇게 대답했다.

"아, 돈만 보면 욕설을 퍼붓는 놈! 로키의 여자 말이지. 그가 뷜캉이야!"

로키의 '여자'라……. 돈만 보면 욕설을 퍼붓는 강도! 그 죄수는 내게 뷜캉의 가장 놀라운 특징 하나를 이렇게 알려주었다. 그는 강도질하러 들어가서 돈을 볼 때마다 구역질이 일어나 돈뭉치 위에 토했다고 한다. 형무소 안에 있는 자는 누구나 그 점을 알고 있었지만 비웃는 자는 아무도 없었다. 아르카몽의 절름발이 걸음만큼 이상한 일이었다. 혹은 봇차코의 미치광이 같은 발작, 세자르의 대머리, 뷔렌의 공포만큼 이상하게 보였지만 오히려 그의 아름다움에 보탬이 되었다. 에르지르 역시 파괴자였다. 게다가 디베르의 존재도 그렇다. 나는 모처럼 우리 두 사람의 사랑에다 가장 호기심 많은 데생을 그렸다. 그러나 그 작업을 하는 동안 고리를 풀고 있는 운명의 손을 느꼈다. 뷜캉이 내 것이 된다는 것은 아마 있을 수 없는 일인지 모른다. 유일한 만남이 될지 모르는 하룻밤의 사랑 행위에도 나는 그것을 견고하게 짤 수 없었다. "그것은 너무 아름다워서 사실 같지 않다"라는 표현이 어울릴 것이다. 운명이 우리 두 사람을 엮어놓자마자 곧 떼어놓을 것이라는 느낌이 들었다. 그리고 삶은 뷜캉의 출현을 내가 쌍수로 환영하며 맞이하는 찰나에 그를 사라지도록 할 때까지 잔혹하게 전개될 것이다. 나는 내게 겨우 허용된 이 덧없는 행복을 한순간 전율하면서 맛본 것이다. 나는 원할 때마다 그의 얼굴을 보거나 곁에 가서 손을 잡을 수 있었고, 또 내가 가지고 있는 것을 줄 수도 있었다. 그에게 접근하기 위한 그럴듯한 핑곗거리도 있었다. 옛 감화원 동료에 대한 우정과 메트레에 대한 충성이었다. 그날 저녁 대들보 사이에서 그가 나를 불렀다.

"어이, 장!"

나는 어둠 속에서도 그가 미소 짓고 있음을 짐작할 수 있었다. 그가 미소만 지으면 누구든 오금이 저려오는 걸 느꼈다. 나는 누워 있었다. 문으로 달려갈 용기가 없었다. 그래서 누운 채 소리쳤다.

"그래, 무슨 일이야?"

"아무것도 아냐. 어때?"

"좋아. 너는?"

"좋아."

침묵 속에서 어떤 퉁명스러운 목소리가 또렷하게 들렸다.

"내버려 둬. 너의 귀여운 얼굴을 생각하면서 녀석은 자위할 테니까."

뷜캉은 이 말을 듣지 못한 것 같았다. 그는 내게 "잘 자, 자노!"라고 말했다. 그때 일종의 노래와 같은 것이 그의 말을 뒤따라 나왔다. 다른 창문을 통해 나온 고함이었다.

"이보게 동료들! 난 롤랑이라고 하는데. 결국 통과됐어, 종신형을 받았단 말이야! 친구들아, 난 내일 플뢩 형무소로 가! 잘 있어⋯⋯!"

마지막 한마디에 이어 침묵이 엄습했다. 밤의 아름다움과 뷜캉의 아름다운 외침이 자기 생의 안녕을 고하는 고귀한 이별의 말속에 뒤섞여 오래 기억될 것이다. 창을 닫은 후에도 그의 말이 흔들어놓은 파문은 우리의 잠 속까지 잔잔한 슬픔을 전할 것이다. 이별의 언어, 그것은 뷜캉이 내게 남겨 둔 행복의 기록이었다.

"동료들, 안녕히! 난 내일 떠난다네⋯⋯!"

우리 가운데 가장 단순한 사람도 기도를 한다. 내가 말하는 '단순한 사람'이란 보통 순수한 자를 가리킨다. 최대의 죄악은 인간이 인간을 심판하는 일이다. 어쩔 수 없어서 용서해주는 기분은 일종의 기도다. 오늘 밤 우리가 고별의 언어를 통해 사랑의 음성을 들었다고 느끼는 것도 사실 이 기도하는 심정에서 비롯한 것이다. 나는 그때 오줌을 누고 싶었다. 그날따라 일이 많았던 하루의 모든 추억이 갑자기 몰려왔다. 한 손으로 지탱하기에 너무 무거운 내 자지를 두 손으로 쥐지 않을 수 없었다. 뷜캉! 뷜캉! 아직 그의 이름은 몰랐지만 빌캉이라는 그의 성이 나를 황홀하게 했다. 과연 그가 나를 사랑할까? 나는 그의 사악한 눈초리와 부드러운 눈초리를 모두 떠올려보았다. 그리고 나를 향한 그와 같은 두 시선이 수시로 바뀌던 것을 생각하니 두려워졌다. 그 공포에서 벗어나기 위해 깊은 잠에 빠지는 것보다 좋은 방법은 없었다.

아르카몬은 네 번씩이나 도둑질한 대가로 종신형에 처했다. 그에게 죽음이 어떤 모습으로 인식되는지 나로서는 정확히 알 수 없다. 그저 상상해볼 따름이다. 하지만 아르카몬을 잘 알고 있는 나는 어느 정도 짐작은 할 수 있다. 나 역시 종신형의 절망감을 맛본 적이 있다. 가령 오늘 아침만 해도 종신형을 선고받은 기분이었으니까.

징계 독방의 벽에 쓰인 사랑의 낙서를 읽어보았다. 대부분이 여자에 대한 내용이었지만, 처음으로 그 의미가 이해되기도 하고 낙서를 새겨놓은 자의 기분도 알 수 있을 것 같았다. 낙서를 보면서 나역시 모든 벽에 빌캉에 대한 사랑의 감정을 새겨두고 싶었기 때문이다. 내가 그걸 읽거나 누가 큰 소리로 읽는 것을 들으면, 마치 벽이 빌캉에 대한 내 사랑을 말해주는 것처럼 들린다. 벽이 내게 말한다. 그러자 마음속에서 하트 모양이나 팬지로 둘러싸인 "M.A.V."라는 문자가 떠올랐다. 그 문자는 내가 열다섯 살 때 처음 보았던 신비로운 이니셜로 프티트로케트 형무소 감방의 벽에 쓰여 있던 것이다. 벽에 새겨진 "M.A.V.", "B.A.A.D.M.", "V.L.F." 등의 어두운 마력에 더는 감동하지 않게 된 것은 이미 오래전이다. 즉 그 문자들의 정확한 의미를 알게 된 직후부터였다. 이제 나는 이것들을 "간수들을 죽여라", "불쌍한 친구들이여, 안녕*"이라고 바로 읽는다. 그런데 어떤 충격, 이를테면 갑작스러운 기억상실이 "M.A.V."라는 문자 앞에서 나를 불안하게 만들었다. 이 글자들이 이제는 낡은 사원의 비문(碑文)처럼 이상한 사물로 보이고, 지난날과 마찬가지로 신비한 느낌을 주었던 것이다. 그러자 소년 시절의 배경을 이루고 있는 그 불행과 외로움 속에 다시 빠져드는 기분이 들었다. 이 기분은 끝없이 계속될 것 같던 쳇바퀴 도는 일을 징계실에서 처음 시작했을 때 받은 느낌보다 더 고통스러웠다. 왜냐하면 아무것도 변한 것이 없으며, 불행은 외부의 규율에서 오는 것이 아니라 나의 내부에서 온다는 사실을 깨달았기 때문이다. 그리고 그 불행은 내 안에 머물러 충실하고 지속적으로 작동할 것이기 때문이다. 불행의 시기가 새롭게 다시 시작된 느낌이 들었다. 그런데 그것이 하필이면 뷜캉에 대한 사랑에서 잉태한 행복감의 절정기였다. 불행의 징조를 동반하는 이 불길한 기분은 어쩌면 내 사랑의 열정에 자극되어 태어난 것인지 모른다. 왜냐하면 그 기분은 내 열정이 메트레 감화원에서 취한 것과 같은 모습을 띠고 있었기 때문이다. 또한 그 열정이란 것이 메트레에 있을 때와 마찬가지로 순진하고 비극적인 복합적 감정에 둘러싸여 있었기 때문이다. 나는 어린 시절의 불행한 삶이 여기서 다시 시작되는 것을 느꼈다. 불행의 순환 구조에 빠지기라도

---

* "Bonjour aux amis du malheu(불쌍한 친구들이여, 안녕)"라는 문장을 B.A.A.D.M.으로 표기

한 듯하다. 하나의 불행이 끝나자 다른 불행이 시작되는 것이다. 제 3의 불행이 계속 이어지지 않으리라는 것을 입증할 수 있는 근거가 어디에도 없었다. 이 순환은 영원히 지속될 것이다.

종신형에 처한 죄수의 종말은 죽음이다. 그리고 그에게 감옥은 가장 불행한 장소다. 자유에 대한 애착을 포기할 수 없기 때문이다. 나는 감옥이라고 말했지 고독이라고 말하지 않았다. 처음에 아르카몽은 감옥살이를 벗어나려고 노력했다. 그러나 여기에 도착하면서 그 역시 우리처럼 감방 생활에 이로운 일정표를 만들고 싶어 했다. 자신이 언제 죽을지 몰랐기 때문에 언제 해방의 날이 올지도 모르고 있었다. 나도 일정표를 만들었다. 처음에는 열 페이지짜리 노트였다. 일 년을 두 페이지 비율로 할당했고, 거기에 매일 무언가를 기록해두었다. 기록을 다 훑어보자면 페이지를 일일이 넘겨야만 했는데 시간을 꽤 잡아먹었다. 죄수 중 거친 녀석들은 자신들의 죄수 생활 이십 년을 한눈에 볼 수 있도록 페이지를 전부 뜯어서 벽에 붙인다. 그들은 한눈에 고통을 조감하고 손안에 넣을 수 있다. 이 이십 년의 세월을 끔찍할 정도로 복잡하게 정리해두는 것이다. 그들은 곱하기와 나누기를 하면서 모든 시간들을 월, 일, 주, 시간, 분 단위로 계산한다. 감방에서 가능한 모든 시간을 찾아내 통계를 낸다. 이십 년이라는 세월이 이러한 숫자 놀이를 통해 더욱 정확해지는 느낌을 받는 것이다. 그들의 계산은 석방 전날에 이르러서야 겨우 끝날 것이다. 마치 감방 생활이 얼마만 한 숫자의 조합을 내포하고 있는지 알기 위해 이십 년이란 세월이 필요했던 것처럼. 그들의 형기는 그들의 존재 이유와 목적인 것이다. 벽에 붙어 있는 시간표는 과거와 미래의 어둠 속으로 서서히 빠져들게 만든다. 또한 거기서 도저히 감당할 수 없는 현재의 섬광이 솟아나 그 고유한 현재성을 부정하고 있는 것 같다.

아르카몬은 일정표를 만들 수 없었다. 그의 죽은 삶은 지속적으로 무한을 향해 질주하고 있었다. 그는 도망가고 싶어 했다. 이곳을 벗어날 수 있는 수단들을 하나씩 검토해보았다. 탈옥은 외부와의 공모가 필요했다. 그의 거친 성격이 감옥에서는 화려하게 보였지만, 바깥에서는 오히려 탈출을 모색하는 일에 방해가 되었다. 감옥에서의 화려함에 대해 간단히 말해보겠다. 거친 야수와 같은 자들은 배우들 또는 그 배우들이 구현하는 인물과 비교된다. 그들은 연기를 최고의 수준으로 끌어올리기 위해 무대장치와 조명이 제공하는 자유와 상황, 이를테면 라신*의 극에서 주인공들이 물리적인 삶을 초월하는 것과 같은 상황을 필요로 한다. 화려함은 순수한 감정에서 비롯한다. 그래서 그들은 비극적인 생활과 더불어 당연히 "수십만 프랑의 연봉을 받는 것"이다. 또한 탈옥하려면 외부와의 공모 외에도 필연적으로 대담함과 교활할 정도의 세심함을 지니려는 의지력이 필요하다. 이 점은 앞서 말한 그의 광채를 어렵고 불가능하게 만든다. 개성이 강한 자에게 능숙함, 교활함, 희극성과 같은 특질은 수용되기 힘들다.

---

* 17세기 프랑스의 3대 극작가로 꼽히는 인물로 프랑스 고전주의의 대표 작가

그래서 아르카몬은 감금 생활을 끝내는 유일한 방법으로 죽음을 선택하게 되었다. 처음에 그는 이 선택을 문학적인 기분으로 생각했을 것이다. 다시 말해 감방 녀석들이 그에게 "차라리 죽는 게 낫다!"라고 하는 말을 듣고 비열한 삶을 참을 수 없어 하는 그의 성격이 그를 고뇌에 빠지도록 몰고 갔다. 그는 역으로 그 생각을 고귀한 것으로, 친근한 것으로 만들고, 절대적 필연성을 부여하여 결국 이성의 통제에서 벗어날 수 있게 되었다. 그는 죽음에 대한 생각을 실제 문제처럼 친근한 투로 얘기했지만 낭만적이라는 느낌은 전혀 없었다. 자신의 죽음을 미리 생각해보는 것은 엄숙한 행위였다. 그는 그 일을 엄숙하게 실행했다. 죽음을 입가에 떠올리는 경우에 특별히 강조하지 않아도 그의 목소리가 죽음을 의식하고 있다는 인상을 지울 수 없었다.

자살하는 방법으로 권총과 독약은 피해야만 했다. 높은 건물 복도에서 뛰어내리는 일은 가능할 것 같았다. 어느 날 그는 난간에 다가가 기어 올라갔다. 허공 속에서 아찔해져 무서운 생각이 들었다. 한순간 몸을 오그리며 망설였다. 그는 팔을 뒤로 돌려 허공을 내리치는 듯했다. 아주 짧은 순간이었지만 그의 모습은 바위에서 뛰어내리는 독수리와 같았다. 마침내 그는 현기증을 극복하고 몸을 다시 돌렸다. 아마도 땅바닥에 떨어져 산산조각 난 사지를 떠올리고 진저리를 쳤을 것이다. 아르카몬은 이 장면을 목격한 라스뇌르를 보지 못했다. 당시 라스뇌르는 복도에 아르카몬과 함께 있었으나 그곳에 홀로 있다고 느끼도록 의도적으로 뒤로 물러나 벽에 붙어 있었다고 했다.

아르카몬은 자신이 보기에 매우 평범한 짓을 택하기로 마음먹었다. 의지보다 강한 운명의 구조가 이끄는 대로 스스로를 죽음으로 내모는 일이었다. 그는 거의 마음이 평온한 상태였다. 그런데도 간수가 단지 건방지게 미모와 유순함을 지녔다는 이유로 이 년에 걸친 퐁트브로의 생활에서 한 번도 자기를 괴롭힌 적 없는 그를 죽였다. 살인을 저지른 후 아르카몬이 네 달 동안 품위 있게 살아왔다는 건 누구나 알고 있는 일이다. 그에게는 자신의 운명을 탑을 건조하듯 세워야 하고, 운명에 중요성을 부여할 필요가, 즉 홀로 고립된 탑에 중요성을 부여하며 매 순간 쌓아 올릴 필요가 있었던 것이다. 매 순간 자신의 생애를 바라보며 쌓아가는 것, 그것은 파괴이기도 하다. 이러한 역할을 아무 쓸모 없는 도둑에게 부여하는 일이 무모하다는 걸 당신들도 알 것이다. 그 일은 혹독한 훈련을 거친 정신만이 할 수 있는 것이다. 아르카몬은 메트레 감화원 출신이다. 거기서 그는 매 순간 이를테면 돌 하나씩을 쌓으며 인간의 공격에 대해서 누구보다도 태연할 수 있는 성채로서의 삶을 구축해왔다. 그는 부아 드 로즈에게 접근했다. (난 이 순간부터 살인자의 이야기를 알게 되었다.) 부아 드 로즈는 아무것도 의심하지 않았다. 그는 자기가 죽으리라는 것, 특히 목이 잘려 죽으리라는 것을 꿈에도 생각하지 못했다. 더구나 그를 죽인 자가 아르카몬이라니 상상도 못 할 일이다. 아르카몬이 왜 그 간수가 지나가는 곳에 있었는지 알 수 없다. 사람들의 말에 따르면, 그가 간수 뒤에서 어깨를 덥석 껴안고 입을 맞추려고 했다는 것이다. (그는 오른손에 구두 작업장에서 훔친 가죽 자르는 칼을 쥐고 있었다.) 나도 친구들의 여린 목에 입을 맞추려고 그렇게 껴안은 적이 있었다. 그는 일격을 가했다. 부아 드 로즈는 도망쳤다. 아르카몬이 뒤따라갔다. 그를 추격해 어깨를 잡았다. 그리고 비로소 칼로 그의 경동맥을 그었다. 신속하게 피하지 못한 오른손에서 피가 솟았다. 그는 온통 땀에 젖어 있었다. 아르카몬은 냉정을 유지하려고 했으나 단순히 그 일격으로 운명을 절정으로 몰고 간 자신의 모습에 너무도 괴로워했다. 게다가 소녀를 살인할 때의 환영이 떠올라 고통스러웠다. 하지만 더욱 큰 불행이 발생하지 않도록 운명이 그의 첫 살인 때와 다른 수단을 취하도록 한 것은 다행이었다. 반복된 행위를 피함으로써 그 자신이 불행 속에 빠져 있다는 기분에서 벗어날 수 있었기 때문이다. 항상 같은 방식으로 사람을 죽이는 살인자의 고통은 너무 쉽게 잊히는 법이다. 그런 이유로 이행하기 힘든 새로운 수법을 고안해내는 일은 고통스럽다. 언제나 목덜미를 겨냥해 총을 쏘던 바이트만*처럼 말이다.

그는 땀에 젖은 얼굴을 손으로 닦으려 했다. 그러자 손에 묻은 피가 얼굴을 붉게 만들었다. 내가 알지 못하는 몇몇 죄수가 살인 현장을 목격했다. 그들은 살인을 저지르도록 내버려 두었다. 그리고 부아 드 로즈가 죽었다는 것을 확실히 알았을 때 비로소 아르카몬을 말렸다. 마침내 아르카몬은 아주 하기 어려운 뭔가를 할 생각을 했

---

* 장 주네의 《꽃의 노트르담》(한국어판 제목은 《꽃피는 노트르담》)에 등장하는 인물

다. 살인보다 훨씬 어려운 일이었다. 그가 종적도 없이 사라져버린 것이다.

　돌덩어리로 하나씩 자기들의 삶을 조립하고 쌓아가는 소년들로 구축된 곳, 그리고 그 돌덩어리에 새겨진 수많은 잔혹한 행위로 장식되어 있는 곳, 메트레 감화원은 언제나 가을 안개 속에서 빛나고 있었다. 감화원은 가을 안개로 둘러싸여 있다. 모든 것이 갈색으로 물들어 있는 우리의 존재 역시 안개에 젖어 있다. 낙엽 색의 죄수복을 입은 우리 또한 낙엽과 다름없다. 우리 자신이 결국 우리 속에서 사라져가는 것이다. 슬프게도……. 우리는 침묵 속에서 스러져간다. 가벼운 우울증이 주변에서 일어난다. 가볍다는 건 우울증이 미미하기 때문이 아니라 무게가 거의 나가지 않기 때문이다. 우리의 시간은 해가 비출 때도 회색빛이다. 그러나 우리 내부의 가을은 인위적이며 끔찍하다. 영원히 변하지 않기 때문이다. 그것은 행복한 하루의 끝이 아니고, 잠시 지나가는 것이 아니다. 즉 형무소 벽, 죄수복, 악취, 조심스러운 목소리와 보이지 않는 시선 등의 안개 속에서 괴물처럼 응결되어 있는 것이다. 이와 같은 적막 속에서 메트레는 빛을 발하고 있었다. 메트레는 땅을 벗어나 구름 위에 떠 있고, 옛 그림에서 볼 수 있는 요새화된 도시처럼 하늘과 땅 사이의 공간에 떠 있다. 지금이라도 영원히 승천할 듯한 모습을 지니고 있다. 나로서는 그러한 메트레 감화원의 모습을 당신들의 머릿속에 솟아나게 할 말을 찾지 못하는 것이 안타까울 따름이다. 당시 감화원은 매혹적인 얼굴들, 그러한 몸과 영혼을 지닌 소년들로 가득했다. 나는 그 잔혹한 세계 속에서 살아온 것이다. 어느 언덕길 꼭대기에 감화원생 한 쌍이 하늘을 배경으로 서 있었다. 한쪽 허벅지 부분이 부풀어 오른 죄수복 바지, 불량소년들, 반쯤 열린 바지 앞부분, 거기에서 당신들의 마음을 흔들어놓는 홍차 빛깔의 장미 혹은 등나무의 향이 석양을 물들이고 있다. 순박한 소년은 곧 사격이라도 할 듯 한쪽 무릎을 땅에 댄 채 나무 사이로 지나가는 소녀를 본다. 베레모를 챙 있는 모자로 생각하고 "나의 데프, 나의 바슈, 나의 그리 벨*"이라고 말하는 소년, 왕과 같은 부자유스러움에 둘러싸인 소년 아르카몬, 졸린 듯 여명의 문을 여는 기상나팔의 울림, 놀이가 없는 뜰(겨울의 눈싸움조차 허용되지 않는다), 놀이를 대신한 사악한 음모, 소년의 키 높이만큼 콜타르로 시커멓게 칠한 식당의 벽(징벌 본부의 내부 벽을 시커멓게 칠하려는 끔찍한 생각은 누가 한 것일까? 또한 메트레로 이감되기 전 우리 대부분이 거쳐 갔던 프티트로케트의 감방을 흑과 백으로 나누어서 칠하자는 건 누가 생각해 낸 것일까?), 징벌 본부에서부터 이 감방 저 감방으로 울려 퍼지는 구슬픈 노랫소리, 처량하게 보일 정도로 아름답게 무릎을 드러내 보이는 찢어진 바지 그리고 넓은 정원의 꽃 사이에 흩어져 있는 범선의 잔해 등등. 나는 여기 갇혀 있다는 슬픔에서 벗어나 이곳을 밤의 안식처로 만든다. 예전에 그 배에는 돛대와 선구(船具)가 있었고, 돛과 바람이 있었고, 장미와 원생들로 둘러싸여 있었다. (당시 메트레의 원생들은 모두 해군을 지망했다.) 원생들은 그곳

---

* 챙모자를 의미하는 은어들

에서 해군 선배의 명령 아래 수부의 작업을 배웠다. 매일 몇 시간 동안 그들은 소년 선원이 되었다. 그 때문에 감화원 곳곳에 장루 담당 선원, 현측포(破側砲), 이등 항해사, 경비함 등의 낱말이 남아 있었다. 언어와 습관이 과거 생의 흔적을 오랫동안 간직하고 있었다. 따라서 잠시 감화원을 거쳐 가는 사람들은 이 감화원이 바다의 여신처럼 바다에서 태어났다고 느낄지 모른다. 이러한 언어와 습관들이 남긴 것은 우리에게 어떤 환상적인 기원을 창조해주었다. 그 언어가 아주 오래된 것이기는 하지만 감화원의 내력 대대로 이어져오는 것은 아니기 때문이다. 그러한 말들을 만들어낸 아이들의 능력은 대단한 것이었다. 그 말은 사물들을 가리키기 위해 제멋대로 만들어진 말이 아니라 언어 전체를 만든 것이었다. 실제 쓰일 목적으로 만들어진 이 말들은 정확한 의미를 담고 있었다. '분리 장치'란 변명이라는 뜻이다. 따라서 "분리 장치로서 괜찮아!"라는 식으로 사용됐다. '투덜거리다(renauder)'라는 말은 '불평하다(rouspéter)'라는 의미였다. 다른 말은 지금 생각나지 않는다. 나중에 언급하기로 하자. 나는 이러한 말들이 속어가 아니라는 점을 강조해두고 싶다. 메트레의 소년들이 이 말들을 고안해 사용해온 것이다. 다른 어느 소년 감화원이나 중앙 형무소 또는 도형장의 용어에서도 이러한 말들은 찾아볼 수 없다. 비교적 새로운 이 말들이 이전의 유서 깊은 고귀한 말들과 섞여 또 우리를 세상에서 격리하는 결과를 낳았다. 우리는 오래전 병합 때 제외된 땅과 같았다. 일종의 아틀란티스 같은 땅으로 신들에게서 계시받은 말들을 계속 지켜온 것이다. 내가 여기서 신들이라고 부르는 것은 수부의 세계, 감옥의 세계, 모험의 세계처럼 형태가 없으면서도 환상적인 힘을 말하는데, 우리의 온 생명은 그 힘에 지배되기도 하고 또 우리의 삶이 거기서 자양분이나 생명력을 끌어내기도 한다. 항해 용어의 기(gui)*라는 말이 내 마음을 흔들어놓는다. 생각지 않으려고 해도 이 말에 내 마음은 혼란 속에 빠져 기(Guy)에 대한 추억이 아련히 떠오른다. 그를 생각하니 가슴이 떨려온다…….

비극 배우들은 무대 위에서 극이 절정에 이를 때, 가쁜 숨을 몰아쉬며 가슴이 죄어오고 어조가 빨라져, 천천히 하려던 말도 빨라지는 수가 있다. 이 연극의 희생물이 되는 관객도 이와 유사한 감흥을 느끼지만, 자연스럽게 이러한 상태에 이르지 못하면 의도적으로 입을 반쯤 열거나 호흡을 빨리하여 감정을 격양시켜 비극을 좀 더 심각하게 맛보는 기분을 느낄 수 있다. 이와 마찬가지로 내가 기(Guy)를 보면서 뷜캉과의 감미로웠던 순간을 떠올리면, 그의 실제 죽음과 내가 은밀한 밤에 몽상하던 상상 속의 죽음과 그의 절망과 그의 타락에까지 생각이 미치면, 침대 위에서 꼼짝 않고 누워 있어도 내 가슴은 부풀어 오르고 호흡은 갑갑해진다. 내 입은 반쯤 열리고 상반신은 그가 살고 있는 비극을 향해 나아가는 기분이 되어, 피의 순환도 빨라지고 삶의 속도에도 가속이 붙는다. 내게 이런 상황은 실재하는 것처럼 생각되는 반면, 내가 움직이지 않았고, 그 모든 것은

---

* 돛의 맨 밑에 댄 활죽인 하활, 당김줄

결국 내 상상에 지나지 않으며, 뷜캉의 당당한 모습 앞에서 내게 보이는 환상들에 지나지 않는다는 걸 나는 알고 있다.

뷜캉은 점점 더 나를 사로잡았다. 그는 이미 내 안으로 들어와 있었다. 그는 이미 오래전에 내 눈빛, 내 선물을 통해 사랑의 감정을 눈치채고 있었다. 나로서는 그런 감정을 최근에 고백한 것이다. 그는 우리를 둘러싸고 있는 세계에 별 관심이 없어 보였다. 내가 보기에 그는 아르카몬의 미묘한 위치를 모르는 듯했고, 아르카몬이 여기에 있다는 사실과 그가 우리와 함께 지내고 있다는 사실도 모르고 있는 것처럼 느껴졌다. 그는 그러한 사실들에 전혀 영향을 받는 것 같지 않았다. 나와 디베르를 제외하고 아무도 그에게 감동을 주지 못하는 듯했다. 그에게는 중국의 사형집행인처럼 웃통을 벗고 무더운 양복 작업장에서 일하는 봇차코가 더 멋지게 보이지 않았을까. 피는 피 흘리는 인간을 매우 고차원적으로 승화시켜 그를 순결하게 만든다. 두 번째 살인을 통해 아르카몬은 일종의 순수성에 도달했다. 기둥서방들의 권위는 성적으로 음탕한 데 있었다. 그들의 몸은 근육질로 되어 있으며 언제든 쉽게 발기할 수 있는 강자들이다. 살인자의 성기와 피부에서 빛이 발산된다. 아르카몬에 대해 뷜캉에게 말을 건넸다.

"아르카몬을 한 번도 본 적 없어?"

"없어."

그는 무관심한 태도를 보였다. 내 말이 대수롭지 않다는 듯 되물었다.

"너는?"

불이 켜졌다. 그의 모습이 갑자기 그의 가장 순수한 본질로 드러나는 듯했다.

사방이 일찍 어두워지기 때문에 오후 4시면 조명이 들어왔다. 그때부터 중앙 형무소는 밖의 세상과 다른 목적을 가지고 활동하는 것처럼 보였다. 스위치 하나를 돌리는 것으로 충분하다. 그전에는 어둠 속의 존재들이 사물로 보이고 그 사물들은 귀머거리, 벙어리로 보였다. 불을 켠 후에는 빛 속에서 사물도 인간도 본래의 지성으로 돌아가 질문하기 전에 벌써 응수하고는 했다.

계단의 모습이 변했다. 계단이 아니라 우물처럼 보였다. 계단은 셋이다. 각각의 계단은 열네 개의 발판을 가지고 있었다. 흰 돌의 디딤판은 가운데가 매우 닳아서 쇠를 댄 구두가 미끄러졌기 때문에 간수들은 한 손으로 벽을 더듬으며 천천히 내려갔다. 벽이라기보다 차라리 우물가라고 하는 편이 나을 것이다. 벽은 노랗게 칠해져 있었고 낙서처럼 그려진 그림과 큐피드의 화살로 장식되어 있었다. 공들인 것이 아니라 아무렇게나 손톱으로 긁어서 한 낙서인데, 간수의 명령으로 보조인이 서둘러 돌아다니며 지우고 있었다. 팔꿈치와 어깨높이의 황토 흙은 벗겨져 있었고 아랫부분은 벽 그 자체가 떨어져 나갔다. 층계참마다 전등이 걸려 있었다. 밝은 불빛 아래서 내가 말했다.

"나? 물론이지. 우린 메트레 감화원에서 친구였어."

거짓이었다. 불빛은 거짓말을 더욱 드러내주는 것 같았다. 우리는 메트레에서 결코 친구로 지내지 않았다. 아르카몬은 사람들이 자신을 신으로 떠받드는 영광을 이미 몸에 지니고 있어서 다른 사람을 멸시하는 듯 침묵으로 일관했다. 사실은 그가 말할 기운도 없지 않았나 하는 생각이 들었다. 하지만 그런 태도가 한 편의 시를 쓸수 있는 이유가 된다면 얼마나 중요한가? 뷜캉은 한 손으로 바지를 올리면서 다른 손을 허리 위에 올려놓았다.

"농담하지 마. 그도 메트레에 있었단 말이지?"

"응."

그는 더는 관심 없다는 듯 사라졌다. 나는 선택한 신을 스스로 멀리했다는 느낌에 부끄러웠다. 뷜캉이 처음 편지를 보내온 것은 그다음 날이었다. 그의 편지는 대부분 "젊은 부랑자여"라는 말로 시작했다. 내가 이 표현에 매력을 느낄 것이라 생각했다면, 그의 판단이 옳았다. 하지만 그 점을 알아차리려면 내 표정이나 몸짓에서 어떤 낌새나 버릇을 주의 깊게 살펴보아야 했을 텐데, 그는 그런 것 같지는 않았다. 왜냐하면 내가 그의 편지를 읽고 있을 때 그는 한 번도 곁에 있지 않았고, 더구나 그런 것까지 말할 정도로 내가 어리석지 않았기 때문이다. 그가 처음 말을 붙였을 때는 이름조차 몰랐다. 그가 어느 보석 사건에 연관된 것을 떠올려 그를 "음…… 음…… 비주*! 그래, 비주" 하는 식으로 불렀다. "미안해, 네 이름을 모르거든……." 그러자 그는 아주 빠르고 낮은 소리로 말했다. "잘됐네. 나

---

* 'bijoux'는 프랑스어로 '보석'을 뜻하며 귀여운 사람이나 사물을 지칭하기도 함

를 비주라고 불러줘! 그렇게 부르는 게 좋겠어!” 그리고 비주라고 불러주면 좋겠다는 것을 내가 눈치채도록 거의 숨도 쉬지 않고 덧붙였다.

“그렇게 부르면 마음 놓고 이야기할 수 있어! 간수도 무슨 얘기를 하는지 모를 테니까.”

그 후 얼마 되지 않아서 그의 성이 뷜캉이라는 걸 알았다. 그의 걸음걸이가 너무 느렸기 때문에 간수가 빨리 가라고 명령했기 때문이다. 그의 이름은 로베르인데 사진 뒤에 쓴 글자를 보고 알았다. 내가 아닌 다른 사람이었다면 그가 자기를 피에로 혹은 비주라고 부르도록 요구하는 데 놀랐을 것이다. 그러나 나는 놀라지도 않았고 거부감도 없었다. 대개 부랑자들은 자기 이름을 바꾸거나 알아볼 수 없을 정도로 변형해 사용하기를 즐긴다. 지금은 루이가 루루가 되었지만, 십 년 전에는 프티 루이 혹은 티위로 불렸다.

이름의 미덕에 관해서는 이미 말한 바 있다. 가령 마오리족의 관습에 따르면 서로 존경하는 두 추장이 이름을 교환하면 더욱 존경받는다고 한다. 뷜캉의 이름을 로베르에서 피에로로 바꾸는 것과 같은 현상일 것이다. 그렇다면 피에로는 누구였던가? 그가 무심결에 말한 에르지르였을까? 아니면 깡패들이 이름을 애칭으로 부르는 습관이 있듯이 그도 자기의 분위기에 맞게 로베르라는 하나의 이름만을 고집하지 않았을 것이다. 그렇다 해도 왜 피에로라는 이름을 골랐는지 의문이었다. 왜 하필이면 피에로일까?

그의 즐거워하는 순진한 모습은 젊음과 멋스러움 때문에 신선하게 보였다. 나도 젊은 부랑자로 불려서 기분이 좋았지만, 나로서는 그의 멋스러움을 나타낼 수 없었다. 나는 우정 어린 말투로 들려오는 젊은 부랑자라는 표현에서 소년의 목을 부드럽게 손바닥으로 쓰다듬는 느낌을 받았다. 아마 그는 가볍게 취한 느낌을 받았을 것이다.

우리 두 사람은 아직 어두운 계단 모퉁이에 있었다. 쭈그려 앉았던 계단과 그 어둠에 대해서는 아무리 노래해도 지겹지 않을 것이다. 젊은 죄수들은 자주 이곳에 모였다. 강력범들은 검은 넥타이라고 불렸다. 판사들은 그들을 상습범이라고 불렀다. 이러한 호칭이 붙은 것은 그들 대부분이 공판 날 중죄 재판소의 식당에서 파는 검은 헝겊 조각을 매고 출두하고는 했기 때문이다. 중죄 재판소의 재판은 경범죄 재판소보다 엄숙한 의식이기 때문에 검은 넥타이를 매도록 했다. 뒤를 쫓는 간수들, 밀고하는 패거리들(특히 겁나는 것은 겁쟁이들보다 강력범들의 밀고다)에도 불구하고 얼마간의 해방감을 맛보기 위해 강력범들은 빈번히 탈주 모의를 했다. 그들은 침대에 들어가면 언제나 과거의 삶이나 그 과거에 새겨진 범행을 이야기했다. 독방에서 독방으로, 닭장에서 닭장으로, 침실에서 떠벌리기 위해 소중히 간직해둔 것이다. (공동 침실은 큰 방이었다. 거기에는 겨우 침대 하나만 들어갈 수 있는 좁은 독방이 마주 보고 두 줄로 늘어서 있었다. 벽돌로 칸을 막고 천장은 쇠창살로 되었으며 출구는 쇠문으로 닫혀 있었다. 그것을 닭장이라고 불렀다.) 처음 이곳에 들어온 날 밤, 간수가 떠나자 나는 놀랄 정도로 우아한 음성의 기도 소리를 들었다. 이상하게 들렸지만 어떤 형식을 갖춘 목소리였다.

"오, 나의 의지여! 오, 나의 잔혹성이여! 오, 나의 열성이여! 오, 나의 달콤함이여! 우리를 지켜주소서!"

엄숙하고 열정적이며 영혼의 밑바닥까지 감동을 주는 합창 소리가 여기에 답했다.

"아멘!"

맨 처음 봇차코의 목소리가 튀어나왔다. 그는 이 기도를 자기의 지렛대와 깃털, 장도리*에 바친 것이다. 그 기도에 공동 침실의 녀석들이 복창했다. 아마도 그 기도는 농담으로 한 것이거나 그러기를 바라고 한 것이다. 복창에 섞인 몇 명의 목소리에는 우스꽝스러운 장난기가 있었기 때문이다. 그 가운데는 "돈을 가져오라!"라는 말 또는 "손님을 데리고 오라!"라는 말이 있었다. 그럼에도 이 장난은 매우 엄숙하게 거행되었다. 나의 전 존재, 즉 영혼과 육체는 긴장되어 파리의 내 방에 있는 장도리, 움직이지 않았지만 진동하고 있는 장도리 쪽으로 향했다. 지금도 그 소리의 전율이 황금빛 안개를 펼쳐서 내 장도리에 후광을 만들어주는 듯했다. 상상력은 명령하기 위한 지휘봉과 통치권을 이런 식으로 드러냈다. 장도리는 분개하여 성난 페니스처럼 떨고 있었을 것이다.

뷜캉이 편지를 받았느냐고 물었다.

"아니. 아무것도 받은 것 없어."

---

* 지렛대, 장도리 등은 남성의 성기를 상징

그는 당황했다. 편지를 어느 간수의 조수를 통해 전달하려고 했기 때문이다. 편지의 내용이 뭐냐고 물었다.

"뭐, 필요한 거라도 있었어?"

"아니, 없었어."

그가 말했다.

"없다고? 그럼 왜 편지를 썼지?"

"그냥, 별일 없이."

그는 아주 난처한 표정을 지었다. 내가 계속해서 묻도록 하기 위한 것이었거나, 아니면 더는 질문하지 말고 상상하도록 하기 위한 것인지 몰랐다. 하지만 나는 끈덕지게 물었다. 우리는 그 당시 거친 몸짓 속에 감추어둔 깊은 수치심이 있었는데, 그 수치심이 이 장면의 본질을 이루고 있었다. 그 기분은 내 몸짓에서 사라지고 나서도 추억으로 남아 있을 것이었다. 나는 계속 물었다.

"필요한 게 없는데 왜 편지를 썼지? 편지의 의미가 없잖아?"

"내 방식대로 우정을 알리고 싶었어……."

난 이 말을 듣고 혹시 그가 내 사랑을 알아차린 것 아닌가 하는 생각이 들었다. 위험에 빠질 수도 있었다. 하지만 뷜캉이 나를 놀리는 것 같았다. 내가 놀림감이 된 것이다. 이러한 태도는 내 심술궂은 성질에서 비롯했다. 궁핍한 생활이 부유하게 사는 타인을 보고 공연히 성질나도록 자극한 것이다. 그 부드럽지 못한 감정이 나를 파괴하고 소모시켰다. 나는 선량해지기 위해 부자가 되고 싶었다. 선의가 주는 안식을 맛보고 싶었다. 부유하고 착해지려는 것은 기꺼이 남에게 주기 위해서가 아니라 본래 선량한 자기의 본성을 평화롭게 하기 위함이다. 나는 선하게 살기 위해 남의 것을 훔쳤다.

나는 은밀한 마음속을 드러내려는 문을 잠그기 위해 마지막까지 애썼다. 그리고 빌캉이 기마병의 군화를 신고 박차를 가하며 채찍을 휘두르고 괴성을 지르면서 기(Guy)가 정복한 나라처럼 내 마음속으로 들어올지 모르는 문을 봉쇄하려고 했다. 어린 소년이 자기가 존경하는 인물에 품고 있는 감정을 빌캉은 결코 이해하지 못했기 때문이다. 그래서 나는 퉁명스럽게 대답했다.

"우정? 난 우정 같은 것에 아무런 관심이 없어!"

그는 갑자기 당황했다. 칼날 같은 예리한 눈빛도 사라졌다. 그는 고통스럽게 한마디씩 내뱉었다.

"고마워, 장. 친절하게 대해줘서……."

나는 그를 너무 가혹하게 했다는 생각에 갑자기 부끄러워졌다. 그가 나를 '소유'한 데 대한 복수이자 심술이었다. 불빛이 환히 비치는 밤에 중앙 형무소에 도착한 나는 이 이야기가 현재 일어나는 일이었지만 일종의 명상을 유지한 채로 있었고, 한낮임에도 악마 같은 크리스마스의 밤을 살고 있는 것이 아닌가 의아해했다. 빌캉은 우아하고 활기차며 친숙한 구세주가 될 수 있을 듯했다. 모든 것이 멈추고 붕괴할 것처럼 불안했다. 내 입에서 나온 야만적인 언어를 거두고 싶었다. 나는 그의 어깨에 손을 대고 말했다. 빌캉의 몸에 손을 댄 최초의 우정의 몸짓이었다.

"피에로, 넌 잘못 생각하고 있어. 널 친절하게 대해준 건 우리가 메트레에 함께 있었기 때문이야. 메트레, 그것만으로도 친근감이 절로 생기는걸. 네가 누군가와 사귀고 그와 우정을 나눈다 해도 상관없어."

그런데 나로서는 이제부터 하는 말이 무척 힘들었다. 여기 기록하기도 괴로운 일이다. 내 애정과 매우 밀접한 것이어서 뷜캉에게 속내를 알릴 수 없었으며, 그가 누구든 좋아하는 사람을 사랑함으로써 내 사랑이 위기에 처할 수 있었기 때문이다. 불현듯 마음 깊은 곳에서 영혼을 벌거벗은 상태로 몰고 가는 수많은 파열음이 발생했다. 나는 말했다.

"난 널 좋아하지만 신경 쓸 필요 없어."

그는 내 손을 잡고 말했다.

"천만에, 장. 신경이 쓰여! 내겐 중요한 일이야."

"그러지 마."

나는 떨고 있었다. 우리의 미사는 여기서 끝났고 오르간 소리도 그쳤다. 소년들의 합창이 계속 찬미가로 들렸다. 그는 말했다.

"아니야, 자노. 넌 아직 날 잘 몰라."

이 말을 듣고 나는 희망에 부풀었다. 우리는 친구가 되었다. 내가 편지를 보내라고 한 것이다. 나는 항복하고 말았다. 이때부터 우리 둘 사이에 편지가 왕래했다. 우리는 편지로 강도질할 계획이나 어떤 특별한 범죄, 특히 메트레의 추억을 주고받았다. 그는 최초의 편지에 "해독할 수 없는 존재"라고 서명했다. 나는 "나의 해독 불가능한 자"라고 편지했다. 피에로 뷜캉은 내게 언제까지나 해독 불가능

94

한 자로 남아 있을 것이다. 우리가 편지를 교환하는 장소는 그가 나를 기다리던 그 계단이었다. 우리가 이러한 짓을 하는 유일한 짝은 아니지만, 가장 괴롭게 신음하는 짝이라는 것만은 분명했다. 퐁트브로에는 이처럼 남의 눈을 속이는 교제가 넘쳤고, 그 때문에 중앙 형무소는 참다못해 내는 한숨처럼 한껏 부풀어 올랐다. 옛날에 이곳에 살던 사랑스러운 수녀와 신에게 봉사하던 딸들이 이제는 기둥서방과 강도의 모습이 되어 퐁트브로로 되돌아온 것이다. 운명에 관해서는 할 말이 너무 많았으나 특히 수도원의 죄수들은 수도원을 비꼬아 꿀벌*이라고 불렀다. 이상한 운명이었다. 수도원 대부분이 이제는 형무소, 특히 중앙 형무소로 변해버렸다. 퐁트브로, 클레르보, 푸아시 어느 것이나 똑같은 운명이었다……!

이곳에는 하나의 성(性)으로 이뤄진 공동체만 존재했다. 아마도 신의 의지에 따라 그렇게 만들어졌을 것이다. 모든 수녀가 한결같이 수녀복을 입고 돌을 조각하는 것처럼, 수감자들은 찡그린 얼굴과 몸짓, 한탄과 호소와 절규, 해우(海牛)의 노래 혹은 입가에 번진 침묵의 언어를 공기 속에 새긴 것이다. 그들은 공기를 고문하여 고통을 조각하고 있었다. 모든 수도원은 지난날 진정한 부의 소유자인 군주나 영주의 것이었다. 남자들은 자기의 영혼에 최상의 것을 부여했다. 그들은 나무로 조각을 만들거나 유리에 그림을 넣거나 돌을 깎았다. 높은 권력자라 해도 자기 성(城)의 한쪽을 성당 내부

---

* 'abbaye(수도원)'와 'abeille(꿀벌)'의 발음이 유사한 것을 이용한 말장난

의 성직자 좌석이나 높은 주량(柱梁)이나 채색한 목상으로 장식하지 못했다. 오늘날 퐁트브로는 석상과 목상의 보물을 모두 상실하고 말았다. 영혼의 세계에는 손이 닿지 않는 천박한 자들이 그 보물을 자기들 아파트의 장식용으로 사 갔다. 그러나 그보다 더 호화로운 짓거리가 중앙 형무소에서 빈번히 벌어지고 있었다. 서로를 부르거나 노래하거나 산보하거나 고통스러워하거나 죽거나 거품을 물거나 침을 뱉거나 몽상에 잠기거나 서로 사랑하는 2천 명의 죄수들이 어둠 속에서 춤추는 난무(亂舞) 말이다. 그들 가운데 디베르도 있었다. 나는 그의 이름을 수감자 기록부를 보고 알았다. 오래전 메트레 감화원 시절 한동안 나를 사로잡았던 그를 여기서 다시 만난 것이다. 언젠가 말했듯이 난 그를 변기통 위에서 보았다. 그 후 그의 모습과 아르카몬의 교수형 모습이 자동으로 연상되었다. 디베르에게 살인자 아르카몬에 대한 얘기는 언급하지 않았다. 디베르와 자유롭게 말할 수 있었을 때 우리 둘 사이에서 무엇인가 알 수 없는 어려운 관계가 있음을 알게 되었다. 자세한 내용은 몰랐지만 어떤 거북한 분위기가 형무소 내에 감돌고 있었다. 우리 둘은 침묵을 지켰다. 침묵이 너무 압도적이어서 오히려 불안했다. 형무소 안에 이상한 중대 사건이 일어나서 모두가 떠들 때도 디베르와 나는 일절 함구했다. 침묵이 우리 둘을 더 가까워지도록 했는지 모른다. 이 침묵은 교양 있는 사람들이 갑자기 방에서 소리 없는 방귀 냄새를 맡았을 때 흐르는 침묵과 비교할 만한 것이었다.

디베르는 메트레에 재수감되었을 때 동료들에게서 열렬한 환영을 받았다. 그 호화로운 분위기는 좀 과장되게 보였다. 사실 그 분위기는 운명에 어떤 큰 변화가 생겼을 때 뒤따르는 의식과 같았다. 내가 메트레 감화원에 온 것은 열다섯 살하고 십칠 일째 되는 날이었다. 나는 프티트로케트 소년원에서 그곳으로 옮겨 왔다. 오늘날 퐁트브로의 소년들은 모두 장미의 거리 출신이다. 우리는 상테 형무소의 제9반과 제12반의 복도를 그렇게 불렀다. 그곳에 미성년자들의 감방이 있었다. 도착한 지 얼마 되지 않은 날 밤, 피곤함 때문이었는지 아니면 대담하게 보이기 위해서였는지 나는 식당에서 가장(家長)의 머리에 수프 접시를 집어던졌다. (감화원에서 '가족'의 구분에 대한 얘기는 나중에 언급할 것이다.) 이 거친 행동으로 말미암아 나보다 힘센 깡패들이 내게 감동했을지 모르지만, 나로서는 그 정신적 과감함만으로도 유명세를 탄 것이다. 그 정도로는 매 맞지 않고, 규율에 따라 처벌받는다는 걸 잘 알고 있었다. 당시 나는 매 맞는 것이 끔찍해 다른 원생을 상대로 싸움질을 할 수 없었다. 게다가 내게 적의를 품은 젊은 녀석들이 새로 입소한 자에 대한 억압적 분위기를 형성해 꼼짝 못 하게 만든 것도 사실이었다. 뷜캉도 이 점을 고백했다. 그는 도착하자마자 무서운 기합을 받았으나 보복한 것은 한 달이 지나서였다. 그는 이렇게 말했다.

"싸우는 걸 보고 놀랐지. 기뻤어. 날아갈 것 같은 기분이었어! 싸우고 나서 비로소 나 자신을 알게 되었으니 말이야."

내가 처음 이곳에 왔을 때, 상대를 죽이거나 혹은 적어도 병신으로 만들지 못하는 것은 당시 내가 싸우는 걸 억제하게 만든 요인이었다. 단지 상대에게 고통을 주려고 구타한다는 건 우습게 보였다. 상대에게 모욕을 줄 수 있다면 그것으로 족했다. 하지만 상대에게 법을 적용한다면, 그는 어떤 부끄러움도 느끼지 않았을 것이다. 그 경우 승자도 별로 명예롭지 못할 것이기 때문이다. 싸움 그 자체는 고상한 것이다. 가장 아름다운 것은 죽는 것이 아니라 싸우는 것이다. 그것을 아는 것은 중요하지 않다. 오늘날 군인은 죽는 것밖에 모른다. 자랑스럽게 떠드는 자도 전투원의 엄격한 무장과 마구의 늠름한 모습을 지니고 있다. 나는 뷜캉이 내 정신적 용기 덕에 나를 사랑하도록 하고 싶지는 않았다. 그가 그 점을 이해하지 못한다는 걸 편지를 통해 알 수 있었다. 첫 편지는 놀랄 정도로 다정했다. 그는 메트레 감화원과 게팽 영감에 관해 말했다. 그가 대부분 밭에서 일하며 지냈다는 것도 편지를 통해 알았다. 여기 그의 두 번째 편지가 있다.

나의 귀여운 자노에게.

편지 고마웠어. 정말 기뻤어. 나로서는 너와 같은 수준으로 편지를 쓰지 못해 미안할 따름이야. 나는 교육을 받지 못했고 메트레를 떠난 이후 게팽 영감에게 배우는 것도 계속할 수 없었지. 내 사정을 잘 알 거야. 우리가 함께 거기에 있었으니까. 그러니 날 용서해줘. 하지만 진심으로 너를 좋아한다는 걸 믿어줘. 가능하다면 너처럼 원대한 생각을 가진 친구와 어디든 떠나고 싶어……

내 감정이 너와 같다는 걸 믿어줘. 나이는 아무런 상관이 없어.

그건 중요하지 않아. 난 어린 소년들을 좋아하지 않아. 벌써 스물두 살인걸. 하지만 열두 살 때부터 많은 것을 경험했기 때문에 인생을 잘 알고 있지…… 먹고 피우기 위해 내가 가지고 있는 것은 모두 팔아버렸어…… 우리 나이에 먹을 것만으로는 살 수 없으니까……

사랑스러운 장, 내가 널 비웃는다고 생각하지 말아줘. 나는 그런 인간은 아니야. 난 솔직해. 할 말이 있으면 누구 앞에서든 거리낌 없이 말하지. 너의 우정을 무시하다니 그건 내게 너무 고통스러워. 그리고 그 우정이 정말 진지하다는 것도 알고 있어.

그는 어떤 말들은 강조하기 위해 괄호나 따옴표를 사용했다. 그의 글쓰기에 대한 첫인상은 은어에 대한 표현이나 단어들을 괄호로 묶은 것이 우스꽝스럽다는 점을 알려줘야겠다는 마음이었다. 그 말들이 통상적인 언어 표현과 다른 것이었기 때문이다. 그러나 난 뷜캉에게 알려주는 걸 포기했다. 편지를 받았을 때, 그 괄호가 가벼운 전율을 느끼게 했다. 처음에는 경미한 부끄러움, 불쾌감의 전율이었다. 그 이후 지금까지 떨리는 것은 같으나, 어떤 알 수 없는 미묘한 변화로 애정의 떨림이 되고 말았다. 그 떨림이 달콤하게 몸에 스며드는 것은 초창기 떨림의 부속물인 부끄러움 때문일지 모른다. 인용부호, 그것은 허리에 남은 결점의 흔적이며 아름다운 허벅지의 자국과도 같다. 내 친구로서 뷜캉 그 자신을 드러내는 것이며, 그가 타자로 대체할 수 없는 자이며 상처를 가진 자임을 보여주는 것이다. 또 한 가지 표식은 편지 끝에 쓴 입맞춤이라는 단어였다. 그 단어는 썼다기보다는 낙서에 가깝고 글자는 판독하기 어려웠다. 마치 자기의 그림자를 보고 놀라 뒷발을 드는 말처럼 보였다.

그는 또 자기가 저지른 범죄행위, 형무소 밖에서 겪은 일 혹은 그곳에 대한 애정을 써 보냈다. 그는 배고픔의 상황을 알리는 데 아주 뛰어난 소질이 있었다. 전쟁 때문에 대부분 굶주렸으나 전쟁에 대한 소식은 거의 듣지 못했기 때문에 전쟁이 먼 옛날의 일처럼 느껴졌다. 형무소 식량은 반으로 줄었다. 누구나 비정상적인 혹독함을 이겨내느라 처참한 암거래에 열중하고 있었다. 전쟁이라니? 아무것도 없는 황량한 들판, 구월의 장밋빛 석양에 물든 헐벗은 들판에서? 사람들은 속삭였고 박쥐는 날아다녔다. 멀리 국경 지역에서 군인들이 숨을 몰아쉬며 꿈이 사라져가는 것을 바라보았다. 그런데 내 몸에서는 빛이 나고 있었다. 분명한 사실이었다. 나는 형무소에서 사귄 사람들 덕분에 주방에서 두 사람분의 식량을 얻기도 하고, 우표와 교환하여 간수에게서 빵과 담배를 얻기도 했다. 뷜캉은 내 수법에 대해서는 잘 몰랐지만 여유 있게 지낸다는 건 아는 듯했다. 그는 요구하지는 않았지만 빵을 원했다. 언젠가 계단에서 담배를 달라고 간청했을 때, 그는 벌거벗은 상반신을 덮은 거친 상의를 들쳐 옆구리를 만지며 자기의 깡마른 모습을 보여주었는데, 그때까지 둥글게 새긴 독수리 모양이라고 생각한 문신이 사실은 머리털이 독수리 날개처럼 좌우로 펼쳐진 여자의 얼굴이었다. 그 점을 알고 나는 매우 놀랐다. 그러나 언짢은 내색은 하지 않았다. 나는 그가 편지에 억지로 숨기려고 하는 어떤 의미가 있다는 걸 알고 크게 실망했다. 화가 났지만 참으려고 애썼다. 여기저기에서 배고프다고 아우성이었다. 매우 거친 죄수들도, 가장 혹독한 기둥서방들도 고통스러워했다. 그 정도로 중앙 형무소는 전에 없던 기괴한 상황에 처해 죄수들의 육체적 고통은 비극의 정점으로 치달았다. 그 와중에서 뷜캉의 잘못을 눈감아주고 구원의 손길을 건네는 것도 괜찮겠다는 생각이 들었다. 나는 이해관계가 얽혀 있는 교제라도 우정이 전혀 없을 수는 없다고 생각하고, 불손한 태도를 보이는 대신 피에로가 어렸기 때문에 젊음 그 자체가 빵을 요구한 것이라고 스스로 위로했다. 다음 날 아침, 나는 한 덩어리의 빵을 우정의 내용을 쓴 편지와 함께 그에게 건넸다. 나는 웃으면서 빵을 주었다. 그냥 말없이 선물을 주는 것이 좋을 듯해서 덤덤한 표정으로 무관심을 나타내려고 했으나 사랑의 감정이 무겁게 짓누르는 바람에 얼굴색이 본의 아니게 변하고 만 것이다. 애정이 내 태도를 바꿀 정도로 중요한 요인이었다. 내 표정은 심각한 몸짓과 더불어 제법 엄숙하게 변하고 말았다.

조금 후 그는 내 베레모를 원했다.

"너의 베레모 때문에 발기가 됐어."

그가 말했다. 나는 그의 것과 교환했다. 다음 날은 바지를 바꿀 차례였다.

"바지 덕에 발기가 됐지 뭐야!"

눈짓을 하며 그렇게 말하는데 저항할 수 없었다. 우리는 계단에서 재빨리 바지를 벗어 교환했다. 어두웠기 때문에 지나가는 동료가 우리의 엉덩이를 보고도 별로 놀라지 않는 것 같았다. 장신구 따위에 무관심한 척하며 옷을 벗으면서, 나 역시 서서히 겉모습을 중시하는 패들을 닮아갔다. 나는 또 새로운 실수를 저지르고 말았다. 어느덧 편지를 교환하는 일이 습관이 된 것이다. 그는 매일 편지를 건넸고, 나 역시 그에게 편지를 주었다. 그는 편지에서 말썽 그 자체나 말썽을 일으키는 녀석들을 찬양했다. 마침 문신의 독수리가 여자로 변한 직후라, 나는 그가 그의 얼굴에서 풍기는 것보다 더 남자다운 것이 아닌가 하고 두려워졌다. 육체적 용기를 시야에서 멀어지게 만드는 정신적 용기의 행동은 피해야 했다.

이제 디베르*에 관한 얘기로 돌아가 보자.

메트레 감화원에서의 수프 사건 이후, 나는 십오 일간 맨빵만 먹는 벌을 받았다. 나흘간의 절식, 닷새째는 수프 한 접시와 빵 한 조각, 나머지 열흘간은 빵 조각만 먹었다. 그러나 가장 중요한 것은 이 난동 후 조장과 원생 모두 내가 디베르와 닮았다고 말한 것이다. 육체적으로도 닮았다는 것이다. 당시 감화원은 디베르가 우리와 함께 있다는 사실 때문에 축제 분위기였다. 내가 디베르가 누구냐고 묻자 모두 입을 모아 그는 난폭한 깡패이며, 교활한 열여덟 살로 창녀의 정부라고 했다. 그것만으로도 나는 그를 좋아하게 되었다. 디베르라는 이름을 듣기만 해도 그에게서 세속적이고 야음적인 꿈의 성격이 있는 듯 느껴져 기뻤다. 조르주 디베르, 쥘, 조제프 디베르가

---

* 원래 프랑스어 'divers(디베르)'는 '잡다한 것'을 뜻함

아니라 세례명도 없는 단일한 호칭이 소년 형무소 때부터 그에게 영광이었듯이 그를 왕좌에 앉힌 것이다. 이 이름은 단순하면서도 멋지고 오만한 느낌을 주었다. 그 이름은 별명이고 암호였다. 그는 돌풍처럼 세계와 나를 점유하고 말았다. 그는 내 몸속을 떠나지 않았다. 나는 그러한 상태를 임신부처럼 즐겼다. 어느 날 감방에 나와 카르레티 둘만 남았을 때, 카르레티는 내 느낌과 상반된 느낌을 경험한 적이 있다고 말했다. 감방에서 밤에 옷을 문밖에 내놓자 아침에 서투른 간수가 그것을 잘못 취급하는 바람에 바지가 바뀌었고, 자신이 수부의 엄청나게 큰 남색 바지를 입게 되었을 때 그런 경험을 했다는 것이다.

"난 그 수부의 어린애가 된 기분이었어."

그가 말했다.

디베르라는 이름 이외에 이 미지의 사내를 포착할 방법이 없었기 때문에 나는 그 이름을 분해하여 내 이름 속에 끼워 넣으려고 여러 가지로 시도해보았다. 형무소, 특히 중앙 형무소라는 곳은 사람을 가볍게 만들기도 하고 무겁게 만들기도 한다. 형무소와 관계가 있는 것은 사람이건 사물이건 납 같은 무거움과 역겨운 코르크의 가벼움을 지니고 있다. 모든 것이 반투명한 요소 속에 매우 천천히 빠져드는 것처럼 느껴지기 때문에 모든 것이 육중하다. 무겁기 때문에 아래로 '추락'하는 것이다. 살아 있는 존재들과 떨어져 있다는 공포심이 우리를 추락시킨다. 추락시킨다는 것은 절벽을 연상케 한다. (형무소와 관계된 많은 말이 추락을 연상케 하거나 추락 그 자체를 의미한다는 점에 주목해야 한다.) 죄수 입에서 나오는 말 한마디가 우리 눈앞에서 변형되고 왜곡된다. 내가 징계실에서 디베르를 다시 만났을 때, 그는 어떤 건장한 청년에게 다가가 말했다.

"그렇게 팔을 크게 흔들면 안 돼."

그 젊은이는 무심하게 대답했다.

"내 팔은 지금 6시 35분을 가리키고 있어."

이 말이 바로 내 앞에서 젊은이를 재판관으로 디베르를 피해자로 만들었다. 내가 메트레에서 들은 바에 따르면, 디베르는 오를레앙 형무소에 있었다. 그는 메트레를 탈주했을 때 보장시에서 경관에게 잡혔다는 것이다. 감화원을 탈주한 원생이 파리 방향으로 도망쳐 이처럼 멀리 간 경우는 드물었다. 그 후 어느 날 그는 다시 메트레로 송환되어 징벌실에 잠시 머물렀다가 B 가족, 즉 우리 가족에 배속되었다. 그날 밤 나는 월계수 아래서 주운 담배꽁초를 처음 맛보던 날과 동일한 절망의 맛을 그의 입에서 느낄 수 있었다. 당시 나는 열 살이었다. 하늘을 바라보며 거리를 걷다가 젊은 통행인과 부딪힌 것이다. 그는 불붙은 담배를 손가락 사이에 끼고 가슴 높이, 즉 내 입 높이쯤에 들고 나를 향해 걸어왔다. 내가 그의 가랑이 사이에서 비틀거릴 때 담배가 내 입에 닿았다. 그 젊은이는 어느 별의 중심에 있었다. 마치 매우 강한 햇빛으로 생긴 그늘처럼 앉으면 넓적다리 부분의 주름이 바지 앞쪽 튼 곳으로 몰리는 듯한 젊은이였다. 고개를 들었을 때 그의 거칠고 분노한 눈초리와 마주쳤다. 내가 입으로 물어 그의 담뱃불을 꺼버린 것이다. 그때 입은 입술의 화상과 심장의 화상 중 어느 쪽이 더 고통스러웠는지 지금도 말할 수 없다. 내가 담배 맛을 알게 된 것은 오 분인가 십 분 정도 걸은 후였다. 혀를 입술에 대자 검게 탄 재가 혀에 묻었다. 나는 그 맛을 디베르가 내 입에 뱉은 뜨거운 입김 속에서 다시 맛보았다. 당시 징벌실에 있는 원생들은 이런저런 명칭의 가족이란 그룹에 속한 자들보다 담배를 입수하기가 더 어려웠다. 이러한 사치를 부릴 수 있는 자는 아주 드물었다. 디베르는 어떤 권한을 가진 종족일까? 처음부터 그가 나를 소유하게 되었지만, 그와 결혼식을 올리기 위해서는 당시 내 두목이던 빌루아가 해병대에 입대하여 툴롱으로 떠날 때까지 기다려야만 했다. 그날은 꽤 추웠으나 맑고 빛나는 밤이었다. 안에서 누가 예배당 문을 슬그머니 열었다. 한 소년이 면도로 민 까까머리를 내밀었다. 그러고 나서 달빛이 비치는 안뜰을 보더니 일 분도 채 못 되어 행렬이 출발했다. 이제 그 행렬에 대해 쓰려고 한다. 행렬은 열다섯 살에서 열여덟 살 사이의 잘생긴 소년 열두 쌍으로 채워졌다. 모두 머리를 짧게 깎았다. 그들은 수염도 아직 자라지 않은 스물네 명의 황제들이다. 선두에 신랑 디베르와 신부인 내가 서 있었다. 내 머리 위에는 꽃도 베일도 왕관도 없었으나 주위에 차가운 공기 속의 결혼식에 어울리는 징신적 부속물들이 널려 있었다. 우리 두 사람은 B조 전원이 참석한 가운데 막 결혼한 것이다. 물론 겁쟁이들은 제외했다. 사제를 시중드는 녀석이 예배당 열쇠를 훔쳐 왔다. 자정 무렵 우리는 결혼식 흉내를 내기 위해 예배당으로 기어들어 갔다. 의식은 풍자적으로 장난이 섞인 채 행해졌지만 모두 마음속으로는 진지하게 기도를 올렸다. 이날은 내 생애 가장 아름다운 날이었다. 행렬은 묵묵히 공동 침실로 가는 B조 계단으로 향해 나아갔다. 침묵으로 일관한 이유는 맨발에 갈색 헝겊으로 된 신을 신고 있었으며, 또한 말하기 힘들 정도로 날씨가 추웠기 때문이다. 급히 올라가면 올라갈수록 우리의 마음은 가벼워지고 심장의 고동은 더욱 빨라지고 혈관은 더욱더 산소로 부풀어 올랐다. 흥분은 몽상을 유발한다. 밤이라서 우리의 마음은 무척 가벼웠다. 낮 동안에는 넋이 나간 것처럼 동작이 굼떴다. 이러한 무기력 상태가 된 건 하기 싫은 일을 억지로 해야 했기 때문이다. 낮의 시간은 감화원에 속해 있었다. 그리고 태양을, 새벽을, 이슬을, 미풍을, 꽃을 만들어주는 막연한 몽상의 세계에 속해 있었다. 이 모든 것은 다른 세계의 장식물이다. 따라서 우리는 그것들을 통해 감옥 밖의 존재와 거리감을 느낄 수 있었다. 거기서 시간은 그 자체로 증식하고 있었다.

　겨우 들릴 만한 널빤지의 삐걱거리는 소리만이 이 무심한 밤에 어떤 이상한 일이 일어나고 있음을 알렸다. 공동 침실에 들어가자, 동료들은 침대에 누워 사랑 행위를 하며 서로 몸을 따뜻하게 했다. 그러므로 나는 죽을 때까지, 즉 우리가 죽음이라고 부르는 것에 이르기까지, 메트레 소년 감화원에서 성대하지만 은밀한 가장 커다란 행복을 맛본 것이다. 이 행복은 일종의 가벼운 수증기와도 같았다. 마루 위로 나를 떠오르도록 하기도 했고, 사물 가장자리의 못과 돌, 눈초리 그리고 원생들의 주먹과 같은 단단한 것을 부드럽게 해주기도 했다. 이 행복에 만일 색채가 있다면 수증기처럼 창백한 회색빛

일 것이다. 또 당시의 내 위치를 부러워하는 동료들의 선망 때문에 그 빛은 향기로운 냄새를 풍겼을 것이다. 이 행복은 디베르에 대한 내 영향력을, 나에 대한 그의 영향력을 인식하는 데서 생겨난 것이었다. 이 행복은 우리의 사랑으로 이루어져 있었다. 그러나 이 행복은 메트레에서의 '사랑' 문제가 아니었다. 서로 상대방에게서 받는 느낌에 대해 아직 뭐라고 이름 붙일 수 없었다. 우리가 알고 있는 것은 육체적 욕망에 대한 거친 표현뿐이었다.

한번은 뷜캉과 둘이서 사랑이라는 말을 주고받았는데, 그 일이 이제 우리도 나이가 들었다는 생각을 자극했다. 사랑이라는 말은 우리가 더는 메트레에서 생활하고 있지 않으며, 하는 일도 아이들 장난이 아니라는 걸 알아차리도록 해주었다. 물론 메트레의 감정이 지금보다 더 성스러웠던 것은 사실이다. 부끄러움과 무지 때문에 그 감정에 이름을 붙이지 않은 것이 오히려 그 감정 그대로 깊이 빠져들도록 했다. 우리는 그 감정에 완전히 매몰되고 말았던 것이다. 그런데 그 감정에 이름을 붙임으로써 감정을 속여 말할 수 있었다. 사랑이라는 말은 뷜캉이 먼저 꺼냈다. 그때까지 나는 우정 이외의 감정에 대해서는 한 번도 말한 적이 없었다. (계단에서 내가 고백했을 때도 거의 나를 억누르지 않고 말한 방식이 그 징표다.)

"네게 애정을 품고 있다면……."

나는 그가 어떤 태도를 취할지 잘 몰라 말을 잇지 못했다. 나는 그의 문신을 경계하고 있었다. 그가 나를 친구로 받아준다면 누구를 버릴 것인가? 아니면 누구에게 버림을 받을까? 그가 클레르보 중앙 형무소에서 사귄 후 소동까지 일으킨 적이 있는 로키와의 관계는 어떻게 된 것일까? 특히 에르지르란 누구이며, 어떻게 그를 사랑한 것일까? 뷜캉이 에르지르가 자기에 앞서 로키의 여자였다고 알려준 것은 그 후 얼마 지나지 않아서였다.

"에르지르를 좋아했지?"

"아니, 그가 나를 좋아했어."

"로키가 에르지르를 좋아했어?"

"그럼 넌 전혀 관심이 없단 말이야? 그런데 왜 넌 언제나 에르지르 얘기만 하는 거지?"

그는 팔꿈치를 잡더니 어깨를 으쓱해 보였다. 그리고 입을 삐죽거리며 말했다.

"특별한 것 없어. 전혀 없어!"

그에게 처음 입맞춤하려 했을 때, 내 얼굴 가까이 있던 그가 왠지 험악한 표정으로 변해 있는 것을 보고 그와 나 사이에 영원히 깨뜨릴 수 없는 벽이 있음을 알게 되었다. 내 이마가 닿자 그는 흠칫 물러났다. 그런 행동은 그가 나를 혐오하고 있음을 보여주는 것이다. 그의 혐오감은 남성의 육체에 대한 혐오감일지 모른다. 내가 뷜캉이 여자를 껴안은 적이 있다고 상상한 것은 사실이다. 처음에는 그의 아름다움이 그를 강자로 만들었지만, 그 이후 아름다움 외에도 그의 힘에 대한 열광과 깊은 우정에 선량한 기질이 덧붙어 그를 강자로 완성시킨 것으로 생각되었다. 그는 한 걸음 물러서서 계속 험악한 얼굴을 하고 있었다. 나는 말했다.

"키스 한번 해!"

"아냐 장, 여기서는 안 돼. 나중에 밖에서 해. 약속할게."

그는 간수에게 들킬지 모르기 때문에 거절한다고 설명했다. 우리는 여전히 계단에 있었다. 그러나 그는 절대로 들키지 않는다는 걸 알고 있었다. 그는 빨리 그 자리를 떠나고 싶다는 몸짓을 했다. 그리고 나와 별로 오래 있지 못한 것을 위로하려는 듯이 말했다.

"이봐, 자노. 일주일 후 아주 놀라운 걸 보여줄게."

그는 여느 때처럼 친절하게 말했다. 각별히 나를 생각하지 않아도 몸짓과 표정, 말투에서 보이는 그런 친절함이었다. 그런데 놀라운 것은 그의 친절이 냉혹함에서 나오는 것 같다는 점이다. 그래서 냉혹함과 부드러움은 뿌리가 똑같은 것이 아닌가 하는 생각이 들었다. 그것은 반짝이는 부드러움이었다.

나는 조금도 화난 기색을 보이지 않았다. 퐁트브로에서의 그의 위치, 즉 죄수들 사이에서 그가 하는 역할과 우연히 어떤 죄수(라스뇌르)에게 얘기를 들어서 클레르보 형무소에서 그가 어떻게 행동했는지 알고 있었으나 말하지는 않았다. 라스뇌르는 이렇게 말했다.

"그 친구다운 짓을 했지. 충분히 존경받을 만했어."

나는 뷜캉의 거절 같은 것은 대수롭지 않다는 듯 억지로 미소를 지었다. 그리고 놀라게 해주겠다는 약속에 가볍게 어깨를 으쓱했다. 가능하다면 내 미소가 매우 솔직하고 쾌활한 인상을 주기 바랐으나 그 상태는 오래가지 못했다. 나는 몹시 괴로워서 신음을 냈다. 마음속 깊은 곳에서 슬픔이 빠르게 확산되는 듯했다. 스스로 파멸로 질주하는 느낌이었다.

"더러운 자식, 꺼져버려! 날 속이다니……."

아마도 내 말이 거칠었고 격한 감정으로 목소리가 떨렸기 때문인지, 아니면 내가 감추고 있는 진짜 의미를 알아차린 것인지 그는 자기 자신을 경멸하듯 말했다.

"너와 가깝게 지내는 게 내 이익을 위한 거라고 생각한다면 빵도 담배도 주지 마! 아무것도 받지 않겠어."

"그러지 마, 피에로. 너와 내가 친구로서 물건을 주고받는 게 뭐가 나빠. 빵은 계속 받아."

"필요 없어. 원치 않아. 너나 가져."

나는 조소하듯이 말했다.

"그렇게 말해도 내가 그만두지 않으리라는 것쯤은 알고 하는 말이겠지. 비록 날 떠밀어낸다고 해도 필요한 건 언제든 줄 거야. 네게 홀딱 빠져서가 아니라고! 줘야 하기 때문에 주는 거지. 메트레에 충성을 다하기 위해서 말이야."

나는 그를 내게서 떼어놓을 문학적인 어투를 구사하려고 시도했다. 그렇게 하면 그가 따라올 수 없기 때문에 둘의 관계는 즉각 단절되고 말 것이다. 그런데 오히려 반대로 그와 저속한 방식으로 말다툼을 하거나, 그에게 준 물건에 대해 그를 비난하거나, 그가 나를 속이려 했으나 속지 않았다고 말할 수밖에 없었다. 내 고고함과 관대함이 그를 짜증나게 했다. 하지만 관대함은 겉으로 그런 척한 것이다. 나는 덧붙여 말했다.

"가끔 지나갈 때마다 보여주는 너의 아름다운 모습으로 충분히 대가를 받은 거야."

그 후 나는 애써 감추려 한 내 열정이 이 말 덕분에 명백히 드러나고 말았다는 걸 알았다. 아름다움이라는 말을 듣자 그는 신경질적으로 반응했다. 그의 몸짓은 적대적 감정을 드러내는 것이었다. 이를테면 너 같은 놈은 개한테나 물려 죽으라는 뜻이었다.

"뭐야? 응? 뭐라고? 내 아름다움이라고? 내 아름다움이 어쨌다는 거야. 넌 오직 그따위 말만 하지!"

그의 목소리에는 악의가 들어 있었고 저속했지만 절제되어 있었다. 내가 대꾸하려던 찰나에 간수가 계단을 올라왔다. 우리는 부리나케 헤어졌다. 더는 한마디 말도 없이 서로 뒤돌아보지도 않고 그 자리를 떴다. 이런 식으로 만남이 중단되었기 때문에 상황은 더욱 심각해졌다. 그와 주고받은 대화가 이제 나를 지상 3미터의 높이까지도 떠받쳐줄 수 없다는 걸 알고, 버림받았다는 생각에 외로움이 밀려왔다. 남색자와의 문제였다면 내가 어떤 태도를 취해야 하는지 금세 알았을 것이다. 아마 난폭하게 대하지 않았을까. 하지만 피에로는 민첩한 사나이였고, 게다가 깊이 절망하고 있었다. 또 다른 남자들처럼 비겁했다. 내가 만약 그를 거칠게 대했다면 그도 나를 거칠게 대했을 것이다. 그러고는 익숙하지 않지만 부드러움으로 덫을 놓았을 것이다. 그의 심술, 교활한 술책, 난폭한 보복, 고지식함 등이 그의 약점이자 또한 그를 빛나도록 했다. 바로 그런 특질들이 매력의 포인트였다. 나를 사랑에 빠지도록 한 것이다. 악의가 없었다면, 뷜캉은 존재하지 않았을 것이다. 또한 악의가 없다면 악마가 존재할 수 없기 때문에 그 사악함을 찬양하지 않을 수 없는 것이다.

나는 오랫동안 혼란스러웠다. 그 혼란은 내가 주는 물건에 대한 그의 무관심 때문도, 그가 키스를 거절했기 때문도 아니었다. 그의 아름다움에서 단단한 화강암 같은 요소를 발견했기 때문이었다. 그때까지 그는 부드러운 레이스였다. 그런데 화강암 같은 요소가 그의 얼굴을 태양이 이글거리는 아프리카 하늘 아래의 하얀 암석과 같은 인상으로 만들었다. 날카로운 바위 모서리로는 살인도 가능하다. 뷜캉은 알게 모르게 죽음을 향하고 있었다. 그리고 나를 그곳으로 이끌고 갔다. 결국 그의 매력에 몸을 내맡긴 나는 서서히 아르카몽의 구속에서 멀어져갔다. 의도적인 것이 아니라 자연스럽게 느껴지는 이 감정은 점점 깊어갔다. 그 감정을 처음 느낀 것은 피에로와 대화 중이었을 때였다. 나는 피에로의 소유물이 되었다.

오늘 밤 글을 쓰고 있는데 주위에서 불꽃이 반짝이고 있다. 지난날 내가 본 사람 중 가장 부드러운 금발 머리를 하고 가장 고통스러운 얼굴 모습을 한 처량한 여자가 고개를 숙이고 있었다. 이 중앙 형무소는 그녀의 두개골 속에 종기처럼 박혀 있었다. 그것이 그녀의 히스테리를 불러왔다. 중앙 형무소가 그녀의 이마, 귀, 입을 통해 나온다면 그녀는 완쾌될 것이고, 형무소도 더욱 맑은 공기로 호흡할 수 있을 것이다. 유리창에 성에가 끼어 있었다. 그러나 이 화려함은 허무한 것이다. 우리에게 오로지 감상하는 것밖에 허용되지 않았고, 대부분은 거기에 수반되는 달콤한 즐거움을 맛볼 수 없었기 때문이다. 우리에게는 성탄절이 없었다. 우리의 거실에는 샹들리에도 홍차도 곰 가죽 카펫도 없었다. 아무튼 나는 뷜캉에게 지나치게 집착했는지 기진맥진한 상태였다. 누워 있어도 온몸이 피곤했고 양쪽 팔이 축 늘어졌다. 불현듯 "너를 안고 싶어서, 혹은 너를 안을 수 없어서 지친 팔"이라는 표현이 떠올랐다. 마침내 너무 강한 욕망에 사로잡혀 내가 구사하는 단어들의 음절에 이르기까지 욕정이 일어나는 듯했다. "침략자를 몰아낸다"라는 말은 거기에 기름진 생각이 더해져서 "똥을 몰아낸다"로 변했다……. 뷜캉을 한 번도 소유하지 못한 것이 괴로울 따름이었다. 이제 그의 죽음이 모든 희망을 빼앗아 갔다. 그는 계단에서 나를 거부했다. 그런데 지금 나는 훨씬 온순한 그의 모습을 상상하고 있는 것이다. 그의 눈과 눈동자가 반짝거린다. 그의 얼굴 전체가 내게 내맡겨져 있다. 이번에는 정말 허용할 것인가? 어떤 금지령이 그를 망설이게 하는 걸까? 엄격한 의지의 힘으로 환상을 몰아내려고 하는데, 내 마음은 탐욕스럽게도 그의 육체 중 가장 유혹적인 부분으로 향했다. 그와의 섹스 장면을 상상하지 않을 수 없었다. 그 경우 상당한 용기가 필요했다. 왜냐하면 그의 죽음을 이미 알고 있었으며, 결국 죽은 자를 강간하는 것이었기 때문이다. 이 일은 분명 '처녀성을 강제로 범한 강간'은 아니었지만 죽음이 공포를 불러왔고, 도덕적인 문제를 제기하는 것은 부정할 수 없는 사실이었다. 게다가 내가 상상하는 뷜캉에 대한 환상은 지옥의 신들의 분신과도 흡사했다. 지금 내게는 남성으로서의 정열이 필요했다. 필요한 것은 정신의 대담성이지, 육체의 용기나 겉모습이 아니다. 그런데 그의 몸속으로 들어가는 상상을 하는 순간, 내 성기는 힘이 빠지고 육체는 시들해지고 마음은 산만해져버렸다. 나는 밀폐된 공간에 살고 있었다. 이곳의 공기는 무겁다. 수많은 형무소의 추억들, 도형장에 대한 몽상, 살인범, 강도, 죄수와의 공동생활 등이 일상적 삶과의 교류를 차단한다. 밖의 세계와 드물게 교통은 하지만, 내 눈에 비친 세상의 물건들은 쉽게 제거할 수 없는 솜과 같은 공기의 두께 때문에 변형되어 있었다. 당신들 세계의 사물은 내게 다른 의미를 지니고 있었다. 나는 모든 것을 내 시스템 속으로 옮겨 왔다. 거기서 사물은 흉악한 의미를 지닌다. 소설을 읽을 때도 사건은 작가가 부여한 의미, 당신들이 거기에서 발견하는 의미와는 다른 의미를 띨 것이다. 내가 살고 있는 다른 곳으로 아무런 거리낌 없이 들어가기 위해서다.

공기가 반짝거렸다. 유리창에 성에가 끼어 있었다. 성에를 보기만 해도 기분이 좋았다. 공동 침실에서는 밤하늘이 보이지 않았다. 우리에게 창은 막혀 있었고, 우리는 넓은 방에서 두 줄로 서로 마주보고 있는 독방 속에서 밤을 보내고 있었기 때문이다. 우리는 이따금 밤하늘을 보기 위해 일부러 벌 받을 짓을 해 징계실로 내려갔다. 거기서는 소의 눈동자처럼 별이 박힌 밤하늘이 보였고, 가끔은 한 조각의 달도 볼 수 있었다. 공중에서 불꽃을 튕기는 것 같았다. 현재 내 마음을 차지하고 있는 것은 지금의 형무소가 아니라 메트레 감화원이다. 나는 지난날 침대 위에서 한 것처럼 반쯤 파괴된 돛대 잃은 배의 잔해에 몸을 싣고 메트레 화단의 꽃 사이를 항해한다. 탈주

114

와 사랑에 대한 욕망이 배를 어느 도형장에서 탈주한 반항의 갤리선*으로 위장하도록 한다. 그 갤리선은 '공격호'다. 나는 이 배를 타고 투렌의 나뭇잎이나 꽃이나 새 사이를 헤치고 남해로 항해하고 있는 것이다. 갤리선은 내 명령에 따라 탈주를 감행했다. 배는 라일락이 활짝 핀 하늘 아래로 나아간다. 라일락 꽃송이는 '피'라는 말보다 더 무겁고 더 많은 고뇌를 지니고 있다. 이제 과거 메트레의 보스들로 구성된 승무원들은 천천히 고통스럽게 움직이기 시작했다. 어쩌면 그들은 깨어나고 싶었을지도 모른다. 왜냐하면 갤리선의 '성막(聖幕)**'이라고 불리는 곳에서 군주와도 같은 선장의 권력이 그들을 압도하고 있었기 때문이다. 선장이 누구인가는 당신들에게도 나에게도 미스터리로 남아 있을 것이다. 그는 무슨 죄를 지었기에 바다의 도형장으로 향한 것일까? 또 어떤 신념이 갤리선에서 반란을 일으키도록 했을까? 나는 모든 것이 그의 잘생긴 얼굴, 금발의 고수머리, 예리한 눈초리와 하얀 이빨, 속이 깊은 목구멍, 딱 벌어진 가슴 그리고 육체의 가장 중요한 부분인 성기 때문이 아니었을까 생각한다. 하지만 지금 여기서 말하는 것은 경우에 따라 평범할 수도 광채를 발하는 것일 수도 있다. 당신들은 지금 내가 노래하고 있다고 말할 것이다. 그렇다. 나는 노래하고 있다. 나는 메트레 감화원을, 우리의 감옥을, 그리고 내가 아무도 모르게 아름다운 폭군들의

---

*   옛날 노예나 죄수들에게 노를 젓게 하던 범선
** 이스라엘 민족이 광야 생활을 할 때 이동할 수 있게 장막으로 만든 성전

이름을 붙여주고 있는 부랑자들을 찬양하고 있다. 당신들이 부르는 노래에는 대상이 없다. 당신들은 공허를 노래하고 있을 뿐이다. 내 말속에서 내가 의미하는 해적의 모습을 떠올릴 수 있을지 모른다. 하지만 내게 그는 불가시적(不可視的)인 존재다. 소년 시절의 갤리 선을 지휘하던 자의 얼굴은 내게서 영원히 사라지고 말았다. 그래서 그에 관한 모습을 보다 정확히 언급하기 위해 어느 멋진 독일군을 모델로 사용할 것이다. 내게도 그 정도의 권리는 있지 않을까. 난 그에게 욕정을 느낀다. 그는 피스톨 한 발로 열다섯 살 난 소년의 목덜미에 구멍을 뚫었다. 그 무의미한 살인으로 영웅이 되고 아무 흔적도 없이 막사로 되돌아간 것이다. 그는 장의복을 입고 있는 듯 창백한 모습이었다. 그의 상반신이 의기양양하게 전차에서 솟아오르는 것을 보았을 때, 나는 선장실에 서 있는 선장의 모습을 보았다. 몸체도 얼굴도 알 수 없는 선장을 묘사하는 데 그 군인은 모델이 되어줄 것이다. 그런데 내가 갤리선을 재현하기 위해 이러한 술책을 사용하듯이, 메트레 감화원을 내 사랑이 우연히 선택한 모델, 즉 사실과 전혀 다른 모델을 통해 묘사할 수는 없을까? 아무러면 어떠랴! 내가 한 조각씩 쌓아 올려서 감옥을 세운 것은 아마도 감옥이 마음속에 파편화되어 존재하고 있었기 때문일 것이다. 감옥은 내 애정 속에 있다. 나는 감옥을 환기시키는 애정 이외의 것은 가지고 있지 않은 모양이다.

갤리선의 수부나 해적들은 어둠의 왕관만 없었을 뿐 선장과 같은 모습이었다. 우리는 가볍게 바다 위를 항해했다. 비록 바다가 갈라져 배를 집어삼켜도 고귀한 짐을 나르는 감격 덕분에 아무도 놀라지 않을 것이다. 근육질의 상체, 굳은살의 넓적다리, 몸을 움직일 때마다 드러나는 번지르르한 참나무 모양의 힘줄, 머리털, 그리고 바지 사이에서 엿볼 수 있는 바다 왕족의 멋진 성기. 특히 그의 성기는 중앙 형무소에 있는 내게는 좀 검게 보였지만 역시 육중했고 전보다 더 빛나는 디베르의 페니스를 상기시켰다. 그 광채는 매일 한 걸음씩 죽음으로 다가가는 아르카몬과 한 지붕 아래 살고 있었기 때문이 아닐까 하는 생각이 들었다. 나는 디베르와 아르카몬의 관계를 잘 모른다. 그러나 두 이름을 나란히 떠올리면 중앙 형무소가 일종의 비애에 잠기는 것이었다. 그 이유는 전혀 모른다. 다만 두 사람 사이에 어떤 관계가 있을 것이라는 느낌이 들었다. 그 관계가 비밀로 유지되고 있는 것으로 보아 아마도 범죄와 관련된 것이 아닐까 짐작했다. 고참들은 아르카몬이 우리보다 더 높은 자리에서 자신만의 세계를 살고 있다는 것, 이전에 종종 간수들을 모욕했다는 것을 잘 기억하고 있었다. 그가 의도적으로 경계 태세를 취한 것은 아니었지만 사람을 현혹하는 그의 몸짓이 자기도 모르게 그들 앞에서 거만한 태도로 보인 것이다. 그 몸짓이 그가 간수나 죄수를 압도하게 만들었다. 디베르는 자신의 권위를 잘 알고 있었다. 메트레 감화원에서 그룹의 보스가 새로 입소한 허약한 녀석 하나를 골라 원장 앞에서 연두(年頭) 축사를 읽힌 적이 있었다. 디베르가 "그건 불공평하다!"라고 항의한 것은 그때였다. 그 이후 그가 한 말은 유명해졌다. 의심할 것도 없이 그의 말은 자신의 남성미가 주는 자부심과 우월감에서 비롯한 것이 틀림없었다. 그는 질투심 때문에 아르카몽에게서 그 교활한 지배권을 빼앗아 주위의 양들에게 더욱 강력하게 사용했고, 실권자를 제거하거나 간수를 살해하는 일련의 소동을 유발하려고 계획한 것이다. 당신들은 이제 이 모든 것이 잘못된 일이라는 걸 알게 될 것이다.

나는 항해사와 각별히 친하게 지냈다. (나는 지금 이 갤리선에 대해 말하고 있다. 나는 거기서 지배자가 될 수 있었지만 가장 무력한 자리, 즉 소년 선원의 자리만을 차지하고 있었다. 그래서 가까운 친구와의 우정을 되찾은 것이다. 당신들은 승무원과 사랑하기 위해 스스로 소년 선원이 되기를 원했다고 말할 것이다. 하지만 미성년자 유괴라든가 다른 배로의 접근과 같은 여타 사건들을 상상하면서 그 이유를 물을 것이다.) 어쩌면 이 항해사 주변을 떠나지 않는 우울과 고독이 그를 다른 선원보다 더 부드럽고 친절한 존재로 느끼도록 했기 때문에 그에게 우정을 바쳤는지도 모른다. 해적들은 모두 거칠어서 그의 부드러움이 더욱 마음에 들었다. 나는 갤리선 위에서도 감화원의 삶을 이어 나갔다. 그곳의 생활에는 잔혹한 행위가 더욱 빈번히 발생했다. 그 잔혹성 때문에 실제 삶의 모습을 투사할 수 있었고, 보통 때 눈에 띄지 않던 내 '분신'을 볼 수 있었다. 소년 선원은 나 이외에 아무도 없었다. 손은 상처투성이에 정강이의 살은 벗겨져 있었다. 밤낮으로 거친 밧줄을 감았다가 푸는 작업을 했기 때문이다. 그 밧줄은 퐁트브로의 작업장에서 노역할 때 만들던 그 밧줄과 같았다. 즉 히틀러 군대의 대포가 포를 쏠 때 위장하기 위해 거대한 베일의 그물로 포신을 덮었는데 그 그

물을 만드는 데 사용한 것과 같은 밧줄이었다. 나는 항해사 곁에 쭈
그리고 앉아 있었다. 선장이 침대에 눕는 것을 허용하지 않았기 때
문이다. 밤늦게까지 그런 태도로 있었다. 갤리선 미묘호는 별 안개
속을 헤쳐 나갔다. 나는 엄지발가락으로 큰곰자리를 가리켰다가 이
마를 돛대와 닻에 부딪혔다. 이윽고 침대로 갔다. 메트레의 공동 침
실에서 내 자리는 창가에 있었다. 거기에서는 달빛과 별빛이 비치
는 예배당과 큰 정원, 늘어선 열 개의 막사가 눈에 들어왔다. 다섯
동은 사각형의 창문이 보였고, 나머지 다섯 동은 맞은편의 한쪽을
이루고 있었다. 예배당은 세 번째 위치에 있었다. 그 앞은 투르로 향
하는 길까지 마로니에 가로수 길이 이어졌다.

　머리가 어지럽고, 현기증이 나서 쓰러질 것 같았다. 방금 마로니
에라는 단어를 썼기 때문이다. 감화원 뜰에 마로니에가 있었다. 봄
이 되면 마로니에 나무에 꽃이 폈고, 꽃이 지면을 덮었다. 우리는 꽃
을 밟고 걸었고, 꽃 위에서 뒹굴었다. 꽃이 모자 위로 떨어지고는 했
다. 사월의 마로니에 꽃은 결혼식의 꽃이다. 지금도 마로니에 꽃은
내 눈 속에 피어 있다. 내 기억 속에서 모든 메트레의 추억은 단지 처
절한 드라마로 중단된 긴 결혼식처럼 보이도록 넌지시 암시되었다.
이 결혼식장에서 소년들이 서로 때리거나 싸워서 피투성이가 되는
것을 보았다. 마치 야만적인 오랜 습성의 그리스식 분노에 사로잡
힌 것처럼 상대방을 뜨겁고 창백하고 붉은 피를 흘리는 육체 덩어
리로 만드는 것이었다. 뷜캉의 남성미는 무엇보다도 바로 그 분노
에서 나왔다. 그의 분노는 오래 갔다. 그의 젊음이 너무 여리고 약하

게 보이는 경우, 난 현재의 강하고 노련한 자들도 지금의 그들이 있기 위해서 뷜캉의 나이에 저런 냉혹함이 필요했을 것이라고 생각한다. 그는 극한 상황 속에서 살아왔다. 그는 끊임없이 떨며, 그 행로의 마지막, 즉 누군가의 죽음 또는 그 자신의 죽음으로 끝나는 행로에서 마침내 부동의 포로가 되는 화살과도 같았다. 그의 강도로서의 능력에 대해서는 아는 바가 없다. 하지만 뷜캉의 유연성과 교활성으로 미루어 짐작할 수는 있다. 물론 형무소 밖의 생활에 필요한 능력과 형무소 안에서 도움이 되는 능력은 별개의 것이다. 하여튼 그는 눈치 빠르고 행동도 기민해서 절도에 능한 강도임에는 틀림이 없다. 보통 때는 태연하게 걸어 다닌다. 그러나 복도나 벽이 나타나면 재빠른 몸짓으로 오른쪽, 왼쪽으로 몸을 숨겼다가 어느새 사라져버린다. 무관심하다가도 갑자기 폭발하는 이러한 동작들은 태연함을 깨부수고 번개같이 팔꿈치, 가슴, 무릎, 구두 바닥에 불을 붙이는 것과 같다. 나는 그와는 다른 부류의 강도다. 내 동작은 여느 때와 다르지 않다. 무슨 일을 해도 다급하게 하지 않는다. 그에 비해 내 태도는 매우 느리고 차분하고 침착하고 세심했다. 그러나 뷜캉처럼 나 역시 강도질을 좋아했다. 강도질은 육체적으로 쾌감이 일었다. 몸 전체가 이 일에 가담했다. 뷜캉은 사기 치는 짓을 싫어했다. 그가 유쾌하게 어떤 유명한 사기꾼을 칭찬할 수도 있지만, 그 칭찬은 좋아하지도 않으면서 어떤 책이나 그 저자를 칭찬하는 것과 같다. 강도질할 때 그는 머리끝에서 발끝까지 쾌감을 느꼈고, 심지어 사정하는 경우도 있었다. 얼마나 멋진 쾌감이란 말인가! 어떠한 불안감도 훼손할 수 없는 쾌감이었다.

"피에로, 로키와 함께 강도질하면서 맛본 쾌감을 말해봐."

그는 조용히 웃었다.

"이봐, 장! 그 얘기는 하지 마. 괴롭다고."

"왜?"

"혼자 있을 때조차도……."

(그의 목소리는 언제나 조용조용했다. 귀를 기울이거나 가까이 가지 않고서는 알아들을 수 없었다. 밤이 되어 계단은 어두웠다.)

"자노, 난 늘 혼자서 했어. 왜냐하면 동료란 너도 알겠지만……."

나는 그의 말뜻을 알아차렸다. 그리고 그의 낙담한 몸짓도 이해했다.

"그건 혼자서 해야 해!"

뷜캉은 내게 파리 사람들이 쓰는 은어의 본질은 서글픈 애정이라고 가르쳐주었다. 나는 그와 헤어질 때마다 이렇게 말했다.

"담배 남아 있니?"

그는 아무런 대꾸도 하지 않았다. 그는 좀 더 큰 소리로 웃으며 손을 펼쳐 내밀면서 속삭였다.

"어디 꽁초 좀 보자! 담배를 가져와봐! 세상을 밝혀보라고!"

그는 빈정대듯 거수경례하고 그대로 사라졌다.

내가 앞서 얘기한 그 신비로운 결혼식 바로 다음 날, 나는 디베르와 단 하루도 함께하지 못한 채 영영 감화원을 떠났다. 난 아직 그가 처음 내 앞에 나타났을 때의 모습에 대해 쓰지 않았다. 오월의 어느

해 질 무렵, 성녀 잔 다르크의 영광을 기리기 위해 온종일 깃발 장식을 하느라 모두가 지쳐 있었다. 붉은 깃발 장식이 막 세리머니를 마친 후 무게에 눌려 축 늘어졌다. 하늘은 무도회가 끝났을 때의 화장한 귀부인 얼굴처럼 시들시들했다. 더는 아무것도 기대할 것이 없는데 그가 내 앞에 나타난 것이다.

초창기의 원장들은 감화원 뜰의 정원이 삼색기로 장식되었을 때의 그 장려한 모습을 기억하고 있는 듯했다. 이미 오래전부터 축제 때마다 나무 사이나 건물 벽, 장미와 등나무에까지 깃발을 내걸었던 것이다. 적색과 황색의 물결이 마로니에 나무를 불태우고 있었다. 새로 난 가지의 눈부신 초록에 붉은색이나 파란색, 특히 흰색이 잘 어울렸다. 감화원을 설립한 사람이 프랑스 귀족들이었기 때문이다. 그 이름들이 지금도 예배당의 벽에 기록되어 있다. 국왕 폐하, 왕후 폐하, 프랑스 왕자들, 루앙 왕립 법원, 낭시 왕립 법원, 아장 왕립 법원, 그 밖의 프랑스 왕립 법원들과 라 로슈자크랭 백작 부인, 라 파예트 백작, 폴리냐크 왕자 등. 꽃 장식의 문장을 곁들인 5~6백 개의 칭호를 모두 다 적은 긴 리스트는 지금도 메트레 감화원 묘지의 예배당에서 볼 수 있다. 타예(열한 살)와 로슈(스무 살)라고 기록된 두 원생의 조그만 무덤 사이에 있는 묘비는 "에스파냐의 마리 루이즈 훈장, 바비에르 왕국의 테레즈 훈장, 포르투갈의 이사벨 훈장을 받은 마리 마틸드, 쥘리, 에르미니 드 생 크리코, 드루아앵 드 뤼 자작 부인 등의 무덤들"의 묘비와 다를 바 없었다. 삼색기에 금빛 백합을 첨가한 흰색과 청색의 깃발이 뒤섞여 있었다. 대개 세 개씩 묶어놓았는데, 가운데에 흰색이나 청색 깃발을 꽂았다. 봄에 싹이 난 잎의 신선함 속에서 깃발 장식은 공기를 맑게 하고 경쾌한 기쁨을 가져왔다. 큰 화단의 나무들 위에 영웅을 신으로 받드는 행사에는 아랑곳없다는 듯 나뭇가지 사이로 우락부락한 체구와 잘생긴 얼굴, 증오에 찬 험악한 눈의 젊은이들이 흰 이빨 사이로 지저분하고 상스러운 욕을 토해내면서 부드러운 추억의 물방울에 마음을 적시고 있었다. 그런데 반대로 성모승천 축일에는 고상하지만 권태로운 분위기 속에서 깃발과 태양과 먼지와 시든 꽃들이 왕실의 세리머니를 장식했다. 우리는 세리머니를 준비하는 모습만 볼 수 있었다. 무대 장식과 인물들이 너무 숭고하고, 또 그들의 비극이 너무 엄숙해서 우리로서는 볼 수 없는 것이기 때문이었다. 일종의 임시 제단인 이 넓은 무대의 중앙에서 새로운 원생이 나타나고는 했다. 저녁 5시경(특사로 죄수가 석방되는 것도 바로 이 시간이었다) 나는 우연히 누구보다도 품위 있는 한 원생을 발견했다. 그는 두 손을 호주머니에 찌르고 있었다. 그 때문에 워낙 짧은 남색 블라우스의 앞쪽이 위로 치켜져 있었다. 이 놀라운 저녁에 앞 단추 하나가 떨어져 나간 그의 바지가 눈에 띄었다. 우리 가운데 한 녀석이 뚫어져라 그의 페니스를 쳐다보았기 때문에 그 시선의 무게 때문에 단추가 떨어진 것 같았다.

"너의 시선이 바지 단추를 놀라게 한 거야!"

열린 바지 앞부분에 때가 끼어 경계를 이루고 있는 게 보였다. 그의 날카로운 시선이 나를 사로잡았다. 그때 본 그의 미소에 대한 기억이 지워지지 않았다. 또한 나는 그 미소에 대한 말을 입에 올릴 때마다 엄청난 고통에 시달리고는 했다. 내가 만일 그의 수많은 매력 중 하나를 나타내기 위한 단어들을 한꺼번에 쏟아낸다면 당장 감격에 겨워 눈물이 흐를 것이다. 그 단어들을 열거하면서 내가 그려내는 것은 결국 피에로의 초상이란 걸 잘 알고 있었기 때문이다. 그러나 디베르에게는 피에로가 가지고 있지 않은 특질이 있었다. 그의 광대뼈와 턱, 모든 돌출부에는 혈관이 밀집해 있어서 다른 부분보다 짙은 갈색을 띠었다. 그는 검은 명주 망사의 베일로 얼굴을 감싼 것처럼, 또는 단순히 얼굴이 베일의 그늘에 묻혀 있는 것처럼 보였다. 이것이 디베르를 장식하고 있는 첫 상장(喪章)이었다. 그의 얼굴은 순진하게 보였다. 하지만 그의 얼굴은 보다 정확해지기 위해 계속 변모하여 이미 과거의 모습은 찾아볼 수 없고, 그리스신화 속 그리핀의 모습으로 또는 식물의 모습으로 바뀌었다는 걸 주목해야 할 것이다. 내 마음속에는 얼굴 모습이 유리에 조각되어 머리칼이나 목이 아칸서스 잎으로 장식된 천사의 얼굴로 남아 있다. 콜로세움의 웅장한 균열이 걸작품 전체에 영원히 사라지지 않는 광채를 만들어놓았듯이 디베르의 얼굴에도 조각가의 의도에 따라 그러한 균열이 새겨져 있었다. 그의 두 번째 상장인 이 균열의 의미를 나중에 알게 되었는데, 이러한 균열은 뷜캉에 이어 봇차코, 샤를로(샤를로에 대한 증오는 지금도 남아 있다. 내 마음속에 어느 날 증오를 폭발시킬 구실이 반드시 발생할 것이라고 믿었다)에 이르기까지 모든 창녀의 정부들에게 새겨져 있었다. 우리는 식당으로 들어갔다. 그때 한 젊은 정부 놈이 말했다.

"너 봤니? 한 놈이 돌아왔어!"

"누가? 누가 돌아왔지?"

"암사슴이야."

여기서 당신들은 "암사슴"이라는 표현의 의미를 알 것이다. 탈주하거나 도망가는 자가 바로 암사슴이다. 그 누구도 감히 어떤 몸짓, 어떤 말도 건네지 않았으나 디베르는 자연스럽게 창녀의 정부들 식탁에 앉았다. 식탁은 초등학교 교실의 책상처럼 놓여 있었다. 네 명의 원생이 한쪽으로 늘어서서 그룹의 보스 탁자와 마주 보고 있었다. 나는 음식을 먹고 식당을 나서면서 미묘한 혐오감을 내보이는 그 기이한 자의 등을 바라보았다. 사실 모두가 주어진 것을 몽땅 먹어 치우는데 그는 접시 가장자리에 덜 익은 야채 찌꺼기를 남겨놓은 것이다. 몇 분이면 끝나는 저녁 레크리에이션 시간에 우리가 뜰에 나갔을 때, 강자 그룹에 낀 그는 그들과 악수를 나누고 있었다. 아주 드문 일이었다. 감화원에서는 동료들끼리 공공연하게 악수하는 법이 없었다. 그런 행위는 밖의 생활을 상기시켰다. 바깥세상을 그리워하게 만드는 일체의 것들을 피해야 하는 것이 암묵적으로 약속되어 있었다. 또한 강자가 자신의 우정을 내보임으로써 '사나이'가 되려고 하는 행동이나 간수들이 하는 행동을 원생들이 따라 하는 것도 수치스러운 일로 여겨졌다. 그런데 지금 그 행동이 허용된 것이다. 그가 그들 그룹에 접근하자마자 모두 그에게 악수를 청했다. 그는 오직 자신의 존재를 드러내는 것으로 그 스스로도 아직 벗어나지 못하고 있던 인습을 깨부순 것이다. 그들이 자신들도 모르게 내밀고 있는 손 앞에서 그는 다소 당혹스러워했다. 우리는 메트레의 징벌 본부나 이곳의 징계실을 드나들던 녀석들이 갑자기 강자와 같은 건방진 태도를 취하는 것을 목격할 것이다. 마치 전쟁터에서 군인이라면 누구나 명예로운 전사자와 같은 건방진 태도를 취하려 하는 것과 같았다. 나는 이 새로운 원생을 식당 문으로 통하는 계단 위에서 지켜보았다. 약간 뒤로 젖힌 태도로 문틀에 등을 기대고 있었다. 이 태도가 혹시 건방지게 보이지 않을까 걱정되었다. 나는 그 자리를 떠나 고개를 숙인 채 몇 걸음 걸었다. 그가 누군지는 감히 묻지 못했다. 바보처럼 보일까 봐 두려웠기 때문이다. 나는 기둥서방은 아니었지만 '큰형'이라는 강경파의 위치가 나를 귀부인처럼 보호해주었다. 그 때문에 기둥서방 패거리 속에서 자존심을 지키기 위해 기둥서방이라면 누구나 알고 있는 것을 나 역시 아는 척해야만 했다. (강자나 기둥서방은 형무소에서 통용되는 말로 두목이나 수령을 지칭한다.) 소등나팔이 울렸다. 우리는 이 층 공동 침실로 가기 위해 바깥 계단 밑에 두 줄로 섰다. 신출내기가 내 옆에 자리를 잡았다. 그는 내게 다가와 입술에 침을 발랐다. 나는 그가 무엇인가 말하려고 하는 것으로 착각했다. 그는 아무 말도 하지 않았다. 이러한 행동은 그의 버릇이었다. 나는 당시 그와 내가 닮았다는 사실을 몰랐다. 왜냐하면 나 자신이 내 모습을 알지 못했기 때문이다. 우리는 나무 계단을 올라갔다. 난 그 옆에서 손을 호주머니에 넣고 다닐 정도로 대담하지는 않았다. (내가 지나치게 기둥서방처럼 보이거나 그와 같은 부류로 보이는 것이 두려웠기 때문이다.) 두 손을 축 늘어뜨렸다. 그것이

126

훨씬 겸손해 보였다. 그가 발로 계단의 쇠를 걷어차는 걸 보고 좀 떨면서 말했다.

"조심하라고. 잘못하면 큰형의 눈에 벗어나. 특히 징벌실을 나올 때 말이야."

그는 나를 돌아보고 웃으며 대답했다.

"그렇게 되려면 좀 더 말썽을 피워야겠네."

이어서 그가 덧붙여 말했다.

"네 기둥서방? 그자의 무르팍에 바람이나 집어넣으라고 해!"

나는 대꾸하지 않고 가만히 고개를 숙였다. 고개를 숙인 것은 그처럼 오만한 강자와는 다른 기둥서방을 갖게 된 것이 부끄럽다는 모호한 감정을 드러내고 싶어서였다. 그는 우리 가족이 사용하지 않는 "재수 없다"라든가 "똥"이라는 말을 이빨 사이로 흘렸다. 그는 멀리서 위험한 모험을 하고 돌아온 사람처럼 보였다. 그가 지껄이는 말은 잠수부가 발목에 감고 나오는 검은 해초와 같았다. 사랑의 항로와 가장무도회에서 발생하는 놀이와 싸움을 겪은 자라는 느낌을 주었다. 밑바닥에 깔린 침전물과 같았다. 그처럼 징벌 본부 생활은 보통의 원생들 생활보다 비밀이 많았다. 감화원의 다른 부분에서는 상상할 수 없는 일이었다. 그는 내 눈에 악의적이기보다 모호한 인물로 비쳤다. 빌캉의 시선이 지닌 강인함과 투명함은 깊이의 결핍이나 명백한 우둔함에서 비롯된 것일 터이다! 총명함은 눈의 깊이를 움직이게 하는 흔들림을 갖고 있지만 베일로 덮여 있었다. 그 베일은 부드러움으로 통했다. 그렇다면 아마도 그가 부드러움,

아니면 망설임 그 자체라는 말인가?

내 옆 그물 침대가 비어 있었다. 보스가 그 자리를 새로 온 친구에게 주었다. 나는 바로 그날 밤 그에게 감동적인 선물을 했다. 취침 의식, 즉 공동 침실에서 작업하는 동안에 발뒤꿈치가 마룻바닥에 닿는 소리 이외에 어떤 소리도 내서는 안 되었다. 이 작업을 명령하는 형은 공동 침실의 한쪽 끝, 보스 옆에 있었다. 디베르가 홈에서 그물 침대를 꺼내다 벽에 부딪혔다. 그러자 보스가 욕설을 퍼부었다.

"개자식, 좀 조심하지 못해!"

"어떤 새끼가 바보짓을 한 거야?"

형이 고함을 질렀다.

잠시 공동 침실에 지금까지 볼 수 없었던 긴장과 침묵이 흘렀다. 나는 디베르의 얼굴을 쳐다보지 않았다.

"그놈은 자기가 한 짓을 말할 용기가 없나 보지!"

이 말을 듣고 나는 살짝 고개를 돌려 한쪽 손을 들어 올렸다.

"두 새끼 중 누구야?"

깜짝 놀라 디베르 쪽을 보았다. 그도 똑같이 한쪽 손을 들고 있었다. 그는 겁에 질려 있었다. 그는 바로 손을 내렸다.

"나야!"

내가 말했다.

"왜 떳떳하게 말하지 않았어? 내일은 네가 접시를 닦아."

디베르의 입가에 냉소하는 듯한 미소가, 눈에는 정복자의 광채가 있었다. 잠시 동일한 태도가 우리 둘을 가벼운 사기 행위의 공모자로 만들었으나 지금 나는 공물을 잃어버린 채 멍청히 혼자 남았다. 우리는 취침 준비를 끝내고 누워 한동안 수다를 떨었다. 가족의 형이자 내 기둥서방인 빌루아가 보스의 방에 가서 오늘 하루의 사건을 보고(아마도 밀고가 아닐까)하는 동안 디베르가 내 기분을 좀 맞춰주었다. 나는 거의 응수하지 않았다. 혹시 잘못하여 '네가 수감되어 있던 감방에 대해 말해달라'는 내 의도를 눈치채지 않을까 하는 두려움 때문이었다. 나는 이 멋진 포로가 자기에 관한 것, 그리고 여전히 신비로운 장소로 남아 있는 구역에 대해 언젠가 말할 것을 기다렸다. 나는 감히 그를 쳐다볼 수 없었다. 그러나 그물 침대 밖으로 삐져나와 있는 것이 그의 작은 머리일 것이라고 생각했다. 나는 단숨에 말했다.

"너는 오래전부터 거기 있었지?"

"거기라니? 어디?"

그는 퉁명스럽게 말했다. 나는 당황했다.

"어디긴 어디야. 징벌 본부지. 네가 있던 곳……."

나는 불안한 마음으로 대답을 기다렸다. 희미한 소리를 내기 시작하는 침묵 속에서 말이다.

"징벌 본부? 거기서 한 달 정도 있었지."

한 달이라……. 나는 감화원에 온 지 한 달이 넘었는데 한 번도 그를 보지 못했다고 감히 말할 수 없었다. 그가 귀찮아하거나 대화를 중단하는 것이 두려웠기 때문이다. 주위에서 웅성거리는 소리가 들렸다. 오락이 시작되었다. 취침나팔이 울리기 시작했다. 나는 엉겁

결에 말했다.

"하지만……."

"그래, 나는 돌아왔어. 펜치와 수갑을 가지고 말이야! 간수 놈들이 지랄을 떨었지만……. 나도 골탕을 먹었지. 나는 일부러 사슬을 내 앞에다 보란 듯이 늘어뜨려 놨어. 마치 무슨 보석이나 되는 것처럼. 생각해봐, 보장시에서부터 사람들의 시선을 한 몸에 받고 왔다는 걸 말이야."

이십 년 후 내가 큰 외투를 걸치고 해안을 거닐고 있는 남자를 만났다고 가정하자. 난 그에게 독일과 히틀러에 대해 말했는데, 그는 아무 대답 없이 나를 물끄러미 쳐다보는 것이다. 그리고 그 사내의 칼라 단춧구멍에서 나치 마크의 배지를 보았다고 하자. 아마 나는 더듬거리며 이렇게 말했을 것이다.

"그럼, 자네가 히틀러인가?"

디베르는 이런 식으로 내 앞에 나타났다. 부당한 신의 의지만큼이나 위대하고 확실하고 순수한 모습으로 말이다. 결국 나는 디베르와 징벌 본부라는 두 가지 신비 사이에 놓인 것이다. 내가 도착한 날, 조사실의 원장 앞에 끌려갔을 때 뜰 안쪽에서 발소리가 들려왔다. 디베르처럼 처벌받는 원생들의 발소리였다. 원장은 십자가 아래, 녹색의 융단을 깐 테이블 앞에 앉아 있었다. 원생들이 조그만 발에 신고 있는, 작지만 무겁게 울리는 나막신 소리가 들려왔다. 원장이 어떤 신호를 보냈다. 그러자 한 간수가 창문을 닫았다. 원장의 얼굴에 귀찮은 표시가 역력히 드러났다. 축 늘어진 그의 뺨이 떨리고 있었다. 이번에는 간수가 창을 완전히 닫아버렸다. 그래도 그 조그만 나막신 소리는 들려왔다. 점점 더 화가 치미는 듯 원장의 얼굴에서 더 빠르게 움직이는 회색의 주름이 보였다. 나는 웃고 싶지 않았다. 왜냐하면 내가 벌받기 위해 불려온 것인지 어떤지 확실하지 않았기 때문이다.

"왔구나……"

원장의 목소리는 나막신 소리를 덮으려는 듯 크게 울렸다.

"겁낼 건 없어. 친구도 많고……. 메트레 감화원은 감옥이 아니야. 거대한 가족 집단이라고 보면 돼!"

그는 점점 더 크게 말했다. 그 때문에 내 얼굴이 벌겋게 달아오르는 걸 느꼈다. 그의 부끄러움과 고통을 내가 짊어진 것이다. 라디오에서 어떤 방송을 방해하기 위한 방송을 들을 때 느낄 수 있는 것과 같은 불쾌감이었다. 전쟁 초기에는 독일 방송이, 말기에는 영국 방송이 그렇게 했다. 위험한 메시지를 전달하지 않으려는 필사적인 노력으로 어떻게 해서든지 뉴스를 듣지 못하도록 하지만, 결국 그 뉴스는 내용을 전달하는 데 성공하는 것이 보통이다.

메트레 감화원에 있는 동안 디베르는 내게 놀랄 만한 속임수를 전부 보여주지는 않은 것 같다. 십오 년 만에 징계실의 변기통에서 그를 다시 만난 날 저녁, 감방 안으로 들어가려던 참이었다. 그때 한 죄수가 나를 부르며 속삭였다.

"'리통 라 노이'가 네게 뭐 부탁할 게 있다고 하던데……."

'노이'는 밤이라는 뜻이다. 나 역시 낮은 목소리로 대답했다.

"리통 라 노이? 난 그자가 누군지 몰라."

"감방장 말이야. 뒤에 와 있어."

나는 뒤를 돌아보았다. 디베르였다. 그는 벽에 기댄 채 나를 바라보고 있었다. 그의 오른손은 넓적다리 위에 축 늘어져 있었다. 그의 손은 예전에 성기를 쥘 때와 같은 모습으로 뒤집혀 있었다. 우리는 간수의 눈을 피해 조금씩 서로에게 다가갔다. 솔직히 말해 난 친구로서 또 형제로서 그에게 다가갔던 것이다. 뷜캉을 향해 품고 있던 내 애정은 디베르에게 우정밖에 허용하지 않았다. 지난날 디베르가 강자였음을 분명히 보여주는 손짓과 자세를 지녔다고 해도 그랬을 것이다. 아마 당시에는 작업장에서 일하거나 공동 침실에서 잠자는 뷜캉이 아직 내 뇌리에 명확히 남아 있었기 때문인지 모른다. 디베르와의 우정에 사랑이라 할 만한 것이 섞여 있지는 않았지만, 마음속 깊은 곳에서 어떤 희미한 애정이 일어나려고 하다가 사라지는 느낌이 들었다.

그래서 퐁트브로 중앙 형무소의 어두운 그늘 속에서 이상야릇하게 메트레가 피어나고 있는 것이다. 메트레 감화원은 흉악하지만 건장한 사내들이 기거하는 감옥에서 20~25킬로미터 떨어진 곳에 있었다. 감옥은 우리에게 두려움을 줄 정도로 위압적이었다. 그러한 상태는 독약 배낭이나 화약고, 대사관 대기실에서 느낄 수 있는 것이다. 뷜캉은 앞으로의 일을 말하기 위해 메트레 감화원을 환기하는 것을 무시했다. 내가 멀리 떠나 여행하고픈 바람을 쓴 편지에 그는 자신의 탈출 계획과 자유로운 생활에 대해 말했다. 물론 나도 자유를 언급했지만 말이다. 그는 여자에 대해 말했고, 여자와 사랑을 나누고

난 다음 성가시다는 말도 털어놓았다. 편지에 쓴 글들은 당혹스러움을 고백한 자에 의해 모두 지워졌다. "작업을 끝내고 나면 친구 녀석들은 여자를 만나러 갔지. 나는 외롭게 혼자 떠났어." 그토록 매력적인 남자인 그가 어떻게 그런 내용의 편지를 내게 썼을까? 그 누구인들 이 소년의 참담한 모습을 의심이라도 했을까? 또 다른 편지에서 그는 이렇게 덧붙였다. "자노, 넌 알고 있겠지? 난 미련한 곰이 아니라고. 나와 함께 외출하는 데 자부심을 느끼는 녀석들이 많았지." 그에게서 위엄이 엿보였다. 메트레의 경험이 배어 있던 것이다.

우리 원생들은 봉건시대의 갑옷 차림 기사들이 생활하는 성의 아랫마을에서처럼, 퐁트브로 중앙 형무소의 엄한 감시 밑에서 생활했다. 우리는 그곳에 사는 기사들을 닮으려고 했다. 그들의 삶을 모방하기 위해 비밀리에 성에서 오는 명령을 따랐다. 누가 보낸 명령이었을까? 나로서는 모든 것이 우리가 함께 공모한 것이라는 걸 말하지 않을 수 없다. 꽃이 말을 했고, 원하든 원하지 않았든 간에 제비와 간수들도 공범자가 되었다. 메트레 감화원에서처럼, 중앙 형무소도 늙은 간수들의 감시 체제하에 있었다. 그들은 파렴치한 행동도 당연하다는 듯 인식했다. 그들의 눈으로 보면 우리 죄수들은 썩은 인간들이다. 죄수들은 공공연히 증오의 대상이었다. 그러면서도 비밀리에 사랑을 나누고 있었다. 간수들은 이전에도 또한 지금도 그 역겨운 관습이나 규율을 지키는 질투심 많은 수호자였다. 그들의 오고 가는 행동은 비인간적인 영역의 한계를 보여주었다. 비열함이 녹아 있는 함정의 그물을 쳐놓고 있는 것인지도 모른다. 그들 가운데 어떤 자는 이미 사 분의 일 세기 또는 그 이상을 죄수들 틈에서 그들을 억압하며 살아왔다. 간수들이 우리 부랑자들과 친밀한 관계를 맺고 있다는 인상을 주었지만, 일반적인 의미의 친밀감이 아니라 간수들이 그들에게서 공포를 느낀다는 의미에서였다. 주인과 그 주인의 반대 처지에 있는 늙은 하인들을 서로 닮게 하는 가족적인 분위기가 죄수와 간수들을, 그들의 병적인 체취를 닮은 것으로 만든 것이다. 그리고 죄수들의 습관, 죄수들의 성질, 죄수들과 똑같은 질병에 신음하는 간수들의 병적인 치밀성이 고여서 썩어가는 물처럼 밀폐된 공간 속에서 자신들이 감염된 병을 계속 키워가고 있었다.

우리는 성(城)의 사람들에게 복종했으나 대담성에서는 그들을 능가했다. 혹시 중앙 형무소를 사랑하지 않는 감화원생이 있었다고 해도, 대부분은 감화원에서 중앙 형무소를 향해 부는 사랑의 기류에 휩쓸려 그곳으로 실려 갔다. 기회가 있을 때마다 원생들은 중앙 형무소를 사랑하지 않는 자에게 왜 그곳을 사랑할 수밖에 없는지를 가르쳐주었다. 그러면 그는 머지않아 형무소가 자신의 진실을 완전히 구현할 수 있는 곳이라는 걸 깨달았다. 모든 것을 미화하는 전설이 중앙 형무소를, 거기에 사는 범죄자들 그리고 그들과 관계된 모든 것을 아름답게 만들었다. 특히 그들의 범죄가 미화되었다. 한 그룹의 보스가 그럴듯한 말투로 한마디만 뱉어도 그 모든 것이 아름다운 것으로 인식되었던 것이다.

우리가 비극적 정신에 따라 움직이고 있다면 비극은 특수한 병적 사랑에 감염되어 있다고 해야 할 것이다. 우리의 영웅주의는 매혹적인 비열함과 저속함으로 얼룩져 있었다. 매우 잔혹한 죄수들이 간수들에게서 위로받고 싶은 마음에 그들과 더럽게 타협하는 일도 종종 발생했다. 그들 가운데서 빈번히 밀고자가 나타났다. 그들은 자기들의 힘을 지나치게 믿은 나머지 한 번 정도의 배반은 상처가 되지 않는다고 인식했다. 하지만 다른 피라미들은 정도를 걷고자 하는 의지를 한순간도 잃을 수 없었다. 그들에게는 작은 실수도 치명적이었다. 다른 자들이 세력에 집착하듯이 그들은 정의에 매달렸다. 아르카몽이 정오에 육중하고 털이 많은 다리를 가진, 구리와 가죽의 안장을 얹은 커다란 엉덩이의 당나귀 등에 옆으로 타고 왼쪽 배에 두 발을 축 늘어뜨린 채 경작지나 운반 작업을 마치고 돌아오면서 화단을 지나가고 있었다. 그는 빼딱하게 쓴 모자 끝이 닿은 귀 곁으로 왼쪽 눈을 덮을 정도로 늘어진 보라색의 안대를 하고 있었는데 대담하게 보였다. 두 개의 큰 라일락 꽃송이였다. 그 꽃송이를 달려면 자신의 순수성에 확신이 있어야만 했다. 감화원 내에서 그만이 몸에 그런 멋스러운 꽃 치장을 할 수 있었다. 그는 진정한 사나이였다. 겉으로 보이는 뷜캉의 솔직함은 뿌리 깊은 약점에서 오는 것일지 모른다. 나는 그가 절대로 적과 타협하지 않는다는 걸 알고 있었다. 그가 내게 경찰 끄나풀에 대한 증오심을 자주 언급했지만, 진정 증오심을 드러낸 적은 없었다. 어느 날 그가 피갈과 블랑슈 지역*의 '아줌마들'과 '어린 암캐들'에 대해 말한 적이 있다. 우리는

---

* 파리 북쪽의 유흥가 밀집 지역

건강검진이 시작됐다는 얘기를 계단에서 낮은 소리로 주고받았다. 그가 말했다.

"자노, 저 궤짝에 들어가지 마! 저 새끼들은 너를 위해 온 게 아니야. 자기 자신을 팔아먹는 새끼들, 모두 짭새 끄나풀에 불과해."

그는 어린 암캐들을 끄나풀로 간주하면서 자신을 속였다. 그는 내게 스파이에 대한 증오심을 드러내고 싶어 하면서 자신을 그들과 혼동하지 말 것을 원했다. 그가 한 말들이 내 기억 속에 생생히 남아 있었고, 다른 내용들과 뒤섞여 늘 혼동되었다. 그가 이렇게 말했다.

"떠나자, 자노! 감옥에서 빠져나가면 곧 에스파냐로 튀자고!"

그는 자유자재로 자신의 꿈을 피력했다. 그는 계단에 앉아서 눈을 감은 채 손으로 머리를 감싸고 있었다.

"자노, 내 말 들어봐. 우리가 칸 해변에서 페달 보트를 타고 있다고 가정해보자. 거기엔 태양도 있고 얼마나 행복할까……."

그는 이어지는 문장 속에서 여러 차례 행복이란 단어를 썼다.

"우린 거기서 사제들처럼 평화롭게 생활할 수 있을 거야!"

나는 따뜻한 손으로 그의 깎은 머리를 쓰다듬고 싶은 욕망이 일었다. 내가 그의 윗 계단에 있었고 그의 머리가 내 무릎 사이에 기대고 있었기 때문이었다. 그러나 내 무기력함이 메트레에서의 절망감을 떠오르게 했다. 나는 그의 머리를 쓰다듬는 일 외에 아무것도 할 수 없었다. 그와 같은 행위는 오히려 그의 슬픔을 자극한다는 느낌이 들었다. 가끔 울적한 기분이 몰려왔을 때, 내 행위는 빌루아를 슬프게 만들었다. 그는 불안했던지, 아니 오히려 놀란 듯이 말했다.

"네 감방 동료들이 우리 사이를 알고 있니?"

빌루아는 메트레 감화원에 있었다. 그는 돼지고기 가게를 하던 아버지를 죽였다. 빌루아는 내 남자였다. 그는 B 가족의 맏형이었다. (잔디와 마로니에의 화단이 딸린 열 채의 작은 수용소에 기거하던 가족들은 A, B, C, D, E, F, G, H, J, L로 불렸다. 각각의 가족에 약 서른 명의 소년이 있었다. 그들은 가장에게 선택되고, 다른 원생들보다 더 용감하고 거친 맏형이라고 불리는 우두머리의 통솔하에 있었다. 맏형은 가장의 수하로 있었는데, 가장은 통상 퇴직 관리나 하사관, 형무소의 옛 간수들이었다.) 그는 나를 만나기 전에 양복 작업장에서 일하던 어떤 소년을 마부 겸 하인 혹은 여자로 데리고 있었다.

내가 이 글을 쓰고 있는 지금 메트레 감화원에는 흉악하고도 사랑스러운 악마들이 점점 사라져가고 있다. 오늘날 퐁트브로 죄수들은 무엇을 동경하며 살까? 하늘에서 별이 사라져버렸다. 이제 우리가 감옥의 창을 기어 올라가도, 굶주린 눈에는 투렌의 전원 저편에 원생들이 종루를 둘러싸고 놀고 있는 모습이 보이지 않는다. 우리의 삶이 외적인 희망을 잃는다면 삶은 그 자체의 내면으로 욕망을 돌릴 것이다. 나는 중앙 형무소가 신비로운 수도원이라고 생각한다. 왜냐하면 사형수의 독방은 밤과 낮의 구별 없이 언제나 불을 밝히고 있으며, 우리 모두가 무언의 기도를 드리는 예배당이기 때문이다. 몇몇 불량한 녀석들이 아르카몬의 위대함을 부인하는 척하고 있다는 것도 안다. 그 까닭은 피를 통해 획득된 순결성, 이른바 피의 세례가 그들의 기분을 상하게 했기 때문이다. 하지만 살인범 아르카몬에 대한 존경심을 극단적으로 거부하는 자일수록 그에게 거친 말을 퍼붓고 이내 쑥스러워하는 것을 여러 번 보았다. 어느 날 건강 검진을 받으러 의무실 문 앞에 모인 루 뒤 푸앵 뒤 주르, 봇차코, 뷜 캉, 그 외 몇몇이 부아 드 로즈의 죽음과 살인 행위에 대해서 말하고 있었다. 그들은 아르카몬의 장점에 대해 논쟁하고 있었다. 이 논쟁을 들으면서 나는 완전히 아르카몬의 지배에서 벗어난 기분이었다. 그러나 조금도 그런 내색을 하지 않았다. 그러던 중 뷜캉의 말 한마디가 논쟁을 멋지게 끝내버렸다.

"아르카몬? 그 친구는 가장 멋진 사내야!"

그는 부드럽게 말했다. 가장 멋진 사내라고 의도적으로 길게 늘여 우스꽝스럽게 발음했지만 나는 이 말을 듣자마자 과거의 지배력에 사로잡히고 말았다. 뷜캉에 대한 애정에서 비롯한 아르카몬에 대한 복종심이 머리를 강타한 것이다. 나는 조금 고개를 숙이고 허리를 굽히는 척했다. 누구도 젊은 뷜캉의 말에 토를 달지 않았다. 아르카몬이 사나이라면 그것을 결정하는 것은 우리 가운데 가장 젊고 아름다운 자라야 한다는 것이 당시 일반적인 생각이었다. 아르카몬에게 종려나무*(스테파노 부사제**의 종려나무)를 바치는 것은 당연히 뷜캉의 몫이었다. 뷜캉이야말로 우리를 아르카몬의 살인 행위 앞에 굴복시키게 할 아름다운 자질을 갖춘 자이기 때문이다.

---

* 종교화에서 순교자가 손에 든 종려나무 가지는 순교의 영예를 상징

** 기독교 역사상 최초의 부사제 중 한 명이자 순교자

"그 녀석은 사나이지."

그는 말했다. 그리고 짧은 침묵 후 덧붙여 말했다.

"적어도 그는 멋지게 즐길 줄 알아! 그처럼 난폭하고 그날그날 주는 밥으로 먹고사는 자가 누가 또 있어!"

이렇게 말하고 나서 그는 태어난 지 얼마 안 된 망아지나 송아지처럼 바보같이 발을 벌리고 서 있었다. 사실 아르카몬은 빵과 수프를 이 인분, 심지어 삼 인분이나 받아먹고는 했다. 모두가 독방 안에 사는 그를 살찌게 하려고 했다. 옛날 네미섬에서 왕을 선출해 일 년간 충분히 살찌게 한 후 피의 제전에 희생물로 올린 것과 같은 방식이었다. 배가 고파 견디지 못하던 뷜캉이 아르카몬을 생각할 때, 무엇보다 먼저 혈색 좋은 얼굴에 감탄하는 것은 당연했다. 아르카몬은 살쪄 있었다. 누구나 그가 사육당하고 있다고 믿었다. 뷜캉의 마음속에 비친 아르카몬의 모습은 죽음을 앞두고 이미 이 세상 밖에 존재한다는 절망감 위에, 포식한 육체를 잠들게 하는 따뜻한 무기력의 행복감을 얹힌 것이었다.

디베르가 여기 수감돼 있다는 사실은 뷜캉의 존재만큼, 또는 그 이상으로 나를 한동안 과거의 추억에 잠기게 했다. 나는 감방 안에서 빛을 향하는 진주처럼 본능적으로 징계실이 있는 동쪽으로 방향을 정했다. 죄수 생활을 지옥으로 쫓아내거나 악마의 생활처럼 더러운 것으로 만드는 일종의 둔감한 상태라고 할 수 있는 형무소 분위기는 수면과 공통점이 있었다. 그래서 출감되어 감옥 문을 나설 때 그 해방감에서 불현듯 되돌아오는 추억은 체포되기 이전의 추억과 같았다. 수면 중 고통스러운 악몽에서 깨어나 아침으로 이어지는 것과 흡사했다. 또 수감 중 깊은 잠의 표면에 이따금 나타나는 반수면 상태와 유사했기 때문에 죄수들은 발을 헛디뎠을 때처럼 행동하고는 했다. 그들은 잠시 허덕이다가 그대로 주저앉았다. 그리고 다시 잠에 빠진다. 죽음이 자신의 몫을 다해 무거운 문을 당신들 위에 드리우는 것과 같다. 나는 뷜캉이 징계실에 오지나 않을까 두려웠다. 또한 그가 이곳에 오지 않고 저쪽에 남은 채로 나를 잊지나 않을까 하는 두려움도 있었다. 혹시 그가 나를 잊는 것은 아닌지……. 그는 누구와 나에 대해서 이야기하고 있을까? 무슨 얘기를 주고받을까? 그의 동료들에게 나는 과연 어떤 존재일까? 이제 나는 징계실로 와서 디베르를 다시 만났고, 그는 내 뜻과 상관없이 메트레에서의 우리 사랑을 환기하려고 했다. 그 때문에 뷜캉이 여기 오는 게 두려웠다. 디베르가 누설할지도 모르는 우리 둘의 비밀 때문에 두려운 것은 아니었다. 그보다 디베르의 왕성한 남성적 매력이 뷜캉에게 영향을 주지나 않을까 하는 두려움이 컸다. 게다가 나는 변기통에서의 시련도 불안했다. 내 애정에 상처를 입히지 않고 뷜캉을 변기통 위에서 볼 수 있음은 잘 알았다. 다만 나로서는 그가 보고 있는 앞에서 위신을 잃지 않고 변기통 위로 올라갈 만한 육체적인 자신감을 도저히 가질 수가 없었다. 더욱더 타락한 상태로 빠져들기 위해 고의로 징계실에 들어가기를 원했을 때, 즉 징계실에 들어갈 때는 언제나 타락하는 느낌이 들었다. 그리고 뷜캉에 대한 내 애정이 우리 둘을 가장 구역질 나는 상황에 처하게 하여 세상에서 더욱 고립시키려고 한 것인지도 모른다. 말하자면 그가 다정스럽게 내 담요로 기어들어 와 악취를 풍기고, 나 또한 악취를 풍김으로써 우리가 가장 적나라한 모습으로 가까이 할 수 있기를 바란 것이다. 아무튼 징계실에 들어가려고 했을 때, 나는 피에로를 거기에 끌어넣을 생각을 했다. 거기서 피에로가 싹을 틔우고, 그의 새 가지들이 하늘을 향해 개화하기를 바라며, 내가 거기에서 신속하게 부식되기를 원했으나 내 뜻과는 달리 피에로는 저 위에 남아 있었다. 그러고는 한동안 잊고 있던 디베르를 여기서 다시 만났고, 그 때문에 피에로에 대한 내 사랑은 과거의 사랑에 대한 추억과 복잡하게 뒤엉켰다.

아르카몬처럼 디베르도 성장했다. 이제는 넓은 어깨를 가진 서른 살의 사내가 되었다. 몸은 놀라울 정도로 유연했고, 흑갈색의 무거운 옷을 걸친 세련된 모습이었다. 그는 보통 걷는 모습으로가 아니라 미끄러지듯 걸었다. 긴 다리로 걷는 몸짓이 아주 늠름해 보였다. 군인이나 각반을 한 사냥꾼들이 밭고랑을 휘젓고 뛰어다니듯이 들판에 누워 있는 나를 다루어주었으면 하고 바랄 정도였다. 그는 여전히 강자로 남아 있었다. 그는 기둥서방들과 결코 같은 방을 쓰지 않았다. 강자와 기둥서방이 기거하는 막사는 따로 떨어져 있었기 때문이다.

기둥서방들에게 강도들은 미숙한 자들, 불쌍한 녀석들, 위험한 짓에 말려들기 쉬운 자들로 보였다. 기둥서방은 여자를 소유할 수 있다는 점 때문에 의기양양하고 남을 업신여기는 듯한 오만한 태도를 지니고 있었다. 아직 소년의 티를 벗어나지 못한 강도들에게는 선망의 대상이었다. 디베르는 고독한 소년이었다. 뷜캉이 총살당하고, 아르카몬이 교수당하고 나서 현재 내게 남은 것은 지금의 사랑보다 디베르에 대한 사랑의 추억에 굴복하는 일이었다.

우리가 처음 만났을 때 뷜캉은 내가 아르카몬에게 품은 이미지를 뒤바꿔놓았다. 다시 만난 디베르는 친구 이상이었다. 뷜캉이 죽은 후, 그에 대한 추억으로 변한 아르카몬에 대한 사랑은 뷜캉이 그 사랑을 가둔 감방에서부터 다시 피어났다. 그러나 아르카몬까지 죽고 없어지자 슬픔에 사로잡힌 마음은 유약하고 고독해져서 디베르를 다시 만났을 때 내 몸은 다소 동요되었고, 이해할 수 없을 정도로 행동과 태도가 부드럽게 변해버렸다. 나는 여자처럼 디베르에게 마음이 쏠렸다. 그를 열정적으로 사랑했다. 처음에는 친구와 논다는 의미에서 쾌락을 위해 육체관계를 가졌으나 곧 정열이 흥분과 숭배로 변했다. 결국 내가 드리운 그림자에 넋을 잃은 디베르는 혼란 속에 빠지고 말았다. 그림자를 만드는 일은 여자들의 운명이었다. 디베르는 징계실에서 매독 때문에 고통스러워했다. 그런데 그 병이 그를 미화시켰다. 매독이 죄수들의 육체를 녹색으로 물들인다는 것 이외에 병에 대해 아는 바가 없었다. 또한 누구에게서 병이 옮아오는지도 알 수 없었다. 그는 십오 년간을 바깥 생활에 대해 모르고 지냈다. 그의 말에 따르면, 그는 팔 년간 형무소에서 그리고 삼 년 정도는 퐁트브로 중앙 형무소에 수감되어 감방장 노릇을 하며 지냈다.

나는 감방장들을 아주 증오하면서도 숭배했다. 그들은 형무소장이나 간수부장이 선택한 거친 사나이들이었다. 나는 지금까지 감방장의 감시하에 살아왔는데, 그 권력을 쥔 자들은 이상하게도 내게 선택권이 있다면 언제든지 선택했을 만한 그런 자들이었다. 그들의 육체적 힘이나 동물성 때문이 아니라 누구든 마음에 드는 것을 선택할 때의 심정이었다. 선택된 자는 언제나 가장 잘생긴 자였다. 야생마들도 자기들의 왕을 고를 때 그들 사이에서 가장 조화로운 놈을 고를 것이다. 어느 형무소의 간수부장이나 소장이 감방장을 고를 때도 그런 식이었다. 그들에게 이 말을 한다면 어떠한 반응을 보일지 궁금할 따름이다! 메트레 감화원에서 가장이 자기 밑에 둘 '맏형'을 고르는 것도 다를 바 없었다. B 가족에게 명예의 규칙은 엄격하게 준수되어왔다. (이것은 명예의 특수한 개념, 즉 그리스비극 작가가 생각하는 원시적인 명예의 개념으로 살인은 다른 어떤 수단보다도 도의적이라고 여겨졌다.) 맏형은 사랑받는 것 이상으로 두려움의 대상이었다. 그곳에서 나는 별 관심 없이 바라보는 간수들 앞에서 원생들이 맏형의 순서를 정하는 일로 다투면서 서로 노려보고 피 흘리는 것을 보았다. 메트레에서 소년들이 가슴에 상처 입는 것을 보았고, 그들이 기절하거나 죽는 것을 보았다. 간수들은 감히 움직일 수조차 없었다. 피의 열기와도 같은 것이 살인자를 감싸고 그를 지지했다. 여기에 고무되어 그는 똑바로 일어나서 특설 법정의 붉은 옷을 입은 법관들 앞의 피고석을 향해 나아간 것이었다. 붉은색은 그의 반항이 흘리게 한 피의 색깔이었다. 법정은 그에 대한 복수를 요구하고 실행할 것이다. 단도로 한 번 찔러서 기적을 만들어내는 능력이 주위를 놀라게 하고 흥분시키며, 이러한 영광에 대해 질투심을 유발하도록 하는지도 모른다. 살인자는 피로 말한다. 그는 피와 싸우고 기적과의 화해를 구한다. 중죄 재판소와 그 기구를 만들어내는 것은 살인자다. 이 사실 앞에서 우리는 메두사의 피를 타고난 악귀 크리사오르*와 페가수스**의 탄생을 떠올리지 않을 수 없다.

목숨을 건 결투 앞에서 움직이지 않으려는 것은 간수들의 야만적 취향 때문이라고 당신들은 생각할 것이다. 아마 옳은 생각일 것이다. 그러나 나는 그들이 자기들로서는 상상조차 할 수 없을 정도로 격분하여 어쩔 줄 몰라 하는 것이라고 생각한다. 원생들의 빛나는 생활과 비교하면 그들의 삶은 얼마나 초라했던가! 원생들은 모두 귀족이었다. 겁쟁이조차 귀족이었다. 그들은 비록 신성한 계급에 속하지는 않았지만 신성한 종족인 것만은 분명했다. 오두막처럼 조그만 집들이 감화원을 둘러싸고 있었다. 그 집들에는 간수의 가족이나 농민의 자식 등 많은 가족이 살고 있었다. 그들은 말할 수 없이 어리석은 자들이지만 내 탐욕스러운 생활을 미화하는 데 없어서는 안 될 존재들이었다. 그들이 없었다면 고문용 소년들도 없었을 것이고, 그렇다면 내 마음을 떠나지 않는 이 죽음이 그처럼 화려하

---

* 그리스신화에 나오는 바다의 신 포세이돈과 메두사의 아들. 이름은 그리스어로 '황금 칼'이라는 뜻이다. 황금 칼을 든 전사 또는 괴물의 모습을 한 것으로 추정된다.
** 그리스신화에 나오는 날개 달린 천마(天馬). 보기만 해도 화석이 되어버린다는 무서운 괴물 메두사의 목을 영웅 페르세우스가 베어 죽였을 때 흘러나온 피에서 생겨났다고 한다.

지도 않았을 것이다. 내 소년 시절은 잔혹했고, 피로 물들어 있었다. 메트레에서 소년들 사이에 거칠게 피어난 잔혹성은 퐁트브로 중앙 형무소 죄수들의 잔혹성에서 영감을 받았던 것이다.

감방장의 영광을 위하여.

감방장이 명령하는, 원을 도는 행위 앞에서 이를테면 갤리선 선장의 좌석인 성궤 속에서처럼 그는 조종사실 속에 숨어서 감시하고 있다.

죄수들이 원을 돌고 있는 동안 그는 마음속으로 노래한다. "나는 해적이다. 영광 따위는 상관없다!"

그의 눈 속에는 황금빛 줄무늬가 있었다. 아프리카 연대의 군복 단추에 새겨진 수선화* 무늬였다. 그 줄무늬는 무슨 작용을 했을까?

그가 오줌을 누고 성기를 흔들 때 그것은 거대한 나무가 되었다. 바람에 흔들리는 북국의 전나무.

그의 양 무릎이 내 손안에서 커다란 눈덩이처럼 부드럽게 빚어졌다. 그의 불알! 경이롭고 도취시키는 헥토르의 기도였다. "너의 목숨에, 너의 부모에, 너의 불알에 걸고!" 너의 불알에 걸고! (디베르는 왜 빌루아에 대해 경멸조로 말하는 것일까? "그 녀석에게 불알이나 부풀리러 가라고 그래!")

---

* 자기 모습에 도취하는 남자, 즉 미남자란 뜻이 있다.

그의 거의 움직이지 않는 둥근 엉덩이가 그들 앞에서 음탕하게 지나가는 걸 보고 죄수들이 말했다. "궁둥이가 지랄하고 있군!"

마침내 최후의 일격, 은총의 일격, 그의 목을 베!

이렇게 쓰고 보니 그토록 사랑과 애정을 바쳤고, 또 그만큼 사랑을 기대한 뷜캉을 만나고 난 이후 시에 대한 열정이 약해진 것 같았다. 그래도 역시 시의 힘으로 잠시나마 디베르에게서 벗어나 밤을 위해 닫아놓은 작은 독방 속의 큰 침대에서 피에로와 함께 밤을 보내고 있다고 상상할 수 있었다. 새벽녘에는 그에게 몸을 기댈 수 있었다. 나는 다시 어젯밤처럼 애무를 시도했다. 그가 잠에서 깼다. 그가 아침의 몽롱한 상태와 피곤한 몸으로 하품하며 내 굳은 육체로 다가왔다. 한쪽 팔로 내 가슴을 포옹했다. 얼굴을 들고 부드럽게 그리고 깊이 자기의 입을 내 입 위에 포갰다. 내가 그를 껴안자 곧 잠에 빠져들었다. 일단 그의 사랑의 몸짓을 상상하면 그가 내게 목석이었다고는 도저히 믿어지지 않았다. 그러한 몸짓을 상상한 것은 피에로 마음속의 무엇인가가 그 이미지를 암시했기 때문이며, 그의 내부의 무엇인가가 그런 행위를 한다고 알려주었기 때문이었다. 불현듯 내가 그의 애정을 믿게 된 것이 바로 그의 냉혹한 눈초리 때문이라는 것을 깨달았다. 그렇지만 그의 눈초리가 아무리 냉혹하다고 해도 내 정열에 대항할 수는 없었을 것이다. 그 소년에게서 내가 버림받았다고 생각되면 내 손은 펜을 꽉 쥐었을 것이고, 팔은 비통한 어떤 몸짓을 만들어냈을 것이다. 지금 그가 내 아픔을 알고 있다면 죽음의 나라에서 돌아왔을 것이다. 그의 잔혹성은 선했기 때문이다.

퐁트브로 중앙 형무소의 징계실에 해당하는 것이 메트레의 징벌본부다. 고요한 구월의 해 질 무렵 내가 감화원에 도착했을 때, 석양빛의 전원과 포도밭으로 둘러싸인 길에서 나팔 소리가 들려와 짐짓 놀랐다. 그 소리는 노랗게 물든 나뭇가지밖에 보이지 않는 숲에서 울려 퍼졌다. 당시 난 프티트로케트 형무소에서 이송되어 오던 중이었다. 사슬에 묶인 채 연행하던 간수와 동행하고 있었다. 나는 그때까지 체포당할 때 받은 공포에서 벗어나지 못하고 있었다. 내가 어떤 영화 속의 주인공이 된 것 같은 두려움이었는데, 그 드라마는 필름이 잘리거나 불태워짐으로써 나를 암흑 속 혹은 불 속으로 몰아넣어 실제로 죽기 전에 죽일지도 모른다는 생각에서였다.

우리는 언덕길을 오르고 있었다. 나무들이 점점 무성했고, 자연의 풍경은 더욱 신비로웠다. 나는 그 풍경에 대해 어떤 모험소설 속에서 해적이나 미개한 종족이 사는 섬을 묘사할 때처럼 말하고 싶다. 여행자는 수목이 고귀한 포로들을 지켜주리라 믿고 육지에 상륙하는 것이다. 서양 삼나무, 개오동나무, 주목, 등나무가 있고, 르네상스 시대 성들의 넓은 정원에 있던 나무들이 자라고 있다. 또한 이 나무들은 뷜캉의 활기찬 성격에 어울리는 문명화된 배경이었다. 언덕길을 다 올라갔을 때 간수와 나는 황갈색의 가죽 장화를 신은 젊은이와 수녀가 얘기하고 있는 것을 보았다. 그 남자도 간수였다. 수녀의 이름은 성(聖) 에스파드류였는데 늙고 추해 보였다. 우리가 만난 두 번째 간수도 똑같이 못생긴 남자였다. 그는 숱이 많고, 위로 쓸어 올린 검은색의 콧수염을 달고 있었다. 또한 양다리에 각반을 늘어뜨린 회색 반바지를 입었다. 각반 끝은 발밑에서 수염과 비슷한 곡선을 그리며 부풀어 오른 채 정강이까지 거슬러 올라가 있었다. 마치 1910년경의 사냥 잡지에서나 볼 수 있을 법한 모델의 모습이었다. 그래서 난 프랑스에서 가장 아름다운 부랑자들이 가장 어리석고 심술궂은 족속들과 함께 살고 있다는 걸 알게 되었다. 마침내 예배당과 집들이 흩어져 있는 광장에 도착했다. 메트레 감화원에 도착했다고 믿었다. 높은 돌담이나 철조망, 가시덤불, 다리도 건너지 않고 그곳에 도착했다는 데 어리벙벙해졌다. 구월의 어느 조용한 저녁 무렵이었다. 멋진 가을의 정경이 나를 영원히 가두어둘 그 회색 계절의 문을 열어주었다. 하지만 향수가 느껴지는 가을은 축축한 숲과 썩어가는 이끼와 시든 낙엽의 계절이었다. 때는 우리가 도시의 방구석에 처박혀 있어도 이런저런 낌새로 느낄 수 있는 깊고 심오한 가을이었던 것이다. 그러나 이와 같은 가을의 부드러움과 달콤함이 죄수들에게는 금지되어 있었다. 우리에게 허용된 것은 마음속에 있는, 어쩔 수도 없고 아무 도움도 되지 않는 회색 묵화(墨畵)의 가을뿐이었다. 그 외에는 간수들의 얼굴과 햇빛이 비치면 더욱 무상해지는 사물의 암울하고 엄혹한 모습뿐이었다. 하지만 그것은 형언할 수 없을 정도로 부드러웠다. 그래서 나로서는 간수들이나 재판관의 세계, 즉 당신들의 세계를 향해 조소를 퍼부을 수 있었다. 가을 안개 속에서 아르카몽의 눈부신 영상이 새롭게 떠오르는 것을 보면 사물들 역시 부드럽게 빛나고 있었을 것이다. 뷜캉이 아르카몬에 대해 한 한마디의 말이 그에 대한 사랑 때문에 까맣게 잊고 있던 아르카몬에게 되돌아가게 했다. 나는 그 살인범이 더욱 빛나고 있음을 알았다. 이 사실은 뷜캉에게 품은 내 감정이 미묘했음을 증명해주었다. 그에 대한 사랑이 나를 저열한 세계로 끌어내리지는 않았다. 오히려 나를 높여주었고 주변을 밝게 비추었다. 내가 여기서 사용하는 언어는 모든 종교의 신비주의자들이 신과 자기들의 신비를 말하는 데 사용하는 말들과 다를 바 없다. 그들의 신비는 말을 통해 햇빛이나 번개 속에서도 나타난다. 내 내부의 눈에 비친, 즉 뷜캉에 대한 사랑의 관점에서 본 사형수 아르카몬의 모습도 그런 식으로 나타났다.

메트레에 도착하여 맨 처음 끌려간 곳은 징벌 본부였다. 거기에서 나는 지난 삶의 모든 옷가지를 벗겨냈다. 얼마 후 나는 담요를 둘둘 말고 감방 구석에 홀로 쪼그리고 앉아 있었다. 마룻바닥에 나이프로 새겨놓은 "피에트로, 흡혈귀의 우두머리, 이것이 나의 얼굴이다"라는 글이 눈에 띄었다. 벽 너머로 맨발에 피부가 찢긴 마흔 개 혹은 예순 개의 발이 뿜어내는 육중한 나막신 소리를 구별할 수 있었다. 신문기자들이나 작가들은 매우 엄중한 감화원에서나 볼 수 있는, 원을 도는 운동에 대해 말할 것이다. 그들은 사랑에 관해서도 쓸 것이다. 원생들이 서로에게 품고 있는 사랑은 그들을 자극하여 상대에게 달려들게 했는데, 그 사랑은 가족들의 애정을, 모든 애정을 박탈당한 절망으로 더욱 격렬하게 승화된 것이다. 그들의 눈

과 입술에서 냉혹함이 번쩍이는 것은 당연한 일일 것이다. 그들은
버려진 아이들이 될 수밖에 없었다. 지방의 재판소까지도 감화원
에 보내는 형을 내려서 프랑스 전역의 수많은 젊은이가 이곳에 집
중되었다. 프티트로케트 형무소는 오늘날 여자 죄수들의 감옥이
되었다. 그곳은 예전에 수도원이었다고 한다. 소년 재판소의 호출
을 기다리면서 우리는 비좁은 감방 안으로 한 사람씩 들어갔다. 매
일 한 시간씩 운동할 때만 거기에서 빠져나올 수 있었다. 우리는 둥
글게 한 줄로 서서 가족 단위로 메트레 징벌 본부나 퐁트브로의 징
계실에서처럼 말없이 걸었다. 퐁트브로의 간수들과 마찬가지로 독
특한 버릇을 가진 간수가 우리를 지켜보고 있었다. 브륄라르가 더
러운 말[馬]처럼 벽에 닿을락 말락 하게 지나갔다. 부불이 떠벌리면
서 콧수염을 말아 올렸다. 팡테르가 부드럽게 말하다가 갑자기 마
을 교회 성가대원의 목소리로 고함을 질렀다. 하루에 한 번 "재판소
로 보내줘……!"라고 고함을 쳤던 것이다. 감방으로 돌아가려면 자
기 앞에 있는 자가 떠날 때까지 굴레에서 벗어나지 못하게 되어 있
었다. 이처럼 감시를 해도 간수의 눈을 속여 우리는 마음껏 연인을
만들었다. 창에서 창으로 끈으로 연결하여, 문에서 문으로 보조자
의 도움을 빌려 연애편지들이 교환되었다. 우리는 서로를 잘 알고
있었다. 메트레에 도착하자 바로 새로운 소식이 전해졌다. "누군가
가 두 달 후면 이곳에 온다." 우리는 그를 기다렸다. 프티트로케트
형무소에서 우리는 미사에 참여했다. 제단에서 형무소 사제가 순진
하게 내 동료들인 옛 수감자들의 편지를 읽어주었다. 그들은 이미

메트레, 에스, 벨일 등의 감화원으로 떠났다. 우리는 사제를 통해서 베베르 르 다퓌르, 짐 르 누아르, 로랑, 마르티넬, 바코, 데데 드 자벨 등 갈보 집 주인 녀석들이 어디로 갔는지 알게 되었다. 그들 중 어떤 녀석들은 경마처럼 빠른 계집을 데리고 있었다. 작은 헛간 같은 보호소들이었지만, 약간의 시간이라도 그곳에서 보내고 나면 몇몇은 강력범으로 둔갑했다. 그들은 유약한 부랑배의 늘어진 태도를 버렸다. 그들은 강력한 자가 되어야 했고, 그 후 잔혹함이 그들을 떠나지 않았다.

한참 지나서야 감화원의 엄격한 삶이 그들의 생활을 바꾸어놓을 수 있었다. 깡패 녀석들은 더는 어린 시절의 까다로운 고집을 피울 수 없었다. 그들에게는 우리가 도저히 흉내 낼 수 없는 친절함도 있었다. 그날 아침 루 뒤 푸앵 뒤 주르가 벨루르라는 어떤 깡패에게 말했다.

"빵 쪼가리 하나 없니?" (난 깡패의 몸짓과 목소리에 어떤 거북함이 있었음을 지적한다. 지나칠 정도로 비굴한 녀석의 태도는 부탁 그 자체가 지닌 혐오감을 유발했다. 깡패는 차갑게도 부드럽게도 상대하고 싶어 하지 않는 듯했다. 그의 목소리는 좀 갈라져 있었다.)

벨루르는 호주머니를 뒤지더니 쪼가리 하나를 끄집어냈다.

"자, 원하면 가져가!"

"넌 뭘 원해? 그 대가로 말이야."

"아니, 아무것도 필요 없어. 그냥 가져."

그는 미소를 띠며 멀리 갔다.

그러나 헌병들과 끌려온 포주 집 녀석들은 사업에 능통했다. 그들 사이에서는 모든 것이 거래되었다. 그들은 진정 사업가가 될 수 있는 사내들이었다.

　우리는 여기서 친구들을 기다리고 있었다. 그들은 법정에서 또는 그보다 먼저 메트레 감화원, 아니안, 에스, 생모리스 등에서 만난 녀석들이다. 예를 들면 아르카몬은 디베르를 메트레에서 알았지만, 그 후 몽마르트르에서 다시 만나 몇 번 도둑질을 함께한 적이 있었다. 디베르와 아르카몬의 관계를 설명하자면 이렇다. 아르카몬은 그때까지 절도죄로 이미 세 번 처벌을 받았다. 그가 디베르 때문에 네 번째 처벌을 받았을 때 형법 규정에 따라 종신형을 받아도 어쩔 수 없는 몸이었다. 재판정은 그를 종신형에 처했다. 따라서 아르카몬이 지금 교수형을 기다리는 것은 디베르 때문이었다. 이 사실을 알고도 내가 디베르에게 어떤 혐오감도 느끼지 않았다는 것은 놀라운 일이다. 나는 그와 비밀을 공유하면서 스스로 공범자로 인정함으로써 그와 더불어 아르카몬의 사형이라는 세상에서 가장 큰 불행의 원인이 되는 즐거움을 맛보고 싶었던 것이다. 나는 매우 희귀한 기쁨을 맛보았다. 아주 오래되고 고통스러운 고민을 떨쳐버리는 기쁨이었다. 디베르와 함께 행복했다. 나는 아직도 탄산가스로 겁게 탄 두터운 행복감에 젖어 있었다. 빌캉을 소유하지 못한 것에 미쳐서 절망적으로 옛사랑에 몸을 맡기고 거기에 이끌려서 금단의 세계로 깊숙이 빠져들었다. 피에로가 내게 입을 맞춰준다고 해도 이제 그의 애정을 믿을 수 없다. 그런데 언제나 그 계단, 그래서 우리 두 사람의 것이 되어버린 그 계단 모퉁이에서 그는 재빠르게 입 맞추려고 했다. 그래서 나는 그의 허리를 껴안아 얼굴을 젖히고는 사랑에 도취된 키스를 퍼부었다. 우리가 여섯 번째 만난 날이었다. 그 키스는 밤을 연상시켰다.

나는 밤의 고독 속에서 쾌락을 맛보기 위해 내가 아주 젊고 아름다운 얼굴과 육체를 가진 것처럼 빈번하게 공상하고는 했다. 갤리선 선장의 애무를 가능한 한 쉽게 즐기고 싶었기 때문이다. 그 외에도 다른 관계를 상상하거나 어떤 가공의 모험을 상상하고는 했는데, 그때도 내가 먼저 만들어낸 젊은 얼굴과 육체를 내게서 떼어내는 것을 깜빡하고는 했다. 그래서 어떤 때는 내가 매우 돈 많은 노인에게 몸을 팔아야만 하는 이야기 속에 빠져 있다고 느꼈다. 나는 그때도 아름다운 얼굴을 하고 있다고 생각했다. 그 아름다움이 순수성을 보호하는 어떤 표피막이 되었다는 걸 알고 놀랐다. 나는 어떻게 그토록 아름다운 젊은이들이 별 혐오감 없이 추악한 노인들에게 몸을 맡길 수 있는지 이해했다. 그 무엇도 그들을 더럽히지 않았다. 그들의 아름다움이 그들을 보호해주었던 것이다. 지금 이 순간 가장 혐오스러운 자가 나를 원한다 해도 그에게 몸을 맡길 것이다. 이렇게 생각하니, 뷜캉이 자기를 보호해주는 아름다움 덕분에 과감하게 자신을 내준 적이 있었으리라는 생각이 스쳤다.

나는 내 입술을 그의 입술에 바싹 붙이지 않고서 입술에 아주 섬세한 진동을 일으켰다. 입술끼리 딱 달라붙지는 않았다. 흡착도 하지 않았다. 우리의 키스가 하나로 용해되지는 않았다. 가벼운 떨림이 입과 입을 벌어지게 하거나 오므라들게 했다. 섬세한 떨림은 완전히 의식을 잃어버린 듯한 취정(醉情)에 잠겨 넋을 잃는 일 없이 주의 깊게 쾌감을 맛보겠다는 내 의지에서 생겨났는지 모른다. 점점 격렬하게 파고드는 오랜 접촉이 우리의 호흡을 멈추게 했을 것이다. 뜨거운 속삭임 속에서처럼 입술의 떨림은 쾌감을 더욱 높여주었다. 전율과도 같은 것이 극치감을 고양시켰다. 피에로는 내 품에 꼭 안겼다. 그런데 멀리서 희미한 발소리가 들려오자 그는 급히 몸을 뺐다. 너무나 민첩했기 때문에 키스하는 동안 그가 정신도 잃지 않았고, 감동조차 하지 않았다는 걸 알 수 있었다. 왜냐하면 발소리를 들었을 때 그는 재빠른 반사작용을 했을 뿐, 이 감동의 종말을 애석하게 여기는 어떤 가벼운 고통의 표정도 보이지 않았기 때문이다. 그는 내 팔에서 벗어났다. 그 동작이 너무 신속했기 때문에 그가 포옹하던 중 한순간도 몸을 맡긴 적이 없었음을 알아챘다. 이러한 인식은 내가 옛사랑 속에서 은신처를 찾도록 만들었다. 아르카몬의 죽음을 초래한 원인이 된 치욕의 동료, 디베르를 도우며 나는 우리의 생각이 노래가 될 정도로 긴장했고, 항상 두 사람의 사랑에 대한 생각으로 일관된 삼 개월 동안 태양 없는 생활을 했다. 햇빛도 들지 않고 공기도 통하지 않는 사형수의 감방 안에서 디베르는 자기보다 아름다운 한 인간의 이마를 마음껏 후려치는 기쁨 속에서 살았다. 나 역시 즐거움과 괴로움을 그와 함께했다. 그의 배신행위에 내가 어떤 분노를 느낀 적이 있다면, 밤에 뷜캉을 생각할 때였다. 우리는 서로 의지하며 지냈다. 아르카몬이 감방 안에서 조금씩 죽어가고 있음을 확신하며 엄숙한 기분으로 살았던 것이다. 그 외에도 나는 디베르와 공모하여 살인 사건을 몽상하고는 했다. 혹은 우리 대신에 냉혹한 정신과 육체적 미에서도 비할 데 없는 어떤 기둥서방을 처벌받게 할 방법을 고안하기도 했다. 이 욕망이 디베르를 생각할 때마다 느낀 알 수 없는 괴로움, 내 안에서 솟구치는 것이든 과거의 경험에서 오는 것이든 고통으로부터 나를 벗어나게 해주었다. 이러한 의도적인 몽상이 어색하고 나쁜 어떤 몸짓을 몰아낼 것만 같았다. 그렇다면 나로서는 그가 범한 배신의 죄를 떠맡음으로써 디베르를 다시 살릴 수 있을지 몰랐다. 어쨌든 나는 영혼과 사랑의 고통을 그에게 바쳤다.

메트레 감화원에는 열 가족이 모여 있는 막사에서 조금 떨어진 예배당 오른쪽 묘지 근처에 "잔 다르크"라고 불리는 가족이 살았다. 나는 간수와 함께 그곳에 식당용 빗자루를 전하러 간 적이 있다. 우리는 예배당 오른쪽에 있는 농가의 정원을 지나 산사나무와 장미, 재스민, 그 외의 많은 꽃이 피어 있는 두 줄의 산울타리로 장식된 오솔길을 걷고 있었다. 거기에서 감화원으로 가고 있는 젊은 원생들을 만났다. "잔 다르크"라고 불리는 가족이 가까워지자 불안감이 점점 심해졌다. 이 가족은 흰색과 푸른색으로 물들인 자기들만의 깃발을 소유하고 있었다. 이들은 강경파들로만 구성되어 있었다. 깡패 가족 중에서도 가장 센 녀석들이었다. 나는 언제나 같은 꽃과 같은 얼굴들 사이를 걸었다. 그런데 갑자기 나를 압도하는 어떤 거북스러운 일이 발생하고 있음을 예감할 수 있었다. 꽃의 향기나 빛깔은 별다른 변화가 없었다. 그렇지만 그 모든 것이 더 근본적인 것으로 변한 듯 보였다. 이를테면 꽃들이 본래의 모습보다 더 특별한 존재 방식으로 나를 위해 존재하기 시작한 것이다. 원생들의 아름다움도 그들의 얼굴과 따로 분리되어 보였다. 각각의 소년들이 아름다움을 붙잡아두려고 했으나 사라져버렸다. 결국 아름다움만 남고 얼굴도 꽃도 사라졌다. 나는 간수 앞에 서서 두 개의 빗자루를 들고, 밤을 무서워하는 사람처럼 엉덩이에 힘을 주며 앞으로 나아갔다. 그런데 나는 지금 내려가고 있는 지옥(이상한 지옥으로, 거기서는 지옥의 독특한 향기까지도 유황빛의 꽃을 단 장미 나무에서 이상한 모습으로 풍기고 있었다)에 손가락을 처박아 결국 톱니바퀴 장치에 휩쓸려 그 장치가 나를 몽땅 삼켜버리는 일이 없도록 가능한 손발을 움직이지 않으려고 애썼다. 내가 평정을 되찾은 것은 돌아오는 길에서였다. 즉 끔찍할 정도의 아름다움이 덜해지면서 마음이 진정된 것이다.

빌캉은 감화원 생활을 메트레의 '잔 다르크' 가족에서 시작했다. 나로서는 빌캉과 잔 다르크 가족 중 어느 쪽이 더 많은 은총의 빛을 받았는지 분별할 수 없었다. 초가가 궁전으로, 하녀가 선녀로 바뀌는 옛날 삽화가 있는 잡지에서처럼 내 감방이 갑자기 백여 개의 촛불로 빛나는 축제의 방으로 변했다. 이 변화에 따라서 내 짚 이불이 진주들의 꽃다발이 달린 리본 장식의 침대가 되었다. 모든 것이 루비와 에메랄드 밑에서 흔들거렸다. 모든 것이 황금이고 나전(螺鈿)이고 비단이었다. 나는 가슴에 헐벗은 기사를 껴안고 있었지만 빌캉은 아니었다.

빌캉과 내가 편지로 몇 마디 말을 주고받은 적이 있었다. 편지는 그가 특사 신청서를 제출하기 위해 사용한 것을 응용한 필적으로 쓰여 있었다. 하지만 신청서에는 무식을 드러내는 거친 문구와 투박한 표현들이 섞여 있었다. 쓰기 전에는 공들여서 심사숙고했으나 서투른 상상력으로 멋스럽고 우아한 필체를 통해 부족함을 만회하려는 듯했다. 그는 주제를 하나 주고 몇 줄의 시구를 써달라고 했다.

"장, 이런 시 하나를 써주지 않을래? 형무소에서 두 친구가 몹시 사랑했는데, 그중 하나가 형무소를 나오게 되었지. 나머지 한 사람이 편지로 상대방에게 자기는 영원히 그를 사랑하리라고, 그리고 도형장이라도 따라가겠다고, 함께 행복하게 살기를 기대한다고 알리는 내용의 시 말이야!"

그는 덧붙였다.

"형무소에 있는 사람은 누구나 그런 걸 갈망하고 원한다고 써줘."

이러한 편지가 내 손에 전달되다니 의외였다! 그 이후 나는 결국 빌캉이 도형수가 된 운명을 볼 수 있었다. (사람들이 내 죽음을 훔쳤듯이, 그의 죽음이 그의 운명을 훔쳤다. 〈사형수〉라는 제목의 시*를 쓰면서 내가 예견한 것은 누구보다도 빌캉이었다.) 그러나 빌캉은 도형수가 되기를 바라지 않았다. 그는 로키를 만나러 가기 위해 자신의 욕망을 노래하고자 했다. 로키가 생마르탱드레로 떠나도록 명령받은 것을 알

---

* 한국어 번역본은 《사형을 언도받은 자/외줄타기 곡예사》(워크룸프레스, 2015) 참조

고서 뷜캉이 여섯 번째 막사로 가는 것을 보고 나는 그가 옛 애인에게 이별을 고하러 간다는 것을 알았다. 그는 나를 보지 못했으나 나는 그의 시선을 보았다. 아브르 드 그라스 거리를 거니는 창녀들의 행렬 속에서 마농을 바라보는 데 그리외*의 시선과 같았다.

메트레 감화원의 경우, 한 가족의 구성원이 다른 가족으로 건너가는 것은 불가능했다. 규율은 매우 엄격했다. 그 규율을 성실하게 준수하는 확실한 수감자를 찾는다면 놀라운 일일 것이다. 가까이 들여다보면 이러한 성실성에는 비극적인 것이 내포되어 있었다. 감화원장, 부원장, 간수 등 모두가 극단적인 비인간성을 내보였다. 그들은 거짓 원장, 거짓 부원장, 거짓 간수들, 즉 유년기의 신비 속에서 나이 먹은 아이들 같았다. 그러나 그들은 내 이야기를 쓰게 해주었다. 그들은 내 작중인물이 되었다. 그들은 조금도 메트레를 이해하지 못했다. 그들은 바보들이었다. 지성적인 사람들만이 악을 이해한다는 것이 사실이라면, 또 그들만이 악을 범할 수 있는 것이 사실이라면, 그 간수들은 결코 우리를 이해하지 못할 것이다. 각자의 가족은 각기 다른 가족에 대한 것을 전혀 모르고 생활했다. 잔 다르크 가족의 경우, 가장 어린 원생들로 구성된 것이 아니라 가장 키가 작은 원생들로 이루어졌다는 이유로 우리에게 출입이 금지되어 있었다. 알베르 롱드르, 알렉시 다낭이 분개한 사실, 즉 각 가족의 원

---

* 젊은 연인의 숙명과 같은 열정적 사랑을 그린 아베 프레보의 소설 《마농 레스코》의 두 주인공

생들이 연령에 따라서가 아니라 신장에 따라 나뉘었다는 사실에 우리는 놀라지 않을 수 없었다. 그래서 가족의 구성원들은 거의 전부 다른 가족 기둥서방들의 아이가 되었다. 그들은 작업장에서 서로 사귀었다. 작업장에서는 가족의 선택이 무시되었기 때문이다.

이 책에 등장하는 인물들의 초상을 만들기는 쉬운 일이 아니다. 모든 소년이 서로 닮아 있었기 때문이다. 다행히 그들 각자는 마치 각 투우사가 자기의 음악, 자기의 사수, 자기의 리본을 앞세우고 경기장에 나타나는 것처럼 어느 정도 묘한 특수성을 띠고 있었다. 특히 뷜캉의 얼굴 생김새는 무엇보다도 소년들과 혼동될 우려가 있었다. 분명 그의 모습은 통속적이었다. 하지만 그 통속성은 지속적인 노력의 결과로 거만하고 단단하고 안정적이었다. 그의 얼굴은 늘 긴장하는 모습이었다.

그처럼 순수한 얼굴의, 고통도 악덕도 흔적을 남기지 않은 얼굴의 어린 소년들이 세속적인 사랑을 한다는 게 가능한 일이던가? 천사들은 육체를 소유하는 즐거움을 맛보는 데 색다른 방법을 사용했다. 즉 사랑하는 자가 사랑받는 자로 변신했다. 나는 시간 속으로, 암흑의 장소로, 고독하고 무서운 감화원만을 재발견할 수 있는 외로운 세계로 떠나기 위해 지금도 소년 시절에 한 연애를 떠올리고는 한다. 감화원이 근육질의 사지로 나를 낚아챘다. 그 모습은 바로 물 위로 밧줄을 끌어 올리는 수부들이 한 손을 다른 손으로 교체하자마자 갑판 위로 밧줄이 올라오는 동작과 같았다. 이런 식으로 다시 만난 디베르를 통해 혐오감으로 구역질이 났지만 위대했던 소년 시절을 재발견하게 되었다. 나는 십오 일 동안 들어가 있던 징계 독방에서 간호사에게 담배꽁초 몇 개비를 건네고 그 대가로 소량의 독약을 구할 수 있었다. 20세기는 결국 독약이 지배하는 시대였다. 히틀러는 르네상스의 공주였으며, 우리에게는 무언의 사려 깊은 카트린 드 메디시스*로 간주되었다. 독약에 대한 취향과 독약이 미치는 매력에 혼동되어 난 도저히 그 둘 사이를 구별할 수 없었다. 이윽고 독약이 나를 창백하고 마치 죽은 것 같은 모습으로 으리으리한 병실로 인도했다. 병실은 징계실 근처에 있었다. 디베르가 그곳에서 감방장을 한다는 걸 알았기 때문에 그를 만날 수 있으리라 생각했다. 그런데 의사들이 내게 구토제를 마시게 해 토한 내용물을 분석하더니 거기서 독약을 발견했다. 나는 형무소 내에 몰래 극약을 가져왔다는 죄로 한 달간 징계실 감금이란 처벌을 받았다. 의외였지만 신속하게 디베르와 함께 지낼 수 있게 되었다. 내가 징계실에 들어갔을 때 그는 나를 즉각 알아보지는 못했다. 그가 앉아 있는 변기통 앞에서 나는 몸을 숙이고 있었다. 그가 거기서 내려왔을 때 심술궂은 어투로 명령했다. 그는 무엇보다도 심술쟁이였다.

"저리 꺼져. 어서!"

그가 죄수들 사이의 한 자리를 가리켰다. 그리고 내 얼굴을 보더니 알아보았다. 그는 묘하게 슬픈 미소를 띠었다. 우리가 형무소 안에서 서로를 알아보았을 때 보이는 웃음이었다. 그 웃음의 의미는

---

* 이탈리아 피렌체 공화국을 지배한 메디치가 출신으로 프랑스 앙리 2세의 부인

'너도 이곳에 와야 해! 여기 말고는 살 곳이 없어!'라는 뜻이었다. 예전에 뷜캉에게 나 역시 메트레 감화원에 있었다는 걸 말했을 때 좀 부끄러웠다. 나도 그 습관적인 운명에서 벗어나지 못한 것이다. 이곳에 오지 않을 수 없는 수치심이 시선을 돌리게 만들었다. 그러나 중앙 형무소의 삼 년에 해당하는 멋진 모험이 될 것이라는 생각에 한편으로는 의기양양하고 힘이 솟아나기도 했다. 그가 나를 알아보았다고 느꼈을 때 말을 걸고 싶었으나 간수가 우리를 감시하고 있었다. 우리가 대화를 시작한 것은 그날 저녁이었다. 그리고 사흘 후 지난날의 친근함을 되찾았을 때, 비로소 내가 왜 여기에 있는지를 설명했다. 그는 내 우정을 믿었다. 난 그를 십오 년 동안 기다리며 찾은 후 다시 만나기 위해 죽음의 위험도 감수했다. 그가 메트레를 떠난 이래 내 삶은 그를 찾는 긴 여행이었음을 이제 이해할 수 있을 듯했다. 그 결과 얻은 것은 거대한 위험이었다. 나는 침대 두 개를 건너뛴 곳에 있었다. 그의 작은 얼굴은 은밀한 스크린 위에서 연기하며 전개되는 뭔가 알 수 없는 신비한 드라마로 찡그려져 있었다. 그는 완벽한 치열에 불완전한 이, 사악하면서도 교활한 시선, 결코 만족하지 않을 까다로운 이마, 빳빳한 흰 속옷에 구타도 단식도 시들게 할 수 없는 몸을 가졌다. 그는 여름에 수영할 때 보여준 당시의 모습대로 고상함과 품위를 유지하고 있었다. 육중한 상반신, 큰 망치라고 불리는 공구 같은 가슴이 몸의 탄력을 더해주었다. 그의 가슴은 무게 때문에 휜 나뭇가지 끝에 피어 있는 거대한 장미와 비교될 정도였다. 그에게 말했다. 그에 대해서 신선하고 선량한 우정과 충실한 동료애만을 가지고 있다는 사실을. 하지만 내가 죽음을 무릅쓰고 그것을 극복하게 한 것은 그런 감정이 아니었다.

메트레 감화원에서 우리는 매일 정확히 여덟 번씩 기도했다. 공동 침실은 다음과 같이 작동되었다. 한 가족의 아이들이 모두 이 층으로 올라가고 가장이 문을 열쇠로 잠그면 행사가 시작되었다. 원생들은 각자 벽에 등을 기대고 서 있었다. 그렇게 공동 침실의 양쪽에 늘어서면 형이 "침묵!"이라고 외쳤다. 그러면 원생들은 부동자세를 취했다. "나막신을 벗어"라는 호령으로 모두 나막신을 벗었고, 2미터 앞에 가지런히 정렬했다. 형이 "무릎 꿇어!"라고 외쳤다. 원생들은 김이 모락모락 나는 나막신 앞에서 무릎을 꿇었다. "기도!" 누군가가 저녁 기도를 올렸다. 기도가 끝나자 일동은 "아멘!" 대신 "이제 됐어!"라고 응답했다. "일어서!" 그들은 일어났다. "우향우!" 그들은 오른쪽으로 돌았다. "세 발짝 앞으로 가!" 그들은 세 발 전진했다. 그리고 벽에 코가 닿을 정도로 다가갔다. "막대기를 벗겨!" 그들은 벽에 걸린 둥근 통나무를 벗겨, 수직으로 세워져 있는 기둥의 움푹 파인 곳에 한쪽 끝을 끼웠다. 우리는 동작 하나하나에 주의해 발꿈치로 마룻바닥을 차면서 정확히 박자를 맞추었다. 이어서 옷을 벗고 속옷 차림으로 행동을 계속했다. "그물 침대를 펴!" "침대를 만들어!" "옷을 개!" 옆자리의 장난꾸러기 녀석들이 내 작은 궁둥이만 보면 거기가 발기된다고 말하며 바람을 일으켜 내 옷자락을 부풀려놓았다. 나는 이 복잡한 취침 의식이 좋았다. 우리는 혹시 실수해서 형이 아직 벗지 않은 채 신고 있는 나막신에 얻어맞지나 않을까 무서워 얼굴에 미심쩍은 미소를 띠었다가 재빨리 지우고 엄숙하게 이 작업을 끝냈다. 여기서 두려움은 신성한 것이었다. 왜냐하면 아름다움과 잔혹성의 강력한 파워를 지닌 형은 우리의 신이었기 때문이다. 우리는 기둥서방들이 이상적인 팬티로 취급하는 아연 팬티를 입고 잤다. 그리고 곧 꿈속으로 빠져들었다.

나는 메트레에서 도둑질이나 강도질보다 매춘을 더 꿈꿨다. 물론 강도 짓을 할 줄 아는 애인을 가졌다면 더없이 기뻤을 것이다. 내가 그를 사랑했으리라는 것은 의심할 바 없었다. 또한 그 사랑은 나 자신을 고급 창녀로 만들었을 것이다. 나는 도둑보다 차라리 비렁뱅이가 되고 싶었다. 또 브레스트 형무소를 탈출할 계획과 필로르주를 렌 형무소에서 탈출시킬 계획을 세울 때도, 쇠창살을 깨부수기 위해 내가 처음 생각한 것은 줄이나 쇠톱이 아니라 산(酸)이었다. 나는 언제나 거친 수단보다는 오래 걸리지만 교활한 수단을 선택했다. 이러한 단계들을 거친 뒤 나중에 가서야 단순한 도둑질, 과시하기 위한 도둑질 그리고 강도 짓을 결심했다. 그 변화는 더디게 진행되었다. 나는 해방을 향해, 광명을 향해 간다는 기분으로 도둑질을 했다. 명예로운 절도가 나를 유혹해 매춘과 구걸 행위에 혐오감이 생기기 시작했다. 나는 결국 거기에서 벗어났다. 나는 삼십의 나이에도 청춘을 살았다. 그러나 나의 청춘은 이미 늙어버렸다.

뷜캉이 자신을 하나의 성좌로 본 것은 있을 수 있는 일이다. 성좌는 그가 훔친 보석의 결정체와도 같은 것이다. 하지만 그가 지니고 있던 힘은 오직 나에 대한 사랑의 힘뿐이었다. 화강암과 같은 견고함은 내 사랑, 특히 내 욕망 앞에서 뷜캉 육체의 섬유질이 경련을 일으켜 굳어버린 것에 불과했다. 겉으로 보기에 나만을 위해서 그리고 대조적으로 내가 약해질수록 그는 더욱 굳어졌다. 그는 내 사랑으로 완전히 발기되었다. 그의 몸 전체에 퍼져 있는 애정의 보석이 그를 왕으로, 정의의 인간으로 만들었다. 그가 내 앞에서 측은하게 보인 적은 한 번도 없었다. 그런 의미에서 그는 메트레 감화원과 비교되었다. 빛을 발하는 감화원의 냉혹성은 한 명의 원생도 눈물을 보인 적이 없었기 때문에 얻어진 것이다. 메트레 감화원은 결코 유약해지지 않았다. 의기양양한 존재였다. 영웅들이나 어떤 장수들은 그들이 공격하거나 굴복시킨 땅에 자신들의 이름을 붙여 승리를 장식했다. 아우어스타트의 다부(Davout d'Auer-staedt)나 아프리카인 시피옹(Scipion)은 이렇게 해서 붙여진 이름이다. 강도들은 자기들이 약탈한 물건과 노획물을 장신구로 삼았다. 뷜캉은 훔친 보석으로 빛났다. 어느 날 나는 늘 그렇듯이 나지막하게 그를 불렀다.

"피에로?"

그는 고개를 돌렸다. 눈살을 찌푸리더니 시선이 굳어졌다. 이빨 사이로 말소리를 죽이며 기둥서방들의 귀에 들리지 않도록 내게 속삭였다.

"비주(Bijoux)라고 부르라니까! 알겠어? 간수들 때문이야. 그자들은 내가 피에로라는 걸 알고 있단 말이야!"

나는 어깨를 으쓱했다.

"좋아! 아무래도 상관없어. 그게 좀 창녀 이름 같아서……."

"뭐라고? 창녀라니……."

그의 눈초리는 언젠가 내가 키스하려고 했을 때처럼 거칠어졌다.

"그래, 좋아. 장난꾸러기 비주라고 부르지. 원한다면 말이야!"

"정말 무지하구나. 그게 아니야! 그것 때문이 아니라고……."

"알았어. 네 장물이 보석이란 뜻이겠지?"

나는 빈정거리며 덧붙였다.

"좋아. 네가 원하는 만큼 보석을 달아주지."

그는 목소리를 더 낮추라고 말했다. 나는 생각했다.

'아마 내가 고통스러워서 애원하는 인상을 주었을 거야!'

그는 마음속으로 고귀함을 더해 x가 붙은 보석*으로 이해했다. 그러나 이름을 말할 때 아무도 거기에 x가 붙어 있다는 걸 몰랐다. 우리는 그를 비주(Bijou)라고 불렀고, 비주는 으레 '장난꾸러기 비주'라고 여겨졌다. 그 자신도 그렇게 받아들였지만, 사람들이 이 별명의 내력을 좀 알아줬으면 하고 희망했다. 또한 그 별명이 자극적으로 보이지 않도록 자신이 오래전부터 그 말을 사용하고 있었음을 알리고 싶어 했다. 정당한 권리로서의 품위를 찾고자 한 것이다.

나는 이 책의 서두에서 형무소에 대한 환멸을 거론한 바 있다. 그 환멸은 실제로 비행 청소년들과 범죄자들을 이성적 시각에서 관찰하면 나타나는 결과다. 그 관점에서 본다면 모든 범죄행위는 당연히 어리석게 보인다. 왜냐하면 실패할 때 받아야 할 고통과 위험에

---

* 'bijoux'는 '보석'이나 '패물'의 프랑스어 'bijou'의 복수형

비해서 얻는 것이 너무 미미하기 때문이다. 그렇게 생각하면 형무소라는 것이 불쌍한 녀석들의 집합소로 보인다. 그러나 좀 더 멀리 나아가서 내 통찰력이 죄수들의 내면을 비추면, 그들을 보다 잘 이해하게 되고, 그들과 그들의 작업에 대한 감동이 새롭게 일어난다. 이러한 이해는 어느 날 뷜캉이 "강도질하러 아파트에 들어가면 갑자기 발기가 돼서 사정을 한단 말이야!"라고 말하는 것을 들었을 때 완전해졌다. 이쯤 되면 내가 왜 뷜캉을 구세주로 취급하는지 당신들도 이해할 수 있을 것이다.

인류는 형제라고 말하는 것은 어울리지 않는다. 형제라는 말이 나를 화나게 한다. 이 말이 탯줄처럼 인간들을 연결하고 다시 나를 태내로 넣었기 때문이다. 이 말이 우리를 서로 이어주는 것은 어머니에 의해서다. 어머니는 대지에 속해 있다. 나는 피부에서 피부로의 접촉을 낳는 동포애를 혐오한다. 하지만 원생들을 생각하면, 나도 모르게 '내 형제들'이라고 말한다. 지금도 그 영향이 후광처럼 나를 둘러싸고 있는 것으로 보아 내가 감화원을 무척 사랑하고 있음이 틀림없다. 내 기억 속에서 감화원은 결정적인 시간의 공간으로서 찬연히 빛나고 있다. 이 현존하는 과거는 어두운 안개 속에서 빛나고 있는데, 이 안개는 우리 원생들의 고통으로 이루어져 있다. 나는 끊임없이 그 방향으로 고개를 돌린다. 이 부드러운 솜과 같은 것에 둘러싸여 종종 현재가 망각되었다.

내 어린 시절이 다시 떠올랐다. 추억 속의 감화원은 특수한 세계였고, 형무소와 연극과 꿈의 무대의 속성을 지니고 있었다. 고뇌, 타락, 열병, 환영, 설명할 수 없는 소리들, 노래, 이상한 그림자 같은 것들. 내게는 형무소도 소년 감화원도 꽤 비일상적인 세계가 아니라는 생각이 들 정도로 뻔뻔스럽게 보였다. 그곳의 벽은 매우 엷었고 강고하지 않았다. 메트레만은 경이로운 성공을 거두고 있었다. 그곳은 벽도 없었고 단지 월계수와 화단만으로 지켜지고 있었으나 그 누구도 탈주에 성공하지는 못했다. 우리가 보기에 그처럼 쉬운 일이 수상쩍어 보였고, 주의를 게을리하지 않는 유령들이 지키고 있는 게 아닌가 여겨졌다. 우리는 외관상으로 해롭지 않은 나뭇잎의 제물이 되었다. 아주 작은 움직임까지도 전류를 통하게 하는 나뭇잎이 되거나 고전압의 전류로 우리의 영혼을 완전히 감전시킬 수도 있었다. 세상의 모든 가능성을 무거운 부동성과 더불어 수면에 빠지도록 하는 위험이 그 화려한 플로라* 속에 존재한다는 생각이 들었다. 또한 우리를 빈틈없이 감시하는 힘, 특히 소년들의 탈주를 막는 악마적인 힘이 있는 듯했다. 나는 한때 휴식 시간을 이용해 이 악마적인 힘과 싸워서 그 힘을 깨부수려고 했다. 나는 감화원의 경계선에서 가장 가까운 곳에 보기 좋게 잘라놓은 월계수와 거대하고 어두운 주목(朱木) 곁에 서 있었다. 발밑에는 여러 가지 꽃과 풀이 있었다. 그것들이 너무 친근하게 보여서 갑자기 그들과 나 사이에 어떤 공감각적인 유대가 있는 게 아닌가 여겨졌다. 나는 자신감이 생겼다. 나막신을 벗어버렸다. 너무 무거워 달리는 데 방해가 되었

---

* 꽃의 여신

기 때문이다. 탈주하고 싶었다. 나는 이미 전속력으로 달리고 있었다. 원생들이 평소처럼 등 뒤에다 욕설을 퍼부었다. 나는 그들의 암거래와 모호한 중얼거림을 상상하며 달렸다……. 꽃나무 장벽을 허물고 전설적인 세계로 뛰어드는 것이 문제였기 때문에 무시무시한 결심을 내린 것이다.

나는 두 손을 호주머니에 찌르고 화단 주변에 아주 자연스러운 모습으로 서 있었다. 간수들도 꽃들도 내 계획을 눈치채지 못하도록 하기 위해서였다. 가슴이 두근거렸다. 마음이 나를 앗아가려고 했다. 나는 꽃 앞에서 꼼짝하지 않고 있었다. 휴식 시간이 끝났음을 알리는 나팔이 울렸다.

뷜캉의 편지 중 하나는 이렇게 끝을 맺었다. "생각나니, 담배꽁초를 찾으러 벨에르까지 간 일을?" 의심할 것도 없이 몇몇 소년들이 감화원의 신성한 울타리를 넘어 밖으로 나간 적이 있었다. 하지만 그 일은 소년들이 불길한 소유물을 소지한 채 멀리 덤불 속으로 이동한 것이나 다름없었다. 어쩌면 그들은 이미 그 마력에서 벗어났는지도 모른다. 왜냐하면 편지를 통해 메트레에서 뷜캉의 생활이 나와는 완전히 딴판이었다는 걸 알았기 때문이었다. '벨에르'는 감화원에서 3킬로미터 떨어져 있는 요양원이었다. 그러므로 경작지에서 작업하는 소년들만이 작업장의 감방장과 함께 그곳에 갈 수 있었다. 그들은 정오와 저녁에 돌아오면 '벨에르'에 대해 얘기했다. 하지만 작업장 내에 갇혀서 일하는 우리는 그들의 얘기에 깊이 관여하지 않았다. 경작지에서 일하는 소년들은 대부분 부랑자 출신이었기 때문에 그들의 얘기는 우리의 흥미를 끌지 못했다. 만일 뷜캉이 주로 경작지에서 일하고 있었다면, 그가 부랑자였기 때문이다. 그렇지 않았으면 그는 손이 터지고, 더러운 바지를 입고, 흙투성이의 구두를 신은 깡패나 그 무리와 같은 인물을 창조하여 복종하도록 했을 것이다. 그가 그런 기적을 이루어냈다고 해도 불가능한 일은 아니다. 형무소에서도 여러 다른 기적을 성취했을 정도였으니까 말이다. 나는 이 형무소에는 창이 너무 밝고, 사람 발소리는 너무 조심스럽고, 간수들은 너무 엄격하고(아니면 엄격성이 부족했다. 역설적이지만 난 그들이 구역질 날 정도로 부드럽기를 바랐다), 당신들의 삶과 우리를 잇는 끈은 매우 많다는 생각이 든다. 내가 형무소에 느끼는 애정은 상상력과 욕정이 원하는 것, 즉 극도로 아름다운 정신을 갖춘 사람들끼리 삶을 공유하도록 해주는 것이다. 그런데 죄수들이 부르주아가 되거나 정직한 사람들이 형무소에 수감됨에 따라 형무소 본연의 빛나는 가혹성을 상실하게 되었다. 그 때문에 내 즐거움 역시 상당히 줄어들고 말았다. 형무소의 창문을 통해 들어오는 햇빛이 감방에 흩어질 때, 죄수들 각자는 점점 자기다워지며, 자기답게 생활하며, 또한 주위의 삶에 민감했기 때문에 밖의 세계를 눈부시게 비추는 축제의 섬광에 의해 오히려 죄수들 자신이 격리되고 투옥되어 있다는 인식이 깊어져 괴로움이 더했다. 비 오는 날은 정반대였다. 그들은 개인적 의식을 상실하고, 탄생 이전의 아직 형태도 뚜렷하지 않은 유일한 영혼의 덩어리로 변했다. 그러한 영혼으로 형성된 자들이 서로 사랑을 나눌 때 진정한 부드러움이 생겨났다.

나는 밤에 깨어 있는 경우가 많았다. 다른 동료들이 잠들도록 입구에 서 있는 보초병처럼. 나는 꿈이라는 무형의 덩어리 위에 떠 있는 정신이었다. 거기서 보내는 시간은 개들의 눈 속에 흐르는 시간, 벌레들의 움직임 속에 흐르는 시간에 속했다. 우리는 거의 속세의 인간이 아니었다. 만일 모든 것을 끝내기 위해 비라도 내렸다면 무거운 파도 위에는 내 갤리선만이 떠다니는 공포 속에서 모든 것이 쓸려가 버렸을 것이다. 비가 내리는 밤과 폭풍우 속에서 갤리선은 좌우로 흔들리며 표류했을 것이다. 빗방울이 너무 커서 혼란은 아무것도 두려워하지 않던 깡패들까지 심각하게 동요하도록 했을 것이다. 그들은 공포에 질려 어떤 엉뚱한 짓도 저지르지 못했을 것이다. 다만 불현듯 솟아난 예리함이 그들의 동작을 가볍게 했을 뿐이다. 결국 신에 그토록 가까이 있다는 사실이 그들이 저지른 지난날의 범죄를 말끔히 정화해주었다. 더욱 가벼워진 갤리선의 죄수들은 얼굴도 몸짓도 지상보다 더 천국에 속한 것으로 인식되었다. 위험이라는 요소가 모든 걱정을, 지금 당장의 것이 아닌 모든 흔적을 제거했다. 저기 난바다에 내다 버린 것이다. 그리고 배의 조작에 필요한 것만을 남겨놓았다. 우리는 검고 뜨거운 비를 맞으며 해안에서 해안으로 달렸다. 우리의 벌거벗은 상체가 반짝거렸다. 이따금 사내들은 어둠 속에서 서로를 알지도 못하면서 포옹했다가 다시 작업에 뛰어들기도 했다. 잠깐의 애무가 근육을 부드럽게 만들거나 혹은 긴장시켰다. 부지런한 해적들이 선구(船具) 속에서 움직이고 있었다. 나는 엉켜 있는 밧줄의 매듭에 조명을 비추었다. 그 매듭은 가끔 거친 사랑의 매듭이 되었다. 바다가 포효했다. 그러나 나는 아무 일도 일어나지 않으리라고 확신하고 있었다. 나를 사랑하는 자들과 함께 있었기 때문이다. 그들 역시 선장과 함께 있는 이상 자기들을 해칠 어떤 일도 일어나지 않으리라는 것을 믿었다. 나는 감방용 그물 침대 안에서 그의 팔에 안겨 잠들었다. 막 끝낸 사랑의 행위로 피로했지만, 그 짓을 지속했다. 갤리선 위에서의 삶이 일상적 삶으로 이어졌다. 어느 날 "분노가 돛을 부풀린다"라는 문구가 떠올랐다. 내면의 울림소리였다. 나의 나날 중 밤에 일어난 불장난을 기록하는 데 원생들을 반항아라고 부르는 것으로 충분했다.

메트레에서의 사랑! 열여섯 살의 소년과 맺은 아이들 커플! 나는 열여섯 살, 싱싱한 처녀의 나이였다. 열다섯 살은 어렸고, 열일곱 살은 너무 많았다. 열여섯이라는 나이에는 여성다운 섬세함이 배어 있었다. 나는 나를 사랑하는 빌루아를 사랑했다. 그 역시 열여덟 살 먹은 소년이었기 때문에 이전의 누구보다도 내게 가까이 다가왔다. 물론 필로르주를 제외하고 말이다. 그는 첫날 밤부터 나와 섹스를 했다. 이미 어른이 된 그의 성기가 내 엉덩이 사이를 비집고 들어왔을 때, 정열적으로 인상을 쓰는 그의 얼굴을 보는 것은 흥미로웠다. 그는 흉내 내는 것으로 만족했다. 그 후 어느 날 깊은 밤 내가 그의 성기를 내 몸속에 허락하자 그는 감사와 사랑의 행위로 넋을 잃을 정도였다. 나도 마찬가지였다. 하늘에 비친 우리의 영상 속에 땀으로 젖은 금발의 머리칼들이 뒤섞였다. 그의 얼굴은 강렬한 행복의 느낌을 좇아 흐트러진 모습이었다. 그는 더 이상 웃지 않았다. 그는 쾌락에 도취되었고, 난 그의 여자가 되었다. 나는 내 품에 기대어 빛을 발하고 있는 얼굴을 바라보았다. 우리는 쾌락을 좇는 소년들이었다. 그는 서툴렀지만, 난 많은 것을 알고 있었다. 그를 도왔다. 그리고 나의 정부, 그의 순결을 빼앗았다. 마침내 그도 아주 자연스럽게 달콤한 애무를 만끽하게 되었다. 그 잔인한 소년이 나를 사랑하는 데 두려움을 느꼈다. 그는 나를 사포딜라*라고 불렀다. 어느 날 밤 그는 자기의 페니스를 "폭군"이라고 하고, 내 것을 "작은 광주리"라고 불렀다. 이 이름은 오래도록 남았다. 지금 돌이켜보면 우리는 로미오와 줄리엣처럼 꿈꾸는 듯한 아름다운 사랑의 노래를 속삭였음을 안다. 절망의 구렁 속에서 사랑가를 목청껏 부른 것이다. 그의 그물 침대와 내 것이 두 사람이 뒤엉켜 있는 마룻바닥까지 축 늘어졌다. 모포가 주위에서 우리를 떼어놓았다. 원생들은 우리의 사랑 행위를 잘 알고 있었다. 즉 갈색 커튼 뒤에서 쓸데없이 시간만 보내고 있는 것이 아니라는 걸 안 것이다. 그러니 누가 감히 이러쿵저러쿵 말을 할 것인가? 게팽 영감조차도 B 가족 맏형의 수하인 내게 자기도 모르게 손을 댔다가 호되게 당한 적이 있었다. 어느 일요일 운동 시간에 내가 어떤 동작을 잘못했다는 이유로 뒤에서 어깨에 주먹질을 가했을 때 그는 내가 누군지 몰랐던 모양이다. 그 순간 나는

---

* 아프리카 열대지방에서 자라는 늘푸른큰키나무로 열매는 노란 갈색인데 단맛이 있으며 즙은 껌의 원료로 사용

균형을 잃고 앞으로 쓰러졌다. 빌루아가 이를 악물고 몸을 부르르 떨며 발로 걷어찰 것처럼 영감에게 다가갔다. 그는 게팽 영감을 노려보며 소리쳤다.

"이 더러운 새끼!"

그는 이 욕이 나를 향한 것이라고 생각하고 싶었던 모양이다. 그는 이렇게 대꾸했다.

"이 새끼가 네 친구냐?"

"그래. 어쩔래?"

빌루아가 소리쳤다.

"그렇다면 그에게 운동을 가르쳐주는 게 네 역할이지."

그는 부드러운 어조로 말했다. 나는 넘어지면서 석면 쪼가리에 찔려 손에 상처를 입었다. 피가 났다. 게팽의 주먹질과 욕설이 빌루아의 자존심을 건드렸다. 누구나 감정의 메커니즘을, 분노에 사로잡힌 감정을 잘 알고 있다. 하지만 노여움에 휩싸여도 사랑하는 누군가(특히 고통스러워하는 소년이라면)가 가까이 다가오면 곧 그 격한 감정이 연민으로 변하고 만다. 그 연민이 애정이다. 전에는 노여움이 빌루아의 눈가에 눈물을 흘리게 했으나, 이제는 연민이 눈물을 입가에까지 흐르게 했다. 그는 피투성이인 내 손을 잡고 입을 맞추었다. 이런 행동에 실망했다. 그 자신도 이러한 모습이 다른 원생들에게 우스꽝스럽게 보였을지 모른다는 걸 깨달은 것일까? 장밋빛 침의 줄기가 그의 턱에 묻어 길게 늘어지자마자 빨간 머플러를 한 것처럼 목덜미가 붉어졌다. 이 쓸데없는 짐짝 아래의 소년은 노여움으로 검어졌다. 그의 얼굴이 일그러졌다. 나는 불안을 떨쳐버리기 위해 이 감정을 기쁨으로 승화시켜 흐느끼지 않을 수 없었다. 그러자 기쁨의 눈물이 부끄러움과 감동의 자줏빛 피가 되어 운동선수처럼 멋진 빌루아의 팔 위로 떨어지는 것이 보였다. 빌루아는 한동안 마치 경보음을 듣고 놀란 기색이었다. 마침내 사태는 진정되었다. 그는 눈물, 콧물, 입에서 나온 거품에 섞인 피를 소매로 닦았다. 그는 앞으로 돌진해 게팽 영감에게 달려들었다. '머리칼이 휘날리도록 날아갔다!' 그는 격한 감정을 누르지 못하고 게팽을 마구 때렸다. 그 광경은 내가 뷜캉을 만난 지 열흘째 된 날 방문한 샤를로를 혼내준 것과 같았다.

나는 뭔가 멋진 행동을 보여줄 필요가 있다고 생각했다. 뷜캉에게 인정받기 위해서가 아니라 그의 슬픔의 높이에 도달하고 싶은 심정에서였다. 나는 기회를 엿보고 있었다. 불쾌한 말, 기분 나쁜 태도, 기둥서방의 몸이 닿는 것, 윙크 등등 이런 사소한 것까지 트집을 잡아 상대방이 용서를 빌든가, 내가 죽든가 마지막 순간까지 싸우고 싶었다. 내가 라 게프라는 계집을 만난 것은 건강검진을 받으러 가던 도중이었다. 계단을 전속력으로 달리고 있는데 그는 피하지 못하고 나와 충돌했다. 그는 자기 잘못이 아니라고 부드럽게 말했지만 화가 났다.

"입 닥쳐!"

나는 말했다.

"왜 그래, 자노! 내 잘못이 아니야……."

"입 닥치라니까! 얼굴에 불꽃을 튀기고 싶어?"

나는 계단 모퉁이에서 간신히 멈추었다. 그를 벽으로 세게 밀치고 지하실 복도로 내려갔다. 거기에는 수감자들이 검진받기 위해 줄지어 서 있었다. 나는 충동적인 힘에 떠밀려 샤를로에게 다가갔다. 옆에 뷜캉이 있었다. 지붕 유리창을 통해 들어오는 빛이 복도에 다양한 어두운 그림자를 만들어냈다. 샤를로의 권위는 편안한 목소리와 깔끔한 태도에서 나왔다. 내가 도착했을 때, 그는 뷜캉의 오른쪽 뒤로 지나갔다. 그런데 놀랍게도 샤를로가 거칠면서도 부드러운 손으로 뷜캉의 왼쪽 허리를 감싸는 것이 아닌가! 나는 마음이 몹시 불편했다. 가슴이 송곳에 찔린 듯 고통과 분노가 치밀었다. 나는 열 걸음 정도 떨어진 곳에 있었다. 그의 손이 움직이고 있었다. 그는 손으로 옷 위를 가볍게 쓰다듬다가 곧 멈췄다. 그제야 마음이 좀 누그러지고 숨쉬기가 편해졌다. 내가 뭔가 오해했다는 것이 부끄러웠다. 하늘이 내게 이런 허울뿐인 기적을 내려줄 정도로 마음을 써주었던가 하는 고마움에 눈시울이 뜨거웠다. 뷜캉의 허리 위를 애무한 것은 샤를로가 아니라 다른 자의 손 그림자였던 것이다. 그런데 그 손의 그림자가 사라지기 무섭게 샤를로가 자기 짝에게 하는 말이 들렸다.

"그러니까 내가 여자로서 뭘 해줄까? 하루에 네 번, 그 정도는 겁나지 않아."

나는 빈정거리며 웃었다. 그리고 그들에게 다가가서 말했다.

"터무니없는 소리 마!"

그는 몸을 돌렸다.

"자노, 장난으로 말하는 게 아니야! 초인적인 힘으로 할 수 있다고."

내가 몽상하는 주제를 알아맞힐 정도로 샤를로가 똑똑하다는 것을 알고 그가 미워지기 시작했다. 지금 그가 뷜캉을 염두에 두고 말한다는 생각에 증오심이 더욱 심해졌다. 이렇듯 끓는 증오심으로 속이 폭발할 것 같았다. 평소 농담하는 걸 별로 좋아하지 않는 내가 뷜캉의 눈에 바보같이 보이지나 않을까 두려웠다. 농담은 금지되어 있었다. 나는 웃으면 자제력을 잃었다. 또한 웃음은 성질의 인위적인 면을 드러낼 위험이 있었다. 어떤 깡패 녀석도 체면을 염려하는 일 없이 온갖 농담을 늘어놓을 수 있었지만, 나는 스스로 교제를 싫어하는 곰과 같은 존재로 보이도록 애써 엄격한 태도를 유지하려고 했다. 나는 대답했다.

"초인적인 힘이라고? 그래! 알았어. 천사의 도움이라도 받는 모양이네!"

나는 두 손을 호주머니에 찔러 넣었다. 그는 내가 자기를 골탕 먹일 생각을 하고 있음을 알아차린 것 같았다. 즉각적인 대답을 요구하는 내 빈정거림에 그는 이렇게 대꾸했다.

"내 말을 못 믿겠다고? 날 거짓말쟁이로 취급하는 거야?"

"그래, 넌 거짓말쟁이야!"

"초인적인 힘으로 할 수 있어"라고 그가 말했을 때 나는 속으로 응수하는 말을 반복해보았다. '이놈의 머리칼을 몽땅 뽑아놓고 말겠어! 바보 새끼!' 이 말은 마음속에서 두 번이나 되풀이되었다. 나는 당혹스러운 말에 도취되어 그가 먼저 손대기를 기다리지 않고 덤벼들었다. 우리는 보면서 흥겨워하고 있을지 모르는 뷜캉 앞에서 격렬하게 싸웠다. 내가 좀 약해지면, 빌루아의 추억과 영혼이 힘이 되어주었다. 샤를로는 정정당당하게 싸웠는데, 메트레에 있을 때와 마찬가지로 나는 교활한 작전을 구사했다. 그 덕분에 내가 이겼다. 화를 억누르지 못해 하마터면 그를 죽일 뻔했다. 나는 디베르가 아니라 빌루아의 나이와 근육을 소유했다. 그의 태도에서 멋지게 보이는 것은 흉내 내거나 훔쳐 왔다. 어디서 생겼는지 모르지만 한 줌의 금발 머리카락이 눈앞에 떨어져 있었다. 나는 미칠 정도로 신속했다. 빌루아가 그를 제압했기 때문에 나는 샤를로를 무찔러야만 했다. 나는 그의 빛나는 무기와 약점을 이용해서 싸웠다. 간수들이 나를 말렸고 샤를로는 실려 갔다.

쓰러진 게팽을 일으켜 세우려고 간수들이 달려왔다. 빌루아를 수감소로 연행하려는 자는 아무도 없었다. 그가 제 발로 찾아오기를 기다린 것이다. 그는 내게 악수하고 자발적으로 그곳으로 갔다. 그가 내게서 뭔가 기대하고 있다는 느낌이 들었다. 나는 기둥서방을 위한 교육을 받던 중 뒤에서 게팽을 내리쳤다. 그는 비틀거렸지만 일어나 덤벼들 여유는 있어 보였다. 우리는 서로 움켜잡고 싸웠다. 아주 민첩한 노인에게 얻어맞은 수치심 때문이었을 것이다. 수감소에 들어갈 때, 나는 아주 가련한 모습이었다. 하지만 바로 2미터 앞에 있는 빌루아처럼 꼿꼿한 자세를 유지했다.

우리는 수감소에서 한 달을 보냈다. 그는 독방에서 홀로, 나는 징벌반에서 원 돌기로 시간을 보냈다. 그는 수감소에서 나온 뒤 B 가족에서 형의 입지를 그대로 되찾았다. 누구나 그를 두려워했다. 빌루아는 다른 녀석들보다 섬광처럼 민첩하게 행동하는 재주가 있었고, 그의 명령하는 태도는 군대에서도 통할 정도로 위엄을 지녔다. 어느 날 들로프르와 레의 싸움에 대해 누군가 그에게 의견을 물었을 때, 그는 들로프르가 어떻게 얻어맞았는지 보고는 냉혹하게 말했다. 그는 이렇게 답했다.

"난 별로 할 말 없어. 내겐 사자처럼 서로 물어뜯고 싸우는 녀석들의 잘잘못을 말할 권리가 없고, 또한 그걸 보고 참을 수가 없었지. 누가 싸움을 잘했다고 말하자니 마음이 쓰라려. 그냥 입을 봉하고 있는 편이 낫지."

가족 내에서 네다섯 명의 기둥서방은 각자 조수를 하나씩 데리고 있었다. 모두가 빌루아를 존중했다. 그런데 예외적인 소년이 하나 있었다. 그는 이따금 아무도 상대하려 하지 않았고 무례하며 냉소적이었다. 그가 겁 없이 말했다.

"네가 큰소리칠 수 있는 건 두목을 뒤에 업고 있기 때문이야."

그 소년이 바로 아르카몬이었다. 항구의 부두에 어설프게 걸려 있는 밧줄이 그걸 매어놓은 기둥 위에 왕관처럼 무겁게 얹혀 있을 때가 있다. 아르카몬은 언제나 이방인처럼 냉담했고, 일요일이면 그런 모습으로 평평한 베레모를 쓰고 다녔다.

빌루아는 내 애인이 되었다. 그가 다물고 있는 내 입을 혀끝으로 열려고 했다. 나는 덥수룩한 머리를 면도로 깔끔하게 밀어버린 그의 이마를 혀로 핥았다. 면도하기 전 금발의 얼굴 모습이 스쳐 지나가는 듯했다. 나는 포신 위에서 잠든 채 꿈을 꾸는 포병 이상으로 고통스러운 꿈을 꾸며 몇 분간 잠에 빠졌다. 그 이후 우리는 더욱 멋진 기교로 사랑을 나누었다. 우리는 작업장으로 가기 전 웃으며 악수를 나눴다. 그는 나막신 작업장에서 나는 브러시 작업장에서 일했다. 지금 생각해보면 그 미소는 당시의 생각과는 달리 공범들끼리의 것이라기보다 서로 신뢰감과 따스한 정을 교환한 것이었다. 레크리에이션 시간에도 그는 맏형의 역할과 기둥서방으로서의 위엄을 지키기 위해 추종자를 거느릴 필요가 있었다. 가끔 내가 그 패들의 모임에 다가가면 그는 내 어깨 위에 손을 얹었다. 강자들도 내 존재를 알아보았다. 나는 이렇듯 멋진 인물에 어울리는 자가 되기 위해 남성적인 태도를 과장했다. 초조함이 자주 용기를 북돋워주는 분노로 바뀌었다. 어느 날 B 가족 앞에 있는 뜰에서 한 어린 부랑아가 내 블라우스 색깔을 보더니 좀 불쾌하게 비웃었다. 그는 말했다.

"빌루아의 눈과 같은 색이네."

나는 큰 소리로 웃었다. 그 웃음은 좀 예민한 느낌을 주었다. 모두 우리를 주목했다. 시선이 내게 집중되자 당황스러웠다. 흥분이 점점 고조되는 것이 느껴졌다. 심장박동이 빨라지고 거세졌다. 뜨겁고 찬 기운이 한꺼번에 몰려왔다. 마침내 나는 벌벌 떨었다. 내가 떨고 있는 것을 들킬까 봐 부끄러웠다. 그들이 내 떨림을 눈치챘고, 나는 더욱 당황했다. 그만 자제력을 잃고 말았다. 그 시절 내가 은밀하

게 좋아하던 디베르가 거기에 있었다. 그는 신경계통의 불안정에서
오는 내 흥분한 모습을 보고 있었다. 불현듯 이러한 상황을 이용하
는 것이 좋겠다는 생각이 들었다. 흥분 상태를 노여움 탓으로 돌리
는 것이다. 조금만 방향을 틀면, 이 모든 혼란의 징후가 멋진 노여움
의 표시로 돌변할 것이었다. 바꿔놓는 것으로 충분했다. 나는 이를
악물고 광대뼈를 움직였다. 아마도 얼굴은 야수처럼 사나운 표정이
었을 것이다. 나는 그 짓을 시작했다. 병적인 흥분이 야기한 내 떨림
은 노여움의 떨림이 되었다. 내가 지금 어떤 자세를 취해도 거기에
놀라울 정도로 여유가 있을 것이고, 또한 그 여유는 노여움에서 자
극받아 유지되고 있었으니 더는 우스꽝스럽게 보이는 것을 걱정할
필요가 없었다. 나는 내 블라우스를 보고, 아마도 내 당황하는 모습
을 보고 비웃는 소년에게 화를 내며 덤벼들었다.

　기둥서방 녀석이 내게 싸우자고 달려들면 얻어맞지 않을까 하는
두려움, 그 신체적 공포가 기를 죽이고 도망치도록 했다. 아주 자연
스러운 행동으로 굳이 머뭇거릴 이유가 없었다. 그러나 내 의지는
의미를 바꾸어놓았다. 나는 뒤로 물러나면서도 언제든 반격할 준
비를 했다. 그래서 웅크린 자세로 넓적다리 또는 무릎에 두 손을 대
는 버릇이 생겼다. 이러한 자세는 한번 취하기만 하면 효력을 발휘
하는 걸 느낄 수 있었다. 즉 거기서 필요한 힘도 나오고 얼굴도 더욱
험악하게 바뀌는 것이다. 내가 몸을 움츠리는 것은 두려워서가 아
니라 하나의 전략적 행동이었다. 오른손만 사용하고 왼손은 호주머
니에 넣은 채 소변을 보았다. 움직이지 않고 두 발을 벌리고 서 있었

다. 처음에 손가락을 사용해 휘파람을 불었고, 이어서 혀와 손가락을 다 사용했다. 이 모든 몸짓은 아주 자연스러웠다. 덕분에 나는 빌루아가 죽은 후, 즉 그가 툴롱으로 떠나자마자 순조롭게 강자들의 무리 속에 편입되었다.

반대로 뷜캉은 메트레 감화원에서 기둥서방들이 연애질하려고 여자로 만들어낸 소년이었다. 그의 모든 몸짓은 뭉개지고 파괴된 남성다움에 대한 향수의 표시였다. 나는 다음과 같은 소년이 되기를 꿈꿔왔다. 처음부터 멀리 버려진 아이, 집시, 부랑자 등등. 자료를 훔친 복잡한 음모, 빈틈없는 모험의 도움으로 술책을 꾸민 살인자들이 나름의 전통과 무기들로 보호받는 고귀한 집으로 들어갈 수 있도록 허락받았다. 나는 엄격한 가족의 체계 속에서 핵심 역할을 하는 중앙의 자리를 차지했다. 열여섯 살짜리 맨 끝자락의 애송이 어깨 위에 계보의 즐거움이 달려 있던 것이다. 나는 패거리 중 하나가 되었다. 누구도 내가 애송이에 지나지 않는다는 걸 더는 눈치채지 못했다. 무슨 수를 써서라도 이 지울 수 없는 약점을 숨겨야 했다. 그것만이 '세력'을 확대하거나 '싸움'할 때 유리했다. 나는 내게 친절하게 대하는 어떤 것도 받아들이지 않았다. 여기서는 내 오만한 성격 덕분에 주어진 모든 것을 거절할 수 있었다. 그 오만함만 제거했다면 더욱 안락하게 살 수 있었을 텐데 말이다. 가령 조롱하는 듯한 호의였지만 지하 창고를 이용해 쾌감을 얻을 수도 있었다. 그런데 어느 순간 엄격한 자존심에서 벗어나 부드럽게 조금씩 납작한 병과 같은 태도의 거지 근성으로 내 자신이 이끌려 가고 있다는 혼란스러운 생각이 은근히 스며들었다. 그런 태도는 비열하지만 아주 힘센 강자라면 신속하게 자신의 엄격함을 되찾을 수 있기 때문에 받아들일 수 있었다. 나로서는 뭔가를 얻거나 수용하기 위한 거짓 꾸밈을 허용하자마자 거지 근성의 영혼이 피어난 것이었다. 그것은 스스로를 먹여 살리는 일이었고, 수많은 행복의 메뉴를 두툼히 보장하는 것이었다. 나는 새로운 삶에 문호를 개방했다. 나는 꼼짝없이 마음의 빗장을 닫았다.

저녁이었다……. 우리는 밤새도록 함께 잠자고 싶었다. 아침까지 서로 뒤엉켜 껴안고 싶었지만 불가능했다. 그래서 나는 빌루아와 함께 한 시간짜리 밤을 급조해 만들었다. 둘은 한 시간 동안 입과 입을 붙이고, 온 밤을 열정으로 보낼 생각으로 들떠 있었다. 그물 침대가 놓여 있었고, 그 위로 뿌옇게 등불이 내비치고 있었다. 잠의 물결 속에서 부싯돌이 부딪치는 소리(감옥에서는 경고음을 듣는다는 뜻), 속삭이는 소리, 기둥서방들이 "불쌍한 제물"이라고 부르는 겁먹은 소년들의 하소연, 밤의 번갯불 등이 우리 두 사람을 꿈의 난파자로 만들었다. 이윽고 두 사람은 서로의 입술을 떼고 자리를 떠났다. 짧은 하룻밤의 사랑놀이에서 깨어난 것이다. 우리는 기지개를 켜고, 각자의 그물 침대로 올라가 침대가 놓인 대로 머리와 발을 서로 반대 방향으로 하고 잠에 빠져들었다. 빌루아가 떠난 후 나는 혼자 남았다. 가끔 이불 속에서 그의 모습이 떠올랐다. 그러나 그가 가버린 것에 대한 외로움은 본래의 의미를 잃고, 안개로 덮인 가을처럼 일종의 만성적인 멜랑콜리로 변하고 말았다.

가을은 내 삶의 토대를 이루는 계절이다. 어쩌다 지금도 그런 기분에 젖어들 때가 있다. 햇빛을 받은 뒤, 그 강렬한 빛에 상처 입은 심장의 안식을 위해 나는 나 자신 속에 몸을 웅크리고 들어가 가을 비에 젖은 숲과 낙엽과 안개를 발견하려고 애썼다. 그러고는 장작불이 타고 있는 커다란 벽난로가 있는 살롱으로 들어갔다. 거기서 부는 바람 소리는 현실의 정원 속에 있는 전나무보다 더욱 내 마음을 흔들었다. 그것은 갤리선의 선구를 흔드는 바람으로 위안이 되었다. 이 마음속의 가을은 현실의 가을, 창밖의 가을보다 강해서 마음을 진정시킬 수가 없었다. 마음속의 가을을 즐기기 위해서는 매 순간 새로운 내용과 다른 의미를 발견하고 나 자신이 그와 동행해야 했다. 나는 매 순간 그것을 창조하려고 애썼다. 잠시 비에 대한 생각, 녹슨 철창문에 대한 생각, 썩은 이끼, 버섯, 바람이 부풀게 하는 우비에 대한 생각이 떠올랐다. 그러한 계절이 마음을 흐리게 하는 시기에는 내 내부에서 일어나는 감정이 더 강하게 솟아나기는커녕 오히려 쪼그라들었다. 뷜캉에 대한 질투심에 강렬함이 결여되어 있는 것도 그런 이유에서였다. 그에게 편지를 쓸 때, 내용은 경쾌하지만 평범하고 무관심하길 바랐다. 그런데 편지는 본의 아니게 내 사랑이 어느 정도인가를 드러내는 것이 되었다. 나는 내 사랑이 그와 나 두 사람에게 강렬한 것이라는 걸 보여주고 싶었지만 편지에는 불안감만 가득 늘어놓고 말았다. 나는 편지를 다시 쓸 수 있었지만, 나태함이 가로막았다. 나는 그런 나태함을 일종의 감정이라고 생각했다. 편지를 다시 쓰는 일은 소용없는 일이었다. 내 마음속의 어떤 것이 나의 주인, 나의 강자의 출현으로 고통받는 걸 쓸데없는 짓으로 알고 있었기 때문이다. 내 어리석은 성격은 언제나 무수한 균열로 파열되었다. 아니다. 난 스스로를 잃어버렸다. 그래서 사랑을 외쳐댄 것이 아닐까. 나는 오로지 내 사랑 노래의 아름다움에만 기대어 살았던 것이다. 뷜캉은 누구를 사랑했을까? 그는 로키를 매우 상세히 기억하고 있는 듯했다. 그러나 로키는 우리의 세계에서 곧 사라질 것이다. 그 두 사람이 사랑했다는 사실에 내가 불쾌해했는지 어떠했는지는 분명하지 않았다. 뷜캉이 다른 기둥서방들과 어떤 관계를 맺고 있었는지 알 길이 없었다. 자기 남자 앞에서 수하의 소년이 어떤 행동을 했는지는 늘 명확했기 때문이다. 대중 속에서 그들이 만나는 경우, 전혀 눈에 거슬리는 태도를 보이지 않았다. 그들은 악수를 하거나 아무런 거리낌 없이 얘기를 주고받았다. 그래서 나로서는 뷜캉과 다른 남자들 사이에서 내 위치가 무엇인지, 어떤 관계에 놓여 있는지 통 구별할 수가 없었다. 나는 기둥서방들의 그룹 속에서 그가 뭔가 얘기를 건넬 때 비로소 우리가 사랑을 나눌 시간이 됐다는 걸 알아차렸다.

"미명이라는 게 뭐지?"

"새벽을 뜻하지."

내가 말했다.

"그때가 운명의 시간이네."

누군가 말을 이었다.

"난 환각 속에 빠져들지 않겠어!"

루가 웃으며 말했다.

이렇게 주고받는 말속에서 나는 뷜캉에게 들를 것이란 걸 알게 된다.

그는 매우 짧게 말했다. 그는 벌써부터 위대함을 타고났는데 그 타고난 위대함이 이 단순함을 배가했다. 그가 내게 그렇게 요구했을 때, 즉 내가 그의 계집애가 되는 걸 그만두려고 했을 때 그는 나를 앞질러 갔다. 내가 뷜캉을 다시 만났을 때 그는 내가 싸운 일을 기억하지 못하는 것 같았다. 그는 그 일에 대해 어떤 암시도 하지 않았다. 나 자신도 희생자에 대한 어떤 자만심도 끌어내지 않았다. 사실은 그러고 싶었지만 말이다. 내 힘을 보여준 것만으로도 충분했다. 그래서 나는 그를 때림으로써 스스로 위험에 빠지는 일을 피했다. 식사를 맛있게 잘했기 때문에 그보다 더 힘이 솟아 유리한 입장에 있었다. 하지만 그가 싸움에서 패하더라도 꼭 굴복하리라는 보장은 없었다. 목적을 달성하기 위한 힘과 권력은 허용되었지만 폭력을 사용하는 건 용납할 수 없었다. 그를 때리는 것은 난폭하다는 증거가 될 것이며, 약점을 드러내는 것이었다. 게다가 뷜캉은 퐁트브로와 메트레 감화원 녀석들의 폭력에 익숙했기 때문에 회유책을 쓰는 것이 오히려 나를 더욱 사랑하도록 할 수 있을 터였다. 나는 스스로 난폭했다고 스스럼없이 지적한 편지를 건네며 그 일은 나를 기쁘게 하기 위한 것이었다고 말했다. 깡패 녀석들이 폭군으로 취급받기를 원한다는 것을 그도 알고 있었기 때문이다. 나는 잠시 그날의 싸움에 대해 얘기할까도 생각했다. 그때 그는 나보다 두 계단 위에 있었기 때문에 나를 내려다보는 위치에 서 있었다. 그를 향해 고개를 들고 말했다. "그때……"라고 말을 시작했을 때 살아 있는 동상에게 말을 거는 것 같았다. 이 상태로는 안 되겠다는 생각이 들어서 그와 함께 계단의 벽을 지나 세 발자국 위로 올라가려고 했다. 나는 매우 민첩하게 움직였다. 그는 내가 키스하려고 하는 줄 알고 재빨리 몇 걸음 올라가며, '그런데 넌 에르지르를 어떻게 할 생각이야?'라는 의미의 웃음을 던지며 달려갔다. 나는 층계참으로 올라갔는데 거기서 내려오던 간수를 만났다.

"너희들 또 같이 있냐? 어서 작업장으로 가! 옆으로 새면 보고하겠어."

간수는 외치듯이 말했다.

우리는 아무런 대답도 하지 않고, 뷜캉은 오른쪽으로 나는 왼쪽으로 사라졌다. 나는 내 사랑이 로키가 아니라 에르지르 때문에 위험에 처해 있음을 뚜렷하게 느낄 수 있었다. 그날은 내가 피에로 뷜캉을 알게 된 지 일주일째 되는 날이었다. 내가 퐁트브로 중앙 형무소에 온 지 이십오 일이 되었고, 아르카몬은 사흘 전부터 사형 집행을 기다리고 있었다.

메트레 감화원! 나는 악에 대해 별로 많은 것을 알고 있지 못하다. 그렇지만 우리의 범죄보다 높은 곳에 있으려면 천사가 되어야 했다. 깡패들 사이에서 가장 심하게 하는 욕설(그 욕설은 간혹 죽음으로 처벌되기도 했다)은 '남창'이라는 말이었다. 그런데 뷜캉은 스스로 이 수치스러운 말이 의미하는 존재가 되기를 원했다. 게다가 자기의

186

삶에서 가장 특수한 것, 가장 소중한 것이 거기에 있다고 생각했다. 왜냐하면 그는 중앙 형무소에서 강도, 도둑, '반듯한 죄수'이기 전에 '엉덩이를 사용하는 녀석'이었기 때문이다. 그가 혐오스럽다는 표정으로 입술을 삐죽거리며 어떤 부랑아 녀석에게 "더러운 남창 새끼"라고 토하듯 말하는 것을 들었을 때, 그가 어린 독수리라고 생각한 자는 아무도 없었다. 죄수들 가운데 자기들의 적에게 수치심을 줄 때 사용하는 가장 심한 모욕적 표현에 그 자신이 해당되는 녀석들도 있었다. 뷜캉은 자신의 비속함 위에 그처럼 우아한 태도로 균형을 이루고 있는 것으로 보아 천사임이 틀림없었다.

일찍부터 사랑 행위에 통달한 아이에게는 진중함이 있다. 표정은 굳어 있었고, 입술은 정사를 억압하고 있는 고통으로 부풀었으며, 눈초리는 얼음장처럼 차가웠다. 산책할 때 만난 프렌 형무소의 미성년들에게서 그런 특징을 확인할 수 있었다. 그들은 우리 엉덩이 사이를 통과했다. 그 소년들은 몽마르트르의 카페와 술집들을 자주 드나들었다. 강한 힘과 연약함 사이에서 맺어진 우정은 내게 수많은 몸짓을 알려주었다. 이러한 아이들을 보다 잘 이해하려면 통속소설을 읽은 후에 당신들이 품는 몽상들을 상기하면 될 것이다. 미셸 제바코, 그자비에 드 몽테팽, 퐁송 뒤 테라이, 피에르 드 쿠르셀 등의 통속 작가들은 그들의 작품 속에서 죽음과 사랑을 심어놓은 신비로운 시동(侍童)들에게 나긋나긋하고 가벼운 실루엣을 부여했다. 그들은 달콤한 미소를 머금으면서 숙명에 아랑곳하지 않고 단검과 독약을 사용했다. 몇 줄 열 지어 그들의 모습이 나타나더니 재빠르게 커튼이나 장막, 출구로 사라졌다. 그들은 한참 뒤에 다시 등장했다. 그런데 당신들은 그들과 좀 더 빨리 재회하기 위해, 아무런 내색도 없이 소설 전체가 그런 내용만으로 도배되어 있지 않은 것을 유감으로 생각하며 책장을 넘길 것이다. 즉 당신들이 원하는 이야기는 강력하면서도 늘씬한 목을 드러내고 몸에 꽉 끼는 상의를 입은 모습으로 밤이 아니면 껴안을 수 없는 시녀나 아가씨를 만나고도 흥분하지 않도록 억눌린 성기로 바지 앞이 부푼 소년들의 이야기일 터다. 통속소설 작가들은 아마 그런 내용을 넌지시 몽상하고 있었기에 그와 같은 작품을 쓰거나 암시하고 상기하도록 했을 것이다. 그렇기 때문에 그들은 과거에 실재한 파르다양 가족이나 에보르냐드와 같은 인물들이 그들 작품 속 인물의 모델이라고 말한다면 매우 놀랄 것이다. 내가 그들의 육체와 얼굴을 환기하도록 부탁하는 것은 반바지와 셔츠 차림의 원생들이 손에 장미꽃을 쥐고 휘파람을 불며 등장하는데 바로 그들이 이야기 속의 인물들이었기 때문이다. 그들은 이른바 "아무리 그래도 잃을 것이 없다……"라고 말하는 자들이었다. 그들은 누구보다도 특히 뷜캉을 닮았다. 사소한 문제들까지 해결하기 위해 입가에 힘을 주었고 차디찬 시선으로 손을 주머니에 넣고 경직된 태도로 주의를 기울였다. 또한 호랑이처럼 갑자기 유연한 모습으로 변하기도 했다. 디베르의 경우 내가 찬양하거나 때로 자극하는 모든 장식, 즉 성기, 눈, 몸짓, 손, 목소리의 울림 등이 모두 흐릿했다. 뷜캉은 여전히 빛을 발하고 있었는데, 디베르의 그림자는 희미했던 것이다. 뷜캉은 아르카몬의 놀랄 만한 괴로움과 그 존재감에 넋이 나간 것 같지는 않았다. 그의 즐겁게 웃는 경쾌한 태도는 여전했다. 다른 수감자들의 손이나 얼굴에서 볼 수 있는 처량함은 그에게서 전혀 찾아볼 수 없었다.

각반을 감는 일은 오래전부터 지속돼왔다. 메트레에 있는 동안 소년들은 각자 하나의 보물을 만들고자 열중했다. 보물은 압수하거나 사취하거나 훔친 것이거나 물려받은 것, 교환한 것들이었다. 수감되면 모두에게 같은 것이 지급되었지만 능숙해서인지 대담했기 때문인지 장신구는 금세 바뀌었다. 원래의 무거운 나막신을 신고 있거나 새 블라우스를 그대로 입고 있거나 빳빳한 넥타이를 그대로 유지하고 있다면 바보로 간주되었다. 바보가 아니면 누구든 자신에게 더 유용한 물건으로 교환한 것이다. 며칠 지나지 않아서 나막신을 유리로 뾰족하게 만들거나 베레모 모양을 변형시켰고, 바지의 왼쪽을 찢어서 두 번째 호주머니, 즉 간수들이 가짜 호주머니라고 부르는 것을 만들었다. 다른 기둥서방들이 거들었다. 그들은 담뱃갑, 손수건을 태워 만든 심지, 부싯돌, 쇳조각을 가지고 있었다. 어쨌거나 기둥서방을 구별하는 표시는 담배꽁초에 불을 붙이기 위해 부싯돌을 치는 조그만 쇳조각에서 찾을 수 있었다. 깡패들은 그 세력과 연륜이 증가함에 따라 기증받거나 훔치거나 압수하거나 교환해서 점점 부자가 되었다. 그들은 감화원을 떠날 때 그 보물을 동료들에게 나누어 주었다. 우리가 자주 세탁해서 가볍고 부드러워진 하얀 바지와 닳아빠진 나막신을 신고 있는 고참을 보는 것도 그런 이유에서였다. 바닥이 평평한 구두는 대개 자주 싸움을 해서 금이가 있었는데 그 구두를 쐐기나 철사로 연결해 중국 도자기의 꽃병만큼 소중하게 보존했다. 그중 몇 켤레는 십 년의 세월이나 거쳐온 것이었다. 기둥서방들만이 그 구두를 신을 수 있었다. 구두들은 유명해서 각기 이름을 가지고 있었다. 나막신 바닥에 못이 박혀 있었는데, 못을 박을 때는 세심한 주의가 필요했다. 옷도 마찬가지였다. 새것일 때는 뻣뻣하고 짙은 파란색이었다. 기둥서방들은 연한 청색의 부드러운 옷으로 구별되었다. 각반은 싸움의 원인이 되었다. 봄에는 각반을 서로 뺏고 빼앗기다가 겨울에는 다시 새것을 지급받았다. 기둥서방들은 맨 먼저 지급받을 수 있도록 형들과 사전에 약속되어 있었다. 그래서 싸움이 일어나는 건 보통 기둥서방들끼리였다. 각반은 밴드 아래 걸어 올린 바지를 묶어주어 강하고 단단한 장딴지를 만들었다.

*

"리퉁, 발 맞춰서 걸어!"

"맞추고 있어."

"아냐, 발이 안 맞아."

"이리 와서 가르쳐줘!"

리퉁은 발을 맞추기 위해 걸으면서 춤출 때 스텝을 밟듯이 살짝 뛰어야 했다. 그는 그런 동작을 싫어했다. 그는 덧붙였다.

"춤추는 시간이 아니잖아!"

디베르가 다가갔다. 나는 앞에서 기둥서방들이 손을 어떻게 하고 있는가에 대해서 말한 적이 있다. 리통은 그처럼 바지와 셔츠 사이의 복부에 대고 있던 손을 내려놓았다. 디베르는 리통에게 그 동작을 끝낼 시간을 주지 않았다. 그는 갑자기 움츠린 몸을 쭉 폈다. 왼쪽 다리가 리통의 가슴을, 오른쪽 주먹이 턱을 가격했다. 리통이 쓰러지기 무섭게 디베르는 발과 주먹으로 리통을 바닥에 때려눕혔다. 순식간에 메트레에서 하던 식으로 공격한 것이다.

징역수들의 발걸음은 더욱 부드러워졌다. 원을 도는데 가벼운 동요가 일어났다. 디베르는 즉각 눈치챘다. 그는 왈츠 동작처럼 세 번 회전했다. 그는 회전하면서 쓰러져 있는 리통과 약 4미터 되는 지점으로 이동했다. 그리고 숨을 참았다가 크게 내쉬며 좀 큰 소리로 말했다.

"너희들도 좀 정신 차리고 걸어! 하나……둘! 하나……둘! 하나……둘! 항……덩!"

그는 자신도 모르게 메트레식으로 구령을 붙였다. 나는 웃었다. 그는 내가 웃는 것을 보고 그 의미를 이해하는 듯했다. 그는 웃음에 응답하지 않았다. 그리고 그의 성궤에서 소리와 눈만을 생생하게 빛낸 채 문지방에 서서 꼼짝 않고 있었다.

어떤 젊은이가 머리에서 발끝까지 아름답다면 놀라운 일이 아닐 수 없다. 이를테면 눈썹과 발톱에 이르기까지 아름다운 곡선으로, 견고한 발목이 당찬 턱과 조화를 이루고 있다면 말이다. 그렇다면 분명 신의 뜻이다. 조물주가 최고의 아름다운 재료를 써서 절대적 미를 창조한 것이다. 디베르에게는 그러한 절대적 아름다움이 있었다. 그의 목소리에는 무게가 있었다. 무엇보다도 장중한 소리라는 뜻이다. 그리고 단호한 느낌을 주었다. 도끼로 목이 잘려도 아주 긴 소리를 낼 수 있을 정도로 치밀하고 단단한 목소리였다. 작은 충격으로도 금방 깨져버리는 내 목소리와는 달랐다. 그의 목소리는 흔히 볼 수 있듯이 그에게 덧붙여져 있는 게 아니라 육체와 동작이 합쳐진 하나의 견고한 물질이었다. 서로 잘 동화되어서 도무지 구분할 수 없을 정도였다. 목소리는 그의 세포 자체로 이뤄져 있었다. 그의 육체와 의지의 엄격한 어조가 섞여 있었던 것이다. 며칠 전 디베르가 노래한 적이 있었다. 목소리는 여전히 우렁찼고 목이 잠겨 있었다. 노래가 끝났을 때 우리는 또 하나의 다른 노래가 보다 먼 곳에서 디베르가 노래 부르고 있는 동안 계속되고 있었지만 디베르의 노래 때문에 들리지 않았음을 알았다. 그리고 두 번째 노래도 또 다른 노래가 들리는 것으로 끝났다. 각각의 노래는 모두 달랐다. 그 노래들은 앞의 노래가 끝날 때 나타났는데, 하나의 돛을 내리면 보이지 않던 다른 돛이 그 뒤에서 나타나는 것과 유사했다. 그다음에 세 번째 돛이 나타났고, 차례대로 끝없이 그런 식으로 계속되다가 마침내 아주 희미하게 돛이 나타나는 구조였다. 즉 하나의 노래가 그 아래에서 다른 노래를 드러내고, 이어서 그 노래 밑에 있는 또 다른 노래를 드러내는 식이었다. 형무소의 무한 곡선은 그렇게 끝없이 이어질 것이다. 아르카몬이 먼 곳에서 이 세 가지 노래를 들었을지 모르지만 그 노래는 이미 사라진 노래였다. 그는 노래〈라모나*)의 떨리는 음성을 알아들었을 것이다. 그 고통스러운 목소리는 분명히 디베르의 꿋꿋함 밑에서 새어 나오는 심오한 부드러움의 파열음이었다. 처음에 나는 형무소 정원에 울려 퍼지는 가련한 노래를 듣고 괴로웠다. 점점 목소리 자체의 아름다움이 곡조로 전달되었고, 이 곡조는 내가 콧노래로 부를 때마다 감동을 주었다. 아르카몽은 결코 노래를 부르지 않았다. 디베르는 메트레에 있을 때 밴드부장이자 북 치는 사람이었다. 일요일에 행렬이라도 하면, 그는 악대의 맨 첫 줄 오른쪽 끝에서 걸었다. 물론 선두에 그 혼자만 있는 것은 아니었지만, 아무튼 그는 오른쪽에 있었다. 그는 대열 속에 있거나 그렇지 않거나 했다. 나는 그 광경에 감동받았는데, 표현하자면 카바레의 무대 위에서 노래하는 것이 아니라 객석 테이블에 앉아서 이야기하다가 그 자리에서 노래하는 여가수와 비교할 수 있을 것이다. 그도 여가수도 갑자기 지명된 사람들이다. 따라서 사람들에게 알려지기 시작한 존재였던 것이다. 그는 독재자처럼 당당하게 북을 치며 발걸음으로 장난치면서 노래를 불렀다. 일요일마다 감화원장 앞을 행진하던 중 어떤 때는 약간 열외로 나가는 경우도 있었지만 의도적인 행동이었다. 왜냐하면 그 행동 때문에 열이 흐트러진 적이 한 번도 없었기 때문이다. 악대가 선두로 가려고 우리를 추월했을 때, 아득히 먼 예배당 부근에서 당당하게 북을 치고 노래하며 행진하는 그의 모습은 강한 인상으로 남았다. 그의 표정

---

* 1927년에 작곡되어 프랑스에서 크게 유행한 노래

은 담담하면서도 엄숙했다. 그리고 그 경쾌한 북소리는 그의 동작
에 반주의 기능을 하면서 가장 광적이고 가장 우울한 느낌을 주었
다. 음악이란 행위에 부합하는 예술이다. 비극성을 받아들이는 음
악은 즐겁고 취하도록 이끄는 법이다. 디베르는 비극을 찬양했다.
그는 빡빡 깎은 머리에 상장(喪章) 같은 크고 평평한 푸른색 베레
모를 썼다. 일요일에만 쓰는 모자다. 베레모에는 밴드부를 상징하
는 노란 술이 무겁게 얹혀 있었다. 마치 연주자들이 노란색의 꽃가
루를 뿌리며 지나가는 듯했다. 베레모가 살짝 눈과 오른쪽 귀를 덮
고 있는 디베르에게서 묘한 아름다움이 풍겨 나왔다. 걸을 때마다
북과 허벅지가 부딪쳤다. 두 다리로 북을 떠받치고 있었고, 정강이
는 카키색의 각반이 비늘 모양으로 둘러쳐 있었다. 디베르는 여전
히 즐겁거나 혹은 끔찍한 축제로 인도하는 어떤 알 수 없는 행렬을
지휘하는 어린이 놀이를 좋아했다. 지금도 그런 놀이를 즐기는 것
같았다. 감방장 노릇을 하는 동안에도 유년기의 우아함을 되찾아
보이지 않는 북을 두드리며 놀고는 했다. 나는 산책 시간에 대해서
도 쓰지 않을 수 없다. 그는 산책을 끝내고 돌아와서 바로 방으로 가
는 대신 늘 어두운 구석에 쭈그리고 앉아 있었다. 그때 웃고 있는 그
의 앞을 지나간다면 그 누구도 나처럼 신비스러운 형무소의 매력
에 사로잡힐 것이다. 뷜캉도 같은 모습으로 벽에 기대기를 좋아했
다. 아! 진정 아름다운 뷜캉이여! 네가 나를 사랑하고는 있다지만,
너의 아름다움이 은밀히 사랑하는 그 아름다운 자는 누구였던가?
네 아름다움이 어떤 또 다른 아름다움을 알아보고 마음이 끌렸는

지 알고 싶다. 그 아름다움 역시 가벼운 슬픔의 안개에 젖어 있는 듯한 너의 아름다움에는 미치지 못할 것이다. 나는 너 이외에 그 누구에게서도 느낄 수 없는 아름다움이 존재하는지 알고 싶었다. 루, 디베르, 아르카몽…… 혹은 내게는 덜 강력하기 때문에 그만큼 더 위험한, 그 누구도 그 미소의 눈부신 빛으로 얼굴 여기저기 상처 입지 않은 곳이 없었을 것이다.

디베르는 북을 사랑했다. 북에 달린 부속품, 장식 천, 가죽까지 모두 사랑했다. 그 때문이었을까? 지금도 그의 북소리는 감동적이다. 어느 날 밤 디베르가 귀에 입술을 대고 속삭이던 모습을 떠올리면 그때마다 귀를 멍하게 하는 메아리에 온몸이 떨렸다.

"북으로 네게 한 방 먹이고 싶어!"

메트레의 깡패 녀석들이 내게 준 상처는 모두 아물었다. 하지만 피를 흘린 건 사실이다. 감방에 있는 동안 여러 번 디베르와 얘기할 기회가 있었다. 감방장이라는 역할이 그가 내게 접근하는 것을 허용했기 때문이다. 우리는 벽을 향해 서서 얘기했다. 감방에 들어온 첫날 그를 만났을 때 그는 어리둥절해했다. 내가 그를 만나고 싶은 생각 때문에 죽음의 위험까지 무릅썼다는 걸 알고 말이다. 며칠 후 그가 무척 놀랐었다고 고백했을 때 나는 말했다.

"십오 년이 지났지만 아직도 너를 생각하고 있어! 보고 싶어서 가르데날*까지 먹었지."

---

* 　진정제 혹은 최면제

사랑의 고백이 그를 감동시켰다. 왜냐하면 그는 내게 과거처럼 유연하고 단순한 기분을 가진 데 지나지 않았기 때문이다. 나는 또 가장 마음 좋은 간수가 당번일 때를 기회로 예전에 그에게 품은 사랑을 상기시켰다. 그는 나를 믿었다.

"지금은 단순히 우정을 느끼고 있을 뿐이야."

내가 말했다.

형무소 시설이 좁아서 한 감방에 죄수의 수가 세 배 또는 네 배로 늘었다. 규율에 따라 야간에는 감방에 두 명의 죄수만 수감되었다. 내가 그 점을 알려주자마자 바로 그날 밤 디베르는 나와 감방을 함께 쓰는 녀석과 자리를 바꾸기 위해 수를 썼다. 두 사람만 남게 되자 우리는 단짝인 것처럼 수다를 떨었다. 나는 내 생활에 대해, 그는 자기의 생활에 대해 말했다. 그는 코르시카섬의 칼비에서 빌루아와 함께 있었다고 말했다.

"그 녀석은 정말 너에게 홀렸나 봐. 네 얘기를 자주 했어! 너를 꽤 칭찬하더라고."

'홀렸다'는 말은 메트레에서 수하의 소년들에 대한 기둥서방들의 우정을 표현하는 말이다. "그 녀석은 그자에게 홀렸어"라는 말은 소년이 자기에게 몸을 내던졌다는 뜻이다. 그 말이 십오 년이 지난 지금 디베르가 빌루아에 대해서 내게 한 말이었다. 그는 칼비와 그곳에서 반란을 일으킨 수병들을 자유롭게 사랑함으로써 내가 맛보게 될 행복에 대해 이야기해주었다. 그는 또 빌루아에 대해서도 많은 것을 말했다. 그러나 그가 말하면 말할수록 기둥서방에 대해 내가 품고 있던 이미지가 명확해지기는커녕 오히려 흐릿해지는 데 놀랐다. 디베르는 빌루아에게 내가 몰랐던 특질을 첨가했다. 그는 몇 번이고 빌루아의 강인한 팔에 대해 말했다. 하지만 내가 보기에 빌루아는 아주 평범한 팔을 가지고 있었다. 그는 빌루아의 옷 입는 솜씨를 칭찬하기도 했다. 그가 나를 정복했고, 또한 그 정복이 오래 지속된 것으로 미루어 성적 능력은 대단했다고 말하며 그의 성기를 찬양했다. 빌루아의 영상이 점점 색다른 아름다운 영상으로 대체되는 느낌을 받았다. 처음에는 빌루아라는 인간이 변한 것이라고 믿었다. 그러나 어떤 말에서 디베르가 메트레 시절의 빌루아에 대해 얘기하고 있음을 알아차릴 수 있었다. 그는 농담하고 있던 게 아니었다. 나는 그가 빌루아에게 반했다고는 생각하지 않았다. 징계실에서 종일 걸은 탓에 피로했다. 그의 볼에 키스하고 혼자 잘까 하고 생각했다. 그런데 그가 두 팔로 나를 꽉 껴안았다. 나는 몸을 뺐다.

"우린 친구잖아."

내가 말했다.

"아무렴 어때!"

"그렇지 않아."

"이리 와."

그는 나를 더욱 세게 껴안았다.

"미쳤군. 여기서 그 짓을 하면 어떡해. 들키면 한 달 이상 징계실 신세를 져야 할걸."

"오늘 밤만이야."

"안 돼! 싫어! 가까이 오지 마! 친구로 남자."

"상관없다니까. 동료니까 오히려 더 좋잖아."

그는 말하면서 계속 미소 짓고 있었다. 내 얼굴에 거의 닿을 듯 입을 가까이 대고 이전에 나를 빌루아의 계집으로 알았을 때와 같은 열정으로 옥죄는 것이었다. 그때 나는 희미하지만 뜨거운 열기 속에서 깊은 절망감이 새어 나오는 걸 느꼈다. 마음이 불편했다. 절망감이 그를 매우 단순하고 불확실한 존재로 만들었다. 이 젊은이를 형성하고 있는 세브르 도자기 어딘가에 내가 알 수 없는 금이 가 있었다. 미소를 짓고 있어도 그의 목소리와 몸짓 속에서 간절한 욕구를 느낄 수 있었다. 우리는 밤새도록 사랑했다. 두 사람의 빡빡머리는 위아래로 구르면서 꺼칠한 뺨을 비벼댔다. 뷜캉에 대한 사랑이 가장 강렬하던 시기에 정욕을 억제당했기 때문에, 나로서는 그날 밤 디베르를 위해 지금까지 빌루아 이외에 누구와도 나눈 적이 없던 짙은 애무를 했다. 어쨌거나 하룻밤의 정사는 디베르가 내 깊은 애정을 신뢰하도록 만들었다. 사랑의 행위를 통해 그날 밤 창가에서 뷜캉이 봇차코에게 하는 말을 듣고 받은 고통을 날려버리고 싶었다. 사방이 고요한 방 안에서 우리는 입속에서 나오는 비둘기 소리와 거기에 응수하고 있는 똑같은 신호를 들었다. 우리의 머리 위에 이미 시작된 어둠 속에서 나로서는 방해할 수도 없고, 끼어들 수도 없는 혼란스러운 대화가 시작된 것이다. 질투의 고통이 어떤 것인가를 누구나 체험해야 했다. 질투심이 일어났다. 사실은 질투의 발작이 디베르의 제안을 수용하도록 자극했다. 내 절망감이 디베르에게는 오히려 뜨거운 열정으로 변해 그가 애정을 믿도록 한 것이다. 뷜캉을 알고 난 후 처음으로 그날 밤 비로소 쾌락의 절정에 이를 수 있었다. 어쩌면 이미 메트레에서 경험했어야 할 것, 즉 욕망의 완성을 실현했다는 생각이 든 것일까? 내 마음은 온통 뷜캉에 대한 사랑으로 가득 차 있었다. 이 사실은 쾌락의 추구가 애정의 추구 이상은 아니라는 걸 증명했다. 뷜캉과 봇차코가 어둠 속에서 뭔가 속삭이고 있다는 걸 알고 괴로웠다. 나는 그들의 대화가 곧 깨질 환상이기를 바랐다. 왜냐하면 메트레 감화원에서는 종종 주고받는 이야기들에 어떤 혼동이 발생해 순식간에 결렬되고는 했기 때문이다. 그러나 그와 로키 사이의 우정이나 다른 녀석과의 우정도 있었을 것이라는 생각에 치가 떨렸다. 그가 두 부랑자의 사랑에 대해 시를 써 달라고 하기 전에, 이미 나에 대한 그의 우정은 더욱 오래된 관계 때문에 불화가 생기기 시작했고, 우리 사이에 극적인 이별만이 남았음을 알았다. 즉 그 관계가 오래전부터 사소하지만 음험한 일로 결렬될 것이라는 걸 뷜캉의 말에서 예감할 수 있었다.

"이젠 진절머리가 나. 언제나 속기만 했지. 그들의 속셈을 혐오해!"

로키 쪽은 별로 위험하게 보이지 않았다. 나는 빌루아를 조용히 사랑했다. 내 애정이 강했기 때문에, 이를테면 빌루아에 대한 신뢰가 강했기 때문에 어린애 상태로 버려질까 봐 두려웠다. 나는 한 남자를 사랑했다. 그의 피부와 그의 태도, 사람들이 사랑하는 자를 따라 하는 버릇까지 발견할 정도로 사랑했다. 지옥에도 등급이 있다고 하는데 애정도 마찬가지다. 작업장에서 감방장에게 욕을 한 죄로 징벌 본부에서 팔 일간 벌을 받았을 때, 천장의 어느 창문에서 내일 징벌 본부를 나갈 예정인 한 녀석을 향해 A 가족의 리발에게 자기는 여전히 그를 마음에 두고 있다는 말을 전해달라고 부탁하는 빌루아의 목소리를 듣고 내 사랑도 지옥의 밑바닥으로 추락했다. 질투가 나를 미치게 만들었다. 입이 바싹 타들어갔다. 내 남자를 사랑했던 것이다! 내 안에서도 이 사실을 인정하고 고함을 질렀다. 갑자기 나는 의지하던 기둥서방을 잃은 계집이 되었다. 마치 폐허가 된 사원처럼. 그러나 빌루아가 벌을 받지 않았다는 걸 금세 알게 되었다. 그러니까 벽 너머로 들은 것은 그의 목소리가 아니었다. 그의 목소리는 부드러웠다. 인위적으로 부드럽게 만든 억양이었지만 남성적이고 밝은 목소리였다. 이 소리는 흑인 악사가 의도적으로 호주머니에 손을 넣고 움직임으로써 바짓가랑이 사이가 가볍게 흔들리는 모습을 떠올리게 했다. 섬세하고 가볍게 요동치는 부드러운 옷감은 묵직한 남성의 도구(성기)를 감추고 불룩 튀어나와 있는데 가끔 폭발하여 나체의 오만함을 드러낼 것만 같았다. 장막 뒤에서 울리는 북소리라고 말할 수도 있었다. 빌루아가 징벌실에 있지 않다는 것을 알고 불안의 눈덩이는 녹아버렸다. 그러나 곧바로 다시 불안감이 목을 타고 올라왔다. 이번에는 엄청나게 더 컸다. 좀 전에 들은 목소리는 스토클레의 것이었다. 그가 빌루아의 목소리를 흉내 냈던 것이다. 나는 그 순간 사랑한 사람의 몸짓과 소리를 흉내 내던 때를 환기했다. 스토클레는 A 가족의 기둥서방이었다. 그와 빌루아 사이에 아무리 비밀리에 하는 것이라 해도 연인 관계는 있을 수 없었다. 하지만 그가 빌루아의 목소리를 그 정도로 몸에 지니고 있는 것으로 보아 남모르게 빌루아를 사랑한 것이 아닐까 하는 생각이 들었다. 나는 그가 내 정부에게 정복당하는 모습을 상상해보았다. 이런 배반 행위를 떠올리니 미칠 것 같았다. 이윽고 평정을 되찾았다. 빌루아의 소리는 모방할 수 없는 것이라고 느꼈기 때문이다. 스토클레가 그 소리를 흉내 냈다는 생각은 착각이었다. 사실 그의 음성은 매우 거칠고 명확하지 않았다. 그는 감화원의 농장에서 마부로 말을 부렸다. 그런데 징벌 본부의 징벌실이 소리의 울림을 확대하는 한편 부드럽게 하고 소리가 두꺼운 벽에 부딪히면서 약간의 진동음이 덧붙여진 것이다. 나는 그 점을 서서히 알게 되었다. 또한 스스로를 위로하기 위해 좀 더 새롭게 꾸며댔다.

사내들은 작업 중에 아무 곳에나 침을 뱉었다. 이따금 지나가는 동료에게 침을 뱉기도 했다. 그러면 그들은 상대에게 아름다우면서도 냉혹하고 또한 비교할 수 없을 정도로 지독한 욕설을 퍼부었다. 하지만 태양 빛에 검게 그을린 목덜미가 거친 자들은 어딘가에, 어쩌면 어깨뼈 사이에 애정의 균열을 간직하고 있었을지 모른다. 나는 가장 때 묻은 수부들의 생활에 관한 표현이 얼마나 예민한 것인가를 지적한 바 있다. 그 건장한 사람들은 갤리선이 항구를 떠날 때 "배를 들어 올린다"라고 말하거나, "돛을 물에 담근다"라고 말하거나, "출범 준비를 한다" 또는 "잠자는 작업"이라고 했고, 선복(船腹)의 덮개를 "모피"라고 불렀다. 그들 중 난폭한 자들은 유리병에 넣은 모형 배의 돛대나 망을 손가락 끝으로 잡는 식으로 부서지기 쉬운 시(詩)와도 같은 말들을 지껄였다. 그러면 바다의 외로움은 모처럼 찾아온 그들의 평화를 깨뜨렸고 모두에게 비통한 눈초리를 지니게 했다. 바람이 돛을 흔들었다. 욕설이 밧줄에 걸렸다. 사나이들은 갑판 위에 쓰러졌다. 내가 간직하고 있는 가장 기괴한 환상은 어떤 뱃사람의 고수머리였는데, 그 머리는 바람과 안개와 배의 움직임 때문에 밧줄로 휘감긴 구명대에 둘러싸인 채 펄럭였다. 언젠가 피에로 빌캉이 계단에서 나를 만났을 때 갑자기 "어이, 자노, 네 정부야"라고 말하며 보여준 것과 같은 문신이 어깨 위에 새겨진 수부의 머리였다.

나는 이 해적들의 옷에 대해서 별로 언급하지 않았다. 그 옷은 단지 긴 팬츠의 일종에 지나지 않았지만 무릎 위까지 걷어 올려져 있었다. 상체는 아무런 것도 걸치지 않았다. 남쪽 바다에서의 노획물은 때로 호사스러운 것이었으나 그들의 운명은 옷 입는 것을 허용할 만큼 풍요롭지 못했다. 그들이 선창에서 서로 몸을 바싹 붙이고 있을 때의 모습은 무척 아름다웠다. 그러나 사진을 찍고 싶어도 광각렌즈는 필름 위에 한 송이 장미꽃만을 기록할 것이다. 하늘로 사라진 것을 통해 나는 죽음에서 벗어날 수 있었다. 그리고 사진기의 찰칵하는 셔터 소리가 뚜껑 문을 열었고, 그곳을 통해 응징하는 자의 상상 세계로 추락하고 말았다.

예전에 죄수들이 비탄에 잠겼던 곳, 우리는 이곳 퐁트브로 형무소를 되찾은 밤에 영혼과 성기가 마음껏 흐느껴 울도록 내버려 두었다. 중앙 형무소에 방탕한 자와 선량한 소년들이 함께 동고동락하고 있다는 것은 의심할 여지가 없었다. 형무소 역시 그렇게 생각하고 있는 것일까? 또한 퐁트브로라는 작은 마을, 인구 천 명 정도의 슬레이트집들로 이루어진 마을에 중앙 형무소가 한 자리를 차지하고 있었다. (2백 명의 간수와 그 부인들이 살고 있었는데, 부인들은 무례하게도 우리를 "더러운 종자들"이라고 불렀다.) 중앙 형무소의 자리는 옛 수도원의 중요성을 지니고 있었다. 그래서 죄수들은 여름에 높은 벽 너머로 퐁트브로의 샘을 둘러싼 푸른 언덕의 꼭대기를 바라보며, 옛날 여기에 살았던 수도사들의 자부심 강한 영혼을 자신들의 내부에서 발견하고는 했다. 죄수들은 서로 바깥세상에 있을 때의 경험담을 늘어놓았다. 역시 가슴 두근거리며 탐험에 나섰던 암흑 같은 생활에 관한 것이었다. 그들은 말했다.

"난 펜과 쐐기를 들고 나갔어!"

이 말은 문을 여는 데 사용하는 지렛대와 쐐기를 가져갔다는 뜻이다. 훔치러 들어간 아파트에 갑자기 주인 여자가 돌아왔을 때는 그녀가 정신을 잃고 쓰러질 때까지 때렸다. 그때 절도범이 말했다.

"그 여자를 때려눕혔어."

어느 남색자가 자기 적수를 경멸할 때는 이렇게 말했다.

"내 성기 위에 앉아서 작업 얘기나 하지."

새로 온 신참이 "성기를 빨았다"라는 표현을 잘못 사용하고는 했는데, 어느 날 아침 낡은 발굽에 발이 걸려 넘어질 뻔하고서 "눈동자가 뒤집혔다"라고 말하기도 했다.

깡패들이라 해도 누구나 프랑스어를 배워 알고 있었다. 그러나 점점 은어를 듣게 되고 그들 사이에서도 은어를 반복적으로 사용했다. 그들은 젊었다. 내게 그러했듯, 그들에게 은어는 매력적으로 보였을 것이다. 나는 은어의 매력에 빠져들기까지 오랜 시간이 걸렸지만, 이후 말할 때마다 은어를 활용하게 되었다. 그들은 직관적으로 아주 어려서부터 그 매력을 알아차린 듯했다. 하여튼 그들은 표준 프랑스어를 거의 사용하지 않는 듯했다. 그들은 은어의 매력에 빠져 전적으로 은어에 의지해 말했다. 나는 나 자신을 발견하는 데 너무 늦었다. 겨우 되찾은 내 성질대로 살아가는 일도 늦은 듯했다. 서른이 되어서야 깡패들이 스무 살 때 살아가던 방식을 추종했으니 말이다.

나는 이전에 '연애 주기'라는 표현이 적어도 두 가지 의미로 이해되는 것을 들은 적이 있다. 그 때문에 지금도 셋 또는 네 개의 다른 의미를, 때로는 상반되는 의미를 나타내는 말을 들을 때마다 자문한다. 이미 이름 붙여진 것에 대해 우리가 안심하고 따르는 습관적인 세계에 어떤 다른 세계가 얽혀 있을까! 그러나 사람들은 다른 세계, 때로 제3의 세계에 더는 이름을 붙이지 않는다. 우리 내부의 무엇이 이 우주에 호소하거나 또 그 우주를 인용하는 걸까? 여기서 이와 같은 말 혹은 그 이상으로 아름다운 말이 흡연자의 가슴 깊은 곳에서 솟아 나오는 연기처럼 디베르의 입에서 흘러나오는 것을 느꼈다. 둥글고 따뜻한 목소리가 그의 목에서부터 전부 열리거나 반쯤 열린 입을 통해 나왔을 때, 무게 있는 목소리를 가진 젊은이들이 느끼고 그들이 맛보는 감동을 생각하자 마음속 깊은 곳에서 울림이 일었다. 이러한 묵직한 목소리는 흔히 강자들이 지닌 것이었다. 음색 때문이 아니라 일종의 이명 같은 것이 목소리에 진동음을 주고 구르게 하여 그르렁거리는 소리를 발생하도록 한다. 이 소리는 자신의 어휘를 다이아몬드나 진주로 장식하고 싶어 하는 귀부인이 부러워할 만큼 숨겨 둔 보석의 존재를 폭로하는 것과 같았다. 이 심오한 보물은 깡패들에게 타고난 특질이었다. 나는 이 보물을 그것이 나타내는 의미와 함께 받아들였다. 깡패들이 스웨터의 접은 목이나 모자, 구두, 밀짚모자로 또는 지난날 귀걸이로 서로를 알아본 것이 사실이라면, 왜 변덕이 심한 일반적인 유행에서 태어난 이 옷차림의 요소가 그들에게 흥미를 갖게 했고, 선택되었고, 또 남성 가운데서 가장 거친 사나이의 상징이 되었는지 궁금했다. 애정보다 더 강한 기사, 어느 깡패가 과연 그 완전한 기사에 해당한 것일까? 머릿속에서 레가 떠올랐다. 이 귀여운 깡패는 아름다웠지만 불손했다. 그의 몸짓이나 목소리나 태도가 확고했기 때문에 사내라고 불릴 만했다. 그것도 하나의 남성적인 기호였다. 그는 사내였다. 내부의 무엇이 그가 퐁트브로 형무소에 입소했을 때 입은 갈색 무늬의 비로드 잠바를 선택하도록 한 것일까? 그의 취향은 도대체 어떤 것일까? 중앙 형무소 내의 사나이들 대부분이 어떤 면에서 나름대로 멋쟁이였고, 특유의 미묘한 멋을 풍기고 있었다. 난 아직 그 깡패들의 복장에 대해서 충분히 말하지 않았다. 왜 우리 사이에 이렇게까지 오랫동안 코끼리 다리만큼이나 넓은 바지가 유행했으며, 바지통이

무도회의 드레스만큼 넓은 것도 부족해서 바지가 구두를 덮을 정도로 옷감을 찢고 또 벌어지게 만든 자가 있었던 것일까? 왜 우리는 허리띠를 그렇게 졸라매었나? 그 기원을 해군에까지 거슬러 올라가 수병들이 옛날에는 항구 기둥서방들의 정부였다는 설명으로는 충분하지 않았다. 물론 이 설명 속에 인간의 마음을 뒤흔드는 무언가가 있었다. 그들이 군대를 나와서 깡패가 되어 이전의 복장에 대한 향수를 느낀 나머지 그 복장을 되찾고 싶어서 혹은 수병의 동작에 대한 시적 분위기를 환기하며 바지나 상의를 수선한 것은 아닐까. 기둥서방의 복장이 수병의 유니폼을 통해 옛날의 범선이나 노예선 선원들의 복장과 연결된 것도 주목할 만했다. 우리처럼 퐁트브로의 사내들도 밤에 천장의 창문을 반쯤 열었다. 그들은 맞은편 막사의 수많은 창을 보며 놀라기도 하고 감탄하기도 했다. 벽 뒤의 자기 모습을 보고 행복해하기도 했다. 왜냐하면 그들은 벽을 보는 자이자, 또 벽 뒤에 있는 자였기 때문이다. 그들은 갑자기 뒤로 물러난 지평선에 잠시 사로잡혀 있었다. 그리고 창에서 창으로 인사를 건넸다. 그들은 서로의 애칭 '자노, 조, 리쿠, 데데, 폴로' 외에도 경쾌하고 향기로운 별명들을 알고 있었다. 그 별칭들은 지금이라도 날아갈 듯 기둥서방들의 어깨 위에 앉아 있는 듯했다. 친구와 친구가 서로 열정적인 사랑을 나누며 맹세의 말을 주고받을 경우에도 서로 어색하게 본명을 부르던 시절, 메트레 시절에는 아직 그 비밀을 몰랐던 사랑의 말들이었다. 그들은 이러한 이름과 그들의 목소리 외에 아는 것이 없었다. 그들은 살짝 열린 어둠 속의 창을 통해 서로 교환하고 싶은 소설의 제목을 알렸다. 그러면 중앙 형무소에서 메트레까지 별이 총총한 하늘 아래 《밀리아르 공주》, 《목을 매는 밧줄》, 《단검 아래에서》, 《보헤미안의 카드》, 《금발의 황후》 등의 소설 제목이 떠돌았다. 이 모든 단어가 그들의 열린 입에서 나와 바람에 실려 허공을 떠돌았다. 마치 장례식 배의 돛대에 걸린 수많은 깃발처럼. 그들은 서로의 목소리밖에는 알지 못했다. 그래서 오히려 사랑을 실어 나르던 것이 아닐까? 목소리들이 다른 목소리들을 사랑했기 때문이다. 우리의 신들도 철문 위의 작은 창으로 얼굴을 내밀며 같은 방법으로 사랑을 주고받았다. 이따금 스무 살 정도의 젊은이가, 이를테면 죽기 전의 빌캉만 한 젊은이가 누구보다도 자주 아파치족의 노래를 불렀다. 그 〈야상곡〉의 단어들은 노랫말 속의 "유골 단지"와 함께 떠돌이들의 마음을 달래주었다. 우리는 성벽이 무너질 정도의 노랫소리를 들었다. 아주 열심히 들었다. 너무 크게 노래하면 누군가 외쳤다.

"어이, 꽃을 따러 갈까!"

이 말은 자신의 넓적다리에 들장미 문신이 있고, 어깨에 새로 낙인을 찍어 파낸 백합 문신이 있다는 뜻이 아니라 소년의 꽃이 핀 페니스를 자기 몸속에 집어넣고 싶다는 뜻이었다. 그날 저녁 퐁트브로 감방의 어둠 속에 갇혀 있던 목소리들은 〈뒤돌아보지 말고 떠나라〉를 노래하는 음성만큼 묵직하고 희미했다. 그 목소리들이 다른 어떤 노래들보다도 나를 혼란스럽게 만들었다. 왜냐하면 그 노래가 젊은 원생 시절 내가 밖에서 어떤 소년과 성행위를 하고는 했던 프티트로케트에서 유래했기 때문일 것이다. 내가 메트레에 입소하던 날 고참들은 나를 더듬었고, 그들은 바로 내가 '함락'되리라고 생각했다. 그들은 그날 밤 노래한다는 조건으로 나를 목면으로 만든 뻣뻣한 새 옷을 입은 채로 두었다.

"뭐 아는 샹송 있냐?"

그들이 말하는 은어를 알아들을 수 없었다. 그들 가운데 파리 서민 지구 출신의 깡패도 있었지만 대개는 시골 태생으로 파리를 경유해서 온 자들이었다. 나는 다른 형무소에서는 들을 수 없었던, 오로지 도형장에서만 들을 수 있었던 표현을 메트레에서 배웠다. "자기의 바지를 지킨다"라는 말이었다. 메트레와 도형장의 비슷한 상황이 이 말을 만들어낸 것일까? 아니면 탈옥하거나 방면된 도형수가 메트레로 돌아와 자기의 옛 깔치*를 만나 바지를 지키도록 충고하면서 생긴 것일까, 아니면 기아나에서부터 살인범의 짐 속으로 유입된 것일까?

나는 바로 그날 밤 뜰에서 그들을 위해 이본 조르주와 니니 뷔페가 유행시킨 노래 〈뒤돌아보지 말고 떠나라〉를 불렀다. 동료들이 경청했다. 새로 온 자는 자기가 알고 있는 새로운 노래를 신고하고 그 노래를 부르는 것이 관례였다. 이것이 그들의 멋진 신고식이었다. 신고식은 고참에게 신참이 가져오는 달콤한 황금색 담배 향기요, 여성적인 맛이었다. 우리는 이렇게 해서 〈나의 파리〉, 〈나의 두

---

* 애인을 일컫는 범죄자들의 은어

연인들〉, 〈블랑슈 광장〉, 〈딸기와 산딸기〉, 〈할렐루야〉 등의 노래를
익혔다. 가장 호감을 준 것은 사랑과 이별과 술의 도취를 뜻하는 감
상적이고 격렬한 노래였다. 나는 모든 사람을 위해 B 가족의 뜰 중
앙에서 노래했다. 목소리가 형님의 마음에 들었던지 그는 나를 자
기의 깔치로 선택했다. 내 목소리는 맑고 청명하지만 이탈리아 사
람에게서 볼 수 있는 비둘기의 목젖 떨리는 울림은 없었다. 토스카
노에게는 그런 울림이 있었고, 그 덕에 나는 그에게 남자를 빼앗기
고 말았다. 그러나 메트레 감화원에서는 원생들이 자기들의 슬픔을
발산하는 특유의 푸념 노래를 단 하나도 만들어내지 못했다.

    내가 봇차코를 마지막으로 만났을 때 그는 콧노래를 부르고 있었
다. 나는 그걸 들으려고 다른 조직의 깡패들과 함께 멈춰 섰다. 그는
웃고 있었다.

    "넌 기(Guy)와 함께 있었던 메트레에서는 노래하지 않았지?"

    "아니, 노래했어. 우리 모두의 노래를 불렀다고. 근데 왜?"

    "왜냐고? 에스에서……."

    "에스에 간 적 있어?"

    "그럼, 있지. 거기서는 노래를 만들었지. 잘 만드는 녀석이 있었
어. 게다가 아니안이나 생모리스나 벨일 감화원에서 가져온 녀석도
있었지. 하지만 메트레에서는 전혀 가져오지 않았어. 퐁트브로의
노래에 이런 구절이 있지."

    도형장이 장소를 옮기자,

그 이름이 사라졌네.

거대한 형무소가 그 자리를 대신하게 되었지.

그 이름이 바로 퐁트브로

묘지라는 뜻이지. (…)

또 하나의 노래가 있었다.

검은 성벽으로 둘러싸인 외로운 감옥 안에서

두 젊은 죄수가 원을 그리며 천천히 돌고 있었네.

수치스러운 죄수복을 입고 고개를 숙인 채

진짜 도형수들처럼 팔에 번호표를 달고

그들이 과연 무슨 짓을 저질렀는지 알고 싶어라.

살인범일까, 강도일까, 아니면 부랑자일까.

선량한 노동자들에게서 훔치기 위해

살인의 수단을 물리치지 않는 녀석들. (…)

봇차코가 말하는 푸념의 노래는 메트레에서 생겨날 수 없었다. 감화원을 둘러싼 외벽이 없었기 때문이다. 우리의 향수는 깊었다. 그러나 거기에서 형성되는 멜랑콜리는 그다지 강하지 못했다. 멜랑콜리는 축적되는 일도, 벽에 부딪혀 튀는 일도 없이, 동굴 속의 탄산가스처럼 단순히 상승하는 것이었다. 멜랑콜리는 산책을 하거나 경작을 하는 동안 발산되어 흩어졌다. 아니안, 에스 같은 소년 감화원이나 상테 형무소, 중앙 형무소와 같은 감옥들은 모두 벽으로 둘러싸여 있었다. 거기서 피어나는 고통이나 외로움은 해결할 길이 없었다. 외로움은 벽에 부딪혀서 반사되었다. 봇차코가 즐겁게 듣고 불렀던 푸념 노래들은 거기에서 태어났다.

하여튼 입소 첫날 밤 부른 노래 덕분에 나는 부끄러운 창부로서의 역할에서 벗어날 수 있었다. 밤중에 그물 침대에서 그물 침대로 건너오면서 깡패 녀석들이 차례로 내 침대로 오는 대신, 오히려 내 기둥서방 덕에 존경받는 처지가 된 것이다. 내가 아직 짐(겨우 소지품을 싼 담요 한 장에 불과했지만)을 식당의 창가 긴 의자에 풀어놓기 전부터 모두 나를 엿보고 있었다. 리오가 고의로 의자를 흔들었고, 짐이 땅바닥에 흩어졌다. 주위의 녀석들이 비웃었다. 나는 소지품들을 주웠다. 리오는 다시 떨어뜨렸다. 나는 그의 눈을 쳐다보았다.

"너 일부러 그러는 거야?"

"보면 몰라?"

이 대답이 옆에 있는 녀석들을 웃겼다. 그러자 내 마음속에서 두 번 다시 일어나지 않을 현상이 일어났다. 나는 내 앞날의 모든 것이 지금 이 순간의 태도에 달렸다는 생각이 들었다. 갑자기 아주 심오한 정치적 감각을 몸에 지니게 되었다. 왜냐하면 나는 이 소년들의 정치적 감각이 이상할 정도로 날카롭다는 걸 알았기 때문이다. 그들은 아주 확실한 방식으로 나를 탐색했다. 즉 내 반응 자체로 내가 기둥서방인지 떠돌이인지, 남색 상대자인지를 분류하려던 것이다. 커다란 두려움이 몇 초간 나를 마비시켰다. 갑자기 리오보다 내가 더 유약하다는 데 대한 분노 때문에 이를 악물고 일부러 힘껏 외쳤다.

"더러운 새끼!"

그는 이미 내게 덤벼들고 있었다. 싸움을 피할 생각은 없었다. 얼마 후 나는 구조되었다. 어쨌든 이 소년들은 자기 패를 고르는 데 놀랄 만한 재주를 보였다. 그 과정은 아무런 의논도 하지 않고 자연스럽게 행해졌다. 그들은 조금도 주저하지 않고 약한 자를 제거했다. 대개 육감만으로 식별했다. 웬만한 경우 한 사람을 골라서 그가 남자인지 아닌지를 알아보는 기술을 터득하고 있었다. 나는 방어에 성공했다. 빌루아가 자기 보호 아래 나를 지켜주었다. 우리 사이에 애무하는 일은 드물었다. 이 점으로 미루어 우리는 로마인이라고 말할 수 있다. 우리 사이에 애정은 없었지만 때때로 애정보다 더 나은 동물적인 사랑의 몸짓이 있었다. 그는 목에 가는 쇠사슬을 걸치고 있었는데 거기에는 예수의 성심(聖心)을 뜻하는 은메달이 달려 있었다. 우리가 사랑을 나눌 때, 그가 내 눈에 키스하는 걸 지켜워하면 곧 그의 페니스로 옮겨 가기 위해 내 입과 혀는 그의 목과 가슴 위를 핥고 천천히 배로 미끄러져 내려왔다. 내가 그의 목 높이에 이르면 그는 약간 몸을 돌렸다. 그리고 쇠사슬 끝에 걸려 있던 메달을 벌어진 내 입속으로 떨어뜨렸다. 나는 메달을 잠시 입속에 물고 가만히 있었다. 그는 곧 메달을 끄집어냈다. 그의 목 위를 지나갈 때 다시 은메달이 입속으로 들어왔다. 그의 권위는 내가 어떤 다른 소년보다 더 멋지게 옷을 입을 것을 요구했다. 그래서 도착 다음 날, 나는 원생들의 유행에 따라 이미 일요일에는 찢어진 넓은 베레모를, 평일에는 발랄하게 보이는 작업모를, 그리고 유리 조각으로 약간 깎아 올려 나무 부분이 양피지만큼 얇아진 쪼가리를 바닥에 댄 구두를 갖추었다. 소년들은 각자 자기의 보스 몰래 라이터나 부싯깃을 만들기 위해 손수건을 태우고 쇳조각을 훔쳤다. 그들은 밤중에 바지를 수선하기도 했다. 각반을 둘러 다리에 꼭 맞도록 하기 위해서였다. 원생, 기둥서방, 깔치들 모두 자신들의 장신구를 늘리는 데 열중했다. 기둥서방들은 멋 부리는 소년들을 보고 빈정거리며 말했다.

"그들이 옳아. 녀석들은 고통스러운 인류를 위로해줄 테니까."

나는 이 표현과 "고통에서 구원받은 인류"라는 교회의 표현 사이에 유사성이 있음을 알게 되었다. 당시 기둥서방들에게 쾌감을 맛보게 해줘야 했던 필요성 속에서 악덕까지 여과할 정도로 강한 자비심이 내게 나타나는 것을 느꼈다. 지금 그 자비심은 미소년들을 즐겁게 해주는 욕구로 바뀌었다. 현재의 나로서도 행복한 우연의 도움을 받아 조금씩 내 안에 묻혀 있는 자비를 발견하지 못한다고는 말할 수 없는 기분이 들었다. 이 글을 쓰고 있는 지금도 자비심은 눈부신 아이들이 내 시 속에 나오는 것처럼, 순수하게 또한 빛을 발하며 나올지도 모른다. 하여튼 나는 소년들을 오랜 인고 끝에 말의 무질서 사이에서 찾고 싶었다. 수많은 초안과 버려진 것들 속에서 재발견하는 경우도 종종 있었다. 이따금 특정한 누군가를 향해 '너'라고 칭함으로써 점차 그 비밀스러운 기도가 미화되고, 이어서 내 기도의 주인공을 만들어낼 때도 있었다. 모든 종교에서 신성성을 탐구하는 일은 거의 비슷하게 고통스럽다. 그래서 종교는 탐구자에 대한 보답으로 신에 대한 이해 방식에 따라 그에게 신과 마주 보는 영광을 허용하는 것이다. 내 경우에도 나의 신 아르카몬을 보는 것이 허용되었다. 감방에 있으면서 영혼으로, 내 몸이 그의 몸 가까이에 있을 때보다 더욱 명확하게, 그의 최고의 삶, 이를테면 그가 자기 자신을 넘어서 도달한 삶, 즉 사형선고에서부터 죽음에 이르기까지 지속된 삶에 입회할 수 있었던 것이다. 또 그러한 멋진 장면들이 이 책을 쓰게 된 구실이 되었다. 그러나 거울의 시스템이 내가 쓰지 않은 이미지를 반사하는 것처럼 책은 배반의 내용으로 채워질 것이다.

내 책을 "천사의 아이들"이라고 부를까 생각한 적도 있었다. 〈창세기〉에 이런 구절이 있다. "하느님의 아들들은 사람의 딸들이 아름다운 것을 보고, 여자들을 골라 모두 아내로 삼았다." 또 에녹은 말한다. "천사들 각자 하나의 여자를 골라 다가가니 여자들이 임신했다. 그리고 그녀들이 거인을 낳았다. (…) 그 거인들이 인간이 만든 모든 것을 집어삼켰다. 천사들이 그 아이들에게 마법을, 검과 단검, 창과 투구 만드는 기술을, 거울 만드는 방법을, 장신구와 팔찌의 제조법을, 그림의 용법을, 눈썹 그리는 법을, 보석의 시용법을, 각종 염색술을 가르쳤기 때문에 세계는 타락하고 배교가 퍼지고 간음이 증가했다."

나는 이 글을 읽고 원생들의 은밀한 영역을 이보다 더 멋지게 묘사하고 표현할 수 없으리라 생각했다. 우리가 천사와 여자 사이에서 태어난 젊고 박식한 후예라는 생각에 나는 어지러울 정도로 매료되었다. 또한 우리에게 확실한 과학을 전해주어 우리가 은밀하게 불도, 의류도, 장신구도 만들며 영광과 죽음을 동반한 전쟁까지도 일으키는 마술에 가까운 실험을 하도록 한 것일까? 그들은 어떤 무심한 경지에서 행동한 것일까? 이를테면 사람들은 문신의 규칙이 엄연히 존재한다는 사실을 믿지 않았다. 전쟁놀이를 하거나 아파치족 흉내를 내는 등의 놀이하는 자들이 만들어내는 의식은 전혀 볼 수 없었다. 원생들은 어떤 코미디에도 빠지지 않았으며 모든 거짓 꾸밈을 싫어했다. 문신에 쓰이는 사물의 결정이나 금지도 저절로 이루어졌다. 어떤 주인이 이상한 옷을 입고 자리를 지키고 있는 일은 상상할 수 없었다. 다만 험상궂은 눈매를 가진 어린 녀석이 냉혹하게 결정했을 뿐이다.

"기둥서방 문신을 아무나 자기 멋대로 하면 안 돼! 삼색제비꽃 이외의 문양을 했다가는 다리를 분질러놓겠어. 목발을 짚고 다니도록 말이야!"

그 덕택에 문신의 체계가 순수하게 유지되었다. 공식적으로 확립된 것이 아닌 만큼 더욱 순수하게 보였다. 명예 같은 것은 찾아볼 수 없었다. 명예는 원칙적으로 존재하지 않았다. 명예는 소년들을 닮은 모험심의 자연스러운 결과였다. 결국 명예는 때로 독수리가 되거나 때로 범선 혹은 그 밖의 다른 모습으로 표현되었다. 내가 이곳에 도착한 후에도 한동안 보베는 여전히 메트레 감화원에 있었다. 빌루아를 향해서 그가 말했다.

"이봐, 너!"

말은 거기에 부여된 의미를 갖기 마련이다. 게다가 우리가 사용하는 말은 모두 암호였다. 아주 간단한 감탄사가 때에 따라 복합적인 조소의 뜻을 지니기도 했다. 예를 들어 "이봐, 너!"라는 말은 "너 혼자가 전부가 아니야. 나도 있어!"라는 뜻이다. 빌루아가 갑자기 덤벼들었다. 두 사람은 점점 더 술에 취한 기분으로 '주먹을 주고받았다'. 소설가라면 그들의 눈두덩과 콧구멍과 턱에서 흐르는 피의 냄새를 충분히 맡았을 것이다. 신성한 싸움이었으니 누군들 말릴 수 있었을까. 빌루아가 보베의 독수리 문신을 허용하지 않은 것이다. 지난달 그는 범선을 새기라고 말했다. 독수리 문양은 좀 더 시간을 기다려야만 했다. 그런데 보베는 억지로 독수리를 새기려고 했다. 그 이유로 그는 죽었다. 뷜캉의 가슴에서 독수리 문신을 보았을 때 비로소 당신들은 내 감동을 이해할 수 있을 것이다.

다른 녀석들, 이른바 모든 종류의 깡패나 강도들이 산책을 나갔다가 계단에서 그의 아름다움을 알아보고 인정했는지 어떤지는 모른다. 그러나 그가 접근했을 때 모두 당황한 것은 사실이다. 그들이 한순간 넋이 나갔다고 말하는 걸 들었다. 내 관찰력으로는 전혀 낌새를 느끼지 못했다. 그들이 이유도 없이 갑자기 멍해졌기 때문이다. 그가 나를 기다리던 담 모퉁이에서 그들은 눈에 띄지 않을 정도로 뷜캉을 향해 자세를 낮추고 올라가던 걸 멈췄다. 그래서 그 계단은 모든 감동의 순간을 영구히 간직하게 되었다. 계단은 뷜캉이 처음 내게 입을 맞추고 영양같이 재빠르게 도망치던 모습을 지닌 채 지금도 진동하고 있는 듯하다. 그가 얼마나 쏜살같이 달아났는지 계단은 상기시켜주었다. 그가 재빨리 도망간 것은 나 자신도 예기치 못한 입맞춤을 그 자신이 감행한 것에 대한 부끄러움 때문이었을 것이다. 그 행위를 얼른 지워버리기라도 하듯이 말이다. 그의 갑작스러운 행동은 아주 미묘한 배려를 감추고 있었을 것이다. 과연 그가 나를 사랑할 수 있을까? 나는 몸과 얼굴을 언제나 소중히 관리해왔지만 그래도 삶의 흔적은 지울 수 없었다. 바깥 생활에서 체험한 많은 고난의 흔적을 말이다. 감옥은 사람을 젊은 상태로 유지해주었다. 중앙 형무소의 나이 든 강도범들은 장미처럼 신선하고 평온한 얼굴과 유연한 근육을 가지고 있었다. 지금도 그런 녀석이 많다. 그들은 죄수들을 초췌하게 만드는 굶주림에도 시달리지 않고 형무소 내에서 연애를 즐기는 대가들이었다. 로키 녀석은 회계부의 동료나 간수보다 더 능숙하게 빵 굽는 자와 내통했다. 이상한 일이었지만 뷜캉이 왜 그 방법을 활용하지 않았는지 지금도 알 수 없다. 어느 날 그가 계단에서 둥근 빵 하나를 윗옷에서 꺼내 무르팍에 놓고 둘로 자른 적이 있다. 그때 그의 팔 근육이 부드럽게 움직이는 것을 보았다. 그는 빵의 반을 내게 내밀었다. 나는 그 후 뷜캉을 판단할 때 자주 그때의 행동을 떠올렸다. 그가 자발적인 행동으로 빵을 주겠다고 말한 이상 그의 무의식 속에 그러한 성격의 근본이 자리 잡고 있었을 것이고, 그 일을 실행한 그는 스스로 아주 충실하게 행동했다고 생각할 수 있다. 그의 모든 행동은 무의식에 지배되어 있다는 생각이 들었다. 무의식은 솔직성과 혼동하기 쉬운데, 솔직성이란 어떤 것도 감추지 않으려는 의지이지만 자발적 행동은 어떤 감정에 즉각적으로 반응하는 것이기 때문에 그 무엇도 감추는 것이 불가능했을 것이다.

뷜캉의 행동은 자연스럽게 보였다. 오판이었다. 단 한 번 그가 자발적으로 행동한 것을 보고, 나는 그 행동을 무의식적으로 한 행위로 간주하고 그가 솔직하다고 믿은 것이다. 그래서 훗날 거칠고도 신랄한 어조로 로키와 헤어졌다고 분명하게 말한 것을 믿은 것이다. 사실은 누군가가 그에게 빵을 제공했고, 그 기쁨 때문에 마음이 열렸고, 과시욕이 그를 무분별하게 만들어서 내게 빵을 건넨 것뿐이었다.

로키는 키가 크고 힘이 셌다. 하지만 잘생긴 얼굴은 아니었다. 내가 뷜캉을 사랑하고 있음을 로키가 알고도 결코 내색하지 않았다는 사실을 이제야 알았다. 로키는 이미 뷜캉과 멀어져 있었던 것이다. 뷜캉을 사랑하지 않게 되었는지, 아니면 자기들의 운명이 더는 사랑하는 것을 허용하지 않았는지 알 수 없었다. 나는 그를 거의 보지 못했다. 나는 뷜캉에 대한 우리의 공통된 애정 속에서 우정이 우리를 연결해주기를 바랐다. 두 연적 사이에서 우정이, 아니 연애까지도 불가능한 일은 아니었다. 두 사람 모두 수컷을 좋아하는 기질이 있었기 때문이다.

나는 독수리나 프리깃함* 해군의 닻, 뱀, 삼색제비꽃, 별, 달, 태양 등의 문신을 한 소년들을 보았다. 심한 경우 목 위에까지 새긴 것도

---

* 주로 공격형 항공 모함의 호위를 맡는 구축함보다 크고 순양함보다 작은 군함

있었다. 새로운 기사도의 기사들은 이러한 문신들로 장식했다.

일종의 기사도나 제정 시대의 귀족 제도 같은 규율이 있어서 다른 형무소나 감화원에서 새긴 문신은 허용되지 않았다. 그러나 오랜 귀족의 위신과 같은 것이 이곳 기둥서방들에게 다른 곳에서 문신을 한 자들을 존중하도록 했다. 퐁트브로의 죄수들은 누구나 팔에 한 송이의 조그만 삼색제비꽃을 하고 있었다. 그들은 그 꽃을 자기네 어머니에게 바쳤다. 우리는 그 둘레에 "라 부아 도르*"라는 글자를 새겼다. 어떤 목적 없이 이곳의 질서를 상징하는 첫 기호였다. 그리고 꽃과 깃발로 테두리를 장식하기 위해 온몸으로 퍼지는 커다란 문양을 그려 넣었다. 용설란 잎에 연인의 머리글자를 새겨놓은 것도 있었다. 그 거친 문신이 그들의 살을 잔인하게 물어뜯었다. 나는 갤리선의 죄수들이 소금에 시달리는 것처럼 문신에 파이고 찢긴 자들의 고통을 상상해보았다. 문신은 모든 마크가 그런 것처럼 양식화되고, 미화되고, 장식된 것으로 그들이 앞으로 가지게 될 상처를 가볍게 또는 더 무겁게 해주었다. 옛날 갤리선의 해적들은 그들의 사회적 삶을 불가능하게 할 목적으로 의도적으로 그 잔인한 문신을 때로 그들의 마음속에, 때로 자신들의 육체에 기꺼이 새겨놓은 것이다. 그들은 스스로 즐기며 사회적 삶과 단절하여 혹독한 운명에 고통스러워하지 않고 견딜 수 있었다. 그들은 자기들 세계의 공간과 안락함을 제한하고자 했다. 어떤 자들의 몸은 마치 군인 막

---

* La Voix d'Or, '황금의 목소리'라는 뜻

사의 내부처럼 낙서투성이였다. 나는 그 녀석들의 그늘에 파묻혀 지냈다.

디베르가 메트레에 있었을 때는 아직 어떤 문신도 하지 않고 있었다. 나는 그의 몸, 피부, 이가 모두 흰빛이었음을 기억한다. 지금 그는 왼쪽 어깨에 언젠가 내가 본 얼굴 문신을 하고 있다. 밤이 오자 그는 슬그머니 내 침대로 다가왔다. 나는 아무 말도 할 수 없었다. 다른 죄수들이 우리 얘기를 엿들을지 몰랐기 때문이다. 나는 매트 위에서 정신없이 그의 몸을 받아들였다. 그의 격앙과 열정은 사랑의 결핍에 따른 절망적인 모습으로 보였다. 우리는 한 시간 동안 집어삼킬 듯이 키스를 주고받았다.

다른 원생들과 마찬가지로 메트레 감화원을 나오자 디베르는 해군에 입대했다. 툴롱에는 가지 않았다. 어른의 허벅지를 가진 프랑스의 원생들은 행렬을 이탈해 달아나는 군대처럼 메트레를 빠져나갔다. 그 모습은 초등학교 아이들의 행동과도 같았다. 그들은 수부의 길을 선택했다. 그들이 뿌리는 악의 씨가 항구와 바다, 그리고 배가 닿는 기항지를 풍요롭게 만들 것이다. 그들은 여자를 가질 것이다. 감히 말하건대 그렇게 오랫동안 남자에게서 사랑받은 소년들은 그들의 마음과 영혼 속에, 그리고 근육 속에 메트레에서 받은 상처를 늘 간직하고 있을 것이다. 예를 들어 리오는 어느 항구에서 창녀를 부드럽게, 그리고 잔인하게 다루면서 그녀를 재클린이라고 부르는 대신 마음껏 사랑의 악센트를 넣어 "나의 리코"라고 남자 이름으로 부를 것이다. 그 말은 그의 마음을 진정시킬 것이다. 그 생각만 해도 나 자신이 침착해지는 것처럼. 내게는 침착성이 필요했다. 조용하고 뜨거운 바다 위에서 갤리선의 선원들이 나를 돛대에 오르게 한 저녁을 떠올리기 위해서였다. 동료 선원들이 바지를 벗겨서 나를 벌거숭이로 만들었다. 나는 그들의 조소와 욕설에서 감히 도망치려는 저항도 못 했다. 일체의 몸짓은 더욱더 그들의 울부짖음에 나를 얽히게 했을 뿐이다. 나는 가능한 한 가만히 있었지만 내가 반드시 돛대에 올라가야만 하리라는 것을 알았다. 나는 돛대 밑에 있었다.

내게는 돛대가 십자가보다 더 멋지게, 저무는 푸른 하늘에 순수하게 서 있는 것이 보였다. 눈물을 머금은 채 나는 말라빠진 팔과 다리를 교차시켜 돛대를 안았다. 선원들의 열광은 절정에 달했다. 그들의 외침은 이미 조소가 아니고 잔인한 헐떡거림이었다. 마침내 나는 위로 올라갔다. 선장을 선실에서 나오게 한 것은 선원들의 지나친 탄성이었다. 그가 선원들이 있는 곳에 왔을 때 나는 이미 돛대의 반쯤 높이에 있었다. 탄성이 조용해지고 이번에는 다른 종류의 감동이 죄수들을 사로잡았다. 계속 올라가던 중 선장이 온 것을 보았다. 그는 돛대를 둘러싼 사람들 밖에서 나를 바라보고 있었다. 나는 계속 올라갔다. 선장이 이 고문을 구태여 제지하지 않으리라는 것을 알고 있었다. 만약 제지했다가는 점점 고양되는 선원들의 감정이 그에게로 향하리라는 걸 나는 알았다. 혹시 선장도 똑같은 감정에 사로잡혔는지 모른다. 그들은 이미 헐떡거리지도 않았다. 그들은 숨을 죽이고 있었다. 아니면 내가 높은 곳에 있었기 때문에 그들의 헐떡임이 숨이 멈춘 것처럼 생각된 탓인지도 모른다. 나는 끝까지 올라가 정상에 손이 닿을 찰나에 떨어졌다. 그리고 다음 날 아침 선장의 힘찬 팔에 안겨서 "기(gui)!"라고 불리는 곳에 매어진 그의 그물 침대 속에서 잠자다 깨어났다.

메트레의 모든 기둥서방은 반드시 강자의 약혼녀가 되었다. 흉터 투성이의 팔과 거친 다리를 가진 신비로운 약혼녀들이었다. 그녀들의 거만한 머리 위에 얹힐 결혼식용 베일을 열심히 짜는 자들이 있었다. 그들은 항구의 제방 끝에서 해적들의 포로 중 가장 아름다운 자를 위해 굵은 손가락으로 갈색의 베일이나 드레스를 짜던 어부들이었다.

나는 디베르가 빌루아를 질투하는 걸 알았다. 또 빌루아를 실제의 그보다 더 멋진 모습으로 그려 보인 것도 상대를 미화하여 자기가 초인을 이겼다는 기분을 스스로 맛보기 위한 것이라는 것도 알았다. 디베르와 함께 메트레에 있었을 때 그가 한 말이 기억났다. 당시 우리는 신문에 낼 가공의 문안을 공상하면서 즐거워했다. 나는 그에게 무슨 내용을 낼 거냐고 물었다. 그는 갑자기 "귀여운 놈"이라고 말했다. 그 말은 왈츠를 추듯 바람에 펄럭이는 불꽃의 넥타이였다. 그가 깊이 숨겨 둔 욕망을 드러냈음을 알았다. 디베르는 강자가 되기 위한 술책을 나보다 멋지게 성공시켰으나, 그 역시 남색 상대자의 영혼을 갖고 있었다.

디베르가 짚으로 만든 매트로 돌아가려고 몸을 일으켰다. 야등이 켜져 있어서 옅은 어둠 속에서 그의 어깨 문신을 볼 수 있었다. 그 문신은 젊은 청년의 얼굴이었다. 다른 문신은 없었다. 그 얼굴은 그가 속세에서 어깨에 메고 이곳까지 가져온 것이 아니었던가! 특별 원정길에서 가져온 문신은 아마존강의 지바로족의 얼굴을 미라 모양으로 축소해놓은 것처럼 보였다. 디베르가 자신의 문신을 나도 해보라고 말했을 때 깜짝 놀랐다. 이 사실이 그에 대한 애정을 흐리게 하지 않은 것도 이상했다. 나이와 더불어 시정(詩情)이 사라져가는 작용의 완만한 결과라고도 볼 수 있을 것이다. 메트레에 있었을 때 발톱 끝에서 눈썹 위까지 문신을 한 가베유란 녀석이 떠올랐다. 자기의 기둥서방에게 이끌려서 월계수 울타리 뒤로 사라지는 것을 보았을 때 곧 능욕당할 남자의 모습을 보는 것 같아서 가슴이 저렸다. 성스러운 글씨로 덮인 깃발을 모독하는 것과 같은 행위였다. 침대 위에서 디베르가 조금 움직였다. 그러자 그의 어깨가 램프 빛에 흐릿하게 빛났다. 문신이 보였다. 그 문신은 뷜캉이 나를 놀라게 한 것과 똑같은 구명대에 둘러싸인 수병의 머리였다.

다음 날 온종일 걷는 형벌을 받는 동안, 디베르는 내게 끊임없이 우정의 신호를 보냈다. 그는 메트레 감화원에서 했던 것처럼 사람을 속이는 재빠른 동작을 되찾았다. 나는 거기에 제대로 응하지 못했다. 질투심이 몰려와 뷜캉의 배반에 대한 보복을 하지 않고는 견딜 수 없을 것 같았다. 종일 원을 돌면서 그와 함께 살아갈 방안을 모색해보았다. 그날 밤 내내, 그리고 다음 날에도 몽상은 지속되었다. 며칠간 그와 함께 상상 속의 생활을 하다가 어느 날 새벽 2시경 나는 그의 죽음에 도달했다. 이미 말했지만 폭력 그 자체인 소년에게서 상기되는 죽음은 격렬한 죽음뿐이었다. 나는 은밀하게 그 죽음을 단두대와 연결해 생각했다. 아침이 되어 간수가 문을 열었을 때 친구를 잃는 고통으로 미칠 지경이었지만 그렇게 멋진 녀석의 죽음에 내가 관계됐다는 사실에 도취되었다. 상상의 생활에서 현실로 되돌아오고 싶었을 때 마음속으로 뷜캉의 진짜 모습을 생각했다. 그리고 그의 죽음 때문인지 내 질투심이 완전히 사라져버렸다는 느낌이 들었다. 문신한 수병의 얼굴을 떠올리려고 했을 때 나는 그 얼굴이 공상인지 현실인지, 문신이 오른쪽 어깨에 있었는지 왼쪽 어깨에 있었는지 이미 가물가물했다.

기둥서방들이 부랑자 혹은 마음대로 다뤘던 깔치, 경찰 끄나풀(밀고자)을 귀찮게 하고 싶을 때면 뷜캉을 찾아갔다. 보통 그는 숙소 벽에 몸을 기대고 있었다. 기둥서방들은 반원으로 그의 주변을 에워쌌다. 부랑자, 깔치, 밀고자의 오른쪽에는 한 녀석이 팔을 쭉 뻗어 벽에 기대고 있었고, 두 번째 녀석은 앞의 녀석의 어깨에 기댔고, 또 세 번째 녀석은 두 번째 녀석에게, 마지막 녀석은 왼쪽에서 같은 자세로 기대고 서 있었다. 소년들은 마치 새장에 갇혀 있는 듯했다. 기둥서방들은 웃으며 앞자리를 차지했는데, 소년들의 희생을 야기하면서까지 쾌락을 유지하려고 했다. 혹은 그들의 면전에 대고 잔인한 욕설을 퍼붓거나 침을 뱉었다. 그러다가 기둥서방들은 그들에게 친근하게 다가가 말 붙이며 미소를 지었다. 내가 뷜캉과 딱 달라붙어 있었을 때 그들이 잔인한 야수로 돌변할까 봐 두려웠다. 그들은 악마의 원으로 나를 에워쌌다. 그리고 (메트레에서였다면 분명 그렇게 했을 텐데) 내 입을 봉해버리는 대신 원 속에 가두어뒀다. 난 다소 움츠리며 경멸하는 태도를 취했다. 그들의 그룹에서 멀어졌다.

빌캉은 수음을 했다. 며칠 전부터 그의 눈가에 거무스름한 색이 보였다. 검은 그림자로 얼굴이 덮여 있었다. 마치 가면을 쓴 것 같았다. 안색은 창백했고 피부는 아주 예민해 보였다. 특히 눈 아래 광대뼈 위가 그랬다. 그 스스로 밤새 진정한 쾌락을 맛보았음을 눈 주위의 그늘이 알려주었다. 그가 밤의 은밀함 속에서 육체와 마음의 비밀을 간직한 채 누구를 떠올리며 수음을 했을까 생각하니 불안했다. 아름다운 자만을 사랑하는 나 자신도 그렇지만 그 역시 아름다운 소년이나 소녀를 사랑하고 있음이 틀림없었다. 그러나 메트레 감화원에서 보여주던 그의 여성다운 겉모습으로 미루어 그가 밤 동안에 소녀를 떠올리거나 섬세한 소년을 생각하며 사랑하지는 않았을 것이다. (여기에도 미소년은 있었다. 그는 그들을 마음대로 가질 수도, 그중에서 누구를 원한다고 의중을 드러낼 수도 있었다. 하지만 그는 누구와도 사귀지 않았다.) 결국 그는 어떤 교활한 놈에게 홀렸다는 얘기다. 나는 잘생긴 남자와 추한 남자가 잘 어울리는 쌍을 이루고 만족하며 지내는 것을 자주 보았기 때문에 자연의 원리에 보상의 법칙 같은 것이 있다고 믿으며 스스로 위로했다. 어쩌면 나는 빌캉이 창녀의 정부들 가운데 가장 잘생긴 남자를 사랑하고 있다고 생각할 용기조차 없었다. (어느 날 그는 로키를 사랑한 적이 있었다고 내게 말했다. 그리고 "그는 비열한 놈은 아니었다"라고 덧붙였다. 나 역시 로키를 알고 있었다. 그는 밤에 수음의 대상으로 떠올릴 정도의 인물은 아니었다.) 만약 그가 늠름하고 제일의 미남자(루 뒤 푸앵 뒤 주르)였다면 뷜캉은 왜 그의 여자가 되지 않았을까? 루 쪽이 뷜캉의 아름다움을 느끼지 못한 것일까? 아니면 자신이 아주 여성적이기 때문에 가장 강력하고도 최고의 추남으로 꼽히는 강도 봇차코에게 사랑받기를 원한 것일까?

기둥서방이 된 옛 원생들을 내가 그전에 알았는지 기억나지 않았다. 포주의 일은 점점 새로 도착한 다른 기둥서방들과 접촉하면서 알려졌다. 거처가 정해진 그들은 가장 젊은이다운 생활을 했고 그 일에 고무되어 있었다. 일은 일찍부터 시작되었고, 우리는 열여덟 살 혹은 스무 살까지 감화원에 남았다. 메트레에서는 애무 이외의 목적으로 여자를 몽상한 적이 없었다. 서글픔이 절망적이고도 모호하게 여자를 생각나게 했다. 사랑은 우리의 불행을 위로해주었고, 몽상은 거의 모험으로 끝났다. 우리의 순수성은 정말로 그러한 세계를 몰랐던 것이 아니었다. 마음속 깊은 곳에서 육체가 바라고 동경하고 있으면서도, 남자가 여자를 먹이로 생활하고 있는 '도둑의 집단'과 같은 세계가 존재하고 있다는 걸 간과한 데 있었다. 우리는 목수나 양모 직공, 판매원 이외에 절도범, 강도, 사기꾼의 존재만을 알고 있었던 것이다.

이 책을 쓰는 작업은 매우 힘들었다. 별 즐거움 없이 글을 썼다. 또한 흥미도 없이 처음부터 예외적인 소년 시절의 모험 속으로 뛰어들었다. 나는 지금도 내면의 슬픔을 느낄 수 있고, 추억을 반추하며 과거의 사건에 도취되거나 그 추억을 내가 영웅으로 등장하는 시로 바꾸거나 보완하는 작업도 할 수 있지만 당시의 패기만은 되살릴 수 없었다. 내게 이 책은 사치품에 불과했다. 감방 속에서 죄수들의 몸짓은 매우 더디고 느렸다. 그들 사이에 휴식 시간도 있었다. 누구나 시간과 사유의 주인이 되었다. 느리다는 것은 인간의 강점이다. 각자의 몸짓은 무거운 곡선을 그리며 굴절했다. 인간은 주저할 수도 있고 선택할 수도 있다. 이러한 것이 감방에서의 사치에 속하는 요소들이었다. 행위 속에서의 느림은 매우 빠른 느림이었다. 느림이 달려가는 것이다. 몸짓의 곡선에 영원성이 흐르고 있었다. 우리는 감방을 송두리째 차지했다. 감방의 공간 전체를 예민한 의식으로 채우고 있었기 때문이다. 각각의 행위들이 천천히 진행된다는 것은 비록 느림이 신중함을 포함하고 있지 않다고 해도 얼마나 대단한 사치였던가! 그 어느 것도 내 절망을 완전히 찢어버릴 수는 없었다. 찢어졌다고 해도 점점 새롭게 재생될 것이다. 왜냐하면 절망이 내분비샘에 따라 조절되었기 때문이다. 절망은 내분비샘에서 분비되었다. 때때로 느릴 때는 있어도 중단되지는 않았다. 메트레에 대해 말할 경우, 나는 어떤 사실들을 직접 묘사하기보다는 정의하거나 해석했고, 또 상징적 수법을 사용하고는 했다. 메트레 감화원에는 뷜캉이 어느 부랑자에게 얻어맞고 끽소리도 못 한 채 거품물고 쓰러지던 장면과 같은 볼거리들이 넘쳐났다.

"로키, 이 얼간아……!"

어느 날 내가 그에게 말하자 그는 웃음을 터뜨렸다. 그의 모든 행동이 감정을 직접 드러내는 것이라고 믿은 것은 성급한 판단이었다. 나는 실망했다. 그가 웃기는 했지만, 뛰는 가슴에 손을 올려놓는 것을 보고 그가 상처받았음을 알았다. 게다가 웃음이 그의 얼굴에서 사라지고 나서도 상처의 아픔은 남을 것이라는 잔혹한 생각이 떠나질 않았다. 그런데 웃음이 그를 아름답게 만들었다. 내가 감히 그에게 준 고통이 오히려 그의 얼굴을 밝게 빛나도록 한 것을 보고 놀랐다. 그도 자기가 한 몸짓이 자기의 고통을 드러낼지도 모른다는 것을 알고 있었다. 가슴에 대고 있던 손이 자기도 모르게 경련을 일으켰기 때문에 그는 손을 펴서 평평하게 다시 놓았다. 그리고 그칠 수 없는 웃음이 유발한 기침 때문에 가슴을 누른 것처럼 보이려고 애썼다. 그의 웃음이 매우 요염을 떠는 여배우의 웃음에서나 볼 수 있는 과장된 웃음이라는 것을 알았다. 우아한 귀부인들이 허세를 부릴 때의 양식화된 웃음이었다. 그녀들의 아들들이 이 웃음을 훔쳤다. 우아한 아이들이라면 언제나 엄마 팔의 비단 옷자락에 달라붙어 있을 것이기 때문이다. 뷜캉은 그의 어머니가 아니고는 그러한 웃음을 맛볼 수 없었을 것이다. 그가 급히 계단을 올라가고, 꼭대기에 이르자 몸을 구부려 밑을 내려다보고 있는 모습이 떠올랐다. 형무소의 천장 유리에 반사된 그의 얼굴이 보였다. 나는 어떤 평화로운 기분에 젖었다. 이를테면 내 내부에 스며드는 그의 아름다움으로 마음이 동요되었던 것이다. 그를 열렬히 사랑하고 싶었다. 방금 스며든다고 말했는데, 그 표현을 굳이 고집하고 싶다. 왜냐하면 그의 아름다움이 내 발끝에서부터 심장에 스며들어 다리와 몸체, 머리까지 올라가 얼굴에서 꽃을 피웠기 때문이다. 이 아름다움이 내 내부에 가져오는 부드러운 기분을, 너무나 아름다운 작품 앞에서 아무 저항도 없이 넋이 빠지도록 하는 부드러움을 뷜캉에게 부여한 것은 내 잘못이었다. 아름다움은 그의 내부에 있었던 것이 아니라, 나의 내부에 있었기 때문이다. 또한 아름다움은 그의 얼굴, 몸매, 외적 특성들보다 차원이 높았기 때문에 그의 외부에 있다고 할 수 있었다. 그는 아름다움이 내게 제공하는 매력을 즐길 수가 없었다.

각각의 세부적인 모양은 특이했다. 입가의 미소, 반짝이는 눈, 부드러운 태도, 창백한 피부, 단단한 이빨, 여러 특성이 어울려서 만들어내는 반짝임, 이 모든 것이 내 심장에 활을 쏘아 그때마다 달콤한 죽음의 쾌락을 주었다. 그는 활을 쏘는 사수였다. 그는 시위를 당기고 쏘았다. 그를 향해서가 아니라 내 가슴을 향해 쏘았다.

관리들은 짬이 나는 대로 건물 사이 하늘의 한 모퉁이를 바라보았다. 하늘은 그들을 놀라게 했다. 그들은 하늘에 익숙하지 않았다. 그래서인지 하늘이 그들을 배척하는 듯했다. 나는 메트레의 가을 하늘이 그리워서 감방 안에서도 홀로 그 모습을 상상하고는 했다. 가을 하늘을 실어다 주는 언어에 의지해서 말이다. 나는 뷜캉과 함께 순례를 떠나 메트레 근처의 가을 안개에 젖은 월계수 울타리 속, 축축한 이끼와 낙엽 위에서 그와 사랑하던 모습을 떠올렸다. 그 일을 간절히 원했다. 우리는 마로니에 가로수 언덕길을 언젠가 감화원을 방문하러 온 주교처럼 육중한 발걸음으로 올라갔다. 주교가 그렇게 했듯이 길 한복판으로 천천히 걸었다. 우리 둘은 눈에는 보이지 않았으나 당시에 있던 동료들을 보면서 지나갔다. 그들은 십오 년 전 어느 날 밤 이곳 예배당에서 거행된 결혼식을 축복하고 있었다.

투르의 주교가 메트레를 방문했을 때였다. 주교의 차가 도착하자 마로니에 가로수 길가에서 기다리고 있던 감화원 부속 사제 뒤뵐과 수녀들은 주교의 손에 입을 맞추었다. 주교는 레이스가 달린 옷을 휘두르며 빨강과 노랑이 섞인 파라솔을 쓰고 있었다. 그는 여러 사제에게 둘러싸인 채, 길에서 교회당까지 두 줄로 늘어서 있는 원생들 사이를 지나갔다. 제단 가까이에는 주교 자리가 마련되어 있었다. 그는 거기에 앉았다. 뒤뵐 사제가 환영의 인사말을 하자 주교가 길 잃은 양들이라 불리는 원생들에게 호소의 답사를 했다.

전쟁 초기라서 나이 든 귀부인들이 참담한 심정으로 "귀여운 우리 군인들, 귀여운 우리 보병들!"이라고 말하며 다가왔다. 밤마다 군인들은 참호 안에서 흙투성이의 손으로 서로를 붙들었다. 신의 어린양들도 열 지어 서로 몸을 기대고 의자에 앉았다. 어디에서건 기둥서방들이 선두에 있었으나 예배당에 있을 때만은 맨 뒷줄에 섰다. 예배가 열리는 동안 어둠 속에 숨어 있기 위해서였다. 그들은 일어서지도 무릎을 꿇지도 않았다. 겁쟁이들이 앞줄에서 그들을 대신해 그러한 동작을 했을 뿐이다. 또한 그들 대신 기도도 했다. 주교가 왔을 때 그들은 앞줄로 나가기를 원했다. 여느 일요일에는 성당조차 가지 않던 자들이었다. 그들의 몸에는 무관심이 배어 있었기 때문에 그들 모두가 앞줄의 성가대석에서 있었을 때 그 은총의 중요성에도 불구하고 그들은 투박한 몸집으로 어쩌다 부활절 예배에 참석한 동네 젊은이들과 같은 어색한 태도를 보였다. 당시 뒤될 사제가 했던 환영사를 기억 속에서 더듬어보아야겠다.

주교님,

원장 선생님을 대신해서 제가 말씀드리는 것을 용서해주시기 바라며, 저희는 주교님의 방문을 환영합니다. 감화원 창립자이신 드 쿠르테유 남작의 모든 업적이 주교님의 내방을 영광으로 생각합니다. 오늘날은 매우 혼란스럽습니다. 종교도 사회도 모두 악마의 교활한 공격으로 위협받고 있습니다. 다행히도 투르 교구에 속한 우리는 가장 충실한 목자의 보호를 받고 있습니다. 드 몽상조이 대주교가 오신 이래 축복을 받은 우리 투렌 지역은 이미 몇 세기 동안 그 전통을 이어오고 있습니다. 우리는 주교님께서 수차례에 걸쳐 아버지 같은 온정으로 종교와 도덕의 양면에 걸쳐 재교육과 재건 사업에 도움을 주신 것을 알고 있습니다. 투르 교구에서는 이미 메트레 농업 감화원에 많은 경제적 도움을 주셨고, 또한 관심을 갖고 우리에게 꼭 필요한 뛰어난 사제님들을 파견해주셨습니다. 특히 이 점에 대해 우리는 깊이 감사하고 있습니다. 회개하고 있는 죄 많은 원생들은 주교님의 내방을 자랑스럽게 여기고 이 영광에 어울리는 자가 되려고 마음속으로 다짐할 것입니다. 주교님의 내방 소식을 정숙하고 예를 다해 기쁨으로 맞이하고 있습니다. 이것 하나만 보아도 원생들은 주교님의 방문을 깊은 명예로 생각하고 앞으로 반드시 성스럽게 살아가기 위해 각오를 새로이 할 것입니다. 저는 주교님에 대한 우리 모두의 존경에 덧붙여 개인적인 감사와 존경을 바치고자 합니다. 저로서는 주교님을 접견한 영광을 입은 자로서, 이 감화원의 보잘것없는 한 인간에게 주어진 이 은총이 다른 많은 영예 위에 덧붙여진 또 하나의 영예라는 것을 이 자리에서 밝혀 두는 바입니다.

그리고 주교가 답사를 했다.

원장님, 부원장님 그리고 젊은 친구들이여,

나는 신성한 종교의 교리에 대한 여러분의 성심을 보여주는 이 환영에 마음 깊이 감동받았습니다. 타락한 움직임이 신을 잊게 만드는 도시에서 온 나로서는 이 신성한 종교적 오아시스에 들어온 것만으로도 이미 힘찬 위로가 됩니다. 우리는 드 쿠르테유 남작이 이룬 위대한 업적이 어떠한 것인가를 또 그 업적이 얼마나 많은 희생과 헌신의 대가였는가를 잘 알고 있습니다. 원장님과 부원장님도 각기 자기가 맡은 영역에서 타락한 소년들을 구제하는 이 신성한 사업에 똑같이 전념하고 있습니다.

성스러운 부인들도 이 사업에 정성을 다해 노력하고 있습니다. 우리는 성스러운 일을 하는 자로서 마음으로 격려의 말을 바치며, 그들 삶의 유종의 미를 확신하고 있습니다. 우리를 위해 준비된 정성 어린 환영에 매우 감격했습니다. 예배당의 장식은 매우 고귀하고 우아해 보입니다. 신에게 바쳐진 이 숭배의 마음이 장려할 만한 것임은 두말할 필요도 없습니다. 인내로 오랜 병상에서 벗어나 헌신을 다해 신앙생활을 하던 비알 사제에게 최근 일어난 일은 모두가 아는 바입니다. 하느님은 때로는 올바른 자에게도 끝없는 고뇌를 주십니다. (여기서 주교는 사제를 향해 미소를 지었다. 그는 사제에게 말했다. "우리의 은혜로운 하느님은 당신의 어린양들을 늘 기억하고 계십니다. 그중 어느 한 마리가 가시에 상처 입었을 때 하느님은 그를 가슴에 안고 목동의 집으로 데려다주십니다.")

이어서 원생들에게 몸을 돌리더니 그들을 향해 목소리를 높여 말했다.

젊은 친구들이여, 그대들의 영혼이 영원히 방황하도록 하는 것은 하느님의 뜻이 아닙니다. 그대들이 바른길로 들어서도록 신앙심이 강한 분들이 헌신적으로 노력했습니다. 그분들 덕택에 여러분은 강압적인 수용소(퐁트브로 중앙 형무소)의 고통에서 벗어날 것입니다. 지금 이렇게 그곳에서 벗어났다는 것 자체가 부단히 새로워지는 선행의 증거입니다. 그분들은 비록 순수한 의도로 지원했지만 그들의 노력이 힘들었던 것도 사실입니다. 그분들은 여러분의 영혼에 깃들어 있는 악마와 싸워야만 했습니다. 그러나 우리는 반드시 그들이 이긴다는 희망, 아니 확신을 가지고 있습니다. 주님은 말씀하십니다. 어린양들을 내 곁에 오게 하라. 신의 아들의 부름에 응하지 않을 정도로 고집 센 마음을 갖거나 또 암흑 속에서 불타는 악마의 소굴을 더 좋아할 사람이 어디 있겠습니까? 아, 분명합니다! 이 감화원은 하느님에게 구원받은 사람들의 온상입니다. 그러므로 우리가 관심 있게 지켜보는 이 길을 지켜내시기 바랍니다. 로마 신성 교회도 만족할 것입니다. 우리는 성스러운 우리 교황님의 이름으로 병자와 죄수와 죽은 자를 위해 기도할 것입니다.

원생들은 경청하고 있었다. 주교가 신의 집(메트레 감화원)이 존재하는 덕분에 우리가 중앙 형무소의 고통에서 벗어날 수 있었다고 말했을 때 더욱 귀를 기울였다. 모든 사람의 주의력은 절정에 달했다. 그처럼 고귀한 의상을 입고 존경을 받으며 박식한 신의 인물에 대한 기대가 대단했다. 그의 말속에서 라 부아 도르*와 중앙 형무소에 대해 꿰뚫어 볼 수 있는 계시를 들을 수 있을까 하는 기대도 있었다. 그런데 주교는 아무것도 모르는 것 같았고 조금 언급하다가 말았다. 우리는 헐떡거리는 기분으로 있었다. 그러다가 우리의 주의력이 소용없게 되자 응접실에서 꾹 하고 참던 방귀처럼 이윽고 소리 없이 사라졌다.

주교가 손에 든 지팡이를 비서에게 주자 비서는 의자 옆에 놓았다. 그리고 제단을 지탱하는 열두 계단 위에 서서 주교는 성합을 손에 쥐고 우리에게 축복을 내리기 위한 자세를 취했다. 바로 그때였

---

*   신성성과 경외의 대상이자 아름답고 감동적인 목소리를 가진 아르카몽의 별명

다. 리고와 레의 싸움이 엄숙한 의식처럼 시작된 것이다. 각반 문제로 티격태격하던 것이 마침내 폭발한 것이다. 리고를 보는 레의 눈초리 또는 어떤 몸짓이 싸움의 단서가 됐는지, 두 사람은 제단 밑에서 치고받기 시작했다. 두 사람은 피가 날 때까지, 죽을 때까지, 지옥에 떨어질 때까지라도(메트레에서는 상대방이 쓰러져서 숨이 끊어질 듯해도 계속 때리는 습관이 있었다) 맹렬히 싸울 기세였다. 계단 위에서 주교가 성합을 든 채 우리를 축복하기를 주저하고 있는 동안에도, 두 댄서는 징을 박은 나무 뒤꿈치로 두개골과 가슴을 차고, 주먹으로 머리를 치고, 할퀴고(손톱으로 할퀴는 것은 소년들의 싸움에서 큰 역할을 한다), 헐떡거리고 있었다. 가장들이 뛰어나와 거의 쓰러질 지경에 이른 두 사람을 징벌 본부(그곳은 그냥 징벌실이라고 불리기도 했다)로 끌고 갔다. 주교는 가까스로 축복의 말씀을 전했다. 그는 용서를 구하는 몸짓을 하고는 우리 앞을 당당히 지나갔다. 주교는 이 싸움, 성체의 명예에 바쳐진 이 죽음의 춤이 이윽고 감화원에 퍼져 두 주 가까이 레와 리고, 두 파로 나뉘어 계속되리라고는 알지 못했다. 두 패거리가 보기 드물 정도로 끔찍하게 싸웠다. 소년들은 필사적으로 군인이 되려고 했다. 군 복무가 의무였기 때문에 지원하려는 것이었다. 전쟁이 일어나면 사람들은 애정 때문에 목숨을 바쳤다. 몇 주일 동안 어느 가족의 이름도 명예의 게시판에 적히지 않았다. 그리고 일주일 동안 벌 받지 않은 가족이 일요일 하루 동안 보관하게 되어 있는 깃발도 검은 자루에 담긴 채 강당의 가장 어두운 구석에 버려져 있었다.

강자들이 눈에 띄는 미소년들 사이에서 성적 상대를 고르기는 했지만 미소년들 누구나 여자가 될 수는 없었다. 미소년들이 남성다움에 눈을 뜨면, 사내들이 곁에 녀석들의 자리를 마련해주었다. 별로 이상한 일도 아니었다. 그들을 난폭한 녀석들의 패에 합류하도록 한 요인은 아름다움이었기 때문이다. 깔치들이 거의 대등한 입장에서 강자들과 친근하게 지내는 것을 보면 그들이 정복당했다는 생각이 들지 않겠지만 사실 그들은 가장 처참한 먹이였다. 그러나 그들의 은총에 힘입어 성적 노리개가 된 것은 오히려 그들의 지위를 높이는 결과가 되었고 그 상태는 장신구와 힘이 되었다.

아름다운 시의 작가는 언제나 죽었다. 메트레의 원생들은 그 사실을 이해하고 있었다. 그래서 아홉 살의 소녀를 죽인 아르카몬에 대한 일을 우리는 과거의 일로만 얘기할 뿐이다. 아르카몬은 우리와 함께 생활했지만 감화원 내의 여느 원생들과 전혀 다른 모습이었다. 우리는 그의 범행에 대해 절대 묻지 않았다. 거기에 남아 있는 자와 움직이고 있는 자는 오직 한 사람의 동료였을 뿐이다. 그는 모두에게 동료가 되었다. 감화원에서 모든 사람의 동료가 될 수 있었던 사람은 오직 그 하나였다. 그는 결코 강자도 깔치도 거느린 적이 없었다. 그는 어느 쪽에게도 친절했다. 심지어 겁 많은 녀석들에게도 다정했다. 그는 아주 순수하게 살았다. 그의 범죄와 마찬가지로 순수한 생활 방식이 그를 강하게 만들고, 그러한 광채를 주었다는 생각이 들었다. 그 앞에서 녀석들이 '좆대가리'니 '엉덩이'니 하는 말을 입에 올려도 그의 표정은 덤덤했다. 이 주제에 대해 물어보는 일은 있어도 모두 감히 그런 질문을 할 수 없었다. 매우 드문 경우였지만 질문을 하는 자는 아직 그를 존경하기에 이르지 않은 햇병아리 원생들뿐이었다. 내가 이 점을 언급하는 이유는 원생들의 미묘한 감정을 알아주었으면 하는 바람에서다. 그는 경멸하거나 불쾌한 내색도 없이 그저 어깨를 으쓱했다. 한번은 그에게 다른 젊은 살인범들의 성질이나 버릇에 관해 물을 뻔했다. 그들 모두 한 가족에 속해 있었고 서로 알고 지냈으며 서로의 습관에 익숙하다는 인상을 받았기 때문이다. 가령 가정 내의 참극으로 유명한 아트리데스 일가*와 같은 것이었다. 그들은 오십 년 동안 같이 살아오면서 자신들을 이어주는 관계를 유럽 끝에서 끝까지 서로 알고 사랑하며 증오하도록 만들었다. 마치 바드 왕자가 톨레드 왕자의 내밀한 삶에 대해 자세히 말할 수 있었던 것처럼.**

격심한 경쟁자들인 그들 사이에서 나는 가끔 죽음이나 추방의 결정, 저주의 젊은 얼굴에 관해 상상해보았다. 아르카몬의 목소리에는 이국적인 억양이 있었다. 하지만 어느 나라의 악센트인지 알 수 없었다. 또한 그는 은어도 사용했다. 그 무엇인가가 그를 특징짓고 있었는데, 그의 태도는 엄격했지만 다른 깡패들에 비해 훨씬 덜 거칠게 보였다. 그의 골격도 그다지 우락부락하지 않았다. 그는 오히

---

* 그리스신화 아트레우스의 후손으로 특히 트로이전쟁의 영웅인 아가멤논과 그의 동생 메넬라오스를 지칭
** 각각 독일과 프랑스의 왕자로 서로 다른 지역에 사는 두 사람이 자신의 사회적 지위와 네트워크 덕분에 상대방의 삶을 잘 알고 있다는 의미의 비유적 표현

려 매우 무거운 작은 화산이 부풀어 오른 것처럼 보였다. 눈이나 얼굴이 보기 싫게 부은 것과는 달랐다. 신문은 그의 이름에 "살인자" 혹은 "괴물"이라는 말을 붙였지만 그의 치켜든 얼굴도 부풀어 오른 윗입술도 맨발로 하늘에 떠 있는 어떤 투명한 존재에 키스하거나 또는 키스를 받기 위한 것으로 보였을 뿐이다.

감화원에서 아르카몬은 미장이나 석공을 맡았다. 석회가 머리끝에서 발끝까지 그를 하얗게 덮었다. 그 때문에 투박하고 홀쭉한 얼굴이 더욱 섬세하고 부드럽게 변했다. 그 외에도 감화원은 많은 미묘한 것들 때문에 저주받은 곳으로 낙인찍혀 있었다. 아르카몬의 얼굴이 발산하는 마력만으로도 지옥에 떨어질 수 있었다. 아르카몬은 한쪽 발을 끌고 다녔다. 사람들은 흔히 농담으로 그가 분명 발목에 쇳덩이를 달고 다니는 도형장 출신일 거라고 말했는데 이 농담이 그의 얼굴을 어둡게 했다. 오줌을 누러 잠시 브러시 작업장에서 나왔을 때 나는 종종 사다리를 어깨에 메고 화단을 지나가는 아르카몬의 모습을 볼 수 있었다. 그 장면은 사다리가 그를 무대 위에 등장한 배우로 착각하게 하여 간결하게 생략한 수법으로 만든 드라마의 한 장면처럼 보였다. 그의 사다리는 탈주, 유괴, 세레나데, 서커스, 배, 음계, 아르페지오 등을 나타내고 있었는지 모른다! 사다리가 그를 짊어지고 있었다. 사다리는 바로 살인자의 날개였다. 그는 가끔 발을 멈췄다. 한쪽 발을 뒤로하고 가슴을 펴고 힘찬 얼굴로 좌우를 돌아보았다. 가다가 멈춰 서서 귀를 기울이는 암사슴 모습과 같았다. 하늘의 목소리를 듣는 잔 다르크의 모습도 그러했을 것이다. 그가 소녀를 죽였을 때 아주 가까이에서 죽음을 통과했기 때문에, 또 이곳에 와서 많은 폭풍우를 만나고 난파를 벗어났기 때문에, 일찍이 열여덟 살 이후의 삶을 덤으로 여기고 있었는지도 몰랐다. 그의 생애는 한 차례 절단된 것과 다름없었다. 이미 죽음을 맛보았기 때문이다. 그는 죽음과 친근했고 삶보다 죽음 쪽에 속해 있었다. 그에게서 죽음의 분위기가 느껴지는 것도 그런 연유일 것이다. 어딘지 모르게 그는 사랑과 죽음의 상징인 장미처럼 보였다. 그는 중앙의 큰 화단을 지나갔다. 거짓으로 팔에 우아한 느낌을 주도록 하고 산책하는 듯 보였다. 나는 아르카몽 말고도 중앙 형무소에 갇힐 운명을 타고난 몇몇 소년을 알고 있었다. 그들 가운데 한 사람은 자신의 살인이 왜 십오 년간의 금고에 해당하는지를 거만하게 떠벌렸다. 그의 태도에 동정심이 이는 것조차 부끄러울 지경이었다. 내가 보기에 그의 살인은 마치 강자를 동경한 나머지 의도적으로 한 짓으로 보였다. 만일 그가 그 후 십오 년 동안이나 망쳐버린 청춘에 대한 회환을 느낄지라도 그의 행위나 욕망에 아무런 의미도 부여하지 못할 것이다. 오히려 강자가 되고자 하는 갈망이 자신의 청춘도 자신의 삶도 희생시킬 만큼 강했던 것이다. 숭배자가 신체의 큰 위험을 무릅쓰고 자기 우상의 부적을 자기 몸의 어느 곳에 장식하고자 사랑의 기적 앞에 있는 것을 보는 것과 같았다. 이것을 이해하려면 신에게서 영웅의 기회를 허락받지 못한 젊은이들이 계단이나 의무실이나 샤워실에서 오만한 기둥서방들에게 어떻게 접근하는지 살펴볼 필요가 있다. 어린 깡패들은 본능적으로 강자들에게 이

끌려 그들 주변을 서성거렸다. 그들은 입을 반쯤 벌린 채 방심할 정도로 감탄하면서 강자들의 말을 경청했다. 강자들이 그들의 정신을 살찌게 만들었다. 어리석은 이상이라고 어깨를 으쓱 올리며 비웃을지 모르나 그렇지 않다. 그들은 자기들이 사랑하는 자와 닮으려는 충동에 따라 행동한 것이다. 즉 현재 자기들의 동경의 대상인 강자에게, 자기들도 언젠가 그렇게 될 날을 기다리면서 잔뜩 희망을 품은 것이다. 그들은 점점 강해지면서 자기들이 사랑하는 자의 모습을 닮아갔다. 즉 그들은 단지 통과에 불과한 욕망하는 젊음에서 성숙의 단계로 줄기차게 목표를 향해 계단을 밟아 올라가는 움직임이 주는 감동적인 부드러움을 상실해버렸다. 마침내 사랑의 걸음의 내력조차 잊어버렸다. 그들은 평범한 기둥서방이 되었고, 거기에 이르기까지 그들이 거쳐야만 했던 모험은 더는 기억 속에 남겨 두지 않았다. 이번에는 오히려 그들이 미소년들을 유혹하기 위한 극점이 되었다. 신은 어쩌면 불순하다고도 할 수 있는 이런 방식으로 형무소의 냉혹한 인간들을 만들어내고 있는지도 모른다.

아르카몬에게 또 하나의 아름다움이 있다면 하얀 천을 두른 그의 손이다. 매우 섬세한 그의 피부 때문일까? 그가 하는 작업 때문인가? 별것 아닌 일에도 손에 상처가 생겼다. 혹시 아무것도 아닌데 상처 입은 척하는 것은 아닐까! 그의 손에 몇 미터나 되는 흰 붕대가 둘둘 말려 있었다. 격렬한 난투 끝에 살아남은 듯한 모습으로 그는 식사 시간에 우리 앞에 나타났다. 천사 중에서도 가장 천사 같은 그를 붕대가 몹시 잔인한 사람으로 보이게 했다. 그러나 또한 그 모습이 앞에 있는 우리에게 마치 간호사의 마음을 전해주는 것처럼 보이기도 했다.

그는 오른쪽 손목에 다른 거친 기둥서방들처럼 구리와 철못이 박힌 넓은 가죽 팔찌를 끼고 있었다. 힘든 일을 할 때 손목을 지탱하기 위한 것이기 때문에 이 팔찌를 힘의 팔찌라고 불렀지만 사실은 하나의 장식품이었다. 일종의 남성성의 상징물이었던 것이다. 팔찌는 가죽끈으로 묶여 있었는데 피가 묻어 있었다.

감화원의 한쪽은 아르카몬을 축으로 원생들이 둘러싸고 있었고, 다른 한쪽은 디베르를 중심으로 모여들었다. 그 외에도 빌루아 패거리와 같은 여러 패가 있었다. 구심점은 사방에 널려 있었다.

천박한 녀석들에 대해서도 말하는 게 좋을지 모르겠다. 그들은 우울하고 추악하고 겁 많고 비굴한 족속들이다. 그들 없이는 특권계급도 존재하지 않는다. 그들은 노예 같은 삶을 살아가고 있었다.

라로슈디외라는 떠돌이는 발이 썩고 부르터서 고름투성이였다. 이 밀고자, 공식적인 경찰 끄나풀 녀석은 까칠까칠한 피부에 골절 상태인 몸으로 어느 날 뜰에서 옷을 벗어야만 했다. 그는 벨에르로 가는 길 위에서 받은 것에 대해 불평을 늘어놓다가 주먹으로 맞은 자국을 가장에게 보여주려고 했다. 왼쪽 가슴 높이에 잉크로 "피에트로 M.D.V."라고 글자를 새겨놓았다. 표피에 새긴 일종의 문신이었다. 나는 그 문신을 보고 울타리에 갇힌 가금류의 금속판을 떠올렸다. "피에트로, 뱀파이어의 주인, 나의 아가리." 이러한 문신을 누구도 감히 그에게 새길 수 없었을 것이다. 그 자신도 문신을 할 용기가 없었다. 그렇다면 그는 폭력에 자극받아 피부에 조각을 새겨 넣어 삶의 위험에 대처해 살도록 강요받는 것을 두려워한 것일까?

나로서는 그가 옷을 벗었을 때 작은 몸의 온갖 곳에 난 푸른 멍을 보고 얼마나 목이 메었던지 입이 열리지 않았다. 어린이들을 죽음으로 내몰 정도로 끔찍한 운명의 부적을 보았던 것이다. 나는 바로 침범할 수 없으며 해독할 수 없는 그물과 같은 푸른 납 창살을 통해 그들이 인간적 삶과 얼마나 동떨어져 있는가를 인식할 수 있었다.

뷜캉이 이미 내게 상기시켜준 벨에르라는 지명은 무밭에서 허리를 굽히고 작업하던 소년들의 한탄스러운 고통, 이를테면 진정한 고통을 되새기기 위해 기억 속에 매혹적으로 남겨 두었던 모든 순간을 내게서 떨어져 나가게 했다. 겨울과 여름에도 그들은 밭에서 일했다. 흙투성이 나막신을 신고 민첩한 몸을 땅에 파묻은 채 밭고랑을 돌아다녔다. 그들의 젊음과 살아 있는 매력은 껍질에 갇힌 요정처럼 흙 속에 파묻혀 있었다. 그들은 빗속에서 작업반장의 차가운 시선을 받으며 추위에 떨었다. 반장은 부동의 자세로 꼿꼿하게 서 있었다. 그들에 의해 감화원의 삶은 고통스러웠다. 그 점을 생각하고, 또 뷜캉이 그들 가운데 하나라는 생각에 연민의 감정이 밀려왔다. 그 감정은 내게 더는 남아 있지 않다고 믿은 것이다. 이 사랑과 연민의 외침을 용서하기 바란다. 뷜캉도 무척 괴로워했을 테지만, 그의 자존심은 한 번도 그런 모습을 드러내지 않았다. 그의 편지를 읽고서 그가 최후까지 멋지게 빛을 발하며 살았음을 알 수 있었다. 나는 뜨거운 답장을 통해 그를 칭찬했다. 그는 멀리 에스파냐에까지 계속해서 탈주한 이야기를 들려주었다. 독특한 표현을 사용한 편지는 우리 두 사람이 마치 어두운 산중의 산적 두목이던 당시의 아무도 모르는 모험을 은어로 말하는 것 같은 느낌을 주었다. 뷜캉은 경이로운 세계로 변화시키는 개암나무 마술 지팡이였다. 그런데 그가 나와 함께하기로 한 혼란스러운 계획의 밑바닥에 로키와의 추억이 간직되어 있음을 알아차릴 수 있었다. 어느 날 그는 뜬금없이 묻지도 않은 것을 말했다. 즉 자기가 떠나기 전 도형수의 감옥에 관해 시를 써달라고 부탁한 게 바로 로키였다는 것이다. 그의 섬세함이 나를 안심시키려고 그러한 설명을 고안해냈으리라 이해했다. 그가 설명했다. 내가 슬픔 속에 있었던 순간이 아니라 로키에게 가장 강렬하게 다른 것을 말하도록 함으로써 그가 생각했던 순간에 슬픔을 야기한다고 믿은 때에 관해서 말이다. 계단에는 우리 두 사람뿐이었다. 나는 그의 어깨에 부드럽게 손을 올려놓았다. 그는 고개를 돌렸다. 그의 시선이 내 속으로 젖어들었다. 그는 어찌할 바를 몰랐다. 불쑥 자기들의 공훈에 대해 단계적으로 말했다. 더울 정도로 난방이 되는 호화로운 아파트의 문을 열고 융단을 밟고 눈부신 샹들리에 빛을 받으며 저지른 범행에 대해, 그리고 반쯤 열려 있는 침략당한 가구들을 보고 받은 감동에 대해, 그리고 손가락 밑에서 푸념하는 돈과 재산에 대해 이야기를 늘어놓았다.

"뭐, 감출 것도 없지. 누구든 알아도 상관없어. 네게 말했잖아. 방에 들어가서 모두 때려 부쉈지. 둘이서 그렇게 했어. 그렇게 안 할 수 없었지. 대낮에 부리나케 들어갔으니 말이야. 망치와 펜치와 쐐기로 몽땅 부수고 안으로 들어갔어. 문을 뒤로 젖혀 놓고 둘이서 작업했어. 둘 다 정신이 없었지……. 한번은…… 뭐, 숨길 것도 없어. 자노, 한번은 말이야……."

일단 이야기가 시작되자 모든 것이 한꺼번에 튀어나왔다. 나는 그의 어깨에 걸친 손을 내렸다. 그리고 고개를 약간 돌렸다. 그는 홀로 먼 과거 속 자신의 세계로 들어갔다. 내 도움 없이 계속해서 지껄였다. 얼마 후 그의 목소리가 잦아들었다. 최초의 위험과 마주할 때의 두려움과 행복한 기분에 젖어 두 사람은 서로 껴안거나 몸을 기대면서 문의 자물쇠를 부수기 전에 잠시 멈칫했다. 그러고는 재빨리 들어가서 약간의 물건을 훔쳐 도망친 것이다. 두 번째로 강도질하러 들어갔을 때는 너무 감격하여 흐트러진 넓은 침대 위에서 그때까지 서로 누려보지 못한 멋진 정사를 벌이고 더러워진 시트를 팽개치고 나왔다. 낮은 목소리로 속도감 있게 전개되는 그의 말을 들이마시듯 들었다. 나는 다시 그의 어깨에 손을 얹었다. 그가 그렇게까지 사랑한 것은 진실이었을까? 우리의 행위가 지나쳤는지 한 죄수가 시선을 돌리고 지나갔다. 나는 뷜캉을 꼭 껴안았다. 그는 살짝 얼굴을 돌렸다. 아름다운 그의 눈 때문에 내 마음이 동요했다. 그 모습을 어떻게 묘사해야 할지 아이디어가 떠오르지 않았다. 그의 눈은 하롱베이*를 상기시켰다. 내 행복과 사랑에, 세상에서 가장 매력 있는 풍경이 덧붙여지는 영광이 부여되었다. 그의 입술이 내 입

---

* 베트남 북쪽 해안의 아름다운 만

술을 짓눌러 아르카몬의 신비스러운 정원에서 훔친 장미를 터뜨렸다. 나는 그 줄기를 이빨로 깨문 채 놓지 않았다. 철창 내의 모든 진실과 죄수들이 전율하고 있었다. 신비롭고 실로 미묘한 유대감이 전 세계의 범죄자들을 이어주었다. 그래서 그들 중 한 사람이 고통을 당하면 모두 하나같이 괴로워했다. 죄수들은 세상 어디에 있어도 오십 년마다 반드시 개화한다는 일본의 검은 대나무처럼 주기적으로 마음이 통했던 것이다. 장대 위에 똑같은 꽃이 똑같은 해에 똑같은 계절에 똑같은 시간에 피었다. 그들은 똑같이 반응했다.

손을 입에 대고 낮은 목소리로 딱딱 끊어서 말하는 그의 서정적인 말투에서 나는 강도질할 때의 감동과 같은 기분을 느꼈다. 그처럼 명확한 표현을 본 적이 없었기 때문에 더욱 마음에 와닿았다. 나로서는 그동안 뜨거운 영혼의 노력을 하지 않아서인지 그처럼 아름다운 감동의 행위를 이루어낼 수 없었을 것이다. 그 감동은 가슴속에 그대로 남아 있었다. 오늘 뷜캉은 내가 은밀히 꿈꾸어오던 완벽한 모습을 그 감동에 부여했다.

내 강도 짓은 처음부터 퐁트브로 형무소에 오기까지 늘 단독으로 이루어졌다. 또한 범행을 계속 저지르면서 끊임없이 자신을 정화하려고 노력했다. 선배들의 얘기를 듣고 배운 방식대로 행한 것이었다. 나는 미신을 신봉했고, 이상할 정도로 감상적인 특성도 지녔다. 바위 같은 마음이 지닌 감수성이라고 할 수 있을 것이다. 가령 다른 녀석들처럼 벽난로 위에 놓인 아이들의 저금통을 터는 일은 피했다. 하늘의 진노를 살까 두려웠던 것이다. 이러한 순수해지려는 마음은 끊임없이 교활한 지적 작동에 제동이 걸렸다. 매우 대담한 범행(가령 p…… 미술관 절도 행위도 그중 하나다)에 송두리째 목숨을 걸었으면서도 특별한 술책을 덧붙이지 않을 수 없었다. 그 경우에도 일종의 궤 같은 수백 년 전의 가구 속에 나를 가둬놓고 그 속에서 밤을 보내거나, 발끝으로 거닐거나(호화로운 저택 내의 유명한 기념품 사이는 발끝으로 걸어야 소리가 나지 않는다), 생쥐스트* 같은 인물도 폭군의 사형에 찬성표를 던질 수 있으며 방의 고독, 몽상의 비밀 속에서라면 단두대의 이슬로 사라진 왕의 왕관과 백합꽃 모양의 천으로 몸을 휘감을 수 있으리라는 등의 생각을 하면서 벽에서 떼어낸 장식 융단을 창으로 던지는 수법을 발명한 것이다. 정신이 방해가 되기는 했지만, 육체는 강도의 육체답게 유연하고 강력하게 살아 있었다. 이러한 삶이 나를 구했다. 왜냐하면 지나치게 미묘한 수단은 마술의 부류에 속했고, 나는 특히 주술의 세계, 요정들의 불가시적인 악의 세계에 빠지지나 않을까 두려웠기 때문이다. 정신이 만들어내는 복잡한 방법보다 강도들의 직접적인 방법을 좋아한 것도 그런 연유였다. 그 방법은 난폭성 때문에 솔직하고, 세속적이고, 접근하기 쉽고, 안심할 수 있었다. 악당 봇차코의 부러워할 만한 난폭성, 그의 격분은 궁지에 몰린 고독한 자의 격분과 닮았다. 그도 그 사실을 알고 있었다. 그가 화를 내면 간수들은 그에게서 멀어졌다. 적어

---

* 프랑스 국민회의 의원으로 루이 16세의 처형을 제안했으며, 이후 로베스피에르와 함께 단두대에서 처형당했다.

도 그가 조용해질 때까지 기다렸다. 오직 브뤼라르만이 그에게 접근했다. 그는 독방에 들어가 봇차코와 함께 있다가 그를 안정시킨 다음에야 비로소 나왔다. 독방이 옛날이야기의 동굴로 변하고 그곳에서 온갖 유혹과 마귀를 쫓는 주문이 이루어진다고 생각했다. 그러나 사실은 다음과 같은 것들이 행해졌다. 봇차코가 말한 것이지만, 브뤼라르는 들어오기 무섭게 그를 안정시키기 위해 동료들이나 보스 혹은 형무소장에 대한 욕설을 퍼부어댄 것이다. 이윽고 두 사람은 격하게 분노하고 흥분했다가 그 상태가 조금 가라앉으면 그중 한 녀석은 태연하게 의자에 앉아 두 손으로 얼굴을 감쌌다.

우리는 메트레 감화원에서 다음과 같은 방식으로 변소에 갔다. 변소는 각각의 가족들이 거주하는 막사의 뒤뜰에 있었다. 정오와 오후 6시에 작업장에서 돌아오면, 형은 우리를 정렬시켜 열을 지어 네 칸짜리 변소로 데리고 갔다. 우리는 네 사람씩 오줌을 누거나 혹은 오줌 누는 시늉을 했다. 변소는 변기통을 지면과 같은 높이로 유지하기 위해 네다섯 단 높은 곳에 위치했다. 누구든 급한 경우 순서를 기다리지 않고 열을 이탈했다. 사용 중임을 알리기 위해 문에 혁대를 걸어놓았다. 언제나 휴지는 없었다. 삼 년 동안 우리의 검지가 뒤를 닦아주었고, 석회 벽이 손가락을 하얗게 해주었다.

바로 감화원이 이러한 장면들을 제공해주었기 때문에 나는 감화원을 사랑했다. 다낭, 엘세, 롱드르 같은 신문기자들, 즉 자연미나 예술품을 파괴하는 자들이 소년 감화원을 없애야 한다고 썼다. 그러나 감화원을 없앤다고 해도 소년들에 의해 재건되었을 것이다.

비행소년들은 신문기자들 앞에서 비밀스러운 예배를 보기 위해 기적의 궁전을 만들었을 것이다. 기적의 궁전이라니 얼마나 멋진 말인가! 지난날의 전쟁은 피와 함께 영광의 꽃을 피웠기 때문에 아름다웠다. 오늘날의 전쟁 역시 고통과 폭력, 절망을 생산하기 때문에 아름답다. 전쟁은 또한 정복자의 팔에 안겨 흐느끼며 위로받는 미망인을 양산해낸다. 나는 가장 아름다운 친구들을 빼앗아 가는 전쟁을 사랑했다. 나는 열네 살, 열여섯 살의 젊은 미망인들과 급소에 벼락을 맞은 남자들이 뛰어다니던 투렌 왕국의 중심인 메트레를 사랑했다. 이미 죽은 자들인 뷜캉과 아르카몬도 지금 내 곁에 있다. 어둡고 창도 없는 퐁트브로 수도원의 방만큼 이상한 지하 납골당에 있다. 나는 이곳을 매우 습하고 처량한 지옥이라고 표현하고 싶다. 어디에도 빛이 없고, 차가운 공기, 높은 천장뿐이다. 퐁트브로의 플랑타주네나 리샤르 쾨르 드 리옹의 무덤 근처에서는 글로 표현할 수 없는 의식이 거행됐을 것이다. 사제와 수녀들이 그곳에서 거행한 예배식을 나는 자랑스럽게 계승하고 있었던 것이다.

디베르와 뷜캉이 내 곁에 있는데도 아르카몬에 대한 생각이 떠나지 않았다. 그는 감화원에서 석공으로 일했다. 열여덟 살의 살인범은 연추(鉛錘)와 수준기(水準器)와 흙손을 각각 손에 들고 신비롭게도 몇 차례 벽에 올라갈 결심을 했다. 그는 감화원의 악마로 통했는데 끊임없이 나를 따라다녔다. 그가 내게 기쁨을 주기 위해 장미가 되어 나타난 마지막 모습은 영원히 기억 속에 남을 것이다. 그의 무례한 태도는 퐁트브로 형무소장조차 당황할 정도였다. 소장은 아주 점잖고 고상한 성격에 훈장까지 받은 매우 지적인 관리였다. 그는 죄수들을 도덕적으로 재교육시킬 의도를 가지고 있었지만 아르카몬의 살인이 그의 생각을 빗나가게 했다. 검사와 판사의 심문에 앞서 진행된 조사실의 장면과 간수들이 쑥덕대며 주고받은 말에서 드러난 여러 가지 정황이 사건의 전말을 짐작하도록 했다. 아르카몬이 출두하자 섬광처럼 빛나는 장미가 발산하는 이상야릇한 신비감 앞에서 소장은 넋이 빠진 듯 정신을 잃었다. 무엇 때문에 살인자의 하얀 발밑에 간수가 쓰러진 살인 사건이 발생했는지 알고 싶었다. 그러나 그는 아르카몬의 무지함을 알게 되었고, 거짓 설명을 기대할 수도 없었다. 이 살인자는 운명적으로 모든 형벌보다 더 강력한 처벌을 받을 수밖에 없었다. 프랑스 형무소 내에서 행해지는 가장 강력한 징계 수단은 쇠사슬에 묶는 것, 아무것도 바르지 않은 맨빵을 먹는 것이었기 때문에 사형수는 쇠사슬에 묶여 있었고, 규칙 이상으로 중시되고 있는 관습대로 식사 때마다 그의 식판이 맨빵으로 가득 채워졌다. 형무소장으로서는 아르카몬의 사형이 종신형으로 감형되기를 기대하는 수밖에 없었다. 소장은 무력감에 치를 떨었다. 그는 이 살인범을 직접 때리거나 남을 시켜 때려봐도 그 일이 어린애 장난에 불과하다는 걸 누구보다 잘 알고 있었다. 아르카몬은 두 사람의 간수 사이에서 쇠에 묶인 채 약간 비웃는 태도로 소장을 바라보았다. 간수들은 어떻게 해야 좋을지 몰라 당황했다. 결국 아르카몬은 소장의 눈 속에서 그가 심각하게 고뇌하고 있음을 보고 자기가 간수 부아 드 로즈에게 죽음 이외의 어떠한 것으로도 해결할 수 없는 증오심을 품고 있었다고 고백하려고 했다. 그러나 그는 망설였다. 굴복하려고 하는 찰나에 이런 말이 들려왔다.

"자, 데려가. 불쌍한 녀석!"

그는 다시 본래의 독방으로 끌려갔다. 반란을 일으킨 갤리선의 승무원들과 아르카몬이 얼마나 친근한 관계였는지는 알 수 없었다. 배 위에서의 생활은 쉽지 않았다. 그 생활을 배 위의 우아한 모험에서 비롯한 매혹적인 시로 취급할 수는 없는 일이었다. 나는 거기서 선장이 선원들의 짐을 다소나마 덜어주려고 구름 사이의 전기를 자신에게 끌어들였을 때 굶주림, 즉 애정 결핍을 겪어야만 했다. 특별히 좋지 않은 날도 있었다. 폭우가 쏟아질 듯한 날씨에 모두 신경이 곤두섰다. 긴장감이 너무 심했던지 우리는 아무 일도 일어나지 않기를 바라고 있었다. 만약 무슨 일이 일어난다면 신이나 별의 탄생 혹은 페스트나 전쟁이 발발하는 것과 같은 끔찍한 사건일 것이기 때문이었다. 나는 선장이 내 곁을 지나갈 때 돛대 밑에 쭈그리고 앉아 있었다. 나는 그가 나를 사랑하고 있다는 걸 알고 있었다. 그는 나를 심술궂은 눈초리로 바라보았다. 거기에서 인간의 권태와 참담함의 모든 것을 엿볼 수 있었다. 그는 아주 사소한 일로도 말을 걸어왔다. 그가 잠시 다가오다가 다시 물러났다. 그리고 큰 소리로 고함을 질렀다.

"야, 이 새끼들아!"

그의 목소리가 질식할 듯한 침묵을 깨고 울려 퍼졌다. 해적들이 달려왔다. 순식간에 우리는 땀에 젖은 몸이 햇빛으로 번뜩이는 150여

명의 해적에 둘러싸였다. 오, 맙소사! 분명 그 건장한 모습에 위협이
느껴졌지만 눈앞에서 그러한 광경을 보게 된 것을 영광으로 여겼기
때문에 더욱 공포가 엄습해왔다. 근육질의 남자들이 맨몸으로 어깨
와 어깨를 맞대고 서 있었다. 어떤 자들은 서로 손으로 목을 붙잡고
있었고, 어떤 자들은 허리를 붙잡고 있었다. 그들은 단단한 육체로
빈틈없이 서서 하나의 원을 형성했다. 그러한 근육의 경계선을 손
끝으로라도 건드리는 자가 있다면 감전될 정도로 강한 전류가 흐르
는 듯했다. 선장에게는 그들의 모습이 보이지 않았다. 그러나 자기
의 면전에서 병사들이 친밀한 유대감을 갖고 생활하도록 한다고 느
껴졌다. 그는 여전히 내 앞에 서 있었다. 그의 페니스가 반바지 아래
쪽을 부풀어 오르게 만들었다. 너무나 부풀었기 때문에 근육의 한
줄기가 옷감을 뚫고 나올 정도였다. 그 사이로 들여다보이는 육체
가 너무 섬세하여 나는 그가 당장이라도 노래를 부르지 않을까 기
대했다. 거의 아무 소리도 나지 않는 이와 같은 상황들이 나를 답답
하게 했다. 내 내부에서 일어난 일이었지만 그래도 해적들이 너무
사실적이라서 나로서는 몸속에서, 연민 속에서 또는 애정 속에서
괴로워했다.

"노여움이 우리의 돛을 부풀게 했어."

나는 되풀이해서 이 말을 씹었다. 그 말은 그물 침대 속에 웅크리
고 있던 나를 광포한 남자들로 채워진 한 척의 갤리선에 있던 때로
되돌려 보내는 표현일 수도 있었다. 앞서 언급했지만 갤리선의 선
원들은 우리 누구나 그랬듯이 결코 풍요를 경험해본 적이 없었다.

그래서 단번에 나를 풍요롭게 해주는 일이 실패로 돌아갔을 때, 실망감이 가려져 있지만, 그래도 실망이 깃든 안도감에 사로잡히는 것은 성공했을 때 다시 강도질을 도모하려는 욕구들이 모두 사라지지 않을까 하는 우려에서였다. 우리의 행위는 언제나 필요에 따라 행해졌다. 또한 불현듯 필요성이 내가 더욱 큰일을 계획하도록 할지도 몰랐다. 피하고 싶은 경우였다. 내가 뭐 거대한 악한이 될 운명은 아니었기 때문이다. 그런 자가 된다면 나는 나 자신에게서, 즉 내가 은둔처로 여기는 위로의 영역을 벗어나게 될 것이다. 나는 홀로 채울 만큼의 작고 어두운 세계에 살았다. 스케일이 큰 악한이 될 운명은 우리 중 누구에게도 없었다. 그렇게 되려면 메트레 감화원이 제공해준 것이나 현재 중앙 형무소에서 터득하고 있는 특질 이외의 것이 필요했기 때문이다. 위대한 새들의 시를 파악하는 일은 매우 어렵다. 거물급 갱스터들은 우리가 어린 시절 겪은 상처와 같은 것은 조금도 가지고 있지 않을 것이다. 그들은 오히려 상처를 유발하는 자들이다. 그래서 아르카몽이 그의 탁월함에도 불구하고 실패한 것이다.

먹을 것까지 가져다줄 정도로 뷜캉은 분명 내게 꽤 귀중한 존재였다. 그가 나만을 사랑했다면 두 눈까지도 바쳤을 것이다. 어느 날 저녁 다섯 번째인지 여섯 번째인지의 계단에서 그가 나를 잡아당기며 한쪽 팔로 목을 감고 "어디, 입을 맞춰볼까?"라고 말했을 때 나는 누구나 충분히 이해할 수 있을 정도로 깊은 감동을 받았다. 나는 피하고 싶었다. 그런데 그가 재빨리 내 입술을 덮쳤다. 나는 그의 소매

밑의 근육을 느꼈다. 입을 맞췄다고 생각하기 무섭게 그는 "자노, 난 현행범이야!"라고 말하면서 벽으로 달려갔다. 그는 간수가 지나가는 것을 보았는지, 그렇게 짐작했는지, 아니면 발견한 척한 것인지 두세 계단을 뛰어 내려갔다. 악수도 하지 않고 뒤돌아보지도 않은 채 말없이 작업장으로 떠났다. 나는 그가 한 말에 충격을 받고 한동안 멍하니 있었다. 그는 위험에 처했을 때 내 입장을 전혀 고려하지 않았다. 다음 날 또 다른 충격을 받았다. 나는 죄수들의 무리 뒤에 숨어 있었다. 그가 유리문 쪽에 있지 않았더라면 그의 모습을 보지 못했을 것이다. 나는 그의 뒷모습과 동시에 앞에서 하고 있는 동작을 보았다. 그는 로키에게 다가가더니 조금 전 내가 준 빵을 내밀었다. 그러더니 맘이 바뀌었는지 재빠르게 자기 주변을 돌아보았다. 거의 겨드랑이까지 목을 숙이고 아주 간단히 일을 처리할 때처럼 (이때 하고 있는 일이 단순하다고 할 수는 없지만) 흔히 하던 음흉한 방법으로 빵 조각을 깨물었다. 그리고 입과 이빨 자국이 있는 침 묻은 쪽을 내밀면서 로키에게 미소를 지었다. 로키는 이 미소에 미소로 답했다. 그리고 신속하게 빵을 받았다. 똑같은 음흉한 몸짓으로 사방을 둘러보더니 깨문 자국이 있는 곳을 한입 물었다. 나머지 것은 상의 안에 넣었다. 이 모든 일들은 문 유리창에 비친 모습이었다. 내가 만일 뷜캉의 버릇을 고쳐놓거나 로키를 자극하기 위해 달려들었다면 아마 즉시 독방에 갇히고 말았을 것이다. 그것은 뷜캉을 잃는 일이다. 나는 오른쪽 옆구리에 큰 공허를 느꼈을 것이다. 간수들과 뷜캉에게 들키지 않도록 조심하면서 죄수의 대열에서 빠져나왔다. 그리고 말없이 그대로 작업장으로 갔다. 나는 이때 처음으로 소설가들이 매우 긴장된 장면이 지나간 후 여주인공이 겨우 움직일 수 있었다고 쓴 것이 사실임을 깨달았다.

내가 페니스를 몽상하는 경우 그것은 언제나 아르카몬의 것이었다. 그의 페니스는 감화원에서는 거친 천의 하얀 바지 속에 감춰져 보이지 않았다. 사실은 페니스가 존재하지 않았다는 것을 나중에 거리낌 없이 떠드는 깡패들의 말을 듣고 알았다. 페니스는 아르카몬과 섞여 있었다. 결코 웃지 않는 그는 초자연적인 힘과 미모를 지닌 한 남자의 엄격한 음경 그 자체였다. 그것이 누구의 것인가를 알기까지 많은 시간이 요구되었다. 아르카몬은 어느 해적의 왕에 속해 있었다. 우리가 있는 곳과 멀리 떨어진 갤리선 위에서 파도에 흔들리며 긴장된 구릿빛, 이를테면 구리 장식을 쓰고 있는 부랑자들에 둘러싸인 채, 왕이 우리가 있는 곳으로 자신의 멋진 성기를 보내주었고, 살인범이 될 석공의 장미와 같은 얼굴에 그것을 서투르게 숨겨놓았다. 그가 내 곁을 지나가거나, 혹은 내가 낮에 그를 또는 그의 페니스를 생각하거나, 밤의 공동 침실에서 새벽까지, 아침 창문을 열도록 기상나팔이 울릴 때까지 항해하면서 멍하니 입을 벌리고 있는 것도 모두 그 때문이었다. 기상나팔은 우리를 제외한 모든 이에게 여름날의 가장 아름다운 순간을 알려주었다.

내가 눈에 새긴 채 잊을 수 없어 간직하고 있는 장면이 있다. 바로 3백 명의 소년들이 정신없이 춤을 추는 장면이다. 어떤 자는 한 손은 앞으로 다른 한 손은 뒤로 하여 두 손으로 혁대를 잡고 수평으로 들어 올렸다. 어떤 자는 가랑이를 벌리고 식당 입구에 서서 한쪽 손을 바지 호주머니에 처박고 짧고 꼭 끼는 기둥서방들의 상의와 닮은 하늘색 블라우스의 한쪽을 들어 올렸다. 그들은 유행을 따르고 있었다. 유행의 원리도 비밀스러운 명령에 따르는 뚜쟁이들이나 강도들의 유행과 닮았다. 유행을 만든 것은 바로 기둥서방들이었다.

이 유행은 변덕이나 자의적인 결정으로 생겨나지 않았다. 그보다 훨씬 강한 권위에 의해 만들어졌다. 이를테면 기둥서방의 권위가 가슴과 허벅지가 딱 들어맞도록 작업복과 바지를 수선하도록 했고, 견고하고 넓은 청색의 넥타이를 목에 두르게 하여 얼굴의 엄격함을 두드러져 보이게 했다. 일요일의 작업모는 수병의 베레모였다. 깃 장식은 장미꽃이었다. 깃 장식은 감화원에서 기둥서방들이 모자에 장미를 달고 다니던 시절까지 다섯 세기 동안이나 이어져왔다. 시인 프랑수아 비용은 이렇게 말했다.

아름다운 아이들,
너희들은 가장 멋진 모자의 장미를 잃었구나…….

깃 장식이 강도를 뜻한다는 것은 널리 알려져 있었다. 메트레 감화원은 프랑스의 꽃의 중심지에 있었다. 가장 환상적인 장소였다. 지금 환상이라고 말했지만 그 말은 전혀 경박하게 들리지 않는다. 어떤 소년은 검은 레이스를 처음 발견했을 때 충격을 받거나 어느 정도 상처를 받는다. 검은 레이스가 직물 가운데 가장 가볍고 상복으로 쓰인다고 알고 있기 때문이다. 그래서 우리는 비장한 환상, 엄격한 환상이라는 것도 세상에 존재한다는 걸 마음으로 이해하게 되었다. 그 환상들이 내 눈앞에서 전개되는 여러 장면, 즉 실제로 몸으로 체험하는 경이로운 장면들까지 지배하고 있다는 것을 말이다.

퐁트브로 형무소를 거쳐 가는 자라면 누구나 기록부에 범죄자 인체 측정 색인표를 남기는 것이 규정이었다. 나는 오후 2시경 신체를 측정하고 사진을 찍기 위해 기록 보관소로 가려고 징계실을 나왔다. 발, 손, 손가락, 이마, 코 등의 크기를 쟀다. 조금씩 눈이 내렸다. 나는 뜰을 가로질렀다. 일을 마치고 돌아올 즈음 사방이 어두워졌다. 두 번째 뜰로 통하는 계단 입구에서 수도원 앞을 지나가다가 무슨 절차를 밟기 위함인지 간수에게 이끌려 서기과로 가는 아르카몬과 마주칠 뻔했다. 그는 고개를 숙이고 있었다. 그는 눈을 맞지 않으려는 듯 왼쪽으로 가볍게 뛰었다. 그가 사라졌다. 나는 그대로 징계실로 되돌아갔다.

이 만남은 아주 순간적으로 이뤄졌기 때문에 충격이 더 컸다. 얼마 후 나는 다시 딱딱 발을 맞추고 동시에 바닥에 질질 끌면서 걷는 죄수들의 독특한 발걸음으로 돌아왔다. 보다 높은 세계에서 호흡하며, 살인범들의 가슴에서 나오는 공기를 들이마시면서도 내 논리적 사고는 징계실에 남아 있는 듯했다. 그래서 디베르 앞을 지나며 말했다.

"그를 만났어."

감시자 때문에 그의 앞을 빨리 지나쳐야 했으므로 그가 어떤 얼굴을 하고 있었는지는 알 수 없었다.

엄격한 생활이 우리의 기를 죽였다. 아마도 간수나 직원들 눈에 우리의 행동이 때로 우습거나 이상해 보이기도 했을 것이다. 여기서 발견할 수 있는 것은 고독뿐이었다. 나는 어떤 부조리한 고발 덕분에 일찌감치 그 고독의 크기를 알게 되었다.

형벌에는 반드시 아픈 가시가 박혀 있었다. 군대의 영창, 징계부의 '무덤', 메트레의 징벌 본부, 벨일의 '우물', 퐁트브로의 징계실. 우리 모두는 그 어느 것이든 직접 체험했다.

메트레에서 체험한 일, 한순간의 아주 독특한 맛을 어떤 식으로 어떻게 표현하여 당신들에게 전달할 수 있을지를 두고 나는 혼신을 다하고 있다. 예를 들면 일요일 아침의 기분(기분이라고 말할 수밖에 없다)을 어떻게 이해시키고 맛보도록 할 것인가? 우리는 보통 때보다 조금 늦게 공동 침실에서 내려왔다. 일요일은 전날 저녁 브러시로 넥타이의 주름을 펴는 작업을 했고, 취침할 때도 다음 날 아침 7시에 일어나야 했기 때문에 보통 때보다 더 피곤할 수 있었다. 자유분방하게 시간을 보낼 수 있어서 특별히 신경 쓸 일은 없었다. 우리는 일요일이라는 희망 위에서 잠들었다. 우리를 지치게 만드는 장엄한 의식들로 가득한 휴일을 기대하며 잠든 것이다. 그날은 보다 강하고 두툼한 팔에 안겨서 잠자리를 만끽했다. 일주일 동안 규칙적인 생활을 하고 난 후의 가벼운 자유였다. 우리는 마음대로 공동 침실을 이동할 수 있었다. 기분이나 사랑이 원하는 대로. 일요일 아침에 가장이 들로프르에게 면도칼을 주면, 그는 미사가 시작되는 시간까지 식당의 벤치에서 유별나게 솜털이 많이 자란 녀석들의 얼굴을 면도해주었다. 다른 녀석들은 별로 할 일이 없는 상태를 의아해하면서도 새롭게 시작될 한 주를 생각하며 뜰을 산책했다.

이 정도의 얘기로 내가 메트레에서 겪은 일요일 아침의 특별한 감정을 제대로 표현했다고는 확신할 수 없다. 미사를 알리는 종이 울렸다. 기둥서방 녀석이 우리의 얼굴을 면도해주고 쓰다듬어주었다. 내 나이는 열여섯이었고 의지할 데 없는 고아였다. 감화원은 내 세계였다. 아니 감화원은 우주였다. B 가족이 내 가족이었다. 나는 그 속에서 살았다. 나는 옆의 테이블 위에 놓인 면도칼의 거품이 묻은 신문지 조각과 함께 다시 일상으로 돌아갔다. 지금 말하는 모든 것들은 당신들에게 전혀 도움이 되지 않을 것이다. 나는 나름대로 시적 표현을 찾으려고 고심하고 있다. 그러한 느낌은 버려졌다는 것, 참담함, 거기 있다는 행복의 감정으로 이루어졌는지 모른다. 내가 이 감정들을 동시에 느낀 것은 주로 일요일 아침이었다. 뭔가 사소한 것, 예를 들면 어느 날 밤이 나를 메트레의 과거로 데리고 가는 경우가 있었다. 메트레 감화원으로 되돌아가고 싶은 욕구, 원생들의 얼굴과 그들의 특징이나 신문지 위의 면도칼 거품이 그리웠기 때문일 것이다. 그러나 그 느낌 혹은 그 느낌의 그림자가 내 내부에서 번뜩였으나 붙잡을 수 없었다. 언젠가 내가 포착하게 된다면 그때 비로소 메트레가 무엇이었던가를 당신들에게 설명할 수 있으리라. 그러나 나로서는 그것을 표현하는 일이 당신들에게 내 입 냄새가 무엇인가를 말하는 것처럼 당혹스러울 것이다. 그래도 말하지 않을 수 없다. 흰 깃발, 서양 삼나무, E 가족의 벽에 있는 성모상은 어디서도 볼 수 없는 것들이었다. 그것은 모두 기호였다. 한 편의 시에서는 보통의 말이 바뀌어 놓이거나 다른 말로 대체되어 새로운 의미가 덧붙여질 수 있다. 그것이 바로 시적 의미다. 머릿속을 스치는 각각의 사물들이 내 시를 구성했다. 메트레에서 각각의 사물은 고통을 나타내는 기호와 다름없었다.

우리는 감옥의 나날이 가없은 나날이라는 것, 유폐된 죄수들이 허약하고 창백했다는 것, 병적으로 퉁퉁 부어 있었다는 것, 젊고 깡마른 풋내기 간수들까지도 심심풀이로 수감자들을 데리고 놀았거나 배가 곯아 처참한 개처럼 사정할 때까지 구타했다는 것을 모르고 지냈다. 형무소에서는 감방 안을 종횡으로 왔다 갔다 하거나 말없이 출입문에서 창까지 헝겊으로 만든 장화를 신고 걸어 다니는 유령으로 살았다. 걸어간다기보다 차라리 미끄러져 가는 것이었다. 유령이 사는 방들이 열 지어 있는 모양은 마치 철해놓은 경찰 신문과도 같았다. 무거운 인쇄물처럼 어느 페이지를 넘겨도 다른 범인의 사진이 나왔다. 이 점은 앞에서 언급한 어느 날 밤의 무거운 목소리를 상기시킬 것이다. 나는 이른바 경멸의 계단들을 모두 내려왔다. 여기는 어느 감방도 서로 닮았다. 물론 감독관도, 변호사도, 경관도 있었다. 하지만 그들은 우리를 자기들의 즐겁고 선량한 삶과 비교하여 우리의 수치심(그리고 그들의 영광)에 더 강한 의미를 부여하기라도 하듯 존재했다. 나는 두 손으로 종이 뭉치들을 꽉 쥐었다. 그러면 손가락에서 저절로 경련이 일어났다. 지금 문학적인 미사

여구를 구사하려는 것이 아니다. 손가락이 정말로 그런 동작을 했다. 내가 원고 더미를 마구 구겨버린 것은 절망 때문이었는지 모른다. 아니면 쉽게 삼켜버릴 수 있도록 한 묶음으로 만들려고 한 것일지 모른다. 말하자면 모두 파기해버리든가 아니면 그 미덕을 스스로 전달할 수 있어야 했다. 뷜캉이 어느 날 클레르보 형무소에 관해서 말했다.

"자노, 넌 이해하겠니? 온종일 그렇게 팔짱만 끼고 있었던 것 말이야. 한마디 말도 해서는 안 되었지. 얼굴이라도 마주치는 불상사가 생기면 간수는 곧장 감방장에게 넘겼잖아. 그러면 그는 허리를 부러뜨렸겠지. 그건 분명해. 많은 기둥서방 녀석들이 몇 년 동안 꼼짝 못 하고 있었어. 간수는 그런 녀석들을 소중히 여겼지. 네가 손을 잡아도 녀석들은 응하지 않았을 거야. 로키도 거기에 있을 때 다른 사람들처럼 했겠지. 불쌍한 녀석⋯⋯."

로키의 제스처와 행동 또는 그가 한 말을 통해 뷜캉이 여기에서 멀리 떨어진 곳으로 에르지르를 찾아 몽상하고 있다는 것을 알았다. 대부분의 기둥서방이 체념하고 있었다. 가장 질긴 녀석들도 세월에 따른 피폐에는 어쩔 수 없었다. 퐁트브로에는 우리 각자의 유별난 증오심에도 불구하고 우리를 결합해주는 우정이 있었다. 그 증오심은 불현듯 고함을 지르거나 터무니없는 행위로 나타났다. 가장 음험한 우정은 자주 갑작스러운 고함으로 표현되기도 했다. 또 피를 흘리는 폭력을 수반하기도 했다.

메트레에서 보낸 밤을 말하면서 어떻게 당신들에게 그곳의 악마적인 달콤함을 전할 것인가? 어쨌거나 회계 사무실 벽을 따라서 등나무와 장미가 꽃과 향기를 뒤섞고 있었다는 것을 말하고 싶다. 여름날 해 질 무렵 5시경 한 손을 뚫린 호주머니에 처박고 성기를 주무르는 열다섯에서 스물의 혈기 왕성한 소년들에게 근친상간을 하는 식물이 꽃향기를 보내고 있었던 것이다. 어느 여름 저녁 식사 후, 몇 분 동안 우리는 막사 앞의 뜰로 나갔다. 내가 말한 달콤함은 우리에게 허용된 짧은 휴식 때문이었는지 모른다. 우리는 놀이를 계획할 시간조차 없었다. (내가 어떻게 놀았는지를 쓴 적이 있던가?) 우리는 결코 놀아본 적이 없다. 우리의 활동은 무엇이든 실용적인 목적을 지녔다. 예를 들면 나막신에 윤을 내기 위한 광택제를 만든다든가 라이터용 부싯돌을 정원에서 찾는다든가 하는 것이다. 우리는 발끝으로 땅을 차서 잔돌을 파냈다. 만일 우리가 몸을 구부리고 무엇인가 호주머니에 넣는 것을 게팽이 보면, 불현듯 달려와 말없이 몸을 수색했다. 우리를 감시하고 우리를 보호하면서도 우리를 결코 이해하지 못한 저 오십여 명의 위대한 존재들을 생각하면 감동에 겨워 눈물이 날 지경이었다. 그들은 고문관으로서 자신들의 역할을 충실히 수행하고 있었기 때문이다. 그럼에도 3백 명의 소년들은 그들을 감쪽같이 속이고 있었다. 우리는 담배꽁초를 교환하거나 탈주를 목적으로 재빠르게 모의하고는 했다. 모든 일이 매우 신중하게 진행되었다. 이 비밀스러운 놀이는 우리가 어떤 규정된 일을 하는 동안에도, 작업장에서 일하는 동안에도, 식당에서도, 미사를 보는 중에도, 평화로운 일상, 그리고 누구에게 말해도 부끄럽지 않은 생활을 하는 동안에도, 거기에 악마적인 이면을 더하면서 지속되었고 정오의 쉬는 시간에도 이어졌다. 간수들과 직원, 방문객들이 우리가 즐겁게 쉬고 있다고 생각하는 낮 시간에도 계속되었다. 간수들의 근시안적인 태도를 어떻게 설명하면 좋을까? 간수 중 가장 민감한 사람은 우리의 가장인 가비예였다. "운지법 실행하기"라는 말은 우선 기둥서방에게 엉덩이를 애무케 하고 다음에 손가락(검지)을 구멍에 넣는다는 뜻이다. 이 짓은 멋진 장난으로 간주되었다. 우리 사이에서 이 행위는 경박한 처녀들의 입맞춤과 비교되었다. 세월이 지나면서 이 말의 의미가 조금 변했다. 세월이라고 표현했지만, 얼마나 먼 과거를 기준으로 말하는 것인지 나 자신도 모르겠다. 감화원이 세워진 지는 이제 백 년밖에 되지 않았다. 빛나는 소년이란 빛을 반짝이며 삶을 즐기는 소년이라는 것을 우리는 태어나면서부터 알고 있었다. 나는 거기서 소년들 누구나 가지고 있는 우화적 원천의 증거를 보았다. 그렇지만 우리가 사용하는 은어가 왜 보다 밀접한 구조로 만들어지지 않았는지 의아할 따름이다. 그 이유는 아마도 우리가 매일 조금씩 내부에서 새로운 은어를 끄집어내고 있기 때문이 아닐까. 당시에 우리가 말하거나 생각할 때 사용한 은어들은 프랑스어로는 결코 옮길 수 없는 것이었다. 한 기둥서방이 변형해서 쓴 표현을 보자. "운지법을 사용했어." 이 표현은 "그의 입술을 훔쳤어"라는 의미를 가지고 있다. 손가락은 식당, 뜰, 예배당, 열을 짓고 있는 가운데서도 쓰이는 등 어디에서나 사용되었다. 손의 동작이 워낙 빨라서 간수들에게 의심받는 일 없이 무엇이든 훔칠 수 있었다.

간수들이 그런 표현을 들었다. 그 표현은 입에서 입을 통해 퍼졌다. 가장 눈치 빠른 가비예가 다른 간수들보다 먼저 그 말을 들었다. 어느 날 가비예는 식당에서 눈 주위가 검고 뺨이 쑥 들어간 빌루아를 점잖게 놀려주려고 웃으며 말했다.

"어젯밤 또 손가락을 가지고 놀았지?"

가비예는 빌루아가 어젯밤에 수음했다고 말하고 싶었던 것이다. 소년은 그 말을 듣고 일상적인 의미로 해석했다. 그는 입에 거품을 물 정도로 화를 내며 탁자에서 일어났다. 소년은 어리둥절하는 가비예를 향해 달려들었다. 그를 쓰러뜨리고 갈비뼈고, 허리고, 이빨이고, 뺨이고 할 것 없이 징을 박은 나막신으로 마구 짓밟았다. 사람들이 가비예와 빌루아를 일으켜 세웠다. 한 사람은 죽어가고 다른 녀석은 기진맥진해 있었다. 이 사건으로 나는 내 남자를 잃었다. 빌루아가 징벌 본부로 끌려갔기 때문이다. 그는 거기서 나온 후 다른 가족으로 옮겨 갔다.

이 여담을 늘어놓으면서 나는 정오의 휴식 시간에도 은밀하게 활동을 계속했다고 말했다. 그러나 이 시간에는 원칙적으로 한가했기 때문에 활동은 더욱 음험하게 진행되었고, 많은 얘깃거리를 지닌 소년들은 신비스러운 형상들의 매우 부드럽고 우아한 엮음 무늬로 뜰을 장식했다. 그들의 이야기는 주로 들로프르의 손에 관한 것이거나 빌루아의 심장에 관한 것으로, 정확하게 알려진 것은 없었다. 그 이유는 각자 은폐된 언어를 사용했기 때문이며, 그 언어가 프티트로케트에 있을 때의 명성을 능가해서 보호받은 채로 메트레에 왔기 때문이다. 아무튼 이런 종류의 신상 이야기는 알려지기는 했으나 정확성이 결여된 상태로 남아 있었다. 앞서 말했듯이 원생에게 가치가 있는 것은 원내에서 만들어진 영광에 한정되어 있었다. 영광스러운 것으로 알려진 초인적인 공적도 다른 데서 이루어진 것은 당연히 경시되었다. 물론 아르카몬의 경우는 예외였다. 따라서 누구의 신상에 관한 얘기이건 전설적인 형태를 취하고 반드시 약간의 수정이 가해지는 것이 관례였다. 온갖 반지를 낀 손으로 공포에 질린 심장을 조르던 모험에 연루된 몇몇 소년의 주변에서 뭔가 중요한 일이 있었다는 걸 느꼈다.

저녁에는 어떤 일도 도모할 시간적 여유가 없었다. 그래서 그저 저녁의 부드러움을 맛보기로 했다. 배가 얼음 속에 잠겼다고 말하고는 했다. 그처럼 우리는 갑자기 바캉스에 들어섰다. 우리의 이웃인 밤이 다가오고 있었고, 사물의 냄새, 무거운 공기가 요동치고 있었으나 우리는 그 사실을 몰랐다. 우리의 몸짓이나 목소리가 부드러워졌다. 취침나팔 소리가 울렸을 때 우리는 이미 사내들의 잠자리를 준비했다. 정렬을 하고 발을 맞추어 공동 침실의 계단으로 향했다. 거기서 또 인간에 어울리는 몇 가지 절차를 거친 후 마침내 원생으로서의 생활이 시작되었다. 원생이라는 말은 우리에게 수치스러운 말 중 하나였다. 그럼에도 우리는 자신을 지칭하기 위해 이 말을 사용했다. 대리석에 황금 문자로 새겨진 것은 아니었지만, 이 문자가 애인의 가슴이나 팔에 새겨진 것을 보았다. 어쨌든 이 말은 수치스러운 말로 여겨졌다. 모두 그렇게 알고 있었다. 우리는 이 고상한 치욕 속에 몸을 담고 있었다. 중앙 형무소 내에서도 그렇지만, 감화원 내에서도 악당이라는 말은 의미가 없었다. 그 말을 입에 올린 자는 웃음거리가 되었다.

퐁트브로는 은총의 몸짓으로 가득했다. 벌 받고 있는 녀석을 위해 담배를 잘라 징벌실 문 밑으로 밀어 넣는 카르레티의 행위도 그 중 하나였다. 이처럼 아름다운 몸짓을 완성하기 위해 퐁트브로 중앙 형무소의 산책 시간에는 하얀 두건을 쓴 빡빡머리들이 늘어선 것이 보였고, 얼굴이 너무 창백하거나 말라서 정신만으로 살아가는 듯한 모습의 굶주린 깡패들이 많았다. 거기서는 오만한 대답도 들렸다.

간수: "모자를 벗어."

꼼짝 않는 늠름한 죄수: "벗지 못하겠소. 나리."

"왜?"

"호주머니 안의 손이 거부하고 있거든."

악의와 거만함과 투박함이 목소리를 고상하게 만들었다. 근신과 금욕 생활이 육체와 정신을 더욱 신경질적으로 만든 것처럼 불쾌함이 깡패들의 목소리에 채찍의 우아함을 부여했다. 후려치듯 목소리가 들려왔다.

중앙 형무소는 다른 몸짓들을 포함하고 있었다.

죄수들은 간수 뒤에서 젊고 다양한 몸짓을 만들어냈다. 나는 그 몸짓들이 세월에 따라 변화를 겪으며 완성되었음을 알고 있었다. 마치 속어의 어휘들이 여러 단계를 거쳐온 것처럼. 펼친 손으로 엉덩이를 때린다는 표현은 오줌을 누기 위한 것처럼 페니스를 잡는 동작을 취하면서 바지 앞쪽 터진 곳을 다시 올린다는 뜻이다. 즉 엉덩이를 때린 후 손은 다시 얼굴까지 올린다. 언제나 손을 펴고 '이곳까지'라는 의미의 표시를 수반하면서 말이다. 소년들의 못된 짓 중에는 증오하는 경쟁자, 그러나 힘센 자의 문간에 재빨리 오줌을 갈기거나 아침이나 전날에 주운 압정들을 그들의 막사에 몰래 들어가 웅크리고 앉아 잽싸게 밀어 넣는 행위도 있었다. 나로서는 이 모든 일이 진실인지 의문이 갔지만 그것은 현실이었다. 중앙 형무소가 공상 속의 감옥이 아니었다면 말이다.

뷜캉은 자주 심각한 표정을 짓고는 했다. "우리는 남자야. 너희 밥통들과는 달라." 이런 식으로 말하는 거친 사내들에게 마음이 끌린 뷜캉은 녀석들의 태도를 좋아했다. 나는 그를 완전히 통제할 수 있도록 그에게서 뚜렷한 여성성의 흔적들을 기대했다. 나는 그의 손수건을 넌지시 살펴보았다. 어리석게도 거기서 어떤 종류의 변태자들이 한 달에 한 번 흘리는 코피의 흔적을 발견할 수 있지 않을까 해서였다. 코피가 그들의 월경이었다. 이 소년은 관찰하면 할수록 거친 모습으로 보였고, 가끔 미소를 지어도 언제나 협박하는 듯한 모습으로 보였을 뿐이었다. 그의 대담함과 엄격한 태도와 아름다움 때문에 많은 죄수가 그에게 관대한 우정을 바쳤다. 가만히 있어도 그를 건드리고는 했다. 그는 그들의 그룹에 섞여 있었고, 그들은 그를 쫓아내지 않았다. 그들 가운데 한 사람이 그를 자기의 휘하에서 계산대 일을 맡도록 하여 많은 돈을 벌기도 했고, 그와 우정을 쌓기도 했다. 나는 말했다.

"아무튼 그 녀석이 네게 쏟는 우정에 애정을 뒤섞어놓는다고 해
도 그건 어차피 여자에게 갖는 애정에는 비할 수 없어. 언젠가 너를
차버릴 거야. 너 역시 그 녀석에 대한 사랑의 감정을 언제까지 가질
수는 없을 테지."

그는 이 말을 곰곰이 생각한 후에야 이해했다. 그는 내 말이 옳다
는 것을 알았다. 또 내 애정이 더욱 헌신적이라는 것도 알고 있었다.
그렇지만 그는 이미 자기를 만족시키지 못하는 내 애정을 잊어버리
고 말았다. 그는 강자들에 대한 존경심으로 나를 버리고 그쪽으로
기울어진 후였다. 나는 감히 그런 이유로 그를 비난할 수 없었다. 한
편 나는 그의 강자에 대한 태도, 특히 로키에 대한 태도에 당황했다.
두 사람은 아직 친구 사이이기는 했지만 서로 몸을 만지는 일은 없
었다. 품위 있는 태도였다. 위선이 아니었다. 다음과 같은 사실로 그
들이 친구라는 것을 알 수 있었다. 가령 두 사람은 같은 속옷과 같은
칼을 사용했다. 또 같은 병을 입을 대고 마셨다. 한 녀석이 다른 녀
석에게 가끔 이렇게 말했다.

"네가 그에게 편지를 하라니까. 네가 말이야!"

이 말에서 두 사람이 하나의 남자나 여자를 공유하고 있음을 알
수 있었다. 그러나 그들은 결코 우정 이외의 방법으로 애정을 과시
하지는 않았다.

어느 날 아침 나는 복도 한구석에서 뷜캉을 보았다. 그는 보통 때
처럼 옛 도형수들을 둘러싸고 있는 기둥서방 그룹에 끼어 있었다.

그에게 다가갔다. 그에게 넌지시 오라는 신호를 보내기 위해 그의 어깨에 손을 대려 했을 때, 들리는 얘기의 내용에도 놀라웠지만 봇차코가 뷜캉의 어깨에 기대고 있는 모습에 아연실색했다. 도형수 중 한 녀석은 도형장에서 탈주한 자로, 다시 붙들려서 퐁트브로에서 생마르탱드레로의 호송을 기다리고 있었다. 또 한 녀석도 임시 입소자였다. 그는 프랑스에서 새로 저지른 범죄로 기소되어 재판을 기다리던 중 와 있었는데 그가 처음으로 도형장의 소식을 전했다. 메스토리노, 바라토, 기 다뱅 등의 이름이 친숙하게 발음되는 것을 들었다. 나는 깜짝 놀랐다. 이 두 도형수는 신문을 떠들썩하게 한 너무 사랑했거나 증오했던 동료로서 범죄의 왕자들에 대해 아무런 과장 없이 지껄이고 있었다. 두 사람은 그들에 대한 것을 단순하게 얘기했다. 그들의 말을 듣고 나는 뮈라*가 나폴레옹에게 반말하는 것을 들은 것처럼 경탄했다. 두 도형수는 소름 끼칠 정도로 자연스럽게, 우리가 보기에 가시덤불의 식물처럼 진귀한 또는 그러한 곳에서 발생했을지도 모르는 말을 떠벌리고 있었다. 그 말은 듣는 사람에게도 배 속 깊은 곳에서 올라오는 트림만큼 멀리서 온다는 느낌을 주었다. 그들은 은어 중의 은어를 사용했다. 더구나 아르카몬의 존재에 전혀 감동하는 모습을 보이지 않았다. 아마도 도형장에는 아르카몬보다 훨씬 강인한 살인자들이 있는 듯했다. 나는 그들의 이야기를 듣기 위해 남았다. 두 손을 호주머니에 처박고 태연하게

---

* 나폴레옹 휘하에서 군 원수를 역임한 인물

있었다. 혹시 뷜캉이 돌아보아도 내가 당황하는 모습을 알아보지 못하도록 하기 위해서였다. 그러나 간수가 나타났다는 신호로 그룹이 흩어질 때 뷜캉은 완전히 황홀 상태에 빠져 있었기 때문에 봇차코가 그의 어깨에서 떠난 것도 모르고 있었다. 내가 그를 건드렸다. 그러자 비로소 그는 딴 세계에 있다가 나온 사람처럼 놀랐다. 나를 보는 그의 시선은 떨고 있었다. 그는 말했다.

"오! 장, 여기 있었구나? 네가 있는 줄 몰랐어."

"보다시피 여기 있었지. 한 시간 전부터 너를 보고 있었어."

그는 내 비난에 아랑곳하지 않고 깡패들이 모여 있는 곳으로 가버렸다. 나는 뷜캉의 친구들인 기둥서방들이 보인 호의에 어떻게 대처해야 할지 몰라 당황했다. 혹시 나를 혼란스럽게 하려는 간계가 아닐까 두려웠다. 나는 그들의 미소에 무례한 태도로 응수하기로 작정했다. 내가 생각하는 무례한 태도는 이런 식의 대응이었다. 봇차코가 다른 몇몇 기둥서방과 계단의 꼭대기에 있었다. 나는 공동 침실에서 내려오던 참이었는데, 그가 조개껍데기 같은 손에 불붙은 꽁초를 감추고 태연히 접근해 왔다.

"이봐, 담배를 줄게."

그가 말했다.

그는 미소를 지으며 꽁초를 내밀었다. 그는 눈에 띄게 내게 우선권을 주었다. 한 모금이라도 빨려고 순서를 기다리는 다른 기둥서방들보다 앞선 것이었다. 그가 은근히 내게 프러포즈를 하고 있는 것이 분명했다. 단지 친절한 태도를 통해서라도 뭔가 호의를 보여야 했다. 나는 주어진 영광에 무관심한 태도로 일관했다. 그러다가 살짝 손을 내밀고 말했다.

"네가 원한다면."

이렇게 된 이상 빨다 남은 담배를 받아서 한 모금 빨 수밖에 없었다. 그때 두세 걸음 떨어진 곳에서 프렌 형무소에서 만난 적이 있는 기둥서방이 눈에 들어왔다. 나는 봇차코에게 내민 손을 그 녀석에게로 돌렸다. 동시에 놀란 듯 큰 소리를 지르며 다시 만나서 기쁘다는 표정을 지었다. 그가 계단에서 내려갔기 때문에 나도 담배의 호의를 잊어버린 척하며 아주 자연스럽게 그와 함께 내려갔다. 이어서 아주 의도적으로 거만함을 내보이는 한편 내가 나타내려는 경멸감을 어떻게 감출까 생각하며 몇 계단을 내려왔을 때 불현듯 뭔가 잊어버린 것을 알아차린 듯한 행동을 했다. 뒤를 돌아보고 다시 계단을 올라가려는 몸짓을 취했다. 그러자 모두 나를 지켜보았다. 봇차코의 옆얼굴이 보였다. 그의 얼굴이 부끄러움 때문인지 어두워진 것을 알았다. 내게 보인 저 거친 남자의 친절이 스스로를 참을 수 없도록 만들었으며, 또한 마치 여배우처럼 멸시하는 듯한 몸짓으로 사라졌다 나타나는 내 뒤범벅된 모습이 그의 친절함을 엉망으로 만들었다. 내가 강도 출신이고, 기둥서방들과 반대편의 패거리였다는 점에서 그는 더 큰 상처를 받았다. 당연히 그와 함께 남아 있어야 했는데, 내가 젊은 기둥서방 녀석과 함께 웃으며 내려왔으니 말이다. 나는 입을 삐죽거리며 한 손을 올린 채, 대수롭지 않은 일을 체념할 때의 몸짓으로 계단을 내려왔다. 이 태도가 계산적으로 보이지는 않은 것 같다. 그런데 다른 녀석들이 비천한 짓까지 하면서 구하려는 그의 호의를 멸시하는 내 태도가 오히려 봇차코에게 강한 인상을 준 모양이다. 바로 곁에 있는 녀석에게 말하는 그의 부드럽고 떨리는 목소리가 들렸다.

"빨아, 밀루."

바로 그 순간 승리감이 밀려왔다. 프렌 형무소에서는 무서웠던 녀석, 그러나 미래를 내다볼 줄 알았던 운명이 내 퇴장에 은총과 빛을 주기 위해 등장시킨 그 기둥서방 녀석에게 갑작스러운 우정을 느끼며 계단을 내려갔다.

아침 기상 시간에 나팔수가 창문을 열었다. 잠옷 바람으로 눈을 찌푸린 채, 창가에 한쪽 발을 올려놓고 비극적인 소리를 내고는 했다. 그는 그런 식으로 태양의 운행을 다시 시작하도록 했다. 나팔수가 악의 도시의 무너진 벽을 다시 세웠다. 감화원의 모든 것이 내게는 달콤했다. 감화원이 허용한 유일한 문장은 뷜캉의 가슴의 문을 열고 거기에 숨겨진 숙명의 미묘한 톱니바퀴에 햇빛이 들도록 해주는 것이었다. 내 추억은 가장 슬픈 것도 즐거움을 주었다. 장례식도 축제였다. 나는 우리가 리고와 레에게 바친 장례식만큼 멋진 것을 결코 알지 못한다. 최대의 적이었던 그 두 사람의 장례가 같은 날 거행됨으로써, 하나의 의식 속에 두 사람이 뒤섞인 결과가 되었다. 이 이중의 장례식은 내게 이중의 신비에 대해서 말할 때가 왔음을 일러주는 것이다.

C 가족에는 형이 둘 있었다. 예외적인 일로 경이롭고 이상한 느

낌을 주기에 충분했다. C 가족에만 두 사람의 형이 있다는 것은 놀라운 일이었다. 이 우애 깊은 이중의 지상권이 두 명의 황제가 통치하는 러시아제국만큼 가슴을 설레게 했다. 이중의 죽음, 즉 리고와 레의 죽음을 기리는 의식은 장례식이라기보다 둘을 하늘에서 만나도록 하는 결혼식처럼 감동적이었다.

나는 한 가족 내에서의 싸움을, 궁전 내에 있는 비극을, 이 왕관을 쓴 두 소년을 죽음으로까지 몰고 갈 정도의 라이벌 의식을 예감했다. 문제는 매우 남자다웠던 이 두 소년과 관련된 일이었다. 이들은 두 프리깃함 혹은 두 범선이라고 불려도 좋을 것이다. 왜냐하면 C와 D 가족의 형들은 언제나 B 또는 A 가족 기둥서방들의 조무래기들이었기 때문이다. 두 소년은 온순한 소년들로 구성된 부하들을 거느리면서 그들에게 주먹질과 뺨 때리기, 발길질, 욕설, 침 뱉기를 하거나 갑자기 친절을 베풀기도 했다. 그들은 한 사람씩 교대로 역할을 나누거나 영역을 반으로 나누어 다스리지도 않았다. 그들의 지배력은 섞여 있거나 서로 보완했다. 때로 한쪽이 명한 것을 다른 쪽이 거두어들이는 경우도 있었다. 그들은 대립했지만, 싸움 중에도 서로 뒤섞여 있었기 때문에 결국 불화도 화합도 초월한 부조리의 세계에 직면하여 서로 사랑을 나누기 위해 만나지 않고는 견딜 수 없었다. 이 잠든 두 심장은 잠자면서 통치했고 잠의 두터운 벽 뒤에서도 사랑했다. 이처럼 서로를 죽인 전사들은 죽은 후에도 서로 사랑을 나누었다.

장례식 날에 비가 왔다. 작은 묘지의 진흙이 검은 나막신을 더럽

272

했다. 우리의 세계에서는 거칠고 무례한 언행이 비일비재했다. 메트레에서는 "그리스인에게 가서 금도금 좀 해달라고 해!"라고 말하는 것은 일상의 언어였다. 그리고 퐁트브로에서 밤에 우리가 창을 여는 몇 분 동안 어떤 일이 발생하는지에 대해서는 이미 말했다. 누군가 한마디 던졌다.

"엉덩이를 뚫어줄게."

"네가 내 엉덩이에 구멍을 뚫었지. 개새끼!"

"구멍에 엉덩이가 붙어 있는 게 아니야. 엉덩이에 구멍이 달려 있는 거지."

아무런 대꾸를 하지 않자, 다른 녀석이 응수했다.

"어서 가서 초콜릿 터번이나 감아!"

"가서 가베의 눈을 손가락으로 찔러."

나는 이런 말들을 써서 책을 화려하게 장식할 생각은 없다. 다만 이러한 말들은 다른 말들과 함께 밤중에 발설되었지만 불만에 가득 찬 죄수들의 불과 같은 격한 호소로 들렸다. 그들은 이러한 소리를 내지름으로써 조금이라도 지옥이 아닌 지역, 그러면서 또 다른 세상의 초기, 물적이고 정신적인 법에 지배되는 지역으로 점점 빠져들었다. 왜냐하면 이 표현들은 정확하게 사용되기보다 과도하게 사용되었을 때 의미가 있었기 때문이다. 그들의 말은 심사숙고한 끝에 나오는 것이 아니라 애매모호한 상태로 쓰였다. 입속에 최후까지 남아 있는 문장이나 표현은 그들에게 금언의 역할을 했다. 메트레 감화원이나 이곳에서 기둥서방들의 문신과 같은 역할이었던 것이다.

　나는 천 년 전의 로마, 인도, 프랑크족의 귀족들은 붕괴했지만 그들이 누린 혜택에 버금가는 권위를, 아니 그 이상의 종교적 권위를 누렸다고 생각했는데, 그 원인은 가문(家紋)을 만들었다는 사실에 있었다. 동물이나 식물, 사물의 모습을 띤 문장의 기원을 여기서 거론하지는 않겠다. 그러나 나는 처음 군대의 수장이었던 제후들이 하나의 기호, 하나의 상징인 가문 아래서 사라졌다고 생각한다. 과거에 제후들이 형성한 엘리트적 특질이 갑자기 추상적인 하늘 저편의 숭고한 지역으로 던져지고 거기에 스스로 기록되었다. 이를테면 귀족의 특성이 구상화된 문장으로 변화한 것이다. 이 정예의 기호를 표기하는 상징이 신비로우면 신비로울수록 인간을 더 불안하게 만들었고, 평민들이 문장이 나타내는 오묘한 의미를 쫓지 않고는 못 견디게 하는 결과를 가져왔다. 이런 식으로 문신은 기둥서방들을 신성한 존재로 만들었다. 아주 단순한 것일지라도 문신이 팔에 새겨지는 순간 그들은 왕좌에 올라간 것 같은 기분에, 또 멀리 위험한 밤에 스스로 들어간 것 같은 기분에 젖어들었다. 보통의 연약한 인간에 지나지 않던 제후가 어떤 상징의 장식을 붙인 문장에 힘입어 다시 모습을 나타내는 날이면, 그들은 그 상징의 눈부신 의미를 자신에게 덧씌웠고 밤의 주민들, 꿈의 주민들처럼 위험한 자로 돌변했다. 꿈은 원래 상징으로서의 인물이나 동물이나 식물이나 사물에 의해서 움직이는 세계가 아니던가. 모든 상징물은 강한 힘을 지녔다. 그러나 상징물을 낳은 자가 자기를 그 표징과 바꿔놓을 경우,

그는 이 신비로운 힘을 이용할 것이다. 즉 상징의 힘은 꿈의 힘이다. 국가사회주의가 암흑의 탐험가인 히틀러 덕에 나치의 문장을 추구한 것도 바로 이 꿈속에서였다.

우리 죄수들을 이상한 자로 만들고 또한 세상에서 격리된 자로 만드는 또 다른 사실들이 있었다.

우리는 조상들이 잠들어 있는 비밀스럽고도 친근한 작은 묘지를 가지고 있었다. 거기 묻히기에 앞서 두 소년의 관이 헐벗은 영구대 위에 소박하게 놓였다. 이 헐벗은 영구대는 거만한 위인들의 영구차와 닮았기 때문에 오히려 죽은 두 소년에게 현자의 고귀함을 주었다.

주목(朱木) 아래에는 의무실에서 죽은 감화원생들의 무덤이 늘어서 있었다. 또 벽을 마주 보고 방풍이 잘 되는 곳에는 안락하게 죽은 수녀나 사제들의 무덤이 있었다. 가장 깊숙한 곳의 묘지인 예배당 안쪽 지하 납골당에는 창립자 드메츠와 드 쿠르테유 남작의 묘가 있었다. 예배당의 검은 대리석 위에 새겨진 "그들이 사랑한 아이들과 함께"라는 말처럼 그곳에서 휴식하고 있는 것이다. 레와 리고를 동반하기 위해 십여 명의 소년들이 뽑혔다. 나와 빌루아도 거기에 끼었다. 죽은 한 쌍을 땅속으로 보내는 우리 역시 화합된 한 쌍이었다. 모든 것이 이와 같을 것이다. 그 이후 나는 스토클레의 주검을 동반했다. 앞으로 십 년쯤 후에는 봇차코와 뷜캉의 주검을, 그리고 필로르주의 주검을 따라갈 것이라고 마음속으로 새겼다.

스토클레는 어떤 존재였던가? 빌루아가 멀리 사라진 것을 알고 그는 내게 많은 호의를 베풀었다. 또한 우리는 두 번 합쳐서 생활할 기회가 있었다. 어느 날 나는 탈주를 결심했다. 불행과 절망 때문이었을까? 절망이 너무 클 경우, 오늘날이라면 나를 움직이는 난폭성은 탈주 이외의 다른 수단을 추구하도록 했을 것이다. 종신형의 선고가 그러한 수단을 찾도록 해주리라 믿는다. 나는 이미 그 맛에 대해서 말했다. 나는 애써 '맛'이라는 말을 고집하고 싶다. 입속에서 혀끝으로 어떤 미각을 느꼈기 때문이다. '종신형의 선고'라는 말이 주는 죽음의 맛에 대해서는 앞에서 쓴 적이 있다. 그래서 내 절망을 보다 잘 이해하도록 하려면 내가 두건을 쓰고 한 손에 촛불을 들고 죽은 자에게 바치는 기도 〈악에서 우리를 구하소서〉의 노래를 듣는 살아 있는 문둥병 환자와 닮았다고 써야 할 것이다. 그런데 절망은 인간을 자기 내부에서 이탈시킨다. (지금 신중하게 말하는 것이다.) 절망이 너무 깊었기 때문에(계속 살아가는 일은 중요하다) 상상력이 우선 내 타락 그 자체 속에 피난처를 만들었고 나를 위해서 매우 아름다운 생활을 창조해주었다. 상상력은 매우 빠르게 움직였다. 또한 상상력은 절망의 구렁텅이 밑바닥에 부딪힐 때의 충격을 부드럽게 해주는 무수한 모험으로 나를 둘러싸고 있었다. 내가 바닥이 있다고 믿었기 때문인데 절망에는 바닥이 없었다. 따라서 내가 점점 더 깊이 빠져듦에 따라 추락의 속도가 뇌의 활동을 가속했고, 상상력은 지칠 줄 모르고 이어졌다. 상상력은 끊임없이 새로운 모험을 만들어냈다. 이윽고 격렬함 속으로 몰입한 결과, 내게는 몇 번이고 격렬함이 이미 상상력이 아닌 어떠한 별개의 능력, 보다 고상한 차원

276

의 구조 능력처럼 보였다. 제멋대로이면서도 훌륭한 그 모든 모험은 점점 물리적 세계에서 안정성을 찾았다. 그 모험은 물질의 세계에 속해 있었다. 어쨌든 여기에 있는 것과는 다른 것이었다. 그 모험이 여기 어딘가에 존재한다는 느낌이 들었다. 그 모험을 사는 것은 내가 아니었다. 다른 곳에서 나 없이도 살았을 터이다. 상상력에서 태어나 그 이상의 높은 곳에 위치하는 새로운 능력이 끊임없이 내게 그러한 모험을 내보이거나 나를 위해서 그 모험을 준비하거나 조성하거나 언제까지나 나를 받아들일 채비를 갖추고 있었다. 내 육체가 생활하고 있는 불행한 운명을 버리고, 내 육체를 버리고(그러므로 내가 절망은 인간을 자신에게서 이탈시킨다고 말한 것은 옳았다), 그리고 내 운명과 나란히 행해지는 다른 위안을 주는 모험에 뛰어드는 데에는 아주 조그만 일로도 충분했다. 과연 나는 거대한 공포 덕분에 인도라는 나라의 비밀을 밝히는 기적의 길 위에 있었던 것일까?

소년이었던 나는 맨발로 메트레를 뛰쳐나왔다. 어느 일요일 오후 그 찬란한 꽃 더미를 무너뜨리고 나막신을 벗어 던지고 전원을 가로질러 도망가도록 한 것은 무엇이었을까? 지금도 알 수 없다. 월계수 담을 넘자 경사진 땅이 나왔다. 나는 구르듯이 목장과 숲으로 달려갔다. 다른 어느 곳보다 본능적으로 나를 숨겨줄 만한 장소가 많은 곳을 찾아 달린 것이다. 나는 쫓기고 있다는 느낌이 들었다. 갑자기 강이 앞을 가로막았다. 그때 나는 호흡이 극한에 달한 것을 느꼈다. 발소리가 들렸다. 나는 강을 따라서 뛰어가려고 했다. 그러나 더는 숨을 쉴 수가 없었다. 공포감에 옷도 창백해진 것 같았다. 물속으로 뛰어들었다. 그때 물 밖에 있던 스토클레가 나를 붙잡았다. 그가 팔을 뻗었다. 내가 물에 붙잡힌 것인지 아니면 어린 도둑에게 붙잡힌 것인지 종잡을 수 없었다. 그에게 붙들렸을 때 느낀 기쁨만은 지금도 생생하다. 내가 누리게 될 자유, 그 자유는 도망치는 동안 이미 얻은 자유였지만, 복종에 익숙해진 한 소년에게는 너무 무거웠다. 나를 잡아준 스토클레에게 고마움을 느꼈다. (여기서 나는 내가 경관에게 체포당할 때마다 그와 같은 행복감을 맛본다는 사실을 말하고 싶다. 아마도 소년 시절에 겪은 그 사건이 무의식중에 떠올랐기 때문에 행복한 게 아닐까.) 그가 점잖게 내 어깨에 손을 얹었다. 나는 두려움과 애정의 감정에 북받쳐 하마터면 물속으로 쓰러질 뻔했다. 두려웠던 이유는 내가 감히 하려던 행위의 어색함이 대낮의 밝음 속에서 드러났기 때문이다. 비밀의 하늘에서 탈주는 바로 죽음에 해당하는 죄였다. 겨우 정신이 들었다. 그러자 이번에는 증오가 나를 덮쳤다. 당시 스토클레의 모습은 아주 멋졌다. 그는 게팽 영감의 밀고가 나를 뒤쫓게 했다고 말했다. 아무튼 그는 몇몇 그럴듯한 이유를 들었지만 단 하나의 참된 이유를 잊고 있었다. 수치심 때문이었는지 모른다. 왜냐하면 그는 자신을 알고 있었기 때문이다. 즉 소녀 마레스코를 죽인 장하고 아름다운 살인범, 소클레를 생각나게 하는 이름의 소유자인 그로서는 최악의 추행을 할 권리가 있었다. 적어도 그는 어렴풋이 알고 있었다. 자신의 경우 추행이 영웅의 행위로 변한다는 것을. 그 일은 기둥서방들에 의해 암암리에 묵인되었다. 그들은 힘 있는 녀석들이나 그들 중 가장 잘생긴 녀석이 나를 데리고 오는 것을 결코 용서하지 않았으며 미소년이나 겁쟁이들을 간수에게 파는 권리까지 차지하고 있었다.

감화원으로 나를 데리고 가던 중, 스토클레는 내 팔을 꽉 잡았다. 내가 이처럼 그의 곁에 있는 모습이 후궁에서 도망쳐 나왔다가 병사에게 붙들려 끌려가는 궁녀처럼 느껴졌다. 감화원의 오솔길에 도착하자 그는 조그만 숲의 그늘을 이용하여 나를 쳐다보았다. 오른손으로 내 얼굴을 자기의 얼굴로 끌어당겼다. 나는 얼굴이 아주 오만한 고독에 사로잡혀 있음을 느꼈다. 그 고독이 스토클레를 달아나게 만들었다. 이를테면 그를 이루고 있던 그 무엇이 자신의 육체를 떠난 것이다. 그 무언가가 그의 입을, 그의 눈을, 그의 손가락을 떠나 전류보다 빠른 속도로 은밀한 부분에서 고요히 우회하여 그의 심장 속 비밀의 방으로 물러간 것이다. 나는 나를 바라보는 죽은 여자와 마주 보고 있었다. 내 복수는 예상외로 성공했다. 그는 자신이 빠진 멍한 상태에서 벗어나기 위해서 일부러 크게 웃었다. 이어서 한쪽 팔로 등을 떠밀어 나를 자기 앞에서 걷도록 했다. 그는 두 손으로 내 어깨를 잡았다. 그리고 여전히 웃으면서 허리 동작을 해 보였다. 그는 뒤에서 걸으면서 내게 처박는 흉내를 냈다. 그의 허리 동작 때문에 나는 3미터 앞으로 나가떨어졌다. 나는 혼자서 그의 앞을 걸었다. 똑바로 정면을 향해서. 마침내 그의 페니스의 일격에 떠밀려 감화원으로 돌아왔다. 그리고 곧장 징벌 본부로 끌려갔다. 내 바지가 젖었기 때문에 스토클레의 바지 앞부분에 젖은 자국을 남겼고, 그 자국은 미수로 끝난 그의 과실을 드러냈다. 그것만으로도 그는 바로 징벌실로 불려갔다. 그는 나를 심문함으로써 아주 용이하게 자기를 변호할 수 있는 증거물을 만들 수도 있었을 것이다. 형무소장의 심문이 어떤 결과를 가지고 올지는 아무도 알 수 없었다. 메트레 감화원장은 퐁트브로 형무소장보다 어리석지 않았다. 그렇지만 퐁트브로 형무소장은 죄수들의 모험이 아르카몬과 같은 순수성을 지니고 있는 경우 조금만 복잡해도 올바른 방향에서 벗어난다는 것을 알고 있었다.

스토클레는 사람들이 내게 빈약한 증언을 하라고 했다 해도 내가 어떤 대답을 할지 몰랐기 때문에, 한 녀석에게 입을 맞춘 죄로 감금되기 위해서 그리고 어쩌면 허영심에 의해서 자신을 변호하지 않았다. 그는 자기도 언젠가 나를 위험한 지경에 빠지도록 복수할 생각을 하는 듯했다. 그는 내가 징벌 본부에서 나오기 며칠 전 이미 징벌실을 나와 자기가 속한 반(班)에 가담했다. (벌을 받게 되면 기둥서방들은 바닥에 누워서 자야 하는 징벌실로 들어갔다. 다른 녀석들은 종일 발걸음을 맞춰 뜰 주위를 돌았다. 바로 실꾸리라는 형벌이었다.) 징벌실에서 수음을 해서였는지 그는 지쳐 보였다. 메마르고 창백해져 서 있는 것도 견디지 못했다. 그는 동료에게 빵 조각이나 수프 남은 것을 달라고 끊임없이 부탁했다. 웃지 말기 바란다. 나는 매일 굶주림이 이와 같은 천한 행위를, 부끄러운 행위를 유발하는 것을 보았다. 사실 이 일은 아무것도 아니었다. 어느 날 그는 허약하고 힘없는 베르트랑과 싸웠다. 우리는 끔찍하고 어리석은 싸움에 참여하게 되었다. 우리 눈앞에서 그들은 애무만큼 부드러운 주먹을 주고받았다. 느린 동작으로 돌아가는 싸움이었다. 이따금 서로 맹렬히 공격을 퍼붓기도 했지만 싸움은 도중에 끝났다. 그래도 눈에는 힘을 꾹 주고 있었다. 아직 여름이었다. 두 소년은 먼지 구덩이 속을 굴렀다. 자기들 역시 그 싸움이 우습게 보인다는 것을 알았다. (그 이유는 낮 동안은 작업 때문에 일손이 바빠서 수음을 즐기려면 밤 시간을 활용하는 수밖에 없었기 때문이다. 우리는 단단한 널빤지 위에서 얼마나 열정적인 밤을 보냈던가!) 두 사람은 고통스러워하면서도 계속 붙어서 싸움질을 했다. 위아래로 구르면서 서로가 서로를 짓누르는 유령들의 유희였다. 거기에 희미하면서도 또한 명확한 죽음의 신비스러운 환영이 엿보였다. 나는 지금 굶주림이 주는 고문과 굶주림이 야기하는 마술의 힘을 감히 뚜렷하게 떠올릴 수가 없다. 나는 굶주림으로 참을 수 없는 고통을 받았고 동료들이 괴로워하는 것도 보았다. 그래서 내가 의도적으로 선택하지 않아도 굶주림의 언어들은 비참함을 드러내고 있을 것이다.

당시 징벌 본부의 우두머리는 퓨그였다. 절제력이 뛰어난, 아주 늠름한 녀석이었다. 그는 웃으면서 발로 차 둘을 격리했다. 넋을 잃고 서로 주먹질하며 싸우던 두 녀석이 자신들에게서 벗어나 겨우 양쪽으로 떨어져 나갔다. 그때의 스토클레의 모습은 육체적으로 지쳐 있었고 우스꽝스럽지만 고귀한 모습으로 영원히 남았다. 내가 징벌 본부에서 풀려나온 지 얼마 후 그는 의무실로 들어갔고 거기서 죽었다. 운명은 내게 그를 묘지로 보내는 역할을 맡겼다. 그래서 나는 스토클레를 죽음의 끝으로까지 데리고 가게 되었다. 감화원장은 교회까지 왔다. 메트레의 원생들에게는 더는 부모가 존재하지 않았다. 우리는 몇 방울의 성수를 묘비에 떨어뜨렸다. 돌아오던 중 빌루아와 모르방과 모노가 탈주할 계획을 모의하는 것이 들렸다. 아마 그들 곁에 있던 메타예도 들었을 것이다. 그들은 그들을 불안하게 한, 주근깨로 덮인 슬픈 얼굴의 소년, 왕의 아들과 영영 멀어졌다. 그들이 탈주한 것은 그날 밤이었다.

오늘날 감방에 있는 젊은 죄수라면 누구나 틀림없이 아르카몬의 운명을 동경하고 그 운명에 대해 몽상할 것이다. 그들의 생각은 모두 그를 향해 있다. 내가 잃어버린 뷜캉의 몫도 마찬가지였다. 아르카몬은 희생자로서의 위엄과 전사다운 거친 아름다움을 온몸에 지니고 있었다. 그래서 퐁트브로 형무소 안에서도 현혹적인 휘장과 같은 수많은 무거운 죄과를 짊어진 대선배들은 자동적으로 어린 녀석들을 교화한 것이다. 이 점은 앞서 말한 것의 되풀이처럼 들릴 것이다. 메트레 감화원과 다른 점이 있다면, 이곳 퐁트브로 젊은이들은 아르카몬처럼 되겠다는 몽상도 그를 모방하려고도 하지 않았다는 점이다. 중죄 재판소에 호출되어 가고 싶다는 것을 제외하고 말이다. 퐁트브로의 죄수들은 아르카몬의 끔찍한 운명을 찬양했다. 그의 앞에서라면 어떤 비굴한 행위도 하려고 했다. 이 살인범으로서의 사형수가 자기들과 함께 형무소에 있다는 사실만으로도 근거 없이 모호한 동요를 불러일으켰다. 반면 메트레에서의 동요는 덜 심각한 것으로 퐁트브로에 들어가고 싶은 의지를 행위로 보여주는 정도에 불과했다. 나는 우리가 당시 기둥서방들의 법칙에 따라서 또 단지 그들만을 위해서 살았다는 것을 알아챘으면 하고 바랐다. 나는 그들 모두가 아름답기를, 하나의 원생을 선택해서 넌지시 사랑하기를, 독특한 방식으로 사랑하는 법을 발견하고 멀리서 지켜봐 주기를 희망했다. 감화원을 '노파' 또는 '엄격한 여자'라고 부르는 경우가 있었다. 내가 감화원을 여자와 혼동한 것은 오직 이 두 표현에서만 비롯한 게 아니다. 이 말들은 보통 어머니의 특징을 지녔기 때문에 고아로서 고독하고 힘든 영혼이 어머니에게 호소하고 싶을 때 감화원을 가리키는 말로써 입에서 새어 나오고는 했다. 그리고 여자에게만 있는 부드러움이라든지, 살짝 열린 입에서 새어 나오는 다소 역겨운 냄새나 볼록하게 굴곡을 이루고 있는 가슴, 예기치 않은 질책 등 말하자면 어머니를 어머니답게 하는 일체의 것이 감화원의 속성처럼 느껴졌다. 이런 이야기를 하고 있으면 사제의 모습이 떠오른다. 사제는 한숨의 표현인 동시에 여성적 문학에 잘 나타나는 '너무나'라는 말을 그의 모든 문장에서 사용했다. 예를 들면 "우리는 너무나 행복했다"라든가 "나는 갑자기 모든 것에서 너무나 멀리 떨어져 있었다"라는 식으로. 누구나 여자들의 가슴에 굴곡이 있음을 알고 있다. 그와 마찬가지로 사제의 가슴도 부풀어 있었다. 그의 몸짓은 전부 가슴에서부터 비롯했다. 두 손이 끊임없이 가슴 위를 왔다 갔다 했던 것이다. 그래서 그를 보는 사람들은 자비심의 원천이 가슴에 있기 때문이든가, 아니면 가슴이 그의 신체에서 가장 중요한 부분이기 때문일 거라고 생각했다. 나는 감화원에 다양

한 방식으로 우스꽝스럽고 혼란스러운 성적 속성을 부여해왔다. 즉
감화원이 내 마음속에서 단순히 여성의 이미지로 존재하는 것이 아
니라 감화원과 나 사이에 어머니와 자식 사이에만 존재하는, 감추
려고 해도 감출 수 없는 영혼과 영혼의 결합이 성립되어 있을 정도
였다. 나는 그녀에게 기도했고, 기억 속에서 소생하기를 염원했다.
신비스러운 시절이었다. 이 신성성은 멀리 지옥의 주변에서부터 엄
숙하게 잠자고 있었다. 점점 베일이 벗겨졌고 어머니의 모습이 뚜
렷해졌다. 나는 감방 안에서 물결치는 그녀의 유방을 재발견했다.
그리고 그녀와 진정한 대화를 나누었다. 또한 메트레가 내 어머니
로 화신(化身)되자 디베르와 내가 같은 배에서 태어난 형제가 되었
고, 디베르를 사랑한다는 것이 근친상간을 한다는 느낌을 주었다.

　디베르는 점점 더 불가사의한 존재처럼 보였다. 그의 모든 것이
아직도 나를 놀라게 하고 황홀하게 했다. 아킬레스가 아킬레스 풀*
을 사용해서 발꿈치의 상처를 치료한 전사(戰士)의 이름에서 나왔
듯이 다양성이란 말이 디베르에게서 태어난 것처럼 보였다. 디베르
는 흔히 "나의 불알!"이라는 말을 썼는데 "정말 어리석은 자!"라는
뜻으로 사용했다. 그의 얼굴은 냉혹했다. 우리의 결혼식 날 밤 처음
으로 내가 그에게 입을 맞추었을 때(비록 가족을 떠났다고는 했지만 빌
루아가 여전히 나를 지켜보고 있었고, 월계수 뒤에서 만날 때마다 식당에서
치즈를 갖다 주었음에도) 그토록 멋진 육체와 아름다운 얼굴을 가진

---

*　'achillée'는 서양 가새풀

투박한 남자와 가까워지는 기분에 황홀해하면서도 그와의 육체적 결합이 불가능하다는 걸 알았다. 그의 머리는 대리석처럼 단단했다. 당신들의 주먹을 마비시킬 정도였다. 게다가 냉담했다. 그는 결코 동요하지 않았다. 어떤 아이디어나 감동이 새어 나올 틈도 없었다. 그에게는 기공(氣孔)도 없었다. 누구나 기공은 있는 법이다. 거기서 나온 온기가 나와 상대를 서로 스며들게 만들었다. 디베르의 얼굴은 심술궂다기보다 낯설었다. 그와 입을 맞췄을 때 비로소 그에 대해 조금 알 듯했다. 그가 이상하고 괴로워하는 모습으로 미지의 시야를 열며 나타날 것만 같았다. 나는 이와 비슷한 감동을 어느 추리 신문에서 필로르주의 사진을 오려낼 때 경험한 적이 있다. 가위가 천천히 그의 얼굴 윤곽을 따라 움직였다. 이 느린 동작 덕분에 피부의 흉터나 뺨에 드리운 코의 그림자와 같은 세부적인 것까지 눈에 들어왔다. 나는 새로운 시각으로 사랑스러운 얼굴을 바라보았다. 또한 얼굴을 쉽게 오려낼 수 있도록 거꾸로 들고 보니, 그의 얼굴이 갑자기 티베트의 풍경보다 더 멋진 황량한 산악 풍경이 되어 시야에 펼쳐졌다. 그 모습은 달빛 때문인지 유독 두드러져 보였다. 이마 선을 약간 비스듬히 기울여보았다. 그러자 갑자기 브레이크가 고장 난 기관차의 맹렬한 속도로 어두운 원경과 고통의 소용돌이가 내게로 쏟아져 왔다. 먼 곳에서부터 탄식이 밀려와 목구멍을 막는 바람에 사진을 오려내는 작업이 끝날 때까지 몇 번이나 중단되었다. 양쪽으로 벌려진 가위의 날은 더 이상 종이를 자를 수 없었다. 내 눈 속에 담긴 그의 눈빛은 정말 아름다웠다. 나는 일을 빨리 끝내고 싶지 않았다. 나는 살인범의 신비스러운 얼굴에 매료되어 어느 협곡의 정상에 홀로 서 있다는 착각에 빠졌다. 결국 나는 사람들이 어떤 낱말을 애무할 때처럼 그 거만한 사내를 소유한 기분으로 애무했다. 이렇게 어떤 얼굴이나 태도에 뜻밖에 가까이 다가가거나 새로운 방식으로 접근했을 때, 그 얼굴이나 태도에서 이상한 구조를 발견할 때가 있다. 뷜캉의 몇 가지 장점도 이처럼 우연히 알게 되었다. 우리가 만난 지 열흘째 되던 날, 그는 계단에서 내 입술을 덮치며 말했다.

"자노, 키스 한 번만…… 딱 한 번만."

이 한마디 말로 뷜캉은 르네 로키를 향한 마음의 문을 내게 열었다. 나는 입맞춤을 베코(bécot)라고 부르는 버릇이 있었다. 그런데 뷜캉은 비즈(bise)*라고 했다. 사랑의 행위 중에 사용하는 에로틱한 언어는 일종의 분비물과 같은 것으로, 서로의 감격이 최고조에 이르렀을 때 입에서 새어 나오는 신음으로 농축된 수액이다. 말하자면 정열의 본질적인 표현이기 때문에 어느 연인들도 아주 특수한 향기를, 그들만의 독특한 향기를 지닌 고유한 언어를 소유하고 있는 법이다. 뷜캉은 '비즈'라는 말을 내뱉으면서 로키와 형성한 자기들만의 독특한 수액을 분비한 것이다. 그래서 뜻하지 않은 새로움으로 기묘하게 느껴지는 무엇인가가 뷜캉을 향한 내 애정 속에 스며들었다. 동시에 이 말 덕분에 나는 뷜캉과 로키의 친밀한 관계에

---

* 각각 가벼운 입맞춤과 뽀뽀, 볼에 하는 키스를 일컫는 말

끼어들게 되었다. '비즈', 이 말은 그들이 침대 속에서, 복도 구석에서, 계단에서 속삭이던 말이다. '비즈', 이것이야말로 파국에 이른 그들의 사랑에서도 살아남은 유일한 언어였다. 사랑이 죽은 후에도 솟아나는 향기였다. 숨결의 향기, 특히 내 숨결에 섞인 뷜캉 숨결의 향기였다. 나를 향한 말과 거기에 따르는 많은 다른 말을 사용해서 로키는 뷜캉을 달콤하게 도취시킬 수 있었다. 두 사람은 분명 그러한 말의 힘에 넋이 나갈 정도로 도취됐을 것이다. 두 사람이 그들만의 비밀스러운 방식으로 서로 사랑하거나, 둘이서만 있을 때 사용하는 말이나 동작이 뜻하지 않게 튀어나올 만큼 뷜캉이 충실한 과거를 가지고, 나 이상으로 깊은 사랑을 해왔을 것이라는 느낌이 불현듯 들었다. 나는 로키와의 우정에 빠져들었다. 나는 뷜캉의 정조를 감시하는 동시에 로키에 대한 그의 정조도 감시했다.

혹시나 하고 기다린 우연이 마침내 찾아왔다. 어느 날 정오에 우리가 아홉 번째 만났을 때 그는 작업장에서 올라오고 있었다. 나는 신발 한 짝이 찢어져서 수선하려고 허리를 굽히고 있었다. 모두가 내 앞을 통과해 갔다. 한 간수가 나와 함께 뒤에 남아 있었다. 가다 서다 신발을 다 고쳤을 때 나는 뷜캉의 작업장 앞에 와 있었다. 뷜캉은 밖에 나와 있었다. 그는 두 번째로 걸어갔다. 첫 번째는 루였다. 뷜캉도 루도 다른 사람들처럼 두 손을 벌려 허리의 혁대 위에 올려놓았다. 루가 눈이 부셨던지 오른손을 눈 위로 가져갔다. 뷜캉도 같은 행동을 했으나 루는 손바닥을 이마에 놓고 거기에서 멈추었는데, 뷜캉은 손을 천천히 머리 위까지 올렸다가 이마로 내리고 있었다. 뷜캉이 이마 위에서 시작한 몸짓을 루가 똑같이 따라 했다. 그가 손을 눈 밑으로 내렸고, 천천히 바지와 혁대 사이에 끼웠다. 뷜캉도 시간 차를 두고 똑같이 따라 했다. 다만 속도가 매우 빨랐기 때문에 그의 손은 루의 손이 혁대에 닿는 순간 자기의 혁대에 닿았다. 두 사람은 거의 동시에 바지를 추어올렸다. 비록 내게 질투심은 없었으나, 한 사람이 다른 사람의 뒤를 따라 걸으며, 지금 보여준 아무것도 아닌 몸짓까지 서로 나누는 것을 보고 그들이 많은 것을 공유하고 있다는 생각이 들었다. 갑자기 마음이 어수선해졌다. 나는 두 사람의 눈길을 피해 식당에서 내 작업반 동료들 틈으로 들어갔다. 뷜캉에게 소외당하고 있다는 느낌이 들었다. 내게는 그들의 동작 사이에 내 동작을 끼워 넣을 시간도 공간도 없었기 때문이다. 어떤 대가를 치르더라도 그의 속으로 들어가야만 했다.

적어도 디베르는 죽은 필로르주보다 마음의 동요가 얼굴에 드러나는 것을 교묘하게 숨길 줄 알았다. 그를 공포에 떨게 만들거나 동요시키는 것은 아마도 그러한 방어 때문일 것이다. 디베르가 살아오면서 끊임없이 불안을 느낀 것은 솔직함과 대담함의 그늘에 감추어져 깊은 곳에 매몰되어 있던 공포심이었다. 때로는 공포심이 겉으로 흘러나오기까지 했다. 그러나 보이지 않는 두려움이 언제나 디베르를 사로잡고 있던 것만은 사실이었다. 그의 동작은 어느 것도 완전히 순수하지는 않았다. 그의 동작은 미풍과 빛이 유희하는 조각상의 형태를 띠었다. 그 윤곽은 미미하게 떨리고 있었다. 그가 두 손으로 얼굴을 받쳐 들면 꿈속의 인물이 육체를 갖추고 나타난 것 같았다. 나는 도저히 사랑할 수 없다는 생각에 소름이 끼쳤다. 그가 웃으면서 "너의 팬티 속으로 한 방 찌르고 싶어"라고 말했을 때, 나는 내가 가장 가까이 있는 계집애였기 때문에 그가 그 짓을 하고 싶어 하는 것이라 생각했다. 그는 그 말을 그토록 섬세한 윤곽을 가진 입과 놀랄 만큼 엄숙한 어조로 그저 내뱉기만 하면 되었다. 그는 그 한마디를 내뱉음으로써 원생의 신분에서 벗어났고 찬란한 금박을 두르게 되었다. 그는 왕이었다. 그는 레이스와 비단 사이에, 나뭇가지 사이에 숨겨놓은 대포처럼 남근이 당당하게 솟아오르는 갤리선 선장과 같이 풍요와 강인함을 지니고 있었다. 그가 갤리선을 향해 맹렬히 공격할 때마다 대포를 일단 후퇴시키고는 했는데 그 후퇴의 추억이 공격 이상으로 나를 감동시켰다. 계속 이어질 공격을 위한 후퇴였기 때문이다. 그 공격은 마치 중앙 형무소에서 우리가 손으로 짠, 꽃과 꽃잎이 군데군데 박힌 은폐용 명주 망사 그물로 뒤덮인 독일군 대포의 회색빛 괴물들이 그랬던 것처럼 레이스 밑으로 파고들었다. 그런데 그가 나를 무척 사랑했다는 사실을 깨닫는 데 칠 년이라는 세월을 기다려야만 했다. 칠 년의 세월은 그의 겉모습을 단단하게 만들었고 또한 인간적으로 만들었다. 그의 얼굴은 예전처럼 매끄럽지는 않았다. 삶의 흔적이 남아 있었다. 나는 디베르를 다시 만난 독방으로 내려가면서 심술궂지만 매력적인 뷜캉을 혼자 내버려 두었다. 가능하면 나를 사랑해주길 바라면서 말이다.

디베르가 말했다.

"네가 떠났을 때, 가장이 불러서 네 그물 침대로 함께 갔어. 거기서 그 사람이랑 잤지. 제기랄, 창녀가 된 거야! 너를 생각하면서 얼마나 나를 패대기치던지 힘들었어. 그물 침대에서 우리가 한 짓을 생각해보라고. 저기 아래에서…… 네가 나를 하녀 다루듯이 했다니 믿을 수 없는 일이야! 날 바보 취급한다는 느낌을 받았어. 넌 남을 업신여기는 버릇이 있잖아? 빌루아가 우릴 식당으로 밀어붙이던 거 기억해? 널 그저 여자 성기로밖에 취급하지 않았지!"

"성기, 그래, 오히려 그 말이 더 어울려."

토요일 저녁 빌루아, 디베르, 나 세 사람은 식당의 열린 문 근처에서 서로 좀 떨어져 있었다. 우리는 디베르의 것으로 보이는 모자를 가지고 장난치고 있었다. 대수롭지 않게 생각하면서 말이다. 메트레에 있을 때 나는 사랑이 숨 막히게 한다는 이유로 그 표상들을 비틀어버린 적이 있었다. 사랑은 내 외모와 말과 고함을 통해 드러나야만 했다. 그런데 사소한 말에도 디베르가 당황하지나 않을까, 그가 비웃지 않을까 하는 두려움에 사랑의 무거운 짐을 조금이나마 가볍게 해줄 수 있는 몸짓이나 애무, 접촉을 중단하고 사랑의 표현을 희화화하는 데까지 강조하기에 이르렀다. 나는 디베르를 웃음거리로 만들었고, 내 사랑과 나 자신까지 웃음거리로 만들었다. 그를 아주 순수하고 아름다운 감정으로 사랑했으나, 그 사랑은 '마술의 나라'에서 볼 수 있는 천박한 거울에 비쳐 일그러진 모습으로 드러났을 뿐이었다. 디베르는 내 빈정거림을 두려워했다. 그런데 사랑의 행위나 말을 왜곡해버렸기 때문에 내 마음속에서 사랑의 위엄이 상실되었다. 오히려 우스꽝스러운 사랑에 익숙해지고 말았다. 사랑과는 무관하게 말이다. 어느 소년에게서 그의 아름다움에 흠이 되는 것을 발견해도 내가 그를 사랑하는 데 방해가 되지는 않았다. 오히려 그 흠집 때문에 상대를 사랑한 적도 있었다. 나로서는 사랑이 지겨워져서 아름다움에 전율하고 있는 소년들을 그들의 매력적인 면이 사라질 때까지 추구하지 않았던가? 나는 어떤 추한 특성이 드러나는 순간을 기다렸다. 아름다움을 파괴하는 추함과 선과 볼륨, 추함을 나타내는 얼굴의 각 등이 드러나는 순간을 기다린 것이다. 그것을 통해 무거운 사랑의 짐에서 벗어날 생각이었다. 그러나 결과는 딴판이었다. 즉 소년의 모든 측면을 보았기 때문에 도리어 그의 광채가 확산되었고, 그가 다양하게 발산하는 미묘한 매력에 빠져들었다. 결국 우연히 발견한 결점도 나를 해방시킬 수 없었다. 오히려 그 반대였다. 결점을 찾는 동안 나는 매번 걸작품을 보는 새로운 관점을 발견했다. 변태적 사랑의 원천이 여기에 있는 것일까? 나는 귀가 머리에 들러붙은 사람, 가벼운 말더듬이, 세 손가락이 절단된 사람들을 열렬히 사랑했다. 그 리스트를 다 열거하자면 너무 길다. 나는 디베르에게도 몹시 빈정거렸다. 나는 여러 가지 그로테스크한 장식물을 덧붙여 그 혹은 그와 나의 관계를 바라보았다. 그 결과 하얀 피부는 다른 사람 같았으면 혐오스러웠겠지만 그였기 때문에 받아들여졌고 나중에는 하얀 피부가 매력의 포인트가 되기도 했다. 결국 이 이야기는 나를 분뇨 이야기로까지 이끌고 갈 것이다. 구역질하지 않고는 도저히 들을 수 없는 얘기들이다. 거기서 한 걸음 더 나아가면 광기에 도달할 것이다. 죄수에 대한 사랑 덕분에 뒤섞

여 있는 여러 악취 가운데 자기의 방귀 냄새를 가려내기를 부득이
체념하고 같은 방의 죄수들이 뀌는 방귀 냄새를 맡고, 아울러 더욱
무분별하게 구린내에 찌들어, 더 나아가 배설물에도 익숙해지는 것
이 아닐까. 그것이 나를 세상과 멀어지도록 했기 때문에 기꺼이 그
속으로 빠져들어가는 것인지도 몰랐다. 나는 수직으로 떨어지는 속
도 때문에 나와 세상을 연결하는 모든 끈이 잘려 나가는 추락에 몰
두하여 감옥으로, 불결한 세계로, 몽상으로, 지옥으로 들어갔으나,
결국 그것은 성스러운 정원에 도달하기 위함이었다. 그때 나는 알
게 되었다. 그 정원에서 아름다운 장미가 피어난다는 것을. 그리고
그 장미는 꽃잎의 가장자리와 주름으로 인해, 이파리의 찢어짐으로
인해, 날카로운 끝으로 인해, 얼룩으로 인해, 벌레가 파먹은 구멍으
로 인해, 붉은빛으로 인해, 가시투성이의 줄기로 인해 더욱 아름답
게 피어날 것이었다.

　빌루아는 디베르에 대한 내 사랑을 우습게 생각했다. 그는 모든
것을 왜곡해서 알고 있었다. 내가 계집이라는 것도 잊지 않았다. 그
는 내 미래와 품위를 걱정했다. 그의 배려로 내 태도는 좀 더 유연해
졌다. 자전거를 타고 언덕을 내려가는 소년이 핸들 위에 몸을 숙였
을 때, 바람이 저고리를 부풀리자 연약한 가슴이 들여다보이는 것
처럼 바람이 몸을 점점 부풀어 오르게 했다. 그는 내가 남성적으로
교육받기를 희망했다. 나는 어려서부터 꿈속에서 갤리선의 아름다
운 여자 포로가 되는 것을 거부하고, 그 대신 선장 곁에서 성장할 수
있다는 가능성과 함께 나중에 선장의 자리를 차지하는 소년 수부가

되기를 바랐다. 스스로 기둥서방에서 계집애로 전달되는 명예의 가르침, 일종의 전사로서의 명예와 같은 것이었다. 빌루아는 자기 계집이 남색 상대자라는 것을 수용하지 않았다. 어떤 기둥서방도 받아들이지 않을 것이다. 그는 내게 싸움질을 부추겼다. 그러나 그것만으로 충분하지 않았다. 내 주먹이 더욱 강해지고, 내 세력과 위력이 더욱 커지기 위해서 누군가를 내 보호 아래 두어야만 했다. 그래서 그는 내게 한 명의 아이를 지정해주기로 결정했다. 그는 직접 E 가족의 한 소년을 선택했다. 어느 여름날 오후, 그는 월계수 뒤에서 내게 소년을 소개했다. 그에게 나를 가리키면서 말했다.

"얘가 네 남자가 될 거야! 이건 내 명령이야."

그 소년은 코앞에서 웃을 정도로 건방진 아이였다. 빌루아는 자기 앞에서 내가 그 아이와 '그 짓 하기'를 원했다. 어느 날 밤 그는 B 가족 뒤에서의 만남을 주선했다. 소년이 어떤 술책을 썼는지 모르겠지만 사람 눈을 피해 화단을 지나 E 가족에서 왔다.

빌루아는 그가 도착하자마자 바로 풀 위에 눕혔다.

"바지를 벗어."

그가 명령했다.

소년은 바지를 벗었다. 밤이었다. 내 얼굴이 붉어진 것을 보지는 못했지만, 빌루아는 내 거북한 동작을 보고 부끄러워한다는 걸 짐작했을 것이다. 그는 말했다.

"자, 어서 해. 자노, 해보라니까."

나는 그를 바라보았다. 그의 무릎으로 파고들고 싶은 심정이었다. 나를 불안하게 한 것은 만약 그가 보는 앞에서 내가 남성적인 태도를 보이면 추하다고 생각하고 앞으로 나를 사랑하지 않으면 어쩔까 하는 걱정이었다. 그는 또다시 말했다.

"자. 왜 그래? 서둘러서 해봐. 시간 없어. 왜 그래? 겁나?"

소년은 풀 위에 누워 엉덩이를 드러내놓고 관심 없다는 듯 끈질기게 기다리고 있었다. 빌루아가 내 팔을 낚아챘다.

"자. 내가 도와주지. 내가 먼저 해볼게."

그는 바지 앞을 열고 소년 위에 누웠으나 목은 뱀의 목처럼 꼿꼿하게 세우고 있었다. 그가 말했다.

"내 앞으로 와."

나는 소년을 마주 보고 몸을 굽혔다. 빌루아는 여느 때처럼 한 번에 처박는 듯한 동작을 취했다.

"빨리, 네 기둥을 꺼내."

내가 신속하게 동작을 취하지 못하자 빌루아가 내 바지를 열었다. 그리고 발기된 내 기둥을 소년의 구멍에 밀어 넣었다. 그는 소년과 키스할 수 없었기 때문에 내 얼굴을 날카롭게 째려보았다. 내 얼굴이 그의 얼굴과 포개져서 긴 시간 동안 입맞춤하게 되었다. 그는 어느새 만족해했다. 나는 이미 그 전에 일을 끝냈다. 세 사람은 조금도 부끄러워하지 않고 일어났다. 빌루아가 소년을 내게 밀었다.

"자, 키스해봐."

나는 소년의 입에 입술을 포갰다. 그러자 빌루아가 덧붙여 말했다.

"아, 이제 너도 사나이가 됐어. 그러니까 지금부터 너는 네 계집을 보호해줘야 돼."

그리고 그는 은밀한 동작을 취한 뒤, 형다운 권위 있는 어조로 소년에게 말했다.

"이제 일어나. 일 끝났으니 꺼져."

소년이 떠나자 빌루아는 내 목을 다정히 껴안으며 말했다.

"어때? 젊은 친구…… 좋았어?"

나는 강해졌다. 이제 빌루아에게서 벗어날 수 있었다. 그러나 디베르의 유혹 때문에 남자가 되고자 하는 이 노력이 모두 수포가 될 위험도 있었다. 빌루아는 자신의 질투심을 자극하는 일에 흥미를 느꼈을 것이다. 어느 날 저녁 그는 갑자기 디베르와 나를 아무도 없는 식당에 밀어 넣고 문을 닫았다. 우리는 약 십 초 동안 어둠 속에 갇혀 멍하니 있었다. 정신을 차리자 디베르가 고함을 질렀다.

"이런, 바보 같은 녀석!"

어둠 속에서도 나는 그가 거북해하는 것을 느꼈다. 나는 그에게 다가가서 입을 맞추려고 했다. 그는 웃으면서 나를 물리치려고 했다.

"그래, 김빠지게 만드네."

그는 여전히 웃고 있었다.

"그래, 나도 바람을 빼지."

그는 어둠 속에서 여전히 웃으며 말했다. 너무 창피해서 심장이 멈출 것만 같았다. 지금까지 그가 내 환심을 사려고 애쓴 것은 나를 우롱하기 위한 것이었음을 알아서였다. 그가 말했다.

"아, 귀여운 자식. 팬티 속으로 한 방 박아줄까."

그가 이렇게 말한 것도 나를 조롱하려고 한 것이지 결코 그 짓을 하고 싶었던 건 아니었다. 아니면 기둥서방으로서 의례적으로 한 말에 불과했다. 그 순간 내 못생긴 얼굴, 빡빡 깎은 머리, 얼굴에 난 수염 등이 떠올랐다. 나는 당황하는 기색을 애써 감추면서 주먹으로 문을 두드리며 빌루아에게 열어달라고 애원했다. 그는 우리를 놀리더니 문을 열었다. 그가 우리를 가두어놓고 무슨 짓을 하려고 했는지 지금도 알 수 없다. 어쩌면 나를 좌절시키기 위한 것이었는지도 모른다. 왜냐하면 어느 날 저녁 하필이면 내게 식사 후 취사장에 가서 접시를 닦으라고 명한 것이다. 그가 그토록 사랑하던 계집인 나, 사랑한다고 떠벌리며 애정으로 길들여온 나, 또한 그의 우정을 조금도 의심하지 않던 나에게 말이다. 나는 놀라서 벌떡 일어났다. 그러자 그는 여러 사람이 보는 앞에서 구역질 나는 행주를 내 얼굴에 던졌다. 그 장난이 우스웠던지 나를 모욕하는 웃음을 터뜨렸다.

나는 순진하게 내 기둥서방을 배반했다. 소년들은 누구나 별로 대수롭지 않게 배반을 일삼았다. 이미 알고 있던 배반 행위에도 불구하고 빌캉이 나를 사랑하지 않는 것은 아닌지 의심스러웠다. 혹시 내가 생각하는 것보다 그가 나를 더 많이 사랑하는 것은 아닐까? 내가 그를 소유한다면 나를 더 사랑할까? 나는 그를 소유할 결심을 하지 않을 수 없었다.

위장용 그물을 만드는 작업장에서 돌아오는 길에 그를 찾았다. 그는 거기에 없었다. 혹시 그가 로키에 관한 소식을 알아보려고 제6반 작업장에 간 것이 아닌지 불안했다. 내 옆을 나란히 걷고 있던 라스뇌르에게 고개를 돌려 뷜캉이 어디 있는지 물었다. 루 뒤 푸앵 뒤 주르가 창백한 얼굴로 무관심한 척하며 깨알 같은 소리로 말했다. 그는 내가 뷜캉을 사랑하고 있는 걸 모르는 척했다. 그는 말했다.

"간수들이 그 녀석은 누구든 만날 수 있도록 눈감아주잖아. 녀석은 벌써 올라갔을 거야."

나는 눈 하나 깜짝하지 않았다. 겉으로 침착하게 대열에 합류해 걸었다. 라스뇌르가 끼어들었다.

"그건 뜬소문이야."

나는 루가 뒤에서 말하는 것을 들었다.

"봇차코가 그와 함께 있고 싶어 해."

계단 밑에 도착하자 미리 정해놓은 우연처럼 전등이 켜졌다. 오후 5시의 중앙 형무소는 다시 활기에 찼다. 마치 잠든 도시의 조용하던 빵집이 갑자기 활기를 되찾은 것처럼. 나는 앞서가던 몇 사람을 제치고 급히 세 계단을 뛰어 올라갔다. 그는 계단 위에 있었다. 여느 때처럼 부동으로 똑바로 선 채, 두 손을 배 위의 바지 혁대 밑에 끼우고 있었다. 허둥대는 내 모습을 보더니 입가에 미소를 지었다. 그러나 그가 나보다 네 계단 위에 있었기 때문에 나를 내려다보고 웃는 것처럼 보였다. 나는 달려왔기 때문에 기진맥진했다. 수치심 따위는 아랑곳하지 않고 거침없이 숨찬 목소리로 말했다.

"갈보 새끼!"

"자노, 무슨 일이야? 왜, 그래!"

나는 그의 솔직함을 믿고 즉각적인 반응을 기대했다. 적어도 주먹 한 방이 날아오리라 기대했다. 그가 자신의 솔직성을 입증해줄 만한 과격한 행동을 하리라 생각한 것이다. 그런데 그는 꼼짝하지 않았다. 내가 낮은 소리로 중얼거렸다.

"나는 네 애인이 될 생각이었어. 마지막 순간까지."

그 순간 불현듯 내가 그에 대해 어떤 권리도 갖고 있지 않다는 것을 깨달았다. 내게는 시선 하나로 또는 어깨에 손을 얹는 것으로 그가 내게 속해 있다고 주장하거나 강요할 정도의 자연스러운 권위가 없었다. 게다가 중앙 형무소에서는 우정이라는 말이 사랑의 뜻을 포함하지 않을 경우 별 의미가 없었다. 단지 육체를 소유하는 것 이외에 아무것도 강요할 수 없었다. 그러니 나에 대한 정조를 지키라고 그에게 요구할 수도 없는 일이었다. 하물며 난 꿈속에서도 그를 소유한 적이 없었다. 그는 반복해 말했다.

"자노, 왜 그래?"

등 뒤에서 죄수들이 무리 지어 올라오고 있었다. 우리는 그들의 발소리를 들었다.

"제발……. 자노, 가자. 우리가 함께 있는 걸 보면 내 탓으로 간주하고 밀고할 거야."

나는 턱을 악물고 다가갔다. 그리고 양팔로 그의 허리를 죄었다. 나는 그를 껴안았다. 어안이 벙벙했다. 그가 몸을 빼내는 시늉조차 하지 않았던 것이다! 그러고는 탄원조로 이렇게 말했다.

"자노, 놓아줘!"

그리고 아주 낮은 목소리로 속삭였다.

"나는 네 애인이야. 맹세해."

나는 그를 풀어주었다. 그는 감방으로 도망갔다. 하마터면 큰일 날 뻔했다. 벌써 죄수들은 내가 있는 곳까지 왔다. 나는 대열에 가담했다. 그때도 일단 내가 뷜캉을 소유하기만 하면 그것으로써 우정에 따른 권리를 지닌 친구가 될 수 있다는 생각은 변하지 않았다. 내가 밤마다 더 깊이, 더 긴밀하게 공상에 빠지는 것도 사실 우정 때문이었다. 지금 이 순간에도 뷜캉을 소유하고 싶다. 소유라고 했지만 이 말이 정확한 표현일까? 육체적 쾌락은 우리를 끊임없이 하나로 얽어맸다……. 어젯밤에도 나는 그와의 멋진 사랑의 장면을 상상했다. 꿈에서 깨어나 이미 그는 죽었으며, 그의 시신이 봇차코가 있는 중앙 형무소 묘지에서 썩어가고 있다는 걸 알았을 때 말할 수 없는 슬픔이 몰려왔다.

내가 뷜캉에 대한 것을 글로 써나감에 따라 그의 모든 매력이 사라져간다는 느낌이 들었다. 나는 뛰어난 존재의 삶을 종이 위에 적었다. 그를 친구로서의 모든 아름다움으로 장식해놓은 것이다. 뷜캉의 육체를 벗겨버리자 그는 차츰 범상성에서 멀어졌다. 가슴을 두근거리며 그의 내부에서 발견한 매력들이 과연 그가 진정으로 지닌 것이었을까? 아마도 뷜캉의 역할은 사랑을 받는 데 있었는지 모른다. 그리고 그 사랑이 나를 도취하도록 만들었을 것이다. 그 사랑이 언어로 쓰인 덕분에 지금은 고착화된 이상적 존재의 특질을 발견하도록 했을지 모른다. 내가 뷜캉에게서 그러한 특질을 발견했기 때문에 그를 사랑하지 않은 것은 아닐까? 이 모든 의혹에 아무런 해답도 찾을 수 없었다.

시간이 지남에 따라 그의 사랑은 점점 희미해졌다. 세상에서 가장 아름다운 편지로 남기고 싶었던 연애편지도 더는 쓰지 않았다. 그는 이제 아무런 감동도 주지 않았다. 그에게서 이끌어낼 수 있는 것은 모두 끄집어낸 것이다. 내 방법이 부족했기 때문이든 아니면 그가 이미 비워졌기 때문이든 언어의 유희와 속임수를 빌려서 그는 내가 한 존재를 규정하고 거기에 힘과 생명을 부여하는 데 도움을 주었다. 그렇다면 그의 역할은 무엇이었나?

나는 사랑의 언어로 그의 행동, 몸짓, 인간으로서의 모든 특성을 여기에 기록했다. 나로서는 예술품을 쓰기 위해 그를 승화시키는 표현을 굳이 찾을 필요가 없었다. 그래서 마술적인 언어의 힘을 빌리지 않고 우리의 삶 속에 살아 있는 뷜캉을 생각하며 그가 움직이는 것을 보는 것에 만족했다. 그에 대해 할 말은 모두 다 했다. 작품은 불에 타고, 모델은 죽는 법이다. 내가 작품 속에서 살아 있는 다른 소년들에게 가능한 한 아름다운 이름을 주었다고 만족스럽게 생각하는 것도, 내 육체로 욕망을 채우며 사랑한 육체적 존재로서의 뷜캉을 내 작품 밖에 남겨 두고 싶은 어렴풋한 생각 때문이었는지 모른다. 아무튼 나는 깃털을 모두 뽑아버렸기 때문에 더는 날 수 없는 불쌍한 참새에 대해 끝없이 연민을 느끼고 있을 뿐이다.

아르카몬은 화염에 휩싸여 있는 천사장이 아니었지만 그의 모험은 하늘에서 펼쳐지는 듯했다. 그는 내 마음속 가장 숭고한 곳에 있었다. 이렇게 말하고 있지만 아르카몬은 실존의 인물이었다. 나는 이 살인범을 잘 안다. 그는 나와 함께 땅 위를 걸었다. 다만 그가 너무 멀리 가 버렸기 때문에 여정이 끝날 때까지 함께한 사람은 오직 나 하나뿐이다. '내 마음속 가장 숭고한 곳'이라는 표현은 내가 온몸으로 주의를 집중하여 심부의 아주 높은 곳 또는 아주 먼 곳을 감지해야 했음을 의미한다. 아르카몬의 땅에서 인간적인 몸짓과 행동이 일으키는 파동을 기록한 도식이나 그림은 겨우 알아볼 수 있을 정도였기 때문이다.

뷜캉은 천사장도 아니었지만 그렇다고 디베르처럼 슬픈 운명을 타고나지도 않았다. 나는 그에게 아르카몬의 얘기를 결코 정확히 한 적이 없었다. 그가 만일 아르카몬을 숭배했다면 그건 비밀스러운 일일 것이다. 비록 마음속 깊이 간직하고 있을지언정 수치심 때문에 드러내지는 못했을 것이다. 만일 그가 공공연하게 그런 태도를 보였다면 나로서는 그것을 혐오하도록 했을 것이고, 나 자신도 역시 혐오했을지 모른다. 디베르는 사람들이 일상적으로 삶을 사랑하는 것처럼 형무소를 사랑했다. 그는 형무소의 삶을 미화하지도 미화하기를 원하지도 않았다. 그에게는 일상적 삶이었다. 그는 자신이 평생 죄수임을 인식하고 있었다. 뷜캉은 형무소에서 왈츠를 추었다. 그는 왈츠의 리듬을 타고난 듯했다. 그러면서 자기가 일으키는 회오리가 형무소의 벽을 무너뜨리고 자신을 태양 아래로 인도

하기를 바랐다. 춤추는 육체는 행동과 자유에 바치는 찬가를 의미했다. 그의 성격이 쾌활하다는 것, 내게 즐거움을 가르쳐준 것에 대해서는 이미 말했다. 내가 그 점에 대해 반복해 쓴 이유는 그가 도형장에 대한 시를 써달라고 편지했을 때 얼마나 당황했는지 당신들이 알아주기를 바라서다. 메트레 감화원이 그의 급소를 찌르고 말았다. 그는 쾌활한 웃음과 건강에도 불구하고 죽음의 세계를 건드린 것이다. 우리 모두처럼 그 역시 죽음의 모래주머니로 끌려가지 않을 수 없었다. 그가 로키를 구하기 위해 목숨을 건 것은 의심할 바 없다. 그는 자기의 쇠창살을 절단한 후, 로키의 것도 잘라주었다. 그는 연인을 구하고자 애썼다. 내 머릿속의 뷜캉은 그의 친구나 공범자가 유폐되어 있는 형무소 주위를 맴도는 무수한 젊은이 무리에 속했다. 그들은 간수의 묵인하에 은밀히 속옷, 파이프, 사랑이 섞인 희망의 언어를 동료들에게 전했다. 세상의 어느 형무소 주위에나 이처럼 침묵 속의 유연한 그림자들이 미소를 띠고 있지만, 사실 죽음이 도사린 모습으로 떠돌고 있는 것이다. 그들은 고통 속의 영혼들이라 불렸다.

뷜캉에 대한 내 사랑이 점점 수그러들수록 아르카몬의 광채는 빛났다. 어쨌든 나는 그 사랑을 완전히 무시하고 회한에 젖을 정도로 뷜캉이 사랑을 포기하고 망각하기를 바랐다. 아르카몬의 이미지 앞에서 말은 무력하다. 말이란 언제나 이미지를 충분히 설명하지 못하고 소진된다. 아르카몬이라는 소재는 결코 마르지 않을 것이기 때문이다.

소설은 인도주의적 보고서가 아니다. 오히려 어느 정도 잔혹한 측면에 미(美)가 존재할 수 있음을 반겨야 할 것이다. 죄수에 대한 형무소의 규율은 엄격하고 분명했다. 미에 봉사하는 특수한 정의의 법전에 따르는 한 당연한 일이다. 이 규율이야말로 살인자의 마음과 육체, 즉 이 세상에서 가장 거친 동시에 가장 섬세한 물질에 영향을 주는 도구 중 하나다. 법정이 아르카몬에게 사형을 선고한 바로 그날 밤 그가 인간으로서의 신분을 버리고 죽은 자로서의 신분으로 한 계단 상승하도록 한 일련의 사건이 사실상 사형을 확인해주었다. 그는 도피의 수단으로 죽음을 택할 수도 있었다. 어떤 특수한 상태가 실제의 목적으로 사용될 수도 있으니까 말이다. '초지상적(超地上的)'이라는 말이 이 새로운 존재 방식을 적절히 나타내고 있다고 생각한다. 우선 아르카몬에게는 자기가 있던 감방에 들어가는 것이 금지되었다. 서기과를 거쳤지만 신체검사는 불필요하다는 끔찍한 혜택을 받았다. 그는 얻어맞지도 않았다. 그가 의아해할 정도였다. 전날까지만 해도 간수들은 그를 매우 혹독히 다루었다. 그가 부아 드 로즈의 목을 잘라 죽인 그날도 수갑이 채워진 채 모든 간수에게 차례로 구타당했다. 그는 울부짖었다. 그는 쉼 없이 매를 맞았다. 피투성이가 되어 고문이 행해진 감방에서 나왔다. 그는 중죄 재판소의 판결을 기다리면서 보조 간수 몇 명의 도움을 받아 준비된 독방으로 끌려갔다. 그는 가는 데마다 피를 흘렸다. 죽은 자인 동시에 죽인 자였던 것. 간수들은 그의 파괴력을 알고 더욱 거칠게 대했다. 그들이 그의 기적, 즉 장미가 사랑과 우정, 죽음 그리고 침묵을 의미한다는 사실을 알았다면 과연 무슨 말을 했을까! 그들이 보기에 아르카몬이라는 존재는 어떤 신비한 사회의 한 자리를 차지하고 있었다. 그 사회의 언어는 미묘하고 유식한 중국인만 가르칠 수 있을 것이다! 재판소에서 돌아온 아르카몬은 간수장과 두 간수의 호위를 받으며 바로 사형수의 독방에 갇혔다. 간수장은 야릇한 애정과 함께 숙연히 문을 열었다. 그의 동작에 담긴 애정은 거의 식별하기 어려울 정도로 은밀했지만 곧 눈물을 흘릴 것 같은 모습에서 느낄 수 있었다. 겉으로 보기에 이상하고 아주 사소한 일이 그에게 충격을 주었고, 그 충격이 자비심이라는 경이로운 미덕의 꽃을 피웠다. 허무한 마음이 그를 움직이게 하지 않았을까. 그 문은 언제나 문소리를 냈다. 습관적으로 끔찍한 소리를.

이 책에서 이 부분은 절망적인 내용으로 채워질 것이다. 내 펜촉에서 절망이라는 말이 너무 자주 쓰이는 것이 아닌지 두렵다. 아르카몬이 맨 먼저 감방으로 들어갔다. 이 순간부터 그를 세상 밖의 존재로 만드는 장례식이 시작된 것이다. 그는 절망 그 자체가 되었다. 사실 우리에게 중죄 재판소의 화려한 허식은 특별한 성직자들이 참여한 가운데 행해지는 일류 장례식을 떠오르게 했다. 원칙적으로 이미 벌을 받고 있는 피고는 거기에서 살아 있는 자로서 최고 위치를 차지했다. 끝없는 호사로움이 모두 피고의 명예를 위해 존재했기 때문이다. 어디 그뿐인가. 그는 이 거대한 기구가 살아가도록 피를 내보내는 심장이었기 때문에 최상의 삶을 보내고 있는 것과 같았다. 법정 내의 장식, 경호원, 방청인 그리고 법정 밖에서 사자(死

者)의 이름 속에 그의 이름을 섞고 있는 대중, 더욱 멀리 있는 신문과 라디오, 매우 신중하게 살아가는 사람들, 살아오는 동안 참수의 성스러운 낙인이 찍힌 채 고통으로 목구멍이 막힌 청소년들에 이르기까지 그는 초자연적인 정액으로 활력을 주었다. 그는 죽음에 대해 너무 명확하고 세세한 것들을 알고 있었다. 그것들은 육체를 지배하고 육체가 두려워하는 것이다. 여기서 숭고함은 사라지고 만다. 이 말이 이때처럼 적절하게 쓰인 적은 결코 없었다. 감방은 그가 삼 개월의 구류 기간을 보낸 삼 층의 감방과 흡사했다. 하지만 나름대로 몇 가지 가공할 만한 특징도 있었다. 지옥과 같은 끔찍함이 우리에게 익숙하지 않고 비인간적인, 고의로 만들어놓은 괴기한 장치 속에만 있는 것은 아니다. 끔찍함은 일상적인 장치나 수법 속에도 있을 수 있다. 예를 들면 어떤 사물이 제자리에 없다거나, 거꾸로 놓여 있다거나 내부가 보이는 등의 사소한 경우에도 아주 엉뚱한 것으로 둔갑한다. 그래서 사물 자체는 우주의 의미를 띠거나 상징화되어 무대장치와 그 수법이 지옥을 나타내기도 했다. 이곳 감방도 다른 감방과 마찬가지다. 아르카몬도 여기서 똑같이 생활할 것이다. 다만 창이 중간 높이까지 벽으로 막혀 있었다. 문에 달려 있는 창구에는 조그만 격자 이외에 어떤 잠금장치도 없었다. 그리고 밖에는 문 곁에 커다란 나무 의자가 있었는데, 간수들이 한순간도 눈을 떼지 않고 살인범을 지키기 위해 교대로 앉아 있었다. 이 감방은 분명 특별했다. 아르카몬이 방 안에 들어가자 시트, 모포, 뻣뻣한 천의 속옷, 수건, 신발, 상의와 바지 등을 든 보조 간수와 함께 간수가 들어왔다. 아르카몽은 침대에 앉았다. 그러자 간수가 공판을 위해서 그에게 입힌 사복을 벗기기 시작했다. 우선 넥타이를 풀었고, 다음에 구두와 상의를 벗겼다. 그가 완전히 벌거숭이가 되자, 속옷과 투박한 바지와 상의를 입혔다. 아르카몽은 자기의 옷에 전혀 손대지 않았다. 그는 요정의 나라에 온 것 같았다. 아르카몽은 선녀였다. 선녀는 지상의 허식에 손대지 않는 법이다. 이 작업이 진행되는 동안 그는 한마디도 하지 않았다. 네 명의 간수들과 보조 간수가 그를 시중들었다. 간수장이 말했다.

"네 경우는 특사 청원을 기대할 수 있을 거야."

그런데 이 말에 아르카몽도 다른 누구도 응수하지 않았다. 그는 옷을 입고 침대에 앉았다. 그리고 바닷속에 잠긴 듯 멍하니 있었다. 바다는 그의 육체를 느끼지 못할 정도로 가볍게 만들어주었다. 사실 육체는 오래 걸은 후의 피로감을 알고 있다. 어디서나 불쑥 사람을 드러눕게 만든다. 이 형무소라는 갤리선과 승무원들을 흔들어주는 바닷속에 뭔가 또 다른 것이 그를 잠기게 했다. 그것은 아주 특수한 소리였고 이상한 작업이었기 때문에 마치 다른 곳에서 행해지는 것처럼 느껴졌다. 어디서 왔는지 알 수 없는 충격으로 사람들을 깨어나게 만들었다. 그때 그는 자기 발밑에서 네 명의 간수가 양쪽 발목에 각각 쇠사슬을 매는 것을 보았다. 그는 우선 자기 소매를 건드려보았다. 다음에는 넓적다리 위에 손을 올려놓았다. 그는 무서웠다. 밖에서 귀를 멍하게 하는 소리가 들려왔다. 나중에 뷜캉은 "죽여라!", "죽여라!" 하는 소리를 들었다고 말했다. 그러나 사실이 아니었다. 왜냐하면 공동 침실의 창은 뜰과 작업장 쪽을 향하고 있었기 때문이다. 그래도 나는 그의 말을 믿었다. 군중은 재판소에서 형무소로 마차에 실려서 돌아오는 살인범을 언제나 이러한 소리로 맞이했기 때문이다.

사형수를 태우고 중죄 재판소에서 돌아오는 마차는 속도를 내는 일이 불가능했다. 마차가 모든 장례 도구의 무게와 함께 하늘의 무게를 싣고 왔다. 오늘날은 자동차가 있지만 말이 마차를 끌던 당시는 말들이 가슴까지 검은 흙을 튀긴 채 숨을 헐떡이며 걸어왔다. 그러면 차축이 삐걱거렸다. 지금도 마차의 모습이 눈에 선하다.

두 종류의 마차 행렬이 있었다. 하나는 살인범이 간수와 함께 혼자 타고 오는 경우(이것은 별로 비극적으로 보이지 않는다), 다른 하나는 조그만 칸막이 차에 겨우 목숨을 부지한 공범자들과 함께 타고 오는 경우였다. 이 경우 목숨을 건진 자들은 기뻐서 열광했다. 그들의 목소리는 삶의 찬가, 바이올린 소리와 뒤섞여 왈츠로 변했다. 그러나 왈츠는 소리가 없었다. 왈츠는 이미 죽어버린 듯한, 죽음을 희롱하고 있는 그들의 동료에게는 장송곡으로 변했다. 그는 마음속으로 고문당하고 있었다. 그와 가장 가까이 있는 자들, 그의 동료들, 그날 아침까지 그와 열정적으로 사랑을 나누던 자들, 그날 저녁에는 매우 증오스러울 녀석들이 목숨을 건진 것이다. 아르카몽은 홀로 돌아왔다.

범죄자들이 만일 환상적인 분위기 속에서 열리는 법정, 즉 공포의 카니발에라도 나온 듯 오페라에 등장하는 악마의 의상을 입은 비인간적이거나 초인간적 인물들, 예를 들면 승려와 같은 인물들로 구성된 법정에서 재판을 받았다면 아마 그 광경은 덜 끔찍했을지 모른다. 그런데 평범한 생활을 하는 사람들이 법정을 구성했고, 평소의 버릇까지 지닌 채, 또 그들의 인간다움도 간직한 채, 그대로의 모습으로 갑자기 범죄자의 생사를 결정하는 재판관이 되었다고 생각하니 인간의 일면이, 우리 자신의 일면이 지옥과 직접 연결되어 있다고 생각하지 않을 수 없었다. 사실 인간과 멀리 있다고 생각되는 잔혹한 행위를 상대하는 것이 인간의 내부에서 지옥을 찾아내는 경우보다 덜 끔찍할 것이다. 더는 기적을 바랄 수가 없었다. 아르카몬의 쇠사슬은 나사로 조여 있었다. 재판정은 신비스럽고 허구적인 의지가 아니라 인간적인 의지, 여기에 네 명의 간수를 대장간에서와 마찬가지로 함께 일하도록 배려한 민중의 의지를 담고 있었다.

아르카몬은 말하고 싶었다. 그러나 무슨 말을 하고 싶었는지 그 자신도 아무도 몰랐다. 목구멍까지 나온 말은 거기서 멈추었다. 그는 무기력의 바닷속에 잠기기 위해 입을 다물고 있어야 한다는 걸 알았다. 간수들은 말을 할 수도, 일을 할 수도 없었다. 그들은 쇠사슬에 신경을 썼고 쇠사슬을 죄거나 문을 닫거나 하는 일상적 세계에 있었다. 아르카몬은 그 세계 위를 날고 있었다.

"배고프지 않나?"

간수장이 말했다.

아르카몬은 고개를 저었다.

"수프 좀 먹어보겠나?"

그는 아주 낮은 소리로 "아뇨, 괜찮아요!"라고 대답했다. 아르카몬은 그날 아침부터 아무것도 먹지 않았다. 간수장은 강요할 일이 아니라는 걸 알고 있었다. 그는 다른 세 간수에게 감방에서 나오라고 신호를 보내더니 자기 손으로 문을 닫고 자물쇠를 채웠다. 간수 하나는 들여다보는 창을 감시했다. 그는 바로 의자에 올라가 어젯밤 얘기를 시작했다. 아르카몬은 잠을 자려고 했다. 침대에 누우려고 했으나 발이 너무 무거웠다. 쇠사슬 때문이었다. 그는 두 손으로 자기의 발을 침대 위까지 들어 올려야만 했다. 쇠사슬 소리가 들리자 감시하던 간수가 더욱 신경 쓰며 바라보았다. 아르카몬은 잠자는 척했다. 그는 베개에 머리를 기대고 있었다. 아마 그날 있던 공판을 떠올리고 있었을 것이다. 판결이 무죄에 이르기까지 자기 뜻대로 상황을 바꿔가면서 말이다. 그런데 변호사의 과실, 그릇된 대답, 재판장의 횡포 등의 세부 사항에 부닥칠 때마다 그는 오욕과 분노로 전율이 일었다. 어떻게 나폴레옹은 그렇게 마음대로 잠자고 깨어날 수 있었을까? 밤이 되었다. 독방 안은 거의 암흑과 같았다. 그러나 갑자기 밝아왔다. 흰 벽으로 빛이 쏟아졌다. 간수가 불을 켠 것이다. 이 충격이 그때까지 멍한 상태로 있던 그의 기분을 사라지게 했다. 그는 밤새도록 불이 켜져 있으리라는 걸 알았다. 사십오 일 밤 동안 계속 말이다.

그 이후 뷜캉이 공동 침실로 어떻게 소식이 전달되었는지 알려주었다. 아르카몬을 쇠사슬로 묶는 불길한 작업을 도운 징벌실 담당 조수 두 명이 당시 밖에 있던 뷜캉과 함께 감방으로 돌아왔다. 감방은 제8호 공동 침실 옆이었다. 그는 자기 숟가락으로 왼쪽 벽을 일곱 번 두들겼다. '우리의 구두에 물이 스며든다'라는 뜻의 호출 암호였다. 뷜캉은 못으로 종이 위에 "Condamné à mort(사형)"라고 썼다. 그리고 각각의 알파벳 문자에 번호로 표시해두었다. 제8호 공동 침실의 첫 번째 방은 똑같은 암호로 응답했다. 그러자 뷜캉이 아주 능숙하게 통신문을 보냈다. C: 하나, 둘, 셋, O: 하나, 둘, 셋, 넷, 다섯, 여섯…… 하는 식으로. 이 통신문은 같은 방법으로 제8호 공동 침실에서 제6호 공동 침실로, 거기서 또 제9호로 전달되었으며 이윽고 형무소 전체가 아주 둔탁한 쇠망치 소리로 시끄러웠다. 그 타격음은 구석구석에서 나와 모든 방향으로 울려 퍼졌다. 비보는 벽을 뚫고 전해졌다. 정글 위를 바람처럼 달리는 야만인들의 슬픈 소식보다 더 빠르게 지상을 나는 타격음은 간수들의 감시를 벗어나 있었다. 벽도 메아리도 천장도 바람의 흐느낌도 매우 감동적이었다. 형무소는 암흑 속에 잠겨 우주적인 삶을, 마치 7월 14일*의 혁명 전야를 살고 있는 듯했다. 조국의 위기를 알리는 포고가 도출해내는 애정 깊은 감동처럼 격한 행동을 개시한 데 대해 보조 간수와 뷜캉은 흥분하고 있었다. 오른쪽 벽의 호출 신호가 두 사람을 놀라게 했다. 그들은 감동을 경감시킬 무슨 지시가 떨어지지 않았나 귀를 기울였다. 뷜캉은 그들이 느끼고 있는 괴로움에 철저하게 동참하지 못하는 것을 애석하게 여기며 숟가락으로 신호에 응답했다. 그들은 경

---

* 프랑스 혁명 기념일인 바스티유 데이

310

청했다. '하나…… 둘…… 셋…… C.' 잠시 침묵이 흘렀다. 다시 '하나, 둘, 셋…….' 오른쪽 방에서 그들에게 사형을 알려주었다.

어두운 밤이었다.

중앙 형무소의 담벼락 너머에서 군중들이 고함치며 조소를 보내고 소음과 함께 사라졌다. 다시 침묵이 시작됐다. 형무소는 고요했다. 누구도 감히 노래를 부르지 않았다. 간수는 동료와의 교대를 기다리며 식은 음식을 먹고 있었다. 형무소 밖에서는 몇몇 소년이 이끼가 낀 나무에 기대어 피로와 비애에 가끔 눈을 붙였다가 다시 깨어나고는 했다. 몇 사람은 달빛이 비치는 풀 위에서 잠들었다. 이 초자연적인 충성의 표시가 내게 깊은 절망감을 주었다. 왜냐하면 감방에서 뷜캉을 기다리거나 혹은 그에게서 소식을 기다리고 있었을 때, 그를 포기하는 것보다 더욱 고통스러웠던 것이 절망감이었기 때문이다. 타인의 눈에 내가 무정하게 비칠 수도 있다는 걸 안다. 뷜캉의 무정한 행위는 그가 스스로 버림받았다고 느끼는 깊은 절망에서 유래했다. 이 깊은 슬픔은 몸속에서 솟구쳤지만 그의 자존심이 우는 것을 허용치 않았기 때문에 눈 근처에 와서 멈추고는 했다. 그의 억제된 외로움이 무정한 행위를 낳았다. 내가 징계실에서 생활하던 때 혹시 내게 버림받지나 않을까 하는 두려움이 그가 매일 편지를 쓰도록 했고 내 회신을 강요했다. 그 두려움이 다소 그를 부드럽게 만들었다. 그는 내 마음이 변치 않으리라는 걸 알고 있었다. 그는 나를 가깝게 느꼈다. 그는 우리를 이어주는 관계를 끊임없이 만들어내고 있었으나 그의 손은 시종 그 관계를 죄고 있었다. 나로서는 괴로움이 아니라 일종의 평화를 맛보았다. 그가 더는 나를 필요로 하지 않을 때 내 역할은 끝나고, 그 역할과 동시에 그와 나의 관계에서 필연적이었던 것, 순수했던 것, 화려했던 것이 상실되고 말 것이었다. 그러나 징계실에 출입하고 있던 나는 이미 그에게 아무것도 해줄 수가 없었다. 우리가 마지막으로 만난 순간에도 내 권위를 기대할 수 없었다. 나는 그때 계단 위에 있었다. 그에게 편지를 건넬 생각으로 작업장에서 나오는 그를 기다리고 있었다. 그는 웃으면서 달려왔다. 그는 내가 자기를 맞이하기 위해 다가가리라고 생각했을지 모른다. 그러나 나는 움직이지 않았다. 그가 내게 부딪쳤다. 그래도 나는 꼼짝하지 않았다. 내 부동자세가 그를 어리벙벙하게 만들었다. 그는 웃었다. 나는 태연했다. 그가 나를 가볍게 건드렸으나 나는 여전히 움직이지 않았다. 그는 다시 강하게 나를 쳤다. 나는 석상처럼 가만히 있었다. 그는 적극적으로 달라붙었다. 처음에는 그의 눈 속에만 비쳤던 분노가 이윽고 온몸으로 번진 모양이다. 그는 내 얼굴을 때렸다. 내 안에서 분노와 웃음이 들끓었다. 그런데 그것이 목소리로도 표정으로도 나타나지 않았기 때문에 도리어 분노를 자극했다. 뷜캉을 굴복시켜야 할 때가 왔다고 생각했다. 나는 계속 때리도록 내버려 두었다. 그는 웃음을 멈췄다. 당시 나는 갑자기 인간들의 욕설과 오만함을 참지 못하는 어떤 신과 같은 존재가 되었다. 나는 달려들었다. 처음에 그는 너무 더디게 반응하는 내 태도에 놀라는 것 같았다. 전신의 힘으로 그에게 덤벼들었다. 그를 제압했다. 나는 그를 짓누르려고 생각했다. 그가 다시 일어났다. 그리고 방어를 시도했다. 그러나 그의 작은 움직임조차 나를 흥분시켰다. 그가 굴러떨어지기 일보 직전의 처절한 모습으로 계단에 웅크리고 있을 때까지 주먹으로 때리고 발길질을 해댔다. 그래도 그가 불쌍하다는 생각이 들지 않았다. 나는 입에 거품을 물고 말했다.

"일어나."

그는 재빠르게 일어났다. 나는 또 때렸다. 그런데 그는 방어도 공격도 아무런 동작도 취하지 않았다. 나는 어떤 방해도 없이 그에게 접근했다. 그리고 그의 몸에 손을 댔다. 몸과 몸이 서로 맞닿았다. 나는 계속해서 때렸다. 그의 몸의 열이 내 몸의 열기와 섞였다. 내 뺨은 불처럼 뜨거웠다. 그도 그랬다. 얼굴로 향하는 일격을 피하기 위해 그는 상체를 사 분의 일 정도 회전했다. 나는 적중시키지 못했다. 균형을 잃고 그의 위로 쓰러졌다. 내 넓적다리가 그의 넓적다리에 닿았다. 나는 흥분했고 내 타격은 힘을 상실했다. 나는 그의 등을 가슴으로 안았다. 내 오른손이 그의 얼굴을 감쌌다. 내 쪽을 향하게 하려고 했으나 그가 저항했다. 나는 두 발로 더욱 세게 그를 죄었다. 나는 입을 맞추려고 했다. 그는 고개를 돌렸다. 그는 두 눈 위에 자기의 주먹을 대었다. 나는 그 주먹을 떼려고 애썼다. 그러자 그때 나를 메트레로 오게 한 그 가증스러운 몸짓을 되풀이하는 것처럼 느껴졌다. 열여섯 살 때의 잔혹성이 되살아났다. 당시 나는 내 무자비한 눈초리에 겁을 먹고 주먹을 눈에 대고 발버둥 치던 소년의 왼쪽 눈을 터뜨렸다. 내 주먹은 아주 강했다. 나는 주먹을 떼고 칼로 그의 눈을 찔렀다. 뷜캉이 똑같은 방어 동작을 취했다. 나는 그에게 달려들었다. 나는 그에게서 떨어지려고 하지 않았다. 나는 더욱 강하게 그를 눌렀다. 그러고는 갑자기 한쪽 손을 그의 배에, 다른 손은 그의 목덜미를 밀며 몸을 반으로 접어버리려는 깡패들의 동작을 흉내 냈다. 십 초 동안 그를 눌렀다. 그 이상 아무 짓도 않고 그를 정복했다고 느꼈다. 헐떡거리는 그의 숨소리가 들렸다. 나도 어느 정도 숨이 찼다. 내가 그를 풀어주었을 때 우리 두 사람은 서로 부끄러워했다. 나는 이를 악물고 여전히 얼굴을 찡그린 채 말했다.

"어쨌든 너를 소유했어."

"뭐라고, 내 뜻과는 전혀 딴판이었어! 아무것도 소유한 게 아니야! 우리는 바지를 입고 있었으니까."

"그건 상관없어! 쾌감을 느꼈잖아. 앞으로 내가 원할 때마다 너를 마음대로 소유할 거야."

"자노."

우리는 서로 쳐다보았다. 그의 눈에 조금도 놀란 표정이 없었다. 우리가 왜 싸웠는지 어떤 명분도 찾을 수 없었다. 하지만 마음속으로는 싸움이 필요했다고 느꼈다. 나는 말했다.

"자, 꺼져버려. 이제 진절머리가 나."

그는 흐트러진 옷매무시를 가다듬고 떠났다. 나는 그의 주인이 되었다. 그때도 그는 메트레 시절의 계집과 다를 바 없었다. 나는 그의 옛 모습을 보는 듯했다. 나는 작업장으로 되돌아갔다. 이 싸움 덕분에 어느 일요일 감화원 밖으로 산책 나간 일이 생각났다. 그가 낮은 목소리로 나를 불렀으나 심술궂은 투로 대답했기 때문이다.

일요일 오후, 예배당에서 미사를 마친 후 우리는 악대와 깃발을 앞세워 산책을 나갔다. 함께 시골길을 걸었다. 때로는 아주 먼 망브롤 근처까지, 어느 날은 퐁트브로가 보이는 곳까지 간 적도 있었다. 우리는 중앙 형무소의 창을 보았다. 죄수들은 그 창가에서 자기들 쪽으로 접근하는 우리의 연주를 듣고 또 우리의 모습을 보고 있었을 것이다. 십육 세의 나팔수와 고수들의 지휘를 받으며 우리는 군대식 행군을 즐겼다. 그 지방에는 민가에도 왕의 저택과 같은 우아한 집과 성곽들이 많았다. 산책 중에 그런 집들은 흔히 보였다. 그 앞을 지나갈 때면 입이 다물어졌다. 우리는 모두 겨울밤 내내 추위와 모욕 속에서 혐오스러운 상태로 눈을 뜨지 않으려고 스스로 성주가 된 꿈을 꾸었으며, 현재의 성을 가까이 보면서 자신들의 꿈에 접근했다고 믿었다. 그 속에 들어가서 주인이 될 수 있다고 믿은 것이다. 모두 그 사실을 믿었거나 혹은 믿지 않았다. 우리는 계속 걸었다. 성이 멀어짐에 따라 이야기는 더욱 풍성해졌다. 우리는 더 이상 내밀한 얘기는 하지 않았다. 성곽이 정말 점점 멀어져가는지 확인하기 위해 가끔 뒤를 돌아보았다. 나는 내게서 그토록 멀리 떨어져 있는 성들을 언제까지고 바라보았다. 그리고 밤에 그물 침대에서 몇 번씩 우리의 처참한 생활에서 벗어나기 위해 성안의 거울과 융단, 대리석을 상상해보았다. 얼마나 고대한 꿈의 물건들인가, 그리고 얼마나 오랫동안 꿈꾸어온 것인가! 지금의 나는 너무 궁핍하기 때문에 그러한 것들이 정말 존재한다고 믿어지지 않는다.

빌캉이 어느 날 말했다.

"나는 항상 꽃이었어."

그가 죽은 후 이 말을 들은 것이 부끄러웠다. 그의 고백으로 진정성이 배어 있는 절실한 편지들, 그가 언제나 빛이 발한다고 말한 편지들이 허위가 되었기 때문이다. 내가 한 도둑질은 한 번도 풍요를 가져다주지 않았다. 그러나 그 이상의 것들을 남겼다. 이를테면 가문(家紋)으로 장식된 장정의 책들, 호화판본의 일본 제국의 책들, 최상의 모로코가죽, 문장이 박힌 표지, 호사로운 무구(武具)로 장식된 중국 인형, 진홍빛 줄무늬의 인장, 비단포들, 레이스 세공품들 등이 있었다. 내 방은 상선을 약탈한 해적선의 갑판으로 둔갑해 있었다.

나는 오늘 잊어버린 꿈에서 깨어났다. 어느 날 밤 내 그물 침대에 기대보니 빌루아의 그물 침대 밑 마룻바닥 뚜껑이 소리 없이 젖혀져 있는 것이 보였다. 빌루아는 조금 전까지 자고 있던 장소에 없었다. 나는 그가 돌아올 때까지 눈을 뜨고 있었다. 그는 모든 수단을 강구해 마룻바닥의 못을 뽑았을 것이고, 어떤 끈이나 시트를 연결해 공동 침실에서 식당으로 내려갔을 것이다. 누구와 함께 간 것일까? 어디로 또 무엇을 하러 간 것일까? 다른 녀석들이 잠들어 있는 그물 침대로 가서 확인할 수는 없었다. 나는 약 두 시간 가까이 기다렸다. 공동 침실에서 누군가 "사랑스럽게 흔들어요……"라고 흥얼거리던 것이 생각났다. 내게는 그 말이 "사랑하는 계집아……"라고 들렸다. 마침내 식당 아래에서 가벼운 소리가 들려왔다. 그리고 마룻바닥이 열리면서 빌루아의 머리가 나타났다. 이어서 가슴이, 마지막으로 그의 육체에서 가장 매력적인 부분과 한쪽 무릎과 다리가 올라왔다. 빌루아는 셔츠와 바지를 입고 있었다. 그는 이때까지 내가 모르고 있던 그물 침대와 연결된 끈을 들어 올렸다. 그리고 비로소 일어섰다. 내가 깨어 있는 것을 알고 가까이 다가와서 최근 감옥에서 나온 동료 로베르를 만났다고 말했다.

"어디서 나왔어?"

내가 물었다.

"물론 퐁트브로지. 어제 만났어. 거기서 나한테 편지를 줬어."

그는 좀 거북스럽다는 듯 말했다. 그 이유는 아마 다소의 불안감이 호흡을 헐떡이게 했고, 또 낮은 소리로밖에 말할 수 없었기 때문이었을 것이다. 그는 크게 숨을 내쉬었다. 그리고 다시 숨을 들이마시며 조금 목이 쉰 소리로 말했다.

"정말 우습게 흔들어댔지 뭐야!"

이것으로 가장 중요한 고백은 끝났다. 그는 좀 더 단순한 어투로 몇 마디 덧붙였다.

"오늘 밤엔 함께 갈 수 없었어. 입고 갈 만한 옷이 없었거든. 이런 말 누구한테 하지 마. 알았지?"

그는 귀에 바싹 대고 조용히 말했다. 그의 말이 속으로 스며들었다. 나는 어둠의 세계로 빠져들었다. 이 세계로 완전히 들어가려면 팔로 빌루아의 목을 감기만 하면 되었다. 감히 나를 거부할 수 없었을 테니까 말이다. 하지만 나는 그런 동작을 취할 수 없었다. 모든 것이 가능했기 때문에 그는 빡빡머리를 가까이 들이밀며 계속 말했다.

"내게서 좋은 냄새가 나지?"

나는 밤의 어둠 속에서 오는 한숨을 내쉬었다. 매우 약하게 들렸지만 신음이었다.

"음."

결국 진한 우정에서 비롯한 감동이 몰려왔다. 그는 약간 거만한 어조로 덧붙였다.

"좋은 냄새가 나겠지. 그와 입을 맞췄으니."

이렇게 말하면서 그는 몰래 담배를 피울 때처럼 행동했다. 들이마신 담배 연기를 내뿜으면서 입 앞에서 한쪽 손으로 휘젓는 몸짓이었다. 또한 기둥서방들을 신성화시켜주는 몸짓의 하나였다. 그 동작이 그들을 패거리로 묶어주기도 했다. 빌루아는 담배 연기를 떨쳐 낼 필요도 없었는데 그런 제스처를 했다. 그는 담배 냄새가 입에 남아서 동료의 향기를 배반하는 일이 발생할까 두려웠던 것이다. 이것이 결정적으로 나를 어지럽게 만들었다. 나의 사나이, 나의 주인, 나의 형, 나의 입에 키스하면서 자신의 향기를 전하는 자가 더욱 힘센 기둥서방과 키스하고 애무하다니! 그가 강도의 입술을 핥다니! 죄수들은 누구와도 입을 맞추고 놀 수 있다는 말인가! 지금 당시의 기억을 글로 옮기면서 가슴이 저려오는 건 어쩔 수가 없다. 루 뒤 푸앵 뒤 주르가 모든 사람의 눈을 피해 비밀리에 뷜캉을 사랑했을 수도 있었다. 그것을 확인하려면 밤중에 마루 뚜껑을 열어보아야만 했다. 도둑들은 서로 껴안고 잤기 때문이다. 이제 내게 도둑들은 입 냄새를 풍기며 서로 입을 맞추는 젊은이들에 불과했다. 도둑질에 대한 취향의 출발점을 여기서도 찾을 수 있을 것이다. 비록 사전에 은밀히 계획한 행동을 중앙 형무소로 가져갈 수는 없었지만, 우리는 산과 강을 넘어 어디든지 멀리 갈 수 있었으며, 시대를 뛰어넘어 과거의 세계로 돌아갈 수도 있었고, 미래의 삶에서도 도둑질이 허용되는 광적인 몽상을 즐길 수 있었다. 이러한 몽상에 젖어 있으면 퐁트브로에서 고통받는 부랑자들의 거만한 삶과 우리의 미래가 한데 어우러져 뒤섞였다. 이 녀석들이 우리를 자기들의 팬티 속으로 데리고 간 것이다.

나는 훔치는 행위를 좋아했다. 그 행위 자체가 우아하게 보였다. 특히 동그란 입을 살짝 열어서 작고 가느다란 이빨을 내보이는 스무 살의 도둑들을 좋아했다. 그들을 무척 사랑했다. 그래서 그들을 닮아야겠다는 생각에 이르렀다. 젊은이들이 가지고 있는 고급스러운 우아함을 내 것으로 만들어서 짧고 무거운 동작을 가볍게 만들 수 있었다. 내가 도둑질할 때도 위급할 때 그들이 했던 동작이 아니라, 그들을 사랑하게 된 우아한 동작을 모방했다. 나는 몰래 훔치는 도둑들을 사랑했다. 나 역시 슬쩍 훔치는 좀도둑이 되었다. 그 결과 경찰이나 밀고자는 손쉽게 나를 붙잡을 수 있었지만 내가 그 역할을 하게 된 숭배할 만한 인물을 마음속에 간직해둔 것이 신중한 행동이었음을 한참 후 알게 되었다. 가능한 한 그와 가까이 지냈다. 기회에 민감한 그의 정신은 흉내를 냈지만 그의 동작은 거부했다. 그는 점차 마음속에서 모습을 감추었다. 그는 용해되어버렸다. 나는 이미 원하는 동작을 할 수 있었다. 그가 내 속에서 지켜보는 것 같았다. 말하자면 그는 나의 수호천사가 되었다. 그런 식으로 필요에 따라서 나만의 독특한 동작을 취했다. 또한 나를 매혹한 우아한 젊은이들을 압도할 수 있었다. 도둑질은 비록 일 초 동안이라도 우리에게 강요되는 음험한 행위에 대한 수치심을 견뎌내기만 하면 된다는 것을 깨달았다. 하지만 한순간이라도 자기 몸을 숨겨야 하는 일은 부끄러웠다. 마침내 나는 도둑질을 하는 이상 음흉한 분위기를 꼭 즐거움의 요소로 바꿔야 할 필요성을 터득했다. 도둑은 밤을 좋아한다. (엿보거나 고개를 숙이고 곁눈질하는 행위 등은 주로 밤에 한다. 복면을 하거나 얼굴을 가리는 것도 밤에 한다.) 도둑질 그 자체를 사랑해야 했다. 젊은 도둑이여, 그대가 닮고 싶은 멋진 존재를 스스로 이루는 꿈을 품어야 한다! 자신들이 사랑하는 악한을 닮기 위해 스스로 악한이 되고 싶은 소년만이 그들 인격의 최후의 한계에 이르기까지 그 역할을 연기할 수 있는 용기를 지닐 수 있을 것이다. 중요한 것은 그들의 동작이 아름다워야 한다는 점이다. 고통과 위험 속에서 태어나 고통 속에 새겨지고 고통 속에서 형성된 동작들은 어떤 얼굴을 하건, 어떤 이상한 모양이건 존중할 만하다. 소년들이여, 아름다움을 위해 짝짓기를 하라! 그러면 기둥서방이 되는 미덕까지 지니게 될 것이다. 도둑질은 아름답다. 어쩌면 당신들은 도둑질이 짧은, 아주 짧은, 눈에 보이지 않는 동작이기 때문에 부끄럽게 생각할지 모른다. 이것이야말로 행위의 정수에 속한다. 이것이 도둑을 경멸스러운 존재로 만들기도 하지만, 엿보거나 도둑질하는 순간에 국한될 뿐이다. 그러나 수치심을 폭로하고, 드러내어 그 수치심을 초월해보라. 그대의 긍지가 영광에 도달하려면 수치심을 뛰어넘어야 한다.

우리는 우상인 대담한 갱스터보다 더 잔혹한 짓도 하는 야만적인 아이들이었다. 거인들의 늠름한 골격을 훔칠 능력이 없던 나는 징계실을 드나들기 시작할 무렵, 뷜캉에게 주려고 내 초상화를 종이 부대 위에 그렸는데 어깨가 딱 벌어진 모습이었다. 본의 아니게 억센 사람처럼 보였다. 나도 모르게 스스로 힘센 자로 생각하면서 근육질의 인간을 그린 것이다. 내 기세를 꺾기 위해 뷜캉의 죽음과 그의 배신이 필요했다.

감화원은 미래의 내 모습에 영향을 주었다. 학교 선생님들이 '나쁜 영향'이라고 알고 있는 그런 것이다. 그 영향은 효과가 늦게 나타나는 독약이며, 예기치 않게 개화할지 모르는 철 지나 뿌린 씨앗이다. 빌루아가 강도에게 당한 입맞춤 사건은 충격적이었다. 남성은 반드시 자기보다 강한 남성을 소유한다는 것, 남성적인 미와 힘의 세계는 쇠사슬의 굴레처럼 서로 사랑으로 맺어진다는 것, 그리고 비틀어지고 메마르고 가시가 있는 근육이 더욱 두드러진 꽃 사슬을 형성한다는 생각에 나는 낙담했다. 그러면서 차츰 경이로운 세계에 대해 알아갔다. 기둥서방들은 자기보다 강하고 아름다운 남자를 위해 기꺼이 여자 역할도 한다는 걸 알았다. 그들은 내게서 점점 멀어져가면서 여자가 되었다. 누구보다도 순수했던 한 기둥서방이 모두 위에 군림했다. 그는 갤리선을 장악했고 석공의 모습으로 감화원을 지배했다. 페니스가 매우 멋있는 자, 그가 바로 아르카몬이었다. 꽃 사슬의 한쪽 끝에 내가 있었다. 빌루아가 나를 소유했을 때, 긴장한 허리로 떠받치고 있던 것은 전 세계 남성의 중량이었다. 에르지르가 아니안 감화원에 있었다는 것을 알았을 때 멍하니 넋이 빠졌던 것과 같은 현기증이 일었다.

에스 감화원처럼 아니안 감화원 역시 뛰어넘을 수 없는 높은 담장이 둘러쳐진 밀폐된 곳이었다. 우리는 감옥의 특징을 모두 알고 있었다. 메트레에서는 주로 형무소나 감옥에 관한 얘기를 나누었다. 우리는 이런 얘기를 주고받았다. "그 녀석은 출세했네. 지금 벨일에 있으니 말이야!" "그 애는 지금 아니안에 있어." 이 지명들은 가족의 구성원인 소년을 신비와 공포로 몰아넣을 수 있었다. 그런데 우리는 그 지명들을 싱가포르 주민이 "수라비야에 다녀올 생각입니다" 하는 식으로 입에 올렸다. 아니안 감화원의 공기는 돌담장 때문인지 메트레의 공기보다 무겁게 느껴졌다. 돌담장 속에서 성장하는 소년들도 메트레의 원생들과 꽤 달라 보였다. 별종의 식물들이 소년들의 머리를 덮었고, 색다른 나뭇가지와 꽃들이 그들의 손에 있는 것 같았다. 그러나 그들 역시 우리와 같은 원생들이었다. 결국 감옥 출신인 내가 감옥 출신의 소년을 사랑했고, 또 그 소년이 감옥을 출입하는 소년을 사랑했다. 그가 감옥 출신의 소년에게 애정을 느끼는 건 지금도 다를 바 없었다.

빌루아가 내게 키스했다. 그러나 내게는 아직 그의 목을 끌어안을 용기가 없었다. 나는 그 행위에 깊이 빠지지 않고 어질어질한 상태로 홀로 남았다.

어느 날 토스카노가 결국 당했다는 것을 알고 심기가 불편했다. 그는 식당의 당번이었다. 점심을 먹은 후 우리가 뜰에 모여 있을 때 그는 우물에 물을 길으러 갔다. 마을의 처녀들 모두가 그를 둘러싸고 놀리기 시작했다. 바람이 불어와 그의 셔츠를 몸에 딱 달라붙게 했는데, 그 모습이 언젠가 《파우스트》의 삽화에서 본 마르그리트의 파란 캐미솔*처럼 보였기 때문이다. 그러자 소년은 눈물을 닦으며 옷을 바로 펴려고 했다. 사실 눈물로 보인 것은 바람에 우물의 물방울이 흩날린 것이었다. 이런 식으로 이따금 우발적인 어떤 동작이 우리를 역사적으로 유명한 장면 속의 인물로 만들어주거나, 어떤 사물이 그 장면이 펼쳐진 무대를 재현함으로써 오랜 잠으로 중단되었던 모험을 불현듯 재개하고 싶은 기분을 일으켰다. 또한 우리가 어떤 영웅의 일족에 속하며, 영웅들과 똑같은 몸짓을 보유했거나 거울이 한정된 공간 안에서 사물을 반영하듯 어떤 과거 행위의 시간적 반영으로 느껴지도록 할 때가 있었다. 예를 들면 지하철에서 문과 문 사이에 수직으로 세워진 기둥에 내가 두 팔로 매달린 모습은 랭스의 축성식에서 깃발을 들고 있는 잔 다르크의 모습을 재현한 것이라는 환각에 빠질 때가 있는 것이다. 감방의 창을 통해 들여다보니 뷜캉이 하얀 침대 위에 모로 누워 구부러진 팔로 턱을 괴고 스핑크스와 같은 포즈로 당장 음탕한 유희를 즐기려는 듯한 모습으로 있었다. 그때 나는 그의 앞에 있었다. 나는 불가사의한 인물 앞에서 순례의 지팡이를 손에 들고 질문을 하던 오이디푸스였다. 도대체 그는 누구였던가? 그가 작업장에서 일할 때마다 몰래 바

---

* 소매가 없는 여성용 속옷

라보던 나로서는 궁금했다. 그와 함께 일하는 동료들이 말했다.

"그가 끝내 널 기둥서방에게 보내고 말겠지?"

나는 농담하면서 웃었다. 빌캉과 나는 크레이프 같은 빵을 뒤집어썼다. 농담은 모든 종류의 예언의 천연적인 낌새를 지니고 있었다. 그의 얼굴에 드리운 죽음의 그림자는 도형수의 면도한 얼굴에 밀짚모자를 썼을 때의 그림자였다. 우리는 친근하고 살아 있는 한 권의 역사책과 다름없었다. 시인이라면 거기서 영원회귀의 상징을 풀어냈을 것이다. 토스카노의 얼굴에 나타난 죄는 바로 알려졌다. 라로슈디외가 그날 밤 토스카노의 그물 침대에서 들로프르가 내려오는 것을 보았기 때문이었다. 이렇게 해서 토스카노의 고상한 미덕도 투항하고 말았다. 그는 자신이 등급화되고 규격화된 어린아이로 취급되는 것에 지속적으로 저항해왔었다. 치욕적인 소문에 둘러싸인 채 벌이는 그의 모든 싸움과 책략과 고심이 내 일처럼 여겨졌다. 그는 들로프르의 벗은 팔이 자기 팔에 닿았을 때, 그의 성급한 기둥이 자신의 뜨거운 살에 닿았을 때 욕정과도 싸워야 했다. 그는 결국 굴복했다. 지난날 그와 함께 유행가를 불렀던 당사자들인 우리는 우물가에서 그의 주위를 포위했다. 다른 녀석들은 그를 조롱했지만 나는 그럴 수 없었다. 그때 들로프르가 의기양양하게 나타나 한쪽 발을 우물가에 대고 토스카노의 어깨에 팔을 올려놓았다. 이 깡패가 나타나자 겁에 질린 마을 처녀들이 잠잠해졌다.

당연히 토스카노를 징벌 본부로 불려가도록 밀고한 치사한 계집이 있었다. 어떤 그룹에서 그 얘기를 하는 것이 들렸다. 내가 말했다.

"왜 그 친구가 징벌실에 들어갔지? 무슨 짓을 했어?"

"기둥서방과 싸움을 해서 졌지."

토스카노는 사랑받는 어린 공주가 되었다. 그와 나는 남자를 놓고 다투는 라이벌이 되었다. 어느 날 밤 뷜캉이 샤워실에서 이와 비슷한 고백을 했다. 그게 그를 본 마지막 밤이었다. 그는 비누를 빌린다는 구실로 내가 있는 좁은 샤워실로 들어왔다. 열탕에서 나오는 수증기가 우리를 감쌌다. 덕분에 그의 모습이 보이지 않아서 간수의 눈에 띄지 않았다. 나는 온몸에 비누를 발랐다. 나는 그를 쫓아내려고 했다. 내가 말했다.

"그 쪼그만 얼굴 좀 치워……."

그는 부드럽게 웃었다.

"얼굴이 여자처럼 생긴 게 뭐 내 잘못인가. 원래 그렇게 생겨 먹은 걸. 메트레에 있었을 때 많은 녀석이 등쳐 먹었지. 아무것도 아닌 일로 싸움질도 하고. 거기 있었을 때 기둥서방 놈들끼리 자주 토닥거린 것도 나와 레지라는 녀석 때문이었어."

그는 몸에 비누칠하면서 중얼댔다. 구부린 그의 등과 목덜미에서 물이 흘렀다. 비누가 거품을 만들어냈다. 그의 팔꿈치가 어쩌다 내 기둥에 닿았다.

그가 말하는 것을 보자니 내 인생을 대변하는 듯했다. 나는 마로니에 꽃이 활짝 핀 브러시 작업장의 먼지 속에서 감화원 생활을 다시 하는 느낌이었다. 불현듯 코를 훌쩍이는 뒤뷜의 우스꽝스러운 코밑수염이 환기되었다……

뷜캉이 계속해서 중얼거렸다.

"이따금 쉬는 시간에 서로 만났어. 내가 그에게 말했지. '어이, 레지, 오늘은 몇 번이나 싸울 셈이야?' 또는 이런 식으로 말했어. '미요와 내 남자가 스물두 번이나 싸우도록 했지. 미요는 그의 남자였어. 다시 한번 춤추도록 해줄까?' 그도 물러서지 않고 말했지. '스물두 번이라고? 그러면 네가 졌어.' 그 당시 우리는 모두 계집애였지. 열네 살이나 열다섯 살짜리……. 난 편지를 써가지고 남자를 만나러 갔던 거야. 그리고 이렇게 말했지. '미요가 이 편지를 줬어.' 그들은 휴식 시간에 만났고, 내 남자가 미요에게 시비를 걸었지. '내 깔치에게 손대면 가만두지 않겠어!' 상대방도 지지 않고 대꾸했지. 바로 싸움이 벌어졌고 싸움은 피를 볼 때까지 끝나지 않았어."

그의 말이 점점 빨라졌다. 그는 추억을 되새기며 도취되었다. 마지막 몇 마디는 꽉 다문 이빨 사이를 비집고 나왔다. 쭉 뻗은 맨팔은 두 발 사이에서 움직였다. 그는 새벽녘의 이끼를 짓밟아 반죽하는 동작을 취했다.

그는 웃으며 살짝 머리를 끄덕였다.

"꽤 많은 녀석을 등쳐 먹었어……."

나는 그의 손을 내 기둥으로 가져가려 했다. 그러나 그는 손대기가 무섭게 앞이 보이지 않는 안개 속에 젖어드는 듯 사라져버렸다. 이 '젖어드는 듯'이라는 표현은 내게 그의 죽음을 알려준 간수가 사용한 것이었다. "그는 벽 밑으로 젖어드는 듯 쓰러졌다." 비가 억수같이 오던 밤이었다. 바로 그날 그가 수증기에 질식해 죽었을 거란 생각이 들었다.

디베르를 다시 만났을 때 그에게서 아르카몬과 피에로에게서 볼 수 없던 표시들이 눈에 들어왔다. 여자들의 흔적이었다. 아르카몬의 엄격함과 그의 운명은 어떤 사랑이었든지 사랑과 멀어지게 했다.

뷜캉에게는 자유로운 삶의 시간도 일상의 시민적 삶의 시간도 거의 없었기 때문에 감화원의 영향이 사라질 틈이 없었다. 그는 언제나 자신의 광채 속에서 살았다. 그의 몸짓은 질식할 것 같은 그림자 속에 머물러 있었다. 장미 월계관의 그림자였다. 그 자신은 그림자와 떨어지려고 노력했다. 그러나 디베르는 여자를 경험했다. 무엇보다도 그가 사용하는 언어에서 잘 드러났다. 그는 매우 자연스럽게 여자의 속내의와 월경에 대해 말했다. 그는 '입 맞추다'라는 뜻으로 '여자를 농락하다'라는 표현을 사용했다. 그의 대담한 제스처 속에는 우리에게 없는 수치심이 있었다.

이 책을 쓰면서 도둑질을 변명하고 싶은 욕망이 일어났다. 나는 동료들이 메르쿠리우스처럼 민첩하고 우아한 도둑이 되기를 바랐다. 우리가 정말 도둑이었던가? 나는 그렇지 않다고 생각한다. 이 사실은 놀랍기도, 괴롭기도 했다. 우리가 자랑스럽게 여긴 범죄는 괴이함과 화려함 때문에 오늘날의 배우들이 더는 장식할 줄 모르는 야만적인 장식을 상기시킨다. 스파이 짓, 장미 월계관, 왕자들의 사랑, 익사 사건, 교수형, 의족, 남색 행위, 짐마차 속의 탄생 등. 이러한 것들은 그들에게 기상천외의 우상이 되었다. 내 이야기에 등장하는 소년들은 스스로를 장식할 줄 알았다. 그들은 대개 비극적이고 고상한 행적을 가지고 감화원에 입소했다. 그들의 과거가 잔인하고 토라지기 쉬운 작은 입을 통해 조금씩 흘러나왔다. 그들은 내가 묘사하는 대로 존재할 수밖에 없는 운명이다. 그렇다고 내 마음대로 아무렇게나 지어내는 것은 아니다. 내가 그들을 하나의 앵글로 포착한 이유는 그들이 그런 각도에서 자신들을 드러냈기 때문이다. 프리즘에 의해 변형됐을지 모르지만, 그 자체도 스스로 느끼지 못한 자기들의 모습인 것만은 틀림없다. 그들 가운데 가장 광적으로 몸을 치장한 대담한 소년이 있었다. 메타예였다.

내가 소년들을 모두 왕의 아들이라고 언급한 것은 각별히 그를 생각해서였다. 메타예는 열여덟 살이었다. 나는 원래 추한 젊은이에 대해서는 말하고 싶지 않았다. 그는 많은 것을 상상하도록 해주었다. 그래서 그의 붉은 점으로 얼룩진 세모형의 얼굴과 예리하고 위험한 몸짓을 떠올리기를 주저하지 않은 것이다. 그는 많은 사람에게, 특히 내게 자신이 프랑스 왕가의 혈통을 이었다고 말했다. 그의 좁은 입술에서 혈통이라는 말이 계속 이어져 나왔다. 그는 왕위를 요구했다. 소년 가운데 누구도 왕실의 역사를 공부한 자는 없었다. 그렇지만 라비스*나 바예**의 《프랑스 역사》 또는 어떤 다른 역사책을 읽어본 적이 있는 소년이라면 누구든 자신이 태자이며 왕가

* 에르네스트 라비스(1842~1922), 새로운 역사 분석 방법을 주창한 프랑스 역사학자로 아카데미 프랑세즈 회원
** 알베르 바예(1880~1961), 프랑스 사회학자로 소르본대학교 교수를 역임

의 피를 이어받았다고 말할지 모른다. 감옥에서 도망친 루이 17세의 전설이 특히 이러한 몽상의 구실이 되었다. 메타예도 그런 몽상에 빠져 있었다. 그는 스스로 프랑스 국왕의 후계자라고 믿었다. 메타예의 과대망상증과 속임수에 내 취향이 놀아난 것이라고 착각하지 말기 바란다. 메타예가 자신을 국왕의 아들이나 손자라고 믿는다는 사실에 주목해야 할 것이다. 그는 파괴된 질서를 재건하기 위해 왕이 되고자 했다. 그는 왕이었다. 그러나 나는 단지 한 가정의 순수성이나 신성성에 흠집을 내고 싶었다. 즉 어린아이 신분으로 기둥서방의 계급에 들어가도록 함으로써 그 계급을 타락시키고 싶었던 것이다.

글을 써나가면서 소년에 대한 기억이 점점 뚜렷해졌다. 그는 자신을 최고의 신분이라고 생각했기 때문에 제왕처럼 행동했다. 나막신 속의 헐벗고 부르튼 발은 루브르 궁전의 차디찬 바닥을 밟는 불쌍한 왕자의 발이었다. 디베르의 몸짓에 부여한 화려하고 천사 같은 표현에 비해 얼마나 빈곤하고 얼마나 우아한 것인가! 한 사람은 왕자였고 다른 한 사람은 정복자였다.

B 가족의 기둥서방들은 메타예가 스스로 왕족이라는 생각을 품고 다닌다는 사실을 모르고 있거나 모르는 척했다. 스테파노 부사제가 신성모독을 제거하기 위해 성체의 빵을 삼켰을 때와 같은 거만한 태도를 일삼는 등 살아 있는 거룩한 자의 오만함이 은근히 우리의 화를 돋우었다. 말하자면 그 점에 대해 우리는 전혀 내색하지도 않았고, 마음에 거슬리는 것도 몰랐다. 어느 날 밤 우리의 증오가

폭발했다. 메타예는 그때 공동 침실로 가는 계단 밑에 앉아 있었다. 자기를 정의의 참나무 밑에 앉은 루이 9세*라고 생각한 것일까? 그가 뭐라고 말했을 때, 누군가가 그를 빈정거렸다. 모두 웃었고, 그는 경멸하는 말투로 응수했다. 그러자 참아왔던 우리의 악감정이 폭발하여 방어벽을 뚫고 그를 덮쳤다. 주먹질, 따귀, 욕설, 침과 오물이 날아갔다. 데렐, 르루아, 모르방 세 사람의 탈주를 밀고한 자가 그 녀석이 틀림없다고 모두 생각했다. 사실이건 허위건 이러한 종류의 규탄은 끔찍한 것이었다. 누구도 진위를 가리려고 하지 않았다. 혐의가 있으면 잔혹하게 벌을 주어야 했다. 그 벌이 눈앞에서 실행되었다. 왕자는 호되게 당했다. 그의 선조인 왕에게 덤벼든 트리코퇴즈** 이상으로 화가 난 서른 명의 소년이 고함을 지르며 그를 에워쌌다. 소용돌이치던 중 이따금 침묵의 순간에 그의 중얼거리는 소리가 들렸다.

"예수한테도 이런 몹쓸 짓을 했겠지!"

그는 울지 않았다. 오히려 아주 위엄 있는 자세로 왕좌에 앉아 있었다. 어쩌면 그는 "너는 왕이 될 것이다. 그러나 네 머리를 장식할 왕관은 붉은 쇳덩이가 될 것이다"라는 신의 음성을 들었는지 모른다. 나는 그렇게 생각했다. 나는 그를 사랑했다. 그 사랑은 학교에서

---

* 12살의 나이에 왕위에 올라 중세 프랑스를 최전성기에 올려놓은 기독교적 왕의 상징적 인물
** 프랑스 혁명에 가담한 서민층 여성

어떤 얼굴을 그리라고 했을 때 엄습해오는 불안과 비교될 만한 것이었다. 인간의 얼굴은 존경심에 의해 보호된다. 얼굴들은 이미지라는 의미에서 서로 닮았다. 형태를 대충 굵은 선으로 그리는 동안은 전혀 감동이 없었지만, 거기서 닮은 점을 찾아야 했을 때 나를 꼼짝 못 하게 만든 것은 물질적 혹은 육체적 어려움뿐만이 아니었다. 거기에 형이상학적 문제가 있었다. 얼굴은 내 앞에 그대로 남아 있었다. 유사성은 사라져버렸다. 갑자기 내 두개골이 파열했다. 그의 턱과 이마가 유별나게 보였다. 나는 인식의 늪에 빠져들었다. 메타예가 싸움 중에도 유대인 묘지에 새겨진 모습처럼 두 손을 크게 벌려 엄지손가락 끝을 마주대고 자기 가슴 앞에 놓음으로써 하늘을 나타냈을 때, 그는 진정 메타예였다. 때로는 자신의 태도를 양보해야 하는 경우도 있는 법이다. 내게 명령하는 이 필연적 상황은 격렬한 유희를 동반한 내면극이었다.

디베르는 때때로 웃으면서 말했다.

"내 그물 침대로 와. 빛이 날 정도로 닦아줄 테니까. 내가 얼마나 멋진지 알게 될 거야."

어느 날 아르카몬은 술에 취해 있었다. 포도주는 사명을 띤 천사를 검게 만들 수 없었다. 하지만 그는 시퍼렇게 변했다. 푸른 포도주로 칠해져 절뚝거리고 비틀거리고 딸꾹질하며 감화원을 돌아다녔지만 아무도 본 자는 없었다. 월계수 사이를 비틀거리던 분칠한 살인범의 추억이 여전히 내 몽상 속에 있었다. 나는 범죄라는 이상한 가장무도회를 광적으로 좋아했다. 그 추잡스러운 왕자와 왕녀들,

'마리 앙투아네트'와 '랑발' 같은 여자들이 발산하는 매력이 내 에너지를 빼앗아 갔다. 한번 정사를 나누고 난 후 그들의 겨드랑이에서 나는 냄새, 그것은 페니스의 냄새였다. 리본으로 장식된 해적의 페니스, 아르카몬은 술에 취해 뜰에서 노래하고 있었다. 그를 본 사람은 없었다. 그 자신은 무엇을 보았을까? 그는 눈을 뜨고 있었지만 아무것도 보지 않았다.

그날 밤 아르카몬을 대신해 내가 낭독자가 되었다. 각각의 가족이 식사하고 있는 동안 한 원생이 '장미 총서' 가운데 한 권을 큰 소리로 낭독하게 되어 있었다. B 가족의 식당에서는 언제나 그 살인범이 읽었다. 그런데 그날 그는 취해 있었다. 나는 그의 손에서 책을 받아 들었다. 가장들은 책 속의 악의 없는 문장들을 이상한 의미로 받아들였다. 그 문장들은 우리만이 이해할 수 있는 특성을 지니고 있었다. 세귀르 백작 부인이 쓴 "그 기사는 말에 멋지게 올라탔다"라는 문장을 읽었을 때, 나는 디베르가 자신의 멋진 사랑의 기교를 자랑하며 "멋지게 올라탔다"라고 말한 것이 생각났다. 그러자 디베르가 반인반마의 맹렬한 괴물로 변하는 기적을 나 홀로 느꼈다.

우리는 메트레 의무실에서 치료받지 않았다. 우리가 더는 메트레에 남아 있지 않았기 때문이다. 납빛 얼굴의 디베르는 매주 다른 환자들처럼 주사를 맞으러 갔다. 그는 주사를 피쿠즈*라고 불렀는데, 그 말은 기둥서방이라는 존재가 약인 동시에 치유할 수 없는 병

---

*　'piqûre(주사)'를 우스꽝스럽게 왜곡한 말

을 가져다주는 요인인 비밀스러운 사랑 때문에 붙은 말이었다. 수녀와 충성스러운 친구들은 상처 부위에 붕대 감는 법도 몰랐다. 의무실은 우리에게 천국이었다. 의무실은 하얀색 덕분에 일상의 피곤함을 잊도록 하는 신선한 휴식처가 되었다. 얼음처럼 하얀 간호 모자, 작은 탁자, 블라우스, 시트, 빵, 퓌레, 도자기 등 모든 것이 흰색이었다. 가끔 이 하얀 얼음과 눈 속에 파묻히고 싶을 때가 있었다. 조에 수녀는 독재 군주의 검고 붉은 깃발을 철로 만든 깃대의 높은 봉우리에 매달았다. 그녀는 이 침대에서 저 침대로 다니며 사랑의 언어인 추파를 던지는 어린 녀석들을 윽박질렀다. 어느 날 나는 그녀가 수도원 접수계의 큰 열쇠 꾸러미를 새로 온 나팔수 다니엘의 손에 쥐여 주는 것을 보았다. 수녀는 언제나 소년보다 더 많은 수의 소녀와 접촉하며 생활했는데 어떻게 남자의 자태를 지니고 있는 것일까? 한 녀석이 이빨을 악문 채 투덜거렸다.

"널 소유하고 말겠어, 더러운 년!"

그녀는 소년의 말을 듣더니 병이 치료되기도 전에 의무실에서 내보냈다. 우리는 함께 의무실을 떠났다. 그는 월계수 숲 뒤에서 기다리고 있던 자기의 깔치 르노도 다르크와 합류할 수단을 모색하고 있었다.

그러나 우리를 위한 운명은 여전히 눈을 뜨도록 해주는 다른 수단들, 혹은 어둠 속에서 스스로를 응시하도록 밤을 여는 수단들을 알려주고 있었다. 한번은 디베르가 나를 "어이, 나의 북!"이라고 부른 적이 있었다. 그렇게 말하면서 가느다란 두 개의 북채로 나를 살

며시 건드렸다. 어느 날 정오 그가 북을 들고 악대 연습실에서 돌아오는 길에 우리는 다른 녀석들 뒤에 잠시 남아 있었다. 그는 악기를 등에 짊어지고 있었다. 그는 악기를 갑자기 앞으로 돌려 멨다. 그러고는 손바닥으로 북의 가죽을 두세 번 쓰다듬었다. 어떤 노여움에 사로잡힌 것일까? 북을 뒤집어보더니 기사보다 잔인하고 어두운 표정으로 거칠게 주먹질해 북을 찢었다. 감동에 전율하던 주먹을 북 안에 집어넣은 것이다. 이윽고 정신이 들자 아름답고 촉촉한 입가에 미소를 머금었다. 그리고 좀 헐떡거리며 내 입에 대고 말했다.

"어쨌든 너를 가졌어, 귀여운 암소. 넌 그렇게 생각 안 하겠지. 자, 내 기둥을 겨냥해보라고!"

그는 성급한 기사처럼 내 스커트를 걷어 올렸다. 긴 의자 위에서였는지 푸른 이끼 위에서였는지 달콤한 중량에 눌려버렸다. 궁전의 근위병에게 강간당한 공주가 자신의 품위를 생각하는 것은 정액이 차갑게 식어버린 다음의 일이 아니었던가! 머릿속으로 어떤 하나의 장면이 빠르게 스쳐 갔다. '저리 가!' 하고 속으로 소리쳤다. '꺼져버려! 어서! 네 앞에 있으면 도대체 억제할 수가 없다고!' 승리자인 근위병은 고개를 깔고 '너를 가지고 말겠어! 창녀!'라고 말하려는 듯 교활하게 나를 내려다보았다. 나는 계속 소리쳤다. '분노가 치밀어 하얗게 질려버렸어!' 디베르는 북을 옮겼다. 그러자 움츠러드는 그의 아랫도리처럼 내 아랫도리에서도 어떤 뜨거움의 흔적이 느껴졌다. 나는 어설프고 바보 같은 몸짓과 엉성한 태도를 취했다. 그 모양새는 강한 근위병의 육체가 공주에게 준 기쁨을 내게서 멀리하기 위한 푸닥거리의 동작이었다. 우리의 마음은 베일로 덮였다. 밤이었다. 뷜캉의 죽음이 내게 알려진 밤과 흡사한 밤이었다.

무엇보다도 나로서는 아무것도 아는 바가 없었다. 다만 형무소 위에 걸린 뷜캉의 이름이 가볍게 흔들렸다는 것, 그 파동이 징계실에 있는 내게까지 뭐라고 말할 수 없는 불안감을 야기했다는 것이 전부였다. 분명 그는 탈출하고 싶었을 것이다.

봇차코는 일 년이 넘도록 매일 쭈그리고 앉아 양복 작업장의 헝겊 더미에 파묻혀 지냈다. 그는 작업장의 마룻바닥에 뚜껑을 내는 데 성공했다. 그가 탈옥한 지 오류일 지나서 수선한 바지를 찾으러 갔을 때 그 사실을 알았다. 그 작업은 중국인 아니면 해낼 수 없는 섬세하고 정밀을 요하는 일이었다. 그가 가죽 자르는 칼을 사용했는지 아니면 가위를 사용했는지 알 수 없었다. 어쨌든 그러한 도구를 써서 기둥에 두 발을 내딛고 가슴을 비스듬히 깔고 아래쪽 회의실 공간에 매달릴 수 있을 정도의 큰 구멍을 판 것이다. 그는 작업장에서 일 년을 일했다. 마침내 탈주를 결심한 밤 그는 뚫린 구멍 안으로 어디서 구했는지 담배와 빵을 가지고 들어갔다. 동료 중 한 사람은 뚜껑을 닫고 헝겊을 씌워놓았다.

저녁 6시에 간수가 죄수들을 집합시켰고 평소처럼 일석점호를 했다. 한 명이 없어졌다. 형무소 구석구석을 뒤졌지만 찾을 수 없었다. 사람들은 그가 탈주에 성공한 것으로 믿었다. 사흘 후에 그의 탈주가 확인되었다.

그가 얼마 전에 철물 작업장에서 쇠톱을 훔쳤다는 걸 알았다. 이 도둑질이 형무소 내에 일으킨 소동이 가라앉을 때까지 그는 며칠 기다렸다. 아무도 그를 의심하지 않았다. 간수들은 경계를 두 배로 강화했고, 순찰 횟수가 세 배 늘어날 정도로 엄중해졌다. 그러나 이 주 정도 지나자 모든 것이 잊혔고, 감시 업무는 다시 평소의 수준으로 돌아갔다. 봇차코의 말에 따르면 처음에 양복 작업장의 유리창 봉인을 뜯고 창살을 하나 떼어낸 것도 그였다.

이어서 뜰로 내려갔다. 그러자 이번에는 뷜캉이 자기 창에 줄을 매달아 도구를 끌어 올린 후 철창을 쇠톱으로 잘라냈다. 봇차코와 같은 방식으로 뷜캉도 아래로 내려갔다. 두 사람은 서로 협조해 첫 번째 돌담을 넘을 수 있었다. 순찰 도로에 이르자 봇차코가 매트리스의 용수철로 만든 도구를 던졌다. 몸에 감은 밧줄의 끝자락에 연결된 갈퀴의 일종이었다. 그 도구가 돌담의 꼭대기에 걸렸다. 먼저 뷜캉이 올라갔으나 경찰견 때문에 이미 경보음이 울리고 있었다. 처음에는 몇 번 짖는 소리가 들리더니, 이어서 무시무시하게 으르렁거리는 소리가 들려왔다. 우리는 침대 속에서 신경을 곤두세우고 상황을 지켜봤다. 갑자기 암흑 속에서 누군가 외쳤다. "거기 서! 서지 않으면 쏜다." 다음은 누군가 내게 전해준 내용이다. 뷜캉은 더욱 신속히 기어올랐다. 간수가 달려왔다. 봇차코는 늘어진 끈을 잡아당기며 올라갔다. 갈퀴는 그의 몸무게를 지탱했고 끈도 단단했다. 다만 돌담 꼭대기에 걸려 있던 돌은 고정되어 있지 않았다. 비가 억수같이 쏟아지고 있었다. 두 남자의 체중이 걸리자 돌은 흔들거리지도 않고 그대로 떨어졌다. 봇차코가 그 밑에 깔려 두 다리에 상처를 입었다.

뷜캉은 도망가려고 했다. 그는 권총을 들고서 접근해 오는 세 간수와 마주쳤다. 그중 하나가 총을 쐈다. 뷜캉은 물러섰다. 개들이 덤벼들었다. 그는 담 쪽으로 몰렸다. 간수들이 그를 잡으려고 다가왔으나 넓적다리에 부상을 입었는데도 끝까지 저항했다. 그는 개와 간수들을 상대로 싸웠다. 결코 꺾이지 않았다. 간수들에게 주먹질과 발길질을 해댔다. 발길질에 총 하나가 떨어졌다. 뷜캉은 총이 자기 발밑에서 번쩍이는 것을 보았다. 재빨리 총을 집어 들고 간수들을 향해 발사했다. 그 순간 간수장과 함께 여섯 명의 또 다른 간수들이 달려왔다. 뷜캉을 담벼락에 내동댕이친 것은 기관총이었다. 그는 쓰러졌다. 그는 양손을 메가폰 모양으로 입에 대고 "살려줘!" 하고 꺼져가는 목소리로 고함치며 안개 속으로, 빗속으로, 스물 아니 서른 개의 파열하는 불꽃 속으로 사라졌다.

봇차코는 신음하고 있었다. 두 다리가 화강암 블록에 깔려 있었다. 그는 의무실로 실려 갔다. 그는 며칠 후 의식도 회복하지 못하고 죽었다. 루 뒤 푸앵 뒤 주르는 이렇게 말했다.

"뷜캉 녀석, 아마 지금쯤 천당에서 망나니와 재회하고 있겠지."

나는 루의 말을 듣고 그룹 내에서 일어나는 사랑싸움이 다른 녀석들 사이에서 이야기되고 있다는 것을 확인했다. 그들은 우리를 경멸했을까, 아니면 우리의 끝없는 소동 그리고 끝없는 감정의 교환이 그들을 교란한 것일까?

두 사람은 중앙 형무소의 조그만 묘지에 매장되었다. 사건이 있은지 며칠 후 우리 다섯 명은 낡은 부대에 짚을 넣는 작업을 하고 있었다. 간수들은 몇몇 죄수와 특별히 흉금 없이 지내기도 했다. 그들은 작업에 대해서, 다른 죄수들에 대해서 말했다. 조금은 농담도 주고받았다. 어느 죄수가 말했다.

"브뢸라르, 너는 빌캉과 봇차코가 탈주했을 때 현장에 있었지?"

그러자 부대 속에 짚을 넣어 이불 만드는 작업을 하는 중에 이런 대화를 나눌 수 없는 규정에도 불구하고 다른 간수들과 마찬가지로 빌캉과 내 우정을 잘 알고 있던 간수는 그날 밤에 일어난 얘기를 해주었다. 그는 당시 탈출에 걸림돌이던 소나기에 대해 말했다. 비가 어떻게 빌캉을 대우했는가를 설명했다. 짚의 먼지가 눈을 찌르고 목에 달라붙었다. 그러나 나를 울리지는 않았다. "그 녀석은 네 친구였잖아"라고 그가 감히 말했다. 나는 대답하지 않았다. 다른 죄수들은 나를 처다보지도 않고 일에 몰두했다. 그는 자세한 것까지 얘기해주었다. 빌캉을 구멍투성이로 만든 총알에 대해서도, 돌담을 맞고 튀어나온 총알에 대해서도, 빌캉의 일그러진 입에 대해서도, 그의 침묵에 대해서도 빠트리지 않고 말했다. 그 후 나는 그보다 더 자세하고 잔혹한 얘기를 들었다. 그러나 나는 거기에 감탄할 만한 정신적 여유도 시간도 없었고, 놀라지도 않았다. 나는 빌캉의 핏빛 모험을 마치 연극의 리허설로 간주하고 증인으로서, 열정적인 전문가로서 덤덤하게 입회하고 있다고 생각했다. 아무런 느낌도 없었다. 단지 관찰하고 있었을 뿐이다. 모험의 아름다움을 가르쳐준 것은 죄수 집단이었다. 나를 둘러싼 이 집단의 부릅뜬 눈이나, 불쑥 열린 입이나, 말 없는 침묵이나, 한숨을 보고 당시 어둠 속에서 이 모험의 가장 멋진 장면에 입회하고 있음을 알았다. 찬탄을 자아낼 일이었다. 누군가 하는 말이 들렸다.

"그가 다리를 올려놓았던 시멘트 일부가 무너졌어. 아마 그때 다리에 상처를 입었을 거야……."

이 말은 죄수들의 목구멍에서 "오!"라는 탄식 소리가 나오도록 했다. 그 소리가 비참한 광경을 더욱 실감나게 만들었다. 나는 즐거운 기분으로 친구의 죽음을 듣고 있었지만, 너무 지쳤기 때문에 느낌을 공유하려면 그들의 영혼을 빌려 와야 했다. 사흘 후 징계실에서 뷜캉이 탈주 중에 죽었음을 알렸다. 가족들의 시신 반환 요구는 문제가 되지 않았다. 그에게는 아무런 가족도 없었기 때문이다. 죄수는 누구나 선고된 형기를 중앙 형무소에서 보내야 하는 규정이 있었다. 봇차코의 경우 아직 형기가 삼 년 남아 있어서 설사 가족이 그의 시신을 돌려달라고 요청한다 해도 삼 년이 지나야 했다. 묘지 파는 사람들을 통해 그가 공동묘지에 내던져진 것을 알게 되었다. 뷜캉은 온몸에 새겨진 푸른색 문신 레이스로 덮여 매장되었다. 구명대, 수병, 처녀 머리칼, 가슴에 새겨진 별, 선박, 음경에 새긴 돼지, 나체의 여인, 꽃, 손바닥에 새긴 다섯 개의 점, 눈을 길게 보이게 하는 선 등의 문신들.

어떤 바보가 귀중품을 도둑맞고 경찰에게 불만을 토로했다고 하자. 그 경우 우리는 "바보가 방귀를 뀌었다"라고 하거나 "바보가 상(喪)을 당했다"라고 말한다. 그렇다면 나는 신에게 상을 당한 셈이 아닌가!

빌캉이여, 죽음은 그대가 그곳으로 다가오는 것에 멈칫하며 놀랐을 것이다. 그대는 나를 앞서갔다. 죽음을 통해 나를 추월했다. 나를 관통했다. 그대의 빛은 사라져버렸다……. 시인들처럼 조숙한 영웅들은 그렇게 일찍 죽는 것인가? 부득이 나는 그대에 대해서, 그대의 인생에 대해서, 그리고 죽음에 대해서 엄숙하게 말할 것이다. 빌캉이여! 수많은 사랑 가운데 그대는 무엇이었던가? 너무나 짧은 사랑이 아니었던가. 우리의 만남이 겨우 십이 일밖에 안 되었으니 말이다. 우발적 사건이 나를 또 다른 사랑의 안식처로 이끌고 가리라.

당신들에게 감화원에 잠들어 있는 모든 신비를 보여줄 의도는 없다. 아직도 많은 것이 남아 있다. 그것들을 기억해내려고 노력하는 중이다. 이따금 생각에 잠긴다. 그러나 모든 것이 마음속에 떠오를 뿐 흔적을 찾을 수 없다. 기다릴 수밖에 없다. 아마도 내 얘기가 끝날 즈음 모습을 드러낼 것이다.

원생들의 미소는 어땠는가? 특히 빈정거리며 신경을 건드리는 듯한, 악의를 품었지만 부드러운 미소. 소녀의 미소라기보다 창녀의 웃음에 가까웠다. 소년들은 연장자들의 곁을 지나치면서 미소를 지어 그들의 관심을 유발했고 빌캉은 문신한 남자들을 자극했다. 언젠가 그가 언급했다시피, "수많은 기둥서방의 가슴을 울렁거리게 했다"라는 것은 분명한 사실이었다.

그들은 유익한 행동만을 했다. 앞에서 내가 그들의 삶이 죄수의 삶을 그대로 모방한 것이라고 말했기 때문에 이상하게 보일 수도 있다. 하지만 이 기적은 확실히 존재했다. 언젠가 그것을 증명해 보여줄 것이다. 각각의 행위들은 중앙 형무소의 행위를 복제한 형태로 즉각적인 필요성에 따라 언제나 구실을 만들어냈다. 그들이 단지 흉내를 냈던 것은 아니다. 원시인과 소년들은 진중했다. 그들에게서 어떤 즐거운 축제가 벌어지는 것은 기쁨에 겨운 나머지 자연스럽게 종교적인 유희로 발산되었고 웃음으로 폭발했다. 이러한 축제는 결코 즉흥적인 것이 아니다. 차라리 미지의 신성에 마땅히 바쳐야 할 경배의 제의적 몸짓이라는 점에서 또한 유용한 행위였다. 메타예에 대한 처벌은 희생자를 제물로 바치는 일과 더불어 주신제의 격렬함을 동반한 일종의 축제였다. 결국 나는 소년들의 기쁨이 주신제에서 왔다고 본다. 그 기쁨은 극도에 달한 어떤 잔혹성에서 비롯한 일종의 도취 상태였고, 쉰 목소리와 함께 음악적인 웃음으로 나타났다. 그들이 이따금 미소를 짓는 것은 고차원의 비극을 한꺼번에 덮어주는 기쁨, 음악적이고 윤회적인 기쁨을 거부하지 않았기 때문이다. 아니면 이러한 판단과 영 다른 이유일지도 모른다. 그들의 웃음은 어두웠다. 꽃은 유쾌한 것이지만 어떤 경우 꽃으로 만들어진 슬픔도 있다. 원생들의 웃음, 특히 아르카몬의 웃음은 가볍게 얼굴을 움직이는 것 정도로 끝났다. 우리는 그의 웃음을 통해 그의 삶이 두꺼운 진흙 바닥에서 영위되었고, 거기에서 이따금 기포가 올라오는 것, 그리고 그 기포가 눈물이라는 것을 알아차릴 수 있었다. 감화원 전체가 거대한 아르카몬을 형성하고 있었다.

지금 그 소년들은 돌담 뒤에 있다. 그들은 더는 우리에게 기대할 것이 없었다. 투렌 전원(田園)의 다른 쪽 끝에 있는 메트레는 황폐한 곳이 되었다. 해롭지 않은 장소로 변한 것이다. 시간이 혹독한 감옥을 부수고 모난 곳을 다듬어주고 눈과 마음을 부드럽게 하는 낭만적인 묘석으로 바뀌는 것이 가능한 일인가? 내가 감화원을 다시 방문했을 때 돌 사이에 풀이 무성하게 자랐다. 그처럼 많은 아이가 다리를 크게 벌리고 넘나들던 창문으로 덩굴이 기어오르고 있었다. 유리창은 깨져 있었고, 건물 안쪽에 제비가 집을 짓고 있었다. 우리가 사랑의 입맞춤과 애무를 주고받을 수 있도록 숨겨준 컴컴한 계단도 무너져가고 있었다.

이 폐허를 바라보는 일이 결코 내 영혼의 슬픔을 치유하지는 못할 것이다. 나는 천천히 앞으로 나아갔다. 몇 마리의 새가 지저귀는 소리만 들려왔다. 그곳에서 내가 발견한 것은 시체였다. 나는 내 청춘이 죽었음을 알았다. 그 많던 녀석들의 흔적은 아무것도 남아 있지 않았다. 남은 것은 징벌 본부의 징계실과 마루와 벽에 새겨진 날짜들과 흩어져 있는 글자들뿐이었다. 감화원을 한 바퀴 돌아보았다. 더 크게 한 바퀴 돌았다. 다시 한번 더 큰 원을 그리면서 내 청춘이 죽어가는 것을 느꼈다. 어린 소년들을 유혹한 괴물 같은 뱀 장식의 매듭과 꽃들이 진정 시들어버렸단 말인가? 나는 그래도 혹시 어딘가에서 원생이 나타나지나 않을까 기대했다. 또 길모퉁이에서 작업장 주임에게 이끌려 가는 잡역부가 불쑥 나타나지나 않을까 하는 희망도 가져보았다. 내가 기대할 수 있었던 것은 오 년간 마비 상태로 방치되어 있던 감화원을 갑자기 활기차게 해줄지도 모르는 최후의 기적뿐이었다.

바로 눈앞에서 황량한 모습의 감화원을 바라보며 나는 창작의 유희를 멈추지 않을 수 없었다. 상상력은 고갈되었지만 반면에 젊어지는 기분이 들었다. 그 분위기 속에서 잠이 몰려왔다. 모든 수단을 강구하여 젊음을 재생시키고자 애썼다. 그토록 사랑스러운 이곳에 냉혹함을 가져온 엄격한 죄수 무리가 프랑스의 다른 감옥들로 분산되었으니 나 자신의 기억 속에서 찾을 수밖에 없었다. 나는 감화원을 온몸으로 사랑했다. 마치 독일군들이 떠날 준비를 시작했을 때, 프랑스가 그들에게서 받은 억압을 잊고 그들을 사랑했다고 느끼는 것과 같았다. 프랑스는 자기의 엉덩이를 쥔 것이다. 프랑스는 자신의 적인 독일군을 자기 안에 붙잡아 두려고 애원했다. 조국이 "좀 더 있어줘!"라고 외친 것이다. 그래서 투렌은 더는 풍요롭게 느껴지지 않았다.

너무 슬프다! 감화원이여, 내 심장을 뜯어내 그대의 얼굴에 던지고 싶어라! 천사들의 후예들은 지금 어디에 있는가? 사랑하는 메트레여! 예수의 단순하고 고귀한 가르침 '사랑'이 가장 이상한 꽃으로 변하여 괴물을 낳게 했다. 천사들에 의한 도피, 그릴 위의 고문, 부활, 우상을 숭배하는 동물들의 춤, 삼켜버린 갈비, 치유된 나병 환자, 입맞춤하는 나병 환자, 성인품(聖人品)에 올려진 창자들, 웃음 없이 단죄된 꽃, 유명한 종교 회의, 금도금으로 장식된 모든 전설, 우리 가족들 속에서 여전히 우글거리는 전복적인 기적들 등이 마침내 냄비 속에서 서로 합쳐지고 통합되어 뒤섞여서 익혀지고 끓고 있었다. 내 마음 깊은 곳에서 가장 반짝이는 수정체인 '사랑'을 보여주기 위해서 말이다. 우여곡절 끝에 농락당한 가족들에게 내가 바친 것은 바로 순수하고 단순한 사랑의 찬가였다.

이곳 중앙 형무소에서 황제라는 칭호와 같은 의미로 불리는 무뢰한 봇차코와 뷜캉 사이에서 내가 발견했다고 생각했기 때문에 참기 어려운 고뇌를 맛본 것 역시 사랑이었다. 봇차코는 어떤 미소년도 자기 소유로 만드는 녀석이었다. 그에게 소년의 애인으로서의 수치심은 조금도 찾아볼 수 없었다. 그가 혁대에 두 손을 꽂고 거들먹거리며 나타나는 순간 마음에 드는 첫 소년이 그에게 걸려들고 말았다. 정말 그만의 방법이었다. 감히 독방에 있던 뷜캉을 탈주의 동반자로 삼았다니 대단한 일이었다! 뷜캉이 탈주한 것은 바로 독방에 있을 때였다. 그는 거기 단 하루 동안 갇혀 있었다. 나는 징계실에 있었기 때문에 그의 모습을 볼 수 없었다.

그 사실을 알았을 때 내가 얼마나 기뻐했는지 혹은 얼마나 절망했는지 쉽게 상상할 수 있을 것이다. 그는 결국 다시 독방으로 끌려갔다. 그는 나를 만날 생각으로 처벌받는 것을 즐겼다. 내가 바라던 것인 동시에 두려워하던 것이기도 했다. 그는 내게 사랑의 징표를 주었다. 그 증거물이 탈주 때문에 완전히 무효가 된 것은 아니었다. 왜냐하면 공동 침실의 영창에서 탈주했으면 더욱 쉬웠을 것이며, 게다가 봇차코는 독방으로 끌려가지 않았을 것이기 때문이다.

그가 죽은 후 어느 날 아침 징계실의 한 죄수가 말했다.

"난 그가 감방을 청소하면서 지나가는 걸 봤어. 그는 가족에게······."

"그를 봤다고? 그가 어디에서 왔는데?"

"조사실에서."

이 말을 듣는 순간 모든 창조주를 향한 깊은 감사의 마음이 온몸에서 솟아올랐다. 그리고 행복을 잡은 순간과 동시에 죽음이 개입되지 않을 수 없는 인간의 가련한 운명에 대해서도 절로 감탄이 나왔다.

"왜 조사실에 갔지?"

"공동 침실에서 담배를 피웠으니까."

그런데 뷜캉과 공동 침실에 함께 있던 죄수가 다르게 말했다.

"담배를 피운 건 그 녀석이 아니야. 푸앵 뒤 주르가 피웠어."

"그런데?"

"그런데······? 뷜캉이 자기가 피웠다고 말했지."

"뷜캉이······ 간수에게 '나예요, 간수 나리!'라고 했구나."

동료들의 사랑의 유희를 수용하는 일이 끔찍해졌다. 왜냐하면 우리 자신이 같은 방식으로 사랑의 유희를 경험했기 때문이다. 나 역시 메트레의 공동 침실에서 디베르의 잘못을 내 탓으로 돌린 적이 있었다. 지금 뷜캉이 루 뒤 푸앵 뒤 주르의 죄를 뒤집어쓰고 있는 것처럼 말이다.

봇차코가 뷜캉의 자유를 위해 그렇게 행동한 사실을 뷜캉 자신은 알고 있었을까? 봇차코는 그에게 믿을 수 없을 정도의 섬세한 애정을 가지고 있었고, 그 애정을 완성하기 위해 동반 탈주를 시도했다.

즉 그는 가장 위험한 상태에서도 그와 결합하든가, 혹은 뷜캉을 구해내든가, 혹은 대담하게 모험적인 생활을 공유하든가 어느 쪽이든 하고 싶었던 것이다. 이러한 여러 이유가 다른 어린아이들에게서 찾아볼 수 없던 어떤 특별함을 뷜캉이 가지고 있다고 생각하게 만들었다. 또한 그런 점 때문에 그가 지배자로 추대되었을 것이다. 그 외에 되돌아볼 문제가 하나 더 있다. 봇차코가 탈옥을 계획했을 때 뷜캉을 공범으로 선택한 이상 그는 뷜캉에게서 탈옥의 동반자로 인정할 만한 능력, 즉 냉정과 용기라는 두 가지 남성적 특질을 지니고 있음을 알아본 것이다. 그 특질은 뷜캉에게 충분히 갖추어져 있었다. 그는 차라리 무감각하고 냉정하며 맹목적인 존재로 보였다. 나는 우리의 복잡한 메트레 감화원 추억이 뷜캉과 나를 구별할 수 없을 정도로 뒤섞여 그가 겪어온 고통이나 허기를 사랑으로 오해했을지 모른다는 기대를 하고는 했다. 그러면 그가 과거의 삶의 추억 속에서 길을 잃고 쌍둥이가 서로 자기의 반쪽을 사랑하듯이 나를 사랑했으리라는 생각도 가능했다. 이 설명은 새로운 이야기를 낳거나 사실과 다를 수도 있다. 뷜캉도 내가 그에게 메트레를 떠올리도록 했기 때문에 나를 사랑하지는 않았을 것이다. 나는 메트레 때문에 뷜캉을 사랑했다. 내가 그처럼 메트레를 사랑하는 것은 뷜캉이 그곳의 미소년 중 가장 아름다웠기 때문이다. 내가 뷜캉에게 품고 있는 애정에는 나에 대한 그의 경멸도 섞여 있었다. 이상하게 들릴지 모르지만 독자들은 그 점을 참고해주기 바란다. 뷜캉이 품고 있던 경멸은 나에 의해 폭발했고 내 안으로 들어와 애정에 변화를 몰고

346

왔다. 그리고 조금씩 나를 해체하더니 삶 자체를 붕괴시켰다.

모든 것이 무너졌다. 내게는 단지 뷜캉을 죽이든가 아니면 나를 죽이든가 하는 일만 남았다. 왜냐하면 행복과 고통, 죽음을 나 자신에게 부여하는 역할을 다한 이상 더 살 이유가 없었기 때문이다.

그러나 뷜캉은 나보다 한 차원 높았다. 난 결코 그에게 이르지 못한다는 걸 잘 알았다. 그가 불렀던 노래와 현재의 노래들에 대한 감상적 기분에 젖어 혼란스러운 마음과 처량하고 지저분한 얼굴을 한 부랑자의 모습을 그에게서 보았을 때도, 그는 나보다 자부심이 강했기 때문에 수준이 달라 보였다. 그는 높은 데서 나를 내려다보고 있었다. 그는 나를 사랑하지 않았지만, 나는 그를 사랑했다. 결국 그는 나를 보다 많은 잔혹성과 대담성, 보다 많은 애정으로 이끌고 가는 악마였다. 아르카몬이 누군가에게 그런 존재였듯이 뷜캉은 내 남자였다.

이런 특질을 가진 뷜캉을 사랑했으니, 봇차코 역시 용기와 냉정함에서 좀 부족한 것이 아닌가 생각되었다. 그 덕에 뷜캉의 용기와 냉정함이 내게 스며들 수 있었을 것이다. 봇차코는 부드럽고 연약했다. 그가 내게 담배를 피우라고 권했을 때도 진지하게 나와의 우정을 원했을지 모른다. 그때 그 담배를 뿌리친 나는 지금도 부끄럽게 생각한다. 형무소에서 담배꽁초가 상징하는 의미를 생각하면 창피해서 몸 둘 바를 모르겠다.

메트레에서 어떤 기둥서방 녀석이 스토클레에게 "리고가 담배를 줬어"라고 하는 말을 들었다. 나는 서로를 이어주는 맹세의 언어는 주고받지 않았으나 우정의 끈으로 연결되어 있으며, 겁쟁이나 깔치들과 구별해주는 공모 행위로 연결된 기둥서방들의 관계를 알게 되었다. 그들은 직감적으로, 그리고 본능적으로 상대를 알아보았다. 같은 취향, 같은 혐오감이 서로를 끌어당긴 것이다. 담배는 진정으로 서로를 접촉할 수 있는 시금석이었다. 귀중한 꽁초는 한 입에서 다른 입으로 멋진 애정의 표시로 침에 젖은 채 검은색으로 변해 지저분하고 맛있게 옮겨 갔다. 꽁초는 어느 입에서나 흐느낌으로 무거워진 영혼을 가진 소년들, 어떤 절망이 활기를 불어넣은 소년들의 악의적이고 통통 부어 있는 표정을 만들어냈다. 기둥서방들은 늘 감동하지 않았기 때문에 결코 눈물을 보이는 법이 없었다. 늠름한 체구의 남자들이 허리까지 오는 파란 상의를 입고, 두 손을 호주머니에 넣은 채 비인간적으로 보일 정도로 무정한 태도로, 부서지기 쉬운 그들의 야만성에 어울리는 여름의 태양 아래서, 힘차고 소박하고 거칠게 오솔길을 뛰어다니거나 울타리를 빠져나가고는 했다. 그들은 우정과 자신들에게 귀중한 보물이 무엇인지 모르고 있었기 때문에 용해되지 않는 그룹의 매력도 부드러움도 좌절도 알지 못했다. 이 점에서 그들 역시 옛 로마인을 닮았다. 그런데 그들은 사랑을 알면서부터 서로 애인을 구하기 시작했다. 기둥서방들끼리 아무런 열정 없이도 사랑을 나눈 것이다. 그들은 서로에게 갖고 있는 애정을 지키기 위해서(아니 차라리 그들의 계급을 과시하는 표시로서) 하나의 적수를 필요로 했다. 적수가 나타남으로써 비로소 애정에 방어선이 생겨나고 형태가 완비되었기 때문이다. 그 방어선은 그들이 스스로를 의식하면서 싸우고 공격하는 방벽의 역할을 했다.

다니엘이 다시 나팔수로 봉사하게 되었다. 어느 날 아침이었다. 그는 게팽의 명령에 따라 어떤 어려운 곡이라도 바로 불 수 있도록 연습해둘 생각으로 사람이 없는 큰 화단의 분수 곁에 있었다. 조에 수녀가 아침 일찍 예배당으로 미사 보러 가던 중 그의 곁을 스쳤다. 분노가 소년의 심장을 얼어붙게 했다. 그는 자기와 함께 있고 싶어 조에 수녀를 속이려고 일부러 손가락까지 자른 계집애를 떠올렸다. 그는 조에 수녀를 향해 소리쳤다.

"안녕하세요? 조에 수녀님!"

수녀들은 직책을 떠나서라면 기꺼이 상냥한 표정을 짓는다. 그녀는 대답했다.

"안녕하세요?"

나팔수가 그녀에게 접근했다. 두 사람이 서로 가까워졌을 때 그들은 분수 바로 옆에 있었다. 억센 소년이 나이 든 수녀에게 어깨로 일격을 가했다. 그녀는 숨 쉴 겨를도 없이 물속으로 거꾸러졌다. 일순간 그녀의 스커트가 우스꽝스럽게 큰 수련 모양을 한 채 그녀를 지탱해주더니, 곧 물속으로 빠졌다. 공포와 부끄러움 때문에 소리도 못 지르던 수녀는 물속으로 추락했다. 다리와 넓적다리와 배에 닿는 물의 느낌에 오랫동안 익숙하지 않던 처녀는 물이라는 물질의 신성함에 마비되었다. 그녀는 몸 하나 까딱하지 않고 소리도 지르지 않았다. 그녀는 물속으로 사라졌다. 아직도 수면에 약간의 파문이 남아 있는 듯했다. 이윽고 사월의 아침이 주는 맑은 고요함이 찾아왔다. 꽃이 활짝 핀 마로니에 아래에서 처녀는 익사했다. 소년은 어깨를 한번 으쓱하더니 나팔의 희고 붉은 끈이 흩어진 것을 고치고 두 손을 호주머니에 처박고 유유히 분수에서 멀어졌다. 물속에서 시체가 발견된 것은 다음 날이었다. 당연히 무언가에 걸려서 넘어진 사고로 처리되었다. 다음 일요일에는 미사에 앞서서 원장이 강당에 원생들을 소집해 조에 수녀의 사고사를 보고했고, 그녀의 영혼을 위해서 기도할 것을 주문했다.

빌루아가 H 가족으로 떠난 덕분에 나는 다소 자유롭게 다른 남자를 사귈 수 있었다. 나로서는 부끄러운 시기였다. 이 오욕은 한 번도 겉으로 표명된 적이 없었다. 내 앞에서 큰 소리로 그 오욕을 발설할 자는 없었다. 아마 근처에 있던 빌루아가 사랑하는 깔치를 보호하기 위해 갑자기 나타날지 모른다는 생각을 했지만 그래도 이 오욕은 당신들이 어떤 냄새를 풍기듯이 그리고 사람들이 눈치채지 못하는 방식으로 나를 감싸고 있었다. 아무튼 나는 침묵이나 이마에 주름을 드리우는 행위를 통해 그들이 느끼고 있음을 알았다. 녀석들은 밤마다 교대로 내 그물 침대 속으로 들어왔다. 우리의 사랑 놀이는 재빠르게 끝났다. 그러나 라로슈디외가 사실을 알게 되었다. 나는 조사실로 불려갔다. 그곳은 석회로 벽을 하얗게 바른 방으로 징벌 본부 옆에 있었다. 녹색 식탁보가 덮인 탁자와 의자 두 개가 놓여 있었다. 원장이 탁자 건너편에 앉아 있었다. 그 곁에 뒤딜이 있었다. 그의 뒤쪽 벽에 큰 기독교 십자가상이 걸려 있었다. 그날 하루 동안에 벌 받을 자 모두가 문에서 팔 일간 빵만 먹는 급식, 십 일간

350

빵만 먹는 급식, 팔 일간의 피케(휴식 대신에 매일 두 시간씩 징벌 본부의 뜰에서 벽을 보고 서 있는 벌) 또는 한 달 동안 징벌 본부에 들어가거나, 한 달 또는 두 달간의 영창 감금이라는 벌을 받기 위해 순번을 기다리고 있었다. 그러나 대개 새로운 명령이 떨어지기 전까지 독방이나 징벌 본부에 감금되는 벌이 부과되었다. 나는 문 앞에서 기다렸다. 벌 받는 원생들이 못을 박은 나막신으로 발을 맞춰서 울리는 소리가 내 영혼에 스며들어 거기에서 모든 희망을 앗아가 버렸다. "하나! 둘! 하나! 둘……!" 한마디 덧붙이자면 하나, 둘 하는 구령은 가능한 한 불명확하게 발음하는 것이 멋스럽게 보였다. 가령 우르…… 콩* 또는 콩…… 두 하는 식으로 말하는 것이다. 구령이 기묘하고 거칠수록 형벌은 더욱 두려움과 경외의 대상이 되었다. 나는 지금 이 글을 쓰면서 구령이 지닌 힘에 대해 생각해본다. 구령은 야수적이고 야만적인 소리를 닮았다. 보통의 방식대로 구령을 붙이면 무시당하기 일쑤였다. 고함은 남성의 표징이었다. 계집애들의 마음을 요동치게 만드는 성적인 외침이었다. 휴식 후 구령을 다시 붙일 때는 남성의 정력이 한 번 쉰 다음 다시 우리 여자들을 굴복시킬 때와 흡사했다. 외침이 갖는 강한 힘을 명확하게 인지하려면 선전포고, 문신, 괴상한 장식이 붙은 지팡이, 강요당한 음경을 언급해야 할 것이다. 남자들은 각자 음경의 모양과 크기에 어울리는 독특한 고

---

* 'ours'와 'con'은 각각 프랑스어로 '곰', '음부'를 가리킨다. 하나(un), 둘(deux)과 발음이 비슷하다.

함을 가지고 있다. 나는 조사실 입구에서 기다렸다. 입속에 라이터의 강철 조각을 감추고 있었다. 벌을 언도받고 감독관 비앵보에게 붙들려 나체로 몸수색을 당하고 독방에 갇히는 일이 있어도 발각되어서는 안 되었기 때문이다. 나는 안으로 들어갔다. 뒤뒬이 서류를 들고 말했다.

"네가 딴 녀석 그물 침대에서 기어 나오는 걸 봤어. 더러운 새끼!"

그리고 원장은 얼굴에 경련을 일으키며 말했다.

"정말 더럽군. 그 나이에!"

나는 큰 징계실에서 한 달간 갇히게 되었다.

큰 징벌실에 어린아이가 들어가는 경우, 간수들은 그들이 밤에 모두 취침하리라 믿었지만 사실은 그때야말로 가장들이 잔혹한 장난을 하는 때였다. 그들의 손아귀에 있는 여자들을 향해 기형아 또는 이투성이라고 면박을 주듯이 가장들은 소년들에게 그들의 상처난 다리와 잘 씻지 않은 엉덩이에서 냄새난다고 심술궂게 비아냥거렸다. 그들은 발톱을 깎지 않은 소년을 가리켜 "파마한 발톱을 가지고 있네"라고 말했다. 그들은 "너의 똥 주머니"라든가 "네 똥 주머니를 흔들어주지"라고 말하기도 했다. 그 말을 들은 소년은 온몸이 똥덩어리라는 의미로 받아들였다. 난폭한 언어폭력에 시달리던 소년들은 겁먹고 창백한 얼굴로 그들의 가랑이 사이로 기어들었다. 그들은 뛰어난 미식가였기 때문에 불쾌한 냄새가 나는 거친 가죽을 벗길 필요가 있었다. 그들은 새로 입대한 신참 병사들이었다. 지금은 철조망으로 둘러싸여 있지만 언젠가 그 위를 꿀벌의 날개로 날

아갈 것이다. 적어도 그들은 나무줄기에 매달려 있는 장미처럼 보였다. 기둥서방들은 소년들을 무시무시한 그물로 씌워 놓았다. 어느 날 징벌 본부에서 그들은 앙젤로와 르메르시에, 게비예 등 세 사람의 발을 씻어주라는 명을 받았다. 나도 거기 있었는데 가장들에게 예를 다하기 위해 구두를 신은 채로 있었다. 이때 가장들은 B 가족의 들로프르와 리발, A 가족의 제르맹과 다니엘, C 가족의 제르레 이렇게 다섯 명이었으나 그들 쪽에서도 빌루아에 대한 배려에서 내게 힘든 일을 시키지는 않았다. 이 세리머니를 생각해낸 것은 들로프르였다. 세 소년에게 각각의 역할이 부여됐다. 앙젤로는 물이 가득 찬 통을 두 손으로 들고, 르메르시에는 물에 적신 손수건으로 구두를 벗긴 가장의 발을 씻겼다. 게비예는 끄집어낸 속옷 소매로 발을 씻겼다. 그다음에 세 사람 모두가 무릎 꿇고 씻긴 발에 입을 맞추었다. 우리가 큰 징벌실에 들어갔을 때 먼저 받은 인상은 공포였다. 어둠 속에서 꼼짝 않는 가장들의 동체가 빛나고 있었다. 오줌과 땀과 크레졸*과 인분 냄새가 섞여 있었다. 그들은 꽃 같은 입술에서 침과 욕설을 토해냈다. 거기에 있던 로랑크는 남몰래 앙젤로를 사랑했음이 틀림없다. 그는 그 소년을 들로프르의 심술에서 보호하려고 했다. 그런데 오히려 소년 쪽에서는 로랑크가 진정한 가장이 아니라고 느꼈다. 로랑크가 말했다.

　"그를 내버려 둬. 귀찮게 하지 마."

---

* 　소독제, 방부제 따위로 쓰이는 액체

들로프르는 처음에 주저했으나, 잠시 후 앙젤로에게 자기 콧구멍을 혀로 핥으라고 시켰다. 로랑크가 다시 말했다.

"들로프르, 그를 놔두라니까!"

그러자 이번엔 들로프르가 화를 냈다. 그는 말했다.

"이 병신아! 네 바지나 신경 써!"

그는 성을 냈다. 건드릴 필요가 없었다. 그의 심술부리는 행태가 주먹으로 얼굴을 갈길 것처럼 두려움을 야기했다. 속에서 격한 분노가 일어나서 신체 기관에 교란이 발생할 것 같았다. 그는 어떤 독약이나 파충류와 단도("자비(慈悲)"라고 불리는 종류의 단검)의 날카로움에서 볼 수 있는 예리함과 사악함을 지니고 있었으나 그의 심술만은 나를 징벌실로 끌려가도록 잘못으로 인도했다. 그의 심술은 보석 반지의 단단함과 날카로움, 침착함을 지니고 있었다. 발작이 일어났을 때, 그의 심술은 살인도 할 수 있었다. 그런 의미에서 살인의 흉기가 될 수 있는 그의 심술에 대해 말하고 싶다. 아르카몬의 눈에 비친 들로프르는 의도적인 악의를 지닌 살해된 소녀의 얼굴 모습이었으며, 당신들의 불행을 야기한 모든 사물의 모습을 띠었다. 그래서 아르카몬은 증오심 없이는 들로프르의 얼굴을 쳐다볼 수 없었다.

앙젤로가 부드럽게 들로프르에게 접근했다. 그는 로랑크를 보고 웃으면서 말했다.

"왜 쓸데없이 남의 일에 간섭하지?"

그는 자기의 기사에게 반항할 결심을 함으로써 들로프르의 은총을 받을 기회를 포착하고자 했다. 로랑크는 입을 다물고 있었다. 벌받는 녀석에게 업혀서 구역질 나는 거래를 성립시켰다. 앙젤로는 혀끝으로 그 녀석의 콧구멍을 닦았다.

내가 이 장면을 환기할 수 있는 것은 그 일이 징벌실 내에서 행해졌기 때문이며, 그 징벌실이 이곳 퐁트브로에서 우리가 갇혀 있던 징벌실과 모든 점에서 닮았으며, 또 거기서 어떤 사랑 이야기의 결말을 들었기 때문이다. 징벌실에는 십여 명의 죄수가 있었지만 뷜캉과 내 우정을 알고 있는 자는 없는 듯했다. 그들 가운데 이전에 제6반의 간수 보조원을 한 자가 눈에 들어왔다. 내게 제6반은 아직도 신비로운 반으로 기억된다. 한 번도 그곳에 간 적이 없지만, 뷜캉은 거기가 로키의 반이었기 때문에 나 몰래 몇 번 간 적이 있다. 나는 간수 보조에게 로키를 아느냐고 물었다. 그는 안다고 대답했다. 그는 자세히 설명해주었다.

"몸이 호리호리하고 키가 큰 사내였지. 괜찮은 친구였어. 그를 잘 알아. 레섬으로 떠났지. 하지만 가기 전에 여기서 결혼식을 올렸어. 그렇게 오래되지 않았어."

합법적인 결혼! 갑자기 내 앞에 신부 뷜캉이 소매가 긴 하얀 비단을 감은 어깨를 내놓고 말끔히 면도한 얼굴에 오렌지 꽃을 장식하고 두 팔로 흰 백합 꽃다발을 들고 있는 영상이 떠올랐다. 가슴이 미어지는 듯했다. 내가 이처럼 괴로워하며 감동하는 것은 메트레의 별빛 아래서 거행된 결혼식을 상기했기 때문이다. 마음속에서 사라져가던 로키의 이미지가 붉은 카펫과 초록의 화분을 배경으로 연미복을 입은 신랑 신부의 이미지와 뒤섞였다. 어떤 위안과 평화로운 기분이 몸속으로 퍼지는 것이었다. 로키가 형무소 안에서 결혼했다는 것은 그가 더는 뷜캉을 사랑하지 않았다는 게 분명했기 때문이다. 뷜캉은 이 결혼식을 알고 있었으며, 틀림없이 분개했을 것이다. 나로서는 그가 나를 경멸한 것에 대해 복수한 기분이 들었다. 동시에 나와 로키, 루 뒤 푸앵 뒤 주르, 봇차코, 디베르 등 다섯 명이 클레오파트라를 차지하기 위해 다투는 전사들처럼 야수와 같은 우정을 맺지 않은 것이 안타깝게 여겨졌다. 만일 그렇게 되었다면 우리 다섯은 주사위나 카드로 점을 쳐서 정해진 한 사람에게 우리가 가진 모든 것을 바쳐서 뷜캉과의 하룻밤 사랑을 샀을 것이다.

메트레에 남았으므로 나는 선량한 축에 끼었다. 내가 비천한 자에게 친절을 베풀었다면 그 친절은 사랑하는 사람에 대한 성실성에서 나왔을 것이다. 만일 내가 부유한 북극의 고독 속에서 성장했다면 내 영혼은 꽃피지 않았을 것이다. 왜냐하면 나는 억압받는 자들을 사랑하지 않았기 때문이다. 나는 사랑하는 자들을 사랑했을 뿐이다. 그들은 언제나 아름다웠다. 때때로 억눌려 있을 때도 언제든 반항하며 꿋꿋함을 유지한 자들이다. 살아오는 동안, 즉 사십 년 동안 소년들과 천사들 사이에서 생활하다 보니 세상사에는 무지하게 되었다. 소년들을 고문하는 자에게 당연히 소년의 체취가 옮겨졌다.

비앵보는 징벌 본부의 지배자였다. 그의 입술은 꽉 다문 이빨 위에 닫혀 있었다. 그의 검은 눈동자는 번뜩이는 안경 뒤에 가려져서 보이지 않았다. 그는 유별나게 계절에 상관없이 하늘색 비단 리본을 두른 폭 넓은 노란 밀짚모자를 쓰고 있었다. 비앵보는 작은 독방에 갇혀 있었다. 그 방에는 우리가 선임자의 구령에 박자를 맞추며 돌던 징벌 본부 뜰을 향한 창이 있었다. 그는 철창 사이에 몸을 숨긴 채 하루에 한 번 나오는 수프 배급표에 비틀거리거나 지껄이는 소년들을 표시해두었다. 여름이 되면, 그는 햇볕에 지쳐 있는 우리를 바라보며 차가운 물로 채워진 대야에 세 시간 동안이나 발을 담그고 있었다. 그는 끝내 병으로 죽었다. 감화원의 모든 소년이 메트레 공동묘지로 따라간 것은 좋았으나, 예배당을 나올 때 악대의 지휘자가 장송곡의 지휘봉을 흔들자 감화원의 쾌활한 영혼들은 침묵의 〈마르세예즈*〉를 부르며 소동을 일으켰다.

퐁트브로 중앙 형무소의 본질과 중심을 이루고 있는 것은 바로 징계실이었다. 마찬가지로 메트레 감화원도 징벌 본부가 그 기능을 했다. 모든 애정의 힘은 그곳에서 발휘되었다. 더 깊은 어둠 속에서 몇몇 감방장은 쉽게 멈추지 않는 강력한 움직임을 준비하고 있었다.

뷜캉과 봇차코의 죽음은 그들을 성인으로 추앙받도록 했다. 모든 성스러운 의식에는 악마적 훼방꾼이 존재하는 법이다. 이번 경우에는 루 뒤 푸앵 뒤 주르가 그 역을 맡았다. 그가 말했다.

"뭐야? 봇차코라고? 그는 멍청한 놈에 불과한데 말이야!"

---

* 프랑스의 국가(國歌)

"무슨 얘기야?"

"담비 녀석에게 물어봐. 같이 작업한 적 있으니까. 봇차코는 도둑
질할 때 몰래 들어간 아파트에서 편지조차 끄집어내지 못했어. 겁
이 났던지 감히 읽지도 못했어! 여려 터져서 말이야. 그런 녀석을 거
물로 취급하다니!"

빌캉의 죽음은 비록 내 앞에서만 장엄해 보였지만, 나는 언제든
다가갈 수 있도록 마음속에 그의 죽음을 간직하고 있었다. 독자들
은 내 말에 귀를 기울여주기 바란다. 징계실의 규칙에 따라 우리는
격리되었다. 나는 그와 다시 만날 수 없다는 걸 알고 깊은 절망에 빠
졌다. 그를 얼마나 사랑했던가! 밤에 자위하면서 그의 이미지를 활
용하는 것이 불가능했다는 점에서 사랑의 크기는 더욱 크게 느껴졌
다. 시간이 흘렀다. 그러나 며칠 만에 죽음은 그를 영웅으로 만들었
다. 그는 쉽게 접근할 수 없는 존재가 되었다. 그의 불꽃이 꺼진 지
금, 침착한 기분으로 그를 사랑할 수 있으리라. 기억을 더듬어보면
우리 두 사람의 모험은 보다 인간적인 모습을 띠었다. 그에게서 냉
혹함이 물러나고 부드러움이 드리워졌다. 그의 동작들 하나하나,
특히 가장 난폭한 행동도 유연하게 변했다.

내 기억 속에는 내게 위안을 주던 것들, 이를테면 그의 경멸과 동
시에 간헐적으로 은근히 보여준 애정의 언어만 남았다. 또 그의 잔
혹 행위에 대해서도 유산(乳酸) 용액에서 피어나는 김처럼 부드럽
게 느껴졌다. 그 부드러움이 단단한 대리석을 녹여 균열을 발생시
킬 수 있었다. 나는 나를 사랑했던 소년을 사랑했다고 생각한다. 그

는 매우 다정했기 때문에 관능적이었다. 그가 죽어버린 지금 내가 그를 즐기고, 그와 함께 즐기는 일체의 것을 방해하는 것은 아무것도 없다. 그의 죽음이 그를 범할 수 없는 존재로 만들기는커녕 오히려 그를 쉽게 범할 수 있는 존재로 만들었다. 나는 오늘 밤에도 그의 유령이 고백하도록 강요할 수 있었다.

"내 똥구멍에 형의 기둥을 붙잡을 수 있는 손이 달렸으면 좋겠어!"

그리고 몸짓을 더 수월히 하려고 빌캉을 영웅과는 달리 보이게 하는 모든 기호를 모아보았다. 나는 우리가 만난 지 구 일째 되던 날 그가 잔 다르크 가족의 어느 소년이 처음으로 자신을 사랑했던 모습을 이야기하면서 익살스럽게 놀란 표정을 짓던 모습을 유쾌하게 떠올렸다. 그는 그때 부모들이 흔히 앵두 씨를 삼켜버린 아이에게 배 속에서 그 씨가 싹을 틔우고 나무로 자랄 거라고 말하듯 놀렸다고 했다. 정자 속의 씨가 체내에서 싹 트고 어린애를 발육시킬 수도 있을 것이다. 나는 메트레에 있을 당시 그가 밭에서 일하는 작업반에 속해 있었음을 기억해냈다. 그 역시 겁쟁이 반에 속해 있었다. 하지만 그 사실은 그의 매력에 아무런 영향도 끼치지 못했다. 오히려 매력을 증가시켰다. 어떤 겁쟁이인들 감방장의 마음을 홀리려고 들지 않았을까?

윈테는 미모가 강력한 무기였다. 그에게 홀린 가장이 한둘이 아니었다. 그 때문에 그는 열두 개의 페니스에 뚫리는 괴로움을, 그것도 거의 공공연하게 당하는 수모를 겪었다. 몇 년 후 그가 젊은 남색자 시절 파리에서의 경험담을 늘어놓을 때, 지난날의 수치심에서 나온 섬세한 감정이 목소리와 얼굴을 다소 떨리게 했고 몸서리치게 만들었다. 난폭한 행동의 그림자에서 수치심의 흔적이 엿보였다. 몸에 상처 난 적이 있던 곳을 비비면 어떤 종류의 흔적이든 드러나는 법이다.

그의 예쁘장한 얼굴과 연약한 모습이 그를 소유했던 감방장들을 자극했다.

"방금 귀여운 계집을 한 방 먹이고 왔지."

디베르가 말했다. 그리고 이렇게 덧붙였다.

"너도 언젠가 그 깡패들의 장대에 찔리겠지."

윈테는 창녀의 비참한 꼴을 그다지 맛보지 않았다. 나는 대공(大公)처럼 멋진 이 소년을 우리에게 투영된 초자연적인 궁전에서 볼 수 있다면 얼마나 좋을까 몽상했다. 그 궁전은 동굴 속의 고상한 하늘에서 솟아오른 기둥서방들의 음경, 가슴, 허벅지, 엉덩이, 발톱 속으로 깊이 빠져 허우적대며 수치심이 사라질 때까지 높이 올라가는 세계를 의미했다. 윈테는 덜 아름답게 보이기 위해 고의로 눈썹을 자를 정도였다. 그는 가족을 바꾸거나 겁쟁이 패에 들기도 했다. 나는 그가 열두 명의 기둥서방들의 정액으로 범벅이 되어 눈물을 흘리는 것을 본 적이 있다. 그는 C 가족으로 옮겨졌다. 그곳은 거의 모든 사람, 즉 두 사람의 큰형들까지 계집애 역할을 하는 이상한 가족이었다. 하나는 B 가족의 어떤 가장의, 또 하나는 A 가족의 어떤 깡패의 깔치 노릇을 했다. 이 두 깡패는 C 가족 전체를 보호해주었고 구성원들에게서 존경을 받았다. 이것을 빌미로 어린 두 계집이 식당에서 나막신을 질질 끄는 겁쟁이 녀석을 벽에 세웠다. 그리고 마른 빵을 처먹으라며 고함을 질렀다.

"바보같이 따먹히고 야단법석이야!"

그 멋진 자만심이 미소와 반항심을 억눌러버렸다.

나 자신이 과연 자발적으로 악의적인 언행을 몸에 붙일 수 있는지 어떤지 알 수 없었다. 일반적으로 시인은 말과 문장의 형태로 특히 자기 앞에서 처음으로 그것들을 발음하고 표현하는 자에게서 영향을 받지 않을 수 없다. 언젠가 말한 그 기괴한 몸짓으로 디베르가 웃으며 말했다.

"이리 와. 귀여운 암고양이! 혀로 콧구멍을 핥아줄게."

그는 말을 하면서 나사송곳 모양으로 혀를 움직였다. 디베르는 수컷만이 할 수 있는 몸짓을 지니고 있었다. 식탁에서 의자에 앉을 때 지금까지 하던 식으로 의자의 양쪽을 들어서 옮기지 않고, 그의 방식대로 가랑이 사이에 한쪽 손을 넣어 앞으로 의자를 잡아당겼다. 분명 수컷의 동작이었다. 나는 그런 자세가 가능할 것 같지 않아서 말을 탄 기사가 좀 거북해하는 것처럼 움직여보았다. 그 이후부터 늘 그런 동작을 취했고 지금은 익숙해졌다.

디베르는 삼 년간 백여 명의 청소년들을 수용한 감화원에서 최고로 잘생긴 미소년이었다. 이런 짓을 하는 것은 오직 그에 국한되었지만, 그는 대담하게 바지를 수선하여 음경이 드러날 정도로 꽉 달라붙게 입고 다녔다. 그의 기둥은 완전한 형태를 이루고 있었다. 기둥은 때때로 전율했고, 그 진동이 옷으로 옮겨 가고는 했다. 불알은 엄청나게 컸다. 그 살덩이는 매우 팽팽해 결코 늘어지는 법이 없었다. 그는 성기를 아래쪽이 아니라 앞에 세우고 있었다. 그의 태도는 감화원에서 구심점이 되었다. 그가 눈에 보이지 않을 때도 그 부분은 언제나 눈에 선했다. 이상하게도 디베르의 단순한 동작들, 가령 한쪽 팔을 든다든가, 주먹을 쥔다든가, 뛴다든가, 그물 침대 위에 말 타듯 걸터앉는다든가, 오른발을 앞으로 내민다든가 하는 동작들, 또는 외견상 누구의 눈에도 해를 끼칠 것 같지 않은 몸의 부분, 예를 들어 노출해 있거나 옷에 감춰져 있는 팔, 우락부락한 팔목, 목, 어깨, 특히 거친 옷감의 바지가 뚜렷하게 드러내고 있는 자랑스러운 종아리(사실 소년들 가운데 강한 녀석들과 아름다운 녀석들만이 바지에 어울리는 종아리를 갖고 있었다) 등으로 우리는 직감적으로 그라는 걸 알았다. 여기에 아르카몽의 울퉁불퉁한 근육도 덧붙여야 할 것이다. 아름다움이 그의 힘 속에 고스란히 간직되어 있었다. 거기에는 위엄이 넘쳤다. 하여튼 디베르는 은근히 손바닥으로 바지 종아리 부분을 눌러서 주름을 만들어 헐렁한 바지를 몸에 맞게 조정했고, 작업복이 맵시 있도록 바지의 무릎 부분을 펴기도 했다. 사실 이런 행동은 발기하고 싶을 때 수시로 했다. 그래서 우리는 디베르의 한 부분만 봐도 그것이 그의 고귀한 성기의 상징물이라는 것을 알았다.

엄지손가락 아래에 다섯 개의 푸른 점으로 문신한 녀석들은 '짭새들아 엿 먹어라!'라는 뜻으로 그렇게 새기고 다녔다. 그러나 디베르의 주먹 위에 있는 문신은 멀리 성서나 신화에까지 거슬러 올라가 아주 엄숙한 의미를 띠고 있었다. 다섯 개의 점은 무슨 종교인지는 알 수 없었으나 아무튼 어떤 종교에 헌신하는 승려의 장식이었다. 나는 처음으로 노래에 감정을 실어 부르는 음악가의 마음을 이해하게 되었다. 디베르의 몸짓을 통해 들은 멜로디를 악보에 옮기고 싶었다.

우리가 식당에서 계단으로, 강당에서 각 가정으로 열 지어 갈 때 디베르는 가끔 내 뒤를 따라왔다. 그는 나와 발걸음을 맞추면서 거의 달라붙을 정도로 다가왔다. 그의 오른발이 내 오른발을 차면서 우린 앞으로 나아갔다. 이어서 그의 왼발이 내 왼발에, 그의 가슴이 거의 내 어깨에, 그의 코가, 그의 입김이 내 목에 달라붙었다. 마치 그에게 안겨 있는 기분이었다. 나는 이미 그의 밑에 깔려서 그가 나를 범하고 있다는 착각에 빠졌다. 그는 온몸으로 나를 누르고 가니메데*의 독수리처럼 나를 껴안았다. 그와 함께 보낸 네 번째 밤의 정사 행위와도 같았다. 나는 그날 밤 충분히 준비를 했기 때문에 그를 마음껏 내 안에 받아들일 수 있었다. 그의 거대한 몸이 내 위에서 무너졌다. 마치 하늘 전체가 등 위로 떨어지던 것처럼. 그의 손톱이 내 어깨에 걸렸고, 그의 이가 내 목덜미를 물었다. 그의 모습이 내 마음속에 심어졌다. 내 몸속에서 싹을 트고, 거기에서 무거운 가지와 잎을 펼쳤다.

---

* 트로이의 왕자로 그의 미모를 사랑한 제우스가 독수리가 되어 그를 올림포스 신의 자식으로 삼았다.

(그가 입고 있던 흰 속옷의 살짝 벌어진 틈 속으로 청백색 줄무늬의 수영복 끝자락이 보였다. 어떤 충실성이 그의 살갗을 수병의 살갗으로 유지토록 했을까? 여자의 옷 안으로 비치는 속옷 끈을 보고 열광하는 남자의 기분을 이해할 수 있을 것 같았다. 나는 디베르의 세련된 몸짓과 번지르르한 말, 속옷에서 보이는 청백색 삼각형만큼 감동적인 메트레 감화원의 여러 장소를 상기했다.)

가장들이 각기 공동 침실의 한쪽 끝에 만들어진 작은 방에서 취침한다는 것을 이미 말했다. 어떤 경우에도 우리는 벽에 붙은 조그만 미닫이 유리창으로 우리를 염탐하고 있는 감시자의 눈을 따돌릴 수단을 찾아내야 했다. 다니엘의 신속한 동작, 성급한 태도 등 몸 전체의 움직임은 은밀한 동시에 오류투성이였다. 그의 몸짓과 시선은 재빠르고 단순했다. 올바른 것이기에 솔직하다고 말할 수 있었다. 이러한 성격의 혼합은 드물지 않았다. 그 혼합은 뷜캉에게서도 발견되었다. 소년들은 유연성에서 활력으로 급히 변화할 줄 알았는데, 거기에 순수성이 배어났다. 어느 날 밤 다니엘은 물건을 훔치기 위해 그물 침대 밑을 기어 다녔다. 원생들끼리는 절대 서로 물건을 훔치지 않았다. 혹시라도 그 짓을 하다가 힘센 녀석에게 걸리면 턱이 부서지는 결과를 초래했다. 그래도 깡패인데 약하다는 이유로 밤중에 훔칠 필요가 있을까? 그들은 낮 동안에도 원하는 물건을 주인에게서 점잖게 '훔칠' 수 있었다. 그래서 나는 다니엘을 보았다.

다음 날 아침 식당에서 기도한 후 수프와 검은 빵으로 아침 식사를 하려던 참에 누군가가 가장의 시계와 담배를 훔친 사실이 밝혀졌다. 그날 밤 다니엘은 점호에 나타나지 않았다. 오후 3시쯤 그가 브러시 작업장에서 화장실로 가는 모습을 본 것이 마지막이었다. 그는 탈주한 것으로 간주되었다. 그러나 사흘 후 월계수 담쟁이 속에서 벌써 악취를 풍기고 있는 그의 조그만 시신이 발견되었다. 그는 이빨을 드러내고 한쪽 눈은 파이고 가죽 자르는 식칼에 열네 군데나 찔린 채 쓰러져 있었다. 다니엘이 그물 침대 밑을 방황하는 것을 나 혼자 봤다고 생각했기 때문에, 그의 죽음과 심야의 산책이 어떤 관련이 있는지 알 수 없었다. 일단 취침하기 위해 공동 침실에 누우면 내 눈은 움직이지 않는 파도의 바다 위에 떠 있었다. 나는 감히 정면에서 밤을 바라볼 수 없었다. 이제 막 그물 침대에 올라간 작은 아이들이 죽음의 신비를 떠맡고 있었다.

나는 들로프르가 사랑하고 있던 토스카노와의 우정 때문에 어두워지면 남의 눈을 피해 그의 그물 침대 속으로 스며들었다. 우리는 한 장의 모포 위에서 몸을 오그리고 누웠다. 서로 엉켜서 속삭였다. 토스카노에게 품은 우정은 아주 순수한 성질의 것이었기 때문에 그와 함께하는 밤은 완전히 정화된 기분이 들었다. 매일 밤 나는 빌루아와 함께 사랑을 나누었으나 의지보다 강한 정조 같은 것이 쾌락을 방해했고, 발기조차 못 하게 만들었다. 그러면 몸이 불편하다는 구실로 바로 내 침대로 물러났다. 토스카노를 찾으러 가기 위함이 아니라 그에게 바치고 있는 우정을 찾기 위함이었다. 그 이후 몇 차례 그는 그물 침대에서 내려오기를 거부했다. 그 안에서 몸을 웅크리고 있었다. 한번은 내가 떠나려 하자 귀에다 입을 대고 말했다.

"소년 수병들이 머리를 짧게 깎은 건 모르지?"

나는 그가 왕립 해군에 대해 말하고 있음을 곧 알아차렸다. 그러나 뭐라고 대답해야 할지 몰랐다. 나는 18세기의 해적에 관한 모험 소설도, 약탈 이야기도, 조난과 폭풍우나 반란, 그리고 돛대 위에서의 교수형 이야기도 많이 읽었고, 멋진 갑판에 대한 이야기도 알고 있었고, 럼주와 흑인 노예와 금과 말린 고기에 대해서도 알고 있었지만, 당시 소년 수병들이 머리를 짧게 깎았는지는 모르고 있었다. 나는 그들이 이투성이일 것이라고 상상했다. 어느 날 밤 토스카노는 담요를 갖고 내려와 나와 함께 얘기하기를 원했다. 아마도 그가 해골을 그린 '졸리 로저스' 해적단의 깃발을 내걸고 돛대가 두 개 달린 범선에 몸을 싣고, 또는 카리브해에서 일하기 위해 바다의 도형장을 빠져나가는 갤리선에 탔던 얘기를 막 끝냈을 무렵이었을 것이다. 이 즐거운 공상의 여행에서 돌아온 날 밤 그는 내게 다니엘이 가장에게서 훔친 은시계를 보여주었다. 어떻게 그 시계를 손에 넣었는지 물었으나 그는 대답하지 않았다. 경찰은 살인범을 찾아내려고 크게 소란을 피웠으나 파리에서 파견된 경찰이었기 때문에 세상에 흔한 살인 사건은 잘 해결했을지 모르지만 소년 세계와는 아무런 관련도 없는 수사를 했다. 이야기의 결말을 알게 된 건 브레스트 형무소에 있을 때였다. 나는 거기서 들로프르와 다시 만났는데 그는 우리가 보는 앞에서 익사한 토스카노 얘기를 매우 감동적으로 들려주었다. 마음이 너무 들떴는지 그는 자기가 다니엘 살해 사건까지 말하고 있는 걸 모르고 있었다. 그도 나처럼 다니엘이 가장의 방에 숨어드는 것을 보았다. 그는 도난 사건이 있은 다음 날 아침에는 아무 말도 하지 않았다. 다만 정오경 월계수 담쟁이덩굴 속으로 다니엘을 만나러 갔다. 그리고 훔친 물건을 나누자고 제안했다. 도둑은 거절했다. 싸움이 벌어졌다. 다니엘을 가죽 자르는 칼로 열네 군데나 찔렀다. (우리의 손에서 가죽 자르는 칼은 어떤 예리한 단도보다도 잘 들고 잔인하며 위험한 것이었다.) 그는 피투성이가 된 채 검은 월계수에 둘러싸여 살해된 것이다. 다니엘은 소리를 지르지 않았다. 싸움은 나뭇가지들 사이에서 조용히 전개되었다. 내게는 투렌의 벌판에서 죽음을 위로하는 머리칼의 장식도 없이 작은 시체들이 여린 혹은 근육질의 상반신과 팔을 드러내놓고 있는 것이 보일 뿐이다. 모두 입을 다물고 이빨을 꽉 문 채 이탈리아 방식으로 죽은 시체들. 살인은 감화원 복도, 오솔길, 어둠 속의 통로, 세 방향으로 열 지어 늘어선 무인상(武人像)의 대열과 만나는 어떤 네거리의 나무숲에서 행해졌다. 그곳은 열여섯 살 소년의 영웅적인 출현으로 라신 비극에 나오는 궁전의 회랑이 되었다. 들로프르는 나중에 피우려고 담배를 숨겨 두었다. 시계는 자기 깔치에게 주었다. 나로서는 감방장을 사랑하지 않은 그 계집의 용기를 찬양하지 않을 수 없었다. 그 소년 계집은 비록 감방장을 사랑하지 않았지만 그를 배반하는 말은 결코 하지 않았다. 단 한 번 내게 그 시계를 내보이는 경솔한 짓을 했을 뿐이다.

툴롱으로 출발하기 일주일 전 H 가족의 빌루아가 드러내놓고 나를 배반했다. 나를 방 루아에게 팔아넘긴 것이다. 방 루아는 석방되었다가 죄를 짓고 다시 감화원으로 돌아온 감방장 녀석이었다. 나는 비로소 빌루아가 억지로 내 입속에 찔러 넣었던 치즈의 출처를 알게 되었다. 내 몸값이었던 것이다. 방 루아는 나를 넘겨받기 위해 삼 개월간 배급을 먹지 않았다. 그리고 지참금을 지불하고 나를 소유할 궁리만 했다. 매도 증서는 작성되지 않았지만 어느 날 밤 뜰에서 들로프르, 디베르, 그 밖의 다섯 감방장 앞에서 빌루아가 나를 방 루아에게 양도한다고 발표했다. 입회인 중 누구든 불만이 있다면, 방 루아에게 달려들기 전에 우선 그와 싸워야 했다. 나는 잠시 디베르가 발언을 할지 두렵기도 했고 그러기를 원하기도 했다. 그는 가만히 있었다. 또 다른 녀석들은 이미 방 루아를 본 적이 있었기 때문에 아무런 문제가 없다고 수긍했다. 그러자 방 루아가 등 뒤에서 팔과 다리로 나를 거칠게 끌어안았다. 그날 밤 그는 내 몸을 뚫었다. 그러나 한 달쯤 지나자 다른 어린아이에게 마음이 끌렸던 모양이다. 그는 나를 디베르에게 양도했다. 이렇게 해서 디베르와 나는 앞에서 말한 결혼식을 거행한 것이다.

들로프르는 파리 출신이었다. 그는 지하철에서 질식 사고가 발생했을 때 주의할 사항을 써놓은 이상한 포스터를 읽은 것 같다. 나는 메트레에서 칠월을 세 번 보냈다. 그중 어느 때인지 확실하지는 않지만 칠월(아마도 두 번째일 것이다) 어느 오후에 우리는 악대를 선두로 산 아래로 흐르는 강으로 내려갔다. 조그만 목욕용 팬티를 들고 말이다. 우리는 몸을 수건으로 닦기보다 햇볕에 말리는 것을 더 좋아했다. 하얀 플라스틱 칼라에 검은 넥타이를 맨 간수 앞에서 옷을 벗었다. 들판을 가로지르는 강가에서 깡마른 몸을 물과 태양에 내놓고 있는 4백 명의 소년들은 너무 사랑스러웠다. 강은 깊지 않았다. 토스카노는 들로프르와 좀 멀리 떨어져 있었다. 갑자기 토스카노가 물속에서 사라졌다. 들로프르가 안고 나왔을 때 그는 이미 숨져 있었다. 들로프르는 그를 목장의 풀밭에 내려놓았다. 우리 B 가족 소년들은 대부분 가장과 떨어져서 그곳에 있었다. 모두 어쩔 줄을 몰랐다. 들로프르는 토스카노를 눕히고 그 위에 올라타더니 지하철의 포스터가 가르쳐준 대로 리듬에 맞춰 인공호흡을 실시했다. 포스터에는 묘한 그림이 그려져 있었다. 배를 깔고 엎드려 있는 사람의 등에 어떤 젊은이가 말 타듯이 앉아 있는 그림이었다. 한순간 필요에 의해 가져온 그림에 대한 기억이 들로프르에게 음탕한 느낌을 준 것인지(후일 그는 그렇게 말했다), 아니면 자기가 취한 자세 때문에 이상한 기분이 들었는지, 아니면 죽음이 가까이 다가왔기 때문인지 그는 발기되었다. 리듬에 맞춰 반복하던 인공호흡이 처음에는 절망적이었으나 나중에는 광적인 희망으로 바뀌어 기대감이 커졌다. 들로프르의 동작이 느려졌다. 느려질수록 이상한 힘이 덧붙여져 그 동작에 정신적인 생명력이 깃들어 있는 것 같았다. 푸른 초원 위에서 햇볕에 벌거벗은 몸을 말리면서 우리는 불안하고 걱정하는 영혼들로 원을 형성하고 있었다.

대부분이 서 있었다. 몇 명은 앞에서 몸을 숙이고 있었다. 우리는 잔 다르크가 죽은 어린애들에게 생명을 되찾아준 것처럼 기적을 보는 것이 아닌가 하고 가슴이 두근거렸다. 들로프르는 토스카노에게

생기를 불어넣기 위해 자기의 심부에서 생명력을 끄집어내는 것 같
았다. 사실 그는 정오의 강력한 대자연과 하나가 되어 긴밀한 관계
를 맺고 있었다. 오, 그의 친구가 죽지 않기를! 매장하는 날 관 뒤에
서 그가 죽음의 아르키미메*의 열광적인 역할을 완수하면서 본능
적으로 토스카노의 얼굴 위의 웃음, 버릇, 습관적인 팔의 동작 등을
재현했는지는 확실하지 않다. 들로프르의 페니스는 죽은 소년의,
물에 젖은 팬티 속 엉덩이에 닿아 있었다. 모두 그 광경을 보고 있었
으나 아무도 말하는 자가 없었다. 그때 들로프르는 친구를 소생시
키기 위해 휘파람을 불며 노래하는 시늉을 할 수도 있었을 것이다.
예전에 뷜캉이 기둥서방을 위해 휘파람을 불었던 것처럼.

　(나는 뷜캉을 언급하면서 "예전"이라고 말했다. 그 이유는 지금 내게 뷜캉
의 존재가 감화원의 모든 추억을 주관하고 있기 때문이다. 그는 추억의 아버
지다. 즉 그는 누구보다도 선임자였다.) 그의 기둥서방은 섹스하기에 앞
서 뷜캉에게 천천히 휘파람으로 탱고곡을 불게 했다.

　"아, 자노! 정말 이상한 녀석을 봤어."

　뷜캉은 웃으면서 말했다. 나는 웃지 않았다. 왜냐하면 그 웃음이
어떤 지역의 의식을 상기시켰기 때문이다. 방데 지방의 농민들은
교미시킬 당나귀 수놈을 발정시키기 위해 바이올린이나 아코디언
을 들려준다.

　풀밭에서 들로프르의 동작을 비웃는 자는 아무도 없었다. 오히려

---

* 　고대 로마에서 장례식을 진행하던 중 죽은 자의 몸짓이나 말을 모방하던 어릿광대

신성한 행위로 보였다. 그는 마침내 전율하며 몸서리를 쳤다. 어깨의 물을 말리는 몸짓도 공포도 부끄러움도 아닌 욕정에 떠는 모습이었다. 그렇게 전율하면서 죽은 소년의 육체 위에 쓰러졌다. 그는 지나칠 정도로 슬퍼했다. 우리는 그를 진정시키기 위해 여자가 필요하다고 생각했다.

징계실을 거쳐 오면서 나는 매우 품위 있고 건장한 기둥서방들이 원을 도는 벌을 받다 지쳐서 땅바닥에 쓰러지는 것을 보았다. 작은 목소리였지만 그들이 중얼거린다는 이유로 가슴에 금장식을 한 간수들이 고대 로마의 투사처럼 커다란 몽둥이로 그들의 우락부락한 근육을 때렸다. 그들은 소리를 질렀다. 창녀처럼 비명을 지른 것이다. 그들의 비명은 기둥과 벽과 지하실을 뚫고 울렸다. 그곳은 인간을 변형시키는 학교와 다름없었다. 영화에서 고대 로마인들이 끊임없이 회초리로 노예를 때리는 것처럼 중앙 형무소의 지하실에서는 간수들이 반나체의 멋진 태양들에게 피가 날 정도로 매질을 가했다. 그들은 가죽 채찍 아래에서 몸을 비틀었고 신음하며 땅을 기었다. 그들은 호랑이보다 더 위험했다. 또 호랑이만큼 유연했고 교활했다. 어쩌면 매서운 눈초리로 간수의 복부를 가를 수도 있었다. 간수는 고문당하는 괴로움에 무심한 듯 언제까지나 지칠 줄 모르고 때렸다. 그들은 인간을 변화시키는 일을 잘 해나갔다. 하여튼 간수의 손아귀에서 기둥서방들은 치욕감으로 창백해진 얼굴을 들 수 없었다. 그들은 결혼을 준비하는 아가씨들처럼 수줍어했다.

퐁트브로 형무소에서 폭동이 일어난 것처럼 우리도 메트레에서 폭동을 일으켰다. 감화원 내에 비밀문서가 유포된 것은 아니었지만 기둥서방들은 모두 그 사실을 알고 있었다. 우리는 자유에 대한 희망보다 다른 어떤 것을 기대했다. 또한 자유에 대한 희망도 우리의 근간을 이루는 습관을 제거하지는 못했다. 사랑은 필연적인 것이었다. 그때 그 운동을 이끈 자는 리샤르였다. 그의 열정이 운동의 추진력이었다. 우리는 마음속으로 탈주하고 싶다고 생각한 적은 없었다. 다만 사랑의 힘으로 폭동을 바랐을 뿐이다. 어떤 빛나는 세속적인 삶이 존재한다고 가정했을 때, 즉 강도와 사기꾼, 뚜쟁이, 기둥서방들이 왁스를 바른 신발을 신고 행진하는 삶이 존재한다고 가정했을 때, 중앙 형무소를 제외한다면 구불구불한 복도로 이어진 동굴 같은 어두운 방은 결코 다시 찾아볼 수 없을 것이다. 우린 거기서 어슬렁거리며 돌아다녔다. 감화원은 사랑스러운 권위를 지니고 있었고, 우리는 폭동을 위한 폭동도 바라고 있었다. 이 폭동이라는 말을 집단적 탈주라는 의미로 해석하면 될 것이다. 감화원은 벽으로 둘러싸여 있지 않았기 때문에 어떤 폭발도 있을 수 없었다. 폭발물을 장치할 만한 마땅한 중심지가 없었던 것이다. 지금 내가 하는 말은 원생들의 생활이 결코 절박하지도 분노를 일으킬 정도도 아니었다는 걸 뜻하는데 설명이 제대로 됐는지 모르겠다. 어느 가족 내에도 폭발할 만한 분노가 축적된 분위기는 없었다. 그 이유는 그들의 머리와 심장에서 발하는 전류가 나무, 꽃, 공기, 전원의 도움으로 언제나 다양하게 발산될 수 있는 방법을 찾아냈기 때문이다. 우리의 생활에 긴장감이 있었다면 단순히 힘을 겨루고 서로 도전하는 소년들의 격렬한 태도가 유일한 원인이었다. 우리가 바란 것은 온종일 분노의 파도를 유발해 그 납덩어리의 무게가 더욱 무겁게 머리 위에 떨어져 억눌러주는 것이었다. 누구도 일이 많아 보이지 않았다. 기둥서방이 집적거려도 어린 계집들은 가만히 있었다. 소심해서인지 고자질하는 자도 배반도 없었다. 각 공동 침실 내의 마루판에서 서너 개의 못을 뽑으라는 지시가 떨어졌다. 빌루아가 주도한 짓이었다. 그리고 뚫린 마루에서 식당으로 내려와 밖으로 도망쳐 한 사람씩 흩어지도록 명령했다. 지령에는 분명히 한 사람씩이라고 되어 있었으나 우리는 바로 짝을 이루게 되리라는 것을 알았다. 이와 같은 일을 그렇게 확실히 계획한 것은 아니었다. 우리는 어리석게도 분명 성공할 것이라는 희망을 품고 있었지만 성공하리라는 보장은 없었다.

우리 사이에서 탈주 계획은 나흘간이나 비밀이 유지되었다. 모의하기 위해 소그룹으로 나뉘어 여기저기 벽에 모였다. 겁쟁이는 쫓아내거나 접근을 금지했다. 나는 우리에게서 어떤 비밀도 새어 나가지 않았다고 믿었다. 작전 개시는 일요일과 월요일 사이의 밤으로 정해졌다.

그날 오후 폭동의 리더를 맡은 일곱 명의 감방장이 방 루아와 디베르에게 배신당했다는 소문이 퍼졌을 때 내가 느낀 기분은 말로 표현할 수 없었다. 디베르는 당시 모두에게 존경받는 높은 지위의 강력한 감방장 위치에 있었다. 그는 언제나 싸움을 교묘하게 피해왔기 때문에 한 번도 패자의 모습을 보인 적이 없다는 장점이 있었다. 나는 그의 배반을 경멸했으나 그에 대한 사랑은 단념하지 않았다. 오히려 역으로 우리의 사랑을 더욱 강렬하게 키우고 싶었다. 경멸의 감정이 스며들 여지를 없애기 위해서였다. 그러나 다소 그와 멀어졌다는 느낌은 분명했다. 나는 거의 본능적으로 그의 시선을 피했다. 그때까지 내 얼굴은 언제든 태양 같은 그의 얼굴을 향해 달려갔었다. 이제 감화원의 모든 소년이 그의 비열함을 알게 되었다. 그런데 아무도 그를 비난하는 자는 없었다. 감화원은 나흘간 멋진 꿈의 시간을 경험한 것이었다. 감화원은 아직 꺼지지 않은 재가 뿜어내는 연기를 들이마시고 있었다. 그것만으로도 만족스러웠다. 그날 밤 바로 일이 터졌다. 감시와 반성의 시간이 채 삼 개월도 되지 않았는데 방 루아가 풀려난 것이다. 보통 일 년은 경과해야 했다. 이제 우리는 모든 것을 알게 되었다. 디베르의 가공할 만한 배반 행위는 가혹한 비난을 받았다. 그러나 그의 악행은 오래전부터 내 안에서 범해졌고, 그에게 품은 경멸은 온종일 마음속에 흔적으로 남았다. 내 본능은 틀리지 않았다. 즉 디베르가 진정한 수컷이 아니라 남자의 이름을 더럽히는 놈이라는 것을 깨달은 것이다. 방 루아의 배반을 알고 난 후, 내 눈에는 그가 더욱 위엄 있게 보였을 뿐이었다. 그는 동료들 가운데 가장 멋진 여섯 명을 에스 감화원으로 보내는 끔찍한 짓을 했다. 거기서 나는 가장 강한 기둥서방들이 밀고자였다는 사실을 알게 되었다. 이렇게 반복해 말하는 것은 스토클레가 내 탈주를 막았을 때도 상황이 같았기 때문이다. 즉 언젠가 그가 어느 기둥서방에게 바보 같은 거짓말을 하라고 꾀는 것을 보았을 때부터 그 징조를 알았던 것이다. 징벌 본부에서 맏형이 박자를 맞춰 걸어가지 않는 풋내기를 마구 때렸다는 등의 거짓말이었다.

"간수가 네게 마른 빵을 주지 않도록 일부러 훌륭한 사복 경찰을 붙여줬지."

나는 그들을 보면서 두더지가 구불구불하고 깊게 판 화강암 덩어리를 상상했다. 나는 기사 중에서 가장 고고한 척하는 자들, 가장 품위 있는 척하는 자들 사이에서 배반자가 생긴다는 것을 알았다. 그리고 디베르가 배반할 수 없었던 것은 본래 성질이 온순한 데다가 계속 겉모습에 집착하면서 억지로 강해지려고 했기 때문이라는 것도 알았다. 방 루아가 감화원에서 어떤 운명을 향해, 어느 항구를 향해 떠난 그날 밤, 나는 이투성이 녀석과 나눈 사랑의 순간을 황홀한 기분으로 되새겼다. 나는 그의 팔에 안겨서 잠들었다. 나는 디베르의 여자 이상으로 '그의 귀여운 애마'가 되었다.

진짜 폭동은 일 년 후에 일어났다. 내가 메트레 감화원을 떠난 해에 그곳에 들어간 기(Guy)가 말해주었다.

그날 아침 작업장으로 가기 위해 모두 정렬해 있었다. 게팽이 검열하고 지나갔다. 누군지 이름은 잊었지만 라이터에 쓰는 부싯돌을 동료에게 주려다가 들킨 녀석이 있었다. 게팽이 다가가서 고함을 질렀다. 그는 부싯돌을 내놓으라고 말했다. 상대방은 듣지 않았다. 싸움이 벌어지려고 했을 때 그가 감방장이었기 때문에 다른 감방장들이 합세했다. 그러자 열 지어 서 있던 녀석들이 구경하려고 작업장 주임들의 만류나 기둥서방들의 제지에도 아랑곳하지 않고 열에서 이탈하기 시작했다. (게팽이 던진 말이 자신도 모르게 너무 문학적이었던지 기는 반복해 말했고, 가능한 한 투박하게 힘주어 발음했다.) 열은 형클어졌고 누군가 악을 쓰기 시작했다. 갑자기 한 녀석이 소리쳤다.

"불을 지르고 모두 도망가자!"

바로 소동이 일어났다. 간수들은 소년들의 기묘한 작전에 말려들었다. 몇몇 막사에 불이 붙었고 원생들은 도망가기 시작했다. 간수들은 꺼져가는 목소리로 살려달라고 애원했지만 결국 죽음을 피할 수 없었다.

"내게는 어린애가 있어. 어린애가 있다는 걸 생각해줘!"

가장 죄가 무거운 예순여섯 명이 십 년 형을 받고 유배지 에스로 보내졌다. 메트레를 떠날 즈음에 보낸 밤들은 몹시 불안했다. 어느 날 밤은 그때까지의 경험 중 가장 무서운 기억으로 남아 있다. 나는 어둠 속에서 잠이 깼다. 컴컴한 주변을 살펴본 후 그곳이 메트레라는 것을 알고 안심했다. 공포가 잠옷에 스며들었고 시트를 적셨다. 무시무시한 악몽을 꾼 것이다. 누가 공범이었는지 생각나지 않았지만 나는 어느 언덕 위에서 어떤 노파를 죽이는 장면을 목격했다. 잠에서 깨어났을 때는 노파가 지니고 있던 보석만 생각날 뿐이었다. 나는 땅에 떨어진 보석을 밟았고 구두 끝으로 진흙 속에 묻어버렸다. 그리고 공범자들이 뒤를 돌아보고 있는 동안 보석을 주웠다. 노파를 죽이는 데 무심히 참여한 한 녀석이 내가 그 일에 가담하지 않았다는 걸 눈치챘다. 오직 그 녀석만이 나를 본 것이다. 나는 그를 불신하지 않았다. 그래서 그의 눈앞에서 떨어진 보석들을 주운 것이다. 세 개의 반지였다. 어느 손가락에나 낄 수 있는 반지였다. 세 번째 것은 모양이 특이했다. 에메랄드인지 황옥인지 모르겠지만 손가락에 끼울 수 있도록 두건 모양으로 만들어져 있었다. 나는 그 반지들을 호주머니에 넣었다. 모두 값비싼 것이었다. 그런데 프랑으로 환산하면 지푸라기 정도의 금액밖에 되지 않았다. 그 청년은 내 행동을 말없이 바라보더니 내가 보석을 줍자 손을 내 어깨에 얹으면서 말했다.

"그 안에 무엇을 넣었지?"

나는 규정대로 붙들려 갔다. 그는 청년으로 가장한 경찰이었다. 처음에는 내가 단두대에 올라가리라고 전혀 생각하지 않았다. 그러나 점점 그런 생각이 엄습해왔다. 작은 물결을 타고 밀려온 공포가 나를 사로잡았다. 그 공포가 잠을 깨웠다. 나는 내가 여전히 감방 안에 있음을 알고 안도의 한숨을 내쉬었다. 그 꿈에는 진실이 스며 있었다. 꿈에서 깨어도 모든 게 꿈처럼 여겨지지 않았다. 왜냐하면 꿈이 전날 밤에 발생한 어떤 사건과 유사한 모습으로 나타났고, 그 사건의 연속인 것처럼 분명히 느껴졌기 때문이다. 나는 한 원생이 풀려나는 것을 이용하여 방 루아의 담배를 훔쳤다. 그리고 짚으로 만든 매트에 숨겼다. 석방된 원생이 기상 시간 이전에 공동 침실을 나왔기 때문에 방 루아는 도둑맞은 것이라고 생각했다. 그리고 그 소년에게 죄를 뒤집어씌웠다. 그는 몹시 화가 나서 매트를 전부 조사하자고 덤볐다. 그는 내 것도 조사했다. 거기서 담배를 발견했다면 나를 죽였을 것이다. 그러나 찾는 방법이 서툴렀던지 그는 아무것도 찾아내지 못했다. 그 꿈을 되새기자 꿈에서 깨어났을 때 나를 덮친 것과 같은 불안이 엄습해왔다. 그 꿈이 내가 지금까지 기술한 모든 이야기를 증명하는 에필로그라는 느낌이 들었기 때문이다. 즉 아르카몬에 대한 디베르의 배반, 내가 그를 돕고 용서함으로써 공범자가 된 평범한 사실에서 도발된 모험의 에필로그 말이다.

메트레에서처럼 이 꿈이 무(無)에서 탄생한 것이 아니라는 생각이 들었다. 지금의 모든 삶의 뿌리가 이 꿈속에 있으며, 꿈이 밖으로 피어난 꽃이라는 기분이 들었다. 나는 '자유로운' 그리고 '순수한' 개화라고 쓸까 하고 생각했다. 아, 그럴 수도 있겠군!

나는 들로프르의 신뢰를 얻기 위해 아무것도 하지 않았다. 그는 내가 기둥서방의 계집이었을 당시 토스카노의 친구였다는 걸 떠올렸는지 모른다. 어느 날 밤 그는 토스카노의 죽음에 대해 얘기하면서 자기가 그에게 빠져 있다는 끔찍한 고백을 털어놓았다. 그에게 유령을 믿느냐고 물었다. 그런데 그 말은 유령이 문제가 아니라, 그가 토스카노의 시체에 올라타서 행한 짓을 마음에 두고 한 말이었다. 시체 위에서 행한 이상한 의식은 모두의 눈에 모독으로 여겨졌듯이 그에게도 그렇게 보였을 것이다. 그는 수치심과 두려움 속에서 살았다. 시체를 간음했다는 두려움보다 거기서 쾌감을 느낀 사실에 대한 공포였다. 그 드라마 이후, 그는 비극 속에서 살아야만 했다. 어느 날 그가 말했다.

"내가 태어나는 것을 보는 기분이었어. 토스카노가 죽은 후 그 녀석의 배에서 나오는 느낌이었지. 내 머리는 그의 머리였어. 머리칼도 이빨도 눈도…… 모든 것이 그의 것이지! 내가 녀석의 죽은 몸속에서 살고 있다는 느낌이 들었어!"

그곳에 날카로운 발톱과 뒤엉켜 있는 내 꿈의 원천이 있었다. 이 갑작스러운 계시가 또 다른 계시를 낳았다. 나 자신이 디베르의 연장선상에 있는 것처럼 꿈이 다른 사건의 연속처럼 보인다면 우리가 아르카몬이 저지르도록 내버려 둔 범죄는 이전의 어떤 범죄의 연장, 반복이 아니라 차라리 연속선상에 있는 게 아닐까? 내가 디베르와 닮았다는 것을 나는 거의 모르고 지냈다. 왜냐하면 감화원에는 아주 소형의 손거울이 각 가족에게 하나씩 주어져서 일요일 아침마다 가장이 면도질하는 소년에게 빌려주는 것 외에 다른 거울이 없었기 때문이다. 이를테면 나는 내 얼굴을 전혀 몰랐다. 유리창에 비친 내 모습은 너무나 불분명했다. 게다가 디베르의 얼굴을 내 얼굴과 관련시켜 말한 아이들도 더는 그 사실을 기억하지 못했다. 어쨌든 나는 거기에 호기심이 갔는데, 우리 사이에 진정으로 혈연관계가 있어서가 아니라 그보다 더 긴밀한 혈연관계를 만들어낼 수 있다고 믿은 탓이다. 우리 사랑을 불륜의 근친상간으로 몰아가기 위함이었다. 나는 알아채지 못하게 그의 얼굴을 내 얼굴로 생각하면서 틈나는 대로 그를 바라보았다. 나는 그의 윤곽을 송두리째 마음속에 담아두려고 했으나 쉽지 않았다. 나는 눈을 감고 그의 얼굴을 생각해내려고 노력했다. 마침내 그의 얼굴을 통해 내 얼굴을 알게 되었다. 그는 나보다 키가 컸고, 나이도 두 살 위였다. 그는 열여덟 살, 난 열여섯 살이었다. 그러나 나이 차가 방해는커녕 오히려 나를 이 년 늦은 그의 복제품으로 인식하도록 했다. 가령 그가 스물네 살이나 스물다섯 살 정도에 한 뛰어난 행동들을 나는 스물여섯 혹은 스물일곱의 나이에 하도록 운명 지어진 것처럼 느껴졌다. 내가 그를 계승한 것이다. 나는 동일한 광선에 의해 투영되어 있었지만 그 모습을 스크린 위에 뚜렷이 드러내어 눈에 띄도록 한 것은 이 년 후 쯤이었다. 그 자신이 우리 둘의 신비로운 유사성을 말한 적은 결코 없었다. 혹시 모르고 있던 것은 아닐까.

지금으로서는 그가 나보다 훨씬 잘생겼다는 것을 알고 있다. 그러나 내 외로움이 우리가 닮았다는 생각으로 몰고 가서 서로 혼동될 정도로 완벽하게 일치하기를 바랐다. 이처럼 C 가족의 두 맏형은 완전한 쌍둥이, 즉 단일한 생물 세포가 분열해서 태어난 쌍둥이, 하나였던 것이 칼을 맞고 둘로 쪼개진 것으로 여겨지는 쌍둥이가 서로를 바라보듯 상대를 바라보았다. 또 어떤 부부는 서로 사랑하면서 함께 살아온 결과 거의 우스울 정도로 닮아버렸다는 말을 듣고, 디베르와 내가 전생에 서로 사랑하면서 함께 늙어왔을 것이라는 몽상이 나를 도취시켰다.

앞에서 말했듯이 아르카몬과 디베르처럼 비밀리에 연결되어 있는 존재들이 형무소 내에서 자아내는 분위기에 나는 깊숙이 빠졌다. 아르카몬은 천천히 그리고 교묘하게 죽음을 우회하여 살고 있었다. 죽음의 세계에 살짝 들어갔다가 나왔다고나 할까. 의도적으로 언급하지는 않았지만 디베르와 나는 아르카몬의 죽음을 공감하고 있었다. 우리를 사로잡았던 눈빛과 몸짓에 의해서였다. 내가 인정한 뷜캉의 특이한 순수성과 그를 장식하던 번쩍이는 광채와 강직한 영혼이 아르카몬을 향한 열망과 운명에 승천의 모습을 띠게 했다. 나 역시 그를 향해 올라가는 느낌을 받았다. 이 느낌은 당연히 그를 빛나고 높은 곳으로 떠받드는 결과를 낳았다. 그 계단 꼭대기에서 나를 기다리고 있는 뷜캉의 모습으로 말이다. 그러나 이 해석은 잘못된 것이다.

일반적으로 성스러움이 자기의 우상을 향해 승천하는 데서 나온다면, 나를 아르카몬 쪽으로 이끄는 성스러움은 분명히 정반대 쪽에 있었다. 나를 이끌고 가는 행위도 당연히 하늘로 이끄는 행위와 전혀 다른 체계 속에 있었다. 덕행과는 전혀 다른 길로 그에게 도달해야 했다. 화려한 범죄를 저질러 그에게 다가갈 의도는 없었다. 디베르의 몸에 밴 비열함, 그리고 우리 두 사람의 의지를 합친 더욱 큰 비열함이 하늘과 정반대 방향인 암흑을 향해 머리부터 거꾸로 처박는 것이었다. 암흑이 깊으면 깊을수록 더욱 번쩍거릴 것이다. 즉 검으면 검을수록 더욱 아르카몬에 가까워질 것이다. 나는 그가 받은 고문도, 그에 대한 디베르의 배반도 기쁘게 받아들였다. 우리는 점점 소녀 살해 사건과 같은 끔찍한 사건을 저지를 수 있게 되었다. 일반적으로 사람들이 파렴치라고 부르는 어떤 종류의 행위를 알았을 때 맛보는 기쁨을 사디즘과 혼동하지 말기 바란다. 가령 십오 세의 소녀를 살해했다는 것을 알았을 때 내 기쁨은 섬세한 어린 소녀의 육체를 살해함으로써, 기성의 가시적인 미를 파괴함으로써, 새로운 미 또는 파괴된 미와 야만 행위와의 만남에서 발생하는 서정성을 얻는다는 기막힌 대담성에서 비롯한 것이다. 자기 동상의 꼭대기에서 미소를 띠고 있는 야만인은 주위의 그리스 걸작들을 말살하고 있는 것 아닌가!

아르카몽의 영향은 완벽하게 자기의 방향대로 움직였다. 그에 의해 영혼은 극단적으로 타락할 수 있게 되었다. 나는 보편적으로 통용되는 이미지의 말을 사용하고자 한다. 내 행동을 나타내는 이미지가 하늘의 성자들의 행동을 나타내는 이미지와 완전히 다르다고 해도 놀랍지 않다. 사람들은 성자들은 승천했고 나는 타락했다고 말할 것이다.

나는 그때 구불구불한 길을 달리고 있었다. 솔직히 말해서 그 길은 마음속의 길이요, 성스러움으로 향하는 오솔길이었다. 성스러움의 길은 좁았다. 또한 그 길을 벗어나는 일은 불가능했다. 일단 그곳에 발을 들여놓으면, 불행하게도 몸을 돌려 되돌아갈 수가 없었다. 인간은 신의 권능인 만물의 힘으로 성인이 된다! 뷜캉은 메트레에서는 겁쟁이였다. 그것을 기억하는 것이 중요하다. 나는 그 점을 좋아했기 때문에 그를 사랑한 것이다. 거기에 어떤 경멸도 혐오감도 끼어들 여지가 없었다. 그런 이유로 자기를 사랑한다는 걸 알았더라면 그는 나를 증오했을 것이다. 그는 내가 겁쟁이에 대한 사랑으로 가득 차 있다고 생각했을 것이다. 나는 그를 대리석처럼 난폭하게 다뤘다. 나는 뷜캉의 상스러운 언동 때문에 그를 사랑했다.

아르카몽에 도달하려면 미덕과 정반대로 가야만 했다. 또 다른 기호들이 내가 말하고자 하는 신비스러운 비전으로 조금씩 나를 데리고 갔다. 나는 황혼의 길을 걸으면서 "그 길은 언덕 뒤, 안개가 자욱한 골짜기 뒤에 있다"라고 중얼거리는 젊은이였다. 아프리카에서 캄캄한 밤에 총을 들고 싸우러 가면서 "저 바위 뒤에 성스러운 도시가 있다"라고 중얼거리는 군인과 같은 느낌으로 그를 유혹했다. 아마 그보다 더한 치욕 속으로 추락해야 할 것이다. 뷜캉의 소년 시절 추억 중 가장 괴로웠던 것 하나가 머리를 스쳤다. 뷜캉은 정열적이고 극단적인 기질 때문에 비극적인 인물이었다. 삶의 환경도 그를 비극적으로 만들었다. 그가 형무소를 사랑한다고 말했을 때(어느 날 아침 산책하던 중 주저하는 기색도 없이 그렇게 말했다), 나는 비로소 형무소 생활을 수용 가능한 삶의 형태로 여기는 사람들도 세상에 존재함을 알게 되었다. 나 자신이 형무소 생활에 만족하고 있다는 사실만으로 그 점을 믿기에는 충분하지 못했으나, 범죄자 중에 가장 아름다운 녀석이 형무소를 사랑한다고 주장하니 믿지 않을 수 없었다. 교회에서 신도들이 영성체의 제단으로 나아가는 모습처럼, 팔짱을 끼고 머리를 숙인 죄수들이 징벌실을 도는 중, 행정실에서 그들을 부르는 간수 또는 재판관 쪽으로 불쾌하다는 듯 이마를 찡그리고 흉측한 얼굴을 하는 것도 사실은 그들의 마음속에서 작동하던 몽상에서 갑자기 벗어났기 때문이다. 뷜캉은 자신이 생활하는 형무소를 사랑했다. 형무소가 그를 지상의 생활에서 떼어놓았기 때문이다. 나는 형무소와 대항해 싸울 힘이 없었다. 형무소야말로 선택된 대단원에 이르기 위해 운명이 취한 형태 그 자체였기 때문이다.

다른 녀석들이 인간의 원죄를 자기에게 부과하듯이 나는 뷜캉이 떠맡은 추악함 그 이상의 것을 내게 추가할 것이다. 내가 뷜캉을 사랑하고 있다는 것을 안 디베르는 내가 다음과 같이 기록하지 않을 수 없게 만들었다. 왜냐하면 내가 메트레를 떠난 뒤에도 디베르는 이 년 더 남아 있었기 때문이다. 그는 거기서 뷜캉을 만났다. 뷜캉은 풀려난 지 일 년 만에 범죄행위로 다시 감화원으로 돌아왔고, 그때 방 루아를 만났다. 내게 당시 이야기를 하던 디베르는 우리처럼 버림받은 자들의 그룹에 뷜캉이 들어오도록 소개하고 있다는 사실을 몰랐다.

나는 매우 고통스러운 심정으로 뷜캉의 얘기를 전한다.

나는 몸에 짝 달라붙는 바지를 입고 있었다. 그가 한 시간의 휴식 시간 동안 어떻게 간수의 눈을 피할 수 있었는지 지금도 궁금하다. 방 루아가 들로프르와 디베르를 포함한 일곱 명의 기둥서방들을 오두막 뒤뜰로 불렀다. 그리고 나를 동반하려고 내게 왔다. 그의 모습을 보고 때가 왔음을 직감했다. 마침내 나에 대한 처형이 집행되려고 했다.

그 순간 감화원은 지옥에서도 가장 견디기 힘든 동굴로 변했다. 그곳은 꽃, 나뭇잎, 꿀벌들에게는 양지였으나 불행이 스며들고 있었다. 나무도, 꽃도, 벌도, 잔디도 지옥을 장식하는 풍경에 불과했다. 그렇지만 향기는 여전했고 공기도 아직 신선했다. 거기에 불행이 깃들었다. 모든 것이 위기의 상태였다. 나는 스스로를 고문하기 위해 정신적 지옥으로 들어갔다. 방 루아가 입가에 살짝 미소를 머금고 내게 다가왔다. 아주 초연한 태도로 뜰 한쪽을 가리키며 말했다.

"자, 걸어!"

입술이 바싹 말랐으나 아무 말 없이 앞으로 걸어갔다. 변소를 향해 벽을 보고 섰다. 변소 근처에서 가장의 감시 아래 놓고 있던 녀석들은 우리를 볼 수 없었다. 게다가 그들은 휴식 시간 동안 그곳에 접근하지 말라는 명령을 받았다. 내가 나타나자 호주머니에 양손을 넣은 채 의논하고 있던 일곱 명의 기둥서방들이 갑자기 입을 다물었다. 방 루아가 카랑카랑한 목소리로 외쳤다.

"15미터쯤 앞으로 가. 그리고 거기 서!"

그도 자신이 말한 장소에서 나를 보고 섰다. 그가 소리쳤다.

"아가리를 열어봐! 이 창녀야!"

나는 꼼짝하지 않았다. 기둥서방들이 웃고 있었다. 나는 감히 디베르를 쳐다볼 수 없었다. 그러나 그도 다른 녀석들처럼 흥분하고 있다는 걸 알 수 있었다. 방 루아가 거듭 말했다.

"그 더러운 입 벌리지 못해?"

나는 입을 열었다.

"더 크게!"

그는 내게 다가와서 손으로 턱을 벌렸다. 나는 그대로 있었다. 그는 다시 15미터쯤 뒤로 물러섰다. 약간 오른쪽으로 몸을 기울였다가 겨누더니, 내 입을 향해 침을 뱉었다. 그리고 거의 무의식적으로 침을 삼키게 했다. 일곱 명은 재미있는지 소리를 질렀다. 그가 정확하게 겨냥하여 멋지게 침을 뱉은 것이다. 그는 가장이 눈치채지 않도록 동료들을 조용히 시켰다.

"자, 이번에는 모두 해봐!"

그가 소리쳐 말했다.

그는 웃고 있는 들로프르의 어깨를 잡더니 자기 자리에서 같은 동작으로 해보라고 떠밀었다. 여전히 웃음을 머금은 채 들로프르가 내 눈에다 침을 뱉었다. 일곱 명 모두가 따라 했다. 몇 번 반복한 녀석도 있었다. 디베르도 그들 가운데 있었다. 나는 지친 몸으로 입을 다물 여력도 없이 그들의 침을 입속에 받았다. 이 더러운 침 뱉는 놀이를 사랑의 유희로 바꾸고, 침을 장미로 바꾸는 것은 어려운 일이 아니었다. 그 몸짓이 같았기 때문이다. 운명이 모든 것을 바꾸어놓는 일도 어렵지 않을 것이다. 이미 운명의 놀이는 시작됐다. 소년들은 던지는 놀이를 하고 있었다. 행복을 던진다고 해도 그만 한 대가를 치러야 했을 것이다. 우리는 프랑스에서 가장 아름다운 정원 가운데에 있었다. 나는 장미꽃을 기다렸다. 나는 신이 뜻을 바꾸어 소년들이 나를 미워하지 않고 사랑하게 해달라고 기도했다. 그러면 그들이 놀이를 계속하겠지만 손에는 꽃을 가득 쥐고 있을 것이다. 방 루아의 마음속 증오의 자리에 사랑이 움트도록 하는 데 아주 작은 변화만으로도 충분할 것이다. 방 루아가 이 벌을 고안해냈다. 기둥서방들이 열광하자 그들의 활기와 열기가 내게 전달되었다. 그들은 점점 앞으로 나오더니 아주 가까이 다가왔다. 그런데 점점 과녁이 빗나갔다. 나는 그들이 가랑이를 벌리고 활을 잡아당기는 궁수처럼, 몸을 뒤로 젖혔다가 앞으로 가볍게 나가는 동작으로 침을 내뱉는 것을 보았다. 계속해서 얼굴에 침이 떨어졌다. 조금 지나자 얼굴에 정액이 묻은 것처럼 끈적끈적해졌다. 나는 고도의 진중한 태도를 취했다. 나는 더 이상 사람들이 돌을 던지는 간음한 여자가 아니라, 사랑의 의식에 사용되는 상징물이 되어 있었다. 그들이 계속해서 침 뱉어주기를 바랐다. 그 기분을 제일 먼저 눈치챈 것은 들로프르였다. 그가 몸에 꼭 달라붙은 내 바지의 앞부분을 가리키며 외쳤다.

"자, 녀석의 저기를 겨냥해. 거기가 번쩍이는군 창녀!"

이 말을 듣고 나는 입을 다물었다. 소매로 얼굴을 닦으려고 했다.

방 루아가 내게 달려들었다. 머리로 배를 들이받더니 벽으로 밀어붙였다. 다른 녀석들이 그를 말렸다.

뷜캉은 수치심 그 자체였다. 그에 대한 기억은 내가 아르카몬을 돕는 대담한 모험을 기도했을 때 큰 힘이 되었다. 육체적 힘이 아니라 정신적 힘, 즉 그의 독방을 향해 날아가는 격렬한 화살에 투영된 내 정신적 힘이 되어준 것이다.

나는 가능하면 뷜캉의 영혼이 나를 지탱시켜준 체험을 정확히 묘사하고 싶다. 독자 여러분의 관심이 절대적으로 필요하다.

나는 사력을 다해 온 정신을 집중하여 아르카몬 앞에서 싸웠다.

디베르가 귀찮게 했기 때문에 더욱 어려웠다. 이윽고 아르카몽이
사형선고를 받은 지 사십칠 일째가 되었다. 그동안 매일 밤 그를 만
나서 그의 행동을 지지하고 몇 번 신통한 힘과 관계를 맺어보려고
시도했지만 너무 지쳤고 지루했다. 나는 의기소침한 상태에서 디베
르를 받아들일 준비를 했다.

얼마나 피로했던지 눈 주위가 검게 물들었고, 열이 얼굴을 붉게
물들였던 것 같다. 징계실에서 온종일 걷고 난 후, 바로 그날 저녁
끔찍한 경험으로 마음이 뒤숭숭하던 터에 그가 데데 카르레티에게
다가가서 이렇게 말하는 것을 들었다.

"오늘 밤 자노와 얘기하고 싶어. 방을 바꿔! 네가 내 방으로 가
있어."

카르레티가 눈짓을 하면서 속삭였다.

"좋았어. 브라보!"

종이 울렸다. 죄수들의 행진도 멈췄다.

우리는 종소리에 사로잡혀 그대로 서서 간수의 명령을 기다렸다.

"감방을 향해 가. 앞으로!"

우리는 감방으로 올라갔다. 간수들은 매일 근무가 바뀌었기 때문
에 공동 침실 내의 어느 닭장 속에서 누가 자는지 정확히 몰랐다. 그
날 밤 당번 간수는 디베르가 내 옆자리에 있는 것을 보고도 수상하
게 생각하지 않았다. 나흘 밤을 함께 보내고 나니 지칠 대로 지쳤다.
옷도 벗지 않고 그대로 짚으로 만든 매트 위에 누웠다. 디베르가 내
얼굴에 키스를 퍼부으며 덤벼들었다.

"자노!"

나는 눈을 떴다. 그가 미소를 지었다. 내 피로를 눈치채지 못한 것 같았다. 어쩌면 내 태도를 일종의 교태라고 생각했는지도 모른다. 나는 대답할 힘조차 없었다. 그는 내 두 다리 사이에 자기의 두 다리를 넣었다. 다음에 한쪽 팔로 내 머리를 떠받쳐 팔베개를 만들었다. 그는 얼마 후 모포를 다시 덮었다. 추웠던 모양이다. 나는 여전히 지친 상태였다. 나는 시도했으나 성공하지 못한 것에 너무 괴로웠다. 우리는 나흘 밤 내내 성행위를 시도했었다.

나는 어둠 속에서 눈을 크게 뜨고 침대 위에 누워 있었다. 뷜캉이 죽은 지 십오 일이 지났다. 나는 매일 아침 징계실로 갔다. 내 감방은 아무도 없이 텅 비어 있었다. 나는 앞으로 일어날 일을 쓰기 위해 변기통 위에 종이 부대를 숨겨놓았다. 그리고 나무 침대 위에서 웅크리고 누웠다. 발을 오그려 가능한 한 몸집을 작게 하려고 애썼다. 모포를 뒤집어썼다. 될 수 있으면 어둠 속에 있고 싶었다. 사람들이 에스파냐에 살고 있다고 말하는 것처럼 내가 아르카몬 속에서 살고 있다고 몽상하는 정신의 활동이 가능한 것일까? 나로서는 그것을 가능하게 해주는 어떤 다른 능력이 있는지 알 수 없었다.

죽음의 종착역을 향해 전속력으로 달려가는 아르카몬의 운명에 대해 내가 그처럼 찬탄하면서도 한편 깊은 절망감에 사로잡히는 것을 어쩔 수가 없었다. 아르카몬이 아직 육체를 가진 존재이고, 그 죽어가는 육체가 연민을 불러일으켰기 때문이었다. 그를 구원하고 싶었다. 그러나 나 자신도 죄수의 신분으로 얽매여 있고 굶주림으로 메말라 있는 처지였다. 내가 도울 수 있는 일은 정신적인 구조 말고는 없었다. 혹시 육체적 모험을 감행할 만한 다른 수단이 없을까. 어떤 경이로운 방법을 찾으면 쉽게 탈옥할 수 있을지 모른다는 생각이 문득 들었다. 나는 머리를 쥐어짰다. 그때의 정신적 단련은 몽상이 아니었다. 옷을 뒤집어쓰고 눈을 크게 떠보았다. 어떻게 해서든 방법을 찾아내야만 했다. 아르카몬이 머리에서 떠나지 않았다. 항고할 수 있는 기한이 끝나가고 있었다. 그의 존재가 나를 따라다녔기 때문에 나 역시 그의 뒤를 따랐다. 그를 돕고 싶었다. 그는 성공해야만 했다. 사냥개 떼를 모으듯이 그는 지지 세력을 모으며 자기를 지켜야만 했다. 몸이 쇠약해지지 않도록 양분을 취해야 했다. 나는 계속 그를 지켜보았다. 정신적 긴장을 늦추지 않았다. 나는 아르카몬에 대한 생각과 그의 탈주 이외의 것은 모두 잊어버렸다. 간수 보조원이 빵과 수프를 가져오는 것을 알리는 소리도 듣지 못했다. 마침내 나흘째 되는 밤 내 마음속에서 아르카몬의 감방이 나타나는 것이 보였다. 그는 일어났다. 속옷 바람으로 창가로 갔다. 그는 걸으면서도 온몸으로 끊임없이 울부짖는 듯했다. 그는 얼굴 위로 창밖의 하늘이 보이자 침착해졌다. 어둠에서 나와 오줌을 누려고 순진하고 새로운 몸짓을 했다. 이 신적 존재가 내 귀를 울리는 듯한 소리, 그러나 자기를 향한 호소의 소리도 못 들은 채, 무거운 페니스의 끝에서 물방울을 제거하는 것을 보자 머릿속에서 뇌우가 번쩍였다. 그는 자신의 음악적인 발걸음이 밟고 가는 꽃과 나무와 별과 바다와 산악이 취해 있는 것을 알고 있을까? 달이 비치고 있었다. 창은 공포로 창백해진 정원을 향해 반쯤 열려 있었다. 그가 반쯤 열린 창으로 도망치지나 않을까, 별에 사는 또 다른 자기를 부르지나 않을까, 하늘이 갑자기 다가와 내 앞에서 또 하나의 그를 바다에서 끄집어내는 것은 아닐까, 혹시 바다가 달려오는 건 아닐까, 나는 두려워서 벌벌 떨었다. 나는 감방에서 신이 밤의 다른 거주자들에게, 그의 분신들에게, 그의 군주들에게, 바깥세상에 있는 자신에게 보내는 무섭고도 멋진 신호를 바라보고 있었다. 기적에 입회하고 있다는 두려움과 희망이 내 정신을 아주 명료하게 해주었기 때문에 그때만큼 사물을 정확하게 이해한 적은 결코 없었다. 아마 앞으로도 그럴 것이다. 그는 이미 한쪽 발을 겨울 하늘에 들여놓았다. 그가 마치 빨려 들어가는 것 같았다. 그는 격자의 철창 사이를 빠져나가기 위해 몸을 웅크렸다. 그는 밤을 밟고 도망가려 했다. 그때 무엇인가가 깨졌다. 그는 이제 자신의 왕국을 등 뒤로 저버리는 것 같았다. 그리고 천천히 창을 통해 내려갔다. 한순간 그가 천사들이나 신에 대한 것을 물어보기 위해서 내 침대로 오는 것이 아닌가 하고 두려웠다. 그랬다면 그는 나보다 잘 알고 있는 것을 내게 물었을 것이고, 나는 그를 이해시키기 위해 거짓말을 늘어놓아야 했을 것이다.

그는 위험이나 기적을 전혀 인식하지 못하고 침대로 돌아갔다. 나는 눈을 감았다. 그제야 제대로 휴식을 취할 수 있었다. 나는 감히 그 모든 준비 상황을 지켜보았기 때문에 파괴된 나라의 왕, 신을 거역하고 대항하는 기적 앞에서 태연한 그 왕처럼 더욱 힘이 강해졌다. 나는 그가 시적인 힘에 이끌려 행동하는 것을 알고 있었다. 안심이 되었다. 이 모든 정신적 훈련은 뷜캉의 영혼이라 이름 붙인 것의 명령에 따라 움직였다. 그 영혼은 어떤 카페의 테이블을 둘러싸고 있는 소녀들과 아이들의 그룹 가운데를 차지하고 있었다. 거기에서 일상 세계를 뛰어넘어, 아르카몽의 독방 안의 장면을 보여주는 금색 불빛의 찬란한 제단을 바라보고 있었다. 뷜캉은 관심이 없는 듯하면서도 이따금 유심히 바라보았다. 그가 거기에 있는 것만으로도 그 드라마를 허용한다는 증거였다. 그는 나를 돕고 있었다. 나는 잠들었다. 아침에 일어나서 징계실에 가는 동안 복도에서도, 세면대에서도, 식사 때도, 나는 누구하고도 말하지 않았다. 나는 디베르를 피했다. 아니면 그가 날 피했는지도 모른다. 이 위기의 이틀 밤을 보내고 난 다음 날 아침 징계실에 이르렀다. 나는 아르카몽에게서 훔친 장미 가지를 이빨로 소중히 물었다. 내 얼굴이 어떻게 변했는지 모른다. 분명 얼굴의 윤곽은 본래의 모습을 잃었을 것이다. 언제나 같은 옷을 입고 있던 나를 디베르가 알아보았다. 그가 다가왔다. 나는 그의 용기에 감탄했다. 그가 이렇게 말했기 때문이다.

"넌 정말 달라졌구나!"

나는 여기서 "정신을 잃을 뻔했다"라고 쓰고 싶었다. 하지만 그 말은 물리적으로 맞지 않는다. 나는 절대로 정신을 잃는 체질이 아니었기 때문이다. 그러나 초자연적인 정원에서 직접 가져온 장미를 내게 맡긴 살인범의 신비스러운 약혼자라는 느낌이 들었을 때 내 정신은 진정으로 동요했다.

아마 디베르는 내가 밤마다 자기의 이미지나 다른 연인을 생각하는 꿈으로, 따라서 별로 위험하지 않은 꿈을 꾸며 지냈다고 생각했을지 모른다. 그는 질투하고 있었다. 따라서 억지로라도 하룻밤을 함께 보내기 위해 그날 밤까지 기다린 그에게는 용기와 비열함이 필요했다. 아무튼 그의 불안감은 매우 심했다. 그는 앞에서 내가 말한 수단으로 내 감방에 스며드는 데 성공했다. 그는 내 옆 침대에 누웠다. 그는 메마른 소리를 내면서 수없이 내 얼굴에 입맞춤을 하면서 성급히 다가왔다. 나는 눈을 떴다.

그의 몸 열기가 내 마음을 어지럽혔다. 나도 모르게 살짝 그를 껴안았다. 그의 존재와 애정이 막 되찾을 것 같았던 기적에서 나를 끄집어냈다. 가벼운 내 포옹에 그는 열렬한 몸짓으로 대하며 내 바지를 열었다. 바지는 끈 하나로 겨우 지탱하고 있었다. 끈이 끊어졌다. 디베르는 이미 내 페니스에 몰입하고 있었다. 그의 입과 혀는 바쁘게 움직였다. 나는 결국 아르카몬을 포기했다. 아르카몬을 배반한 것이다. 그 순간 지난 나흘 밤의 사건으로 쌓인 피로가 사라지고 달콤한 쾌락이 몰려왔다. 너무 장시간 마비 상태에 있다가 수면에 떠오른 기분은 제법 오래갔다. 아르카몬이 창에 달라붙어 도망가려고 했던 밤 이래 나는 징계실에서 도는 작업을 계속한 이후 침대로 돌아왔었다. 날개 속에 머리를 감춘 암탉처럼 여전히 머리를 숙이고 다시 일을 시작했다. 내 이마는 벽을 무너뜨리고 어둠을 물리쳤다. 나는 한결같은 시(詩)에 도움을 요청했다. 땀이 흘러 흠뻑 젖었다. 내가 '프랑스 소년들에게 전하는 메시지'라는 제목으로 이 장을 시작하려고 한 것은 바로 아르카몬에 대한 얘기를 시작한 때였다. 그날 밤 사방이 잠잠해졌을 때 복도에서 영화소설을 읽으려고 준비하던 아르카몬이 조용히 일어났다. 그는 소리 없이 쇠사슬을 움직이는 기술을 터득하고 있었다. 그는 감방의 창문 쪽 문의 벽에 달라붙었다. 거기에서 간수에게 들키지 않고 하늘의 한 모퉁이를 볼 수 있었다. 정확히 별도 보이지 않는 무심한 하늘이었다. 침묵에 잠겨 있는 사랑스러운 전원을 뒤덮은 프랑스의 하늘이었다. 우리 마음에 더욱더 절망을 불러일으키려는 듯 자유자재로 달리면서 내려가는 한 대의 자전거 소리가 어둠 속에서 들려왔다. 그는 벽에 몸을 바싹 붙였다. 슬픔과 동시에 커다란 희망이 그를 감쌌다. 뜨거워진 얼굴에 그런 감정이 드러났다. 희망이 오히려 몸을 경직되게 했다. 그 갑작스러운 변화가 그를 벽에 단단히 붙어 있도록 자극했다. 그는 말했다. "때가 왔어!", "기회는 다시 오지 않을 거야." 그의 오른손이 벽에서 떨어졌다. 그리고 바지 앞을 스치자 무시무시한 내적 폭풍에 의해 요동치는 바다 표면처럼 바지 앞이 움직였다. 이윽고 손이 바지 앞을 열었다. 수많은 비둘기가 날갯짓을 하면서 창을 향해 날아가 어둠 속에서 사라졌다. 다음 날 아침이면 형무소 주위에서 이끼 위에 누운 채 밤을 지새운 소년들이 꿈속에서 본 비둘기가 자기들의 손바닥 움푹한 곳에 웅크리고 있는 것을 보게 될 것이었다.

그러나 기다리던 기적은 일어나지 않았다. 시간적 여유도 없었다. 아르카몬은 흥분했고 그 흥분이 나를 지치게 만들었다. 결국 다음 날 세 번째 경험을 한 밤이었다. 그는 기회를 시험할 준비가 되었다고 믿었다. 그는 벽 너머로 내 도움의 손길이 도달하는 것을 느꼈다. 저녁때 그는 잠자리에 들었고 밤을 기다렸다. 밤이 형무소 주변을 덮자 그는 움직이기 시작했다. 쇠사슬이 소리를 내지 않은 것일까? 아니면 간수가 잠든 것일까? 간수는 아무것도 듣지 못했다. 아르카몬은 조심해서 일어났다. 그는 문밖의 밤이 어두운지 어떤지 알지 못했다. 그는 밤낮 구별 없이 감방 안의 강력한 직사광선 아래에서 살아왔기 때문이다. 그는 쇠사슬을 들고 문에 다가갔다. 그런데 서너 발쯤 옮겼을 때 쇠사슬이 풀렸고 소리도 없이 마룻바닥에 떨어졌다. 아르카몬은 놀라지 않았다. 그는 사물의 예절에 대해서는 익숙해 있었다. 문에 바짝 다가가서 귀를 기울였다. 간수는 자고 있었다. 그는 마음껏 심호흡을 했다. 이제부터 일은 점점 어려워질 것이다. 그는 마음속으로 기도를 바치고 전신의 에너지에 호소했다. 마술 행위는 많은 에너지를 소모하여 그를 깡그리 비워버린다. 하루에 두 번은 도저히 할 수 없다. 그렇기 때문에 한 번에 성공해야 한다. 그는 통과했다. 그는 우선 문을 뚫고 통과했다. 목재의 섬유가 고통 없이 찢어지면서 음악 소리를 냈다. 이어서 그는 잠자고 있는 간수를 정확히 건너갔다. 문을 통과하면서 뒤에 자기의 옷을 남겨놓았다. 또 그의 문신한 팔 위에서 심장을 뚫고 있던 큐피드의 화살을 간수의 팔 위에 옮겨놓았다. 마침내 그는 감방보다 부드러운 조명이 비치고 있는 복도로 나갔다. 그의 벌거벗은 근육은 축구 선수들이 양말 속에 무엇을 잔뜩 처넣은 것처럼 부풀어 올랐다. 그의 모든 근육이 발기되었다. 복도 구석에 있는 계단으로 가기 위해 그늘진 곳으로 들어갔다. 그는 발꿈치로 걸으면서 해변의 자갈밭을 걷는 해수욕객처럼 엉덩이를 꿈틀거렸다. 아무 소리도 들리지 않았다. 그의 등과 넓적다리와 어깨 위의 문신한 별이 프리깃함의 독수리와 뱀에 접근하고 있었다. 그는 계단을 올라갔다. 이 층으로 올라가 한동안 출구를 찾았다. 출구를 발견하고 그 문을 통해 나가려고 했다. 그런데 첫 작업이 너무 피곤했던 나머지 탈진해버렸다. 그는 잠시 기다렸다. 간수가 와서 문을 열어주지나 않을까 기다렸다. (우리는 상테 형무소에서도 그렇게 기다렸다. 감방 앞에서 지나가던 간수가 그곳에 우리를 집어넣으려고 감옥의 문을 여는 것을 승낙하지나 않을까 기다린 것이다.) 어리석은 희망이었다. 그는 도형장으로 보내질 죄수들이 잠자고 있는 문 앞에서 쓰러졌다. 부아 드 로즈가 언젠가 그를 보고 말했듯이 이렇게 말했을 것이다.

"일요일의 기둥서방이로군."

아침이 다가오자 그는 잠에서 깼다. 그는 추워서 떨며 잠자던 간수를 건너와 다시 누웠다.

뭔가 내 욕망을 지탱해줄 것이 필요했다. 즉 구실이 필요했다. 전에는 아르카몬이 구실이 되었지만 오랫동안 이 역할을 맡기기에 그는 너무 접근하기 어려운 인물이었다. 그래서 뷜캉이 자동으로 내 비밀스러운 광기의 모든 장식을 떠맡기로 했다. 그가 사제의 역할을 자처한 것이다. 그에게서만 볼 수 있는 독특한 화려함에 덧붙여, 운명은 그를 가장 고귀한 진실을 발견하는 역할을 위해 선택된 존재로 만들었다. 루 뒤 푸앵 뒤 주르는 상테 형무소에서 퐁트브로로 떠나기 전에 뷜캉이 마지막 하루의 전부를 자기 감방에서 보내도록 로키가 준비했다고 말했다. 로키는 약간의 포도주를 가지고 있었다. 두 사람은 서로 마음속에 있는 생각들을 모두 털어놓았다. 어떻게 그런 생각을 했는지 알 수는 없었지만 그들은 다른 네 명의 죄수들과 함께 모든 이불을 한쪽 구석에 몰아놓고 침대를 벽에 세워 둔 채 몇 시간 동안 춤을 추었다. 퐁트브로에서 다시는 만날 수 없는 영원한 이별이라고 믿었고, 또 이별을 위해서 이렇게 작별 인사를 하도록 허용되었기 때문에 그들은 어색했지만 몇 마디 우정의 말을 주고받은 후 사람들 앞에서 허용된 애정을 나누었다. 함께 춤을 춘 것이다. 맨발에 끈 없는 구두를 신고 몇 시간 동안 다른 네 명의 죄수들과 더불어 노래하며 춤을 추었다. 가장 평범한 춤인 왈츠나 자바를 추면서 휘파람으로 반주했다. 나는 이 글을 쓰면서 뷜캉이 춤을 추면서 로키의 검은 눈을 뚫어지게 쳐다보는 모습을 상상해보았다. 그는 거기서 에르지르를 찾고 있었을 것이다. 어느 날, 정확히 말해서 뷜캉을 만난 지 이틀째 되던 날이었다. 그는 "로키의 눈 속에 투영된 에르지르의 눈 때문에 발기가 됐어"라고 말했다. 아마도 그에게 당시의 에르지르 모습이 떠올랐을 것이다. 그들은 절망하고 있었다. 그러나 사랑과 왈츠가 비극적이며 미칠 듯한 분위기, 즐겁고 경쾌한 분위기를 만들어주었다. 그들은 아주 자연스럽게 최고 수준의 스펙터클을 만들어냈다. 오페라를 발명한 것이다.

인간적 삶의 가장 비참한 양상을 드러내기 위해 지나칠 정도로 아름다운 말을 사용한다고 해도 놀라운 일이 아니다. 내 이야기의 화려함은 당연히 내 인생에서 가장 처량한 때에 발생했다. 이를테면 수치심과 모욕감에 휩싸여 매우 불행했을 때였다. 2천 년 전에 선고된 가련한 교수형에서《황금전설*》이 피어난 것처럼, 봇차코의 목소리가 노래가 되어 벨벳의 화관에서 개화한 것처럼, 수치심에서 길어낸 내 이야기도 스스로를 고양했고 찬란해졌다.

나는 사랑의 욕망을 더는 몽상 속에서 채우려고 하지 않았다. 지금 나는 갤리선에서처럼 방관자로서 아르카몬의 삶에 참관하고 있었다. 방관자는 과거에 아르카몬의 아름다움과 모험이 불러일으킨 메아리에만 감동할 뿐이다. 어쩌면 상당히 익숙해졌으나 여전히 효력을 발휘하고 있는 굶주림이 나를 아르카몬이라는 존재 속으로 밀어 넣었는지 모른다. 그는 내 고통을 덜어주려고 살쪘다. 그는 눈이 부실 정도로 건강했다. 그가 그토록 건강하고 내가 이렇게 쇠약한 것도 전에 없던 일이다. 간수 보조원은 날이 갈수록 신경 써서 그를 보살폈다. 그의 얼굴에 통통히 살이 붙었다. 그는 포식한 독재자의 위엄을 지니고 있었다.

아르카몬에게 운명의 시간이 다가옴에 따라 그는 더욱 긴장하여 자신과 싸우고, 거기에서 벗어나기 위해 자신의 껍질을 벗기려고 애쓰는 것이 보였다. 황금빛 안개처럼 벌어진 틈 사이로 달아나 사라지려고 발버둥 쳤던 것이다! 하지만 그렇게 하려면 우선 금가루로 변해야 했다. 아르카몬은 내게 매달렸다. 그는 서둘러 비법을 찾으라고 내게 재촉했다. 나는 알든 모르든 모든 기적의 추억에 호소

---

* 13세기에 제노바의 대주교 야코부스 아 보라지네가 펴낸 성인전

했다. 성경 속의 기적과 신화 속의 기적에도. 나는 영웅들에게 그러한 기적을 성공시키도록 한 아주 간단한 마술의 사실다운 설명을 찾았다. 피곤한 일이었다. 하지만 전혀 쉬지 않았다. 나는 더 이상 먹지도 않았다. 나흘째 되는 날 어느 간수가 말했다.

"이봐, 주네. 어디 안 좋아?"

이 동정의 말을 하고는 그는 다시 마음을 닫았다. 어깨를 으쓱할 뿐 우리의 몽상만큼 아득한 그의 몽상에 다시 빠져들었다. 디베르는 나를 힐끗 보더니 간수와 마찬가지로 뷜캉의 죽음을 슬퍼해서 내가 수척해졌다고 생각했다. 결국 뷜캉도 절망의 징후 가운데서 마지막 수단을 발견한 것이리라. 그도 나와 똑같은 길로 도망한 것이다.

내가 손가락을 눈에 처박으면 지금도 여러 가지 이미지가 떠올랐지만 그 이미지들이 너무나 빠르게 전개되었기 때문에 그 각각에 이름을 부여하는 일은 불가능했다. 나는 시간이 없었다. 수부, 자전거를 탄 사람, 무용가, 농부의 커플들, 소녀를 동반한 아르카몬이 끝으로 지나갔다. 모두 말이 없어서 나로서는 이름을 알 수가 없었다. 아르카몬이 말하고 있었다. 두 사람은 어깨를 나란히 하고 낯익은 정원을 걷고 있었다. 그곳이 어딘지 정확하지 않아서 눈에 익숙해 보였는지 모른다. 소녀는 미소 짓고 있었다. 아마 아르카몬이 사랑의 언어를 속삭였기 때문일 것이다. 그녀의 나이는 열 살쯤으로 보였다. 지금은 생각나지 않지만 그때는 그녀 얼굴의 부드러움과 아름다움을 분명히 알아볼 수 있었다. 아르카몬은 열여섯 살이었다.

그런데 그의 육체는 죽음을 며칠 앞두고 완성한 아름다움의 극치를 향해서 이미 발걸음을 내딛고 있었다. 그는 자기보다 강한 어떤 힘에 의해 발산되고 있는 것 같았다. 그는 소녀의 목에다 말했다. 그의 입김이 그녀의 목덜미를 뜨겁게 했다. 두 사람은 들판을 계속 걸었다. 뷜캉은 자신의 임무를 잊지 않았다. 그는 언제나 작업을 주관했다. 그는 가끔 내가 필요할 때마다 넌지시 자기의 방향으로 시선을 던졌다. (나는 정신적으로 둘로 쪼개져 있었다. 나의 심안(心眼)은 아르카몬과 떨어져 뷜캉을 보고 있었다.) 그는 거의 움직이지 않았다. 긴 의자에 앉아 마리아의 딸들 사이에 있었고, 얼굴의 모습이 곰의 형상에서 새의 형상으로 옮겨 가는 것을 제외하고 뷜캉은 그대로 거기에 있었다.

아르카몬은 소녀 살해 사건으로 '이십일 년'의 형을 선고받았다. 살인 동기 가운데 하나가 살인범의 매혹적인 수줍음이었다는 것을 아무도 몰랐다. 열여섯 살의 그에게 여자들이란 무서운 존재였다. 그렇다고 해서 더는 동정을 지킬 수도 없었다. 그는 그 소녀를 두려워하지 않았다. 들장미가 우거진 숲속에서 소녀의 머리칼을 애무했다. 그녀는 떨면서 가만히 있었다. 그는 그녀에게 평범한 말로 뭔가 속삭였다. 그런데 그가 그녀의 옷 속으로 손을 넣자 두려움 때문인지 애교를 떠는 것인지 소녀는 저항했고 얼굴이 붉어졌다. 이것이 아르카몬의 얼굴을 붉게 만들었고 마음을 어지럽혔다. 그는 그녀 위에 쓰러졌다. 두 사람은 아무 말도 못 하고 웅덩이 속으로 굴러떨어졌다. 소녀는 어떤 표정을 짓고 있었을까! 아르카몬은 무서워졌다. 그는 지금까지 자기를 농가의 머슴으로 변화시킨 배우의 역이 끝났음을 알았다. 마침내 자기의 사명을 완수할 때가 된 것이다. 그는 소녀의 눈빛이 무서웠다. 그러나 도망가려고 하는 작은 육체가 두려워하면서도 소년의 팔에 안겨 웅크린 채 몸을 기대고 있는 것이 처음 맛보는 사랑의 행위가 되어 그를 자극했다.

젊은 농부들의 바지 앞 단추가 언제나 떨어져 나가 없다는 것은 누구나 알 수 있는 일이다. 아마 부모나 고용주의 부주의 때문에, 혹은 옷이 잘못 만들어져서, 혹은 단추를 여닫는 행동이 너무 거칠어서, 혹은 오래된 바지가 너무 낡아서 등의 이유로 그럴 것이다. 아르카몬의 바지 앞은 거의 저절로 열렸다. 그의 성기가 불뚝 솟았다. 소녀는 습관적으로 가랑이를 오므리고 있었으나, 그의 성기가 너무 뜨거워 그것을 조금씩 벌렸다. 그녀보다 그의 덩치가 훨씬 컸기 때문에 얼굴이 풀 위로 나왔다. 그는 소녀를 짓눌렀다. 그녀가 소리를 지르려고 하자 그녀를 죽이고 말았다. 열여섯 살의 어린 소년에 의한 소녀의 죽음, 그 죽음은 내게 천국으로 비상하는 환상을 낳는 결과가 되었다.

나는 아르카몬이 기절하지나 않을까 두려워 떨었다. (내 몸이 아니라 내 안의 뭔가가 떨고 있었다.) 그는 오늘 밤에도 간수를 피해 문을 빠져나가 복도를 걸었다. 나는 문에서 문으로 그의 뒤를 따라갔다. 그를 인도하고 싶었다. 하지만 내가 할 수 있는 일은 그가 추구하는 바를 계속하도록 내 영혼의 힘을 전하는 것뿐이었다. 마침내 그는 멈췄다. 중앙 형무소는 황량해 보였다. 밖에서 부는 바람 소리조차 들리지 않았다. (견고하게 밀폐된 복도에는 결코 바깥에서 부는 바람이 들어올 수 없었다.) 아르카몬은 "제르맹, 사십 세, 징역"이라고 쓰인 문패가 달린 방 앞에 서 있었다. 그는 안으로 들어가려고 애썼으나 앞서 너무 힘을 소모하여 탈진했다. 또한 더는 우리의 힘에 대한 기대도 할 수 없었다. 문 뒤로 그의 태양과 더불어 기아나의 땅과 정복한 죽음, 가로지른 바다가 있음을 우리는 알았다. 역시 그 문 뒤에 도형장으로의 출발을 기다리는 세 살인범이 있었다. 이유를 알 수 없었으나 아르카몬이 세 사람에게 다가갔다. 내가 그에게로 다가갔듯이 그들에게 향한 것이다. 그들은 그에게 태양과 그늘에 젖어 있는 기아나의 평화를 밀짚모자의 시원함, 야자수, 도피의 쾌감과 함께 내밀고 있었다.

아르카몬은 기진맥진해서 털썩 주저앉았다.

내 깊은 고뇌의 외침은 아무에게도 들리지 않았다. 나는 화를 참지 못해 "종교적인 침묵!"이라고 외쳤다. 실은 좀 더 침묵하라고 말하고 싶었다. 이 실패가 너무 아름다웠기 때문에 모두가 경건한 마음으로 침묵을 지켜야 했다. 나는 내 감정과 본능이 무엇인가 종교적인 것을 갖고 있음을 표명한 것이다. 신문기자의 말을 마치 내가 한 것처럼 얼굴이 붉어지는 것을 느꼈다. 입술이 움직였다. 나는 잠들었다. 다음 날 아침 깨어났을 때 간수가 공동 침실의 문을 열려고 왔다. 나는 전날 밤의 비인간적인 모험에 사로잡혀 극도의 흥분 상태에 있었다. 고통은 몸 전체로 퍼져 나갔다. 나는 완전히 탈진했다. 그처럼 많은 여인이 조각된 기둥이 지지한 꿈을 이제는 포기해야만 하는가? 마음을 진정시키려면 소년의 입맞춤이 필요했고, 한 여인의 가슴이 머리를 감싸주어야 할 것 같았다. 간수가 문을 열었다. 보통 때처럼 안을 살펴보기 위해 들어왔다. 그에게 다가가야 할 긴박한 필요성이 엄습했다. 나는 어떤 동작을 취했다. 그는 나에게 등을 보이고 있었다. 나는 그의 어깨를 보았다. 그러자 갑자기 울고 싶었다. 어깨를 만지려 한 내 몸짓이 뷜캉이 어느 날 했던 것과 같은 몸짓이었기 때문이다. 나는 계단을 내려오고 있었고, 뷜캉이 뒤따라왔다. 너무 빨리 다가왔기 때문에 그의 손이 내 어깨에 부딪혔다. 내가 고개를 돌리자, 그 역시 고개를 돌렸다. 우리는 서로 마주 보고 웃었다.

"난 만족해!"라고 그가 말했다.

"만족하면 난폭해지니?"

그는 거의 어리광을 부리는 듯했다.

"자노, 어디 아파? 내가 아프게 하지 않았지, 그렇지?"

그의 눈가에 행복이 넘쳤다. 보통 때는 창백한 얼굴에 홍조를 띠고 있었다. 내가 말했다.

"무슨 일이 있었어? 왜 그러는 거야?"

"응, 자노. 들어봐. 조금 전 어리석은 짓을 할 뻔했어. 얼마나 즐겁고 기분이 좋았던지……. 무슨 영문인지 몰랐지만…… 아무튼 간수의 어깨를 건드릴 뻔했어. 누군가의 어깨에 손을 대고 싶어서 견딜 수 없었지! 다행히 제때 멈추고 말았지만 큰일 날 뻔했어. 마침 네가 지나가기에 달려왔어……. 자노! 널 아프게 하지는 않았지? 내가 그런 것처럼 언젠가 너도 내 어깨를 주먹으로 쳤었지, 자노!"

나는 약간 빈정거렸다.

"좀 아팠어, 이 친구야……!"

그가 그처럼 즐거워하는 것을 보고 나는 오히려 불안했다. 내 행복을 위협하는 듯한 느낌이 들었다. 그래서 못되게 굴었다. 나는 매우 건조하게 말했다.

"연극을 하려나 본데 내겐 통하지 않아. 자, 어서 가! 간수가 오고 있어."

그는 웃음을 머금고 경쾌하게 떠났다. 그날은 우리가 만난 지 열하루째 되던 날이었다. 오늘 나는 뷜캉이 내게 한 것과 같은 몸짓을 간수에게 한 것이 부끄러웠다.

괴로운 하루였다. 원을 도는 작업은 사람을 지치게 만들었다. 그러나 원이 갖는 마술 같은 위력 덕분에 평화를 가져다 주기도 했다. 몸을 숙이고 팔짱을 낀 자세로 규칙적으로 걷는 일에는 몸 자체에 깃든 평온한 기분과 무의식적으로 엄숙한 춤을 춘다는 데서 오는 행복감이 뒤섞여 있었다. 손을 잡고 추는 파랑돌이나 콜로*처럼, 원형으로 추는 춤이나 줄을 서서 추는 춤들은 춤추는 사람들을 하나로 묶어주는 힘을 지녔다. 우리는 서로 연결하여 걷는 원 안에서 그러한 힘을 느꼈다. 그 외에도 어떤 강력한 힘을 느꼈다. 우리 모두가 정복당한 자들이라는 점 때문이었다. 우리는 사십 명의 근육으로

---

* 파랑돌과 콜로는 각각 프랑스와 유고슬라비아의 춤곡

뭉쳐진 힘센 몸체였다. 내 눈에 아르카몬은 매우 어둡고 깊은 터널 끝에서 희미하게 보였다. 그러나 다시 밤이 오면 잠긴 감방 문 앞에서 그와 함께 삶을 공유할 수 있을 것이라 확신했다.

나는 더 이상 그 경험을 지속할 수 없었다. 그 경험을 계속하려면 요가로 단련해야만 할 것 같았다.

그날 저녁은 피로에 지쳐서 디베르의 가슴에 쓰러졌다. 그를 껴안자마자 피로가 사라졌다. 나는 아침에 깎은 그의 머리를 애무했다. 내 품에 안겨 다리 위에 놓인 그의 엉덩이는 거대했다. 나는 그 엉덩이를 거칠게 잡아당겼다. 그의 입이 내 입술을 깨물고 있음에도 그 육중한 것을 입으로 가져갔다.

"리통!" 하며 한숨을 내쉬었다. 그의 이름을 부르자 아르카몬은 내게서 더욱 멀어져 갔다.

디베르가 바싹 다가와 내게 몸을 붙였다. 우리 두 사람은 거친 천의 죄수복을 입고 있었다. 옷을 벗으려고 생각한 것은 나였다. 날씨가 추웠다. 디베르는 주저했다. 나는 좀 더 그에게 가까이 가려고 안달했다. 밤이 나를 고립시키고, 다가오는 위험에 나를 맡기는 것을 원치 않았다. 우리는 속옷 바람으로 다시 껴안았다. 짚으로 된 매트였지만 따듯했다. 우리는 머리 위로 갈색 모포를 끌어당겼다. 그리고 비잔틴 화가들이 즐겨 그린, 성모와 예수가 포옹하는 요람에서처럼 한동안 꼼짝 않고 있었다.

두 번째 절정을 맛보았을 때, 디베르는 내게 입을 맞추더니 그대로 내 팔에서 곯아떨어졌다. 마침내 내가 우려한 일이 벌어졌다. 나는 홀로 남았다.

　나는 약간의 담배를 얻었다. 그래서 거의 밤새도록 담배를 피웠다. 꽁초에서 재가 모포와 침대 위로 떨어졌다. 그것조차 내 마음을 어수선하게 했다. 담뱃재가 묻은 침대에 누워 있다는 느낌에 마음이 더욱 찜찜했다. 디베르의 존재는 내가 견자(見者)로서, 고행자로서 지난 사흘 밤처럼 지속적으로 활동하는 데 결코 방해가 되지 않았다. 나는 갑자기 장미의 향기에 사로잡혔다. 메트레 감화원의 등나무가 시야에 확 들어왔다. 등나무는 화단 끄트머리, 회계과 벽 쪽의 오솔길 주변에 있었다. 등나무가 갈색 장미의 가시덤불 속에 뒤섞여 있다는 건 이미 얘기했다. 등나무 줄기는 매우 굵었다. 그리고 고통스러운지 뒤틀려 있었다. 등나무 줄기는 철망으로 벽에 매어놓았는데, 굵은 가지는 말뚝으로 지탱해놓았다. 장미는 못으로 벽에 고정했는데 못에 녹이 슬어 있었다. 잎은 반짝거렸고 꽃은 육체가 갖는 모든 섬세함을 지니고 있었다. 우리는 브러시 작업장에서 일을 마치고 나왔어도 모두 함께 돌아가기 위해 때로 다른 작업장의 일이 끝날 때까지 기다려야 했다. 우리는 나팔 소리에 발을 맞춰서 걸었다. 작업반장 페르두가 늘 우리를 멈춰 세운 곳은 등나무와 장미가 얽혀 있는 곳이었다. 장미꽃이 우리의 얼굴에 향기로운 입김을 내뿜었다. 꽃에 대한 추억이 내가 불쑥 방문했다는 것을 망각하도록 했는지 머릿속에서 다음 장면으로 이어졌다.

　마지막 날 아침 누군가 아르카몬의 감방 문을 열었다. 그는 누워서 자고 있었다. 우선 네 명의 남자가 그의 꿈속으로 들어갔다. 이어서 그가 깼다. 그는 자리에서 일어나지도 상체를 일으키지도 않고 얼굴을 문으로 돌렸다. 그는 검은 남자들을 보았고, 곧 누군지 알아차렸다. 또한 잠든 채 죽기 위해서는 자신이 아직 벗어나지 않은 몽상의 상태에 상처를 입히거나 파괴하면 안 된다는 것을 알았다. 그는 꿈을 놓치지 않기로 결심했다. 그래서 흐트러진 머리칼을 손질하지 않았다. 그는 스스로 "그래" 하고 말하며 속으로 웃었다. 다른 사람들은 거의 감지할 수 없는 미소였다. 미소의 효력을 자기의 내적 존재에 전달하여 본능을 이길 수 있도록 하기 위함이었다. 웃음은 그가 겪는 절망과 고통 속에서 생각을 뒤엎을 정도로 위험천만한 외로움을 제거해줄 수 있기 때문이었다. 그래서 그는 미소 지었다. 죽을 때까지 간직할 경쾌한 미소였다. 그가 단두대 이외의 것을 보았으리라 생각하지 않기를 바란다. 그는 단두대를 염두에 두었다. 그는 단 십 분이라도 영웅답게, 이를테면 쾌활하게 살기로 결심했다. 신문들이 제멋대로 쓰는 유머를 그는 결코 사용하지 않았다. 빈정거림은 가혹한 것이다. 절망의 씨앗을 품고 있기 때문이다. 그는 일어나서 감방의 중앙으로 갔다. 그는 세계의 악마 같은 지배자만이 위기 상황에서 걸치는 비단 레이스를 머리, 목, 아니 몸 전체에 둘렀다. 갑작스러운 치장이었다. 그는 손가락 하나 움직이지 않고 감방을 무너뜨려 넘어서고, 우주를 차지할 정도로 거대해졌다. 그러자 검은 옷의 네 사나이는 네 마리의 빈대보다 작게 쪼그라들었다. 아르카몬의 옷은 고귀하게 수놓은 비단으로 변할 정도로 품위가 더해졌다. 그는 반짝이는 가죽 구두를 신었고, 푸른빛의 비단 반

바지를 입었고, 오래된 금색의 속옷을 입고 있었다. 속옷의 칼라가 그의 멋진 목을 열어 보이자 '황금 양털* 훈장'의 메달이 목에 걸려 있었다. 그는 하늘의 길을 통해 갤리선 선장의 다리 사이로 곧장 내려온 것 같았다. 그는 자기 스스로 대상이자 장소인 기적 앞에서 이유도 모른 채 오른쪽 무릎을 꿇었다. 하느님 아버지의 은총에 감사드리기 위함인지 모르겠다. 네 명의 남자는 이 기회를 틈타 비스듬히 기운 허벅지 위로 기어올랐다. 이 등반은 그들에게 매우 어려웠다. 비단이 미끄러웠기 때문이다. 허벅지 중간쯤 왔을 때, 험하고 다가가기 힘든 바지 앞부분을 포기하고 옆의 손으로 접근했다. 아르카몬의 손을 잡은 것이다. 그들은 손에서 팔로, 레이스의 소매로 기어올랐다. 이번에는 오른쪽 어깨와 왼쪽 어깨 위로 기울어진 목이었다. 그리고 가볍게 얼굴에 이르렀다. 반쯤 열린 입으로 호흡하는 것 외에 아르카몬은 꼼짝하지 않았다. 판사와 변호사는 귓속으로 들어갔고, 사제와 사형집행인은 과감하게 입속으로 스며들었다. 그들은 아랫입술의 가장자리를 걷다가 깊은 수렁에 빠졌다. 목구멍으로 넘어가는 오솔길이 나왔다. 길은 관능적일 만큼 부드럽게 경사져 있었다. 그 오솔길의 나무 잎사귀들은 높은 곳에 있었고 하늘과 멋진 풍경을 이루었다. 그들은 수목이 어떤 종인지 알 수 없었다. 그들과 같은 부류의 사람들은 더 이상 특수한 성격을 구별하지 않았기 때문이다. 그들은 그저 숲을 지나 꽃을 밟고 바위로 올라갔을 뿐

---

* 그리스신화의 영웅 이아손이 잠들지 않는 용에게서 빼앗은 황금 양털

이다. 그들을 가장 놀라게 한 것은 침묵이었다. 하마터면 그들은 서로 손을 잡을 뻔했다. 이러한 불가사의 속에서 사제와 사형집행인은 길 잃은 두 명의 초등학생과도 같았기 때문이다. 두 사람은 침묵을 지킨 채 오른쪽 왼쪽을 살펴보았고, 이끼에 발을 부딪치며 뭔가 새로운 게 있는지 궁금해 안으로 들어갔으나 아무것도 발견하지 못했다. 몇백 미터를 가도 하늘이 없는 경치는 변화가 없었다. 사방이 어두워졌다. 두 사람은 즐겁게 걸으며 장터 축제의 흔적들, 금박으로 장식된 반바지, 모닥불의 타다 남은 재, 곡예사의 채찍 등을 발로 찼다. 그리고 뒤를 돌아보고서 자기들도 알지 못하는 사이에 광산의 꾸불꾸불한 길만큼 복잡한 길을 지나왔다는 걸 알았다. 아르카몬의 마음속은 무한의 광야였다. 그의 마음은 왕이 암살된 나라의 수도보다 더 검게 장식되어 있었다. 심장의 목소리가 들려왔다. "내 부는 비탄에 잠겨 있다." 마침내 그들에게 공포심이 몰려왔다. 바다 위의 미풍처럼 공포가 그들을 부풀렸다. 그들은 더 멀리, 더 가볍게 나아갔다. 독수리를 볼 수 없는 암석과 절벽을, 때로는 매우 가파른 협곡을 지났다. 벽들이 점점 좁아졌다. 마침내 아르카몬의 비인간적인 영역에 접근한 것이다.

변호사와 판사는 귀로 들어와 좁은 길에서 이상한 잡동사니들 사이를 배회했다. 창과 문이 닫힌 부근의 집들은 법으로 금지된 위험한 사랑을 간직하고 있는 것처럼 의심이 갔다. 길은 포장되어 있지 않았다. 그들의 구두 굽 소리가 들리지 않았고, 그들이 고무처럼 유연한 땅에서 가볍게 튀듯이 걸어가는 것처럼 보였기 때문이다. 그들은 날아가는 것 같았다. 길은 툴롱의 수병들의 비틀거리는 걸음을 간직한 구불구불한 길과 비슷했다. 그들은 옳은 방향이라 생각하고 왼쪽으로 돌았다. 그다음에 왼쪽 또 왼쪽으로. 어느 길이나 다 비슷했다. 그들 뒤의 허름한 집에서 젊은 수병 하나가 나왔다. 그는 주위를 둘러보았다. 이빨 사이로 풀을 씹고 있었다. 판사가 고개를 돌려 그를 보았다. 얼굴은 구별할 수 없었다. 수병이 걸어가는 옆모습만이 보였고, 자세히 보려고 하자 그가 고개를 돌렸기 때문이다. 변호사는 판사가 보지 못한 것을 알았다. 그가 돌아보았다. 그 역시 그의 얼굴을 보지 못했다. 나는 나를 아르카몬의 내면적인 삶에 참여하게 해주고, 검은 옷을 입은 네 사람의 비밀스러운 행적의 보이지 않는 관찰자로 만들어준 특권에 놀라움을 금할 수 없었다. 길들은 험한 계곡과 이끼투성이의 오솔길만큼 복잡했다. 경사진 길은 모두 내리막이었다. 마침내 네 사람은 어떤 사거리에서 만났다. 나로서는 사거리를 자세히 묘사할 수 없었지만 왼쪽으로 큰 거울이 장식된 밝은 복도가 나 있던 것은 분명했다. 그들은 복도로 들어섰다. 모두가 동시에 서로서로 불안한 목소리로 거의 숨을 죽여 가며 물었다.

"당신은 심장을 발견했나요? 심장이요!"

그들 가운데 아무도 심장을 발견한 자가 없음을 알고, 그들은 즉시 복도를 따라 계속해서 걸었다. 청진하듯 거울을 보며 천천히 나아갔다. 한 손은 귀에 대고, 가끔 벽에 귀를 대면서 말이다. 심장의 박동을 처음 들은 것은 사형집행인이었다. 그들은 더 빨리 걸었다.

그들은 너무 두려웠는지 탄력 있는 지면 위에서 몇 미터씩 뛰어갔다. 거칠게 숨을 몰아쉬며 끊임없이 지껄였다. 그들은 꿈속에서 혼잣말하듯이 군데군데 침묵이 섞인 말을 토해냈다. 박동은 점점 강해지고 가까워졌다. 드디어 검은 옷의 네 사람은 다이아몬드 반지가 조각된, 화살 박힌 심장이 그려 있는 거울 앞에 도착했다. 틀림없이 거기가 심장의 입구일 것이다. 사형집행인이 어떤 몸짓을 했는지 나는 알 수 없었다. 다만 그의 몸짓이 심장을 열었기 때문에 우리는 첫 번째 방으로 들어갔다. 방은 텅 비어 있었고 하얗고 냉랭했으며 어디에도 열린 구석이 없었다. 이 공허 속에서 열여섯 살의 북 치는 소년이 나무로 만든 교수대 위에 의연하게 홀로 서 있었다. 그의 시선은 얼어붙은 듯 냉정했고 아무것도 보고 있지 않았다. 그는 가느다란 손으로 북을 치고 있었다. 막대기는 정확히 위아래로 움직였다. 아르카몬의 최고의 삶을 규칙적인 박자로 맞추고 있었다. 그가 우리를 본 것일까? 그가 신성이 더럽혀진 열린 심장을 본 것일까? 어떻게 우리는 공포에 사로잡히지 않았을까? 이 방은 첫 번째 방이었을 뿐이다. 아직도 숨겨진 방의 비밀을 밝히는 일이 남았다. 그런데 네 사람 중 한 사람이 자기들이 아직 심장의 중심에 도달하지 못했다고 생각하자마자 하나의 문이 저절로 열리고 우리는 붉은 장미와 마주했다. 그 장미는 크기와 아름다움이 기이했다. 사제가 중얼거렸다.

"신비스러운 장미로구나."

네 사나이는 장미의 화려함에 압도되었다. 처음에는 장미의 광채가 그들을 어지럽혔으나 곧 정신이 들었다. 이 부류의 인간들은 존경할 만한 사물을 보고도 결코 충격받는 일이 없었다. 그들은 정신을 차리자, 호색한이 취한 손으로 사랑을 빼앗긴 아가씨들의 치마를 걷어 올리듯이 황급히 꽃잎을 뜯어서 구겨버렸다. 그리고 모독의 쾌감에 사로잡혔다. 그들의 관자놀이가 뛰었고 이마는 땀에 젖었다. 그들은 장미의 심장에 도달했다. 그곳은 캄캄한 우물이었다. 눈동자처럼 검은 구멍의 가장자리에서 몸을 기울여보았다. 그들은 알 수 없는 어떤 현기증에 휩싸였다. 그들은 평형을 잃은 사람들처럼 움직였다. 그리고 그 깊은 시선 속으로 빠져버렸다.

조그만 묘지로 시신을 나르는 영구 마차의 말발굽 소리가 들려왔다. 아르카몬은 뷜캉이 총살된 지 열하루째 되는 날 처형당했다. 디베르는 아직 잠들어 있었고 무엇인가 잠꼬대를 했을 뿐이다. 그는 방귀를 뀌었다. 이상했다. 두뇌의 활동이 나를 사랑의 욕망과 멀리 떨어진 곳에 붙잡아 두고 있었는데도 나는 그날 밤새도록 발기해 있었다. 나는 팔과 다리의 관절이 경직되었지만 디베르의 팔에서 벗어나려 하지 않았다.

막 새벽이 밝아왔다. 발소리가 들리지 않도록 감방에서 형무소 문까지 깔아놓은 융단 위를 묵묵히 엄숙하게 걸어가는 아르카몬의 거동을 떠올려보았다. 그는 여러 명의 조수에게 둘러싸여 있었다. 선두에 사형집행인이 있었다. 변호사, 판사, 형무소장, 간수들이 뒤를 따랐다. 그들이 아르카몬의 고수머리를 잘랐다. 머리칼은 밑에서부터 잘려 어깨 위로 떨어졌다. 브뢸라르라는 간수가 그의 최후를 보았다. 그가 아르카몬의 흰 어깨에 대해서 내게 말했다. 간수가 사형수의 아름다움에 대해 말하는 것을 듣고 나는 잠시 당황했다. 나는 아르카몬이 사형수가 입는 흰 속옷밖에 입지 않았으므로 단두대에 올라갔을 때 운동선수같이 육중한 어깨가 새벽빛에 더욱 아름다웠으리라는 걸 의심하지 않았다. 그래서 브뢸라르도 "눈처럼 하얀 그의 어깨"라고 말할 수 있었던 것이다.

나 자신이 너무 고통에 빠지지 않도록 가능하면 유연해지려고 했다. 어느 순간 정신이 몽롱해지고 혹시 아르카몬에게 어머니가 있을지 모른다는 생각이 들었다. (사형수들에게는 언제나 어머니가 있어서 단두대의 주위를 지키는 경찰이 처놓은 안전망 앞에서 그녀가 울부짖는다는 건 알려진 사실이었다!) 나는 그의 어머니와 이미 두 동강이 난 아르카몬에 대해 생각해보았다. 피곤함 속에서 이렇게 속삭이면서.

"네 어머니를 위해 기도할게."

디베르는 기상나팔 소리에 잠이 깼다. 기지개를 켜고는 내게 키스했다. 나는 그에게 아무 말도 하지 않았다. 그날 아침 우리를 징계실로 데리고 가려고 간수가 문을 열었을 때 복도에서 그를 다시 만났다. 그는 공포에 질려 있었다. 그는 간수들의 얼굴에서, 화장실에 가려고 복도에 늘어서 있는 죄수들의 얼굴에서 간밤에 일어난 비극을 알아차렸다. 우리는 껴안고 있지 않았기 때문에 떨어지지도 않았다. 다만 창 쪽에서 문으로 가는 중에 서로 스치면서 잠시 멈추었다. 코의 방해를 피해 서로 입을 가까이 대고 입맞춤할 때처럼 의도하지 않아도 자연스럽게 우리의 고개는 기울어졌다. 두 손은 여전히 바지 혁대에 놓았다. 열쇠가 자물쇠 속에서 천둥 같은 소리를 냈다. 간수가 징계실의 문을 열었다. 그 메아리가 지금까지 아르카몬이 있던 독방 안에 울려 퍼지는 것을 들었을 때, 우리는 비로소 그와 헤어지게 된 것을 알았고, 또 우리의 상황이 심각하다는 것을 알았다. 내 말은 규율이나 벌칙의 심각성을 의미하는 게 아니라 당시의 매우 엄숙하던 분위기를 의미한다. 왜냐하면 우리 두 사람이 마음속의 괴로움을 나누는 데 동일한 습관을 가졌음을 알게 되었기 때문이다. 자물쇠가 열리는 저주의 소리가 중단시킨 동작이라면 무엇이든 불길한 사건의 전조를 알리는 것이었다. 우리는 흥분과 초조 속에서 모든 사물의 의미를 파악했다.

디베르가 말했다.

"자노, 오늘 아침에 얘기 들었니?"

나는 아무 말 없이 그렇다는 신호를 했다. 루 뒤 푸앵 뒤 주르가 끼어들었다. 그는 즐거운 표정으로 디베르에게 말했다.

"어때, 부랑자. 재미 좋아?"

존중하는 뜻에서 동료나 친구에게 하는 사랑의 표현, 그러나 어린 깔치나 애인에게는 사용하지 않는 그런 사랑스러운 표현을 들은 것이다. 어둠의 세계의 용어에 속하는 이 말은 사랑의 표현이 되었다. 그는 덧붙여 말했다.

"친구들아, 이제 끝났어. 두 동강 난 거야! 다음엔 누구 차례지?"

그는 배에 손을 얹고 뻣뻣이 서 있었다. 우리에게, 즉 디베르와 내게 그는 운명적인 순간의 인격체였다. 그는 새벽이었고, 먼동(푸앵

414

뒤 주르)이었다. 그의 이름이 이처럼 정확한 의미를 가진 적은 한 번도 없었다. 디베르가 말했다.

"그 일로 농담은 하지 마."

"뭐? 인정 많은 친구네. 내가 농담하는 것이 언짢아? 그가 목이 잘린 건 네 잘못이 아니야."

음흉하게 비난하고 있는 걸 디베르가 알아차린 걸까? 그는 이렇게 대답했다.

"닥쳐!"

어쩌면 그는 공범자를 비난할 때 흔히 사용하는 "녀석이 그를 매장했어"라는 표현을 떠올렸을지 모른다. 루가 부드럽게 대답했다.

"그래. 원한다면!"

디베르가 달려들려고 했다. 그는 주먹을 내밀었다. 루는 움직이지 않았다. 그의 이름이 자신의 주위를 뛰어넘을 수 없는 영역으로 만들었다. 마치 그의 미모가 그의 얼굴 주위를 그렇게 만들었듯이. 사실은 내가 뷜캉을 때렸을 때 그의 얼굴을 제대로 때린 적은 없었다. 디베르가 그에게 주먹질하려고 하자 루는 조그만 소리로 자기 이름의 마술적 힘에 도움을 호소했다. 디베르의 왼쪽 주먹은 보이지 않는 장애물을, 마술의 지대를 넘어서지 못했다. 그는 당황하여 이번에는 오른쪽 주먹을 시도하려고 했으나 역시 마비가 발생해 주먹이 가벼워졌다. 그는 양손을 붙들어두었다. 그는 숨을 가쁘게 몰아쉬면서 마술의 위력에 만족해 웃는 상대방 앞에서 싸움을 포기했다.

내가 계단에서 뷜캉과 입을 맞추려고 했을 때 그의 눈빛은 마치 디베르의 시선처럼 빛났다. 나는 그런 모습의 무서운 광채를 남자로서 명예를 지키려는 루의 시선에서 보았다. '죄수의 명예를 비웃지 않았으면 좋겠다.' 내가 사람의 눈 속에서 이처럼 확고한 결의를 본 것은 처음이었다. 뷜캉은 심성이 고약했다. 오늘 저녁 밤이 너무 야릇해서 나는 몽상의 세계로 빠져들었다. 만일 총살을 당하지 않았다면 뷜캉은 감옥을 나간 후 어떤 생활을 했을까 하는 상상을 했다. 그가 강철 같은 날카로운 눈으로 내 눈을 쳐다보면서 그를 맞이하려는 손을 뿌리치며 냉정하게 말하는 것이 들려왔다.

"넌 어디든 도망칠 수 있어."

그리고 우두커니 서 있는 내게 말했다.

"그래, 네 물건이 필요해서 교제했던 거야. 이제 필요 없어. 사라져!"

내가 이러한 몽상을 하는 것은 내 연민을 단호히 자르는 차디찬 눈초리를 오래전부터 마음속에 새겨놓았기 때문이다. 오늘 아침 디베르의 눈에서 그것을 재발견할 수 있었다. 그러나 뷜캉의 우정과 애정을 거짓이라고 생각하지 않았다. 왜냐하면 남색의 상대자이건 아니건 어떤 소년도 내가 그에게 헌신적인 마음을 지니고 있다는 것을 아는 한, 내가 손을 뻗치기만 하면 입맞춤의 유혹을 뿌리칠 수 있는 자가 없었기 때문이다. 하지만 뷜캉이 거짓말을 했다고 해도 나는 그의 자존심을 찬양했을 것이다. 그가 자존심 때문에 마음속에서 삭여버린 사랑은 어떤 것일까? 신은 선한 존재다. 말하자면 신이 길 위에 이처럼 많은 장애물을 설치했기에 우리는 그가 인도하는 곳으로 가지 않을 수 없는 것이다.

빌캉은 나를 미워했다. 정말 그가 나를 미워한 것일까? 그는 죽었지만 나는 지금도 로키에 대한 그의 우정과 싸우고 있다. 나는 마력을 거부하는 마술사처럼, 라이벌의 마법의 힘이 파괴되기를 바라는 마술사처럼 싸운다. 나는 선택되고, 목표물이 되고 이미 잡힌 희생물임에도 계속 싸우고 있다. 긴장하여 전율하는 집중력으로 움직이지 않고 싸우고 있다. 나는 기다린다. 나는 훗날 멋진 일을 도모할 것이다. 나 자신을 공고히 해야겠다. 계속해서 싸울 것이다. 빌캉과 로키를 연결하는 것은 하나의 공모다. 따라서 더욱 세심한 공모(살인의 공모)가 그와 나를 연결해야 하는 것이다. 나는 아르카몬의 살인을 인수받고 그 끔찍함을 빌캉과 공유하고 싶다. 하지만 문학이 보잘것없는 인물을 주인공으로 대체시켜놓듯이 우리 사이가 아무리 가깝다고 한들 빌캉이 로키를 더 좋아하도록 하는 운명의 아이러니가 선택한 인물이 바로 나라는 생각을 부인할 수가 없다. 로키와의 싸움에서 이길 수 없다는 걸 알고 있다. 그는 빌캉과 연결되어 있었고, 또 나 이전에 그리고 마지막까지 빌캉과 함께 동료들의 속삭임과 눈짓에 대해서 방어해야만 했던 위험한 관계를 지켜오고 있었기 때문이다.

그날은 음산한 하루였다. 다행히 아침에는 구멍대 안에 수부의 얼굴을 그린 한 장의 용지를 발견한 기쁨을 맛보았다. 중앙 형무소 전체에 퍼져 있는 모델로 서로 아무런 관계도 없는 오십 명의 죄수가 이 도안을 문신하고 있었다.

침묵이 가볍게 느껴졌다. 그런데 그날 밤 디베르가 내 독방에 들어오도록 주선했다. 그도 나처럼 아르카몬의 상중에 우리가 함께 있을 필요를 느낀 것 같았다. 그는 누웠고 몸의 근육은 늘어져 있었다. 내가 입맞춤으로 감싼 것은 이미 피곤에 지친 늙은 여자의 입술에 지나지 않았다. 그리고 자신의 범죄 앞에서 얼굴이 창백해지고, 자신을 허약한 껍데기 속으로 다시 가두는 디베르의 비열함을 보고, 입맞춤이 물어뜯고 싶은 원시적 욕망의 변형임을 이날 밤처럼 절실히 느낀 적이 없다. 나는 그의 뺨을 치거나 얼굴에 침을 뱉고 싶었다. 그러면서도 나는 그를 사랑했다. 그를 껴안았다. 숨통이 끊어질 정도로 그를 껴안았고, 언젠가 누구와 나눈 적이 있는 매우 열정적인 키스를 퍼부었다. 나는 마침내 그를 정복한 쾌감을 맛보았다! 나는 정신적으로 육체적으로 강자였다. 왜냐하면 공포와 수치심이 그의 근육을 연약하게 만들었기 때문이다. 그를 껴안은 채 수치심을 가려주려고 그의 배 위로 쓰러졌다. 몸 전체로 그를 덮어줄 생각이었다. 내 옷의 주름이 그의 육체 위에서 시체를 덮는 천이나 고대 페플럼*과 같은 고귀함을 지니게 되었다. 나는 굴욕을 당한 남자의 불쌍한 눈초리를 세상이 보지 못하도록 그의 머리를 옷으로 감쌌다. 우리는 이미 기쁨 속에서는 사랑할 수 없었기 때문에 고통 속에서 서로 사랑하는 부부의 금혼식 같은 의식을 했다. 내가 메트레를

---

* 웃옷이나 블라우스에 붙은 허리만 두르게 된 짧은 스커트 모양의 천

떠난 이래, 그가 소년 범죄 때문에 그 징벌 본부에 들어가게 된 이래 우리는 우리 속에서 또 다른 기둥서방을 찾기 위해 십오 년을 기다렸다.

징벌 본부의 중앙 복도 끝에는 격자로 보호 장치를 한 광택 없는 큰 유리창이 하나 있었다. 그 유리창은 맨 꼭대기에 붙어 있는 회전창 외에는 절대로 열리지 않았다. 내가 메트레에서 마지막으로 디베르를 본 것은 이 창 뒤에서였다. 그는 어떤 식으로 기어올랐는지 회전창에 두 손으로 매달려 있었다. 그의 머리만이 삐죽 나와 있었다. 몸은 창 뒤에서 무겁게 움직였다. 땀에 젖은 그의 몸은 강하고 신비롭게 보였다. 영묘한 새벽빛 때문에 더욱 매혹적으로 비쳤다. 그의 섬세한 두 손이 얼굴을 감쌌다. 이 모습으로 그와 나는 작별 인사를 나누었다.

사람이 자기를 위로해주는 사물들 앞에서 멈추듯이, 내 추억은 그의 얼굴 위에 정지해 있다. 나는 삶을 위한 징역수, 종신 징역수로서 그의 얼굴을 다시 본다. 마치 죄수가 "무기징역에 처한 죄수는 삼 년의 형기를 마친 후 가석방의 은전을 받을 수 있다……"라는 법문 3항을 읽듯이.

아르카몽은 죽었다. 뷜캉도 죽었다. 만일 내가 감옥에서 나온다면 필로르주가 죽은 후 그랬듯이 이번에도 오래된 신문을 뒤지러 갈 것이다. 필로르주처럼 내 손에는 아주 짧은 기사 하나만 남을 것이다. 회색빛의 재와 같은 너덜너덜한 종이 위에 인쇄된 기사는 아르카몽이 새벽에 처형당했다는 사실을 알려줄 것이다. 이 종이들이 그들의 무덤이다. 하지만 나는 그들의 이름을 저쪽 시간 너머에까지 알릴 것이다. 대상은 사라지고 없지만, 그들의 이름은 영원히 남을 것이다. 사람들이 내게 물을 것이다. 뷜캉, 아르카몬, 디베르란 누구였는가? 필로르주는 누구였는가? 기(Guy)는 누구였는가? 그러면 그들의 이름이 우리의 마음을 감동시킬 것이다. 마치 천 년 전에 죽은 별에서 오는 빛이 우리의 마음을 감동시키는 것처럼. 내가 모험에 대해 모든 것을 다 말했는지 모르겠다. 이 책을 떠난다면 더는 할 얘기가 없을 것이다. 남아 있다면 말로 할 수 없는 것일 터이다. 나는 아무 말 없이 맨발로 걷는다.

투렐의 감옥, 상테 형무소, 1943년.

악의 토양에서 핀 언어의 꽃[*]

삶

장 주네는 1910년 12월 19일 오전 10시 파리에서 사생아로 태어났다. 창녀인 어머니는 그를 버리고 종적을 감추었다. 주네는 파리 빈민구제국의 보호 속에서 살다가 일곱 살 때 프랑스 중부 알리니앙 모르방(Alligny-en-Morvan) 지방의 한 농가에 맡겨져 양육되었다. 주네는 위탁 가정의 종교적 분위기 속에서 가정교육을 받으며 우수한 성적으로 초등학교를 졸업했다. 그의 프랑스어와 라틴어, 글짓

---

[*] 장 주네의 생애와 작품 세계에 대한 더욱 심화된 내용은 다음의 논문을 참고하라.
   박형섭, 〈장 주네 혹은 존재를 위한 변명〉, 《지중해지역연구》(22-4), 2020.

기 실력은 탁월했던 것으로 알려져 있다. 그런데 여성적이고 명석하며 인정 많은 주네에게 엉뚱한 면도 있었다. 남의 물건에 손을 대는 버릇이 있었던 것이다. 더욱 놀라운 것은 훔친 물건을 친구들에게 나누어주었고, 그 행위를 도덕적으로 나쁘다고 인식하지 않았다는 점이다. 그는 스물한 살 때 처음으로 자신의 출생 증서 사본을 보았다. 어머니는 가브리엘 주네라는 여자였고 아버지에 대해서는 아무런 기록이 없었다. 그가 태어난 곳은 뤽상부르 공원 근처의 아사스 거리 22번지 시립 자선 산부인과 병실이었다.

주네는 초등학교 졸업 후 직업학교로 진학했지만 엄격한 기숙사 생활이 지겨웠던지 그곳을 탈출한다. 그 뒤 방랑벽이 있는 문제아가 되어 결코 한곳에 머물러 있지를 못했다. 그는 절도, 무임승차, 부랑 죄목 등으로 체포되어 청소년 미결감으로 유명한 프티트로케트 감화원에 수감되었다가 다시 빈민구제국으로 인도되었다. 그 이후 메트레 감화원, 퐁트브로 형무소 등을 전전하며 '어둠의 자식들'의 무리에 합류한다. 장차 프티트로케트, 메트레 감화원, 퐁트브로 형무소는 주네 소설의 주요 배경이 된다. 주네는 이런 과정을 거치면서 동성애를 체험하고 악의 본질을 성찰하며 그것을 극복하는 구실을 찾는다. 우주를 소외당한 자의 '불가능한 낙원'이라고 인식하며 방랑자의 길을 떠난다. 그 여정은 수없이 절망을 잉태하는 무한정의 광야다. 그는 유럽의 곳곳을 방황하다가 들판에 금작화(genet)가 만발해 있는 것을 보고, 그 꽃과 자신 사이에 이상야릇한 동질성을 느낀다. 즉 자기 이름과 같은 꽃이기에 자신이 금작화와 같은 뿌리에서 나왔다는 생각에 빠져든 것이다. "저 꽃들은 이 세상에서 유일한 내 동족인지 모른다, 아니 바로 내 동족이다!" 그는 스스로 세상 사람들과 점점 멀어져간다는 느낌을 받았다. 이러한 주네의 출생에 대한 굴절감을 사르트르는 '사생아 콤플렉스(batardisme)'라고 불렀다.

주네는 성년이 되기 전 소년원을 벗어나기 위한 수단으로 군 입대를 지원했다. 그는 시리아 주둔 공병대 복무, 모로코 복무 등 보병 전투부대에서 근무하던 중 흑인 장교의 가방을 훔쳐 탈영한다. 그 이후 유랑객이 되어 남창, 도둑, 강도, 비렁뱅이 생활을 한다. 그의 고백대로 천성이 게으르고 몽상적 기질을 가졌기 때문인지 스페인, 프랑스, 이탈리아, 알바니아, 유고슬로비아, 체코슬로바키아, 폴란드, 독일 등을 전전한다. 거의 유럽 전역을 방랑하던 그는 스페인에서는 바르셀로나의 바리노치노 거리에서 거지, 포주, 남색, 도둑 등의 생활을 하며 연명하고, 알바니아의 코르푸에서는 거주지를 박탈당하고, 폴란드에서는 위조지폐를 유통한 혐의로 추방된다. 히틀러 치하의 독일에서는 나치의 무리가 진정한 도둑 떼로 보였는지 더는 그곳에 있을 이유가 없다며 벨기에 앙베르(안트베르펜)로 떠난다. 그는 독일 치하의 프랑스에서 여러 차례 감옥을 드나들며 감금과 자유의 의미를 깨닫고 시작(詩作)을 하기로 결심한다. 그는 시에 이어 소설, 서한집, 희곡, 시나리오, 발레 및 방송 대본 등을 썼는데 20세기 작가 중 반항의 주제를 뛰어난 상상력으로 가장 개성 있게 표현했다고 평가받는다. 그의 연극은 부조리한 현실의 문제를 다루면서 앙토냉 아르토의 잔혹극 이념을 실현할 수 있는 제의 형태를 띠고 있다.

주네는 1947년 절도죄로 종신형을 선고받았지만 사르트르, 보부아르, 콕토 등의 탄원으로 당시 대통령이던 뱅상 오리올의 특사를 받아 집행유예로 풀려난다. 주네는 1986년 4월 15일 75세의 나이로 파리의 허름한 호텔에서 죽었다. 그는 살아생전 정처 없이 떠돌아다녔듯이 죽어서도 이국의 땅 모로코의 산기슭으로 향했다. 스페인과 모로코가 마주 보고 있는 지브롤터 해협의 라라슈 언덕, 옛 스페인의 공동묘지가 있는 공터였다.

숨은 시인

주네는 상테 형무소에서 글쓰기를 시작했다. 1942년 발표된 〈사형수〉 이래 〈장송곡〉, 〈노예선〉, 〈퍼레이드〉* 등 여섯 편의 장시는 대개 사형수나 감옥의 삶을 다루고 있다. 시의 주제들은 죄의식, 숙명적 태도, 부정의 정신, 사랑, 분노 등으로 분류된다. 주네의 첫 소설 《꽃의 노트르담》(1944) 역시 같은 시기에 쓰인 것으로 사형수 필로르주에게서 영감을 받았다. 동성애와 질투에 관한 이야기로, 소

---

* 한국어 번역본은 《사형을 언도받은 자/외줄타기 곡예사》(워크룸프레스, 2015) 참조

설 제목은 디빈이 사랑하던 인물의 이름인 '꽃의 노트르담'에서 따왔다. 또한 이 이름은 소설이 헌정된 필로르주의 이미지를 대신한다. 이야기는 주네가 어린 시절을 보낸 알리니의 생활, 탈출을 일삼던 청소년기에 대한 추억, 파리 피갈 구역의 비참한 현실, 포주 미뇽과 젊은 노트르담에 대한 이중적 사랑, 마약 속으로 도피한 보헤미안의 삶을 그리고 있다. 동성애와 질투, 배반, 범죄 등의 주제는 시적인 문체와 함께 주네의 소설들 속에 집요하게 나타난다. 그의 텍스트는 몽상과 현실을 넘나들며 매우 환상적이지만, 인간적인 존재들이 살아가는 모습을 거침없이 보여준다. 사르트르는 주네의 작품에 대해 "욕망의 배설 작업, 정신적 수음 행위, 마취에서 깨어나기"라고 말한다.

두 번째 소설 《장미의 기적》도 감방에서 쓰였다. 이야기는 작가가 메트레 감화원에서 퐁트브로 형무소로 이전 수감되는 것으로 시작한다. 내용은 주네의 우상이자 연인인 사형수 아르카몬에 대한 사랑, 메트레 시절에 알던 수감자들에 대한 얘기다. 특히 소설에는 주네의 성적 정체성에 대한 사유가 빈번히 언급되어 있다. 남자와 여자, 그들은 누구인가? 동성애자에게 성의 문제는 삶의 중요한 요소다. 주네의 감화원에 대한 회상, 억눌린 소년들의 욕망, 죄수와 간수의 관계, 그들 간의 사랑과 질투, 탈옥에 대한 꿈 등이 사실적으로 전개된다. 감옥과 죄수들은 아름답고 화려한 이미지로 상징화된다. 장미는 이 작품의 중심 이미지다. 형장의 이슬로 사라진 살인자 아르카몬은 죽음의 장미이고, 장미는 사랑, 우정, 죽음 그리고 침묵을 의미한다.

커다란 스캔들에 휩싸인 《장례식》은 출옥 후에 쓰였다. 파리해방전쟁 당시 사망한 친구 장 드 카르맹에게 바친 책이다. 주네는 이 책에서 죽음의 육체적 고통을 상세히 묘사한다. 젊은 레지스탕스의 영광, 영웅주의 등은 운명의 잔혹성만큼 화자에게 감동적임을 보여준다. 또한 영웅에 대한 사랑의 감정은 고귀한 것으로 찬양된다. 《장례식》은 매우 이상야릇하고 서정적인 책으로 알려져 있다.

몽상가 주네는 왜 스스로 감옥에 가기를 원했을까? 그는 감옥이 언제나 행복한 장소라고 말한다. 그에게는 감옥보다 오히려 밖의 현실이 살아가기에 더 두려운 장소다. 감옥 안에서 육체는 억압되어 있지만 정신의 상상 여행은 언제나 자유롭다. 상상 속에서는 기성의 논리와 이치, 가치를 마음껏 전복할 수 있다. 배반의 통쾌한 승리다. 주네의 작품에서 배반은 감정이 너무 강해 주체할 수 없을 때 나타난다. 배반은 두 가지 상반된 목적을 지닌다. 하나는 정열에 빠지는 것을 막기 위한 것이고, 다른 하나는 강렬한 쾌감을 위해서다. 이 경우 배반은 윤리에 앞서 미학적 질서에서 나온다. "나는 순전히 개자식이기를 원하며, 내가 사랑하는 사람, 즉 아름다운 청년들을 죽이고 싶다. 그들에 대한 더 큰 사랑을 더욱 큰 고통을 통해 체험하기 위함이다." 주네가 《장례식》에서 한 말이다. 주네의 소설이 충격적인 것은 음란성보다 잔혹성 때문이다. 잔혹한 폭력과 살인, 죽음 등이 일상화되어 있다. 모든 형태의 악행은 숭고함으로 승화된다. 주네의 시각에서 절도, 감옥, 동성애는 주변부적 삶의 해방을 위한 것이다. 모든 종류의 가치를 배반하는 행동인 것이다. 그는 상상 속에서 애인을 배반한다. 글쓰기를 통해 은밀한 도둑의 세계를 배반하는 것과 같은 이치다. 그는 그런 식으로 절대적 자유와 독자성을 추구한다.

주네는 소설 《꽃의 노트르담》을 쓴 이후, 《장미의 기적》, 《장례식》, 《도둑 일기》, 《브레스트의 케렐》 등을 연이어 발표한다. 그러나 〈사형수〉의 첫 구절부터 《브레스트의 케렐》의 마지막 문장까지 세상에 대한 인식은 바뀌지 않는다. '아름다운 언어(beau langage)'에 의해 뒤집힌 세상, 시적 비유로 표현된 인물들. 주네는 그의 모든 글에서 스스로 시인을 자처한다. 자신을 거부한 세상을 거부하는 시인이다. 《도둑 일기》는 불연속적인 기억들로 이루어진 내적 고백록이다. 거기에서 화자는 길을 잃은 시인의 모습으로 나타난다. 그는 독자를 자신의 개인적 신화로 이끌고 가는 듯하다. 화자와 독자는 은연중에 드라마와 훔쳐보는 자의 역할을 교대한다. 도둑의 속죄에 참가함으로써 독자는 악의 지형을 탐사한다. 서술자의 진실을 찾는 작업 중 언급되지 않은 것은 독자의 상상력으로 채워야 할 것이다. 이야기는 과거, 현재, 미래가 서로 연계되고 뒤섞여서 시간적으로 무질서하다. 과거는 미래의 예견으로 나타나고, 미래는 과거의 번역으로 나타난다. 모두가 불가능한 자아를 추구하는 식이다. 작가는 자신의 경험을 따라가면서 텍스트 속에 얽혀 있는 '나'를 구체화한다. 에피소드들은 작가와 그의 이야기를 연결하는 것으로 충분하다. 시인은 여기서 과거의 의미와 미래의 모습을 예시한다. 그 미래의 형상은 유혹의 글쓰기로 나타난다. 자기 운명의 주제를 조직하는 것은 바로 도둑 시인이다. 주네에게 절도와 시는 밀접한 상관성이 있다. 이 두 행위는 사물(혹은 정신)을 다른 곳으로 옮겨놓는 작업이다.《도둑 일기》의 화자는 말한다. "이 책은 불가능한 허무의 추구다." 유혹자 주네에게 말하도록 하는 것은 언어를 남용하는 일일지 모른다. 화자가 타락한 피조물에 불과하기 때문이다. 그의 손끝에서 불결함이 숭고함으로, 추함이 미로 둔갑한다. 이렇게 완성된《도둑 일기》는 서정성에서 고통스러운 현실까지 다양한 색조로 그려진다. 꿈과 현실의 표현들, 아름다움과 추함의 인식, 비참함에 대한 노스탤지어, 분노와 야유로 전율하는 인물의 초상화. 주네는 여기서 사실다움(vraisemblance)을 추구하면서 진실(vérité)의 효과를 노린 듯하다. 자서전적 소설을 통해 나르시시즘으로 빠진 것이 아닐까. 서로 대립하는 두 감정, 쾌락이 아니라 자아의 고통스러운 탐구를 통해서 말이다. 동성 간 섹스의 유혹은 유사한 자인 타자에 대한 욕망의 표현이다. 불가능한 허무는 추적이 끝날 때 목표에 도달한다. 주네는 거울을 들여다보다가 일순간 자신의 모습을 꿰뚫게 된다. 종이 위에 에로틱한 짐을 풀어놓는다. 일기를 따라가는 독자는 어느새 그의 그림자를 좇고 있는 것이다.

《장미의 기적》

이 소설《장미의 기적》(1946)은《꽃의 노트르담》에 이은 두 번째 소설이다. 주네는 이 소설을 1943년 투렐의 상테 형무소에서 탈고했다. 이야기의 무대는 작가가 청소년기를 보낸 메트레 감화원이며 성년이 되어 수감된 퐁트브로 형무소의 경험이 비연대기적으로 뒤섞여 있다. 내용 대부분이 작가 자신이 직접 경험한 사실 위주로 기술되었지만 여느 소설적 글쓰기처럼 내용의 진위 혹은 사실성을 증명할 방법은 없다. 중요한 것은 글의 여백과 문맥에서 솟아 나오는 작가의 언어적 상상력과 시적 산문의 미학, 서정적 마음 상태 등이 독자를 매혹한다는 점이다.

주네는 1926년 9월 2일부터 1929년 3월 1일까지 메트레 감화원에서 살았다. 거기에서 만난 비행소년들은 우정과 연민을 넘어 사랑하는 가족으로, 연인으로 발전한다. 소설 속에서 에로틱한 욕망의 은유적 수사, 동성애에 대한 서술은 주네적 글쓰기의 묘미다. 언어가 이미지를 수반하며 독자를 환상의 세계로 이끌고 갈 때 감동은 극에 달한다. 주네의 창조적 상상력은 타고난 듯하다. 그는 스스로 우상으로 삼은 사형수 아르카몽을 이렇게 설명했다.

이 신적 존재가 내 귀를 울리는 듯한 소리, 그러나 자기를 향한 호소의 소리도 못 들은 채, 무거운 페니스의 끝에서 물방울을 제거하는 것을 보자 머릿속에서 뇌우가 번쩍였다. 그는 자신의 음악적인 발걸음이 밟고 가는 꽃과 나무와 별과 바다와 산악이 취해 있는 것을 알고 있을까? 달이 비치고 있었다. 창은 공포로 창백해진 정원을 향해 반쯤 열려 있었다. 그가 반쯤 열린 창으로 도망치지나 않을까, 별에 사는 또 다른 자기를 부르지나 않을까, 하늘이 갑자기 다가와 내 앞에서 또 하나의 그를 바다에서 끄집어내는 것은 아닐까, 혹시 바다가 달려오는 건 아닐까, 나는 두려워서 벌벌 떨었다. 나는 감방에서 신이 밤의 다른 거주자들에게, 그의 분신들에게, 그의 군주들에게, 바깥세상에 있는 자신에게 보내는 무섭고도 멋진 신호를 바라보고 있었다. 기적에 입회하고 있다는 두려움과 희망이 내 정신을 아주 명료하게 해주었기 때문에 그때만큼 사물을 정확하게 이해한 적은 결코 없었다. (390~391쪽)

이러한 시적 묘사는 어렴풋이 영상을 떠오르게 한다. 독자는 소설 속 대부분의 페이지에서 파노라마처럼 펼쳐지는 이미지들을 보며 즐거워할 것이다. 주네의 문제는 선악의 가치관 저편에 있는 듯하다. 그의 섬세하고 화려한 수사법은 현실을 꿈의 무대로 아름답고 성스럽게 만든다.

주네에게 주인공 아르카몬은 절대적 미의 대상이다. 주네는 그를 존경했으며 사랑의 상징인 장미로 일컬었다. 따라서 '장미의 기적'은 아르카몬의 기적이다. 그에 따르면 "뷜캉은 신의 손가락이고, 아르카몬은 하늘에 살고 있기 때문에 신이다." 첫 소설 《꽃의 노트르담》이 조화롭지 못하고 근거 없는 저속성으로 훼손되어 있다고 일각의 비판받는 데 반해 《장미의 기적》은 시적 산문의 완성도를 지닌 걸작이다. 이 작품은 신 없는 새로운 종교, 새로운 귀족계급을 추구하는 저자의 정신적 작업이라고 할 수 있다. 주네는 말을 통해 역설의 유희를 즐겼으며, 가치를 전복하는 수단으로 삼았다. 원인과 결과가 바뀐 전복의 언어는 절정에 이른다. 그에 따르면 도둑은 돈과 노동을 교환하지 않기 때문에 계급과 무관하다. 또한 아르카몬은 살인자이기 때문이 아니라 범죄의 대가로 순수하게 사형선고를 받아들였기 때문에 신성하다는 식이다.

소설의 마지막 부분은 묘한 여운을 풍긴다. 어떤 명확한 사건의 귀결이 아니라 자신이 지금껏 함께 생활하고 사랑하며 뒹굴던 동료들의 존재를 묻고 있기 때문이다. 또한 말로 다 풀어 얘기할 수 없는 무한의 영역이 남아 있음을 암시한다.

아르카몬은 죽었다. 빌캉도 죽었다. 만일 내가 감옥에서 나온다면 필로르주가 죽은 후 그랬듯이 이번에도 오래된 신문을 뒤지러 갈 것이다. 필로르주처럼 내 손에는 아주 짧은 기사 하나만 남을 것이다. 회색빛의 재와 같은 너덜너덜한 종이 위에 인쇄된 기사는 아르카몬이 새벽에 처형당했다는 사실을 알려줄 것이다. 이 종이들이 그들의 무덤이다. 하지만 나는 그들의 이름을 저쪽 시간 너머에까지 알릴 것이다. 대상은 사라지고 없지만, 그들의 이름은 영원히 남을 것이다. 사람들이 내게 물을 것이다. 빌캉, 아르카몬, 디베르란 누구였는가? 필로르주는 누구였는가? 기(Guy)는 누구였는가?

그러면 그들의 이름이 우리의 마음을 감동시킬 것이다. 마치 천 년 전에 죽은 별에서 오는 빛이 우리의 마음을 감동시키는 것처럼. 내가 모험에 대해 모든 것을 다 말했는지 모르겠다. 이 책을 떠난다면 더는 할 애기가 없을 것이다. 남아 있다면 말로 할 수 없는 것일 터이다. 나는 아무 말 없이 맨발로 걷는다. (419~420쪽)

주네는 소설에 무수한 비속어들을 편입하여 문학적 표현의 지평을 넓혔다. 언어의 승격은 그 언어를 소유한 인격의 승리다. 호흡이 긴 문장, 반복적 내용, 시적인 묘사 등은 끊임없이 발견될 정도이다. 한편 주네의 문체를 아버지 없는 글쓰기, 즉 계통 없는 글쓰기라고도 말한다. 아르토가 "나, 앙토넹 아르토, 나는 나의 아들이고 나의 아버지이고, 나의 어머니이고, 나이다"라고 말하는 것과 같은 식이다. 그런 의미에서 주네의 어머니 역시 도둑이다. 그를 훔친 창녀이기 때문이다. 놀랍게도 도둑과 창녀는《도둑 일기》에서 주네 자신으로 등장한다. 그에게 감화원이나 형무소의 담벼락은 꽃의 담장으로 통한다. 그곳은 언제나 편안한 안식처요, 사랑하는 가족이 사는 집으로 인식되기 때문이다. 그렇다면 소설 속 인물인 아르카몬, 뷜캉, 디베르, 빌루아 등에 대한 주네의 사랑과 아름다움은 어떤 것인가? 동성애자 주네에게 그 사랑과 아름다움은 입맞춤, 성적 유희, 침 뱉기, 애널 섹스 등에 대한 패러디로 나타날 것이다. 감방 안의 죄수들 사이에도 기둥서방, 가장 등의 계급이 있다. 거기서 권력자는 가장이다. 가장은 힘으로 가족을 제압하며 간수들과 밀통하고

432

공공연히 동성애를 즐겼다. 그 가운데 최고 권력자는 기둥서방이 되어 맘대로 성행위를 했을 뿐 아니라, 소년들을 여자로 만들어 희롱했다. 장 주네도 그중 한 희생자였다.

주네는 철학적 진단을 받을 만한 자격이 있다. 그가 시인으로서 비극적인 세계에서 낭만적인 삶을 살았다는 것은 아이러니하다. 또한 소설들은 자서전적인 데다 일인칭시점으로 쓰였기 때문에 주네 개인과 그의 문학적 행위를 분리할 필요가 없다. 범죄, 성적 타락, 무엇보다도 살인이 주네에게는 영광스러운 제전으로 받아들여진다. 상상 속에서 이뤄지는 세계의 절멸과 자신의 타락에 관한 자위적 묵상을 통해 재탄생한 주네의 고결함은 소설에 명확히 드러난 주제다. 주네는 진정한 혁명가다. 주네에게 자유는 자유 그 자체를 위한 것이다. 주네의 승리, 그의 고결함은 그가 사회질서에 도전하여 자신만의 도덕성을 찾아냈다는 데 있다. 사르트르는 주네에 대한 정신분석을 시도하면서 악을 명쾌하고 일관된 체계로 만드는 자로서의 주네를 보여준다. 주네에게는 자기기만이 없다. 태어나자자 버림받은 자, 타자의 역을 맡은 주네는 마침내 자신을 선택했다. 이 선택은 범죄자에서 심미가로, 거기에서 다시 작가로 변신을 거친다. 변신할 때마다 자아를 더 멀리 한계점으로 밀고 가라는 자유의 요구를 충족해야 한다. 사르트르는 《성(聖) 주네, 배우와 순교자 (*Saint Genet, comédien et martyr*)》에서 주네에 대한 평을 짧고 명쾌하게 요약한다. "만일 주네가 말을, 언어를 손에 넣을 수 없었다면 그는 아무것도 아닌 존재, 한 사람의 부랑자로 끝났을 것이다. 그러나 그는 악의 세계를 미(美)로 바꾸는 언어의 연금술을 이룩했다."

주네는 악마다!

주네의 말과 글 속에는 역설이 넘쳐난다. 그것이 '주네다움'이고 진실이다. 소설 속의 인물들은 누구도 권선징악의 인습에 구속되거나 도덕성을 표방하지 않는다. 위대한 영웅의 삶과 거리가 멀다. 모든 이야기는 동시대의 도덕이나 가치와 반대편에 서 있다. 독자는 주의해야 한다. 그것은 허구적 이야기일 뿐이다. 화자는 때로 주네이기도 하지만, 때로 작가의 변주이기도 하다. 삶을 언어로 재구성하는 일은 일종의 사유 행위다. 언어로 포장된 환상인 것이다. 그는 자기에게 쏟아지는 욕설과 비방을 오히려 즐겼다. 사회악으로 규정된 것들을 의도적으로 행함으로써 자신을 저버린 사회에 항의하는 것이다. 냉소와 조롱은 그의 창이요 방패였다. 그는 강자의 논리가 지배하는 현실의 부조리를 깨닫고 있었다. 선은 늘 강자의 위선에 불과하다는 것. 다수, 집단, 전체는 언제나 선으로 통한다. 이것이 현실 논리이다. 절망 속의 주네는 악 그 자체로 기존의 타율적인 도덕과 위선에 맞섰다. 그것만이 위선으로 무장한 힘에 효과적으로 대항하는 수단이다. 세상에 대한 주네의 시선 역시 날카롭고 독창적이다. 그가 사회적 소수자들을 위해 발언하고 행동한 것도 도발적이다. 그러나 보편적 악이 선으로 인식될 수는 없다. 살인, 절도,

강간, 매음은 정당화되지 않는다. 작가가 작품 속에서 범죄자를 미화하는 것은 그의 창조적 자유에 속하지만 그의 도그마와 이데올로기에 대한 판단은 독자의 몫이다. 작품이 '그때 거기'뿐 아니라 '지금 여기'의 삶과 윤리를 벗어나 있다면 논쟁의 대상이 될 수 있다. 상상과 현실의 경계는 모호하지만 그 둘은 별개다. 주네는 상상력이 뛰어난 작가이지 도덕가가 아니다. 그의 예술은 환상이다. 예술은 경외의 대상이지만, 예술가의 타락한 삶은 지탄의 대상일 뿐이다.

프랑스에서 주네의 저작은 전후 비밀리에 출판되어 10년 이상 판매되었으나 결국 1957년 포르노그래피로 단죄되었다. 영국에서 《발코니》의 연출가는 도덕적 문제로 공연에 지장을 초래했다. 서독에서는 《꽃의 노트르담》 출판이 1962년이 되어서야 가능했다. 미국에서 주네의 희곡들은 성공적으로 공연되었지만 그의 입국은 거절당했다. 호주에서는 1966년까지 《장미의 기적》의 출판을 금지했다. 1984년 아일랜드의 세관에서는 《브레스트의 케렐》을 불태워버렸다. 주네의 책들은 세계 도처에서 음란서적으로 분류되어 수난을 당했다. 그만큼 주네의 세계는 질서와는 다른 세계, 불법과 반도덕의 영역에 속해 있다. 악마의 세계인 것이다. 악의 토양에서 아름다운 꽃이 필 수 있을까? 그것은 기적이다. 주네의 소설 제목처럼 '장미의 기적'이다. 결국 주네는 자기가 살아온 악의 세계를 미로 바꾸는 언어의 예술을 성공적으로 수행했다. 그는 누구도 묘사할 수 없었던 치욕의 저속한 세계에서 불멸의 언어를 창조했다. 절도와 동성애, 수치심의 현실은 언어의 정신세계로 옮겨졌다. 그에게 언어의 표현 행위가 속죄의 의미를 갖는 것은 이 때문이다. 도둑-주네는 시인-주네로 거듭났다. 그러나 그의 환상으로의 탈출은 목적지가 없다. 그는 영원한 방랑객이기 때문이다.

옮긴이

장정일 해제
주네를 가볍게 해주기

장 주네에 관해서라면 장 폴 사르트르의 《성 주네, 배우와 순교자》가 가장 먼저 떠오른다. 600여 쪽이 넘는 이 두껍고 소란스러운 책은 《시인의 운명과 선택》(문학과지성사, 1985)이라는 샤를 보들레르론과 함께 사르트르가 작가에 대한 실존주의적 정신분석을 시도한 대표적인 저작이다. 그런데 정작 이 책을 읽은 주네는 자신의 후원자였던 장 콕토에게 자신은 '그 책에 쓰인 것과 다른 존재'라며 불만을 터뜨린 데다가, 그 책이 준 중압감으로 몇 년 동안 아무런 글도 쓰지 못했다고 한다(이를 '찬탄의 희생물'이라고 한다). 이 책은 아직 번역본이 없지만, 조르주 바타유와 수전 손택이 쓴 메타 비평을 통해 사르트르의 견해를 대략이나마 그려볼 수 있다.

바타유는 《문학과 악》(민음사, 1995)에 실은 주네에 대한 글에서 사르트르의 견해를 존중했다. 사르트르는 선을 부정하고 악을 찾아가는 주네의 모험에서 '부모와 사회로부터 배제된 자의 적극적인 자유 행사'를 읽었다. 이 논리에 따르자면 주네가《장미의 기적》에서 줄기차게 죽음을 찬양한 것 역시 자유 행사의 극한으로 해석할 수 있을 것이다. 이를테면 이런 구절 말이다.

나는 퐁트브로 형무소에 수감되기 위해 상태 형무소를 떠날 즈음 이미 아르카몽이 사형 집행을 기다리고 있다는 걸 알고 있었다. 그래서 나는 도착하자마자 메트레 감화원의 옛 동료 중 하나인 아르카몽의 신비에 사로잡히고 말았다. 그는 우리 감화원 동료들의 모험을 가장 격조 높은 지점으로까지 밀고 갈 수 있는 자였다. 바로 모두가 영광스럽게 생각하는 단두대 위의 죽음 말이다. 아르카몽은 '성공한' 자였다. 그 성공은 재산이나 명예와 같은 지상의 것이 아니다. 단순하고도 신비스러운 것이었다. (…) 나는 아름다움에 대한 열정이 너무 강한 나머지 삶이 격렬한 죽음으로, 더구나 피로 물든 죽음으로 마무리되는 것에 이끌렸다. 보통 사람들로서는 결코 영웅적인 것으로 간주되지 않는 죽음, 이 신성한 죽음에 대한 열망이 나를 은근히 참수형으로 이끌리도록 했던 것이다. (8~9쪽)

한편 손택은《해석에 반대한다》(이후, 2002)에 실은《성 주네, 배우와 순교자》비평에서 사르트르와 주네를 쌍둥이로 간주한다. 예컨대 사르트르의 소설《구토》와 철학서《존재와 무》가 불쾌하고 구역질 나며 허무한 세계에 동화되지 않으려는 안간힘이었듯이 악을 향한 주네의 일탈된 열정 또한 그와 같았다는 것이다. 그러면서 손택은 보들레르와 주네를 흥미로운 비교 지점으로 데려간다. 사르트르의 보들레르론에 따르면 보들레르는 평생 반역의 인간으로 살았지만 그 자신이 부르주아 출신인 탓에 악을 창조하지는 못하고 부르주아의 도덕성으로 스스로를 비난하는 정도에 그쳤다. 반면 생후 7개월 만에 파리빈민구제국에 버려진 주네는 도덕을 의식화하지 못한 상태에서 명쾌하고도 고결한 악의 세계를 추구할 수 있었다. 다시 말해 주네에게는 보들레르가 악에 다가서고자 할 때 의식하지 않으면 안 되었던 자기기만이 없었다.

독자들이《장미의 기적》을 읽으면서 놀라게 되는, 아무런 죄의식도 회오도 발견할 수 없는 범죄자 무리는 그렇게 태어났다. 이 소설에 나오는 몇몇 살인범은 어쩌다 남성도 죽이지만 주로 소녀나 수녀와 같은 연약한 여성을 희생자로 삼는다. 귀족과 부르주아 계층의 오래된 도덕적 규범은 여성을 보호하는 것이지만 이 악의 무리는 그런 기성 체제의 예절 따위는 아랑곳하지 않는다. 하지만 여성의 인격을 무시하고 위협하는 것이 기성 체제에 대한 반항일 수 있다는 해석은 더 이상 올바르지 않다. 주네가 그랬던 것처럼 그가 감화원과 형무소에서 만난 동료들 역시 어머니의 돌봄을 받지 못했을 가능성이 크기는 하지만, 여성이 그들(아이)을 유기하게 만든 잘못된 사회 복지 체계의 대속물일 수는 없다. 악명 높은 연쇄살인범들이 그런 논변을 펴지만, 범죄자들에게 여성은 남성보다 손쉬운 표적일 뿐이다.

사르트르와 손택의 주네론은 독자를 자유와 악이라는 형이상학적인 주제로 안내한다. 하지만 이런 형이상학이 난감한 독자도 분명히 있다. 주네를 위해서나 독자를 위해서 좀 더 삼키기 쉬운 해석, 철학이 아닌 소설 작품으로 즐길 수 있는 표준적인 해석이 있으면 좋지 않을까. 그렇다면 우리는 주네의 작품을 그의 자전적 경험과 연결하는 것에서 더 나아가 그의 독서 경험과 연결해볼 필요가 있다. 사르트르는 주네의 시에서 보들레르, 스테판 말라르메, 빅토르 위고, 쉴리 프뤼돔 등 다양한 근대 시인의 영향을 거론하고 있으나, 최근의 연구자들은 믿을 만한 지적이라고 보기 어렵다고 말한다. 그렇다면 소설가로서의 주네는《장미의 기적》에 가장 자주 나오는 동사일 '(책을) 쓰다'를 이루기 전까지 어떤 소설을 접했을까. 그가 열다섯 살부터 들락날락한 감화원과 형무소 안에서 말이다.

그가 읽은 것은 "모험소설"(45쪽, 147쪽), "장미 총서"와 세귀르 백작 부인의 로망스(332쪽) 등인데, 조금 더 구체적인 목록은 다음과 같다.

그 소년들은 몽마르트르의 카페와 술집들을 자주 드나들었다. 강한 힘과 연약함 사이에서 맺어진 우정은 내게 수많은 몸짓을 알려주었다. 이러한 아이들을 보다 잘 이해하려면 통속소설을 읽은 후에 당신들이 품는 몽상들을 상기하면 될 것이다. 미셸 제바코, 그 자비에 드 몽테팽, 퐁송 뒤 테라이, 피에르 드쿠르셀 등의 통속 작가들은 그들의 작품 속에서 죽음과 사랑을 심어놓은 신비로운 시동(侍童)들에게 나긋나긋하고 가벼운 실루엣을 부여했다. (187쪽)

그들은 살짝 열린 어둠 속의 창을 통해 서로 교환하고 싶은 소설의 제목을 알렸다. 그러면 중앙 형무소에서 메트레까지 별이 총총한 하늘 아래《밀리아르 공주》,《목을 매는 밧줄》,《단검 아래에서》,《보헤미안의 카드》,《금발의 황후》 등의 소설 제목이 떠돌았다. (206~207쪽)

나는 18세기의 해적에 관한 모험소설도, 약탈 이야기도, 조난과 폭풍우나 반란, 그리고 돛대 위에서의 교수형 이야기도 많이 읽었고, 멋진 갑판에 대한 이야기도 알고 있었고, 럼주와 흑인 노예와 금과 말린 고기에 대해서도 알고 있었지만, 당시 소년 수병들이 머리를 짧게 깎았는지는 모르고 있었다. (366쪽)

주네는 6년 반 동안의 초등학교 초급 과정을 수료하고 나서, 상급학교로 진학하지 않고 파리 근교의 직업학교에 입학해 식자공 견습을 받았다. 그러나 오래가지 않아 학교를 이탈한 그는 부랑죄로 라로케트 감화원에서 몇 달을 지내고 난 다음 석방되었고, 연이어 무임승차 등의 죄목으로 메트레 감화원에서 3년간 수감 생활을 하게 된다. 그가 짧은 학창 시절 동안 명민함을 뽐냈다고는 하지만 로망스나 모험소설 이상의 작품은 읽을 수 있는 훈련도, 진지한 문학작품을 접할 여건도 되지 못했을 것이다. 주네의 개성처럼 되어버린 '악의 숭배'는 그가 읽은 통속소설들 가운데 모험소설과 상당한 연관이 있어 보인다.

　악동소설 혹은 악한소설이라고 불리는 피카레스크 소설(Picaresque Novel)은 문학사 속에서 '악의 숭배'와 관련된 최초의 소설이다. 16~17세기 스페인에서 기원한 이 소설은 한 남자(간혹 한 여자)가 미천하고 수상쩍은 부모에게서 출생하는 것에서부터 시작한다. 다 자라서는 피카로(Picaro, 여성형은 Picara), 즉 악당이라고 불릴 이 유형의 주인공은 어려서 배고픔에 허덕이고, 살아남기 위해 거짓말과 속임수를 사용한다. 성인이 된 피카로는 자신의 운명을 개선하기 위해 필사적으로 협잡을 일삼다가 운 좋게 성공하거나 실패하여 교수대에 매달리게 된다.

　어려서는 악동에 불과하던 주인공이 자라면서 악한이 되어가는 과정을 보여주는 피카레스크 소설의 형식적 특징은 일인칭 서술에 의지하는 것이다. 거의 고아나 다름없는 피카로는 사회에 뿌리를 내리기 쉽지 않은 불안정한 신분과 성격적 결함을 안은 채, 먹고 살기 위해 심부름꾼, 막일꾼, 짐꾼, 거지, 도둑, 매춘(창남), 용병, 어릿광대, 뚜쟁이, 잡상인 등 닥치는 대로 변신을 꾀하는데, 이 때문에 생겨난 피카레스크 소설의 또 다른 형식적 특징이 삽화적(에피소드) 구성이다. 피카레스크 소설에서 주인공은 길고 짧은 에피소드를 떠버리처럼 연속적으로 쏟아내는데, 그가 이 이야기의 주역이라는 것 말고는 이야기의 인과성이나 구조적 필연성을 찾기 어렵다.

피카레스크 이전의 소설에도 어리석고 교활한 악당들이 주인공으로 활약하지 않은 바 아니지만, 그들이 피카로와 질적으로 다른 것은 끝내는 잘못을 뉘우치고 용서를 구한다는 것이다. 그러나 피카로는 잘못을 뉘우치지도 용서를 구하지도 않는다. 피카로의 이런 특징은 피카레스크 소설을 권선징악의 플롯과 멀어지게 하고 이야기의 오랜 전통이 보유한 교훈성을 거부한다. 피카레스크 소설이 악을 숭배한다고 과장할 수는 없겠지만 악을 정도껏 묵인하는 것은 사실이다.

16~17세기에 걸친 약 100년간 스페인에서 인기를 끈 피카레스크 소설은 영국, 미국, 독일, 프랑스로 전파되었고, 20세기에 이르러 현대 소설에 커다란 그림자를 드리웠다. 권선징악과 교훈성을 지키려고 하지 않으면서 악에 대해 열려 있는 피카레스크 소설의 주요 특성은 인간성의 상실과 함께 전통적인 가치관이 돌이킬 수 없이 파괴된 양차 세계대전 이후 거의 모든 현대 소설에서 찾아볼 수 있다. 내가 아무리 바뀌어도 세계는 변함없다면 인간은 뭐 하러 성장하거나 자기 잘못을 뉘우치겠는가. 알베르 카뮈의《이방인》(1942)에 나오는 뫼르소는 그런 뜻에서 우리가 알고 있는 가장 유명한 피카로인지도 모른다.

자전적인 일인칭 시점으로 쓰였다는 난점, 다시 말해 이 소설이 작가의 실제 경험이기도 하다는 특성만 제쳐두면《장미의 기적》은 전형적인 피카레스크 소설이다. 특히 '자노'라고 불리는 이 소설의 주인공은 피카로의 성장 과정과 내면을 고스란히 닮았다. 무엇보다도 그는 뉘우치지도 용서를 구하지도 않는다. 매우 흥미롭게도 사르트르는《성 주네, 배우와 순교자》를 쓰면서 주네/자노의 일탈에서 적극적인 자유의 행사를 읽어낸바, 주네/자노가 행사한 자유는 지금까지 해온 논의에 의미 있는 중첩을 선사한다. 조한경이 자신의 책에서 언급한 한 대목을 보자.

> 피카레스크의 다른 주제는 '자유'인데, 사실 역설적이게도 부모 없이 또는 출생 때부터 부모에게 버려진 피카로는 애초부터 자유로운 존재다. 이어 그는 가난 때문에 일상적인 사회로부터 자유롭다. 환언하면 그는 가난을 벗어나지 못한 채 방황하는 부랑아다. 이 피카로의 자유는 비록 그가 그 자유의 맛을 아직 즐기지 못할지라도 그에게 숙명처럼 부과된 것이다. 그러나 자신의 삶을 이야기하기 시작하는 그는 자신의 자유를 예술로 승화시킴으로써 자유를 향한 진정한 욕망을 구현하는 존재가 되기에 이른다.[*]

실제로 자노는 "나는 강하며 독립적이며 자유로운 존재"(39쪽)라고 말하기도 한다. 그러나 이제 중요한 것은 자유가 아니다. 피카레스크는 떠버리의 소설이라는 것을 다시 떠올리자. 피카로는 떠벌리는 것을 통해 자신을 억압한 사회에서 자유를 되찾을 뿐 아니라 자기 삶을 예술로, 자기 자신을 예술가로 만든다.《장미의 기적》에 가

---

[*] 조한경,《사실주의》, 지식을만드는지식, 2012, 35쪽.

장 자주 나오는 동사가 '쓰다'였으며, 작중 자노가 자신의 책에 강박처럼 매달렸던 이유도 여기 있다. 그는 쓰기를 통해 자유에 도달하는 한편 자신의 비천한 삶을 예술로 승화시키려 한 것이다. 뉘우치거나 용서를 구하는 것이 결코 아닌 이 떠벌림은 불쾌하고 구역질나며 허무한 세계에 동화되지 않으려는 주네의 안간힘이며 견고한 사회 체제에 대한 저항이다.

이상의 논의에는 주네의 소설을 철학적으로 읽어온 독법을 문학사적, 장르적 독법으로 전환시킴으로써 정치적 올바름이라는 아포리아에 부딪힌 주네의 소설을 구해내려는 의도가 담겼다. 이런 시도는 주네를 정치적 올바름이라는 난관과 부딪히지 않게 해주는 동시에 그의 소설을 한층 가볍게 읽을 수 있게 해준다. 그러나 그렇다고 해서 이 소설이 곧바로 피카레스크 소설이 되거나 자노가 피카로의 화신이 되는 것은 아니다. 원래 피카로에게 가치 있는 것은 굶주림을 면하고 생존을 이어가는 것밖에 없다. 생존욕밖에는 없는 것이다. 반면 죽음에 우애를 느끼는 자노에게 생존욕은 그리 중요하지 않다. 또 피카로가 아름다움에 대한 감각이 없는 것과 달리 아름다움과 시적인 것에 대한 헌신은 자노를 굶주림과 부자유 속에서 꺾이지 않고 살아가게 하는 힘이자 자긍심의 근원이다.

나는 감화원의 경계선에서 가장 가까운 곳에 보기 좋게 잘라놓은 월계수와 거대하고 어두운 주목(朱木) 곁에 서 있었다. 발밑에는 여러 가지 꽃과 풀이 있었다. 그것들이 너무 친근하게 보여서 갑자

기 그들과 나 사이에 어떤 공감각적인 유대가 있는 게 아닌가 여겨졌다. (167쪽)

고아요, 부랑자요, '빵잽이'가 쓴 이 소설은 왜 에밀 졸라의 소설 같이 사회의 부조리를 폭로하고 최하류층의 비참을 그리는 소설이 되지 못했는가.《장미의 기적》에서 흔히 볼 수 있는 위의 대목을 보면, 파블로 피카소가 "내가 읽은 가장 훌륭한 예술론"이라고 극찬한 《자코메티의 아틀리에》의 한 구절이 떠오른다. 주네는 이렇게 썼다. "아름다움에 바탕을 둔 예술은 미제라빌리즘(misérabilisme, 生活參狀描寫主義)*이라는 것과는 거리가 있다."**

---

* 사회적 참상을 예술적으로만 소비하는 경향을 가리키는 말
** 장 주네,《자코메티의 아틀리에》, 윤정임 옮김, 열화당, 2007, 7쪽.

장 주네 연보

1910년 12월 19일 파리 아사스가(街)에서 사생아로 출생했다. 어머니 카미유 가브리엘 주네(당시 22세)에게 생후 7개월 만에 유기되어 파리빈민구제국에 위탁되었다.

1918년 프랑스 중부 산악지대 알리니의 레니에 부부에게 위탁되었다.

1919년 어머니 카미유 가브리엘 주네가 사망했다(30세).

1923년 초등학교를 수석 졸업했다.

1924년 파리 근교 센에마른의 알랑베르 직업학교에 입학했다(인쇄 기술 배움). 알리니를 떠났다.

**1926~
1929년** 절도, 무임승차, 부랑죄 등으로 투렌의 메트레 감화원에 수감되었다. 감화원은《장미의 기적》,《도둑 일기》의 무대가 되었다.

1929년 메트레 감화원에서 벗어나기 위해 입대했다. 하사 계급장을 취득하고 공병 근무 후에 제대했다(10개월).

1931년 2년 계약으로 모로코 원주민 부대에서 근무했다.

1933년 제대 후 파리로 복귀했고 앙드레 지드와 만났다. 프랑스와 스페인에서 유랑 생활을 했다.

1934년 알제리 원주민 부대에 입대했다.

1936년 유럽 전역을 떠돌며 유랑 생활을 했다.

1942년 프렌 형무소에서 첫 소설《꽃의 노트르담》을 쓰기 시작했다. 사형수 모리스 필로르주에게 바치는 시집《사형수》를 출간했다.

1943년 《꽃의 노트르담》을 읽고 감동받은 장 콕토를 만났다.《장미의 기적》집필을 시작했다.

1944년 생 제르맹 데 프레 거리의 유명한 카페 플로르에서 장 폴 사르트르, 시몬 드 보부아르, 로제 블랭, 알베르토 자코메티를 만났다. 이들은 주네의 예술 창작에 중요한 역할을 했다.《꽃의 노트르담》을 발표했다. 소설《장례식》집필을 시작했다.

1945년 시〈장송곡〉을 발표했다.

1946년 장 콕토가 삽화를 그린 주네의 마지막 소설《브레스트의 케렐》을 집필했다. 희곡〈엄중한 감시〉(1949년 초연)와〈하녀들〉(1947년 초연)을 발표했다.《장미의 기적》을 발표했다.

1947년 희곡 〈화려한 것〉(유고작, 1995년 초연)을 집필했다. 희곡
〈돈 후안〉과 〈엘리오가발루스〉를 썼으나 현재 남아 있지
않다. 시 〈노예선〉을 발표했다.

1948년 시 〈사랑의 노래〉, 〈쉬케의 어부〉, 〈퍼레이드〉를 발표했다.

1949년 《도둑 일기》를 출간했다. 라디오극 〈죄지은 아이〉를 출간
했다. 절도죄로 종신형을 선고받지만 사르트르, 보부아르,
콕토 등의 탄원으로 뱅상 오리올 대통령에게 특별사면을
받았다.

1950년 장 콕토의 도움으로 주네가 연출한 유일한 영화 〈사랑의 찬
가〉를 촬영했다. 비올레트 르뒤크의 단편 무성영화에 어린
이 역 배우로 출연했다. 시나리오 〈감옥〉을 썼으나 영화로
는 완성하지 못하고 희곡으로 개작하나 역시 일부분만 완
성했다. 발레 〈거울 부인〉을 발표했다.

1951년 시나리오 〈금지된 꿈〉을 발표했다(이 시나리오는 1966년 토
니 리처드슨과 잔 모로 주연의 영화 〈마드무아젤〉로 만들어졌다).

1955년 희곡 〈발코니〉를 발표했다.

1956년 희곡 〈병풍들〉 집필을 시작했다.

1957년 주네의 초상화를 많이 그린 화가 자코메티에 관한 예술론
《자코메티의 아틀리에》를 집필했다. 피터 차텍의 연출로
런던에서 〈발코니〉가 초연되었다.

1958년 희곡 〈흑인들〉(1959년 초연)을 발표했다. 예술론 《렘브란트
의 비밀》, 산문 〈곡예사〉 등을 발표했다.

1960년	피터 브룩 연출로 파리에서 〈발코니〉가 초연되었다.
1961년	희곡 〈병풍들〉을 완성했다.
1963년	조지프 스트릭의 연출로 〈발코니〉가 영화화되었다.
1966년	《로제 블랭에게 보내는 편지》를 출간했다. 〈병풍들〉이 파리 국립 오데옹 극장에서 로제 블랭 연출, 마리아 카자레스, 마들렌 르노 등의 출연으로 초연되었으나 금기시되던 주제를 파격적으로 다루어 큰 논란이 일었다. 당시 문화부 장관 앙드레 말로의 지지로 무사히 공연되었다.
1967년	우울증에 시달리다 자살을 시도했으나 실패했다. 《텔켈》에 〈……라는 이상한 말〉을 발표했다.
1968년	5월, 학생 혁명에 참여했다. 베트남 전쟁 반대 시위에 가담하기 위해 미국에 방문해 윌리엄 버로스, 앨런 긴즈버그 등을 만났다.
1970년	미국의 흑인 인권 운동 단체 '검은 표범단'의 투쟁에 가담하기 위해 미국을 방문했다. 팔레스타인해방기구의 초청으로 중동을 방문했다. 팔레스타인 캠프에 6개월간 머물며 팔레스타인해방기구 의장 야세르 아라파트를 만났다.
1971년	《줌》에 시리즈로 팔레스타인 관련 글을 발표했다. 장마리 파트 연출로 〈하녀들〉이 공연되었다.
1972년	요르단을 방문했다가 추방되었다. 이후 레바논에 머물렀다.
1977년	시나리오 〈밤의 도래〉 영화 제작을 시도했으나 실패했다.

1979년   후두암으로 화학요법을 받기 시작했다.

1980년   프랑스 유일의 국립극장 코메디 프랑세즈가 〈발코니〉 공연을 거절했다.

1981년   메트레 감화원에서의 연대기를 기록한 시나리오 〈성벽의 언어〉를 발표했다.

1982년   모로코에 정착했고, 중동 지역을 정기적으로 방문했다. 《팔레스타인 연구》에 〈샤틸라의 네 시간〉을 발표했다.

1983년   검은 표범단과 팔레스타인에 대한 책《사랑의 포로》를 집필하기 시작했다. 파트리스 셰로의 연출로 〈병풍들〉이 공연되었다. 프랑스 문학상(Grand Prix National des Lettres)을 수상했다.

1986년   4월 15일, 최후의 원고《사랑의 포로》교정을 위해 파리에 왔다가 사망했다. 유언에 따라 지브롤터해협 인근 모로코 라라슈에 묻혔다.

옮긴이 **박형섭**

연세대학교 불어불문학과를 졸업하고 극작가 외젠 이오네스코 연구로 파리 3대
학교에서 석사 학위(《이오네스코 연극의 부조리 연구》), 파리 8대학교에서 박사 학위
(《이오네스코 혹은 베랑제 사이클의 비극적 의식》)를 받았다. 현재 부산대학교 불어불문
학과 명예교수다. 지은 책으로 《이오네스코의 연극적 상상력》, 《아르또와 잔혹
연극론》(공저)이 있고, 옮긴 책으로 《도둑 일기》, 《노트와 반노트》, 《이오네스코
의 발견》, 《이오네스코 연극미학》, 《문화국가》, 《베케트 연극론》, 《기호와 몽상》,
《사랑과 우연의 장난》, 《잔혹연극론》, 《잔혹성의 미학》, 《코뿔소》 등이 있다.

장미의 기적

1판 1쇄 발행 2024년 12월 16일

지은이 장 주네 ｜ 옮긴이 박형섭
펴낸곳 (주)문예출판사 ｜ 펴낸이 전준배
출판등록 2004. 02. 11. 제 2013-000357호 (1966. 12. 2. 제 1-134호)
주소 04001 서울시 마포구 월드컵북로 21
전화 02-393-5681 ｜ 팩스 02-393-5685
홈페이지 www.moonye.com ｜ 블로그 blog.naver.com/imoonye
페이스북 www.facebook.com/moonyepublishing ｜ 이메일 info@moonye.com

ISBN 978-89-310-2404-3 04800
ISBN 978-89-310-2365-7 (세트)

• 잘못 만든 책은 구입하신 서점에서 바꿔드립니다.

❀문예출판사® 상표등록 제 40-0833187호, 제 41-0200044호

(뒷면 계속)